李天綱 主編

浦東歷代要籍選刊編纂委員會 編

周金然集

上

[清]周金然 撰

金菊園 整理

復旦大學出版社

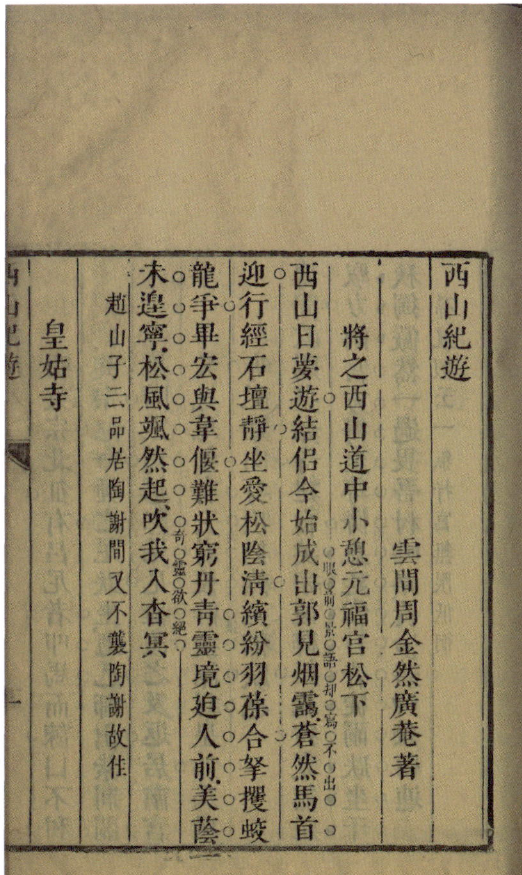
西山紀遊

雲間周金然廣菴著

將之西山道中小憩元福宮松下

西山日夢遊，結侶今始成。出郭見烟靄，蒼然馬首（眼前景語却寫不出）迎。行經石壇靜，坐愛松陰清。繽紛羽葆合，拏攫蛟龍爭。畢宏與韋偃，難狀窮丹青。靈境迫人前，美蔭未遑寧。松風颯然起，吹我入杳冥。（奇靈欲絶）

趙山子：二品居陶謝間，又不襲陶謝，故佳。

皇姑寺

西山紀遊　一

復旦大學圖書館藏清康熙刻本《西山紀遊》書影

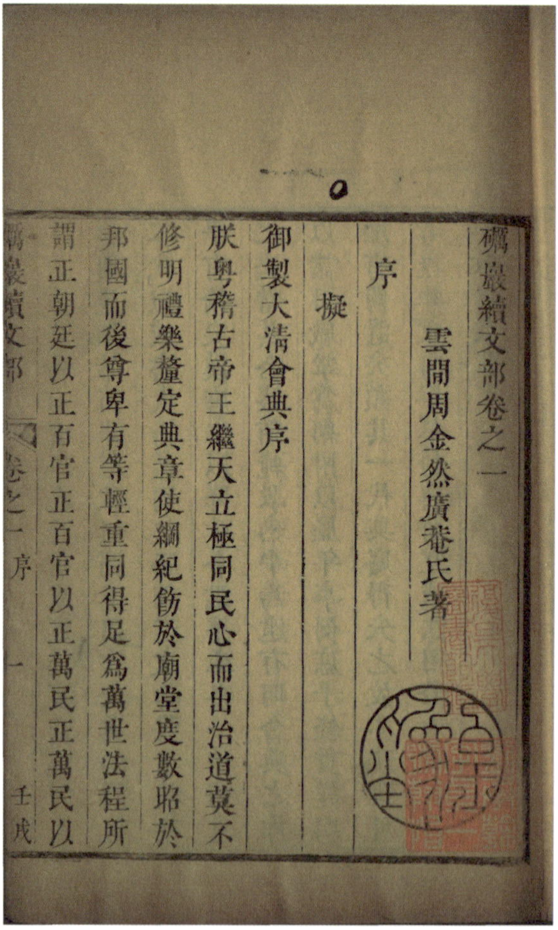

礪巖續文部卷之一

雲間周金然廣菴氏著

序

擬

御製大淸會典序

朕粤稽古帝王繼天立極同民心而出治道莫不

修明禮樂釐定典章使綱紀飭於廟堂度數昭於

邦國而後尊卑有等輕重同得足爲萬世法程所

謂正朝廷以正百官正百官以正萬民正萬民以

礪巖續文部　卷之一　序　一　壬戌

復旦大學圖書館藏清康熙刻本《礪巖續文部》書影

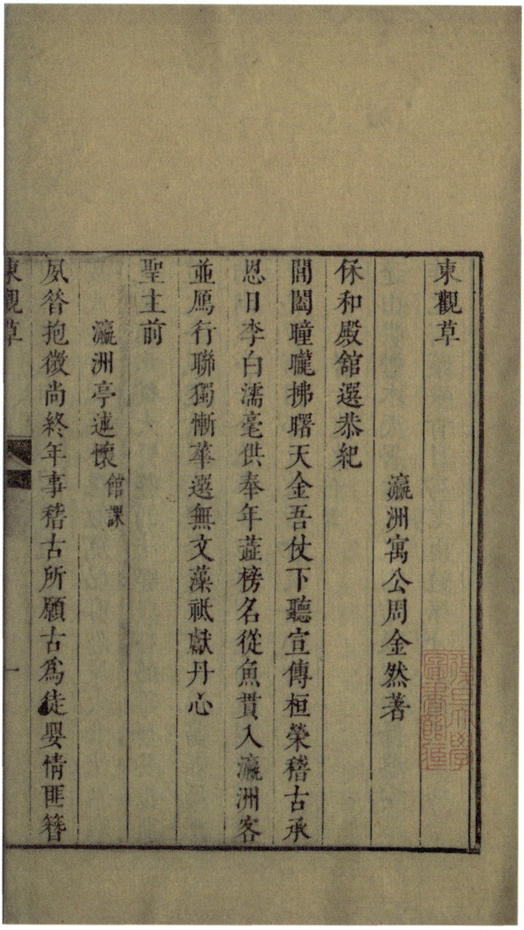
東觀草

瀛洲寓公周金然著

保和殿館選恭紀

閶闔曈曨拂曙天金吾仗下聽宣傳桓榮稽古承
恩日李白濡毫供奉年蕋榜名從魚貫入瀛洲客
並鴈行聯獨慚華選無文藻秖獻丹心
聖主前

瀛洲亭述懷 館課

夙昔抱微尚終年事稽古所願古爲徒要情匪簪

東觀草 一

復旦大學圖書館藏清康熙刻本《東觀草》書影

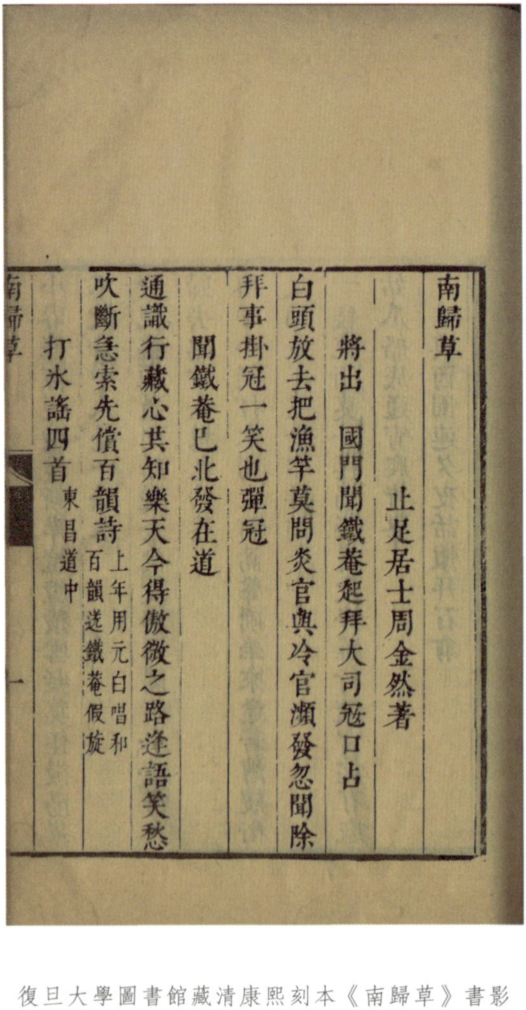

南歸草

止足居士周金然著

將出 國門聞鐵菴起拜大司寇口占

白頭放去把漁竿莫問炎官與冷官瀕發忽聞除拜事掛冠一笑也彈冠

聞鐵菴已北發在道

通識行藏心共知樂天今得傲微之路逢語笑愁吹斷急索先償百韻詩上年用元白唱和百韻送鐵菴假旋

打冰謠四首東昌道中

南歸草　一

復旦大學圖書館藏清康熙刻本《南歸草》書影

浦東歷代要籍選刊　編纂委員會

主　任　吴泉國

副主任　秦泉林　張　堅　柴志光　費美榮　楊　雋

委　員　丁麗華　朱峻峰　李志英　吴昊蕻　吴艷芬　沈樂平　金達輝　孟　淵

邵　薇　施利民　唐正觀　莊　崚　馬春雷　許　芳　陳長華　陳偉忠

張劍容　張建明　張澤賢　梁大慶　景亞南　湯明飛　喬　漪　溫愛珍

潘　浩　趙鴻剛　盧　嵐　龍鴻彬

上海市浦東新區地方誌辦公室
上海市浦東新區政協學習和文史委員會　編

主　編　李天綱

副主編　柴志光　陳長華　金達輝　許　芳　張劍容

總序

葛劍雄

改革開放以來，浦東以新區的設立和其日新月異的發展面貌聞名於世，而此前還只是一個附屬於上海的地名。但這並不等於浦東的歷史是從二十世紀九十年代纔開始的，更不意味着此前的浦東没有自己的文化積累。

由於今上海市一帶至遲在西元十世紀已將河流稱之爲「浦」，如使上海得名的那條河即爲上海浦，一條河的東面就能被稱之爲「浦東」。因而「浦東」可以不止一個，但只有其中依託於比較大的、重要的「浦」而得名的「浦東」，方能成爲一個專用地名，並且能長期使用和流傳。這個「浦」自然非黄浦莫屬。

廣義的浦東是指黄浦江以東的地域，自然得名于黄浦江形成之後，但在兩千多年前的秦漢時期已經開始成陸，此後不斷擴大。黄浦這一名稱始見於南宋紹興二十八年（一一五八），是指吴淞江南岸的一條曾被稱爲東江的支流。此後河面漸寬，到明初已被稱爲大黄浦。永樂年間經夏元吉疏浚，黄浦水道折向西北，在今吴淞口流入長江。正德十六年（一五二一），經疏浚後的吴淞江下游河道流入黄浦，此後，原在黄浦以東的吴淞江故道逐漸堙没，吴淞江成爲黄浦的支流，而黄浦成了上海地區最大河流。

南宋以降，相當於此後黄浦以東地屬兩浙路華亭縣。元至元二十九年（一二九二）析華亭縣置上海縣，此地大部改屬上海縣，南部仍屬華亭縣，北部一小塊自南宋嘉定十五年（一二二七）起屬嘉定縣。在明代黄浦下游河道形成後，黄浦以東地的隸屬關係並無變化。清雍正三年（一七二五）寶山縣設立，黄浦東原屬嘉定縣的北端改屬寶山。雍正四年，黄浦以東地的大部分設置了奉賢縣和南匯縣。嘉慶十五年（一八一〇），以上海縣東部濱海和南匯北部置川沙撫民廳（簡稱川沙廳），民國元年（一九一二）建川沙縣。但上海縣的轄境始終有一塊在黄浦之東，寶山縣也有一小塊轄境處於高橋以西至黄浦以東，故狹義的浦東往往專指這兩處。

一八四三年上海開埠後，租界與華界逐漸連成一片，形成大都市。一九二七年上海設特別市，至一九三〇年改上海市，其轄境均包括黄浦江以東部分，一般所稱浦東即此。一九五八年至一九六一年一度設縣，即以浦東爲名。川沙、南匯二縣雖屬江蘇，但與上海市區關係密切，故仍被視爲浦東，或稱浦東川沙、浦東南匯。一九五八年二縣由江蘇劃歸上海市後更是如此。

改革開放後，浦東新區於一九九二年成立，轄有南市、黄浦、楊浦三區黄浦江以東地、上海縣三林鄉，川沙縣撤銷後全部併入。至二〇〇九年五月，南匯區也撤銷併入浦東新區，則浦東已臻名實相符。

故浦東雖仍有上海市域最年輕的土地，且每年續有增加，但其歷史文化仍可追溯一千多年。特别是上海建鎮、設縣以後，浦東地屬江南富裕地區，經濟發達，文教昌隆，自宋至清產生進士一百多名以及衆多舉人、貢生和秀才，留下大量著作和詩文。上海開埠和設市後，浦東作爲都市近鄰，頗得風氣之先，出現了具有全國影響的人物和著作。

據專家調查，浦東地區一九三七年前的人物傳世著作共有一千三百八十九種，其中收入四庫全書者十二種，列入四庫全書存目者十餘種，在小説、詩文、經學和醫學中均不乏一流作品。但其中部分已成孤本秘笈，本地久無收藏。大多問世後迄未再版，有失傳之虞。由於長期未進行搜集匯總，專業研究人員也難窺全貌，公衆不易查閱瞭解，外界更鮮爲人知。

浦東新區政府珍惜本地歷史文化，重視文化建設，滿足公衆精神需求，支持政協委員提案，決定由新區政協文史資料委員會和地方志辦公室聯合編纂浦東歷代要籍選刊。計劃以至少三年時間，選取整理宋代至民國初年浦東人著作一百種，近千萬字，分數十册出版。此舉不僅使浦東鄉邦文獻得以永續傳承，也使新老浦東人得以瞭解本地歷史和傳統文化，並使世人更全面認識浦東新區，理解浦東實施改革開放的內因和前景。

長期以來，流傳着西方人的到來使上海從一個小漁村變成了大都會的錯誤説法，完全掩蓋了此前上海由一聚落而成大鎮、由鎮而縣、由縣而設置國家江海關的歷史。這固然是外人蓄意誤導的結果，也是本地人對自己的歷史和文化瞭解不夠、傳播更少所致。浦東自改革開放以來，外界也往往只見其高新技術產品密集於昔日農舍田疇，巨型建築崛起於荒野灘塗，而忽視了此前已存在的千年歷史和鬱鬱人文。況新浦東人不少來自外地和海外，又多科研、理工、財經、企管、行政專業人士，使他們全面深入瞭解浦東的歷史文化，更具現實和長遠的意義。

我自浦西移居浦東十餘年，目睹發展巨變，享受優美環境，今又躬逢浦東歷代要籍選刊編纂出版之盛事，曷其幸哉！是爲序。

二〇一四年六月於浦東康橋寓所

主編序

李天綱

地名：浦東之淵源

「浦東」，現在作爲一個「開發區」的概念，留在世人的印象中。一九九〇年代，「浦東」是國内外媒體上出現頻率最高的詞之一。一九九三年一月成立上海市政府直屬地方銀行，以「浦東發展銀行」命名，可見當代「浦東」之於上海的重要性。一九九二年十月，上海市政府執行國家「浦東開發」戰略，以川沙縣全境爲主體，將上海縣位於浦東的三林鄉，當年曾劃歸楊浦、黄浦、南市等市區管理的「浦東」部分合併，設立「浦東新區」。二〇〇九年，上海市政府又決定將地處黄浦江以東的南匯區（縣）全境劃入，成爲一個轄境一千四百二十九點六七平方公里的副省級行政單位，高於上海的一般區縣。「浦東」，作爲一個獨立的行政區劃概念，以强勢的面貌，出現於當代，爲世界矚目。

「浦東」一詞出現得晚，但絶不是没有來歷。浦東和古老的上海、松江和江南一起發展，已經有了上千年的歷史。固然，浦東新區全境都在三千年前形成的古岡身帶以東，所有陸地都是由長江、錢塘江攜帶的泥沙，與東海海潮的沖頂推湧，在唐代以後才形成的。上海博物館的考古隊，没有在浦東地區找到明以前的豪華墓葬。但是，這裏的土地、人物和歷史，與上海縣、松江府和江蘇省相聯繫，是江南地區吴越文明的繁衍與延伸。經過唐、宋時期的墾殖、開發和耕耘，浦東地區的經濟、社會和文化在明、清兩代登峯造極。川沙、周浦、横沔、新場這樣的鄉鎮日臻發達，絶非舊時的一句「斥鹵之地」所能輕視。

浦東新區由原屬上海市位於黄浦江東部的數縣，包括了川沙、南匯和上海縣部分鄉鎮重組而成。從行政統屬來看，浦東新區原屬各縣設立較晚。清代雍正四年（一七二六），從上海縣析出長人鄉，設立南匯縣；嘉慶十五年（一八一〇），由上海縣析出高昌鄉，南匯縣析出長人鄉，加上八、九兩團，合併設立川沙撫民廳，簡稱川沙廳。開埠以後，租界及鄰近地區合併發展，迅速成爲「大上海」，上海、寶山、川沙等縣份受「洋場」影響，捲入到現代都市圈。南匯縣則因爲離市區較遠，和川沙仍皆隸屬於江蘇省松江府。一九一一年，中華民國建立後，廢除州、府、廳建制，南匯縣歸江蘇省管轄，川沙廳改稱川沙縣，亦直屬江蘇省。一九二八年，國民政府在上海設立特別市，浦東地區原屬寶山、川沙縣的鄉鎮高橋、高行、陸行、洋涇、塘橋、楊思等劃入市區。一九三七年以後，日僞建立上海市大道政府、上海特別市政府，將川沙、南匯從江蘇省劃出，隸於「大上海市」。一九四五年抗戰勝利以後，國民政府恢復一九一一年建置，川沙、南匯仍然隸於江蘇省。一九五〇年，中華人民共和國公佈省、市建置，以上海、寶山兩縣舊境設立上海直轄市。浦東地區的川沙、南匯兩縣，歸由江蘇省松江專員行政公署管轄。一九五八年十月，中華人民共和國國務院將浦東的川沙、南匯兩縣，及江蘇省所轄松江、青浦、奉賢、金山、崇明等五縣一起，併入上海市直轄市。此前，一九五八年一月，江蘇省嘉定縣已先期劃歸上海市管理。

「浦東新區」之前，已經有過用「浦東」命名的行政區劃，此即一九五八年到一九六一年設置的「浦東縣」。一九五八年，爲「大躍進」發展的需要，上海市政府在原川沙縣西北臨近黃浦江地區，設立「浦東縣」，躍躍欲試地要跨江發展，開發浦東。「浦東縣」政府設在浦東南路，轄高橋、洋涇、楊思三個鎮，共十一個公社，六個街道。一九六一年一月，因工業化遭遇重大挫折，上海市政府在「三年自然災害」中撤銷了「浦東縣」，把東部農業型「東郊」區域的洋涇、楊思、高橋等鄉鎮，劃歸到川沙縣管理。沿黃浦江的「東昌」狹長工業地帶，則由對岸的老市區楊浦區、黃浦區、南市區接手管轄。「浦東縣」在上海歷史上雖然只存在了三年，卻顯示了上海人的一貫志向。即使在一九五〇年代的極端困難條件下，仍然懷揣著「開發浦東」的百年夢想，只要有機會，就想幹一下。

現代的「大上海」，原來是從上海、寶山兩縣的土地上生長起來的。明代以前，上海、寶山仍以吴淞江（後稱「蘇州河」）劃界。吴淞江以北的「淞北」，屬寶山縣；吴淞江以南的「淞南」，屬上海縣。吴淞江是松江府之源，「松江」，原名就是「淞江」，「府因以名」。按明正德松江府志的説法，「吴淞江，後以水災，去水從松，亦曰松陵江」。水克火，木生火，「淞江」去「水」，從「木」爲「松江」，上海果然「火」了。清代以前，上海士人寫的方志、筆記、小説，以及他們的堂號室名，都用「吴淞」、「淞南」作爲郡望。一六〇七年，徐光啟和利瑪竇合譯幾何原本，在北京刊刻，便是署名「泰西利瑪竇口譯，吴淞徐光啟筆受」，自稱「吴淞」人。另外，清嘉慶年間上海南匯人楊光輔編淞南樂府，光緒年間南匯人黄式權編淞南夢影録，昆山寓滬文人王韜（一八二八—一八九七）作淞隱漫録、淞濱瑣話，採用「淞南」、「吴淞」之名説上海，可見明、清文人學士，都用吴淞江作爲上海的標誌。吴淞江是上海的母親河，而「黄浦江是母親河」，只是一九八〇年代以後冒出的無知説法。

明、清時期的黄浦是一條大河，卻不是首要的幹流。方志裏的「水道圖」，都把「吴淞江」置於「黄浦」之前。「黄浦」，一説「黄歇浦」的簡稱，僅是一「浦」，並不稱「江」。在上海方言中，「浦」大於河，小於江，如周浦、桃浦、月浦、上海浦、下海浦……黄浦流經太湖流域，水流較清，經閔行、烏泥涇、龍華等鎮，匯入吴淞江。吴淞江受到長江泥沙的影響，水流較濁，淤泥沉澱，元代以後逐漸堰塞。於是，原來較爲窄小的黄浦不斷受流，成爲松江府「南境巨川」。明代永樂元年（一四〇三），上海人葉宗行建議開鑿范家浜，引黄浦水入吴淞江，共赴長江。從此，江浦合流，黄浦佔用了吴淞江下游河道。黄浦江的受水量和徑流量，大約在明代已經超過吴淞江了。但是在人們的觀念中，黄浦江仍然没有吴淞江重要，經濟、交通和人文價值還不及後者。康熙上海縣志的「水道圖」，仍然把吴淞江和黄浦畫得一樣寬大。從地名遺跡來看，地處吴淞江下游的「江灣」，並非黄浦之灣，而是吴淞江之灣。同理，今天黄浦江的入口，並不稱爲「黄浦口」，依然是「吴淞口」。

黄浦江以東地區在唐代成陸，大規模的土地開發則是在宋代開始，於明代興盛。宋、元兩代，浦東地區産業以鹽田爲主，是屬華亭縣的「下砂鹽場」。從南匯的杭州灣，到川沙的長江口，「大團」到「九團」一字排開，團中間還有各「竈」的開設。聯繫各「竈」，設立爲「場」，爲當年的曬鹽場，「大團」、「六竈」、「新場」的地名沿用至今。隨著海水不斷退卻，海岸不斷東移，鹽業衰落，明代以後浦東地區便繼之以大規模的圍海造田，農業墾殖。早期的浦東開發，在泥濘中築堤、圍墾、挖河、開渠、種植，異常艱辛。爲了鼓勵浦東開發，元代至元年間的松江知府張之翰向中央申請減税，他描寫浦東人的苦惱，詩曰：「黄浦春風正怒號，扁舟一葉渡驚濤；諸君來問民間苦，何用潮頭幾丈高。」算是一位瞭解民間疾苦，懂得讓利培本的地方官。

隨著浦東的早期開發，以及浦東人的財富積累，「浦東」以獨特的形象登上了歷史舞臺。「黄浦江」的概念在清末變得重要起來，上海人的地理觀念由此也經歷了從「淞南—淞北」到「浦東—浦西」的轉變。至晚在明中葉，「浦東」一詞已經在上海人的日常生活中使用。萬曆上海縣志載：「由閘江而下，若鹽鐵塘、沈家莊，若周浦，若三林塘，若楊淄樓，此爲浦東之水也。」「閘江」，即後之「閘港」，在南匯境内；「鹽鐵塘」、「沈家莊」，今天已不傳，地域在南匯、川沙交界處；「周浦」、「三林塘」在川沙境内；「楊淄樓」在今「楊家渡」附近。「浦東」，顧名思義是東海之内、黄浦以東的廣大地區，是泛稱，非確指。明清時，因爲黄浦到楊樹浦、周家嘴匯入吴淞江，故「浦東」只指南匯、川沙地區，還没有包括當時在吴淞江對岸、屬寶山縣的高橋地區。歷史上的「浦東」一詞，只是方位，並非地名。同治上海縣志卷首「上海縣南境水道圖」中解釋：「是圖南起黄浦中界蒲匯塘，而浦東、西之支水在南境者並屬焉。」這裏的「浦東」，仍然僅僅是指示方位。通觀清代文獻，「浦東」一詞並没有作爲地名，在自然地理、行政地理的敘述中使用。

時至清末，「黄浦」的重要性終於超過「吴淞江」，同治上海縣志説：「（松江）一郡之要害在上海，上海之要害在黄浦，黄浦之要害在吴淞所。」黄浦取得了地理上的重要性，主要是它成爲中外貿易的要道，近代上海是從黄浦江上崛起的。一八四三年，上海開埠以後，華界的南市（十六鋪）和英租界（外灘）、法租界（洋涇浜）、美租界（虹口）連爲一體，在幾十年間迅速崛起，這一段河道，只屬於黃浦，不屬於吳淞江。更致命的是，一八四八年上海道臺麟桂和英國領事阿禮國修訂上海租地章程的時候，英語中把「吳淞江」翻譯成了「蘇州河」（Soo Choo River），作爲英租界的北界。「蘇州河」以外灘爲終點，從此以後，吳淞江下游包括提籃橋、楊樹浦、軍工路、吳淞鎮的岸線，在現代上海人的心目中就專屬「黃浦」，「黃浦」由此升格爲「黃浦江」。囊括上海、寶山、川沙三縣的「大上海」，也正式地分爲「浦東」和「浦西」。「後殖民理論」的批評者，可以指責英國殖民者用「蘇州河」取代「吳淞江」，還捏造出一條「黃浦江」。但是，我們的解釋原理是既尊重歷史，也承認現實。從自然地理來看，原來用東西向的吳淞江，把上海分爲「淞南」、「淞北」，是一個局促的概念，確實不及用南北向的黃浦江分爲「浦西」、「浦東」更爲大氣與合理。地理上的重新區分，順應了上海的空間發展，以及上海人的觀念演化，更反映了上海的「近代化」。

認同：浦東之人文

浦東的地理，順著吳淞江、黃浦江東擴；浦東的人文，自然也是上海、寶山地區生活方式的延續與傳承。「開發浦東」是長江三角洲移民運動的結果。明清時期的上海，已經是一個移民導入地區，北方人、南方人來此營生的比比皆是。但是，當時的「浦東開發」，基本上是上海人民的自主行爲，具有主體性。四百多年前，歷史上最爲傑出的上海人徐光啟，就是浦東開發的先驅。徐光啟是上海城裏人，中國天主教會領袖，編農政全書，號召國人農墾。話説有一位姓張的北京人，是帝都裏最早的天主教徒，他「由利瑪竇手領洗，後來徐光啟領他到上海，在徐宅服務。不久，即在黄浦江邊墾種新漲出之地，因而居留焉」。京城的張姓移民，在徐光啟的幫助下站住腳跟，歸化爲上海人。徐光啟後裔徐宗澤在中國天主教傳教史概論中説，這塊灘地，就是現在浦東的「張家樓」。

元代黄巖人陶宗儀，因家鄉動亂，移民上海，「避兵三吴間，有田一廛，家於淞南，作勞之暇，每以筆墨自隨」，遂作南村輟耕録。松江府華亭（上海）一帶果然是逃避戰亂、修生養息、耕讀傳家的好地方。上海的一個神奇之處，就在於這一片魚米之鄉，還總有灘地從江邊、海邊生長出來，而且平坦肥沃，風調雨順，易於開墾。願意吃苦的本地人、外地人，都很容易在浦東獲得更多的土地，過上好日子。子孫繁衍，數代之後就成爲佔據了整村、整鎮的大家族。「朱、張、顧、陸」，史稱江東大族，浦東的衆姓分佈也是如此。南匯縣周浦鎮朱氏，以萬曆年間朱永泰一族的事跡最堪稱道。徐光啟没有及第之前，永泰曾請他來浦東教授自家私塾。徐光啟位居相位之後，召他兒子入京辦事，永泰居然婉拒。直到順治十六年，永泰的孫子朱錦在南京一舉考取南榜「會元」，選爲庶吉士。朱錦秉承家風，「決意仕途，優游林下」（閲世編），淡泊利禄，不久就致仕回浦東，讀書自怡，專心著述。浦東士人，因爲生活優裕，方能富而好禮。

浦東張氏，舉新場鎮張元始家族爲例。張元始爲崇禎元年進士，曾爲户部侍郎。清兵入關的關頭，他回到松江、蘇州地區爲支用短缺的崇禎皇帝籌集軍餉，調運大批錢糧，北上抗清。東林黨爭，他「彈劾不避權貴」（閱世編），「性方嚴，不妄交游，留心經濟」（光緒南匯縣志）。浦東籍的士人，多有耿直性格。浦東顧氏，舉合慶鎮顧彰爲例。江南顧氏，傳説是西漢封王顧余侯之後，川沙顧氏則是明代弘治十八年狀元顧鼎臣家族傳人。顧鼎臣（一四七三—一五四〇），昆山人，位居禮部尚書，任武英殿大學士，明中葉以後家族繁衍，散佈在昆山、嘉定、寶山、川沙一帶。太平天國戰亂之後，江南經濟恢復，川沙人顧彰在村裏開設一家店鋪，額爲「顧合慶」。生意成功，周圍店家不斷開設，數年之内，幡招林立，成了市鎮，人稱「合慶鎮」。顧彰「開發浦東」有功，兩江總督端方請朝廷賞了顧彰的長子懿淵一個五品頭銜，顧彰的孫子占魁也被録取爲縣庠生。浦東陸氏，我們更可以舉出富有傳奇的陸深家族爲例。陸深（一四七七—一五四四），松江府上海縣人，高祖陸餘慶以上世居馬橋鎮，元季喪亂，曾祖德衡遷居到黄浦岸邊的洋涇鎮。這樣一户普通的陸姓人家，累三世之耕讀，到陸深時已經成爲浦東的文教之家。弘治十四年（一五〇一），陸家院内的一棵從不開花的牡丹，忽然開出百朵鮮花，當年陸深在南京鄉試中便一舉奪得「解元」。後來大名鼎鼎的昆山「狀元」顧鼎臣和陸深同榜，這次卻被他壓在下面。陸深點了翰林，做過國子監祭酒，也給嘉靖皇帝做過經筵講官，但接下來的官運卻遠遠不及顧鼎臣，只在山西、浙江、四川外放了幾次布政使。陸深去世後，嘉靖皇帝懷念上課時的快樂時光，也只給他加贈了一個「禮部侍郎」的副部級頭銜。不過，陸深給上海留下了一個大名頭：陸家宅邸、園林和墳塋地塊，在黃浦江和吴淞江的交界處，尖尖的一喙，清代以後，人稱「陸家嘴」。

浦東地區的南匯、川沙，原屬上海縣，這裏和江南的其他地區一樣，物産豐富，人物鼎盛，文教繁榮，産生了許許多多的世家大族。「朱、張、顧、陸」的繁衍，是浦東本地著名大姓的例子。事實上，外來移民只要肯融入上海，即使孤身一人，也能在浦東成家立業，樹立自己的家族。無錫華氏家族，元代末年有一位華嶽（字太行），因戰亂離散，來到上海，在浦東橫沔鎮蘇家入贅。按本地習俗，人稱爲「招女婿」，近似於「打工仔」。然而，華嶽一表人才，並不見外，奮身於鄉里，他「風姿英爽，遇事周詳，一鄉倚以爲重」（轉引自吴仁安明清時期上海地區著姓望族）。這位「引進人才」在蘇家積極工作，耕地開店，帶領全村發家致富，族人居然允許他自立門户，用華氏名義傳宗接代。乾隆初年，華氏子孫「增建市房，廛舍相望」（南匯縣志·疆域·邑鎮），這就是浦東名鎮「橫沔鎮」的起源。管窺蠡測，我們在浦東橫沔鎮華氏家族的復興故事中，看到了明、清時期上海社會接納外來移民的良性模式。寄居浦東，入籍上海，認同江南，融入本土社會，這是外來者成功的關鍵。「海納百川」，是上海本地人的博大胸襟；「融入本土」，則更應該是外來移民的必要自覺。浦東人講:「吃哪里嗒飯,做哪里嗒事體,講哪里嗒閒話。」熱愛鄉土,服務當地民衆福祉,維護地方文化認同,如天經地義一般重要。

南匯、川沙原來都屬於上海縣,清代雍正、嘉慶年間剛剛分別設邑,爲什麼會在清末就有一個和上海「浦西」相對應的「浦東人」的認同發生? 這是值得思考的問題。「浦東人」,就是明、清時期的「上海人」,他們在近代歷史上形成了一個子認同(sub-identity)。二十世紀開始,「浦東人」和黄浦江對岸的「大上海」既有聯繫,又有分别,大致可以用文化理論中的「子認同」來描述。十九、二十世紀中,浦東的地方語言,和上海市區方言差距拉大;浦東的農耕生活,和市區的大工業、大商業有些不同。儘管朱其昂、張文虎、賈步緯、楊斯盛、陶桂松、李平書、黄炎培、葉惠鈞、穆藕初、杜月笙等一大批川沙、南匯籍人士活躍於上海,但是「浦東」是他們口中念念的家鄉,「上海」是他們心中一個異樣的「洋場」,因爲「大上海」的文化認同更加寬泛。

清末民初時期,占人口約百分之十的上海本地人,接納了約百分之九十的外地人、外國人,這裏熔鑄出一種新型的文化。「華洋雜居,五方雜處」,現代上海人的認同要素中,不但包括了蘇州、寧波、蘇北、廣東、福建、南京、杭州、安徽、山東人帶來的文化因數,還有很多英國、法國、美國、德國、日本的文化因數。「阿拉上海人」,是一個較大範圍的城市文化認同(identity);「我伲浦東人」則是一個區域性的自我身份(status)。熟悉上海歷史的人都知道,兩者之間確有一些微妙的差異。但是，這種不同，互相補充，互爲激蕩，屬於同一個文化整體。這種差異性，正説明上海文化的内部，自身也充滿了各種「多樣性」(diversity)，並非一個專制體。文化，是拿來欣賞的，不是用作統治的。上海的「新文化」，有過一種文化上的均勢，曾經對「五方」、「華洋」的不同文化加以欣賞。在這個過程中，浦東地區保存的本土傳統生活方式，是「大上海」的母體文化，支撑了一種新文明。無論浦東文化是如何迅速地變異和動盪，變得不像過去那樣傳統，但它卻真的曾以「壁立千仞，海納百川」的胸襟，接納過世界各地來的移民。它是上海近代文化(俗所謂「海派文化」)的淵源，我們應該加倍地尊重和珍視纔是。

傳承：浦東之著述

直到明、清，以及中華民國的初期，江南士人的身份意識仍然是按照鄉、鎮、縣、府、省的單位，一級一級，自然而然，由下往上地漸次建立起來的。日常生活中，江南士人都主動或被動以自己的地望作爲身份，如「徐上海」、「錢常熟」、「顧崑山」地交際應酬，不會只用一個「中國人」的表面身份來隱藏自己。只有當公車顛沛，到了「帝都魏闕」，或厠身擠進了「午門大閲」，沾上些許皇帝的虚驕，纔會偶爾感到自己是個「中國人」。儒家推崇由近及遠，由裏而外，漸次推廣的傳統人際關係，有相當的合理性。在此過程中，不同地域的人羣學會了尊重各自的方言、禮節、習俗、飲食和價值觀念，在一個「多樣性」的社會下生存。今天，「多元文化觀」在「國家主義」盛行的二十世紀，以及「全球化」横掃的二十一世紀，面臨著巨大的困窘。如何在當今社會發掘傳統，面對危機，重建認同，是一件很重要的事情。

二十世紀中，在現代化「大上海」的崛起中，上海地區的學者和出版家，一直努力將江南學術的優秀傳統，匯入「國際大都市」的文化建設，出版地方性的文獻叢書便是一種做法。一九三六年，負責編寫上海通志的上海通社整理刊刻了上海掌故叢書第一集十四種，後因「抗戰」、「内戰」發生，没有延續。一九八七年，華東師範大學出版社編輯影印了上海文獻叢書，共五種。一九八九年，上海古籍出版社標點排印了上海灘與上海人叢書，共二十三種。縣區一級的文獻叢書，有松江文獻系列叢書（上海社會科學院出版社，二〇〇〇年），共十二種；嘉定歷史文獻叢書（中華書局，二〇〇六年），綫裝，一輯。在基層文化遺産保護前景堪憂的大局勢下，地方傳統文獻的整理出版工作倒是在各地區有識之士的堅持下，努力從事。上海浦東新區地方志辦公室的同仁們，亟願爲浦東文化留下一份遺産，編輯一套浦東歷代要籍選刊。復旦大學出版社憑藉獨有的學術組織能力和編輯實力，積極參與這一出版使命。這樣的工作，對開掘浦東的傳統内涵，維護當地的生活方式，發展自己的文化認同，都具有重要意義，無疑應該各盡其力，加以支持。

編纂浦東歷代要籍選刊，首要問題是如何釐定作者的本籍，將上海地區的「浦東人」作者挑選出來。清代中葉之前，現在浦東新區範圍内的土地和人民並不自立，當時並沒有「浦東人」。但是，明、清時期江南地區的鄉鎮社會異常發達，大部分讀書人的籍貫，往往可以追究到鎮一級。爲此，我們在確定明、清時期的浦東籍作者時，都以鎮屬爲依據。那些或出生，或原居，或移居，或寓居在現在浦東地區鄉鎮的作者，儘管著述都以「上海縣」、「華亭縣」、「嘉定縣」標署，但隨著清代初年「南滙縣」、「川沙縣」，以及後來「浦東縣」、「浦東新區」的設立，理應歸入「浦東」籍。

例如：高橋籍舉人孫元化（一五八一——一六三二）追隨徐光啟，有著作幾何體用、幾何演算法、泰西算要等傳世。當時的高橋鎮在黄浦東岸，屬嘉定縣，孫元化的籍貫當然是嘉定。清代雍正二年（一七二四），嘉定縣析出寶山縣，孫元化曾被視爲寶山人。一九二八年，高橋鎮劃入上海特别市的浦東部分，從此孫元化可以被認定爲「浦東人」。陸深的浦東籍貫身份，也可以如此確定。明史本傳稱：「陸深，字子淵，上海人。」按葉夢珠閲世編·門祚記載，陸深科舉成功後曾移居上海城裏，居東門，稱「東門陸氏」。然而，陸深的祖居地及其墳塋，均在浦東陸家嘴，理當被視爲「浦東人」。相對於原本就出生在浦東地區的陸深、孫元化而言，黄體仁自陳「黄氏世爲上海人」(曾大父汝洪公曾大母任氏行實，收入黄體仁集)，進士及第爲官後，即在城裏南門内擴建宅邸，黄家裏巷命名爲黄家弄(黄家路)。另外，黄體仁的父母去世後，也安葬在西門外周涇(西藏南路)的黄家祖塋(參見先考中山府君先妣瞿孺人繼妣沈孺人行實)，是地地道道的上海人。黄體仁之所以被認定爲浦東人，是因爲他在九歲的時候，爲躲避倭寇劫掠，曾隨祖母和母親在浦東避難，並佔用金山衛學的學額，考取秀才，進而中舉、及第。科場得意以後，他才回到上海城裏，終老於斯。明代之浦東，屬於上海縣，他甚至不能算是「流寓」川沙。然而，從黄體仁的曲折經歷，以及後來的行政劃分來看，他在川沙居住很久，確實也可以被劃爲「浦東人」。

選擇什麽樣的作者，將哪一些的著述列入出版，這是編纂浦東歷代要籍選刊的第二個難點。唐宋以前，浦東地區尚未開發，撰人和著述很少，可以不論。到了明、清時期，浦東地區開發有年，文教大族紛紛湧現，人才輩出，著述繁盛，堪稱「海濱鄒魯」，絶非中原學人所謂「斥鹵之地」可以藐視。按復旦大學古籍整理研究所近年來數篇博士論文的收集和研究，明、清時期上海浦東地區的著者人數，不亞於松江府、蘇州府其他各縣。據初步研究統計，清代中前期有著作存世的松江府作者人數共五百二十五人，其中華亭縣(府城)一百四十七人，上海縣一百二十三人，婁縣六十五人，青浦縣六十人，金山縣五十一人，南匯縣三十一人，奉賢縣二十二人，川沙縣二人，未詳二人。這其中，南匯、川沙屬於今天浦東新區，都是剛剛從上海縣劃分出來。以南匯縣本籍作者三十一人爲例，加上列在上海縣的不少浦東籍作者，這個新建邑城境内的文風一點不比其他縣份遜色。此項統計，可參見杜怡順復旦大學博士論文上海清代中前期著述研究。

明代天啟、崇禎年間，以松江地區爲中心，有「復社」、「幾社」的建立。那幾年，江南士人的文章風流和人物氣節，盡在蘇、松、太一帶。經歷了清代順治、康熙年間的高壓窒息，到乾隆、嘉慶年間，上海地區的文風又有恢復。順應蘇州、松江地區的「樸學」發展，「家家許鄭，人人賈馬」，這裏做考據學問的人也越來越多。因此，浦東學者也和其他江南學者一樣，在經、史、子、集的研究上下過功夫。易、書、詩、禮、樂、春秋的「經學」，二十四史之「史學」，天文、地理、曆算、農、醫、兵、雜、小説，詩文詞曲，釋、道教，「三教九流」的學問都有人做。在這樣豐富的人物著述中，挑選和編輯浦東歷代要籍選刊，是綽綽有餘，裕付自如。

浦東地區設縣（南匯、川沙）之後的二百年間，各類學者層出不窮。以清末學者爲例，周浦鎮人張文虎（一八〇八—一八八五）以諸生出身，專研經學，學力深厚，卓然成家。道光年間，他幫助金山縣藏書家錢熙祚校刻守山閣叢書，一舉成名。一八七一年，張文虎受邀進入曾國藩幕府，破格録用，負責「同光中興」中的文教事業。他刊刻船山遺書，管理江南官書局，最後還擔任南菁書院山長。張文虎學貫四部，天文、算學、經學、音韻學，樣樣精通。按當代南匯縣志的統計，他著有舒藝室雜著、鼠壤餘蔬、周初朔望考、懷舊雜記、索笑詞、舒藝室隨筆、古今樂律考、春秋朔閏考、駁義餘編、湖樓校書記和詩存、詩續存、尺牘偶存等著作，實在是清末「西學」普及之前少見的「經世」型學者。

一八四三年，上海開埠以後，浦東地區的學者得風氣之先，來上海學習「西學」，成爲中國最早的一批精通西方學術的學者。李杕（一八四〇—一九一一），名浩然，字問漁，幼年在川沙鎮從鎮人莊松樓經師學習儒家經學。一八五一年，李杕來上海，入徐家匯依納爵公學，學習法文、文學和科學。一八六二年加入耶穌會，一八七二年按立爲神父，一九〇六年繼馬相伯之後，擔任震旦學院哲學教授和教務長。李杕創辦和主編益聞報、格致彙報、聖心報等現代刊物，傳播西方科學、哲學和神學，著有理窟、古文拾級、新經譯義、宗徒大事録等，還編輯有徐文定公集、墨井集等。這樣一位貫通中西的複合型學者，在清末只有他的同班同學馬相伯等寥寥數人堪與之比。如果説明、清時期的浦東士人還是在追步江南，與蘇、松、太、杭、嘉、湖學風「和其光，同其塵」的話，那開埠以後的浦東學者在「西學」方面確是脱穎而出，顯山露水。

「且頑老人」李平書（一八五一—一九二七）是高橋鎮人，父親爲寶山縣諸生，太平天國佔領江蘇時以難民身份逃到上海。十七八歲時，纔獲得本邑學生資格，進入龍門書院學習。這位浦東學子聰明好學，進步神速，不久就擔任字林報、滬報主筆，在城廂内外宣導「改良」，開設自來水廠。一八八五年，經清廷考試，破格録用他爲知縣，在廣東、臺灣、湖北等地爲張之洞辦理洋務，樣樣「事體」做得出色，且一心維護清朝利益。李鴻章遇見他後，酸溜溜地説「君從上海來，不像上海人」，算是對他的肯定與表揚。李平書確是少見的洋務人才，他奉行「中體西用」，一手創建了上海城廂工程局、警察局、救火會、醫院、陳列所等。最後，他還從張之洞手中要到了「地方自治權」，擔任上海自治公所的總董（市長）。李平書在一九一一年辛亥革命高潮中轉而支持革命黨，可見「且頑老人」是一位深明大義的上海人——浦東人。在仍然提倡士宦合一、知行合一的清末，李平書也有重要著述，他的新加坡風土記、且頑老人七十自述、上海自治志都是上海社會變革的佐證。

浦東地區的文人士大夫，經歷了明清易代，又看到了清朝覆滅，還親手創建了中華民國，所謂「歷代」，愈來愈精彩，浦東人參與的歷史也愈來愈重要。孫元化、陳于階（康橋鎮百曲村）等浦東人，爲抗禦清朝獻出生命；李平書、黄炎培、穆湘玥一代浦東人，參與締造了中華民國；黄自、傅雷這樣的浦東人，爲中國的現代藝術做出了獨特貢獻；還有像張聞天、宋慶齡這樣的浦東人，厠身於中國的共産主義運動。這些浦東人都有著述存世，品類繁多，卷帙浩瀚，選擇起來頗費斟酌。我們以爲，刊印浦東歷代要籍選刊應該本著「厚古薄今」的原則，對那些本來數量不多，且又較少流傳的古籍，包括在上海圖書館、復旦大學圖書館收藏的刻本、稿本和抄本，盡可能地借此機會搶救和印製出來，以饗讀者。至於在民國期間，直到現在經常用平裝書、精裝書形式大量出版的近現代浦東人的著作，則選擇性收入。
出版一部完善的地方文獻叢書，還會遇到很多諸如資金、體例、版式、字體、設計等人力、物力方面的問題。好在有浦東新區政協文史委員會和地方志辦公室的鼎力支持，復旦大學出版社的精心組織，加上全國和復旦大學歷年畢業的學者，以及相關專業的博士後、博士生的積極參與，浦東歷代要籍選刊一定能圓滿完成。受浦東新區政協文史委員會和地方志辦公室，以及復旦大學出版社的邀請，由我擔任本叢書主編，感到榮幸的同時，也覺得有不少責任。因教學、研究事務繁鉅，不能從事更多工作，但一定會承擔相應的策劃、遴選、審讀、校看和復核任務，做出一部能夠流傳、方便使用的文獻集刊，傳承浦東精神，接續上海文化。

二〇一四年八月十五日
暑假，於上海徐匯陽光新景寓所

浦東歷代要籍選刊　編纂凡例

一、地域範圍。選刊所稱之浦東，其地域範圍為今黃浦江以東浦東新區和閔行區浦江鎮所屬區域。

二、人物界定。祖籍浦東並居住在浦東的人物，祖籍浦東但寓居於外地（包括今上海其他地區）的人物，長期寓居於浦東的外地籍（包括今上海其他地區）人物，其撰寫的著作均在選刊範圍之內。清初浦東地區行政設置前，人物籍貫以浦東地區鄉鎮為準。

三、年代時限。所選著作的形成時間範圍，為南宋至國民政府時期（一一二七—一九四九）。

四、選錄標準。南宋至清嘉慶時期（一一二七—一八二〇）浦東人物所撰寫的著作原則上均予刊錄；清道光至民國末年（一八二一—一九四九）浦東人物所撰寫的著作擇要選刊。本籍人士所撰經、史、子、集四部著作，或日記、年譜、回憶錄等近代著述，不分軒輊，擇其影響重大者刊印。

五、編纂方式。依據古籍整理的通行規則，刊印文獻均用新式標點，直排繁體。選擇較早的底本，參照各本，並撰寫整理説明，編輯附録。除附書影外，凡有人物像和手跡者亦附録。尊重原著標題、卷次及文字，以存原始。

六、版本來源。所選各底本，力求原始。底本多據上海圖書館、復旦大學圖書館藏本，絶大多數著作為首次整理和刊佈。

周金然集整理說明

周金然（一六四一—約一七〇二），字廣菴，一字礪巖，别號因時因地而不同，有大瓠子、九峰山人、七十二峰主人、越雪山人等，世居松江府上海縣。父明瑛，太學生，端重不苟，積學不遇，卒祀鄉賢。金然本名寰，康熙十一年（一六七二）冒姓金名然者應順天鄉試得中，後復本姓，遂易今名。康熙二十一年壬戌（一六八二）成進士，選庶吉士，散館授編修，一時制誥多出其手，爲皇典麗，廷論推極筆云。康熙二十九年（一六九〇），出典湖廣鄉試，時稱得人。又奉旨纂修三朝國史、大清一統志等告成，漸陞至日講官起居注、司經局洗馬兼翰林院修撰。康熙三十一年（一六九二），乞假南還，隱居洞庭。康熙三十五年（一六九六），赴京補原官。康熙三十八年（一六九九），出典山西鄉試，勞勩疾作，告歸養疴，又數年而卒。

金然有國史之才，當時又以詩文享譽士林，四庫全書總目提要云：「金然與施閏章、宋琬遊，其才思格力，亦介於二人之間。」李天馥娛暉草序稱他「生士衡之鄉而爲康樂之詩」。金然筆端信得江山之助，往往恣睢無涯涘，而懷抱深遠，「蓋聞文章小道，本以人傳；節行大閑，或因藝掩」。常寄情二氏，於内典及莊子有甚深心得，於仙家丹法亦有實踐，見識圓徹，又不忘儒門宗旨，雖侘傺不平之氣時時揚露，卻有志于恬淡沖虚之境，五内交戰，誠文士異代千秋之塊壘矣。

金然早年勤於著述，據附於上海圖書館藏飲醇堂文集卷首的紅印汝南行世書目，文部有飲醇堂文集、豫巢制義嗣出、豫巢小品嗣出、詩義新編嗣出，詩部有抱勑盧詩草、娱暉草、全和陶靖節集、全和李昌谷集、西山紀游，詞部有南浦詞，經説部有春秋詞命釋即出、毛詩演註嗣出，史説部有讀史隨筆嗣出，雜説部有無詮録嗣出，内典部有心經印註即出、六譯金剛解即出等。内除春秋詞命釋一種，應即周明璵春秋詞命輯註外，其餘似均爲周金然著作。入仕後，周金然不廢吟詠，陸續有東觀草、使荆草、折柳草、盍簪草、奚囊草、礪巖續文部、礪巖續文部二集等詩文别集問世。辭官歸隱期間，又撰有歸興集唐、南歸草、津逮樓草、據梧閣草、歸雲洞草等詩集，及新編雙南記傳奇。除富於詩文外，周金然尤擅八法，告歸之日，康熙帝特命以平日所書字幅進呈。四庫提要著録周廣菴全集三十八卷甚簡陋，今經爬梳編排，本書收録所有周金然現存詩、詞、文别集及戲曲作品，並略依體裁及時代先後編次如下：

一、抱勑盧詩草十一卷，以清代詩文集彙編影印清康熙刻本整理。此書首卷卷端題「雲間周金然廣菴著」，總目題「門人朱都那濠上沈爾坦履安陳颺言際賡較」，以四言、樂府、五古、七古、五律、七律、五排、七排、五絶、六言、七絶諸體分卷，爲周金然中舉前之詩。

一、娱暉草二卷，以清代詩文集彙編影印清康熙刻本整理，底本缺損及漫漶處，以上海圖書館藏康熙刻本同版另一印本校補。此書首卷卷端題「雲間周金然廣菴著」，卷一目次末題「門人王元弼良輔張世鏞元發金鉞次袞編次」，編排依時間先後，不分體，爲周金然外出遊歷所得詩，終於康熙十六年（一六七七）。

一、和靖節集三卷，以清代詩文集彙編影印清康熙刻本整理，底本缺損及漫漶處，以上海圖書館藏康熙刻本同版另一印本校補。此書首卷卷端題「雲間周金然廣菴著」，卷一目次題「門人潘鍾巒疊山較」，爲和陶淵明詩之專集。卷首自序署庚戌，則當成於康熙九年（一六七〇）以前。

一、和昌谷集一卷，以清代詩文集彙編影印清康熙刻本整理。此書卷端題「雲間周金然廣菴著」，目次題「門人張天覺予先較」，爲和李賀詩之專集。

一、西山紀遊一卷，以清代詩文集彙編影印清康熙刻本整理，底本缺損及漫漶處，以復旦大學圖書館藏同版另一印本校補。此書卷端題「雲間周金然廣菴著」，爲周金然中舉後遊歷北京西山所得詩。全書有錢澄之、姜宸英、沈荃、宋犖、李漁等二十人的圈點、行間夾批和詩末總評，本次整理因格於體例，未加收入。

一、東觀草一卷使荆草一卷折柳草一卷盍簪草一卷奚囊草一卷，以清代詩文集彙編影印清康熙刻本整理。東觀草卷端題「瀛洲寓公周金然著」，使荆草卷端題「史官周金然大瓠著」，折柳草卷端題「斷山周金然著」，奚囊草卷端題「大瓠周金然著」，盍簪草卷端題「蓬山迂叟周金然著」。東觀草卷首有作者自題云「因存東觀草若干首，他若使荊，若折柳，若盍簪，各以類次，合廿載來奚囊剩言，凡五種」，故知此五種爲一組。以上諸種各依性質收入周金然自康熙二十一年中第，至三十一年南還前所得詩。影印本脱去奚囊草第三十五葉，今依復旦大學圖書館藏康熙刻本原本補入。

一、歸興集唐一卷，鈔録國家圖書館所藏清康熙刻本加以整理。此書卷端題「越雪山翁周金然礪巖集受業蘇蒙存緒長王灝西園校」，作於康熙三十一年南歸前，凡歸興五十首、夢家山十六首、夢山中舊隱四首、別同館諸公十首，均集唐人詩句而成。

一、南歸草一卷津逮樓草一卷據梧閣草一卷歸雲洞草一卷，以清代詩文集彙編影印清康熙刻本整理。南歸草卷端題「止足居士周金然著」，津逮樓草卷端題「石公山史周金然著」，據梧閣草卷端題「洞庭小隱周金然礪巖著」，歸雲洞草卷端題「石公山史周金然著」。復旦大學圖書館藏南歸草原本前有康熙三十三年沈白題詞，内含「西山寓公」、「據梧閣聳」等語，明爲此歸隱諸集而作。影印本置沈氏題詞於西山紀遊之後，蓋誤會洞庭西山爲北京西山。又，以上四種底本版心内均有墨釘，或以留待刻入總題名，則此四種當爲一組。各集依時間先後收入周金然自康熙三十一年離都，至三十三年會葬座主徐乾學時所得詩。底本書尾原有周廷蘭乾隆丁卯（一七四七）跋一首，今姑置於歸雲洞草之末。

一、南浦詞三卷，以清代詩文集彙編影印清康熙刻本整理，並參校南京大學編全清詞所收南浦詞三卷（所據底本未交代）。兩本篇目互有出入，并且部分作品又存在文字差異。篇目凡爲影印本所無者，均在各卷之末按先後順序補入，異文則隨頁注出。此書卷端題「雲間周金然廣菴著」，爲周金然唯一詞集。

一、飲醇堂文集二十卷，以清代詩文集彙編影印清康熙刻本整理。此書首卷卷端題「雲間周金然廣菴著」，總目題「門人吴子禎瑞徵石祿天臣潘勃思皇較」，依次分爲賦、騷、序、題詞、題跋、壽序、記、碑記、墓誌銘、傳、論、頌、贊、尺牘、啟、解、釋、連珠、疏、文、祭文等二十一體，爲周金然康熙十八年以前所撰之文。

一、礪巖續文部二十卷，以清代詩文集彙編影印清康熙刻本整理。此書首卷卷端題「雲間周金然廣菴氏著」，總目末附「較刻門人姓氏李登瀛學洲陳良梓丹書張玠友白楊覺德順四」，依次分爲序、記、傳、論、議、説、考、策、表、頌、賦、箴、銘、贊、壽序、書啟、題跋、書後、墓誌銘、碑、墓表、祭文、行狀等二十三體，爲周金然自康熙十八年至二十四年所撰之文。底本版心内刊有各文撰著年份，今一律移置篇末，以供參考。

一、礪巖續文部二集十三卷，以清代詩文集彙編影印清康熙刻本整理。此書首卷卷端題

「雲間周金然著」，依次分爲序、文、頌、賦、墓誌銘、墓表、傳、策問、史論、説、疏、題跋、書後、雜銘、硯銘、記等十六體，爲周金然康熙二十四年後所撰之文。影印本脱去卷十一第九葉，今據復旦大學圖書館藏康熙刻本原本補入。另外，底本卷端原有毛奇齡序一首，審其文意，與本集無顯然聯繫。又細察序内「廣菴所著大抵多應制代言及館課之作」等語，可與礪巖續文部王熙序「復輯其比來未刻諸作及館課文字」，黄與堅序「其館課及京邸所爲詩文甚夥」諸語相對應，乃知實爲礪巖續文部之序。今參照華東師範大學圖書館藏礪巖續文部康熙刻本同版另一印本諸序排列方式，移置於黄與堅序、金德嘉序之間。

一、新編雙南記二卷，以古本戲曲叢刊影印康熙刻本整理。此書首卷卷端題「越雪山人填詞」，版心刻有飲醇堂字樣，據序成於康熙三十一年南還之際。該劇情節與作者身世多有暗合，可一一索隱。

在整理過程中，底本中的異體字、古今字一般予以保留，以存文獻原貌；少數因形近而訛的手民之誤，則徑予改正；底本中缺損漫漶，無法辨識之字，則以「□」代替。另外，底本中西山紀遊、東觀草、使荆草、折柳草、盍簪草、奚囊草、歸輿集唐、南歸草、津逮樓草、據梧閣草、歸雲洞草等原無目次，抱劄盧詩草、飲醇堂文集、礪巖續文部、礪巖續文部二集等僅有卷第，本次整理均編制細目，置於各種卷首。

此外，整理者謹將所見周金然集外詩、詞、文十七首及方志、家譜中的相關傳記資料等，編爲附録二卷。上海圖書館另藏有周金然所輯娱暉堂聲畫録清鈔本二卷，爲唐、宋、元、明詩選集，因限於體例，本書未予收入。自慚寡識，疏陋良多，倘蒙四方博學君子有以教正，則幸甚矣。

金菊園

二〇一五年春

周金然集總目

抱𥻘廬詩草

十一卷

抱𣏌廬詩草原序

余束髮相天下士，今蓋四十年矣。其人可以擬議得之者，輒立盡爾。若夫瑰瑋奇傑之士，倜儻非常之材，如龍之蟠於泥，蠖於窟，人不識其爲龍也。一朝乘風雲而上之，愚者瞪目直視，不知其所際。及其變化屈伸，或託形蝘蜓，藏神虵毉，人復從而狎之，而龍之爲體自若也。斯其人有類於是者，殆難言之矣。余是以交半天下，未嘗率意輕待一人，惟望之輒盡者，置之已爾。苟文章襟度之間，有足供人流連者，每試之，試之久而得其爲人，有可喜，亦有可憎，有可敬，亦有可褻，久亦置之已爾。惟吾廣菴周子，少年英特遒上，樹幟文壇，手摩蒼漢，足亂青雲，鵬之倫也，鶚之匹也。人以是歸之，周子亦不多讓。無何而滄桑變移，周子輒退而窮居，棄人事，絶交遊，與野夫牧豎同飲食，偕寢處，晞髮南山之巔，濯足滄浪之下。斯時也，人以爲蝘蜓也，虵毉也，而周子不失其爲龍也。迨著述日以富，才名日以顯，周子由由然與天下文章之士講求性命，揚扢風雅，無孤高之氣以自戾其性情，無崖岸之貌以頓易其氣度，不汲汲於富貴，而富貴之氣充足其中。今觀其詩，緯金經玉，協徵應商，大者可被之金石，奏之郊廟，小者閭巷童謡得而習之，此豈繁音細響所能望其項背哉？後之作者讀其詩，作天際真人想，如龍之翔於九天，興雲致雨，天下蒙其澤而不知其所自來。蓋周子以經綸黼黻之才，韜而練之於岑寂，復以林泉岩穴之學，蓄而出之爲咏歌，固宜其不可測也。雖然，人之於世也，得天地之氣半，得友朋之功半。周子山居不數出，出則與周望朱子作累月浹夕遊。朱子爲人得中和之氣，優入於風雅一道，故與之交者，又宜其得三百篇之遺，而無侘傺牢騷之感，以傷其大雅。詩曰「憂而不傷，怨而不悱」，周子有焉。余知周子也詳，讀周子詩也久，周旋二十餘年，而深得其出處之志，是爲敍。時康熙甲辰，年家弟張一鵠忍齋拜題。

周子諸詩何多怒哀之音耶？夫喜樂怒哀，情也，而性統焉。情不盡於怒哀，而怒哀亦足以盡情，故一往而絶，復一往而深，皆性情之自相依附也。于中飛觴擊節，觸事興嗟，率筆應付，若火性空明，傳薪熮溼，而灼餤騰烟，自爲蒸變，火之性固無不着也。廣菴本體瑩白，手眼辨晰，年未過壯，復遁入于禪玄百家，以窮極性情之所至，審霜降冰堅之候，作洗骨見髓之功，詩其寄也，他又寄中之寄也。即所寄，窺所存，走石飛沙，皆其發而中節者。周子詩未盡于此，而性情見于此，性情見于此，而陰陽乘除，人物盛衰汙隆之先幾，安得不推本於此？乙巳春初，豐山涂贄題於寓園。

吾家群從輩，皆以能文章詩歌振譽一時，而尤難者，伯仲競爽，塤箎協奏，若賈生與廣菴，誠吾家之封胡遏末也。賈生弱冠即登賢書，南宫垂翼，益自砥礪，日夜手一編不釋，所謂稽山竹箭，加以括羽，宜其擅東南之美乎？廣菴綺歲韶令，濯濯如春月柳稍，長博洽好古，無所不窺，兼資性閒敏，旁通百家，解音律，善手談。每當良時雅集，選勝命觴，霏霏灑灑，擲金聲飄，玉屑苦吟，疾揮雄騁于開元、大曆間。又能自度新曲，被之管絃，酒酣，曼聲長歌，竹枝、白紵、子夜、前溪不是過也。余與廣菴遊，愛其風度，欽其淹雅，輒謂之曰：「汝抱懸黎之姿，振英韶之響，行將高摶扶摇，非久棲榆枋者也。」乃余宦遊數年，税駕里門，復與廣菴握手，則見其氣淡然，其神淵然。余怪而問之，云已幻視一切，坐破蒲團有年矣。夫一廣菴也，迹其生平，或以爲俠客，或以爲狂生，或以爲才人，或以爲韻士，今又居然枯禪老衲矣，何其不可測也如是耶。暇日盡傾其笥稿示余，余曰：如崑璧鄧林，深矣富矣，如朱霞麗錦，高矣華矣，世必有識者。余與汝，兄弟也。因其詩而并及其爲人如此。丙午仲春，兄茂源釜山識。

抱絜廬詩草目次

抱翛廬詩草卷之一

四言

崇蘭

崇蘭，美君子也。

猗彼崇蘭，生於幽谷。幽谷無人，孤芳自足。蕭艾孔多，盈要是服。君子之佩，實異其族。

猗彼崇蘭，生於道左。嗟王者香，與衆草伍。萎絶何傷？逢彼樵竪。維此樵竪，亦或敢爾侮。

猗彼崇蘭，有鬱其英。清風襲之，滿堂斯馨。豈無桃李，當軒繁榮。雖則繁榮，匪同我情。

猗彼崇蘭，其葉靡靡。結根孔固，永兹茂美。春蒲秋零，朝華夕委。含章時發，用保終始。

堅白

堅白，省躬也。

楊泣岐路，墨悲染絲。疇非堅白？而不磷緇。外華内垢，匪美伊咎。化荃爲茅，厥心孔疚。

葵衛惟足，葛庇惟根。敬爾所生，匪德曷敦？土則有型，器則有範。尚懷明發，如源斯湛。

有鳥

有鳥，思我友也。

有鳥有鳥，晨集於林。念彼儔侣，載好其音。

子之往矣，日而月而。我之懷矣，滲而泬而。

山何蒼蒼，千里間之。夢何荒荒，一夕徧之。

我有殽既旅，有酒既湑。衎衎我歌，僊僊我舞。月出當户，念子何所。

景風

景風，送朱子周望李信州也。

藹藹景風，祈祈甘雨。之子于官，遠子出祖。官則西江，祖則南浦。千里云遐，跬步斯舉。

毋曰陋邦，山水是宅。毋曰薄宦，民命是職。孰院匪槐，何庭不棘？尚往欽哉，惟刑之恤。

子利以行，我利以居。庶各努力，久而勿渝。不有居者，誰主薖軸？不有行者，誰洗圜獄？

登車攬轡，人堵而快。温温恭人，爲憂孔大。餐亦有爽，飲亦有流。嗟爾恭人，可以忘憂。

水木

水木，爲誥封奉政大夫田翁作也。郡司馬田大夫清風惠政，翁實詒之穀焉。翁之逝也，郡之人罔不盡傷之。

維水有原，維木有柢。匪鳳曷雛，匪麟胡趾？

趾則靡踐，雛則靡啄。此邦之瑞，翁其式穀。

式穀伊何？樹德務滋。純行罔疚，以詔來兹。

詔之世守，世守維清。奉以出政，政乃有成。

政之成矣，民之莫矣。國之楨矣，家之福矣。

豈曰榮親，在衣之錦？豈曰養志，在鼎之飪？

彼君子兮，永矢勿替。菽水承歡，冰鐵勵志。
迺辭堂下，曰覲於王。將請歸養，以荷穹蒼。
使車遄返，翁疾且革。鷄鳴祝天，星隕如石。
哲人萎矣，民願爲哀。衆父之父，云何不哀？

抱厀廬詩草卷之二

樂府

將進酒

春光蕩漾散愁思，明月入户如有期，美景不樂徒爾爲。將進酒，須及早。當頭皓魄幾回圓，春風一吹一度老。一解縹緲三山浮海外，銀宫金闕通杳靄，欲往從之無羽蜕。將進酒，望蓬瀛。丹砂未就緑髮變，蹉跎不醉終何成？二解荆山獻璧不見收，茂陵著書仍淹留，安能兀兀長窮愁？將進酒，君莫却。直須富貴始盡歡，幾州之鐵鑄一錯。三解美人何許坐遥歎，江路鯉魚經歲斷，何當忽來話夜半。將進酒，致區區。相離猶寄加餐字，相逢不飲復誰須。四解

有所思

有所思，不知岱之高，海之下。東非我東，南非我南。月非我秋，日非我夏。悄如登山臨

水滲泬之夜，但聞愁歎喚奈何。愁歎之人今則那？一解青青者草，悠悠者道。道阻草深，夢飛能到。我欲截夢使不飛，從茲勿復相思，相思之人安知之？二解

日出入行

日出群動生，日入百憂集。紛騷苦未休，有如處褌蝨。仰笑浮雲馳，俯進流霞盃。終古霸王事業安在哉？龍魚虎鼠俱塵埃。君不見橫槊雄風澌滅盡，淚灑西陵何處臺。

野田黄雀行

唶唶黄口，多在野田。微微羽翮，安卑固然。但憂羅網，敢望摩天？不見大鵬之飛九萬里，雖有矰繳安所使？

艷歌何嘗行

生寒素，不知愁，但喜跌宕饒風流。揮翰起雲霞，倚醉摩吴鈎，意氣相傾傲王侯。神姿絶麗，不屑眄顧，彝光旋娟空綢繆。海外有縹緲之三山，其中島嶼洞壑，琪花瑶草，青麐白鹿非人間。安期拊掌而笑，群真褋沓以嬉。吹笙之女擁煙鬟，身輕翼羽滋玉顔。既無晦明風雨陰陽暑

寒，窅然一去不知還。我將脱屣富貴而追攀。

春江花月夜

花纂纂，月欵欵。春心長，春夢短。流入春江江未知，影影聲聲一夜滿。光氣無分只照愁，花月含情江水緩。

烏樓曲六首

芙蓉帶圍石榴裳，繫來垂傍雙鴛鴦。鴛鴦本是同心侶，交頸相將到何許？

山河比容玉比德，掌上含嬌重自惜。合歡羅襦著不勝，從誇宜稱背金屏。

瑶天初上纖鈎斜，一道香風來碧車。紅燭揺揺戢珠箔，孔雀屏開照迴薄。

蓮子花開本竝蒂，同心帶結原連綴。細雨深更盟歲寒，歡作沉香儂博山。

北斗横天宵色闌，月沉花瞑蘭燼殘。要眇簫聲隔蓬閬，衹應料理九華帳。

金屋深深透蘭麝，翠帷低垂金縷卸。流蘇香暖夜如何？綺窻紅日照錦韉。

西烏夜飛

期歡不來，西烏夜飛。月冷入骨，露光照衣。思浩浩，何所歸？掩户坐，螢欲暉。猧兒吠，知是非。

獨漉篇

獨漉獨漉，衝泥及岸。泥深盈尺，岸深一半。水清且渙，明星爛爛，毋忘泥岸。一解樹高以低，于山于西。高者拂霄，低者拂谿。維山是綈，遠近始終，其理則齊。二解九月風悲，草聲肅肅。鴻鴈嗚飛，感我幽獨，窈冥往復。敗葦相思，海老魚哭。三解

薤露

誰家隴高刺天？魚油隧道，石馬新阡。薤上露稀，歌者喧闐。一解豈獨挽歌，兼爲汝儺。玄衣朱裳，揚盾執戈。黄金四目，市中婆娑。二解

蒿里

嗚嘘嘻，鬼伯索人一何迫！蒿里白骨相枕藉。一解爲我謂造物：胡大愚？野死不葬，餘肉飽烏。何似無生，勿用索逋。二解井荒没没，水流咽咽。井絶爨煙，水譁魚鼈。三解魚鼈無人食，燐火空往還。妻子杳莫知，冥黑越間關。四解亂曰：臨風酹酒，魂兮歸來。春氣脈發，草木萌荄。榮落更代謝，無嗟塵與灰。附贅或決疣，亦安足道哉。五解

日出東南隅

初日舒玉顔，光艷何瑩發。輕綃煙霧開，當窗鑑鬒髮。粧成更凝坐，理夢猶未歇。忽憶機中紈，提筐行採葉。

夜坐吟

月氣氤氲借露光，欲語不語頻近牀。叫寒鴻答哀，蛩聲不斷意未央。君何許？妾傍徨。

六憶詩

憶晴時野園花亂飛，步迴芳草細，吟罷午香微。蜂蝶知春麗，紛紛來撲衣。

憶雨時幽夢向扁舟，霧髩鴉鬟重，雲衣羅薦秋。暮江天水暗，賸得楚王愁。

憶談時小語度香篝，情煖花鬟動，燈寒雪艷愁。芳心真縷縷，莫漫比江州。

憶飲時酡顔太多姿，荳蔻苞春吐，芙蓉色醉移。拈杯微笑裏，纖笋更垂垂。

憶見時波轉忘言處，楊羲玉子詩，許史瓊漿語。縱自隔僊凡，能無一延佇？

憶别時鬱悒眉心聚，初蘭暈小烟，春草低殘路。恨色滿天涯，江郎那能賦！

三婦豔四首

大婦縫羅裳，中婦爇沉香。小婦雲鬟亂，當窻理殘粧。菱花開未掩，留待畫眉郎。

大婦拂銀箏，中婦調玉笙。小婦含嬌態，宛轉揚歌聲。上客且徐起，繞梁音未停。

大婦鋪貂褥，中婦燃樺燭。小婦獨横陳，擎杯瀉醽醁。共斟人未歸，月上欄杆曲。

大婦整氍毹，中婦料樽壺。小婦攘皓腕，縷鱠行中厨。回身粧閣下，翻着紫羅襦。

前溪歌二首

宵月帳中入，曉月窻中出。出入愁無端，教儂底消得？
聞歡入門來，斟酌幾分嗔。歡今得新儂，來亦不情親。

華山畿三首

相望華山側，楓林不應染，是儂淚成赤。
素絲何皎皎，素絲猶可皂，君心長可保？
隔津歎好藕，暫分開，絲牽那得斷？

讀曲歌四首

採蓮當水深，不及開房看，那得見蓮心？
刀環音信斷，天涯子規啼，即心亦應轉。
枕亦不須長，被亦不須大。連枝同一身，環抱本無界。
問儂何所思，問儂何所憶。儂心自分明，見君常的的。

望城行

望城夫，明鐙荷戈，急往乘城。平時竭作，飼彼官兵。今且儆棘，排門逐戶要點名。一解望城夫，慎勿貪睡喚不譍。不見催科敲朴猛日增，顧汝有皮骨，鞭笞胡勿勝？二解望城夫，侵曉下城有罪責。日中齊嗷嗷，莫恤兒妻食無麥。三解望城夫，海波已不揚。須臾官兵呼隊起，立馬瞠目海蒼茫。四解

雨淫淫篇紀時變也

雨淫淫，漂以没。海國釜耶？民其魚鼈。魚鼈猶可，釜中無那。一解雨淫淫，浸稻根，上及葉。或蟄其中爲孽，大者蝕心小蝕節。農夫呼搶，淚下渫渫。二解爲我謂農父，灾匪降自天。百螣時起，下不在田。三解雨淫淫，野荒荒。鷄犬不相聞，烟火渺難望。公差絡繹捕逋亡，争牽老弱如牽羊。四解雨淫淫，泥滑滑。蹩躠不前，東顧西跌。行行入市門，哀此等烹割。五解鬻我襦，飲君酒。公差飲酒尚言渴，不知乃是吮人血。六解典我袴，供君餐。公差食肉意未懽，不知乃是膾人肝。七解入官衙，横索錢。囊無一錢，奈何輕鞭。八解輕鞭與重笞，甘之已如飴。只愁厮卒要路口，踉蹌攫去算子母。九解嗟，朝不及暮，安能待豐年？嗟，生不踐樂土，安能屈注東海變桑田？十解河海清，賢良出。雨暘時，嘉穀植。消疵癘，剪蟊賊。十一解蟊賊袪兮民害屏，人輸税兮户晏寧。十二解

抱刹廬詩草卷之三

五言古

雜詩十二首

涉江搴杜蘅，上山採蘭葯。紉以充佩幃，贈以永好約。美人遺世立，朱顔如花灼。十載守空閨，要眇感寥廓。泠泠寫朱絃，沉沉覆羅幕。鬱紆思無端，徘徊情何託？遲暮亦何傷？奈茲翠袖薄。道遠勞相望，芳椒徒盈握。

悠悠與君别，滂滂歲月長。寥天望不極，秋風忽已翔。玄蟹鳴復咽，明月鑒空床。綺羅從風薄，拂袖聞餘香。撫琴三四弄，俯仰心内傷。傷彼猗猗蘭，迺生大道傍。腰鐮或束薪，安得保餘芳？

行樂晝苦短，遥夕忍相負？聊爲秉燭遊，華園命歡友。繁緑繞通川，惠風激其瀏。荇藻相紛敷，竹柏森然黝。好音幾時來？鳴禽在踈柳。瓊漿發悴顔，蘭芬開笑口。玉露浩霑衣，金波皎當牖。爲問夜何其，參横旋轉斗。佳會不我常，娱心安可久！

城東桃李花，含姿何妖妍。金羈藉芳草，日暮恣留連。誰令歲華晚？迫此摇落憐。翹思夙昔好，音輝阻雲烟。申以金石詞，投以瓊瑶篇。覆以雙鶼翼，裹以五彩箋。巵酒願爲壽，嬿婉期百年。歡娱重可追，缺月有時圓。

寒木懷貞心，歲月忽晼晚。倚樓暮凝望，浮雲連故苑。涼飈天末起，遥戍角聲偃。所思渺何許，瑶華音未返。延佇一搔首，終宵勞夢□。

樹棘滋行違，佩蘭獲心賞。昔遊賢豪間，意氣足吾黨。出門欣有功，感激副弘獎。陽城業何尊，太丘道彌廣。風流旋雲散，懷此但慨慷。夜窻篝燈微，瀟瀟風雨響。

晚起愛朝暾，偃曝臨前軒。感兹霜露零，衰榮異晨昏。亭亭青松枝，鬱鬱秀中園。豈不經時變，柯葉故能完。静求玄化理，永存天地根。

吾師管幼安，語必吐經典。吾慕阮嗣宗，不設臧否辯。芳流久歇絶，謡啄日以舛。覩而千尺淵，莫謂風波淺。豹變豺聲中，遯遯吾其免。

小雅周既衰，王風蕩無遺。微茫正始音，絶續方若絲。藐余寡昧質，敢弛負擔爲。彌縫返其真，斯文倘在兹。狂瀾猶頹嶽，惴惴一木支。凜遵前哲型，堅忍季女饑。立功亮未能，不朽又安□？

鸞翥千仞高，深棲有恬翼。豈緊厭粱藻，貪餧戒妄得。高賢處困時，素襟良未易。儋石或不儲，量口聊藿食。德人態色虧，才士浮情克。填腸争滿膝，饕餮況無極。多謝北山鴟，與子常異域。

端居坐愁積，浹旬風雨晦。種豆落爲萁，樊圃鬱蕪穢。叢篁相俯仰，孤松獨處塊。迷陽侵瑶草，黝糾失倫輩。焉知幽蘭心，得保重襟在？鷄鳴懷良人，佳期展遥嘅。終風固無常，日華詎難再。寒暑苟不虧，晴曀理未昧。

夙負弘濟懷，許身稷契殊。游息今古間，馳騁篇翰途。大業在經國，雕蟲豈壯夫？居然成瓠落，崢嶸迫歲徂。慷慨越石鷄，激昂終軍繻。凌厲盼中原，高勳良足圖。咄咄謝文墨，俯仰多令模。

擬古别離

黄河東入海，游子西出關。河流有日轉，征馬何時還？穐高白露下，明月正團團。不知邊塞苦，寧知行路難？思君欲去時，死别作生離。眷此關山淚，泫然楊柳枝。柳枝心已折，悽惻委路岐。願比北辰星，終天永不移。

擬李都尉陵别蘇武

結髮事刁斗，百戰聽鼓鼙。白日鼓聲死，頹風折大旗。手提五千人，後效將可期。彼夫工媒蘗，明主深見疑。母妻憯臨刑，友生殘其肌。丈夫空有志，痛哭當何辭！與子結金石，我心諒子知。子歸懷漢德，我留黯自悲。不忍度河梁，執手淚盈巵。

擬蘇屬國武别李陵

言别匪遷次，積緒久悽悽。顧盼雙黄鵠，不得與俱飛。雖無兒女懷，臨岐能勿悲？歲月不待人，髮白顔亦黧。高岡有松柏，歲久已成圍。節旄看落盡，寸心誓不移。對此一尊酒，既醉忍獨歸？悲笳四面起，訣别在須臾。子看河梁水，東海以爲期。

擬班婕妤詠紈扇

紈扇如明月，動摇輕復薄。承恩隨玉輦，纖手舞鸞鶴。本㠯揚薰風，今爲束高閣。春華一何鮮，秋容一何索。用廢固其宜，涼燠匪人作。其燠不可知，其涼不可度。覩此絲纏綿，想彼蠶在箔。守妾冰霜姿，君懷温如谿。

擬張侍中衡賦同聲

亭亭白玉質，鼎鼎鬱金房。晞髮自新沐，巾櫛具蘭湯。輕車出郭門，令節正相當。君子重素交，意氣厲原嘗。解我鷫鸘裘，坐我玳瑁牀。清絃引初月，樽酒却微霜。博山何鬱鬱，寶篆吐奇香。長劍弢其室，彤弓弛不張。密言結同心，千載安可忘。

擬秦郡椽嘉贈婦

長鞅仄目傾，駟蹄疲且蹇。入門今已遲，出早會何晚。公府有程度，休沐及期返。知汝未能餐，愁我夜中飯。形影自爲雙，憐汝勤欵欵。嫁時明月璫，不復耀首靨。嫁時黄金釧，不復麗臂腕。無俟汲寒漿，腸已轆轤轉。牛衣泣者誰？無爲蘇季潸。

擬酈徵士炎見志

古皇獄畫地，法吏木爲刻。後季逞淫刑，殺機滿圜棘。天地漸陰霾，日月交薄蝕。玄黄翳其色，人命滋多辟。州里溷書記，公府恣符檄。梟狐日跳梁，麒麐將血赤。蘭芝噫憔悴，嚴霜摧鳳翮。扼腕非其時，中懷自崩迫。寄愁泰山巔，埋憂洪河側。年命弗久長，青蠅亦何益？仲尼不再生，長歌留蒿薤。

擬孔太常融述志

耿耿雉在羅，爰爰迺毚兔。冥靈有大年，蜉蝣無朝暮。嗟哉白日頹，豺虎公然路。忠信湮洪濤，節義迷緇素。周公吐哺心，孺子爲之負。獨憐鸚鵡客，單絞岑牟誤。亦有玩碑人，黄絹幼婦妬。蕩蕩四國均，金玉式其度。日中錯掐葵，失身不密故。揮手謝郗生，覆巢寧反顧。

擬魏太子丕游讌

自公啓華讌，微飇生薄涼。永夜西園游，明月下池塘。蒹葭吹未老，幽蘭忽已香。荷蓋猶未枯，文鴛宿其央。嘉客既彬彬，壺矢亦鏘鏘。觥爵行無算，美麗列成行。軒縣雜絲竹，迭奏稱樂康。月色奉清娱，露氣方瀼瀼。千載會一時，賡歌鹿鳴章。君子是則傚，穆穆更明明。

擬王侍中粲從征

攙槍指華蓋，太微已遁藏。七維雖在天，羅列不成章。況復風雪至，側側念涼雱。黄屋赫然興，提戈出洛陽。騶虞爲前驅，魚麗爲後行。虎賁奮其鋭，俄弁盡趨蹌。先機定五都，神算收遐荒。爝火分餘照，寸柯滋露瀼。滔滔南國紀，納納大人堂。清泠所自濯，況復兵氣揚。予愧不材鴈，能鳴厭稻粱。歌此日重輪，又詠月重光。文成歸我武，功德邁虞唐。

擬陳祭酒琳游覽

薄遊駕言邁，及此穐氣清。緬懷長林外，逌然遠心生。伊昔摻鉛槧，夙夜從軍征。每每臨名山，迢迢上古城。自從締七子，登高空復情。有時瞻銅雀，流盼俯闕庭。時彥何濟蹌，媿我負虛榮。尸餐將見誚，何策能定傾？孤羇懷感激，殊遇自鏤銘。敢云章表健，微繁謝六經。焉知千載下，朽蠹與誰名。

擬劉文學楨侍讌

夜遊急秉燭，不再者良時。況此曛嘔夕，酒清人未疲。公子誼干霄，亭亭不可梯。珠履蕙蘭逕，月映芙蓉池。開尊注黃流，佳麗引雲吹。商絲和比竹，新聲雪欲飛。庭萬玄鵠舞，算駛羽觴遲。傞傞稱具醉，斜月照西枝。下座有狂客，自比失晨鷄。拊翅再三鳴，眷兹羽翼施。乘黃俱絕塵，欵段安能追。

擬徐文學幹離情

涼颸蕩炎歊，微雨濯清泠。良人不在茲，皎月下空庭。伏翼夜雙出，哀哀集我楹。幽蘭香未沫，蕙草爲誰榮？琴瑟掩不御，絲網上牀生。痗疾忽㠯痁，詎復餌黃精。昨日尺書來，離離半不明。如何已肅駕，脂牽又中停。錯莫蹉跎信，何時解宿酲？

擬應侍中璩百一詩

駑馬可代步，詎必騄盜驪。山行不得水，螻蟻固吾師。高明鬼所瞰，屋漏神亦窺。智者失千慮，大道如列眉。支乃不可壞，壞乃不可支。勿以去惡盡，謝此樹德滋。勿以白圭玷，負此駟馬追。太息復太息，三復古人辭。萬鍾非吾願，好爵㠯自怡。

擬左記室思詠史

白龍困魚服，生死不自由。丈夫晚失勢，磨劍上陵丘。身世石中火，富貴一蜉蝣。東海射巨魚，寧爲鮑魚謀？鹿馬走宫中，豈爲黄犬羞？商山四老人，安識項與劉？好老復好少，馮唐已白頭。片語能悟主，快哉田千秋。窮達匪人意，讀書空淚流。十年窻溷賦，寂寞俟悠悠。

東方饑欲死，不及鳴雎佞。

擬阮步兵籍詠懷

我本土木人，樗櫟固不才。東鄰有季女，窈窕匪所懷。我懷將何之？忽忽上吹臺。披襟一目嘯，日夕悲風來。雎雄俱寂寞，楚玉安在哉？曳裾念佳客，十載未言回。莽莽兔園竹，浮雲翳不開。月出能復皎，四望失塵埃。我思千載事，欲去重徘徊。安能耗精氣，對此有盡杯。

擬張司空華離情

秋光生暗壁，梧葉響空墀。休沐齋居夜，慊慊來遠思。遠思復爲誰？嫵婉成別離。一往有深情，不得親令儀。夢寐來髣髴，魂魄故相依。昔昔將離際，淒淒前致辭。解我雙條脱，贈我雙文綦。微言猶在耳，夢覺忽路隅。老大長相別，那不長相思！

擬陸平原機述宦

弱冠欣入洛，江海擬朝宗。羇旅遠浮雲，黄耳信安窮。麟省多滯人，衡門不得終。幽蘭初被渚，宛宛承朔風。對壘遡先德，何吕酬上邦。賴有張潘儔，討論開愚蒙。承華溢簪笏，恩感高衡嵩。梟獍生骨肉，蛇角欲成龍。誰能違天紀？風雲匪所從。平生固善懷，仁義未爲工。憂來渺無方，傴仄羨冥鴻。

擬陸内史雲代内

荇菜自參差，表此關雎德。芙蓉亦紛葩，莫問中心菂。蕩蕩君子懷，所貴不在色。粲粲初入門，今夕知何夕。雅奏豫房中，晤言承寵臆。新昏方燕爾，彙征張六翮。未既同心懽，將離遂促席。文簟委流蘇，鶼鶼棲一隻。風雲君氣多，兒女情安極？明月照中幃，何似關山隔。君宦未封侯，妾悔楊柳陌。蔦蘿有本性，好在庭前柏。

擬傅司隸咸贈二陸

朱曦麗天漢，紫宿動太微。素靈分鳳羽，龍章冒虎闈。群英皆振藻，二妙更雄飛。既閒季子樂，亦下董生帷。蟪冠流清影，豐貂表逸姿。竝扶日月輪，共整星辰輝。伊余狂簡質，幸甚附塤箎。葑菲獻一言，高步貴知幾。

擬張東曹翰思歸

秋氣驚河洛，緬然懷故林。梅生蚤脱冕，疏叟歸散金。浮榮何足戀，孤羈安所任？故園在江海，湖水清且深。既饒四腮魚，況有千里蓴。家釀秋當熟，歸來足酌斟。菰蘆恣幽賞，朝市憂陸沉。英儁誰寤此，我拙抱鄉心。鄉心一何劇，惻惻越人吟。勿待撫銅駝，淚下空淫淫。

擬何司徒劭山居

荒圃傍溪山，結搆有蝸廬。矯首濠上觀，我樂亦如魚。短杖信所適，暇日治琴書。文木何鬱鬱，賓來樽不虛。廣武時興歎，班司勉鴻圖。既無塵事鞅，興寄日蕭疎。明月照高樹，得句良獨娱。華亭悲鶴唳，金谷悵丘墟。無爲憂晷促，俛仰愛桑榆。

擬張黄門景陽苦雨

螣蛇已遊霧，雷雨不崇朝。南岡添響瀑，西郭漲虹橋。洗車還隔轍，沉竈復傾巢。焦明翮摧崩，彩鳳羽飄颻。誰斬蜚廉足？頓令積潦消。宵行無熠燿，户閉濕蠨蛸。或恐天河決，昏墊厘神堯。欲作息壤歌，刺促商羊謡。女媧漏未補，墨突不須嘲。

蘄州盧府君闔門殉難詩有序

府君諱如鼎，字吕侯，楚之蘄州人。世以篤學厲行聞。舉茂才，試輒冠曹。偶手箋四子書、尚書諸解，學者多宗之。性至孝友，家庭之内，雍雍肅肅，閭巷咸爲矜式，有諍訟者不之官而之盧氏里。民詹某暴卒而蘇，忽踵謝於庭曰：「某爲鬼伯攝至冥府，閻君與某約：『汝算未盡，應得釋。第須押赴同里正直人盧某，詢無惡蹟乃可。』已得公簡還報，始復生。」其獨行純至，感格幽明如此。癸未春，有寇襲蘄，府君以恂恂儒者躬集里人，分布闗隘，賈勇死守。賊分道突攻，公血戰，得稍却，而他堡旋爲賊陷，從後剸刃，竟及於難。公次子紱妻楊氏，亦蘄望族，偕母朱爲賊所執，時有娠，不能行。賊欲負之走。紿之曰：「姑待吾自行。」至火焰處，攜母手投入火中。移日焰滅，頭足僅存，而其娠已墮，諦視之，男也。公猶子紳配夏氏、子震初，俱死於賊。震初妻袁氏度不免，拜辭其祖舅姑，抱週歲子投井没。時公長君孝廉紘，以計偕獲免，歸而收葬之土門株樹林，爲具闔門殉難始末，泣訴所司具疏請旌表，值改革中止。至本朝己丑中進士第，由邑令累遷藩臬，凡三報最，贈府君至大中大夫，因詳脩家傳，徵詩篇以紀之。

余惟自古節烈之事，載於史册者多有。然皆有位者也，而士流未之見也，皆異地者也，而一門未之聞也，皆曠代者也，而三世未之紀也。嘻，其難乎！敬述五百字以附盧氏家傳之末，他日信史下採，大書特筆，尚有考於野乘之言。

蘄山何峩峩，蘄水何湯湯。蜿蟺孕英靈，篤生此貞良。乘風馭灝氣，挺然來帝旁。下爲溷濁世，挽扶已頽綱。絶學向千載，一朝闢混茫。微言宣大義，鴻文抽秘藏。衣被執經儔，爛焉分天章。雍雍孝友聲，琅琅通德鄉。質成倚平反，僉曰上公堂。風聲一思服，名教多激揚。幽冥尚可格，況迺孚黨庠。相與尸祝之，曾不異庚桑。惟時勝國季，有寇薄城隍。公素静退聞，義勇發倉皇。振臂即雲集，亞旅儼戎行。險隘既分布，公也一面當。登陴數力戰，敵勢頓沮喪。他闕俄失守，蹂躪遂沸湯。身無一命寄，壯哉殉疆埸。碧血裹丹心，虚無照八荒。爲五嶽拔地，爲列星耀芒。熊熊不可磨，千秋仰靈爽。所難公有媳，裔出望族楊。與母偕陷賊，志摻堅冰霜。耻爲賊所挾，相攜投火光。燄滅遺殖存，男娠墮已僵。又有猶子紳，伉儷並罹殃。紳子震初者，從親爲國殤。其婦尤奇烈，抱子週歲彊。拜辭祖舅姑，躍赴井中央。是爲袁氏女，與楊並流芳。稽古節義事，曠代遥相望。盧氏胡獨然？巾幗皆冠裳，一門萃三世，俠骨争馨香。蘭堦猶不生，威鳳無凡凰。正氣所凝結，鬱確排天閶。斯曰國之禎，斯曰家之祥。我聞忠孝閭，其後必寖昌。長公金閨彦，勃興振青箱。維屏開節鉞，策勳在旂常。前脩既彪炳，後業方焜煌。惻然述祖德，家乘垂珪璋。誰歟職惇史？載筆行取將。鄉評請崇祀，國典用表坊。忍使大節泯，語焉或不詳？蕭蕭株樹林，纍纍土門岡。嗚呼一門者，行道猶盡傷。嗚呼一門者，靡俗猶激昂。嗚呼一門者，歷劫猶孔彰。蘄山若加高，蘄水若增長。

春晴過遺民西園

惠風扇微和，霽日昫村塢。逍遥一策杖，言訪西園主。把臂欣入林，爛熳花當午。渾疑游物外，瓊樓玉爲宇。弄音嬌語澁，學笑幽蘭嫵。亭亭共素對，静覺鬢眉古。得句起行吟，蒙頭罨香雨。

深閲

深閲疲我神，推書起逡巡。晴光蕩野色，遘此無邊春。幽趣成日涉，三徑隨步屧。繞畦不覺遠，翻飛逐黄蝶。

止酒斆香山

生平累麴蘖，中宵持一觴。極飲不盡壺，聊取寄徜徉。憂來内焚和，齒痛頭復癢。醫言厲酒戒，勉守約三章。涓滴不入口，丙夜投匡牀。昨聽風雨惡，擺樹成鏗鏘。僕本陸沉者，輾轉色淒涼。假令三四酌，徑造無何鄉。此中天地闊，日月饒輝光。煬和兼抱德，摇作倶堂堂。誰貴復誰賤，誰羸復誰彊？誰枯復誰菀，誰否復誰臧？勞攘得晏逸，蹇駑亦騰驤。胡然愁思積，使我心茫茫？紅螺起相慰，短歌招素郎。

集花下分韻得菊字

閒居適寡懽，逍遥騁遐矚。長林不榮條，原草無遺緑。感兹激中懷，興焉叩鄰曲。呼我素心人，及此香醪熟。念彼凌霜枝，冉冉媚幽獨。有酒不能醉，寒華徒自馥。披襟向衆芳，浩歌瀉一斛。行樂亦復佳，何迺徒蓄縮？不見柴桑翁，空觴亦對菊。

積雨初霽將訪梅源先寄西園主人

晨對淒風晨，暮聽沉雨暮。歷亂作悲涼，黯黯春愁度。惆悵羅浮約，冥濛鎖香霧。烟霏次第開，玉鱗淺深破。一棹窮僊源，猶誌緣溪路。

送越九北上

嚴冬十二月，送子遠行遊。遠行復何之？驅東向皇州。夙懷澄清志，敢戀泉石幽。朔風厲長林，凝霜被岑丘。僕夫迫晨征，去去不可留。執手臨路岐，俯仰悵悠悠。壯遊寧不歡，何以慰離憂？君爲雲中鵠，余爲汀際鷗。卷舒各有真，動静適相儔。願言共努力，立德垂千秋。

初冬錢子辭余歸越詩以送之

寒煙澹村墟，霜氣疎林薄。跫然來足音，一笑披帷幕。晤對狎已忘，誰知即離索。揮袂欲辭去，恐作數日惡。家釀爲君傾，驪歌爲君作。遠予南浦望，黯然情何託？越山與吴水，晨征兼晚泊。亦有腸中輪，追隨共寥廓。

與康小范握手道故欣慨交心紀此爲贈

在昔别君時，壬辰歲云秋。相送城東門，把酒餞行舟。驪歌發高唱，盈觴勸復酬。夜久惜餘懽，涼月生離憂。揮手贈我言，京華會同遊。霄塗逼咫尺，無勞悵阻脩。蹉跎詎至今，俄復七載週。衮衮争先登，而我獨沉浮。念與故人期，愧汗恐莫收。今來忽相見，悲喜不自由。我爲君躑躅，君憐我淹留。五嶽隱未平，意氣拂吴鈎。哂然振長嘯，谿風爲颼飀。坐對尋鬚眉，開端始綢繆。契闊曾幾何，年華駛若流。蓼莪何時廢，將雛奏得不？具言客歲冬，雙珠掌上投。歸將具晬盤，一堂喧笑稠。爲余揆初度，坎壈行漸休。剥極旋復來，悲鳴何啾啾。遂誇豪吟富，自向破錦搜。迴環一擊節，相與豁牢愁。咄哉乾坤内，文態空悠悠。如君見至性，端合古人求。

逝將奉橐鞬，追隨橫九州。試看豐城氣，還能沖斗牛。

鄒明府百鹿屏詩六首以鹿字爲韻

奕奕元化宰，英聲起天禄。出政熙春臺，庇人豐夏屋。山川開瑞圖，蠕動欣萬族。琴堂草色深，時復繞馴鹿。

圓源與方流，隨地湧萬斛。皇哉正始音，風流踵前躅。鷺水清以深，螺峰丹且緑。神秀何所鍾？香爐蔭白鹿。

洋洋黄歇潮，遠近一滲漉。西江沛澤流，何生不浩育？大地陽始回，吹律應黍谷。群歌帝力忘，醇風返枝鹿。

夙昔志澄清，攬轡從所欲。臣心湛若水，漣漪映輪轂。朱絃動薰風，手扳對朝旭。異時廉吏傳，常山紀還鹿。

種本自仙山，遊亦在西竺。琪樹爲璇宫，甘芝即嘉穀。五色如騊駼，雲霞浄新沐。莫作畫圖看，此是隨車鹿。

一門萃四世，君子宜五福。峩峩堂上人，皎皎髪如玉。雲翽天際來，紫梨秋正熟。獻壽千年期，笑指漢時鹿。

歲莫和坡公岐下三詩

饋歲

富貴競浮侈，山海迭陳佐。盤飧簡翰繁，異遠夸珍貨。好美良足恣，氣勢居然大。手指百僮勞，羊彘千雙臥。將軍好腰圍，羶薌羅滿座。沆瀣楊雄宅，握粟聞舂磨。饑鶴啄苔冰，亦許佳節過。雪吟寒蕭蕭，祇博高人和。

別歲

殘年百端集，頗恨歲月遲。果若驚飆逝，怒呼安所追。願攜一囊書，遠去天之涯。避喧非避歲，繾綣乃有時。黃暗柳絲短，紅明玉蘂肥。白晝且大坐，無事兒女悲。如何刺促久？歲復向我辭。憂眠意慘惡，長此將無衰？

守歲

嚙藤愁二鼠，窺井畏四蛇。請摶兩丸子，好倩懷袖遮。瞬視春秋謝，造物將如何。鞭笞鸞鳳行，千歲靜無譁。何爲一宵中，漏歇鼓復撾？如手障百川，能禁斗指斜？神僊不可學，歲月空蹉跎。篝燈聊晏坐，獨醒亦足誇。

抱𥦗廬詩草卷之四

七言古

古意

煙重柳腰吹不起，風輕小院蘭心紫。粧臺爛熳初睡醒，倦眸流盼清於水。越羅如雪掩嬌膚，欲語不語愁如何。阿誰前近屏山側？佯搔墮髻調鸚哥。

三月三日

春莫日重三，江城滿飛絮。撩亂晴暉不自持，傷心欲攬韶光去。東家小婦最凝粧，春睡嬌酣白玉牀。夢魂顛倒啼聲呢，鳳釵落枕愁茫茫。中庭蕙草素書絶，曉衾自撫香肌雪。勸郎莫逐柳花飛，漂萍無蒂何時歸？

老傭歎

老傭龍鍾亦可憐，脱粟一升日晏眠。有時得酒如集羶，不羡王侯與神仙。終朝但掃柴門前，駝腰聾耳百不便。農家豈得弛負擔，辭勞歎苦每喃喃。我戲仍俾餘瀝沾，笑而頷之等蜜甜。吁嘻緩急用人貴足使，莫學侏儒苐飽死。傭聞此語笑不止，尸禄枝官亦百爾，虚縻脱粟常如此。

負薪翁

菰蒲萑葦民利賴，長舸大艑來海外。一從傳箭驚鶴唳，炊者是玉薪者桂。千門有突煙不青，老翁負薪行伶仃。只望貿薪旋握粟，今朝不復羞罍缾。豈意横行街市裏，三三兩兩兵家子。公然有力負之趨，老翁脣焦呼莫理。歸來喘急色慘悽，俄到埸頭酷日低。未知饔飱作何計，遑顧兒女悲復啼。我慰負薪翁：翁且勿淚漣。不見鈎鐮捆載無數船，荻風頓盡黄浦邊。

大雪謡

乖龍蹴翻天河水，造化弄之作冰蕋。一灑萬山悉縞裝，散漫碎剪乾坤帟。蝶粉鸞翎上下狂，梨魂玉魄絲絲死。先生乘醉呼白麐，却走瑶池王母使。騎鶴追來三萬程，青都路認珊瑚紫。

夢天謡

我昔夢天月皎皎，九朵芙蓉望中小。而今跌宕在人間，春鳥向花啼不了。興來欲寫夢天圖，筆醮瑶池作硯沼。心中偶憶杜陵句，春花冥冥日杲杲。相逢得意且爲歡，莫遣落花愁難掃。

送程弘執還白嶽

程郎六載爲客浩蕩江湖間，敝裘短策相逢時與破愁顔。狂來浮白向天輒大叫，興到揮毫落帋不復删。恰如逸驥奔騰莫控制，又似身踞百尺難躋攀。斗大滬城聚蟣蝨，何意君來遂成二老相往還。公瑾之醇惟許程普醉，不識行軍一變細柳旌旗殷。敢誇工力悉敵同沈宋，庶幾高談莫逆等尹班。一朝辭我去，駕言歸故山。故山渺何許？乃在齊雲之巘，天門之宇。糾盤遥接黄山麓，襟帶迴環黟水渚。上有香爐之峰吐瑞烟，下有珠簾之泉捲飛雨。五老駢肩而却立，三姑嬋鬟以延佇。中有福地洞天瑶霏玉旭，非復人間晦明寒暑。我欲往從之，恍惚聞天語。塵網牽人志不遂，夢遊惟共子與汝。畏君别，羡君歸，君歸故山陲。還君山中白雲堪自怡，余戀故巢棲。空負柳條梅蕚争芳菲，不得隨君訪靈境。瑶草無人自滿空山徑，期君拾得貯奚囊，重來併取新詩悉持贈。

送劉山人歸新安劉善星術

黄山高，渺何許？送君歸，悵浦漵。山遥水闊良晤難，盍少須臾掉頭去？聞君此去學向平，婚嫁未畢攖其情。一朝讀易悟損益，偏遊五嶽萬緣輕。我嘗愛君談星指掌探玄奥，君亦愛我揮毫落紙臻神妙。草玄草聖空白頭，不及高懷恣嘯傲升沉。已定復奚疑？知我如君勝自知。他日逢君更何處？一樽重與細論之。

玄冥行贈遺民廷對北上兼寄訊張泰安越九

君不見玄冥一至寒威合，木落蕭蕭草枯折。又不見陽回大地遍生春，一時草木皆精神。始信榮衰無定在，達人大觀胡足怪。滿眼兒曹羽翮成，競拔蝥弧逞先登。大都殢骨無霸氣，時來不得誇誰能。先生名噪海内三十載，讀破萬卷才如海。日食太倉數升飡，老爾風流與文彩。衹今對策方入都，陳言戛戛去其膚。漢家求賢新詔切，異數遇者非君乎？吁嗟我生獨潦倒，文章如羽名如草。近來結交逐勢利，君與途窮阮籍好。魯州刺史頗知余，年來不報一行書。經過倘問貧賤士，寄言爲政心何如？

送半嵋北上兼寄朱天襄張青琱諸子

屈指四年間，送子凡三度。今來上河梁，黯然倍難吐。彌年此地送人去，争着先鞭不我顧。蒼茫獨立悵雲霄，地老天荒莽回互。徒爲拊髀慨蹉跎，壯子斯遊發浩歌。灝氣已吞雲夢澤，雄心欲奮魯陽戈。男兒成名須及早，如子騫騰猶自好。破浪乘風莫更疑，回頭毋念我潦倒。京華冠蓋多舊遊，遲君染翰鳳池頭。爲道故人相問切，尺書倘寄慰沉浮。

喜顧五燕歸時聞道警

經時不見顧虎頭，兵戈阻絶增離憂。生平與世無一可，更於何處漫依劉？家無儋石曾不顧，掉頭自出門前去。丈夫遭遇會有時，遮莫兒曹笑奇數。昨忽傳君間道回，布颿安穩脱喧豗。莫厭囊中尚羞澁，得歸相對且啣杯。

正始篇訓程鶴湖

百年以來無正始，崆峒已遠信陽逝。雄哉近代陳黄門，重開生面闢乾坤。雲間旗鼓遂無敵，恨不同時一相識。何意新都程子復出奇，高築騷壇滬水湄。幽情冥寄何寥廓，傾江倒海文思落。須臾彩筆飛翩翩，萬言對客迅掃如流泉。樂府突過黃初上，詩歌方駕前代諸淵匠。兩人神交十載餘，一朝握手訂相於。詩來謬推千載風雅事，品曰蒼奇吾滋愧。今秋贈我桂樹篇，更以前朝才子何李相比肩。許我北地稱同調，憐我雲間和歌少。勉我立名早致身，慰我文似相如豈長貧。三復贈言三歎息，感君意氣何所極。眼前交態空悠悠，每思陶謝與同遊。力追正始公無忝，相遇中原吾未敢。還期努力千秋萬歲名，他時不朽並周程。

陸曾菴舉雄志喜有序

曾菴陸甥，平原詒穀。文裕傳芳，家聲直嗣。機雲品望，兼追玩納。荀君之清識難尚，里署高陽；鍾皓之至德堪師，風承長社。人倫東國，領袖後來；文譽南宮，摳衣先輩。坐擁皐比之席，興懷鱸鱠以歸。墅近林泉，堂開荊桂堂名。方新輪奐，芝秀乎齋房；迺晏寢興，熊占夫吉夢。歲值上章之晚，律中無射之餘。莊似藍田，紫英爛熳而盈把；籬猶彭澤，黃菊紛披以汎觴。充閭之氣佳哉，照乘之光的若。爰禱先祺而葉瑞，用紹祖德以誕馨。弧懸已志四方，震動肇徵一索。乃公逼視，神觀都清；隣姥喧傳，眉目如畫。龍文炫采，慈明先見無雙；虎氣上騰，偉節早聞最怒。咏前人之澤，念彼槐陰；蜚異日之香，方慈蘭畹。慶萬事之已足，量百斯之未央。敢綴新篇，慚稱妍唱耳。

昨歲賀君新卜宅，華堂詫有熊羆色。俄聞閤裏夢長庚，果爾珠投掌上明。試啼便識真英物，麟角摩挲殊突兀。國琛本自川嶽神，豈徒蘭玉謝家珍！始悟真宰有深意，扶輿積氣鍾靈異。星精誕降故遲遲，瞬息霜蹄千里馳。試問爲遲還是速，似此寧馨遲亦足。只今懸弧乍慰情，人傳已伴乃翁名。乃翁藉甚文章伯，金馬門前早射策。已厭承明歸去來，東山捉鼻且徘徊。蒼生佇望爲霖雨，待指雲霄相接武。祖德孫謀豈偶然，傳經世世學韋賢。老我公然丈人行，每向人前誇宅相。有兒空佩紫羅囊，他時只好共吾長。那及君家丹穴種，纔唱將雛神已聳。漫尋湯餅會中歡，拭目鵷鸞隊裏看。

歲暮行訓李竹西

荒城歲暮愁蕭槭，詩句酒杯信寥寂。我友喬生忽寄言，聞有當今謫仙客。逸氣翩翩海上來，能向風塵具眼隻。見我新詩擊節歎，遂枉投貽一雙璧。江干春緒及秋詞，俊逸清新兼有之。王孟云亡秦柳歇，今日逢君君更誰？爲君開筵集上客，登瀛人共相追隨。是夕共十八人。杯轟耳熱文星動，燭瘦歌殘夜漏遲。漫辱雄篇爲紀勝，落紙揮毫意滿勁。謬許周郎天下才，詩筆一空甜俗徑。今之作者我猶歉，擬以鄒枚毋乃佞。知君至性同古人，一時駭耳久論定。呼嗟人生知己不須多，流俗紛紛當奈何。得一賞音可不恨，千載鍾牙調未孤。感兹邂逅無所惜，欲傾家釀話疇昔。蕪詞未足報瓊瑶，庶仿任華寄李白。

姜生歌

姜生奇崛人，人争呼爲癡。歡然應之無恚色，時俗不解乃共嗤。吾笑謂姜生：兹名詎易得？此曹但皮相，安知癡中有消息。君不見阮嗣宗，越禮不可訓，昔人乃稱爲至慎。又不見劉伯倫，耽飲日沉冥，誰知閉關善韜精。古人有託而逃意不淺，放浪形骸去之斯更遠。姜生至性實過人，談諧往往見天真。自言有母不能弛負米，某也此身烏敢以許人。忽焉縱談當世務，鬚眉戟張肝膽露。一遇人間不平事，袖裏龍泉錚錚聲奮怒。少年豪氣横九州，汗漫真作騎鯨遊。酒酣慷慨爲長句，下筆千言不少休。只今收拾塵踪谷水上，黄金散盡色猶壯，咄咄狂奴故態未肯降。讀易忽悟乾之亢有時，密闡先後天，畫前之理玄中玄。姬象箕疇悉糟粕，吉凶悔吝靡弗指掌而瞭然。姜生姜生誠達士，余亟稱之良有以。舉世懵騰膠擾乃盡癡，癡如姜生亦足矣。

曹魯元父子草書歌

君不見曹氏父子天下奇，兩枝斑管纏蛟螭。鄴中自昔才最盛，琴川繼起遠過之。阿翁夙號文章伯，虎視騷壇踞一席。復以餘技通草聖，有時臨池池盡黑。好事争購如堵墻，吴綾蜀牋堆滿牀。興酣落筆雲霞起，欻見光芒萬丈長。須臾掃盡數百幅，變態縱横看不足。或如舞劍渾脱以瀏灕，又似鬬蛇糾紛而屈曲。滿堂動色擊節歎，阿誰旁睨思躋攀。八齡之兒更英上，眼大心雄妙已殫。欣然搦管承蜩似，伸舒疾書無顧忌。别出機杼敵乃翁，雙鵰並搏各争勢。無論碑額與柱聯，大或如斗小如拳。龍跳虎卧不經意，驟雨旋風驚四筵。乃知此事非關工力老，天與君家雙腕巧。大令故當嗣右軍，丹山有鳳雛亦好。吁嗟我生數歲餘，誤學塗鴉耽草書。年來竊慕古人跡，瞠目閫奥還趦趄。苦遭世俗不相放，手不停毫徒漫浪。窮年煮字難療饑，空使隃麋氣凋喪。如爾喬梓藝絶倫，囊中亦復如余貧。嗚呼！古來盛名常坎壈，胡勿焚却筆硯飲吾醇！

秋夜邀梁溪馬兆豐山陰吴沛雲同學陸嶒路集小齋醉歌紀事

馬君忠義之子鳳之雛，皎如秋月懸冰壺。吴郎越客喜遊吴，能賦真如古大夫。平原翩翩逸藻敷，大小兒作機雲呼。高秋良夜不可辜，聚之一堂相歡娱。邂逅誰能形迹拘？且燒華燭傾百觚。杯闌氣熱話模糊，起前致詞還向吾。皆言顧曲風流絶代殊，爲我彈絲歌烏烏。一彈再鼓音未徂，調高絃絶難追摹。我欲更張重斯須，諸君莫便拂衣趨天涯。同調落落晨星孤，難逢輕别胡爲乎？梁溪之水隔五湖，會稽之山天一隅。交遊四海盡吾徒，白雪陽春更有無？噫戲吁，白雪陽春更有無！

贈新娶迎春日作

軟風吹徹霜華薄，春氣氤氲透羅幕。幽蘭學笑逗芳心，梅蕋闗情吐紅蕚。九衢彩仗連十里，點綴藍橋會僊子。合懽巵傳琥珀濃，同心帶繫珊瑚紫。流蘇帳底宵如年，漏盡銅壺未曙天。歡作博山懷裏熱，儂爲沉水香含烟。殷勤夜烏啼宛轉，起看日炙綺疏暖。夢回鸎鵲催新粧，喚索今朝畫眉管。

訪梅遺民西園同次坡公松風亭韻二首

第五橋北高人村，昔曾憩此清心魂。彌年誤被塵網縛，一去汗漫風霾昏。至今夢想猶眷戀，每如羈翮思林園。主人報我瓊蕋坼，已呼餉客新醅温。連旬殢雨苔封滑，曉來花徑篩初暾。倒衣命駕扉已啓，惟有閒雲時護門。登樓一放醉眼白，花枝起舞鳥能言。風迴香陣撲几席，玉鱗紛飛倒入尊。

春風澹蕩溪邊村，暗香脉脉返清魂。翩何玉奴凌波立，瑳然一笑靡東昏。瞥疑乘鸞來月下，亂吹瓊英散野園。西園先生今靜者，閒吟幽賞資清温。熱客從嗔但堅卧，日共寒榮偃朝暾。呼童浄掃花下石，遲我携琴客到門。踞牀爲作三弄畢，起視四座悄無言。巡簷酹酒更索笑，疎枝泠莛交窺尊。

贈楊玉衡

玉顔如花照楸枰，昔有國手姚書升。引商刻羽入神妙，絲肉場中推陸曜。書升善天曜亦亡，代興誰復兼其長？翩何婉戀楊家子，明眼一雙剪秋水。清簟疎簾望若仙，敲碁破敵紛如烟。何殊綸巾白羽扇，指揮談笑風雲變？有時艷唱嬌上春，當筵撥阮態横陳。花間徐弄流鶯語，綺窻幽怨尋爾汝。颯然變徵按涼州，金戈鐵馬風颼飀。霓裳忽轉鈞天奏，游絲一縷飈清晝。曲曲令人唤奈何，腸斷繁音復曼歌。從今欲裹鴟絃去，逃入空山爛柯處。擕君落子度新聲，長謝人間蠻觸争。

賦得蛟龍得雲雨

神物困於壑，蜿蜒失其勢。塊若涸轍鮒，揚鬐徒有意。江邊蝘蛇顧笑之，鱗角峥嶸不自持。頷下明珠空爾爲，出潛離隱知何時。嗚呼！英雄失路盡如此，長鳴呼鳳豈獨北山鴟？天用惟龍古已然，勑龍莫向滄海眠。硯池一滴猶可化，況復鞭霆下九天。十年安穩江左卧，變化飛騰只指顧。霖雨四海不崇朝，嗟爾蝘蛇休震怖。始知有屈必有伸，天下蛟龍豈無數！

豫園奇石歌同程村秬園半眉作

生不及遊茲園全盛時，猶見冠山朱堂敞陸離。峩峩名勝表南紀，奇石傳是隋唐遺。當前疊巘峙參斗石名，奮插蒼天以背負。周遭紛倚玉玲瓏石名，彷彿太華青芙蓉。按圖索之飛駿出石名，瘦骨稜稜對風屹。支遁相逢定賞神，米顛若遇整袍笏。諸峰羅立盡凌虚，嶔岑嬋娟面面殊。還疑漢使銀河竊，豈有秦鞭東海駈。一從浩劫灰飛時代改，尚書第宅竟何在？奇石巋然尚獨存，無乃此物闢真宰。我今摩挲其下意，蒼茫相對高歌白日荒。仙人露掌劃空立，叱爾何不遂成羊。河山既殊風景異，肅若典型爾未墜。雕鎪恐是神鬼功，耆舊猶思休沐賜。呼嗟爾生骨相磊砢，不宜薦上林。惟予堪訂石交深，寒山一片自可語。石乎，胡爲棄汝荒園陰？

峭石圖歌贈蕭九牧

君不見匡山之峰拔地雄，五老唫嘯天門東。飛來化作青芙蓉，伯禹南巡竟未封。躋攀蠟屐不可上，徒令氣逼斗牛空。又不見岱宗之旁二石出，銘曰五車漢時立。成都石笋不足奇，織女機絲邈難匹。至今沉頓空山下，賞會無人自嶜崒。何似君家峭石圖，嶔崎歷落宛可娛。居然秀壓衡與嶽，不數崑崙五色殊。主人夙負選石癖，結社其中恣遊適。撫琴響荅衆山間，落子聲傳幽澗側。著述已看二酉殫，藏之何用求名山？只愁猿鶴旋相怨，泉石終難老謝安。

題松竹石圖贈王使君

竹君子，松大夫，鬱林之石乃其徒。下有千年之朱草，上垂百尺之青蘿。使君高摻具此圖，泠然冰署試懸諸。調琴舞鶴閑相對，一種清標合共俱。

偶題硯篋

斷瓦鄴宮瓦飄屑，澄泥叢臺泥滑滑，是中不逞亦乾没。一方含白何泚泚，松煙霏青石凝紫。嘗供鄭老寫蘭蓀，兼伴陶翁書甲子。

題古松圖爲周司農

吾愛慈仁古松真奇絶，一往從之興奔悦。安得畢宏韋偃今復生，貌取虬枝鬱鬱如屈鐵。經營意匠駈風雷，卓地撑天恣超軼。櫟園先生真好事，畫圖倩得胡高士。直覺偃蓋蟠挐生筆底，持示雲間大瓠子。余笑且歎謂先生：吾曹老大屈折常如此。

憎集硯蠅歌

踰靡新磨硯光發，濡毫聊取自怡悦。須臾竊附繁有徒，攢集何堪恣饕餮。麈尾千迴拂不停，去來無端頗超忽。翻嫌墨瀋太無多，入耳營營如有説。畫屏真欲遭點染，白璧何辜被湔涅。怒來便欲拔劍斵，帕污龍泉還且歇。汝曹幻化最神奇，能變白黑炫明哲。樊間逐臭儘自豪，醯鷄争鳴足鼓舌。虞翻猶生弔未須，郭公遲爾躬三折。

秋水園觀打魚

西園落花游絲颺，春晴風景足芳暢。交柯斜出照芳塘，花影游魚晴欲上。携尊命侣濠梁間，鴛鴦驚飛蹴花浪。挺叉沉網破緑苔，毿毿柳線春波開。水深烟暖失浩蕩，紫鱗撥刺非常才。縱横競看銀刀出，玉花碎起每停杯。

同心蘭歌

雙帶瓊枝若木倚，吴霜驚飛莖葉紫。桂樹輪孤蕙帳明，文章楚頌今爲枳。碩果親封白帝烟，小桃繁李争妖妍。荒深鼯逕離憂路，金徽蕭槭飛紅泉。無言氣熱雙峰聚，欲共招魂招杜宇。

隴頭流咽聽潺湲，傷心使客悲鸊鵜。蘭襟玉筋何瀰瀰，對彈長鋏呼蛟螭。芙蓉秋水沉霜鍔，千年匣底盤雄雌。荆卿之客游俠流，誰當知我鮑子儔？分投蘭茝貫金石，不與猿鶴騰高秋。吾客不來叔牙死，江蘺寂歷委芳芷。殷勤紵縞雙龍梭，連蜷何處詒霧子？咄嗟蓮□照空洮，蕉裏千重亦徒爾。與君太息何時已？當戸涼蟾泣月姊。

並蒂蘭歌

珠風吹動蘭沙色，青藍霏墮華池側。金觴緑酒僊晝長，玉泉鱗映文鴛翼。小姑弱步臨青溪，蘼蕪菡萏空低迷。朱愁粉瘦最掩抑，錦衾連理仍單棲。霧槎蕩漾乘風客，欲探支機雲外石。天孫自理合歡絲，莫問蘭香降張碩。夜深悵斷玉眉空，遥聞鸞吹紫清宫。緑軺翠輦神霄度，颯颯秋啼荷葉風。别有幽歡空谷裏，繁霜白雪娱君子。郎歌盤石何泠泠，箜篌魂繞琉璃匕。凝濯霧波招若人，撫琴弄酌在斯辰。方知紫玉香心重，始歎文韶艷曲新。看去羊生真婉孌，谿來鬱嬪定奇芬。桃笙自卷梅花帳，染筆閒情却爲君。

抱椒廬詩草卷之五

五言律

大浦観潮四首

不盡怒濤流，龍江八月秋。氣吞津樹没，風逐浪花浮。今古同杯水，乾坤一芥舟。此生何處着？浩蕩信滄洲。

奔雷翻隱隱，高浪矗層層。八九吞雲夢，尋常眎廣陵。魚龍渾失勢，舟檝渺何憑？澤畔垂綸者，宜憂岸善崩。

拾級上危梁，憑高俯大荒。其魚愁海國，如馬下瞿塘。灝氣迴天地，奇文鬬混茫。乘槎問消息，銀漢近相望。

汗漫知何極，誰言減洞庭？平開萬頃白，低壓一天青。出没波心樹，依微驛外亭。扶揺倘可惜，吾欲徙南溟。

登壇和韻

登高一杖策，縱目送歸禽。波遠浮山浄，雲繁匝地陰。孤城迴落照，萬井散寒砧。擕得驚人句，天風下吹音。

夜集西園分韻得林字

一座文章伯，千秋道義心。深杯常肅穆，老樹迥蕭森。家擅黄初體，人操白雪音。三冬龍卧穩，抱膝且長林。

夏日曹緑巖招同顧宣隱徐松之西崖集南園即事二首

愛此名園勝，招尋況主賢。那能拘坐卧，隨意選林泉。妙理存紅友，幽情閟緑天。話闌群籟寂，忽送一聲蟬。

延賞心都愜，論詩調更同。杯傾須盡日，襟豁好當風。魚鳥親人處，亭臺罨畫中。分擕猶帳望，宛在碧雲蘩。

顧子見過

身隱文焉用，知希道自尊。頻來慙問字，相得澹忘言。夜雨肥蔬甲，春泥長竹孫。不嫌供小摘，細酌向南軒。

上巳雨中感懷二首

濺雨連朝急，轟雷繞夜行。沙黄村岸失，墨漲硯池平。溪樹凝烟重，餅花帶酒明。銀河欲誰挽？天地未銷兵。

踏草春泥没，長吟擁膝高。蛟龍窺破壁，風雨綣綈袍。杏粥青烟斷是日清明，榆錢緑勢豪。浮觴懷往事，王謝亦吾曹。

寄訓陳山農次來韻

判袂邗溝上，蹉跎又一秋。更爲南北望，祇益别離愁。交態浮雲變，年華逝水流。知君遊自壯，不用賦登樓。

夏日聞鶯

浛浛朱夏長，永日不離鶯。密葉飛深見，高眠聽越清。巢端宜哺子，林外且銷聲。斟酌三春候，雙柑與細傾。

菊蔬

菊蔬離披坼，奚奴贈我私。小紅違俗染，太素出天姿。楓外吴霜豔，尊前楚客饑。簪餅幽韻發，戲蝶莫教知。

空囊

未覺朱顔改，惟愁緑醆空。破書千束外，長歎一聲中。鴻婦勞無甚，巴童怨豈終。多慚杜陵老，略有苦吟同。

九日二首

水闊黄龍浦，風高丹鳳臺。百年催物變，千里迫心哀。摇落荒村暮，疎狂濁酒杯。佳辰樂事尠，愁對菊花開。

憑高風景切，一望總蕭森。邈矣龍山會，悠哉梁甫吟。朔雲迴鴈肅，墜葉倚門深。莫話茱萸節，徒驚遲莫心。

秋日飲譽凡姪齋

愛爾耽閒曠，頻來費摘蔬。玄玄傾尺麈，白白饌雙魚。玉露團香晚，銀牀報葉初。江村烟火起，相送暮鐘虛。

和周望人穀日喜晴二首

穀日連人日，驚心物候初。穀祈儉歲後，人惜壯年餘。鏤綵千門勝，堆盤幾葉蔬。花前傳好句，名下果無虛。來詩有花源消息句，故用薛事。

穀日連人日，條風脉脉微。晴初占有麥，暖漸慰無衣。問柳黄猶淺，探梅白乍肥。佳辰正休暇，好共叩禪扉。訪犀公也。

同祝只園訪顧子於小滄洲用壁間韻題贈四首

遶徑依流水，開軒帶古城。芝蘭君子氣，濠濮達人情。門静稀題鳳，林深未囀鶯。幽懷偏綺麗，摇筆燦花生。

端居竟何事？盡日擁書城。蔽竹人間世，栽花物外情。碾渦閒浴鷺，柳幕巧藏鶯。坐久無塵雜，惟餘虚白生。

自得滄洲趣，何須隔市城。茗柯參實理，翠管寄深情。栩動相隨蝶，嬌啼自在鶯。坐來珠玉側，無復鄙心生。

已開三徑竹，更築五言城。蕭寂名賢致，招擕我輩情。捲簾通舊燕，出谷待新鶯。好復圖三笑，長康爲寫生。顧子工畫。

憶梅源

葶緑年時豔，魚箋贈小詞。疎香空酒醆，密雨暗芳池。月挂三更夢，花飛十丈絲。那堪將往日，一度賦湘纍。

夜集周望齋次馮水甄韻二首

明月南樓夜，清尊北海居。醉憐歌慷慨，老愛興蕭疏。鄭驛能留客，文園好著書。得閒長彥會，底事賦歸與？水甄將還郡。

呼黍來今雨，登堂接古懽。玄經談不倦，白雪和皆難。風落秋聲迥，參横夜色寒。深杯存妙理，能使百憂寬。

穀日立春同錢子向子集祝山客少府邸齋次韻四首

條風初隱約，淑氣即清佳。密坐群賢集，華牋四韻排。論才真似海，有酒況如淮。此會方前哲，何如曲水涯。

瑞雪先春好，春回霽亦佳。先一日大雪。郵筒連日訂，屐齒凍泥排。飲量傾三峽，詞源導兩淮。吾曹須底物？勝侶即生涯。

人物誰高下？清言一味佳。客無拘禮數，吟不費安排。司馬仍遊蜀，元龍本卧淮。曠懷兼雅量，一醉思無涯。

孔融尊劇滿，杜甫句躭佳。襟向風前豁，愁從醉裏排。高歌稀如郢，大筆壯平淮。好復尋觴咏，鶯花未有涯。

花朝雨後

冥冥春夜雨，愁絶杏花寒。曉起憑闌處，東風吹未乾。龍孫知漸長，鳩婦語相歡。又見溪南路，柔條學拂鞍。

寒食

寒食春郊路，東風倍可憐。無才題御柳，有恨咽重泉。軟步茵初積，晴樓月乍圓。官橋看度馬，放牧又如煙。

苦雨

紀雨兼書雹，黄雲盡白波。未諳元父意，其謂野農何？魚釜矜蛙氣，鶉衣學鷺簑。憂天自無暇，桑户可琴歌。

遺民將入都邀之話别

故人辭我去，剪燭敘離思。細雨肥黄韭，新醅寫白甆。别長難盡話，更短易遷期。此去關河迅，寧愁破浪遲？

三十明朝是敎長慶四首

三十明朝是，黄門鬢已星。思親彌隔歲，望子漸添丁。遲暮嗟何及，飛騰惜未經。晨鷄且莫唱，耐我□燈熒。

三十明朝是，窮村正讀騷。盤飧從婦儉，鉦鼓信僮嘈。市市烹肥彘，家家煖濁醪。等閑新故代，底事送迎勞？

三十明朝是，茫茫感百端。蹉跎憐袓褐，束縛奈儒冠。放醉窮愁盡，狂歌夜色闌。老梅興不淺，好作隔年看。

三十明朝是，公然負歲華。未知過此夜，又作底生涯。世路覆蕉鹿，流光赴壑蛇。祇應長閉户，焚掃對楞伽。

嘉蘭詩四首

蕭齋静夏，枯蘭藂花。既告同心，爰徵並蒂。慜芳華之日臭，傷搖落乎國香。惠而好我，庶幾入室以遊馨；彼其何人，豈曰當門而齎怒？荃茅數化，魚鳥終肥。悵焉染筆，聊當援琴云爾。

北卧淹林影，幽蘭結伴過。求羊堪嘯咏，劉阮一婆娑。似解明珠佩，争翻白雪歌。鷄鳴蕭艾裏，還歎手無柯。

松桂有真風，連林秀晚容。已知高和寡，猶喜素心從。偶語時何禁？同車客正逢。馨香且延佇，鴛浦月溶溶。

繞逕盈薋菉，丰茸盛有徒。薇邊歌二士，橘裏弈雙癯。共訝羲農久，争疑魏晉殊。耦耕還結隱，芳杜與蘼蕪。

書帶結同心，占蓍得盍簪。鶼棲文翼暖，燕語畫梁深。迎輦花非麗，連房芝有陰。孤根憐蕙草，託所怨繁欽。

秋郊訪遺民

欲聞南郭籟，坐忘漢陰機。鄰曲無奇賞，丘園有遯肥。半天霞薦爽，萬樹葉争飛。漸近伊人室，寒林露短扉。

疊前韻

苦厭塵中鞅，時尋静者機。沖幽香入妙，寥廓鶴難肥。傾爾詩篇富，徵余眉肉飛。攜將楓下坐，錯錦照山扉。

村夜雨

雨動涼侵户，風鳴暗切窻。暫時聲淅淅，永夜溜淙淙。斷續清殘夢，潺湲接遠江。曉看新漲處，鷗浴自爲雙。

和李縣圃秋懷十首

凄涼徒步客，摇落况蕭晨。萬壑濤聲怒，群山爽氣新。寒花空自馥，病葉不成蓁。侘傺情何極，長謡望古人。

莽莽平蕪盡，荒荒野色浮。杜陵吟自苦，阮籍涕難收。江上青楓老，淮南藂桂幽。無邊風景切，誰遣百端愁？

浪迹飄蓬似，隨風不肯停。落英和露掇，哀角帶霜聽。鳥横江湖白，蠅飛天地青。摧頽憐鎩羽，浩蕩未梳翎。

秋盡江南日，平臯錦作堆。山川相映發，雲物自低回。楚澤空悲宋，吴門漫隱梅。余懷殊渺渺，吟望獨徘徊。

夙昔秋風裏，駈車到石頭。板橋曾一别，桃渡至今流。夜月桓伊笛，晨星李白樓。十年空獻賦，慷慨付清謳。

窮猿思絶嶺，倦翮戀長林。識寡才何用，名浮道未深。曉霜群木聳，夕籟衆峰陰。俛仰悲身世，徒爲梁父吟。

樗材終合散，瓠落故難肥。失路驊騮蹶，空倉鳥雀饑。斯人嗟不遇，誰與賦無衣？彈鋏非吾事，西山有蕨薇。

韋褐何淪落，千秋少季和。物情容遯遁，世路轉平坡。雲暗駈蒼狗，沙明走白波。庭槐生意盡，颯颯掛藤蘿。

極目風塵合，輪蹄着處忙。砧聲暮雨外，鴈影朔雲旁。水映芙蓉豔，衣吹薜荔香。文園耽賦景，消渴故相妨。

違熯悲紈扇，迎涼念褐裘。滄江葭菼晚，古道黍禾秋。俊鶻偏乘勢，哀蛩故喚愁。轅駒今局促，何處命雙鞧？

枕上聞雨憶落梅

五更殘角後，千樹落英時。素素歸清影，紅紅帶豔思。曉風臨笛遠，流水繞絃遲。睡起銀塘鷺，窺香幾上枝？

瓶中牡丹

曉入露華蘩，團枝壓砌同。折來供硯北，絕勝隱墻東。光拂花㡯亂，香沾彩筆融。夜窻渾不寐，憐爾背燈紅。

以歌詩謁壽胥朱翁辱報贈言次韻

摳衣欣得御，問字忝升堂。述作凌陶謝，風騷媲馬揚。偶拈驢背草，遂賞鴈門行。却枉瓊瑶句，投來徑尺强。

張子惠顧兼餉魚鰣賦謝

謦欬稀聞久，何緣快盍簪？跫然來步屧，復此佐清談。烹鯉加餐得，持螯了事堪。未能酬惠好，立送只增慙。

歲窮襍感三首時擬遠遊

雄心徒蹭蹬，浪迹總荒唐。居悔非廉讓，交憐尠貢王。念先旋握卜，結客信擔囊。收拾追隨具，青鏤管一床。

飛光不假驂，三十忽逾三。繞指終難化，低眉久未諳。崢嶸歲且暮，摇落樹何堪。恠是雲霄客，安駈萬里南。

儒冠幾誤我，我亦負儒冠。棄置休相怨，疎狂强自寬。步兵途欲盡，洗馬恨無端。願借長風便，蕭蕭送鎩翰。

和犀公鐸菴十課韻

種竹

誰知蓮社侶？更闢兔園荒。過雨彌天秀，如雲蔭界長。檀欒迷輞口，摇漾對瀟湘。會得真如意，青青閟講堂。

護筍

頭頭初地出，箇箇宿根同。解籜資風力，抽梢偕雨工。會看成上番，取次到摩空。底事供禪味？徒參玉版風。

編籬

纏束非吾法，周防豈拒來。虎夔曾不害，羝觸莫相猜。聊衛荒葵足，長留碩果胎。寧須煩剖破，眼界始應開。

濬池

曹溪留一滴，到此未全消。定力穿溟涬，弘慈呪石椒。開山今是祖，卓錫記誰朝？疏得無波水，風輪任動摇。

澆蔬

生意初緣圃，泉流正遶堦。不辭抱甕力，遂與灌園儕。小摘看盈把，長饑幸有涯。神功存運水，龐老本同懷。

灌桃

祇恐同僵李，穠芳歷亂飄。片時施法雨，一溉長靈苗。蒨粲花含潤，蕃蕪草競夭。何如武陵口，溪路滿英瑶。

剪梅

刋却繁枝浄，亭亭韻轉賒。照顔一片雪，索笑半檐花。簡易高人致，蒼寒壽者家。但留標格在，素對水之涯。

删柳

着霧難分縷，隨風易起波。已將空作觀，遑惜手無柯。斷梗情何繫？攀條感自多。故園摇落盡，漫逐笛聲過。

齋鳥

嗟爾常高舉，齋時輒繞堂。稻粱縱不羨，飲啄詎能忘。守鉢依孤磬，穿厨習衆香。銜恩若有意，因念古翳桑。

飼魚

萬族合生性，纖鱗亦等倫。但投無礙餌，不罣一絲綸。命侶尋濠上，投竿老富春。我師多道感，化雀滿池濱。

題畫

法自倪清閟，神兼黄一峰。全身佛閣現，半壁石泉淙。選勝憑幽屐，敲詩信短笻。洞天何用覓，尺幅有仙蹤。

題西湖景二首

最是西湖上，繁華自古傳。移來圖畫裏，更與卧遊便。烟月資清賞，山川結勝緣。渾疑扶竹杖，踏遍六橋邊。

景色隨時得，風光着處宜。家餘吴越史，寺滿白蘇詩。領略誰能盡？纖毫更不疑。晴窻懸素壁，懷古細探奇。

輓令淵朱五兼慰其尊人及諸昆季四首

荀氏無雙目，何郎第五名。誰能禁怛化？我輩正鍾情。蘭失當門馥，珠沉照乘明。排閶呼不出，應賦玉樓成。①

① 以下底本原缺。

抱𦥙廬詩草卷之六

七言律

初春集遺民凝暉館分韻得催字時主人將入都

日落春城凍未開，一樽密坐喜追陪。齊盟狎主誰争長？落筆驚人盡倍才。莫厭千巡金屈倒，須拌一醉玉山頹。東風幾日添離緒，又遣津亭柳暗催。

晚春即事次王西園見寄韻

眼見春光又暗殘，草薰風暖試衣單。好添緑蟻浮杯灔，呼取青蛾舞珮珊。隨意野花當岸發，盡情啼鳥唤人看。奚囊拈得尋春句，待寄同心路渺漫。

王子花時見招又屢訂卜鄰却寄

梅源竹塢路東西，招我其間恣品題。忍負斬新花著雨，争教懶慢絮粘泥。雲中鷄犬聞猶隔，物外田園望總迷。爲有往還王十五，草堂擬卜浣花溪。

村居除夕

又逢歲事到荆扉，獨立蒼茫送落暉。物色浸淫陽候動，年華荏苒壯心違。辛盤漫逐明朝過，村鼓争催暮景微。回首浮生成底事？紙窻燈火負相依。

元日作

不分陰霽動經旬，取次雲光媚眼新。紅破梅粧徐送臘，青含柳眼欲窺春。時艱聊作墻東計，吟苦猶矜硯北身。載酒尋芳仍計日，鵷行虎拜復何人？

荅朱信州周望見寄

近得西江雙鯉魚，遥知清吏似閒居。貪看朝暮峰頭爽，數問平安篋裏書。懷玉山人應入夢，滕王江閣幾停車。折腰强項都無取，卧起于徐總晏如。

送朱子牧從其婦翁黔陽令南遊

涔涔江雨暗牙檣，送客南征道阻長。問俗華彝風混合，探奇大小酉中央。未搴蘭芷思公子，已寄愁心向夜郎。歸日不須嫌薏苡，緣知珠玉滿詩囊。

秋柳

慣倚東風弄翠翹，不堪重整向秋飈。楚宫舞罷纖腰在，漢苑眠回淺黛消。摇落離亭知别苦，折來横笛帶愁飄。底須腸斷芳菲歇，春至還看着舊條。

送越九遊嚴陵

寒江渺渺送仙槎，翹首河梁别緒賒。天入桐廬秋嶂直，路經楓岸夕陽斜。旅懷容易悲黄葉，良覿應須趁菊花。自昔客星干氣象，于今文彩動天涯。

喬朱二子屏跡秋郊以詩代書聊志神往

盈盈一水悵離群，背郭園深好論文。林表烟晴時薦爽，草頭霜薄未辭薰。坐看叢菊如人澹，佩得幽蘭竟體芬。知爾素心音共賞，可無延佇賦停雲？

同康小范唐次仲陸君暘艾賦堂夜集陸嶒路齋時小范將北上君暘即席度曲

繞榭蕭蕭落葉鳴，筆牀茶竈足幽清。已歡把臂逢蘭友，更喜澆愁仗麯生。擲地賦聲京洛滿，倚天劍氣斗牛横。最憐江左人空老，腸斷龜兹一曲情。

元夕周望樓頭話舊即事二首坐有按梁州者

風物蕭條劇可憐，白頭行坐説唐玄。紫駝翠釜誰長夜，寶馬香車幾少年？楊子宅荒塵跡少，庾公樓静月華懸。剪燈更續樽前話，何處悲笳雜管絃？

春城北望暮雲遮，腸斷長干舊狹斜。此夜月涼雙鳳闕，當年人散五侯家。良辰不共沉灰劫，樂事猶傳付夢華。白傅青衫今敝盡，莫教淒切訴琵琶。

人日同趙子探梅遺民西園即事二首

昨夜東風試薄温，一枝紅綻出前軒。宿酲倦起還高枕，人日題詩早到門。拂檻陰雲迷畫閣，鈎簾香氣壓清樽。不須剪綵争奇麗，自有生花筆底翻。

樓角横斜報曉春，登樓恰共倚樓人。冷金箋拂光千尺，老瓦盆傾酒數巡。才子西園誰狎主，風流北海幾留賓？招携不淺清狂興，況復尋芳值此辰。

雨後客至

稀疎夜雨過林塘，曉起平添一尺强。箇箇鳧雛争浴喜，雙雙燕子得泥忙。陶家鷄犬生成傲，杜曲桑麻各自長。肯愛吾廬過百遍，樵蘇竟日主賓忘。

左生昆季留連彌日欲歸阻雨

故人欲别重斯須，翻賴愁霖興不孤。轄已倦投仍税駕，甕餘未盡更傾壺。清談一室東西晉，疎雨連牀大小蘇。似此晨昏差不惡，片帆明日再留無。

題舊苑荷

江南草長緑於天，古道斜通小苑邊。神滸有粧皆冉冉，凌波無豔不田田。棹歌非復耶溪舊，御氣還疑水殿年。最是鴛鴦雙宿處，一泓寒碧鎖愁煙。

人日王子過訪

梅散風香盡日留，東皋已覺緑莎柔。春杯難買蘭陵酒，雪浦真停剡曲舟。解榻草堂成勝節，望衡村路試清遊。獨憐帶索行吟客，鴈後花前句未酬。

早春陰雨

蘭皋芳草動微薰，轉覺沉陰沍未分。澤國平添三峽水，昊天不散八荒雲。官橋柳眼仍含凍，驛路梅花已吐芬。遲日東風門外至，惱人春事故殷勤。

春郊二首

郭外春寒物候遲，點春雙燕始差池。陰晴每日渾難定，吟醉隨時總莫辭。陌上誰家人約約，溪頭着處柳絲絲。興來吟望成孤往，竹杖芒鞵信步宜。

一片風花逼禁烟，郊原極目總堪憐。半生避世墻東地，三月懷人渭北天。管别柔條新客舍，唤愁細草接江邊。即看欲盡春如駛，莫負新豐斗十千。

寄懷曾道扶二首

握手曾要金石期，論交天地許追隨。華堂秉燭飛觴夜，蕭寺圍爐話雨時。自奉敦槃傾意氣，每攜冰雪對風儀。瓊瑶莫致增惆悵，何以臨風寄所思？

暮雲春樹幾踟躕，鶴浦鴛湖久索居。裘葛已更遊子服，鴈魚猶阻故人書。怪來乾鵲傳音處，喜值將雛奏曲初聞得雄信。。見説臨邛能重客，長卿車騎意何如？道扶素與邑令相重。

秋蘭

九畹猶餘舊日春，肯隨蒼菉混風塵。搴芳莫厭秋容晚，入室偏宜爽氣新。不共黄花三徑老，還將蘗桂八公鄰。瀰漫一帶湘江水，不見行唫紉佩人。

過諸姪野園

阮家南北自通村，免俗聊呼倒一尊。二月花繁高玉樹，百年人共老柴門。久寬禮法從科坐，頗著詩篇好細論。遂使野夫幽興愜，應須百遍叩林園。

越九席上贈歌史

誰家玉樹皎臨風？灩灩初生日在東。曾向人前窺宋玉，自從花底學秦宫。柳眉淺拂含烟翠，桃暈微添着酒紅。却枉周郎能顧曲，紅牙按處不曾空。

滬城春望時方禦海氛

黄龍浦口暮潮生，丹鳳臺前古木平。萬里帆檣通楚越，千家煙火近清明。雲連霞散隨時景，花雜鶯飛無限情。聞道安吴遺策在，好憑横鐵繫孤城。

柬弘執

眼見春愁愁未起，那能一破此頹顔？清狂恰得君相過，旁午偏逢我不閒。梅散簷牙虚共笑，荆横道左定誰班？重爲良晤知何日，延佇松陰聽叩關。

題戊遊草有序

戊戌秋，遺民對策南歸，探驢背奚囊中，出示遊略一册。由吴抵燕，自燕返吴，閲月者七。累日成編，若鱗次，若貫珠。其間山水之經歷，物態之變更，交遊人事之酬接，靡不畢載。所作詩歌，或俊逸清新，或慷慨歷落，或和厚而渾深，或滔莽而奔壯，較前此更進一格。如龍門歷覽名山大川，而益奇也。如工部客秦入蜀，往來梓、夔、荆、峽間，而益變化不測也。如東坡晚年歸海外，而益離奇夭矯，莫可端倪也。宜其紙貴長安，不啻機、雲入洛，聲價自倍矣。獨慨大雅云亡，枳棘克路，才如遺民而不獲一邀異數，若凌雲興歎於漢帝，清平見賞於唐宗，而僅處以常格，困以青氊，必有不獲辭其咎者。遺民顧逌然曰：「杞菊無恙，松桂猶存。箕踞科頭，得少佳趣。以文章傾動當途，毋寧掉頭歸里，素心共賞也。」因相與呼酒盡醉，爲之弁語，而繫之以詩。

霏屑玄言好細尋，一編行坐共披襟。百年交態吾將老，千里覊懷爾獨深。映物雲霞成蜀錦，許身天地比南金。齊門操瑟歸來去，試秘寥寥太古音。

贈王公獻北上次來韻

廿年願一識荆州，忽漫相逢已白頭。入洛久聞騰紙價，遊秦猶嘆敝貂裘。才名似爾宜推轂，草澤何人且拜侯？此去關河勞夢寐，長風萬里好乘流。

中秋集秣陵祝少府山客署齋時祝將解組

休言獻賦向明允，天與吾才老更狂。慢世正平空挾刺，倦遊司馬尚爲郎。月逢良會當軒澹，桂值佳辰滿院香。聚散升沉皆逆旅，莫辭永夜倒千觴。

九日前二日雨坐東遺民病中

閉户真成市隱名，揮杯顧影好同傾。雲封三徑真如水，雨近重陽正滿城。未免有情傷叔寶，何須不遇感淵明。微吟飯顆山前句，苦憶詩人太瘦生。

九日仝王子集家丹厓齋次日王子歸梅源

何處相從爛熳遊？吾兄呼酒爲消愁。賞心又負重陽節，逸思空悲萬里秋。元亮去官常對菊，仲宣能賦獨登樓。明朝聚散知難定，飛葉江干送客舟。

王西玫衡寒過村失晤却寄

驚颸颯颯動蕭林，蓬徑荒荒斷足音。何意門題凡鳥去，争傳里有德里臨。王猷嘯詠徒看竹，周黨清談未盍簪。却愧衡寒村路遠，一樽莫展故人心。

新柳

眉峰春淺望盈盈，宛轉溪橋幾度行。帶長青蒲初睡鴨，歌飄黄縷欲啼鶯。永豐角裏真無緒，碧玉年時已解情。惆悵千門鎖宫殿，曉風殘月夢華清。

送張子遊金陵

西風重作石城游，唱罷驪駒那可留？黄菊尚宜陶令酒，紅亭偏悵李膺舟。雄心鐵甕濤俱壯，佳氣金陵翠欲浮。賦别倘投青玉案，知君夙昔善言愁。

與諸子上淞梁補九日登高作

諸君杖履故能閒，暇日登臨好共攀。漫喜幽人來鶴浦，相呼勝會補龍山。三江迴合平蕪外，九岫依微落照間。目極不知烟景暮，沙鷗一帶起前灣。

頻過遺民西園花下作

暇日相尋即勝遊，往來二老亦風流。青鞋布襪西郊路，碧草春波南浦舟。祇合龐公爲對宇，最宜庾亮共登樓。花時更愛頻移席，香雪千林一望收。

夏五送朱令方北上省其尊人司李河間

驪歌一曲動江城，夾岸榴花照客旌。已聽循聲流渤海，即看文藻滿燕京。太丘令子原齊譽，伯虎承家但守清。此去浮瓜冰署裏，南皮應念舊遊情。

賀遺民舉雄二首

玉樹初榮瑞靄長，弧懸旭日映蘭堂。鳳簫好奏將雛曲，珠蚌方舒照乘光。萬里騰騫徠赤汗，五車付托啓青緗。鹿門未可成偕隱，期爾相攜鵷鷺行。

充閭佳氣正相宜，熊夢初占未是遲。乍報國香天上賜，俄驚明月掌中持。徐家故有麐兒種，謝氏還歌祖德詩。向夕開尊朋好會，宜男掩映菊花枝。

次韻贈徧音上人

物外翛然意不群，閒看暮靄復朝曛。惟應二老成來往，可但三峰不見聞。支遁剡歸長面壁，惠休楚客只吟雲。籃輿便欲尋蓮社，招我何須倩麯君！

送拜石翁左遷饒州府幕

六十衰翁何所求？更爲遷客向饒州。生教天馬安卑棧，共説神鷹耻下韝。蚤晚定來宣室召，山川聊復豫章遊。中年我亦離懷惡，好寄新篇慰百憂。

和馮水甄觀潮韻

有客同觀八月濤，慚無枚叔賦才豪。潮迴拔地奔雷殷，風激粘天駭浪高。乘漢仙槎虛悵望，凌波神女或嬉敖。最憐侘傺江潭客，歲歲行吟老布袍。

暮春望夜同祝山客侯秬園攜畹芳女史集越九張泰安齋即事次秬園韻

謝公絲竹冷山房，油壁呼將蘇小裝。火齊吐來春不夜，欄前木瓜爛熳。冰輪映處玉爲香。輕塵宛轉飄歌席，柔夢微茫入醉鄉。投轄搴帷俱此際，未容珠履散華堂。酒半爲令，公促主人入署中，仍留客盡醉。

賀朱令淵乘龍次秬園韻

鵲爲橋處錦爲城，低亞雙星傍月明。孔雀屏開珠箔麗，鮫綃帳映玉壺清。按宫曲並調笙叶，泚筆花將拂黛生。昧旦寢門猶未啓，早聞鸚鵡唤郎聲。

甲辰除夕

落落乾坤一敝袍，謾看歲序逼人勞。楊雄大度無儋石，潘岳多愁長二毛。詩債未償終好避，醉鄉不税徑須逃。短檠爲照眉鬚在，夜久相依快讀騷。

乙巳元旦

荏苒風塵忽令辰，草堂此日保閒身。歷回稔歲宜三子，周益公日記「正月逢三子，早豆收今年」，元日戊子，十三庚子，二十五日壬子。盤供勞人合五辛。脉脉烟含堤上色，霏霏香報隴頭春。向榮無限蒿萊意，剧望陽和布氣新。

次周望除夕韻

清齋晏坐一枯禪，已覺飛騰畏少年。掃室何關天下計，解衣寧受故人憐？呼來婪尾杯仍滿，數去當頭月幾圓。生怕明朝吟思苦，空囊留得杜陵錢。

次周望元日韻

火樹初銷一炬葩，井桐枝上又翻鴉。占雲徐覩階平日，啓户俄蒸天半霞。守蟄龍蛇知氣候，關情花草閲年華。野人芹曝何由獻？白獸罇開説漢家。

次韻東程村秬園四首

忽報蘭陵下客船，一編貽我賞心遥。芳菲綵藻三春蕚，浩蕩詞源八月潮。仙字飽餐空胍望，霞標高建失神囂。即看授簡推梁苑，大雅于今未泬寥。

侯生抱節古彝門，著作庭中擅季昆。力障江河思倒挽，筆排風雨欲驚翻。家聲不愧廣成子，秬園爲廣成先生後。素業還傳洛誦孫。剩有雄心銷未盡，摩挲一劍好酬恩。

車騎經過擁篲迎，臨邛重客爲留行。劍浮寶氣干雲物，賦擲金聲動海城。吾道千秋闕絶續，他時四海共澄清。入林把臂終相許，却愧途窮老步兵。

不辨朝光與夕暉，空濛一望但熹微。欲尋奇字玄亭去，稍待愁霖紫陌稀。竹逕深深雲自度，鷺田漠漠雨交飛。商歌獨奏誰相和？搔首江天興尚違。

樹滋堂夜集即事分韻得三肴

預起雙扉不待敲，須臾促席進蘭肴。范何同調諧心賞，羊杜忘年定石交。艷想欲爲神女賦，歡期還卜盍簪爻。更闌分手橋邊路，烟暝霜寒柳外梢。

次越九贈倩扶校書韻

碧海沉沉怨素娥，天寒脩竹倚輕羅。銜碑有口輸鳴鳩，匪席無心學卷荷。倩女神光離合近，張衡愁思往來多。臨風疊就蠻箋字，憑仗青驄掣電過。

倩扶既至夜集拄頰山房即事疊前韻

小院輕寒貯小娥，玄雲袍壓絳雲羅。越九爲倩扶添衣。生憐凍眼應眠柳，猶怯空房未採荷。人共燭花雙映皎，情通酒觥十分多。殷勤油壁勞相待，暫載今宵離恨過。

和郡侯張明府巡海詩四首

禹甸澄清攬轡籌，春風露冕遍遐陬。平開蜃氣三山外，遥貢鮫綃五馬頭。渤海一過循吏轍，潢池已息弄兵謀。鐃歌自奏滄波晏，取次邊隅堠火收。

早聞借箸定前籌，已遣先聲播遠陬。龍節到來臣黑齒，鯨波偃處卧黄頭。森羅島嶼彌縫陣，鎖鑰門庭保障謀。更説大夫能作賦，委輸勝概一時收。

文武才兼第一籌，皇華奉使向東陬。風流緩帶黄堂上，指顧投鞭瀚海頭。吴服專城推最績，漢家六出重奇謀。封侯自昔先如帶，麟閣勳名此日收。

清時良牧擅良籌，四牡騤騤歷四陬。仗鉞星臨天北極，捲旗日映海西頭。越裳翡翠應争獻，京觀鯨鯢不自謀。爲慰至尊南顧切，不須宵旰廑黄收。

朱甥允蘇三十初度

弱齡文彩已摩天，又及亭亭向立年。王謝風流標格迥，荀陳子弟姓名賢。高懷只愛賓盈座，豪致常呼酒滿船。莫道元長猶寂寂，八騶行到爾車前。

和梁太保詠菊詩十首

高秋幕府擁群芳，緑葉黄花互鬱蒼。名唤楊妃堪倚醉，客同陶令不嫌狂。錦屏色映輕裘燦，燕寢香隨緩帶揚。況值昇平多暇豫，雅歌字裏扶風霜。

等閒幽卉倍輝光，只爲曾分仗鉞黄。宛爾桂蘂初沁露，依然梧葉乍經霜。泉澆金屑滋芳潔，杯汎黄流共色香。若問平章花品第，好將正色列中央。黄菊

不競鉛華逐衆芳，水晶簾下倚新粧。餐英惟許冰心客，顧影偏憐粉面郎。梁苑秋深天欲霰，庾樓夜静月同涼。白衣人至渾無辨，好共花前倒玉觴。白菊

艶質居然淑且真，籬邊小立態逾新。未堪帳下教歌舞，便欲毫端貌笑嚬。絶代丰姿凝解語，六宫粉黛不勝春。閒情自昔傳陶賦，宜與柴桑棟宇隣。美人容

秋籬偏發錦城香，曾否香從木末揚。靈運五言華映日，文君半面皎凝霜。人披鶴氅朝行雪，觀號瓊花月轉廊。幾度涉江搴未得，亭亭素對得升堂。玉芙蓉

皓魄霏微映玉肌，前身應是館娃姫。錦帆似繞歌聲細，銀箭疑催舞袖遲。沉醉態猶矜顧盼，效顰影亦辨妍媸。扁舟自伴鴟彝去，知化香魂到幾時。月下西施

絳宫僊子紫荷裳，濯錦江邊浣繡腸。種向薇垣親雨露，移從芝嶺傲烟霜。石家步障流蘇

煖，謝氏羅囊佩玉香。一自函關分紫氣，剛容韓重醉花傍。紫玲瓏

便擬黄金爲築臺，祢禽貯得好徘徊。蹁蹮恐逐秋飈去，璀璨疑朝曉日來。翡翠貢將奇木至，茱萸插向畫屏開。華堂玳瑁筵張處，毛羽葳蕤映玉醅。金孔雀

洛陽傳唱麗詞頻，那比秋英迥絶塵。香欲染衣偏淡蕩，色非酣酒自鮮新。月中桂子宜爲伴，林下佳人好結隣。貞秀獨標霜下傑，傲他金谷艷陽春。國色天香

翩然二美照庭墀，日對名花寄艷思。客有同車疑合壁，人從初嫁想雄姿。高低掩映連裾好，大小生成並蒂宜。銅雀臺高空鎖恨，分香作伎笑人癡。二喬

贈郡少府視邑篆范公二首

清露晨流初薦爽，冰懷自激五絃中。威看徙鱷猶餘事，術擅馴鷄得未工。草合空庭延午鶴，槐深古縣響秋蟲。雅知休沐雖多暇，撫字心勞大小東。

循聲吴楚徧流傳，仰止龍門北斗懸。秋水爲神來爽氣，春風入座動薰絃。河陽一縣人桃李，海上三山吏偓佺。縱有恩波私涸轍，敢將陽鱎漫争前？

賀曾菴陸甥移居荆桂堂堂爲潘氏故宅

我家宅相有輝光，内史重開騎省堂。昔卧林泉爲别墅，今移棟宇近柴桑。不分參佐東西廨，已列賓朋上下床。試看竹苞松茂裏，已占莞簟兆熊祥。

戊申除夕次張泰安弘軒韻

漫學屠龍悔昨非，技成終與世相違。狂歌天地詩偏瘦，浪跡江湖道自肥。吹律漸回寒谷暖，灌畦早息漢陰機。聊憑村鼓催殘漏，旋聽林鴉報曙暉。

己酉元旦次泰安韻

曈昽彌望曉霞生，依舊郊原閲歲更。無分玉珂趨北闕，祇應蕙帶向南榮。依人且欲同王粲，挾刺誰能識禰衡？最是壯心消未得，鶯花取次又關情。

贈春暉堂主人

聞説賢豪迥不群，心如冰雪誼如雲。瓊觴留客花當午，篝火傳經夜每分。近市門庭偏肅穆，入林風雅最清芬。可知報荅春暉意，倚杖溪橋送落曛。

翰臣連日移尊過寓園即事

載酒攜錢叩旅門，連朝愁破亦殊恩。細將人物論江左，合以風流數太原。決勝便過安石墅，忘形但着正平褌。更闌堅坐風燈亂，鷄距全消爛熳尊。鷄距子，即林禽，用以點湯，能解中酒。

劉石叟見過邀許潛壺對菊次韻坐有少年度曲

喜劇尋詩客到門，即看浩蕩瀉詞源。交疎已慣苔侵座，供薄猶誇菊滿軒。玄度言能傾彥會，公榮興合寄清尊。艷歌一曲人如玉，珍重燈前笑語温。

爲潘服咸七十壽二首

年行七十多衰白，蹻健誰能似此翁？世路浮雲高枕外，生平樂事苦吟中。静參桑苧茶三昧，小隱淮南桂幾藂。時向繞庭看挺秀，不須大藥駐顔紅。

漫道稀齡自古難，天遺詩老盡情歡。風生南郭傳爲籟，露湛東籬裛作餐。不受秦封松五粒，能供渭釣竹千竿。北窓安穩羲皇上，甲子編迴又復殘。

和朱明府庚戌除夕韻

賦就凌雲氣未舒，倦遊壁立愧相如。可無棼尾傳金椀，漫送斜暉下玉除。東海頻年穿木榻，南陽何事卧茅廬？放歌亦自無拘束，祇覺飛騰不似初。

和辛亥元旦韻

江天極望彩雲繁，九陌微薰動草根。書紀周正新甲子，詩成杜曲舊開元。若爲眗日分窮巷，誰遣條風到野園？最是蹉跎虚七尺，難將馬鬛荅親恩。

和馬學師丹谷除夕韻

年來浪跡大江濱，一笑流光委路塵。筆退江郎無郙老，囊羞杜甫故能貧。儘教土鼓催殘臘，付與官梅占早春。獨有舊愁除不得，生憎人説歲華新。

和元旦韻

晴霞作意媚今朝，淑氣回如有信潮。儋石空儲歌自壯，百城坐擁興偏饒。好携蠟屐探花蕚，預掃茅櫓待柳條。着處懷新占歲稔，平疇蚤見惠風摇。

和郡司農范繩斯先生除夕韻

雄懷徒與歲時闌，落落江湖老鷃冠。拂拭青萍終減價，棲遲烏几足加餐。故人關塞書猶隔，暮紀冰霜律又殘。天地勞生聊暫息，殷勤爲供五辛盤。

和元日韻

寂莫玄經幾歲年，一編仍與我周旋。天邊雲物開韶景，原上人家啓曙烟。痛飲狂歌空復爾，尋花問柳且依然。陸沉未敢隨時輩，閒逐鷗鳧傍水眠。

和釜山兄除夕韻

長吟抱翻此巖扉，學易於今得遯肥。蔬圃半蕪陳俎薄，糟牀不注引杯稀。纔經春信回枯木，已覺寒威減敝衣。欹枕不知更漏盡，晨鷄聲裡辨熹微。

和元日韻

頻年春到命征車，又值靈椒獻頌餘。第祝荒村歌有麥，寧愁旅館食無魚。漢家樽合開前殿，鄭氏圖誰上直廬？且喜風光初媚眼，重編野史紀年書。

王正六日釜山兄招同殳山夫趙雙白吴六益盧文子朱韶九沈友聖董閬石蒼水宋楚鴻舜納家是則十經集仁壽堂疊前韻

掃除三徑啓雙扉，供得陶家雞黍肥。開歲難逢風日麗，故人須惜鬢毛稀。漫愁出郭呼聯袂，競睹藏鬮泥拂衣。諸子半以城禁先別，餘復分曹劇飲。促席飛觴忘夜永，佳言如屑轉霏微。

斗酒相將下澤車，賞心好及令辰餘。青絲小摘堆盤菜，白雪兼誇入饌魚。王謝門多揮麈客，荀陳里有聚星廬。明朝人日題詩處，思發花前數寄書。

抱翛廬詩草卷之七

五言排律

壽張香嵓前輩

今代稱騷雅，伊人僅典型。家聲垂閥閱，時譽仰榛苓。太乙傳藜火，高陽奏德星。霜蹄猶伏櫪，雲翮未梳翎。窻畔鷄咸慧，堦前草亦靈。縱横一萬里，上下五千齡。少小懷投筆，詞華厭説鈴。補天知煉石，餘地見新硎。思發烟雲變，毫端風雨冥。彌年窮粉蠹，繼晷聚流螢。博奥窺三島，精靈屈五丁。建安仍不墜，大曆未全零。一字堪償絹，千言若建瓴。名期題畫閣，業豈困傳經？鳳待輝南國，鵬看振北溟。中原徒自命，當路復誰惺？騰燄冲寒斗，蜚聲走迅霆。世無收逸駿，志不羡侯鯖。自採山中杜，群争海畔鯹。行吟長顑頷，不字獨娉婷。氣吐三湘闊，胸蟠五嶽嵤。蓬生仲蔚宅，蜑老子雲亭。廣武空遥嘆，燕然未勒銘。畏人時蔽竹，乘興即揚舲。

鱸鱠秋風駕，蘋花細雨汀。江湖蹤渺渺，山水聽泠泠。光耻争魑魅，書難螌蜮螟。杯添唯勸影，門設但常扃。每恨梁江總，無慚漢管寧。匣琴流水静，篝火綺窻熒。世路危於蜀，狂瀾濁似涇。孤高懸白雪，意氣剩青萍。講德玄霏麈，談經水在瓶。灌花勤小榭，曬藥課疎櫺。阮籍唯埋照，靈均本獨醒。筆猶干氣象，人共想儀刑。雲物秋偏麗，松筠晚更青。何庸求辟穀，且復進甘醽。芝採商山曄，蘭滋楚畹馨。歡同華髮伴，閒對白雲停。薄俗争鏤簋，淳風見土鉶。吾儕成汗漫，静者必淵渟。賦尚傳鸚鵡，詩多咏鶺鴒。蒲輪應有待，早晚下彤廷。

九日薄陰登高不果晚集徵鶴堂次韻

不遂登臨興，蒼茫晚眺中。烟迷村黯淡，霧鎖徑冥濛。籬外頻過唤，囊中幸未空。開筵心自醉，秉燭思何窮。彭澤文相賞，南皮調更同。騷壇争拔幟，觴陣共稱雄。遐思驚王粲，高懷愧孔融。星摇横匣劍，月掛傍簷弓。下榻期徐子，登樓嘯庾公。誰回蓬鬢緑？相勸頳顏紅。野圃凝霜菊，幽庭度晚鴻。漫憑詩紀勝，才盡笑文通。

謝邑侯涂明府

下邑求神宰，登車幸大賢。人文兼領袖，吴楚接山川。飛舄西江外，分符東海偏。雨隨行轍至，風向撫琴宣。製錦猶三月，銘鐘定百年。户歌民有父，人羨令爲僊。問政冰壺湛，衡材水鏡懸。豫章生有數，滄海納無邊。共願登龍上，咸争附鳳先。隨珠應拾取，秦缶亦陶甄。逸思娱篇翰，公餘手槧鉛。言期歸正諦，字必脱塵詮。八代真能起，三都益自妍。摩挲新彩筆，拂拭舊龍泉。猥辱奇文賞，深蒙國士憐。本非千里駿，詎望九方歅。嫫母丹青飾，瓊華琬琰鐫。行藏從失馬，争逐任憐蚿。刺漫彌衡字，囊空杜甫錢。向來長濩落，今日敢嗚咽？所幸春霖渥，時沾蕙葉芊。蹉跎輕弱歲，感激重先鞭。甚媿逢人説，何當附驥傳。參苓饒籠藥，桃李足庭妍。傴謁心常後，論文氣欲前。同時司馬賦，異代伯牙絃。涸轍終難潤，扶摇尚可騫。延平雙劍在，長結茂先緣。

讀書秋樹根

讀書秋樹根，懷抱欲誰論？暴雨摧高鳳，哀蘭裹屈原。愁侵玄鬢改，窮捫素心存。白墮新堪潑，青氊舊得温。歌寧爲郢調，瑟豈向齊門。老我應呼藺，從君自處褌。高風黄鵠遠，野態白鷗尊。敢謂餐僊字，聊堪頌橘園。美人何眇眇，雙眼任乾坤。

村居春暮簡同學諸子

行藏堪約略，身世任荒唐。煮笋經時飽，敲詩竟日忙。軒開堆嫩緑，徑轉雜幽香。元亮懽然喜，華陽坐處忘。變聲時鳥換，逐侯野花狂。疎柳餐風軟，斜藤絡月涼。鯉魚書未返，蝴蝶夢偏長。奇服嵬冠在，春風大袖彊。吟邀劉夢得，琴賞蔡中郎。南浦遲余美，東皋老醉鄉。相思頻約帶，一咏足流觴。

送遺民入對北上

挾筞遊何處？長安在日邊。雲山一悵望，去住兩茫然。伊昔曾分席，相傾願執鞭。蹉跎方學步，驅駕敢隨肩。拂拂凌雲氣，琅琅觸物宣。霜蹄從蹭蹬，風翮必騰騫。詎謂荆榛塞，徒傷歲月愆。紛吾長顑頷，嗟子亦迍邅。命豈文章憎，才無國士憐。棲遲仍鶚薦，早晚遂鶯遷。芳草三春路，長風萬里船。皇州雲色近，僊掌日華懸。明主臨軒日，真儒對策年。楊雄方自蜀，郭隗正遊燕。經術由來尚，聲名孰敢先？同時嗟漢武，奕世重韋賢。似爾宜殊遇，前賢豈浪傳？未須耽絳帳，應不困青氈。東閣延嚴助，西京館鄭虔。定知矜麗藻，争擬艷神僊。柳折承明外，花吟太液偏。輪看扶大雅，節望保貞堅。但遺文華國，寧論影各天。中原愁攬轡，東海任歸田。

掉臂聊爲爾，排風尚勉旃。頻須郵尺素，莫倦擲詩篇。客夢梅花裏，鄉心蘗桂前。霜天蓴鱠好，遲爾壯遊旋。

學使胡念蒿先生徵詩誦其尊人廿五韻

衡岳千峰秀，英靈獨鍾祥。自天翔鳳羽，匝地燦珠光。腹笥藏三古，書城傲百王。宏才兼述作，正氣佐綱常。夢錫椽爲筆，居名墨作莊。題詞黄絹重，講席絳紗張。桃李盈門爛，申椒紉佩芳。經明忠孝學，質美玉金相。毫髮心無憾，羹墻見不忘。思親明發後，述祖几筵傍。至德師鍾皓，高名軼孝章。語皆關至極，矩不廢通方。爰濟高陽美，旋驅黍谷涼。趨庭相授受，負劍特諄詳。弓冶傳詩禮，光輝麗構堂。家聲江漢闊，世澤澧沅長。文彩俄蒸變，鈞衡任激揚。圖書開洛渚，絲竹叶宫墻。識鑒冰壺迥，品題翰墨香。群披樂令鏡，人仰鄭公鄉。沙苑全收駿，支機盡織襄。吴邦瞻岱斗，聖代得賢良。賴有先儒訓，能令吾道昌。淵源思俎豆，啓迪遡周行。通德門猶舊，新綸下九閶。

堂下新竹

爲稟璇璣質，將成蒼玉精。膩香初着粉，乾籜未辭莖。裛露肌全潤，含風韻自生。嬋娟無限好，瀟灑有餘清。蔭許松梧庇，蹊從桃李成。漸高君子節，應保歲寒貞。嫩葉裁羅碎，幽根透蘚明。枝分搖麈尾，幹發聳瑶楨。直操何人表，虚心待鳳鳴。宜臨春水渌，恰受曉烟輕。冉冉龍蛇動，森森矛戟并。籓籬寧束縛，霄斗即縱横。細切窗間影，微敲枕上聲。入簾雲欲碍，當户月難盈。翠羽翻銀漢，青虬上玉京。托根幸得所，長此拂軒楹。

賀友乘龍

髣髴鈞天奏，鸞笙雜鳳簫。香輿來鶴馭，寶扇映雞翹。翠羽簾紋細，紅蕤夢影遥。畫屏看展雀，金屋盡塗椒。雲亂霜青帔，霞輕瓊碧綃。枕前珠不夜，笈内錦爲標。雛鳳桐花小，雕龍楊葉驕。光儀何淑穆，風物洵清韶。競進魚龍戲，知填烏鵲橋。麗情吟芍藥，美蔭就芭蕉。蟾傍良宵吐，蛾將史管描。溶溶羅綺夕，習習艷陽朝。想見雙仙會，和鳴協古謡。

阻雨不得過梅源遂慫訪梅之約西園主人悵然有作次韻却寄

此際開東閣，梅花半不存。千林殘雪積，八表凍雲昏。姑射經時夢，羅浮何處村？美人思要眇，佳句得清温。不少群賢集，終須吾道尊。幽蘭並延佇，瓊樹獨招魂。擕待東山妓，歡留北海罇。豈知江浦客，蕭槭悵蓬門。

題家釜山詩草

我家永嘉守，池草足新篇。溟漲鯨魚跋，蘭苕翡翠搴。神鋒標奕奕，腹笥富便便。正始方案絶，靈光獨儼然。火攻慚下策，龍躍羨先鞭。風雅千秋事，終期附驥傳。

抱翺廬詩草卷之八

七言排律

郡司馬田明府頌言二十韻

政成五馬足風流，節鎮新來駐絳騶。名重漢宫題柱客，符分澤國富民侯。應知清吏真能吏，欲計邊籌急海籌。下邑經時驚蜃氣，至尊遠地厪宸憂。獨憑旄鉞綏中外，無復鯨鯢恣泳游。猷畧經文兼緯武，襟期緩帶亦輕裘。尺波不動黄龍浦，畫角空懸丹鳳樓。城列萬家安織素，野連百里服畊疇。相忘有脚陽春煦，盡仰無私執法遒。棘土繡苔蒼玉滿，松枝拂塵白雲悠。焚香祝日心何媿，鼓瑟歌風韻自幽。才抱鹽梅通帝夢，操持冰蘗與天遊。高文自與枚楊敵，下士仍將杞梓收。得遇品題皆琬琰，幸逢物色即驊騮。春風坐處疑醇飲，明月前來豈暗投？猶未褰帷瞻北斗，早聞懸榻待南州。龍門百尺登何幸，驥尾千秋附得不？遥聽風清鈴柝静，徐看露湛李桃稠。周官計吏廉平最，漢代甄才德業優。聞道御屏方紀績，璽書旋下鳳池頭。

大蘇松風亭詩饒幽致而響不振前與遺民周望梅下屬和頗爲所拘因更次以排律

冰梅老榦占疎村，春至香歸識舊魂。得爾亭亭消白晝，何須寂寂悵黄昏？山中霧合迴雲閣，枝裏禽啼出燕園。芳草路長遊迹杳，蕭齋書静諷聲温。招尋知己陪團月，點綴名花倚艷暾。似此好懷宜擊鉢，兼無塵事不開門。眉州雅韻揮觥和，滬瀆飛才拔幟言。爲問花神能聽否，只今酬唱有誰尊？

鄒未菴明府頌言

西江紫氣騰文蔚，東海蒼生望澤覃。地迥衡廬襟帶接，天高吴楚斗牛含。青螺峰峙鍾靈秀，白鷺洲迴積渾涵。自有史占星聚五，徐膺詔起轂推三。真儒學術登車試，名世經綸指掌探。列宿遥占宸極北，分符直下大江南。惻然雲漢歌思苦，靄爾山川沛作甘。棠蔭清風迴訟雀，桑郊靈雨徧征驂。陽噓寒谷初名黍，烟煖原田欲字藍。勾漏仙郎誰不羨？中牟異績古猶慚。謳傳澤國生岐穗，賦擬吴都貢八蠶。的爍夜光還遠浦，澄鮮朝爽挹晴嵐。冰心選士懸明鑑，粉署論文盛盍簪。千里已聞空冀駿，兼收仍説及燕函。門如水處盈桃李，薪且樵之盡杞楠。得遇賞音絃未絶，何妨大度石無儋。龍門百尺登非偶，驥尾千秋附亦堪。但使甄陶均瓦缶，敢嗟侘傺放江潭。曳裾頗怪腰圍懶，授簡偏能筆墨酣。豈有涓埃酬顧盼？惟餘圖史静詁諵。春風塵論親函丈，晦雨鷄聲祝一龕。大道幾時歸鄭氏？絶倫久已服桓譚。起衰文倘傳宗統，雕朽材寧弛負擔？私喜人宗資敬近，預愁奏最聖明諳。鴻猷借潤蘭臺札，繡斧行巡御史驔。户滿桑麻思名父，人沾橘井望蘇耽。他時史傳書良牧，循吏儒林好並參。

抱翛廬詩草卷之九

五言絶句

古意四首

本自芙蕖根，絲牽從作藕。阿誰采蓮歸，蓮子落人手。

惆悵芳時歇，深庭覆緑陰。美人蕉葉吐，空抱一生心。

春風蕩金塘，塘上雙鴛嬉。睊睊膠與漆，儂情曷自持？

乍展柳葉淺，思往不知處。已到叢蘭邊，親見君來去。

梨花暮雨

正逐行雲去，蕭蕭雨打門。殷勤早春意，喚起梨花魂。

别西園

幾度愁君去，牽衣險欲分。今朝真箇别，無計駐南雲。

燈下贈花影

桂葉雲中碧，梅根夢裏嬌。高堂新列館，翠黛夜深描。

花影荅

洛浦原無賴，臨邛自不覊。鳥啼蘭燼薄，辜負隔墻窺。

戲爲友賦惜别詞二首

日影動流蘇，碧翁苦相妬。願祀陽臺神，爲雲鼈爲雨。

夜夜打空堦，邀儂得且住。但吟喜雨詩，不解愁霖賦。

春曉

晴鳥催窻曙，春鐘撼夢微。宿香還向煖，倦眼辨垂幃。

移燈看水仙

長日幽人供，宵分意倍親。燈前看擁髻，同證四禪身。

題畫

白雲真有力，亂負青山走。有客此登樓，蒼茫重回首。

題花蝶圖

畫花如解語，畫蜨如栩栩。寫生入化工，二物相爾汝。

題畫花籃

六街春未歇，齊唱賣花聲。喚起深閨夢，忙呼寫玉瓶。

贈友

若木枝能秀，丹山羽更鮮。詩傳畫外意，理得句中禪。

難忘曲二首

依微蟬翼羅，秋帳無端碧。波迴癡若雲，雙緑輕寒積。
明姿映紅玉，光動紫羅帷。含笑學垂手，低聲喚畫眉。

送張大歸四明爲其母稱觴

津亭霜葉丹，岩岫煙光紫。此地送君時，高堂計程始。

憶梅源

此際水亭上，寒梅幾吐花。夢中猶識路，未便隔天涯。

題山房

精廬出古香，幽罊敲懸滴。長嘯衆峰間，鳥聲千樹碧。

即景

山近意先登，水遥目已涉。何殊肉食人，神勞利名窟。

抱翛廬詩草卷之十

周金然集

六言

歸隱次韻四首

逃來蓬藋令我，吟對軒窻此君。蕙帳已空俗駕，草堂休勒移文。
蓮社倦輿陶令，龍門慵御李君。童子五噫有作，先生十賚無文。
焚香掃地容我，載酒尋花讓君。病起囊羞子美，吟餘腰減休文。
綺語都封筆塚，微詞并戒墨君。吾道非耶至此，身將隱矣焉文。

村居八首

韋杜桑麻兩曲，朱陳鷄犬通村。酒香欣欲扶杖，茶熟喜聞叩門。

列坐琴尊静遠，一方水木清華。竹里館中嘯咏，武陵溪口人家。
幽棲深谷名愚，一編長伴潛夫。極浦蒹葭采采，空堂蟋蟀瞿瞿。
君公避世墻東，商丘潛身牖北。城有時以復隍，陵或遷而爲谷。
野老相呼入林，量晴説雨無心。撈得魚鰕鮮美，濁醪樹底同斟。
四壁名山宗炳，百籤小品殷源。雲去雲來伴侶，鳥棲鳥散晨昏。
步屧村村花塢，開軒面面山坳。畏人偶卜小築，置我真同一巢。
青熒竹屋孤燈，風雨胡牀寢興。甲子標題逸史，傳文檢勘高僧。

偶書壁二首

再彈再咏元亮，一壑一丘幼輿。小酉洞藏人世，大槐國有吾廬。
損又損以立操，才不才而用神。敢誇詞客前世，願證初禪後身。

抱翛廬詩草卷十一

周金然集

七言絶句

送顧子遊燕四首

慷慨辭家意不平，獨攜文草事長征。胡琴一碎長安市，知爾聲華滿帝京。

天涯芳草緑初肥，遊子乘風去未歸。此地一爲折柳別，郵亭何處不依依。

闐闠樓高日月新，旌旗冠蓋藹紛綸。好憑賦手摩空勢，研練京都動要津。

相如四壁故長貧，詞賦誰言可致身？此去倘逢楊得意，凌雲端不恨沉淪。

蘭雲定情詩次道扶韻四首

碁局中心故不平，郎今心地忒分明。定情未待相於結，喚出瓊筵一見傾。

自背銀燈卸晚粧，羅襦襟解細聞香。行雲恰值書雲日，字取蘭雲記莫忘。是晚爲長至夕。

不盡嬌啼宛轉歌，恣情倚醉奈郎何。明朝皓腕金環約，一點宫砂剩幾多。

夢隨湘水各分流，角枕熒熒淚未收。最是曉魂消未得，含情倦整玉搔頭。

倚樓

層城闌楯望悠悠，日暮傷心在上頭。總使閬風消息近，爲儂常署碧雲樓。

平黔口號二首

石崕岡頭路坦平，馬場江上風鶴驚。粟紅諸軍飽蓐食，解鞍蠻洞寶刀横。

巴子國中險且紆，夜郎南望易稱孤。可知不少摩圍勢，無復登陴更援枹。

江南曲二首

客從江北江南望，兩點金焦勝畫圖。愁聽流亡傾士女，滿城突騎盡横戈。

壚畔朱欄映碧油，魚鱗雜遝恣遨遊。可憐一夜墟成莽，人指瓜州古渡頭。

送友還越二首

霜浣南波草樹空，孤猨如訴別離中。錦囊載得蠻箋滿，客路寒山好寄鴻。

龍津送客水迢迢，楊柳都成離恨腰。倘向餘杭山下過，十千換酒有金貂。

夢中詩

紅鐙閃閃月深深，夢裏姮娥下九岑。爲道君心塵土甚，願將珠玉換君心。

秋夜玉子見過小集次韻二首

故人能命剡溪舟，永夜觴飛玉露秋。醉後憑高興不淺，胡床嘯月據南樓。

清笳畫角古城頭，月白風高海氣秋。盡是樽前騷雅匠，仲宣獨解賦登樓。

秋望三首

亭臯木落正蕭蕭，一望高天氣泬寥。最是悲秋腸欲斷，倚樓何處更吹簫。

風緊雲輕落鴈孤，林烟起處渺平蕪。誰傳摩詰詩中畫？寫得秋原極望圖。

經霜楓葉村村紫，出水蓉枝岸岸紅。一片晴空如鏡裏，寒鴉點破夕陽中。

賦得柳花如雪四首

籠煙黄柳正絲絲，忽漫輕狂入硯池。擬向幽蘭唫楚曲，芳叢昨夜亂酴醾。

不與群芳鬬冶姿，無憑踪跡遶天涯。分明一片梨雲夢，惹得梁園白燕疑。

蕩漾風光不自持，寂寥寧綴緑陰枝。開簾聽唱雪衣女，愁緒而今似亂絲。

舊板橋頭千尺絲，攀條曾與訢將離。只今吹雪渾難聚，學得狂夫太不羈。

新晴謡二首

蠶豆花香麥葉齊，家家秉耒入春泥。即看鳥弄新晴日，啼徧村南又舍西。

燕掠鶯穿底恁忙？沿溪散步趁斜陽。桃花照水紅于染，岸柳青青圃菜黄。

友人扇頭爲河橋柳色圖畫船獨繫紫燕窺人簡遠饒致索題二絶

望裏鬖鬖百尺鬟，蘭橈桂楫恣游閒。暖風輕扇平湖曲，紫燕飛來第幾灣。

烟重沙明汎幾迴，攀條春色想章臺。試吟一曲東風裏，天子應知御柳才。

挽朱拂鐘五首

蒼天難問醉沉冥，豈特人間怪獨醒。始信蘭摧兼玉折，癡肥多半享遐齡。

曾訂寒梅玉破鮮，聯吟驢背灞橋邊。祇今不少溪頭樹，冷落風流萬古烟。

二仲蕭齋閉緑筠，連床風雨共昏晨。謝家兄弟文章伯，並駕中原少一人。拂鐘爲天襄弟。

大雅荆榛作者難，寥寥今古恨漫漫。迴瀾砥柱吾無力，何得同君挽逝湍？

把君遺草不勝愁，避俗攜來自校讐。狗監未逢空作賦，更無明主茂陵求。

南史宫詞十首寓園讀史作

宋文帝好乘羊車經諸院。潘淑妃以鹹水灑地，每至户，羊輒舐地不去。帝曰：「羊乃爲汝徘徊，況人乎？」

宫車遥過殿輕雷，粧好搴帷漸近來。那得官家不留戀，長髯主簿也遲回。古今注：羊一名長髯主簿。

宋武帝寵殷貴妃，妃薨，痛念不已，令巫攝致帷内。望妃貌若平生，將前執手，奄然便歇。乃擬李夫人賦以寄意，使謝莊作誄。

薄命真成負主恩，披帷人在不堪捫。姗姗環珮空來往，桂落苔荒堯母門。謝莊誄用漢昭母趙婕好故事。

帝常裸婦人以觀。恭后以扇鄣面。帝怒曰：「外舍寒乞，今共作樂，何獨不視？」后曰：「爲樂之事，其方甚多，豈有姊妹裸體爲樂？外舍爲歡，與此不同。」

内歡不共外歡同，亂卸羅衣露守宫。獨掩輕紈緑底事，樂方原自有貞風。貞風，后諱。

齊武帝令范貴妃、羊貴嬪分居昭陽左右，荀昭華居鳳華殿。每車駕發湖北埭，鷄始鳴，宫人輒起粧飾。

隱隱端門鐘漏長，鳳華前殿隔昭陽。鑾輿纔發鷄鳴埭，侍女開奩唤曉粧。

博士韓蘭英，吴郡婦人也。宋初，獻中興賦，召入宫。至武帝以爲博士，教六宫書學，以其年老多識，皆呼爲韓公。

自獻中興賦入宫，内家書體學韓公。侍臣不少蕭王法，頭白争如博士工！

東昏鑿金爲蓮花帖地，令潘妃行，曰：「此步步生蓮也。」起玉壽殿，設飛仙帳貯之。又苑中立市，以妃爲市令，自爲市吏録事，開渠立埭，躬自引船，以通沽販。

帖地金花步步蓮，遥看玉殿下飛仙。聽傳市令三章約，録事開渠自引船。

徐妃無寵，以梁元帝眇一目，每爲半面粧以俟，帝怒而出。常題詩白角枕遺所私者，故有徐娘雖老尚多情之語。帝逼令透井死，製金樓子述其淫行。

角枕題詩密贈將，多情老更説徐娘。井魂欲洗金樓穢，忽照當年半面粧。

沈皇后諱婺華，性端約，通經史，爲張貴妃奪寵，澹然無忌怨。

學殫綈素擅掾觚，恭儉天成椒闈模。爲問中宮承寵日，婺華得似麗華無？

後主起三閣，以張貴妃居結綺，孔貴嬪居望仙，自居臨春，複道交相來往。每遊宴，使宮人爲女學士，與狎客賦詩，採其尤艷者爲曲，被以新聲。

臨春結綺望仙通，複道香交不斷風。行樂朝朝還夜夜，新聲艷唱滿離宮。

王、季二美人，張、薛二淑媛，袁昭儀、何婕妤、江脩容，並有寵，遞代進值。每見有封事，後主置貴妃于膝上，共決之。

君王遊宴罷垂裳，長日承恩值御床。學士案前分曲部，貴妃膝上決封章。

上元竹枝詞八首

江城萬户與千門，縛竹家家慶上元。海口只今薪不屬，燒燈底事費洪園。時議塞海塘。

忽漫風光徹九衢，南油西漆焰紛敷。須臾漏盡旋銷歇，不信窮簷膏已枯。

健兒炫服競招尋，烟火喧闐酒肉林。最是客愁聽不得，蠻謳淒切間胡琴。

六街火樹滿江南，爲兆雙岐與八蠶。頗恠喃喃燈市裏，舊徭新税併難堪。

鰲山傳是午門燈，樂事何曾有廢興。依舊金吾弛禁夜，憖遺野老説長陵。

九天曲奏月分光，繒綵懸知滿上陽。十丈輪高燈萬炬，可能有燭照逃亡？
一夕紅燈一貶光，嬉遊處處是傀裝。當筵不用更相笑，鮑老何曾勝郭郎！
漢家故事祀甘泉，太乙今遊何處邊？閒殺窮經劉子政，藜光小閣自年年。

送楊宣尹省試四首

丹陽古路蹇驢輕，十丈行塵接舊京。不少揚鑣分道者，先鞭孰與祖生爭？
陸沉已分老滄洲，忽漫因君感昔遊。話到金陵舊風景，板橋桃葉使人愁。
人懷盈尺家千里，羅網常虞失上才。江左只今文采盡，棘闈端合爲君開。
明遠樓高呼吸通，式臨應在有無中。好憑彩筆摩空出，玉律金科荅至公。

和范少府紅梅韻

漢水何人出弄珠？冰肌酣酒態偏殊。壽陽自倚新粧立，錯向風前喚玉奴。

題李長蘅小幅

松圓詩老骨已朽，誰識檀園畫有詩？猶有櫟翁矜片紙，寒嵓古木最相思。

題畫石

轉側勾來面面存，依然西嶽繞兒孫。誰將五寸青鏤管，攝取玲瓏透瘦魂？

題張因丌畫册

丈夫雙眼闊於天，鎮日沉埋手一編。除却看書消底用？卧遊只合對山川。

題石韓莊畫海棠白頭翁

嬌歌艷舞春陰澀，金谷園耶粲花筆。羨他白首卧芳蘩，不管羽衣香霧濕。

范少府以逋税解組蕭然行署感賦四首

爲政風流迥莫倫，處膏不潤枉勞薪。傳家故有萊蕪甑，借問今餘幾斛塵。

素絲袖短自知寒，宦拙争教不掛冠？賸有斯民遺直在，悔將逋賦失倪寬。

如木臣心終不移，清齋惟折露葵枝。投簪大有何曾輩，廉吏將無不可爲。

謝却嵇生七不堪，僦居圖史足詁諵。九天若更苛糾察，坐擁牙籤是一貪。

娱晖草

二卷

娛暉草序

雲間周子廣菴刻其詩數種，其一曰娛暉草者，以其作於山水之間，取康樂石壁詩句以名之也。文章之道，喜真而惡贗，推陳以致新，前人之製雖工，轉相仍襲，則失其所以爲美。其不囿於方隅，不移於流俗，卓然變而之善者，惟豪傑之士能焉。當晉初年，陸士衡以詩名代。其詩沉博有餘，微傷重滯，贈酬篇什往往以晉室開基發端，而擬十九首、樂府諸詩，實開摹倣之漸。相沿迄于元嘉，蓋有不勝其弊者。康樂以振古之材，起而力變其格，因物肖像，觸景會心，警策天然，得之獨創，其作于永嘉、石門者尤工。蓋擬古多步趨，而當境須刻畫，贈酬之詩易緣飾，而登臨之作宜清真。所云得江山之助，信有之也。雲間，士衡所產之地，代有詞人。自頃陳大樽諸君以風華綺麗爲倡導，後進師承，寖以靡弱。譬之大官之庖，經宿而不可以爲饌，剪綵而綴諸枝，非不爛然，生意盡矣。此亦窮而將變之一時也。廣菴家海上，獨不喜爲華縟之體。天才特高，無所不規模，卒能自闢堂户。性好山水，每欣然獨往，留連移日，形之詩歌，瀟灑清拔，不減初日芙蓉。生士衡之鄉，而爲康樂之詩，其可謂大雅不群者歟？廣菴方橐筆試南宫，其才宜爲文學侍從之臣。異日登朝，風節皎然，能自樹立，不爲習俗波靡類如此矣。余將拭目竢之。

己未孟陬，年家友人李天馥題於長安邸舍。

娛暉草目次

娱暉草卷之一

青溪道中曉望東佘諸峰

結習在林巒，不遑任燕息。晨征恐相負，攬衣伺牕白。推篷彌望間，群山呈曉色。烟嵐縷可數，莽翠冷欲滴。雲開面面峰，日射層層壁。岡脊互起伏，的爍參紺碧。平生賞心處，盤薄領其悉。風帆迅若駛，應接虞弗克。忽漫激湍脭，城郭盈咫尺。

雨後觀玉峰出雲歌

雨過看山山露奇，山頭泄雲雲若絲。須臾變幻無定姿，白衣似耶蒼狗疑。峰頂不應冠接䍦，怪底天邊張繐帷。情枯夢斷巫陽期，爲霖不繫蒼生思。只合山中供自怡，昏曉盪胸無盡時。

鹿城夜泊懷友

山郭帶沙流，依沙纜客舟。蒼烟千雉合，黛色一峰收。戍鼓敲殘夢，漁歌入暮愁。美人應不遠，宿莽隔中洲。

玉峰道上

馬鞍山外路，單舸漫經過。古岸荒祠廟，頹垣冒女蘿。雲迷陶峴里，日迫魯陽戈。矯首空林表，栖鴉故故多。

山塘竹枝詞五首

紫燕掠波春晝長，東風颺出焙茶香。家家列肆如鋪錦，咄咄咨嗟色色良。

褭連石竹翠分衣，蘭槳油幢緩緩歸。莫怪香風常不斷，半開梔子接薔薇。

倚樓皎皎復盈盈，柳外調絃撩一聲。纔聽一聲隨櫓過，無情却會惹多情。

銜頭接尾畫船迴，半捲湘簾半露腮。隔舫相期會何處？前山人衆後山來。

五人塚頭荒草萋，塚傍祠宇金碧題。安能倒挽半塘水，净洗白公百丈堤。

山塘即景四首

七里山塘路，經過盡鷁舟。凝香吹不散，茉莉滿船頭。
高樓臨岸傍，拂岸盡垂楊。馬上誰家客？依稀前度郎。
一簇笙歌沸，遥知是酒舩。貪窺人倚牖，歸騎數停鞭。
少年過酒家，欲脱春衣典。若個坐壚頭，向人先賣眼。

初霽書悟石軒

李長蘅云：虎丘無所不宜，而獨不宜於遊人襍沓之時。蓋不幸與城市密邇，遊者皆以附羶逐臭而來，非知登覽之趣者也。初夏乍晴，躡屐而上，管絃聲寂，裙舄香稀，名山始露真面目矣。

言尋虎阜勝，端與乍晴宜。片石差堪語，空山獨立時。林巒見生面，洞壑出天姿。翻厭佳風日，群遊沸管絲。

海湧峰

何年五丁手，開鑿兹吴丘？片石削不成，峩峩冠兜鍪。周遭臺殿起，層城接丹樓。憑檻一以眺，杳冥萬象收。遥巘互明滅，攢林鬱盤糾。烟靄變晨暮，蒼翠無春秋。巨靈亦何意？敞此神界幽。我來愜真賞，静與心目謀。闔閭迹已陳，生公法焉求？遠思結虚寥，奇懷翻百憂。浩歌忽激越，谷響傳颼飀。

初夏同王子虎丘登眺

乍雨乍晴新物候，不衫不履故吾徒。鼠聒上下欺松老，鳥雀迴翔弄塔孤。雲護烟封尋絶磴，水窮山盡起平蕪。可無周昉王維筆，爲寫天成吴苑圖。

登虎丘墖

已登海湧峰，更上峰頭墖。躋攀不厭疲，股栗背漸豁。蒼蒼平楚齊，挺挺長松列。城郭帶蜿蜒，峴嶠羅巀嶪。少焉丹梯窮，神州僅一睫。呼吸帝座通，天風何獵獵。千峰拱遥翠，萬壑紆迴合。鴻濛但一氣，澒洞欻變滅。彷彿凌三山，霞綺争吐納。恨無驚人句，搔首問天末。羲馭鞭倒景，魯戈誰能掣？羽蜕理空傳，浮生等枯葉。目極千里心，襟曠情彌結。惝怳層霄間，飛翰何由掇？

虎丘雜題五首

刻畫名山面目殊，紛陳俎豆滿山隅。縱令樓觀添金碧，已媿王家舊雪圖。

日暮招攜逐冶遊，登登曲磴翠微幽。彝光歸去真娘死，聽説盧家少莫愁。

至今山券烏衣舊，簫鼓時喧短簿祠。欲向五賢澆一爵，朝烟暮靄最相思。

瘦藤箬笠與青鞵，搜徧山椒又水涯。度肉調絲差不俗，笑他花底雜衙排。

香樓貝宇麗人天，正眼能留幾派禪。一丈草深隆祖地，法兒都號飲中仙。

千人座放歌

我昔乘黃鶴，劃破吴天青。偶然咳唾忤風伯，吹落江湖成客星。男兒生不能學向子平棄家遊五嶽，又不能學袁夏甫土室卧遊惜雙脚。蹉跎惟踏虎丘塵，未探名山採大藥。疎狂跌宕，真宰爲仇。唤起闔閭，冷然一丘。山風陰森天倒立，時見桀鷄駭鷺鷗。嵯峨山尖開玉壁，潋灩水底藏吴鈎。吻渴直趨陸羽宅，詩狂快覓陳公樓。陸羽陳登幾百年，空餘姓字淩蒼烟。尚有轆轤哀清泉，泉落泠泠響龍淵。悲風蕭瑟興欲仙，吹過白雲千頃邊，鬚眉近拂虬松顛。平楚一望心悠然，且着雙屐還山前。山前磊落千人座，紅粉緇衣紛相污。一拳頑石不點頭，鶴飛誰道神仙過？

貞娘墓

虎溪橋畔古松邊，猶賸香名漾碧川。玉腕無情蝴蝶死，雲山不老燕鶯憐。西陵遺翠迷荒草，南國哀蟬咽暮烟。欲向遥空酹尊酒，秋風應有未歸舡。

吴閶水嬉即事四首

畫槳蘭橈曲曲隨，繞欄聯袂總情移。怪他遊伴來何事，不看龍舟只看誰？

吴歈齊唱水中央，短袴單衫一色裝。行傍酒舡欹側過，翻身承得逆風香。

舫中有女顔如花，舫外争停上客槎。柔幔疎簾遮不住，粧成自有髩雲遮。見有新粧幾障面者。

闤闠城外遶紅塵，夾道朱樓半露身。續命五絲知繫否，却愁看殺倚欄人。

山水間口號

愛閒到此幾曾閒，不是臨溪即看山。溪爲照顔開月鏡，山能媚眼出雲鬟。神飛野渚輕鷗外，夢入層霄杳靄間。便擬浮家長散髮，五湖浩淼不知還。

漆園子歌贈醫士莊子凡

漆園子，氣飄蕭，仙風栩栩樂陶陶。何年來隱吴門市？滸墅關前挂一瓢。紅塵十丈飛不到，壺公壺與巢公巢。漆園子，心何勞？岐黄之書等身讀，占察腠理纖無逃。内照返觀得竅妙，九還八法手自操。漆園子，憂世之患目常蒿。飲上池水三十日，見垣一方燭秋毫。斟酌温涼，投以圭刀。起我烟霞之痼疾，中我泉石之肓膏。漆園子，强欲逃名名益高。只愁抉破天地秘，駈使蟲豸傷夭喬。長齋繡佛亦徒爾，沖舉不得還仙曹。漆園子，仁心利物，九州四海可以遊敖。何必痺醫兒醫帶下醫，趨迎所在供醴牢！

太湖秋泛

畫檝蘭橈泝泬寥，群峰衆壑正蕭條。天迴萬頃開秋色，地坼三江接暮潮。乘漢仙槎依斗近，凌波神女弄珠遥。霸圖寂寞風濤闊，悵望鴟彝不可招。

題第二泉

江南水品多清絶，九龍之麓井尤洌。石罅紆徐溜玉珠，短綆低垂濺乳雪。乳雪飛來小洞天，一甌風味何甘鮮，欻使文園消渴痊。康王谷中冷泉，底事茶經第一傳？

汲惠泉二首

彌年誤逐塵沙地，幾度魂飛曲水亭。今日照顔還漱齒，不將泥污愧山靈。

載得瓷罌滿釣船，擔夫争道寫潺湲。鷄鳴關吏休猜問，寬大清時不税泉。

梁溪行

梁溪山水看不足，梁谿女兒鬬粧束。東船西舫競春遊，禮佛齊來惠山麓。惠山禮罷錫山來，隊隊牽裾往復回。若個傾城迷下蔡，不勞爲雨夢陽臺。興盡還尋纜舟處，斜暉已掛疎林樹。調笑相過問酒家，指點銀餅嘗且去。珊珊門外誰家姝？二九不足三五逾。鳴蟬薄鬢簪青鳳，香霧輕容襲絳襦。近前微步生百媚，流盼翩然入酒肆。當壚豈是卓家人，解珮疑從湘浦至。低回掩抑意難明，坐起傍徨若有情。枯絮粘泥吹不起，殢人尤物底須卿。天涯泛值同飄梗，幽思無端徒耿耿。解維移泊只蓉湖，柳外橋邊月華冷。

毘陵晚泊懷鄒程村

蘭陵城下水迢迢，柳暗離亭繫小舠。不見梁園詞賦客，暮雲春樹總魂消。

過蔣墅留別賀天士四首

吾家南浦南，君家曲阿曲。物疎道自親，千里猶比屋。昨歲子來遊，跫然訪空谷。一編投我去，譚讌乖信宿。獨把雲錦章，無由報青玉。

報玉渺何許，引領浮雲端。願爲雲中鵠，因風托羽翰。一朝果素期，登堂接古歡。侑我蘭陵酒，飫我安胡盤。氣熱襟爲開，綢繆向夜闌。

夜闌話何長，良會苦猶短。旅食偶因人，菟絲逐蓬轉。判袂即兹辰，勞結不可展。君亮崇令德，努力大且遠。千秋以爲期，榮名詎乃淺。

榮名何足貴，所貴能居之。隋珠懸五都，不言乃共推。君子重三立，不朽安可知？鄙余奉櫜鞬，勵志共砥持。古道雖泬寥，維哀倘在兹。

净香池館二首

翳然林木望中賒，對此幽懷未有涯。解事桐陰當户暎，趁人柳浪隔溪斜。清談幾見忘年味，高枕由來到處家。莫謂周旋惟與我，黄庭讀罷又南華。

長日净香池館上，千章夏木迴淒清。臨淵不羡知魚樂，出谷相求習鳥情。頗怪潛夫猶著論，偶從社友請作時論。虚疑巢父是逃名。華陽洞口尋真處，一枕風軒夢未成。擬禮茅君未果。

由曲阿郊外至日光寺登望湖亭觀練湖

逍遥越城闉，延目得遐曠。修坂帶洪河，屯雲冠遥嶂。蓁薄紛蔽虧，桑麻鬱絛暘。遵阜既迴緬，度阡復下上。已見練湖光，空明勢浩瀁。浮天不興波，納流無盡藏。遠峰屢出没，縹緲非一狀。斷霞散平沙，翔禽掠紋浪。周歷窮蘭皋，招涉愜登向。棲遲梵宇静，凌厲丘亭抗。始覺氣象闊，萬頃收一望。迴薄蒸混茫，虚無穿溟漲。情逐群鳥移，胸與層雲盪。目極不知還，賞心更成愴。

寓園雜題次杜工部遊何氏山林十首韻

寓園幽迥處，宛轉帶溪橋。密柳渾連水，疎桐總拂霄。棲尋每獨往，林壑況相招。便有羲皇意，涼風午夢遥。

到此從留滯，能令百慮清。蘧蘧過戲蝶，恰恰弄嬌鶯。紉以幽蘭佩，供惟錦帶羹。何須愁熱客？蓬徑斷人行。

懸崕蘿磴接，頽岸石牀支。雲護翻書幌，花浮滌硯池。繁陰人不見，落實鳥先知。招得疎風至，煩襟快一披。

草合生書帶，溪應冒浣花。客來馴舞鶴，彦會集靈蛇。泉石東山秀，樽罍北海賒。願酬卜鄰約，衡宇對龐家。

寂莫談經處，玄亭向水開。横行穿砌竹，巧綴傍簷梅。烟月隨宜得，鳧鷖莫定來。惟應二仲侣，蠟屐破蒼苔。

梅尉當年宅，愚公此日泉。紅霞紛掩映，緑雨暗連綿。花外扶藜杖，牀頭挂酒錢。澄和天氣好，班坐宛斜川。

石洞凝烟紫，牆陰膩粉香。墜鼯濃蔭寂，洗馬晚天涼。户訝雲霞入，窗疑星斗藏。移牀臨碧澗，的的照顏蒼。鷺穿有底急，燕掠故差池。信步青絲履，休冠白接䍦。攀枝危杏子，唼荇狎魚兒。物色供搜句，奚囊鎮日隨。鑑湖休賀監，芸閣卧楊雲。庭暎琅玕樹，家傳琬琰文。咏觴容我輩，風月恣平分。莫問塵勞事，争求蝸角紛。勝地堪高枕，故園思若何。欲窮幽賞遍，其奈旅愁多。信美登樓賦，歸來彈鋏歌。盟心向水石，興發更須過。

謝别賀天游主人亦適寓感

名園勝侣自相將，忽引離心廣莫鄉。汗漫故應憑鷁首，崄崎不慣歷羊腸。虚疑臯廡來童子，却愧荀門聚季方。同伯氏寓園中。此去漣漪終日對，寫懷惟諷伐檀章。

題爲賀瀛登畫扇

野亭孤兀傲，老樹迴扶疎。有客臨流坐，空鈎亦意魚。

題爲張明我畫扇

蘼蕪青一片，鸂鶒白相親。孤棹彝猶處，溪雲正媚人。

賦別張藩室

坐擁皋比席，高譚快盍簪。一爲文共賞，不放酒盈斟。孤館燈前夢，離舟雨外心。弟兄肝膈在，惆悵欲分襟。

過毘陵喜晤董文友陳椒峰詢知鄒程村正遊我邑黄艾菴又客維揚艤舟遄發未盡傾倒爲賦二律歸似程村卻寄諸君

今代論才不易逢，延陵博物有高蹤。人工白雪陽春調，家擅黄初大曆宗。傾蓋相於存古意，離舟一繫惜懽悰。還期更遇中原日，鞭弭周旋尚許從。

不見汪汪千頃波，艾菴子居鄙吝待如何。曉雲自向蘭陵没，夜舫空爲剡曲過。百尺卧樓容嘯傲，椒峰三年著策費編摩。文友輯經濟略。好憑作賦梁園客，程村爲寄中流擁枻歌。

阻風憶家

心怯家園近，思家轉百端。尺書前日寄，重檢一回看。不奈陽侯怒，猶歌蜀道難。南飛烏鵲侶，傲我得風翰。

舟雨

扁舟衝雨發，滴瀝點篷聲。夾澗竹梢暗，倚牕書帙明。緑蘋侵岸急，白鳥習波輕。黯澹浮雲意，凄其遊子情。

溪路一首

人家喬木杪，漁艇落英邊。便欲尋源入，求耕不税田。竹樹森森暗，溝塍脉脉斜。殷勤野鳥唤，似唤我移家。

舟行雜題四首

蹔離塵網此閒身，景物無邊媚眼新。已分灰心貪著少，泉聲山色奈横陳。

童子蘆中長鼓枻，樵青竹裏漫煎茶。緑蓑青篛閒家具，定不催人兩鬢華。

客囊惟有數編書，愁倦聊憑此破除。怪道雲陽無地産，往還載得老蟫魚。

雲情只戀扶疎樹，雨意常隨蕩漾舟。儗倩畫師圖此景，着儂覓句在船頭。

歸舟阻風題長句破悶

乘興而往，前月之初駕言遊。興盡而返，今月之杪行歸休。吾生蓬轉天之末，去來一任飄風發。隨時利鈍無定期，始知跬步庸超越。憶昨揚舲出浦東，布颿安穩乘長風。枉渚不勞錦纜挽，洪濤似與銀河通。計程百里只瞬息，迢遞南徐逼咫尺。經過勝水兼名山，應接不遑真可惜。豈知物理太難憑，苦遭石尤歸棹迎。柔篙數尺逐泥滑，短纜一絲帶雨争。黄頭縮項氣凋喪，僮僕齁眠倒相向。跼蹐篷底可奈何，水落蒲塘不可上。爲我謂飛簾：出没胡不常？夷險誰能出意量？緣蹇雷偏轟薦福，時來風自送滕王。達人大觀盡若此，書空咄咄徒爲爾。須臾繫棹前村近酒家，滿眼酤來銷塊壘。

過山居讀書處

山中桂樹白雲迷，習習香風幾度吹。記得秋燈明滅夜，萬蟲聲裏讀書時。

洙涇曉發

嗚榜宿雨歇，挂席曉風呼。山色乍隱現，人烟或有無。野荒遥入越，天闊迥吞吴。莽莽江湖外，滔滔日夜徂。

臨高臺

臨高臺，悲風萬里青冥開。問風何所起？蓋從詄蕩天門來。延眺崑崙俯八垓。白雲蒼烟，入我酒杯。欲潑雲烟望去鵠，高天爲我且徘徊。

與諸同人登泖塔次壁間駱沆瀣先生韻

峰色波光何處尋？扶笻聯袂此登臨。峰迴縹緲層層目，波擁岧嶤面面心。幾輩驚人擕好句，百年勝賞共知音。丹梯窮處平蕪淺，一帶斜陽一半沉。

雨宿竹安齋遲主人不至

何處滌煩襟？解鞍憩幽獨。虛館含清陰，蕭林變群緑。一編雜坐卧，静覺爽心目。夜聞踈雨過，泠泠洗修竹。砌蛩若有意，切夢聲相續。曉看新晴色，空翠猶可掬。吟嘯向此君，不問主亦足。

寓夜二首

虛館夜寒輕，蕭然一榻横。鴈飛星萬點，鷄唱月三更。碧篠摇逾静，紅燈澹復明。何當攜梵笈，長此息勞生。

久客難爲寐，孤幃向夜闌。經霜藤影碎，和露葉聲殘。無憶聞鷄起，歌憐倚劍彈。故園歸未得，空問竹平安。

細林山夜泊約訪張漢度不果

石尤怒打船頭急，江岸遥遥怯短縴。客子長歌行路難，那得揮戈駐落日。舟人移舟置壑中，林深夜半號悲風。龐公衡宇應咫尺，月黑巖扉何路通？

訓別諸材石次原韻

滬上風波客，春來汗漫遊。素心歡命醉，白雪唱還酬。黯淡村雲合，微茫山雨收。由來感意氣，難别奈難留。

春山曉霽和王明府韻

宿雨萬峰收，蒼然積翠浮。烟嵐初媚日，明遠欲過秋。景入王維畫，吟邀謝客遊。使君朝挹爽，拄頰自彝猶。

答遺民見約王園訪梅五首

膩雨粘雲次第消，柳情花意未全嬌。春光漏洩知何處，好共詩翁訪灞橋。

幽情已向白雲隈，喜劇相呼尺素來。爲問羅浮香夢裏，殷勤含笑待誰開。

頻年辜負探梅約，别墅他山自作花。今歲花時應不改，秖添管領屬詩家。

舊遊景物憶前年，送爾維舟此别筵。列炬中宵看不足，明朝分手各風烟。客歲遺民北上，於此話别。

休教鶴怨與猿驚，君是孤山舊主盟。驛路漫招逋客駕，彦倫原不縛塵纓。

訪梅王氏山莊疊前韻五首

條風着處凍全消，林外新鶯語欲嬌。惟待隴頭消息到，好尋詩老過溪橋。

瑟瑟蕭蕭南浦隈，天風忽下好音來。報我花魂如有待，冰霜爲護幾分開。
扁舟獨向偎源裏，迷入千林萬樹花。花底照顔還索笑，肯將清瘦讓君家？
高燒銀燭夜如年，四照繁英燦綺筵。更上孤亭遲華月，山腰圍玉亂生烟。
星移物换總心驚，白石清泉好結盟。憑仗花神臨息壤，草堂終不易簪纓。

過梅華源與諸子集萬竹園二首

把臂入花陰，披襟向竹林。岸梅香未歇，江柳緑還沈。擊鉢催詩就，飛觴醉月深。秖應結茅屋，長此豁幽心。
若少群賢集，空爲萬樹梅。晴光交近墅，花氣散平臺。北海原多興，西園最有才。到來真意愜，堅坐闘深杯。

夜集牡丹花下二首

觴飛金谷會群英，拍徧雕闌唱麗情。不數沉香亭畔客，金花醉墨寫清平。
春色平分十二樓，露凝香澹月如鈎。寧辭百罰傾三雅，絳蠟高燒永夜留。

雨集西園艸堂分韻得憐字

山堂來舊雨，密坐足清妍。石布苔錢路，雲昏麥浪天。分題蠲紙貴，洗盞燭花偏。倚醉看雙玉，嫣然亦可憐。時几頭供兩白芍。

寄園玉樹重花歌爲方伯佟公作

南國旬宣足膏雨，自公多暇休林墅。胡牀明月庾公樓，緑水芙蓉王儉府。良辰選勝集群才，抽毫授簡盡鄒枚。堂開文讌堂名瑶華發，閣俯澄虚閣名漢影迴。林木翳然帶濠濮，時方避暑尋河朔。沉李浮瓜好納涼，坐愛濃陰憩叢薄。叢薄陰森清晝寒，枝頭盡掛水晶冠。豈是素娥臨月下，還疑王母下仙壇。璀璨繁英不知數，誰信重開玉花樹？回斡深知造化功，休徵定有神靈助。太平瑞應見根芽，麥有雙岐禾有嘉。手轉洪鈞深莫測，八蠶再熟信非夸。向榮盡載陽和意，不言亦備四時氣。他時史傳紀嘉祥，還與芝房薦郊祀。

宋觀察荔裳招同董榕菴蒼水吴六益仲徵沈雪峰何九陛吕又東家釜山寓園卜晝二首

芳筵開上日，詞客集南園。佳景觀碁劇，南史「既佳光景，當得劇碁」。清流把釣尊。榻期留孺子，絲合繡平原。未盡探奇興，城頭日漸昏。

欲問楊雲字，來陪謝傅遊。觀濠魚自樂，出谷鳥相求。雄辯千人失，鴻篇萬象收。真成竹林勝，披豁見風流。

練川夜泊

蒲葦冥冥入暮天，火雲冉冉墮吾前。村醪滿眼過橋得，漁唱無心隔岸傳。水面流螢光上下，磯頭宿鷺立聯拳。筆牀書卷關何事，也逐飄蓬數往還。

客明月堂贈秬園主人次韻十二首

幽期從北郭，别墅尚東偏。曲水長流澤，喬柯不記年。風塵昔澒洞，天地日迍邅。及爾艱虞後，還將舊德傳。

看花仍倚杖，載酒更停輿。人指高陽里，星占太史書。敦槃存肅穆，禮法信蕭疏。一片譚經席，真成楊子居。

多難成吾老，持躬覺汝賢。人歸天寶後，書紀義熙年。閲世難忘酒，驚心却悟禪。碧環牕外月，幾度缺還圓。軒牕名碧環。

閉户無晨暮，樵蘇稍出烟。簡編聊自綴，詩律細能聯。吾道今寥絶，宗風獨儼然。折楊盈里耳，莫使衆人傳。

會心不在遠，林壑望中超。徑掃葳蕤樹，門通宛轉橋。烟霞盟舊侶，雨露説先朝。曳縰歌金石，誰爲結駟驕？

木穩鷦鷯寄，卑栖江浦濱。飄摇足風雨，涼燠歛冬春。不改懽心洽，何殊棟宇隣。方知歲寒圃，故有歲寒人。圃名歲寒。

愁霖三伏過，灌木四垂陰。蟬吹當風籟，鶯和出谷音。賭棋矜落子，灑翰奪來禽。更向濠梁上，科頭自在吟。

靈光開灌莽，明德復馨香。日月移陵谷，精靈托昊蒼。守祧端不忝，登俎未全荒。志行兼忠孝，由來學素王。美復宗祠也。

最愛軒楹敞，臨流把釣竿。雨過荷葉净，風遞柳梢寒。好客攜供具，清吟共倚闌。逃名本我事，發興借騷壇。

尹緑樓居好，攀援老桂陰。先生高卧日，外物不關心。栖托乾坤大，沉冥草木深。漫勞招隱摻，自撫一弦琴。尹緑樓前有古桂。

篝燈分洛誦，緗帙早傳芳。新製篇篇綺，奇葩字字香。因知鴻羽吉，殊有鳳毛祥。庭際琅玕竹，森梢亦過牆。美令嗣天存也。

日涉都成趣，冥搜任客爲。留題聊取次，醉墨或傾欹。簪盍娱今日，襟披想異時。暮雲凝望裏，蓬鬢各低垂。

又次荔裳觀察韻六首

懶性成何地，浮生駐此軒。淹留消坐隱，曼衍出卮言。落落琴書味，蘧蘧枕簟魂。方塘清淺水，幾減漲餘痕。

修林環一碧，瀟照切牕間。洗研知魚樂，鈎簾見鳥還。興於閒獨寄，情以澹相關。詞賦吾何有，中分大小山。

虚堂不受暑，坐卧儘無妨。竹影侵茶竈，蓮香沁筆牀。每聞高士論，自覺北風涼。窈窕空潭月，流輝故故長。

蟬飲齋中客，膚神共一清。梧邊銀露墜，柳外玉繩橫。呫爾蘇門嘯，休歟蝸角爭。所須惟稼穡，谷口足深耕。齋名蟬飲。

金粟來儀候，留賓檢鷫鸘。八公推賦美，四韻競才良。贈有璚瑶珮，餐惟沆瀣漿。醉看河漢皎，天路好梯航。

時危存碩果，老至托長鑱。夢草悲難弟，開椷話阿咸。荒烟千雉合，斜日一林銜。知爾深埋照，塵封古劍函。小阮大年家報適至。

題明月堂次嚴灝亭先生韻

大隱依然通德門，惟將著述荅君恩。入林啼鳥開芳徑，映竹疎花帶遠原。水抱圃畦人抱甕，天爲棟宇室爲褌。客來若笑無供具，先出訶陵罰滿尊。

何匡山先生招同拜石秬園小集余以腹疾不赴謝之以詩

漂泊彌年違几杖，殷勤長者具盤飧。更期高館成良會，且喜新篇得細論。不分河魚相作苦，空憐鄰鶴故難翻。霍然惟待枚生發，芍藥雕胡數幾番。

贈春暉堂主人石羽明次秬園韻二首

應是君身握辟塵，非關遺帶久逾新。用石駙馬辟塵犀帶事。草堂佳句盧鴻乙，谷口名花鄭子真。欲報春暉存世譜，每當明發念先人。異時獨行書惇史，編用黄金管用銀。羽明方輯家譜。

鶴立何妨鷄鶩群，情高自爾薄天雲。家聲建慶傳千古，古法邕斯辨八分。羽明工隸。釀黍亦爲蘭菊味，振衣時作芰荷芬。江城漫道無佳景，吟望朝烟到夕曛。

中秋後一日同趙山子陸翼王朱拜石諸公集秬園古桂下即席次山子韻四首

幽人結隱在牆東，置我平分一壑中。折簡更招松竹友，開襟時納芰荷風。香傳金粟宜浮白，句擲瑶華過比紅。忝附小山群彦後，當筵才盡只書空。

草堂不限瀼西東，一片秋香滿院中。和霧襲來疑作雨，自天飄下不因風。扶疎葉隱蟾光爛，低亞枝摇蠟炬紅。酹向花神還共勸，高懷仙舉欲凌空。

銀漢迢遥畫閣東，留連佳景一宵中。澄潭倒瀉清秋月，老桂微吹太古風。點筆瀼瀼垂露白，添杯灔灔照顔紅。倚樓裁罷驚人句，四座無言氣已空。

夜久沉沉皓魄東，最難分手月明中。隔溪彷彿猶霏屑，聯袂虚無忽御風。竹徑烟深渾一碧，蓮房粉墜不成紅。勝遊俯仰俱陳迹，遲日還愁蕙帳空。

再集秬園桂下送拜石北上余亦返棹次山子韻四首

不淺諸君興，招攜更上樓。餘香留促席，殘月待離舟。酒國逃嵇阮，詩壇鬭項劉。蒼茫燈影裏，憀慄一聲秋。

淹留叢桂下，坐卧失將迎。好共傾三雅，安能羨五鯖？頻催遷客駕，倦聽上林鶯。半醉仍分手，勞歌空復情。

披襟風葉墜，覓句燭花斜。欲鼓蘆中枻，還行竹裏茶。後期難再得，此會亦云嘉。問夜知何許，啾啾宿鳥譁。

延賞從兹愜，幽尋豈待招。紅葉憐的歷，黄雪想飄飖。此别俄南北，相思幾暮朝。蒼葭白露外，隱隱斷魂簫。

九日晚晴登惠山

望岫移輕舸，登高趁晚晴。屐分泉響厲，茗壓桂香清。竹裏過僧話，林端出鶴鳴。不勞吹客帽，自欲濯塵纓。

梁溪道中口占

十年漫浪梁溪道，七尺飄零滄海身。樹態相看相次老，山容一上一回新。隨舟去住情何繫，酌水清泠味自真。泛泛白鷗常在眼，經過應笑倦遊人。

重過錫山曉發似陸徐二子

徂夏又淩秋，復此梁谿路。榜人貪利涉，侵曉乘風度。披衣對山容，良覯如逢故。蒼翠平楚齊，嶙峋石骨露。林鳥囀一聲，飛破山腰霧。呼起兩詩翁，推篷參活句。

疊前韻

青山爾何爲？晨夕候征路。忽感山前月，鴻鴈先秋度。即景已成新，含情轉愴故。梧桐無繁葉，芙蓉有墜露。深林隱曙烟，茅屋凍宿霧。喟焉發勞歌，蒼茫續短句。

野泊

暮色遠蒼然，依沙得自便。長飈迴大野，遥吹撼孤眠。夜静燈依客，村荒犬姤舡。懷人政愁絶，秖隔淺深烟。

秋深

秋淺復秋深，黄花已散金。朔雲千里鴈，暮雨萬家砧。地闊吴江冷，天高楚岫陰。將歸悲宋玉，蕭瑟罷登臨。

蒜山北望二首

江天漠漠勢虚無，兩點金焦似畫圖。更向江南望江北，瓜州古渡渺平蕪。

去年江口趁新潮，隊隊看來束素腰。正是月明搔首處，玉人還否憶吹簫。

同宋荔裳牧仲譚長益遊宿焦山分韻四首

臨流方擊檝，杖策復探奇。靈境已終古，幽尋又一時。平開島嶼色，不盡海天吹。寂寞焦仙跡，蒼茫寄所思。

突兀雙峰壯，捫蘿試一攀。清風修竹裏，丹竈翠微間。出岫雲何意？投林鳥自還。平生耽勝賞，不敢負名山。

振衣還濯足，信宿憩精廬。鳥雀知齋磬，蛟龍護賜書。山寺有宋高宗勑書。僧歸落照下，帆出曉烟初。底事勞詹尹？江潭好卜居。

莽莽亂雲堆，青青數點開。江吞京口去，潮擁海門迴。處士星爲客，登高賦有才。逝將擕蠟屐，長此快追陪。

題焦山寺壁次王阮亭先生韻四首

茫茫烟樹深，漠漠江天遠。一片斷霞飛，漁歌齊唱晚。

山腰出帆影，樹杪挂飛泉。三詔渾閒事，千秋此洞天。

寶墨何年碑，摩挲得瘞鶴。倒薤法猶懸，崩雲勢欲落。

醉眠石堪枕，清談桂可樵。不奈催人別，黄頭説趁潮。

廣陵中秋

桂魄初盈廿四橋，邗江八月壯新潮。青樓夾道垂長袖，碧檻微風度短簫。望久玉繩光瀲灩，立殘珠露夜虛寥。十千擬醉蘭陵酒，調笑壚頭有翠翹。

贈季滄葦侍御

先生昔在蘭臺上，抗疏天門開詄蕩。當關虎豹亦髯髯，一觸豸冠邪膽喪。曾向上林鈎罪徒，公然按劾霍家奴。須臾炙手成繞指，恐防白簡來青蒲。嶽嶽昌言排灌絳，緑章直達旋摧降。舉朝盡憚張綱嚴，天子亦知汲黯戇。誰遣浮雲翳日重？時清無事補山龍。却教安穩東山卧，日拜秦封千歲松。不少平泉兼緑野，連屋圖書對瀟灑。手攜鉛槧肆討論，天假先生爲作者。先生每飦念先皇，忠愛油然見數章。侍御有輓先帝十律。鼎湖痛絶園林外，江海寧闗魏闕傍？聞道明廷新衮鉞，激揚天下思風節。期君更起作舟楫，慎勿怡情戀巖穴。文章經國亦千秋，須慰蒼生望眼切。

句曲道中見白蓮

何處淩波步？盈盈傍釣磯。香迷雲外桂，色謝禁中薇。下瀨鷗能伴，空梁鶴不肥。仙姿翔宛約，冰魄濯依稀。露滴鮫人淚，波騰素女暉。幽蘭悵延佇，飄絮怨芳菲。爲道瓊懷客，風塵尚故衣。

阻風燕子磯同荔裳訪蒲葊上人山閣和韻四首

畫舸侵晨發，風濤正渺茫。留題尋石壁，采隱到繩牀。浩蕩江天闊，沉冥日月長。聊因濟川客，行止問津梁。

傑構倚山巔，憑軒意豁然。屈盤雙樹合，秀削一峰懸。宿鷺依寒渚，歸帆出暮烟。那能嬰世網，不共此安禪？

自昔驚人句，多從物外工。我觀霞上作，君有贊公風。遠岫初迴鴈，空江正落楓。塹將支許意，送難一龕中。

絶磴試躋攀，蒼茫隔岸山。苦吟黄葉老，放眼白鷗閒。一食清齋罷，長依浄業間。却愁風力淺，鼓棹出江關。

登燕子磯遇沈韓倬許鶴沙鄧玉書秦留僊諸公有作

問天恨少驚人句，恰值逍遥供奉班。六代荒烟飛鳥外，千年戰血怒濤間。滯留南國嗟司馬，蕭瑟江關倦子山。便欲乘槎星漢上，滔滔東逝幾時還？

同諸公登觀音山閣

葭菼蒼蒼落日陰，振衣縹緲度危岑。亭臺面面開圖畫，雲物悠悠變古今。霸業孫吴餘氣象，賦才燕許共登臨。青楓摇落秋江冷，目極偏傷千里心。

燕磯守風同蒲公訪馮子園居次荔裳韻

蓮社名賢路不遥，招尋只過虎谿橋。坐聽風信潛消長，行見星文隱動摇。落筆燦花生檻外，小春庭樹作花。倚樓紅葉滿山腰。偶來彦會忘賓主，茗椀楸枰破寂寥。

次早瀨發又被石尤留住仍坐蒲公華笑軒次荔裳韻

半日浮生過，輕帆待曉飛。那知風伯惡，又叩遠公扉。詩律參逾細，玄言析更微。坐令塵事隔，幸不賞心違。

風霽曉發江上

泠然吹萬息，蕩槳及朝晴。遠堠孤烟外，中流一鑑平。山山楓葉紫，岸岸荻花明。回首禪闗路，相思隔磬聲。

桃葉渡歌

秦淮渡口王家妾，流傳小名喚桃葉。春風吹遍緑楊枝，寒雨離披白蝴蝶。波中樓榭影中娥，半揭花簾顧盼多。來往遊人自朝暮，前舡歌接後舡歌。

荔裳招同黄增岸李方山姜綺季王安節諸公秦淮秋汎即事次增岸韻

東溟宋公賢，好德淵心秉。物望鄭當時，才華潘騎省。延納傾豪俊，興發輒敦請。選勝古秦淮，畫舸撰幽屏。緣谿路不迷，橋迴儼靈境。澄鮮雲物净，坱圠波光冷。低垂卧堤柳，細動牽風荇。遠岫落尊前，佳氣要已領。何當傍曲欄，目成足莊靚。依約呈半身，掩抑露交頸。軟語若有吐，不見驚鴻影。薌澤或微聞，踈簾映單褧。遥岸涼颸起，清切誰歌郢？滄浪忽唱晚，知是歸漁艋。懷古問陳迹，何處景陽井？且盡暇日觴，追歡逐清景。李郭仙風舉，莊惠玄譚静。紛吾獨才盡，處囊慚脱穎。吟望思無端，欹傾墨未整。輕鷗帶柔艣，與波上下騁。薄暮惜分攜，茲情相與永。

長干行二首

朝陽門外蹇驢輕，霧谷松聲九里清。一自孝陵烟靄盡，荒臺麋鹿最含情。
玉樹風翻石鼓堂，鷄鳴蕭索走黄羊。靈光基上秋風早，玄武池頭落日黄。

冶城旅懷時逢七夕

瓠落長辭鎖院旁，無端更滯白門裝。息機休送黄姑巧，病暍須迎白帝凉。桃葉渡頭迷淺漢，賣花聲裏下斜陽。盈盈劇有離愁客，爲賦銷魂待曉光。

祐國菴客夜

佛火龕猶細，廚人語漸慵。愁多難及曉，夢冷若爲逢。黠鼠欺孤帳，荒鷄接斷鐘。不知天闕外，乘興得扶笻。

即席爲周櫟園先生壽

上客滿堂將進酒，奉觴再拜爲公壽。酒酣四座且勿喧，賤子請爲歌一言。君不見鵬徙南溟六月息，培風不改扶搖力。嗟爾鳩鴳又安知，紛紛格磔徒相嗤。又不見大椿春秋八千歲，匝地撐天日月蔽。縱有斧柯當奈何，蚍蜉震撼渾閒事。丈夫曾爲天子秉鉞兼司農，曾爲閭閻保障立奇功。拂衣便作青冥鴻，誰云今者吾道窮？青山原屬謝安石，緑野儘容裴晉公。坐擁牙籤千萬軸，汗青著述連牀屋。扶輪大雅障百川，北面人宗齊肅穆。齊肅穆，問先生，先生三立何崢嶸。嶽嶽鴻名摧不傾，謠諑安能滓太清？大業千秋垂不朽，此是人天真歲星。

爲陶鍊師壽

君家弘景後，早事紫陽君。袖挾黄庭字，囊攜赤伏文。秦淮五夜月，鍾嶺四時雲。別是人間世，瑶京下鶴群。

長干送客遊寧武

日氣炙雲灑晴雪，黯黯江波縈九折。金風剪剪散綃霞，霞散千林杜鵑血。杜鵑啼徹長干皷，夜叫征人煙月中。江水漾愁愁欲老，江紋織得秋山紅。汀草迷離雜芳芷，江頭企望遠行子。蒹葭采采逗雲帆，心逐征途二千里。

舟次燕磯昏夜不得訪蒲公二首

綠天深處暮鐘虛，宿舸依沙返照餘。悵望碧雲江上合，惠休吟思定何如。

高座容聽雙樹法，偏師幾困五言城。蒲公五言擅場。今來繫纜空山下，遥禮蘇門半嶺聲。

娱暉草卷之二

渡江望金山

秋濤方浩蕩，一瞬下南徐。日射江山麗，煙開殿閣虛。乘風願未已，擊檝意何如？呼取盈尊酒，長歌酹望舒。

柳

無限長堤柳，依依管離别。從兹唱渭城，迢遞關山月。

連夕舟中望月

明月復明月，川塗猶滯淫。高歌誰見賞？碧海洵難禁。咫尺鼉能吼，蒼茫龍一吟。倚篷常不寐，涼露滴幽襟。

渡黄河二首

青天飛破鏡，沆漭照奔流。一瀉奇胸盪，長河萬里秋。

一葦中流險，茫然百感多。君看策高足，較是困風波。

行路難六首

寒風蕭蕭雲亂飛，木葉野烟何所歸？寸心一夜天涯合，大江南北情依依。心爲夢兮夢爲鳥，有影無形魂窈緲。遍尋不見春原草，但見千峰兀突離奇，夢高而天小。吁嗟七尺軀，憂患成蹉跎。淚痕欲没紅巨羅，那堪當哭之悲歌。古來豪傑良已多。淮陰一餓夫，登壇定干戈。汾陽一老兵，隻膽掌山河。英雄落魄能幾何？

昵昵深閨與單旅，勞勞長别奈何許。沙漠從軍未得還，悲笳吹斷邊城雨。生死同掩抑，饑渴共甘苦。空羨淩霄黄鵠舉，咄嗟誰爲爲此語？丈夫功成當裂土，錦帳華鐙遞歌舞。奉觴上壽樂更端，歡娱無方磊塊吐。安能錯莫旲鈎照短檠，常與書囚作儈伍！

燕市酒人真吾徒，腕中匕首腰湛盧。坐擁越娃弄趙姝，揮手意氣擲明珠。報讐膽决争須臾，殺人颯爽草不如。男兒百鍊化繞指，何乃區區爲情死？海波怒飛虎豹嗥，夔魍森森石齒齒。拔劍起遶殘尊行，萬里山川從此始。

君不見重瞳氏拔山喑啞萬夫靡，又不見隆準公跣足嫚駡無英雄。胡爲垓下虞兮歌且泣，欲別不忍何嗟及；胡爲帳中楚舞愁殺人，悲歌宛轉傷心神。茂陵豪氣跨八極，一朝割愛除鈎弋。消魂却在延年妹，姍姍來遲涕横集。人生別離真可哀，天地蒼莽山嶽頹。試望雲烟皆黯澹，吞聲躑躅淚成灰。男兒蹉跎過三十，猶未成名百憂集。一身葉落洞庭波，尺土何年歸親骨？有鳥哀鳴羽毛焦，戢伏寒枝飛不高。天荆地棘何嗷嗷，風雨漂摇戀故巢。漫擬鸞棲與鳳食，何處孤桐拂霄直？

羽聲變徵涕如瀑，美酒如澠空百斛。欲吞不能方寸蹙，胸中五嶽相起伏。努力加餐愛此身，途窮魂夢多苦辛，且學蠖屈莫求伸。豫章飽霜霰，桃李悦陽春，胡爲長吁太息而傷神？

枯魚過河泣

過大河，莽以蕩。中有魚，逐層浪。自恨無鱗甲，不得飛騰疾若風，且爲相泣呼神龍。呼神龍，龍不知，得勢寧憐失勢悲？

露筋祠

貞女何年廟，嵬峩尚水湄。呈身還改面，巾幗付男兒。

秋思引

涼涼者風耶？荒荒者西且東耶？一解湛湛江水，與秋爲一。孤客其中，奈何出入。二解粘天一髮，白雲自飛。蒼茫孤望，涕下沾衣。三解刺促上下，荆荆棘棘。夜半恨開，刀鳴四壁。四解奈何許，不得語。薺者甘，蓼者苦。幃幕謖謖，繁淚如雨。五解夢魂悵悵，蹩躠路長。禽呼獸索，渡河無梁。六解天之路，在何處？夢夢者天，愁不可度，征夫回互。七解

江南

江南何蒼蒼，極目不可望。江南何蒼蒼，極目不可望。白煙九點，此爲九州。三山在海，似芥以浮。仙人下視，城郭如鷗。精衛勞勞，其意何求？蘭自薌兮芷自蕤，懷彼美兮安得知？情愁絶兮誰能持？

相逢行

少年游俠者，足跡輕天下。青驄爲我馳，紫騮爲君駕。青驄與紫騮，千里如過罅。相逢不相識，繫馬歡相劇。燕市高樓前，一飲傾一石。起贈片言當縞紵，揮鞭前去各努力。

君馬黄

君馬黄，臣馬紫，此馬豈是人間子？奔超滅没形影空，製電追風一氣中。弟視虹，兄爲龍，胡乃伏櫪齧枯草？枯草蕭蕭不得飽，瘦骨崚嶒悲懷抱。呼嗟兮伯樂曾我思，安得豁然一遇之？泣涕雨面，振鬣而嘶。聲割天雲，海水怒飛。伯樂往矣吾安歸？

邯鄲才人嫁爲厮養卒婦

少小承恩澤，榮華見兩宫。自矜能結束，氣體敵椒風。似水流年度，君恩那望終。月明思故苑，秋老怨飛蓬。聞説昭陽寵，施朱已太豐。

旅館書懷五首

强欲飛騰羽翼微，傳經心事總相違。夜深分得餘明照，猶爲東鄰繡嫁衣。

傳聞校獵方回蹕，簪筆詞臣繞建章。鉛槧書生空白首，射熊何日賦長楊？

門前十丈罨頭塵，净掃蕭齋一榻陳。不信長安行樂處，到來亦有閉關人。

却憶當年陳拾遺，攜文百軸走京師。碎琴酬得千金值，此事將毋史浪垂。

尺鯉非龍亦有神，蹄涔不慣作波臣。漫勞升斗相濡沫，争似江湖縱涸鱗。

關山月

蕭瑟邊城月，長照征人路。遥作空閨夢裏身，幽魂一髮光中度。此時夢醒若爲情，愁對羅幃皎皎明。天涯夜夜圓又缺，惟見星逐馬蹄没。

辛亥除夕二首

辭家忽忽背秋冬，回首雲山隔幾重。壯志未酬鄉夢斷，尺書不至酒悲逢。燈前顧影思投筆，廡下從人識賃舂。多少鵷班齊待漏，等閒聽徹未央鐘。

燕市罏頭倚放歌，酒徒何處覓荆軻？時方遲暮嗟何及，人到他鄉感故多。短鬢旋隨窮律變，歡場消得幾回過？虞淵不管桑榆恨，慷慨難揮返日戈。

壬子元旦二首

乍報晨鷄第一聲，占風已識泰階平。登樓賦敢追王粲，挾刺人誰薦禰衡？景物殷勤供老去，關河迢遞引情生。嗚珂應盡趨仙仗，芒屩無端客帝京。

漸覺寒威減敝裘，韶華次第滿皇州。輪蹄紫陌戎戎暗，宫闕紅雲靄靄浮。往事低回如隔世，新愁細數又從頭。未堪作伴還鄉去，蹀躞聊爲踏御溝。

送友南歸

鄉心正怯獨登樓，何處堪憑送遠眸？屈指盧溝橋外路，争教一日不三秋。

涼颸蕭瑟動鳴鞭，衰草離披接暮天。我亦懷歸歸未得，江南望斷好風烟。

餞宋荔裳觀察赴蜀二首

銜恩仍使節，飲餞競追歡。回首長安近，休歌蜀道難。馭應驅九折，峰定歷千盤。未忘庭堅祀，懸知弼教寬。時祖席間出示祭皐陶樂府。

君到錦官城，三巴諭檄行。山川生氣象，草木識威名。雨逐牽帷澍，星懸執法明。旬宣旋後命，端不讓難兄。艾石方以蜀臬遷方伯。

初夏俳體撥悶

蕭條旅館不勝情，爲憶江南百感生。小閣試茶新穀雨，短橋踏草舊清明。采蘭葉葉春衫薄，競渡翩翩彩鷁輕。慰我遥天一搔首，深泥没馬謝將迎。

題鄭寒村小景

蒜山一點弄晴嵐，也與三山作子男。忽憶故園京口下，小詞填取望江南。

走索行

有女盈盈復窄窄，纖手舞絙足走索。囊裏綿繩麗且柔，架空爛若虹霓色。低徊宛轉喚嬌孃，爲兒結束著衣裳。裙拖羅襪偏宜短，袖綰紅巾不厭長。側視錦繩身欲動，阿母鳴金走相送。素手持竿故上遲，欲上不上如有思。鳴金漸促行漸速，乍却乍前隨所欲。欹仄俄横郭索行，趫跳或振商羊足。霍如失脚千人怪，瘦藤欲墜猿猶掛。迴身一躍復上繩，捷如十月翻風鷹。白日西斜伎亦畢，纖手徐徐整衣立。槃盤含笑乞犒錢，觀者如牆咸歎息。問女家何住？家本鳳陽城。阿爺前年死，妾身無弟兄。向來生産一朝盡，逢此百罹誰見憫。羞看面目倚鄉鄰，寧作他鄉流落人。妾身今年纔十七，學得人前能走索。東家女子織流黄，歲侈迴文百丈長。西家女子誇刺繡，拈針挑出紫鴛鴦。自從緑髩初垂額，微步何曾出畫堂。人前獻媚真無計，明朝忍耻還呈伎。天涯淪落總堪悲，何必琵琶能迸淚！

都門雜詩六首

丹闕凌中天，彷彿重華宫。梧桐號瑋材，氣象鬱何葱。好音動人懷，清廟聲渢渢。覽輝豈無意，六翮未成翀。

于役滯冀方，春秋幾更變。托處匪蘭林，蓬麻充美箭。俛仰中自傷，同心異鄉縣。群居仍孑處，今人苐交面。

有美彼姝子，婉孌事裹梳。膏沐市中行，上客惠同車。贈貽盈紉佩，兼用多令譽。揮手謝彼美，敢衒華裙裾。由來翠袖薄，秉性不願餘。

東家酣豢兒，經過皆趙李。門停玉鞭驄，庖膾金盤鯉。五陵裘馬客，瓊筵錯珠履。奉觴齊上壽，長夜歡未已。西鄰供藜藿，蕙士蘭君子。道故偶班荆，一斗亦醉止。

崇楣冠虹霓，甲第森畫戟。長衢接飛蓋，華館盈上客。咳唾落璣珠，片言生六翮。何用結同心？青蚨兼赤仄。金張勢莫倫，梁竇權何極。一朝高臺傾，輪蹄竟闃寂。荒荒蔣生徑，寥寥揚子宅。悠哉二仲侶，翛然問奇迹。千秋稱達賢，因茲悟損益。

相逢當狹路，凝睇不敢翔。熠熠大秦珠，充耳雙明璫。開襟納緒風，鬱金間都梁。行者捋髭鬚，毋乃紫鴛鴦。紅塵掩飛鞚，顧歎心茫茫。

壬子除夕

旅食京華歲月增，浮雲世態莽相仍。稍聞寇盜清三輔，幾見雄豪競五陵。（時畿輔多獲暴客，又初嚴服制。）朔吹漸收愁未散，暮天極望信無憑。歲時不作團圞話，獨守青熒丙夜燈。

癸丑元旦

白獸尊開漢殿前，昌言嶽嶽更誰先？東風好送長楊賦，南國須歌華黍篇。（我鄉歲屢不登。）久客盤餐從異俗，關情花柳入新年。敝裘依舊長安道，寸草心偏向日懸。

送王韓山赴大同幕二首

世情輕旅食，茂宰重相邀。誰識依人意？君家故自超。新詩驢背得，舊雨鴈門遥。欲贈臨岐策，聊攀御柳條。

地即幽并隔，心仍鄉縣同。三春淹日下，一騎入雲中。東閣招賢切，西京作賦雄。重來終市駿，遲爾共追風。

送袁丹叔出守平陽

夾道朱櫻照別顔，使君五馬出燕關。清泠一酌臨汾水，疵癘旋消姑射山。郡以股肱先特召，官從盤錯有餘閒。鶴觴千里如傳餉，旅食京華客未還。

送秦方回之平陽

桑乾柳色入平蕪，送子長驅古帝都。隴首浮雲西北合，天涯倦客去留孤。山河表裏餘陳迹，詞賦飛騰出霸圖。不少登樓懷古意，好憑錦字寄吾徒。

送門人王良輔省其尊人撫州郡伯二首

綵服趨庭日，行春五馬回。金谿流潤澤，銅斗望崔嵬。亭覽茱萸勝，人誇竹箭材。公餘承色笑，欸欸話燕臺。

子去尋靈谷，山川足壯遊。太丘新政事，内史舊風流。何處頻回首？相思獨倚樓。懸知庭訓切，歸向簡編求。

送山農南遊

前年我躍燕山馬，對君蕭館離懷寫浩歌。何意忽南轅，獨撫朱絃嗟和寡。君今復上昭王臺，笑口匆匆只蹔開。相違已分空搔首，相近何期又鑿壞。不得與君數晨夕，飄然遂整圖南翮。別即經年會復稀，同心豈合參商隔。滯留依舊賦登樓，羡殺騎鯨汗漫遊。火雲已散燕關暮，玉露旋生梁苑秋。閩山越嶠奇觀最，彩毫收得盈襟帶。持贈何時傾豹囊？遲君槐市風雲會。

秋日旅懷

濩落尋常事，胡爲逐馬塵？周旋仍與我，留滯强因人。足刖非關楚，囊空敢怨秦？五湖波浩蕩，能不憶鱸蓴？

送喬石林先生請假省覲二首

澣沐承王命，星言及早秋。情餘烏鳥疏，恩帶鳳池流。舞綵絲綸繫，充庭杞梓收。王闈分校。奉觴應色喜，豈必鼎烹謀？

方朔辭金馬，安仁奉板輿。況當晨省日，猶是晝游初。意氣跨題柱，聲華慰倚閭。嚴程方計日，遄上紫宸居。

邵售生見訪慈慧寺偕尋黄立鼎散步即事

皁城門外風光好，草樹争春春欲老。盡日輪蹄西復東，塵飛不到禪林表。容膝蕭齋足自娱，圖史縱横恣幽討。天涯兄弟漸晨星，聚散升沉思渺渺。誰歟念我逃空谷？蹇驢蹀躞尋清曉。敗意只愁俗客來，忽來俊物開襟抱。謦欬那能長在側，清談何止爲三倒。坐卧索攜冰雪文，淹留待爨樵蘇飽。同病休憐骨相屯，相看依舊矜驄褭。由來我輩不言愁，有愁亦被公驅掃。乘興招尋得素心，步屧巡畦穿木杪。摩挲碑底紛倒薤，偃息松間擁翠葆。更瞻紺殿禮空王，老僧相向茗香繞。浮生似此遣亦得，須臾陳迹隨空杳。羇棲況復去留難，過從百遍猶嫌少。

南歸出阜成門至大井橋別祖餞諸子

驅馬出燕關，三杯壯別顔。紅塵違北闕，白霧隱西山。悵望官橋外，蒼茫倦客還。浮生無去住，總在夢遊間。

過琉璃河橋

坡出先峰外，虹飛大鹵陽。勢憑三輔險，氣壓九河涼。沙渚渾無際，牙檣迴不妨。未成題柱客，已倦着鞭長。

棗林庄堤

長堤連十里，踈柳帶蜿蜒。有水皆環趙，無雲不向燕。蛙喧傳鼓吹，鷺静學聯拳。投宿知何處，前村起暮烟。

鄭州曉行

化蝶蘧蘧夢未成，荒鷄喔喔唤將行。踈燈明滅過人語，殘月蒼涼旭日生。畏路不嫌垂橐盡，薄寒偏愛敝裘輕。亦知畫繡非吾事，驢背微吟穩稱情。

山行

亂山何巃嵸，馬頭呈曉色。一徑入屈盤，鳥道接行跡。初暾翳復吐，浸淫上大宅。溟涬泉竅通，谽谺風門闢。微聞天鷄唱，靈境渺難即。歷亂杜梨花，無言漫山白。

傲來峰

群峰七十二，峰峰拱岱宗。玆峰復何爲？却立違衆容。吾聞中國有聖人，海隅日出無不賓。猶餘巢許倫，偃蹇稱外臣。但使清時永磐石，如礪尋盟消反側，自去自來傲亦得。

蒙陰道中次陳椒峰題壁韻

行旅誰相慰？林巒着處迎。黛看初日洗，青對暮雲橫。桃艷村村接，梨香樹樹盈。解鞍詩思渴，先索澗泉烹。

新泰道中即景

峰回路轉鬱蒼蒼，梨棗連林間白楊。身在畫中圖不就，生綃一幅倩河陽。

行次桃源阻兵連日

鷄鳴邉啓處，虎旅故逡巡。已慰鄉園夢，仍嗟留滯身。關河驕戍卒，天地困勞人。亦是桃源路，何從問去津。

廣陵程君出示楊補之畫梅卷次原題韻

古人不作古心存，淡墨留將芳意早。緑牕展卷寒逼人，始信良工奪天巧。香魂生面幾重開，素對空山驚四照。故應吴興標不凡，消得太原歎婉好。趙彦恭題云「補之寫梅梅不凡」，王百穀題云「筆法乃更婉好」。大庾嶺頭春意動，桓伊笛裏霜華曉。綺筆燦花才已盡，鐵心能賦人今老。彌年驛使斷江南，相逢急索瑶尊倒。

溪上

一聲笛裏催梅急，谿上桃花又解飛。腸斷玉關歸夢路，江南春草緑微微。

南歸一載復理北轅偶咏陶詩輒用爲起句戲書長夏當意事宜

静念園林好，人間良可辭。龍鬚延月冷，蝌眼聽松颸。抛卷風如玉，推窻蔭入帷。荷香閒試酌，梧雨細裁詩。池上縠紋遠，樓頭蟾影移。海榴長日艶，盆蕙偶然吹。小浴披襟乍，枯棋落子遲。閒堂敞虚界，涼閣薦遥思。夏木千尋勝，風篁十畝宜。書仍南面擁，夢與北牕期。揮手塵中去，飢驅却爲誰？

吕聖功故窑

富貴久銷沉，顛蹶留氏姓。好語道傍兒，此子亦參政。

太白酒樓

昔年觴客此城樓，賀監青蓮在上頭。我來擕得驚人句，搔首長天可問不？

長安倦客行

長安有倦客，杜門仍息機。朝來古寺看松歸，道逢青驄舉鞭揮。朱顔不復同鬚眉，藐姑之姿冰雪兒。低頭三思前致詞：君當有術陟鼎司。答言公等何專愚，公解鼓瑟令好竽。金門總無山澤癯，嚇哉腐鼠魯國儒。盍歸盍歸遂其初？何水是樵山是漁？輸邊卜式上公車，有口但讀計然書。千足彘，千石魚。東園禮錢三萬餘，承旨揖公典石渠。

丙辰夏日宋理藩牧仲招同徐翰編方虎暨令季子昭民部遊龍泉寺即事

廣平好古兼好客，不爲簪纓廢泉石。陶陶孟夏清晝長，折簡何須便敦迫。長安貴遊盡若遺，底事招攜及故知？知君炎蒸抱冰雪，知余搜討僻耽奇。入門一揖對秋嘯，軒石脫帽高談傾二妙。偉長本是西園才，季方雅量真同調。飦罷遂作龍泉遊，佛院沉沉清梵流。碧蔭擎茶展卷册，一洗萬斛塵埃愁。青溪之圖一峰匹，孟津之書駕思白。摩挲不休增感慨，眼看今古俱陳迹。徐呼紅友引興長，葵英錯錦照飛觴。軟語深杯坐移晷，颼飀四起生微涼。更乘餘興鄰園去，愛此偃松盤互處。斯須雲合雨沾濡，避向槐亭足幽趣。勝侶招尋能幾多，强欲踟躕奈晚何。歸馬濕衣殊不惡，燒燭抽毫紀曼歌。

王北山都諫招集中頂荷亭即事分韻得葉字

招攜出城闉，林壑紛相接。選勝開彥會，虛亭踞巖業。澄瞰方塘波，濃遮高柳葉。不受庚塵污，免遭盾日憎。涼颸穿腋過，荷香宛可挾。解衣恣盤薄，取次傾壺榼。列坐軟語交，錯舄清娛浹。怪來索居慣，值茲賞心愜。稍縱憑檻目，還巡步檐屧。擎露葉田田，迎風華曄曄。折取碧爲筩，莫辭紅上頰。更携餘興去，名園足幽涉。臨水漾新粧，隱約呈半靨。棲尋濠濮間，錦鱗爭鼓鬣。少焉疎林外，斜陽帶粉堞。地偏趣彌永，游樂晚逾怯。迴車尚容與，歸鞍聊蹀躞。俯仰迹已陳，聚散爭一睫。好景入奇懷，冥搜各鬬捷。何處重追歡？瑶華旋滿篋。

九日黑窑廠登高二首

無邊木葉下平皋，滿眼霜華拂素袍。爽接西山雙闕迴，晴開東觀五雲高。賞心須對黃花酒，節物還嘗赤棗糕。何處登臨尋勝會？崇丘鬱確枕城壕。

霽色澄鮮入望來，茱萸獨把思難裁。千軍捷奏仙霞嶺，四韻詩傳戲馬臺。哀鴈遠從雲外落，飢鷹故向水邊迴。秋風時聽橫汾曲，那有長楊獻賦才。

和友九日韻二首

高天寥泬望悠悠，景物催人選勝遊。爽氣平臨三殿曉，輕寒徐轉萬家秋。登高幸未逢摇落，載酒還能散旅愁。却憶故園風物好，東籬信步晚香幽。

映日丹楓已弄姿，傲霜黄菊故開遲。風流誰續龍山會？寂寞空吟彭澤詩。已報捷書驅虎豹，猶看選士盡熊羆。佳辰喜見昇平象，秖爲蓴鱸動客思。

送董蒼水南歸

吴會燕山有夢尋，忽來一笑共披襟。驚心節物過秋夏，屈指交遊半淺深。野岸江楓齊疊錦，霜天籬菊細堆金。拂衣辭我衡寒去，一卷長攜冰雪吟。

春雨二首

長安春過半，韶景正遲遲。潤色侵書幌，停雲倚客帷。落花寒食候，芳草故園思。差喜塵囂斷，幽居足自怡。

深院肅春陰，空庭寒氣侵。稍看凝薄霧，取次沛甘霖。遠岫青難出，疎鐘響易沉。四郊今待澤，應慰老農心。

和靖節集

三卷

和靖節集自序

詩至於靖節，無聲色臭味之可尋矣，極才人學士之能事，無從規摹矣。其有追和也，自坡公始也。淵明千載人，東坡百世士，針芥之合，前于後禺，宜也。況紹聖、元符間，將有義熙、永初之漸，坡翁殆以羅浮、儋耳爲彭澤、柴桑，自云晚節師範陶公，宛然唱和於一室之内，後之和陶者，或昧其旨矣。余以爲無陶之本領者不須和，無陶之肝膽者不可和，無陶之手眼者不能和，惟坡公兼有之。後之人未見其有合焉，是以無全和。即有之，亦僅以數首傳，以一二首傳，未有若坡翁之篇篇合節者也。余素好陶詩，業箋其奇義以自娱，復搽觚追和其韻，自究自圖，雖本領或不至剌謬，而肝膽孤露，手眼闇弱，方不敢望坡，何況擬陶？雖然，亦繫乎其時與地焉。陶公浮湛散秩，解組歸來，安土樂天，翛然物外，志不爲之降，身不爲之辱，故意雖悲壯，而出之和平。蘇公白髮鈎黨，遷謫流離，稍降辱矣，而瓊玉高寒，藹然餘忠厚之意，故出之亦和平。若余則以摧頹瓠落之身，鬱鬱不得志，而放廢陸沉，狎侮於流俗，其降辱可勝道哉！譬之水，余其束峽也，觸石洶鍧；坡其長江也，萬里一息；陶其大海也，歸壑無聲。即江海亦有雄飈震盪，排天撼日之時，未聞瞿塘、灧澦間有波瀾不興，方舟清淺之處，則余又安望如二公之和平也？抑史遷有言：「國風好色而不淫，小雅怨誹而不亂，若離騷者，可謂兼之。」余以騷之腸，而和陶之什，使靖節可作，其將索余于牝牡驪黄外，而鑒余心也乎？夫古今人固不相及，苐自信本領不謬足矣。敢曰陶爲前茅，坡爲中權，而妄希爲後勁哉？

庚戌夏五，大瓠子金然自題於豫巢。

和靖節集目次

門人潘鍾巒疊山較

和靖節集卷之一

四言

停雲四章

停雲自郊，終陰及雨。或屯其膏，大澤斯阻。我懷好音，朱絃罷撫。矯首天末，結蘭而佇。

我瞻天末，鬱華其濛。滔滔逝波，日下如江。瞰之翳矣，或晛於牕。美人悠邈，溯洄安從？

何蝣不楚？何槿不榮？匪貞伊脆，朝暮殊情。揜揜翰音，天路遐征。我徒爾憂，愧爾友生。

鬱鬱者梧，有虬其柯。雲垂繁蔭，風扇微和。婆娑其下，予懷孔多。鳴鳥蔑聞，荃萋膚何。

時運四章暮春懷友

離群索處，匪夕伊朝。念我同人，安得於郊？仰瞻鵠侣，比翼昂霄。俯瞰鷗儔，唼喋溪苗。

衣之垢矣，純灰是濯。心之蓬矣，水鏡是矚。嗟今之人，閉户自足。唱予和女，何寧不樂？

昔在洙泗，童冠於沂。以詠以風，樂群而歸。眷兹春莫，日迫戈揮。我企斯遊，喟焉莫追。

悠悠空谷，蓬藋之廬。足音跫然，曾莫我如。有書萬籤，有醑百壺。奇文疑義，誰爲啓予？

榮木四章

有榮斯木，欣欣及兹。穠芳一去，霜霰悴之。哲士勵志，撫運乘時。嗟穉且狂，年華棄而。

有榮斯木，其息維根。當春載蕣，遇冬繇存。至人内觀，虚牝之門。繁枝落矣，純氣是敦。

壯盛漸徂，長此寡陋。愧彼群卉，懷新謝舊。德不滋崇，業不滋富。莫予云儹，寧弗斯疚？

亹亹先澤，一綫未墜。曰予小子，胡弗祇畏？乘雲惟鵠，騁風惟驥。大道匪遐，景行斯至。

歸鳥四章

有鳥有鳥，歸集於林。畏彼張羅，北山之岑。瞻雲戢翼，望岫息心。戀兹清影，以謝迅陰。

有鳥有鳥，遲遲倦飛。遶林三匝，呼群是依。他鄉雖樂，不如旋歸。六翮鎩矣，腹毳安遺？

有鳥有鳥，再翔再徊。上林一枝，誰爲偕棲？嚦喈之鳴，與世寡諧。寧受羈縶？以負夙懷。

有鳥有鳥，言擇其條。載營載戢，喬木之標。下睎鴳雀，飲啄交交。我之不羨，矰繳徒勞。

酬丁柴桑二章

有客同心，周行爰止。奏彼陽春，及於下里。洋洋峩峩，其音正始。

率爾傾蓋，道故靡由。芝之方采，蕙又焉憂？文螭九矗，容裔三休。簪冠敝矣，式念同游。

荅龎參軍四章過友山居留别有作

肅肅衡門，遥遥鶴書。中有幽人，静寄爲娱。狶韋之囿，大隗之居。晴雲團户，修竹覆廬。

子也尚志，什襲懷珍。余鮮昆弟，四海誰親？樂與晨夕，曰素心人。我負子戴，願兹結鄰。

載色載笑，明德令孜。載脂載牽，從子所之。攀援桂樹，招隱賦詩。悠悠予衷，能弗是思？

門掩蒿長，一徑微分。求羊或來，跫然以欣。試陟峯巔，餐霞弄雲。呼吸話言，帝座是聞。

翩翩黄鳥，嚶嚶其鳴。我求友聲，忍獨飄零。相彼麋鹿，聚散京京。銜草命侶，悵也丁寧。

麓兮濛霧，江兮霾風。我之繫思，黯黯在中。金石爲期，善始必終。他日來遊，以考厥躬。

贈長沙公四章題桂之樹堂，故友喬遺民所居也

小山之幽，桂樹扶踈。菲菲襲予，瀼瀼露初。其室斯在，其人焉徂？攀條執枝，泫然躊躕。

伊昔彦會，討論斯堂。義貫如珠，道合如璋。自丁迄丙，一隔十霜。殘編塵生，匣劍無光。

炯炯斯心，晦則匪同。同心之言，如旭在東。荃化爲茅，陸亦成江。久要勿渝，在幽能通。

出不辭矣，入亦不言。惝怳音容，流水高山。淵淵金石，太古茫然。不知誰子，象帝之先。

和靖節集卷之二

五言

飲酒二十首

我本遺世人，世亦幸棄之。云何不樂天，憂患無寧時。廓然對名酒，真意忽在兹。引滿捐百情，細酌開群疑。獨醉有餘適，顧影還共持。

種苗没東皋，種荳蕪南山。勤動苦終歲，篝車迺空言。安得休糧方？藉以保餘年。不如營一醉，此方竟誰傳？

古有巢許倫，偃蹇澹物情。惜猶未聞道，而徒高其名。邈哉上皇人，莫若陶先生。卷舒具有真，寵辱兩不驚。委運任大化，道在名亦成。

蘧蘧莊周夢，栩栩爲蜨飛。物化本無分，町畦良足悲。愚夫惑賅存，蚹翼誤相依。苶然日疲役，罔或知所歸。亮非金石固，恒幹有時衰。但當飲醇醴，莫使形神違。

晨光映竹户，幽鳥鳴相喧。起瞻天宇净，偃曝墻東偏。囂塵一以隔，蓬藋猶空山。鷄犬朝自出，牛羊暮來還。春歸桃李下，成蹊亦何言。

往者昨已非，來者今孰是。是非兩莫辨，顛倒任譽毁。達人自我貴，浮沉聊復爾。長歌採芝曲，終當事園綺。

魯連持特節，俶儻稱豪英。却金辭封爵，列國仰高情。秦兵既解去，聊城旋摧傾。喟焉逃海上，如聞鸞鳳鳴。斯人不可作，凛凛氣猶生。

赤驥何驍騰，迥立生雄姿。高蹄削蒼玉，鋭耳批竹枝。時無九方臯，骨相徒權奇。顧影私自矜，惠養惟所爲。長鳴蹔伏櫪，龍性安可羈？

春至覽群物，勾萌欣以開。新醪解我顔，和風入我懷。負暄誠樂方，忘此時運乖。時運不我與，豈曰戀卑棲？舉俗皆混濁，誰爲拔淤泥？剛腸物多忤，高唱和寡諧。出岫本無心，投林亦不迷。乘流逝將去，遇坎行當回。

每讀劉伶傳，酒德太無隅。醉不聽婦言，荷鍤出載塗。山簡襄陽醉，葛彊乃可驅。愛公能騎馬，歌曲固其餘。至今蹋銅鞮，音傳樊城居。

湛湛江上水，悠悠門前道。經過日勞勞，閲盡征人老。蕙草緑更衰，荑柳新復槁。世態如朱顔，轉盼變醜好。百年苦形役，放逸以爲寶。損益理何常，悟者見象表。

有晉義熙間，賢者感其時。五斗羞折腰，長歌歸去辭。愚生千禩後，仰止猶在兹。遺編日静對，了然釋滯疑。酒能祛百慮，斯言寧我欺？遥空酹一觴，與公斟酌之。

仙源有奇踪，擾擾即塵境。樽壺妙理存，彼昏濫醉醒。阮公識至味，當杯默已領。踈狂意有託，埋照非露潁。咄咄大人賦，高文何蔚炳。

少壯猶未幾，倏兮遂齒至。行樂當及時，得酒且徑醉。衣食隨分齊，婚嫁聊取次。誰菀復誰枯，誰賤復誰貴？榮名等鷄肋，戀之餘底味。

在昔楊子雲，一區有遺宅。終年事談經，問奇恒接跡。簞瓢雖屢空，大度過人百。默然守太玄，不知頭已白。晚節成美新，投閣良可惜。

束髮遊文囿，卓犖穿群經。抗志青雲端，羽翮稍已成。遲遲尚雌伏，弱壯俄再更。蕭條一畝居，蓬蒿翳門庭。敢懷大鳥意，三年不蜚鳴。謾從君平卜，升沉寧繫情？

矯矯梁夫子，千載傳高風。浩歌覽四海，噫聲滿闕中。舉世無與適，乃先依伯通。良禽洵擇木，彈射驚鸞弓。

彝臯日無道，拒諫恐不得。伏甲攻宣子，奈此狂且惑。誰歟爲公介？倒戟禍斯塞。翳桑念將母，酬恩寧負國？隱約傳義風，何其善語默。

東方仕代農，柴桑農代仕。饑凍非不切，矯厲重違已。食粟以養肥，食薇以養耻。章綬亦何榮，徒取耀閭里。學道三十年，奄冉逼暮紀。窮達洵有命，消息隨坎止。萬變了不疑，大鈞吾所恃。

世味混淄澠，誰能别僞真？所以江左流，塊然但飲醇。飲中有真境，神界敞一新。桃源自人世，不知漢與秦。彭殤等飄瓦，貴賤齊埃塵。沉冥有餘樂，機智徒辛勤。三杯通禪悦，默與空王親。一斗徑得仙，不勞學嗽津。兀傲茆茨下，隨意脱簪巾。孰謂羲皇遠，羲皇復何人？

連雨獨飲懷酒徒程鶴湖

素頗得酒趣，無伴輒塊然。時遇程嶽湖，跌蕩醉醒間。醉醒亦常爾，强名之曰仙。同飲趣所獨，各得全其天。形影惜分飛，誰與探象先？異地一舉觴，中有神往還。賞會不可得，迫此戹窮年。真趣固無間，誰謂踈晤言？

止酒

酒泉固名郡，酒亦如泉止。泉止養其源，不止潰其裏。古今止酒人，何止二三子。劉伶聞婦言，其意初不喜。太白比太常，如泥醉不起。知止見酒心，坎止亦泉理。止斿復止斿，古之飲爲己。今也則不然，未見其止矣。酒止興不止，醒如投清涘。吾欲勸坡翁，仍立杜康祀。

形景神

形贈影

涼燠自有候，枯榮自有時。達人齊其致，世復誰知之？眷維予與汝，合并適在兹。日月非燈光，明明無盡期。生滅不自我，其中故可思。我去汝何存？空使淚漣洏。不見漆園叟，終以耀滑疑。顧予復顧汝，微笑各無辭。

影答形

畫工視化工，誰分巧與拙？惡我不可逃，好我寧自絶？左顧細相憐，模稜恣崩悦。坐對明鏡照，顰笑固無别。有如響應聲，隨聲自起滅。委蜕固在君，吹之誰内熱？君去我亦去，索觀目力竭。所以收視人，甘同矇叟劣。

神釋

大患吾有身，誰微復誰著？形影久相還，漸次以明故。匪以尻爲輪，豈因肘柳附？有形即無形，拘拘能語語。儵忽問渾沌，竅妙竟何處？二者不可岐，一者豈常住？道在貴相忘，揣摩皆術數。索之絲竹前，離此樽罍具。既不辨是非，亦不因毀譽。我怡君更佳，我醉卿且去。

合攝歸太虛，妄言生喜懼。萬相總一心，何思復何慮？

讀山海經十三首

園柳不復密，庭梧亦已踈。天地皆毳幕，何處認吾廬？十笏挂虎丘，閒搜伯益書。穆輸周八荒，惠卷空五車。神囂粲霨藥，臯壤擷奇蔬。洞涉既未能，飄風不可俱。山海幾乎廢，燼收九鼎餘。異撰知潛暱，玄文豈翳如。

無復區中理，離詭開奇顔。儵魚音如鵲，四首自忘年。神磈司反景，西匿長留山。日車能少駐，静與黄人言。

陸吾主帝囿，蕢草被盈丘。沙棠實無核，黄英美莫儔。章峩多瑶碧，下有丹粟流。菌人高幾許，迺及大人游。

翩翩羽民國，比翼南山陽。連臂爲司夜，夜短晝苦長。若彗三珠樹，葉葉自生光。黑人可不死，何以束載黄？

夏樂儛九代，環珮雲可憐。兩龍翳華葆，出入雲中山。徘徊君子國，西謝白帝言。鸞鳳自歌舞，下壽八百年。

我愛無腸人，把纓息長木。三桑挺無枝，十日焦湯谷。朱喙三足烏，西飛虞淵浴。上枝挂朱光，下枝噓龍燭。壽麻無敗葉，正立視其陰。附禺有巨竹，是曰帝俊林。晏龍好歌舞，幼眇琴瑟音。巧倕指可斲，爲鑿渾沌心。騶吾日千里，吉良壽最長。蹀躞琅玕馭，驅景及服常。餐英有玉禾，奚必禹餘糧？焉知龍魚北？白民固未央。羅羅青虎文，蛩蛩亦善走。帝屋葉如椒，其刺反相負。太歲靈以通，馮生何不有？相柳血尚腥，臺向共工後。博父聶耳東，鹽澤南入海。葱嶺發崑崙，積石于茲在。重重君子北，夕死熏無悔。帝臺觴百神，鼓鐘晨相待。豎亥步青丘，文命天帝旨。視肉務隅陽，不救高陽死。開明守玉檻，羿弓代劍履。六巫空所掾，咄咄詎可恃？不夫有思女，不妻有思士。四鳥大阿山，明星日月止。鞠陵近折丹，出入東極爾。常儀竊靈藥，盍療捧心子？炎裔互人國，靈恝生獨才。是能上下天，天風道北來。柏高涉青水，若木竟何猜？不見海中山，合作羅浮哉。

詠二疏

委質事夫君，一朝忍言去？二疏佐爕理，曷懷高尚趣？漢宣好綜覈，庶事多毛舉。年少奮功名，非此兩保傅。見幾辭簪紱，長嘯東門路。祖道集供帳，望闕幾回顧。車馬走逡逡，觀者有令譽。愚夫昧卷舒，達者識時務。帝能保股肱，公亦遂恬素。盛世之休風，吁嗟後不悟。纖纖起虞貳，岌岌防猜慮。驕替交所譏，君臣道豈著？

詠三良

天地挺英才，宗社之所遺。秦穆古賢君，薦舉周側微。素服宥孟明，一眚豈爲私？猗歟子車氏，濟濟侍君帷。殉葬豈治命？康伯義殊虧。得非纔譖者，惎間厄所歸。嗚呼此三良，康命詎敢違。當時無一諫，在廷忠鯁希。百身曾莫贖，國人徒哀悲。至今歌黃鳥，弔古淚沾衣。

詠荆軻

六國如連鷄，不能報暴嬴。燕丹舉大事，謾托一荆卿。白虹焉生角，妖氣滿秦京。圖藏一匕首，豈能必横行？悲歌易水上，壯士髮衝纓。武陽真小兒，未聞奮英英。空負於期顱，田光刎無聲。吁嗟爲此謀，兒戲類書生。環柱擊不中，劍術何足驚。亦知不復返，慷慨博空名。爾欲師曹沫，齊秦相徑庭。朝斷荆軻足，夕壓薊丘城。可憐燕社稷，召伯所經營。一夫謀已裂，報國事無成。後來博浪沙，鹵莽效此情。

雜詩十二首

蕙草遜幽蘭，飛藿與同塵。零落時所制，譬此倦客身。投分豈不然，轉盼詎相親？萍梗苦爲役，德孤誰作鄰？招招須卬友，鳴鷄思嚮晨。世無羊左交，青松空笑人。

東不必扶桑，西不必葱嶺。緜亘九峰山，泉石湛幽景。棲遲河上公，微言一何冷。冥靈短似薺，誰悟朝菌永？夸父愚鹵人，勞勞逐其影。滿腹飲未能，驅馳亦何騁。何似坐空山，日長山正静。

列宿不易數，洪波不易量。如錢蓮葉破，伊誰葺葯房？綽約彼姝子，搴櫂水中央。秋霜復冬霰，婉轉歌春陽。黄河九曲流，大道厄羊腸。

少壯能幾何？蹉跎忽垂老。繫晷無長繩，華茂焉常保？五濁苦奔逐，六慾煎枯燥。良無精衛力，補罅惜不早。厝火卧焚如，抹薪不堪抱。至人獨緜存，沖淵體大道。

有客前致辭，夫子若不豫。遠志邁無成，文苞高不翥。夙昔意陽陽，今兹日月去。惟抱一寸靈，虛沖無營慮。如彼不繫舟，無人恣所如。風牽或自行，無風聊且住。嗟彼望氣徒，未識金銀處。內守淵嘿觀，雷聲能無懼。

青牛去流沙，出關逢尹喜。五千是何言？一一落吾事。白黑與雌雄，知守猶有意。無意亦無累，斯人安可值？長空盡太虛，流年如雲駛。塵勞那可了？未了姑且置。

春山有子巂，入夜何崩促。哀聲感人起，蹀躞垂楊陌。飛飛見鸝黃，墜墜憐花白。浮萍化又生，頓使江湖窄。如何不學道，光陰悲過客。笑彼蝨處褌，安知廣莫宅。

莽蒼腹猶果，三宿不翳桑。古人貧老死，未忍厭糟糠。遠遊幾千里，何物作齎糧？騎鯨任汗漫，晦冥或再陽。春燕復秋鴻，來往徒自傷。心軫意爲輪，踪跡窮八荒。逝將問瑤池，黃竹歌銜觴。

興至欣有會，愁來復無端。它鄉亦歲月，恒河則易遷。無草不自荄，無雲不自巔。何以逐流末？羊豕甘同餐。東魯有根宗，白首究其緣。參以瞿曇乘，佐以秋水篇。

戎濤清間濁，竹林侶阮嵇。如何句曲子，迺欲拍洪崖。我腹本無累，斯人非葛懷。蜉蝣撼喬樹，跬步隔須彌。種種笑癡絶，莽莽索支離。寧知及老大，世網尚相羈。虹霓貫青霄，肯使浩氣虧？

拍拍春風暮，翻翻夏雨涼。盈盈覘弦望，側側怨河梁。詹詹兒女子，咄咄思故鄉。別鶴何年搽，離鸞幾度霜？南山時曷旦，奈此夜漫長。

少年學聲詩，心憐結襪子。蹉跎悲老驥，耿耿龍劍倚。誰能別雄雌？萬古深玄理。

戊申歲六月遇火與客談丹頭養火之訣

中歲志遐舉，息意事黃軒。參同印霧質，大火首山燔。天老諒非後，地典或在前。力墨及窺紀，金精變復圓。妙于六月息，七返將九還。道級邈無等，得一籙自天。蠢蠢蟪蛄輩，悠悠希大年。河車蔭高樾，火候未曾聞。始知金石脆，不如活火堅。長晷然真鼎，中宵耘寸田。塵勞固余苦，跂脚仍安眠。倘遂采真遊，餐芝從東園。

擬古九首

落落西岡松，茂茂南榮柳。枝條固不如，根幹良獨久。芳歇知歲寒，厄會思我友。節義慷慨言，平生盡杯酒。縱使霜雪殘，前期敢重負？奈何薄俗姿，締交不忠厚。歎息告同心，交替道則有。

蜀黔儐厥始，閩粵正其終。八桂連蒼梧，安忍猶興戎？昂昂隴西守，氣奪萬夫雄。錚錚范孟博，碧血餘英風。所親及婦豎，肝膽不謀同。王氣塞天地，流徽譽無窮。惜無龍門傳，表之鎮區中。

閒登最高峰，以望東南隅。湖水如天覆，皛皛白光舒。空明見古宅，翳翳似吾廬。吾身故萍梗，飄蓬豈定居？但得選幽勝，不厭田園蕪。佳麗昔陪京，於今復何如？

仙笈紀閬風，山經著大荒。西睞王母宅，東翹大人堂。扶木升高景，五色光茫茫。下顧人間世，紛紜如鹿場。洛陽鐘鼎客，轉盼上北邙。珠襦忽自出，羊兕亂低昂。去矣餐玉訣，微哉煉石方。七尺空傫然，奄化令人傷。

瓊英易以折，瓦缶固常完。貂蟬徒自貴，謝此鹿皮冠。向衰良匪慮，玉膏長駐顔。逍遥百尺樓，睥睨九重關。永矢堅貞節，且絶去來端。端居懷良朋，忽作梅花彈。夜呼天際鶴，朝下烟中鸞。清商激素節，長夏生嚴寒。

朱絃淪大雅，舉世譜龜兹。新聲一向淫，詎想太和時。破琴哭山水，戛戛辨澠淄。知希自寡和，大音吾不疑。誰唱采薇歌，復賡猗蘭辭？黄農已逝没，秦漢有餘思。渺渺桃花津，漁郎不我欺。屈宋如可作，日暮倡酬之。但恐志弗遂，爲君奏此詩。

三冬雪淒淒，春風亦不和。常懷飯牛志，中宵扣角歌。南山爛白石，烈士短衣多。卿雲不復旦，辛苦弔重華。幽人遯世姿，抱恨欲如何。

曲阿久流滯，駕言金陵遊。金陵何寂寞，縹緲昔神州。鍾阜千年峙，大江日夜流。晉代遡吴宫，伊誰識古丘？杜鵑啼咽咽，鳳子叫周周。既不辨牛馬，吾其問羊求。

伊蘭生空谷，國香誰見採？蕭艾横交加，幽心長不改。人世不可群，提琴問東海。寥寥太古音，千載遥相待。洋洋不見知，不知亦何悔。

和靖節集卷之三

五言二

詠貧士七首

勞勞空井雀，枯枝復何依？朔風捲白草，寒雲催落暉。田中多罻羅，相將曠野飛。子母躍相顧，翻翻垂翅歸。豈不懷多稼，農夫亦苦饑。惆悵空井雀，時運獨餘悲。

長饑日味道，不以易華軒。老矣東郭生，白賁守丘園。睍睆朱斑輪，漠漠似浮烟。我有歸藏易，精與連山研。羲文同一意，反躬在微言。古來屢空内，磨礪多名賢。

一絃五音備，不如撫素琴。無聲疑太始，清于絃上音。陋巷絶塵鞅，寠者多招尋。樵蘇雖不爨，寒漿且共斟。憂道行自樂，求仁固所欽。貨殖戒端木，庸非有市心。

子野亶不聰，昧昧必離婁。象罔縱得之，玄珠孰爲酬？巢許昔掛瓢，遺義至殷周。子桑歌閉户，横躭天地憂。石户誰家農？邈矣西山儔。孔公歎浮雲，執鞭詎可求！

老萊既負畚，干木亦踰垣。遠舉愈見軾，誰能嚇一官？柳下甘三黜，趙盾飫魚餐。出處各有以，桃哀不共寒。不義受萬鍾，何加烈士顔。侯嬴老刎頸，千載知抱關。

崇蘭何郁郁，隕落如飄蓬。風塵一以汩，意氣難爲工。漢世多節義，人猶惜兩龔。故知好名累，貧非富所同。懸磬立四壁，墐户不可通。吁嗟戰國人，鷄尸笑牛從。

士無宫半畝，曠然懷九州。其貧故非病，顧影且爲儔。揚雄惟寂寞，逐貧非其流。嚴遵百錢足，垂簾復何憂？君子道固窮，商歌樂倡酬。鳳凰翔千仞，六翮何修修。

乞食

四海囊已空，我固無復之。突寒形立槁，死去亦何辭？咄咄東方生，侏儒乃嗟來。嗟來不可食，殑可啣其杯。播間今舉世，竊竊笑陶詩。乞人屑不屑，妻妾驕其才。勸君勿言乞，食力以自始。

責子

老櫟漫婆娑，稺禾復不實。眼看世家子，青箱富彩筆。衰門何薄祜，仰望邈難匹。倥倥長渾沌，攻鑿苦無術。未辨詩義六，寧躭孟篇七。前賢誡驕佚，聖謨訓寬栗。勉旃早自植，毋爲棄捐物。

九日閒居

升恒如轉轂，陰陽互化生。重陰所剥蝕，陽九乃擅名。秋河照潦水，天漢共晶明。颯沓井梧墜，嘹唳旅鴻聲。無錢沽滿眼，何以遣餘齡？一笑持空觴，仰天聊爲傾。嚴霜見碩果，勁風無繁榮。榮悴亦何常，觀化深我情。寄謝青松彦，晚節共相成。

蜡日

年年書甲子，不復知永和。山中一夜雪，粲粲見梅花。隱几讀我書，所得孰與多。卒歲且莫憂，曳杖有商歌。

桃花源詩途中紀夢

夜夢入靈境，邈然人間世。秦人知何在，流水但東逝。酌酒拂征衫，頽然欲自廢。抛書坐長嘯，顧影恣所憩。偃卧懷先哲，冥心託樹藝。一陌長子孫，命駕將安稅？族類繁鷄犬，相過認嗚吠。不識漢官儀，何如秦服製。機巧鑿鴻濛，迷津遂難詣。青天幻片石，洞門封凛厲。千喚石不開，茫茫付年歲。冷落釣魚磯，漁郎争智慧。夜聽潑刺聲，網罟悲世界。人魚互相噉，誰破貪逐蔽？我久混緇塵，何時遊世外？飛鴻上有人，招手結深契。

諸人共遊周家墓柏下尋貞孃墓

昔人花已謝，今人琴不彈。勞勞倦遊客，惻惻各無懽。泉爲咽悲風，石爲隱紅顔。而我有心人，抱恨何能殫？

始作鎮軍參軍經曲阿由曲阿至金陵

理棹復鞭轡，區區上賢書。繹絡烏兔忙，我亦隨所如。丹陽古名邑，甍棟照通衢。行塵十丈高，往來無時踈。涼颸動襟袂，悠然逸興紓。佳氣接鍾山，松楸澤有餘。慷慨聞鷄客，激昂敢寧居。瞠目龍門峻，揚鬐争貫魚。升沉久已定，曠懷夫何拘。江湖亦魏闕，金門猶故廬。

庚子歲五月從都還阻風于規林二首阻風江上

棲棲道上塵，淼淼水中居。行止非人爲，飄風或倡于。崩騰一何怒，天塹困疆隅。往來如摶沙，悵此羊腸塗。中唐亦九折，而況客江湖。登高馬側力，遠眺鬚眉踈。何如一尊酒，斟酌糟丘餘。海唱再三歎，古人吾不如。

浮雲終日揚，遊子厭觀之。作惡三日風，消得百年期。鄭公爾何人？樵渡分吹時。消息有玄理，振古已如兹。達人齊物論，刁調無異辭。感此離箕月，一枕破群疑。

遊斜川 京口訪友，汲山下真中泠品之

江步聞鈴柝，夜行客未休。曉霧籠鼇簪，彷彿當年游。長江變天塹，迺有羽觴流。勝日感金人，雄譚狎海鷗。乃知遠過者，不在壑與丘。中泠絶品清，其實非常儔。一酌復一咏，大雅更相酬。冠彼惠山乳，論定千秋不？闌甃冒其名，淆訛寧足憂。吾意在真趣，虚聲復何求？山上有闌甃者，亦名中泠泉。

乙巳歲三月爲建威參軍使都經錢溪作 行野，宿老友家

離墨萬山尖，青蒼黛如積。故人隱其下，因緣感疇昔。節節相與鳴，崩雲忽頹翮。風塵久相失，聲氣未云隔。偃曝子悠悠，喪家我役役。海水飛塵揚，天河明晦易。奇絶夢經過，開尊話離析。孤心看墜星，共撫寒原柏。

歸園田居六首 憶家園

愛慾翻成海，塵勞積至山。他日任天放，大智嗤小年。恒恐荒尺宅，內觀銘蕋淵。習隱南郭几，種苗東臯田。先人遺敝廬，棊置阡陌間。修篁蔭其後，高榆拱其前。陽春二三月，村村吹綠烟。鱗躍清江曲，鸛巢文杏顛。人生謝塵羈，得與魚鳥閒。俯仰悟元化，浩歎亦泠然。

文鳳不在筊，青麟不受鞅。潁水與箕山，其人有遐想。浮名復何物？區區縈獨往。我志殊不爾，甘作良農長。仲叔客自稀，太丘道彌廣。已矣勿復陳，骨相合林莽。

吾家叢桂樹，芬葍世所稀。秋英霑繁露，皓魄與同歸。纍纍月中子，迢迢上白衣。因風語桂父，良晤久相違。

羈棲無好懷，安得際良娱。據梧日下夕，曳杖出烟墟。微逕妨田水，茅茨宜菌居。鍊形似枯木，養魄成豐株。書空漫咄咄，返照獨如如。簡素螢光內，羽陵蟫化餘。萬事不復言，但言返太虛。冥心友古賢，書挂牛角無。

讀書隨净土，耕田喜山曲。看山明道心，一飽願已足。物變日紛紜，有似松間局。白黑供眼光，嬴輸洞于燭。我今方用晦，無然負朝旭。

昔與西郊叟，度阡時越陌。勝日相過存，談讌有餘適。脱巾松竹下，坐卧淹日夕。農歌出林杪，樵唱歸籬隙。此景良可懷，何乃任形役？直爲衣食謀，筆耕復心織。塵鞅徒勞勞，終當悟損益。

癸卯歲始春懷古田舍二首

吾族多明農，少小迹所踐。塵網牽物役，胼胝亦不免。當門蘭欲鋤，入林芝空緬。平生志欲舒，懷之卷故善。豈必買山隱，地偏心即遠。隴畝見青黄，無人獨往返。通識隨所遭，行藏意匪淺。

聃云足不辱，憲曰病非貧。生産吾不問，不匱或在勤。肥犢三五頭，佃丁十數人。稻兄去其弟，舊種播其新。塍陌時荷篠，春鳩聽所欣。壠盡通谿口，漁郎來問津。得魚輒沽酒，招手約比鄰。相與忘機智，居然太古民。

庚戌歲九月中于西田穫早稻張子躬耕自樂，詩以志羨

人生非麋鹿，離合固無端。咄咄琴張子，負耒爾所安。象耕而鳥耘，直可作是觀。晨及飛鵲去，暮及棲烏還。烏鵲亦何心，君子守歲寒。平生貴無逸，勞勞甘苦難。不見伐壇者，坎坎寘河干。東郊望西隴，秋成開野顔。携幼復抱孫，知子樂意闌。顧余不得往，傴仄坐長歎。

辛丑歲七月赴假還江陵夜行塗口作思南村

羽儀適不用，孤鴻可自冥。所乏逢世資，敢云無世情。悠悠申江涘，南村有柴荆。竹深梅影瘦，可以息勞生。蠻觸方紛争，高卧眼自明。鑄錯桑道茂，傷心禰正平。夜行非衣繡，荷芰可遐征？逝將禽尚侣，耦彼沮溺耕。鳳歌見衰德，往來亦何縈。時無英雄人，孺子多成名。

問來使

汝行迫杪秋，禾黍紛在目。不知東籬下，已發幾枝菊。青想蓴絲滑，黄思橙顆馥。倘遂返衡茅，應及新醅熟。

癸卯十二月中作與從弟敬遠書懷

已作放廢身，天路夐云絶。蘊封不復出，白板扉長閑。緬懷管幼安，千載同歸潔。簪裾匪吾分，中衫爲誰設？但得保敝廬，樵釣吾所悦。玄默爲稼穡，翰墨餘勛烈。寧以松柏姿，而變歲寒節？耿耿秘此懷，巧者嗤吾拙。吾自行吾意，誰能爲豹别？

丙辰歲八月於下漊田舍收穫村居

老圃望老農，田疇連岸隈。銚鎛時相索，力作殷我懷。夾隴有嘉蔬，日與良苗諧。蔬禾密瓜葛，鷺鷺聽文鷄。飛鳴來飲啄，一日見幾迴。坐有山叟嘯，巷無寡妻哀。社酒自春蓄，餠罍泥初開。賽罷重相酹，我醉汝亦頹。胼胝誠乃劬，未曾歲運乖。咄咄東家丘，何爲徒栖栖？

還舊居寄朱翁

此邦不我穀，胡爲苦思歸？永念耆舊人，悒怏有餘悲。巋然靈光在，吾道未全非。吐納見風流，亦猶古之遺。衡宇欣相望，杖履欣相依。典刑日仰止，大雅謬見推。毛羽不自持，才力行當衰。歎息媿龐公，下拜涕欲揮。

和劉柴桑寄朱周望

我久畏塵網，中心蹐以踖。未遂五嶽遊，聊此一畝居。于世本無求，憂來或叩廬。猗猗芳蘭佩，迺寘幽谷墟。埋照焉用文，硯田蕪不畬。辛苦骨肉情，相望心徒劬。迅飈已凜冽，敝裘出典無。妙理尋濁醪，庶免形神疎。寒樓日擁膝，一編百不須。想見柴桑翁，屢空終晏如。

怨詩楚調示龐主簿鄧治中寄王西玫

當會苦匆匆，在闊乃黯然。嗟余尠朋好，歷落頗有年。素交得太原，風尚故未偏。心苗華曄曄，墨氣葉田田。催科豈不困，筆耕安一廛。如彼袁高士，雪中恒晏眠。紛吾好奇服，壯志挫未還。鬱紆遲暮悲，無因到君前。矧茲搖落辰，聚散渺雲烟。詩乎可以怨，與子問湘賢。

移居二首寄梅源王西園并沈濤思

茫茫水竹灣，中有梅仙宅。幽鳥相與朝，香霞相與夕。靈威古丈人，藏書六丁役。寤寐欲往從，展側費枕席。十年招卜鄰，胡不移自昔？集蓼自貽辛，田園空蕩析。

我愛輞川子，彈丸脱新詩。棲托故好佳，風流夢見之。惠然果來顧，聯袂有濤思。豁然對二妙，忘我阨窮時。莫容夫何病，斯文固在茲。道言淡彌旨，素心寧我欺？

和郭主簿二首寄同學諸子

昔别復何日，新緑布清陰。忽飄井梧葉，寒颸侵我襟。惆悵私自憐，有懷托素琴。流水日以遠，賞音詎在今？惟子古心人，古調夙共欽。穆如對玄酒，子酌我亦斟。如何撫枯桐，而獨操哀音。幽憂何由達？倘歸重盍簪。剪燭尋眉鬢，相與話宵深。

黄鐘今毁棄，瓦缶鳴無節。力追正始音，相與蕩澄澈。誰知廣陵散，一髮幾垂絶。猗蘭傷不逢，束之荆棘列。緬懷同岑者，松竹標英傑。大雅訂千秋，未應便與訣。倘攜焦尾還，湘絃對霜月。

己酉歲九月九日九日寄王滄洲

素秋將小極，陽九日月交。禽華吐中色，夕英尚未凋。群公大夫才，作賦競登高。而我胡兀兀，井底望赤霄。朋舊邈各天，斗酒空自勞。醉眠苜蓿栽，霜嚴漸欲焦。江州老刺史，念我當如陶。幸有素襟存，聊可度菌朝。

有會而作寄趙半嵋

艱危懷友生，廓落如調饑。譬彼五石瓠，枵然終不肥。薄寒中羈人，綈温念故衣。余美青雲姿，慷慨歌能悲。夙秉扶輪志，詎令古道非。恐愳將予汝，安樂亦不遺。斯意兩相望，在遠可當歸。管鮑有遺風，吾曹良足師。

酬劉柴桑寄楊宣尹

子雲談經處，一區水四周。弟子四五輩，蘭菊擅春秋。離離架上書，羲畫兼箕疇。顧我涉險餘，其有憂患不？衹平倘無咎，卒歲相優游。

贈羊長史寄朱瞻淇

君爲皇甫謐，我亦如摯虞。鷄壇托末契，公也首盟書。敦槃一以奉，風聲傾國都。相期保碩果，俛仰廿載餘。剥廬行見辱，疇云可得輿？慚無周身哲，長與狐𤞑居。柔順以利貞，撫躬重踟蹰。道喪千載後，横流極所如。元氣直土梗，天地一榛蕪。吾黨干城人，憂時定尠娱。臨河一不濟，宣尼晉轍踈。兹理誰復論？臨風爲君舒。

和胡西曹示顧賊曹寄陸柯坪

初冬氣蕭槭，小噫林間颸。羈客知早寒，誰與念無衣？沬星燦以繁，芒角捲少微。良無衛芘力，媿彼葛與葵。鳳羽日摧頹，鳳德未應衰。顧影聊自慰，空觴猶可揮。故人許致酒，青州來何遲。親串日高會，寧知壯士悲？

五月旦作懷戴主簿寄酬張子

酬知惟素履，百折道未窮。讀易悟艱貞，明彝且地中。疑謗滋修能，豈必嘆蔀豐？我友冰雪腸，相於見義風。有初靡不然，君子迺克終。把袂思依依，別顔憂沖沖。古處以爲期，世態付窊隆。贈言當縞紵，崇德視恒嵩。

答龐參軍寄沈賁園

寒山無片石，誰堪與晤言？猶餘華源人，濳丘賁丘園。不知有漢魏，所尚羲皇篇。物踈道彌親，足音喜跫然。解悟無滯諦，賞會多古緣。握手重殷依，曠懷多披宣。片言勝萬卷，蓬户即空山。願言携短笻，理咏終殘年。

歲暮和張常侍懷張弘軒

窅窅豐城獄，黯黯埋龍泉。不遇博物人，誰爲知己言？願瞻斗牛際，靄霸浮雲繁。鐔芒空陸離，象緯多迷愆。圓景一以頽，峥嵘迫西山。平生金石交，蓄縮斷往還。遥知行樂餘，眷我疾患纏。高談無與陳，欲吐已判年。車笠有盟言，久要諒匪遷。雷陳傳膠漆，望古增慨然。

與殷晉安別寄朱甥

與子爲骨肉，少小長殷勤。及爾躭問字，渭陽誼彌親。爾宗既轂似，我德愈有鄰。棲尋文酒間，高談夜嚮晨。子從甌越遊，形影遂乖分。閔予遘憂患，履霜未逢春。注存來款曲，情高薄層雲。風霾行當霽，懽笑會有因。幸託廣廈庇，内顧寧憂貧。羇客尚加餐，好慰堂上人。

示周續之祖企謝景彝三郎懷朱廣文

我生靡樂方，得友聊所欣。鄭虔貧好客，時呼杜陵人。對酒旋忘形，談諧輒相因。酒徒四五輩，尋歡亦嚮臻。彈棊兼六博，酣歌徹曉聞。契闊逾半載，言念心徒勤。嗟我辭勝侶，迺與殊族鄰。永愧管幼安，逃名東海濱。

聯句懷侯秬園

停雲昏八表，横流無終極。有懷苦莫從，彌襟長歎息。離索生鄙心，艱危增道力。緬維上谷人，端居静以飭。潔行數十年，甘老彝門側。不逢虚左迎，誰爲假羽翼？形睽神莫拘，梁月照顔色。炯炯此寸心，遥映庶不惑。

王撫軍座送客贈友

大厦燕所棲，大車人所腓。豁達英雄概，賓至信如歸。虚往良脈脈，言交輒依依。晏笑懷眉宇，意氣合無違。舊雨兼新知，雲散易生悲。山韞玉爲潤，川媚珠自輝。我賦金蘭篇，訂交未恨遲。願抒錦繡腸，五色艷相遺。

述酒客有述勝國事者，偶紀及之

艾節懸天中，龍闞江上聞。金鼓初未交，天醉鼎系分。熒惑爍南斗，無諸荒大雲。長星一杯酒，灌地地以墳。林林卜夜歡，咿喔牝鷄晨。紫色蒼蠅聲，羊豕驕不馴。秦庭鮮包胥，雪涕徒賈身。亦無山陽祀，鬼餒誰復勤？憯矣牛山洟，迢遞至夫君。碱也固溷璞，蕕乎乃亂薰。三醉更三醒，不磨中天文。西宫歌舞散，淒其巽潰汾。仲連赴東海，沉酣未解紛。油油歎禾黍，狡童不與親。烈火燃崑岡，玉石俱同倫。

悲從弟仲德悼沈子

三宵頻夢君，吞聲涕泗零。猶疑感生别，不知已入冥。嗟君無死法，精神滿腹生。慷慨許殉知，感激思扶傾。奈何機不密，謀裂事無成。重胝哭未收，絕臏喪其齡。收骨僅僮僕，旅櫬寂無聲。煢煢此嫠孤，呼搶空蕭庭。曰余方索居，聞之盡傷情。如雲誼不再，神理難爲形。遥天奠一斝，老淚襟已盈。

和昌谷集

一卷

和昌谷詩序

詩家謂太白近仙，長吉近鬼，蓋一爲飛揚，一爲要眇，此才之所殊，而亦遇之所分也。太白雖不得志於時，然駿馬名姬，遨遊齊魯、晉趙、吴越之間，風流照耀，天子賞其才，使咏芍藥新詞，親調玉管，刺諷妃子而不阿，可曰一時寵遇之隆，故其爲詩，儁逸豪宕，飄飄欲仙。長吉少而細瘦苦吟，通眉長爪，蕭然獨騎，往來京洛，投句錦囊，心肝嘔出，僅一受知昌黎，年二十七始奉禮太常，斯亦遇之厄塞矣，宜其爲詩陰憂近鬼也。余嘗有感于二李之所遭，未嘗不悲其窮，而窮之中固有幸不幸焉。後世懷才抱奇之士，爲之留連悱惻，倣其篇章，次其音韻，往往以此自託，而寄其牢騷。讀周子和昌谷諸詩，真古詩之流亞也。雄雉之詩曰「我思古人，實獲我心」，非思古人也，思古人之懷才抱奇如我者也。思古人之懷抱如我而不得志者也。思古人不得志如我，而同聲相應，同氣相求，唱予和女，相周旋于千載下也。今觀其所作，噍殺嗷喬，沉冥鍛鍊，有椎碎珊瑚，踢翻鸚鵡之概，鑿破混沌，使鬼夜泣，殆將奴僕命騷矣。夫咏落霞秋水之句，致號王子安之魂；誦江蘺湘芷之詞，而召屈靈均之駕。訴愁心于彩筆，寫離恨于哀絃。神者遇之，所固然也。陸龜蒙敘長吉云：淫畋漁者謂之暴天物，天物不可暴，又可抉擿刻削，露其情狀乎？長吉之夭，東野之窮，玉溪生官不掛朝籍，豈不坐是哉？文人薄命，每犯綺語戒。造化愛寶，每生絶脉，懼士人有高才而無貴仕，年踰長吉，便伊欝侘傺。好僻耽佳，梯崖縋淵，廣蒐隱異，至于箸笪搽椀以飾方言，炎犢篠驂以文恒説，六經百史變爲牛鬼蛇神。國家有才不用，用者不才，一旦憤激至此，天下後世，咎必有歸，非盡作者之過也。周子挾雕龍繡虎之才，沐日浴月，百寶填胸，厄于勞車冷席，上不能歌景星、卿雲，次不能賦甘泉、驪山，羊頭滿座，狗監無人，四顧而茫茫也。安得不呵天問于郢廟，記伽藍于洛陽哉？昔人注長吉者，曰故之難，微之難，通之難。故者，訓詁也。小學有杜陵蒼頡故也。微者，指微也。春秋有左氏、鐸氏微也。通者，通典也。漢有班固白虎通、應劭風俗通也。皆以窮幽志古也。周子綜三難以和之，即曰王弼注易，郭象注莊可矣。仍當以舊錦囊盛之。

年家同學世弟許自俊潛壺氏題于燕臺之聽角樓

和昌谷集目次

門人張天覺予先較

和昌谷集

李憑箜篌引

孤凰天上寒秋秋，秋花秋月凝碧流。鮫女啼珠織夜愁，無端李憑擘箜篌。瑶空何處賓鴻叫，天門玉女投壺笑。芙蓉收淚媚彝光，斑竹摇波娱娥皇。絲絲瑟瑟斷腸處，十二巫山雲復雨。鸚鵡夢寒唤阿嫗，驚起幽壑潛蛟舞。鷄鳴城角鵶眠樹，九乳霜聲敲殘兔。

殘絲曲

寶馬春風遊冶兒，陌頭日暖看花歸。花底殘絲解罥客，美人提壺香琥珀。一杯一杯愁且去，落紅猶對纖腰舞。石家酒籌不知數，暝樹棲烏啼滿路。

還自會稽歌

縹碧頹江潭，野燐落香殿。夢逐前星沉，幾篇酹銅輦。淒涼遯禹穴，衰颯歸鞍晚。不待子山哀，寒松甘老賤。

出城寄權璩楊敬之

寒烏無分上林春，敢美鵷行虎拜人。錦瑟載將天上去，芙蓉劍佩尚隨身。

示弟猶

落魄歸無那，風驅敗葉餘。擬賒千日酒，共對一牀書。鴈接遥天在，霜驚旅月無。莫負池塘瘳，水邊淬湛盧。

竹

蒼梧流雲氣，瀟湘千畝春。矛蛇摇直幹，髭虎拔方根。帝女拭殘淚，任公投巨鱗。世人嗛肉食，未許傲龍孫。

同沈駙馬賦得御溝水

深宫流一葉，少婦罷流黄。淚逐錦紋冷，波添花雨香。不堪吹玉笛，未忍泛金觴。細認啼紅字，纖腰惱沈郎。

始爲奉禮憶昌谷山居

蹋蹋馬蹄痕，星星騎出門。折腰日復日，理首春復春。鶴樓笑小東，澄江傲葛巾。魯干愁適楚，司馬倦遊秦。翻階無紅藥，授簡有金根。不知巖澗内，誰煉紫芝雲？

七夕

天上看牛女，今霄小減愁。慇勤瓜菓意，縹緲芙蓉樓。乞巧針移線，迎歡簾上鈎。蛾眉宫尚半，孤子桂華秋。

過華清宫

巢鵲又棲鵶，長生殿裏花。留雲何處散，亞柳幾株斜？涼月行荒砌，踈櫺影破紗。温泉流亦冷，誰浸鬱金芽？

送沈亞之歌

含元殿外柳花風，乳酒千巵顔不紅。紫騮嘶向王門去，短劍行吟橋市東。鷄坊小兒笑負笈，君向虞淵取日夾。阿誰能識神仙字，寥寥棄落如穐葉。送君掩淚長楸下，慷慨爲君歌天馬。權奇汗血百不論，但問鹽車解鞍者。古來千金買駿骨，霜蹄動地寧勃捽？一朝帝皂服上襄，露布長征摇不律。

詠懷二首

秋娘牽轆轤，梧葉墜金井。俯拾水華明，照見飛蓬影。阿郎不歸來，千山悲桃梗。欲附仙人書，往拜華山頂。

黄鶯啼忽忽，秋風生素絲。蒲柳凋如此，松柏焉可期？得意爾何人，翠汁上宫衣。魚在清溪水，飲宜食不宜。

追和柳惲

日暮汀洲上，采蘋猶未歸。生愁秋月冷，促彼夜霜飛。緑醽酣方静，朱絃彈正虚。江南春寂寂，盼殺琴高魚。

春坊正字劍子歌

文鴦十八提秋水，雄入九軍捉虎子。鹿盧蒯𦩍啾啾鳴，正字千年英風起。大舞小舞盤雪霜，老蛟牙落愁雌尾。腥血絲絲冷糢糊，紅濕魚王額上字。春坊屋瓦冰𣨼𣨼，鬼斧不開千丈玉。漫道斬龍破楝飛，要離墳下無人哭。

貴公子夜闌曲

打破玻瓈杯，笑殺陶弘景。芙荷夜夜秋，不道鴛鴦冷。

鴈門太守行

太白入月妖星摧，細柳營前甲燕開。昨日孤軍圍城裏，秋水横腰陣雲紫。拼殺囊沙與背水，馬尾桀撅泥濘起。斗間呼吸招摇動，英雄不共鼓聲死。

大堤曲

明月照殘雪，風吹雪水香。美人翠髮倭墮髻，嬌襯耳邊大秦璫。襄陽樂，樊城春。大堤曲，思殺人。儂愛枕歡臂，歡愛囓儂唇。嗛嗛勿復道，愁多歡亦少。不見芙蓉花，俄成霜葉老。

蜀國絃

十二巫雲静，蠶叢吹桂影。蛟舞錦水波，猿掛青城嶺。浣花溪上雨，朱絲濕冷光。子巂聽不得，楚客下瞿塘。

夢天

熊熊爛爛空青色，月桂飄丹星榆白。天門九扇開清光，日烏飛下紅塵陌。須臾太乙駈雲下，天鹿鬅鬅乘黄馬。再拜乞漿不記誰，酒星挹酒龍頭瀉。

唐兒歌

火浣紅衫珍珠翠，寧馨唐兒匑公子。鳩車初碾松坂霜，竹馬欲蹋瑶池水。有時戲上九蚩尾，秀骨隆隆掉玉臂。人間閨閣那配值？瓊蕋仙姝呼小字。愛君年少爲君歌，拍拍春風吹桃李。

緑章封事

謝僊火篆呼熛神，飛符焚青扣天門。霱風瑟瑟露津津，碧落奇字皆秋雲。上函直排元氣父，憨鶏黠犬飛無主。忖留律令語咿嚶，石鼎香煤曳塵土。須臾似聽天鼓鳴，南山誰作小兒聲？鍾馗蝙蝠引秋鬼，雨工飛雲幾萬里。

河南府試十二月樂詞并閏月

正月

正月柳魂鵶喚歸，雪花猶在染黄遲。上元夫人璧月姿，蠶眠細篆一絲絲。鴈箏欲彈鶤絃冷，登高舒望天破暝。楚女不禁心暗折，九光霞綵同心結。

二月

二月出香津，姹女孌童妮殺人。蘭芽如薺煖風薰，柳眼媞媞嬌上春。蹋青騕小襯苔塵，黄鳥天枝啼紫雲，花間醉舞石榴裙。送君南浦淚如水，碧草芊芊望眼死。

三月

三月花殘春復春，香車翠幄愁佳人。纖手挼花彈雀起，嬌憨百媚寫秋水。一身獨擅平康里，人倦花眠柳困地。細雨御溝流尚淺，落紅花片日生煖。倩郎爲上遠春山，章臺恰近芙蓉苑。

四月

四月鴛鴦戲荷蓋，飛花落盡池萍外。蘇合都梁各芬藟，昭陽咫尺隔長門，君懷如水注漣漪。青鳳瑶凰一處飛，西山柳影拂參差。

五月

五月燕天中，蛾眉月在門。折折百虎符，刺刺五雲紋。續命巧如絲，朱碧看成緑。擊鼓奪龍標，穿波命如粟。

六月

六月六，蔭脩竹。竹香嬋娟坐如玉，蓮子香房手劈開。阿儂一心愁徘徊，火龍不來赤鳳來。

七月

七月銀河白，到曉露珠圓。盈盈别牛渚，悵悵迷兔園。朵頤張翰鱠，腰細沈郎錢。舞怕羅衣薄，歌愁生夜寒。眠鸞驚早鴈，幾隻過闌干。

八月

八月飛海槎，泛泛似浮家。玉繩碧漢冷，姮娥泣桂花。星星秋子落，兔寒露脚斜。美人拾小翠，猶擬夜舒荷。

九月

九月哀鴻叫寒水，鸊鷉噤殤乾雀死。蝦蟆冷光射脉脉，東籬黄花黄又白。風雨恣涼壓百草，霜濃露濃翠華道。白楊作柱月瓏璁，吴姬軋軋張秋桐。

十月

十月鐸隕霜亦傾，鳴鷄迢迢天未明。瑟瑟碎驚茱萸幙，博山爐燼朝元閣。蓬漊月冷人未眠，燕菭花謝九塞寒。青銅幾賜謫仙環？

十一月

冬十一月雪山光，六飛皛皛散寒芳。幽谷茶鎗窨地酒，笑問南山壽不壽。煖玉辟犀題束素，巫山巫峽雲何處？

十二月

十有二月冰雪灑，黄金四目桃枝下。梅魂酒魄伴詩魔，千門爆竹銷殘夜。

閏月

歲云閏月有奇，三百六十歸餘推。黄楊漫笑葭灰飛，銅漏丁丁浮箭遲。璿璣玉管古帝子，欲鞭駿狼走龍轡。

天上謡

天河歷歷白榆星，清淺似聞語笑聲。九芝瑶房花窈窕，日車欲繫須長纓。羿娥掩户愁天曉，撲剌迷離玉兔小。王子吹殘颯颯笙，笑掇雲梯殊草草。蕋珠未賜留仙裛，青螭已駕斗柄春。聞有天人騎天馬，掀飜海水自天下。

浩歌

癡兒偷天倒平地，袖刀欲劃秋江水。桃花指白梨花紅，呼鹿宫人應弦死。虎狼十萬攫人錢，銅山金穴沸雲烟。無缺金甌成漏卮，游游漾漾知有誰。千載幾人丁都護，桀犬吠堯各爲主。上書男子躝作泥，招魂纍纍葬黄土。髑髏阿紫笑蟾蜍，汝尻禿禿我能梳。十載春風幾回緑？

壯士未須歎促促。

秋來

荷衫破盡蓮心苦，少婦織縑還織素。絡緯寒侵牀上書，中夜悲號五色蠹。千迴百轉腸難直，脉望不成神仙客。墨血淋灕弔冷魂，長虹不散秋空碧。

帝子歌

蓬萊泱泱九萬里，西望洞庭一杯水。斑竹啼殘鳳凰死，黄陵雙姬啼帝子。君山父老聞酒香，蛾眉冷浸明月光。怨殺青蓮去夜郎，拍醉題詩空堂堂。

秦王飲酒

秦王隻手撼鼇極，鞭石成梁跨海碧。大箭射魚戛有聲，魚背飜波海不平。日邊酒旗摇天星，擊缶嗚嗚鼓棖棖。僊人鶴駕過吹笙，群臣却聽酒不行。星辰爛爛照眼明，驪宫月落夜三更。虎枕高眠鼾猶獰，卷衣宫女候華清。山鬼白晝盜壺觥，十二金人衣甲輕，扶蘇塞上淚泓泓。

洛姝真珠

真珠小娘出花郭，自言幼遇黄旛綽。詼諧眉語目猶光，何人不愛解鳴璫？筆架珊瑚裝翡翠，細字嫵媚偏餘思。染就花詞帶月歸，月壓氍毹憐夜醉。迢迢十二峰頭夢，秋雨絲絲秋雲重。鷓鴣鷩啼越女壇，桃花笑入秦人洞。濕兔清蟾醒夜涼，葳蕤蘭蕙冷紅芳。盤中瑟瑟玉生光，踟躕白馬怨蕭郎。

李夫人

朱鳥牕前鏡不開，鑾輿嬾向銅仙臺。是邪非邪精霛歇，玉漏沉沉珮聲咽。黄花瓦上霜如月，素鸞入霧青虬發。步揺髣髴聽鳴璫，天上女牛遥相望。阿弟延年作優倡，佳人難再鑄彝光。

走馬引

我昔在深山，山中愁暮雲。天馬爲我鳴，梅花不敢春。馬鳴山月静，走馬山月冷。報讎頭擲人，報恩重一身。

湘妃

苦淚滴筠筠不死，方節棱棱映秋水。虞帝乘雲下太空，旌旗摇曳魚眼紅。鈞天樂奏九疑中，雲衣霞佩凌波通。玉露斑斑醉錦楓，長波木葉愁飛龍。

南園十三首

臙脂紫蕊細初開，檀暈春潮上玉腮。一夜香魂留不住，東風畢竟楚良媒。

美人春濃酒正酣，尋巢燕子突珠簾。蹋青鬭草歸何晚，小婦桑稀愁卧蠶。

東家女兒油碧車，西家女兒步摇斜。斑斑指甲鴈箏冷，竝坐春風未破瓜。

射策金門落魄餘，瓜田數肘學鋤蔬。錦囊寶馬何年少，横過柴門笑讀書。

蕭瑟春風減帶鈎，平原落日夢幽州。中庭莫奏漁陽曲，底事生封萬里侯？

逍遥河上化沙蟲，聞道扶桑未挂弓。帳下美人歌舞倦，龍牙白馬幾嘶風。

平康小妓笑匆匆，阿郎染鬢偷嫩容。南園二十悲華髮，挑盡琴心劇惱公。

春去南園蝴蝶飛，香蛾翡翠遊不歸。桃花香風魚尾棹，錯把扁舟繫釣磯。

幾朵花枝壓帽垂，鷓鴣唱罷酒遲遲。癡兒不識江南思，摘取蓴絲并藕絲。

北海于今逝李邕，萬家冷落開元風。隴西有客哭秋鬼，錦水無人弔杜翁。楊雄草屋鄭康家，倦讀朝來冷日華。因過溪頭移翠竹，葛巾骨亂薔薇花。雕籠鸚鵡啄金粟，寶殿春娘拜佛牙。誰信仙郎悲緑鬢？挼花淚染九光霞。瑶天嵌水樹，繡嶺挂長煙。每試鍾山屐，還畊滬壘田。瞻雲雙闕遠，愛日寸心懸。忽忽行吟去，虚涼不繫船。

金銅仙人辭漢歌

雲氣九層鑄仙客，露盤金掌絶人跡。茂陵羽化不復回，萬朵芙蓉冷秋碧。黄河東去一千里，赤龍子怨青龍子。銅雀宫娃遥相待，斷烟破瓦悲漳水。泣辭故宫何可道，白霧濛濛天地老。不堪雪涕謝衰蘭，欲行不行車聲小。

古悠悠行

終古何悠悠，相望日迢迢。故鬼積新人，紅愁緑亦飄。高山碾野馬，驅石斷秦橋。雙丸跳天上，沉碑水底消。

黄頭郎

黄頭郎，錦衣天上歸。扶掖拜阿母，宫花帽簾垂。出門揮玉鞭，一身依日月。銅山何太熏，秋風悲裘葛。妖嬈未畢輪，明王夢安發？口輔笑螣蛇，相君方耳熱。

馬詩二十三首

雲鬣篆花錢，霜蹄籥紫烟。由來天上馬，曾受玉皇鞭。
餵得天花甜，龍卵結紅鹽。化作渥洼種，羲皇試日銜。
穆王有遠略，驅駿下天山。輪蹄三十二，匹匹總承恩。
宛宛王良御，熒熒天駟星。行空非俗駕，雲裏四蹄聲。
吾聞食虎豹，六駁不施鈎。上林誰獻賦？天子御長秋。
鵕斯染朱鬣，龍文剪五花。戲爲加九錫，明日便宣麻。
秋秋婉婷駕，觴帝酒龍乾。瑶池歌未闋，聞已到轘轅。
吕侯顧赤兔，騕褭萬人騎。誰知殺君者，亦是路旁兒。
赤驥元龍種，長願侍飛龍。玉山秣朱草，萬里馭天風。

騅立烏江水，含淚向西風。沐猴豈肉馬，輪却火中龍。

六閑詔坊使，官印印麒麟。楊柳絲絲緑，蘭筋颺絶塵。

紫燕翩翩影，盤龍八尺身。叱咤先奮矟，此是飛將軍。

千金市駿骨，解道死猶香。郭生天下士，不負燕昭王。

白鵲轡方新，驚帆躍錦鱗。試問華容道，曾留銅雀春？

老馬登卑耳，孤竹懾餘威。彝吾語小白，六翮可天飛。

雄才高萬乘，六驥憶唐宗。矯矯昭陵像，流汗尚追風。

秋高沙苑路，苜蓿夾香莎。蠶頭能試秣，不待長龍牙。

帝遣金人夢，馱經天竺間。白馬何馺馺，青玉鉢中山。

風流京兆尹，繡閣畫眉來。不教知妬殺，走馬向章臺。

神黄呼作騂，牽來十二樓。白民那解御，偃種出高州。

桃花紫叱撥，刺刺韋生腸。愛妾何須换，相依等孟光。

褭褭香塵跡，玲玲雪夜珂。果老嵩山下，無人識白騾。

肉翅解能仙，騑騑駕緑烟。世間多駑馬，也學步青天。

申胡子觱篥歌

朔客平頭子，横吹蘆葉聲。聲聲中商羽，激戛鴛鴦屏。花娘方千睡，嬌夢破星星。誰歌上雲樂？喧唱酒方行。㚖娜花娘出，百媚香風生。零亂不自持，長夏清霜明。平頭收觱篥，朔客拂長纓。暮涼客散後，空照花間螢。

老夫採玉歌

于闐秋水摇空碧，玉氣含含光五色。老夫本是玉僊人，斧柯猶帶藍田白。月明道遇琦玕子，暗拭下生千古淚。連城徒剖魚目垂，千丈白虹沉楚水。水霧咿啞山鬼嘯，玉屑霏霏復㚖㚖。老夫抛斧下崑丘，乞余一握金光草。乞，與也。

傷心行

傷心復傷心，投竿事柔素。白髮五千長，奇字泣風雨。蝌蚪笑蛟螭，蠷作林雍舞。寂寂草玄亭，如聞黄衣語。

湖中曲

楚子江洲香杜若，春風采采沙漠漠。弄珠日暮漢皋女，翠裳不紉荷衫薄。瀟湘西望出秦渠，山如瑶黛草如書。雲帆五兩愁霧鬢，蒼梧九派何時盡？

黄家洞

蘆笙卷卷吹刺促，西原洞丁射金鏃。簩竹兜鍪藤甲光，獰牙齒齒鯊皮服。官軍畫角大旗斜，銅鼓山山擊蠻花。怪石懸崖壓鼀鼉，赤鏢藥弩森如沙。毒淫如此勞官家，韓公疏聞止蘖茬。

屏風曲

珠綴罘罳畫不闢，斬新花鏤文連錢。玉人葱菁飄香蘭，阿郎癡夢見釵蟬。蛾眉自下唱秋烟，憨情柔態敘古懽。桐烏一聲驚暮寒，璅子屈戌惱公眠。

南山田中行

南山高，野田白，韓盧鵙梟呼嘖嘖。短衣跨馬蹋山石，風吹轡絡響秋色。狡兔毚毚驚訝牙，黄烟獵獵朱光斜。鬼火出林噴如沙，謝豹啼殘月隱花。

貴主征行樂詠馮洗夫人

錦襜晃晃犀渠甲，瓔珞交垂千蓮葉。男兒裝束騎出城，鴉黄洗却從軍征。葡萄夜光香煖玉，梨花槍朵沉沉緑。轅和畫角嗚嗚咿，百隊蠻兵齊解衣。

羅浮山父與葛篇

魯縞飛塵吴苧空，羅浮弱越摇輕風。軒轅道士藍髿服，挲摩機絡非人工。中谷萋萋烟雨濕，黄鳥低飛蠻娘立。明眸熟辨一絲絲，并刀欲下銀葱澀。

宫娃歌

響屧玲玲香接空，靈巖葱蒨館娃宫。西施春醉紅玉暖，翠趾纖纖花板板。吴王騎獵趁黄昏，公孫繡甲血斑痕。箭闕射殘九串月，錦衣赤羽東西甄。百花飄零長洲渚，麋鹿縱横蘇臺路。布襪方袍緇羽流，遥逐巫娥行雲去。

堂堂讀明皇遺事作

花奴春睡老，楊花墜雪香。梅魂沉水鬱金梁，馬嵬履韈粉頹黄。紅血猩猩惹恨長，秋雨淋鈴燐火光。驪山泉冷悵蘭湯，玉笛偷吹惱壽王。

勉愛行送小季之廬山二首

淒槭洛陽人，秋風駈瘦馬。儵爾賦西征，五老拜山下。峰巒九疊屏，瀑布流中夜。月冷躍毺紅，鴈聲到咿啞。

旅鴻幾行飛，離情已在目。送子空斷腸，籬落黄金粟。馬頭分處愁雲斷，客淚飄絲滴如綫。中庭小婦織流黄，顧影魂銷獨不見。豫章仙人千里餘，尺素何日致長鬚。東林之畔虎谿水，遠公白蓮知有無。欲别未别慚佩刀，於陵井李笑螬螬。嵯峨傲骨秋山賦，鶴立空使群鷄號。

長歌續短歌

長歌曼似雲，短歌細似髮。皓齒啓朱唇，如花眼中熱。爲儂牽兔絲，倩郎折鶯粟。蔓斷安得長，花盡枝空緑。青鳥隔雲端，轆轤沉井底。王母袖金桃，獨立鄉嬛外。簫史莫吹簫，嬴女朱顔改。

公莫舞歌

九首𤞟𤞟侍兩楹，矛頭淅酒闞玉甖。麾來美人持反坫，嘈嘈楚筑雜秦筝。隆準光芒貫五緯，重瞳叱咤猩猩醉。項莊小兒雙眼光，拔劍拔劍樽前起。巾拂披披公莫舞，大蛇聞斷赤龍子。英雄未試黄石書，王孫尚釣淮陰水。猰牙擁盾排重關，欲出不出刀上鐶。截顱斮脛死不避，巵酒彘肩安足論！

昌谷北園新筍四首

一雨犇雷甲怒開，龍孫自是不凡材。千尋直上君知否？昨夜梢尖尚帶泥。

淇園珪璧武公辭，欲寫汗青粉陸離。怪底無情偏有恨，江南艷唱竹枝枝。

未垂緑葉紫抽莖，長傍高岡桐樹生。誰引鳳凰啄金粟？九苞棨尾尚青青。

日對脩篁賦彩雲，仙壇埽石未全貧。葛公何處騎龍去？月冷蕭蕭壓酒樽。

惱公

懊儂復惱公，佯羞面發紅。柔情粘玉樹，密意殢香叢。橫黛春山媚，舒衫夏葉穠。臨箋傳蜀井，泛酒憶郫筩。野篆依金粟，鶯花漾水萍。玎玎敲鐵馬，點點綴燈蟲。簾局熏重幔，桃笙貼細茸。寶釵鬟鈿合，香蓝口脂融。夢逐巫山雨，襟披蘭畹風。研裙題翡翠，紅袖隔芙蓉。花結蜘蛛網，粒餘鸚鵡籠。翩翻多妬蜨，辛苦最憐蜂。報李仍投玖，期桑更采蒙。金錢央市嫗，雨雪問山賓。吴女悲臺鹿，漢姬泣殿熊。愁縈細柳帳，恨挂扶桑弓。圓缺俱疑月，雄雌盡怪虹。嬛粧思閬苑，姈駕想崆峒。婺彩黄先矚，仙泥紫未封。飛霜幾隻鴈，戲水一雙龍。吹破簫爲玉，滴殘漏是銅。嬾窺鳳子逕，畏蹋巴兒蹤。銀蒜開朝冷，金猊吐夜烘。窗文交藻繪，屏幛疊青葱。暮思倚修竹，秋顔望醉楓。有情穿月竁，無字寄金墉。苔跡鸞靴小，雪花螺髻濃。靈芸生是薜，錦織嫁爲馮。笛韻分椽竹，琴材出爨桐。畫鷁呼作匹，紫鸞話相從。楊柳輕飄絮，蘼蕪弱拂籠。魚龍欣舊曲，鷄犬訝新豐。魏笈窺衡岳，緱笙奏少崧。方懷絳雪婢，忽憶丹砂僮。詎弋金根鳳，寧鞭玉面驄。留歡慚北里，招婿或南容。鏡合安羞嶠，香偷不避充。迴文題錦上，暗句寄盤中。遠水開魚腹，行雲結馬鬉。顛狂迷下蔡，消渴客臨邛。愛海時時渡，愁津處處通。詩腰寒愈瘦，色態病兼慵。碧玉難禁見，羅敷遮莫逢？鬱金銷磊結，磁石鎮怔忪。月老催花厄，冰魂怕酒凶。漫飛燕子國，且憩蕋珠宫。貝葉聽雙樹，桃花訪少翁。靈苗餐不死，法服著無縫。呃咽吹霜角，丁當撞月鐘。夢回纔一覺，懊惱亦成空。

感諷五首

驪龍頷下珠，探得付奚奴。錦囊鮮奪目，日出心所須。明珠何瑟瑟，龍子何蠕蠕。片語蜕龍骨，何止摘龍鬚。俗士耀浮雲，仙人藏素書。楊雄不曉事，寂莫譚經廬。不上崑崙山，安識五嶽小？夸父行亦遲，張朔臂方掉。東方朔姓張。斵石曾何益？黿鼉自架梁。冉冉扶桑樹，日照大人堂。

鳳翮何翩翻，麟蹄何蹀躞。文明今用晦，濯足聊晞髮。石骨舊龍宫，靈曠訝幽絶。玉洞藏鴻文，金簡青未殺。漠漠嶺頭烟，開荒待來哲。百丈聳大觀，一拳向小歇。

茂陵化秋風，青霜飛百草。鵑鵑夜鳴悲，白頭人自老。寂歷芙蓉苑，歎息臨邛道。消渴望金莖，露盤宵及曉。戇率淮陽翁，諫書徒勞擾。

蟋蟀知宵寒，鳴鷄知天曙。壯士羞短褐，披霜仗劍去。有客賦明光，寶馬長楊路。摩天鴻鵠飛，寧共沙蟲語？

青草一何長，白騾一何瘦。纔折花出門，歸來見葉厚。五色仙人芝，山中傳三秀。鶯啼深深樹，曼聲隨雲逗。愁絶長門人，海水添宫漏。千載不相知，當前已衰朽。

三月過行宫

山鬼時登薜荔墻，水螢學舞夜紅粧。當年黄屋歸何處？柳線無人也自長。

艾如張

千純纓，五綵繻。呼戛戛，母將雛。南山鳩啼愁風雨，莫向張羅北山去。旃門艾艾緑滿空，有罿有罿機在中。房幃一笑生春風，馬首離披花血紅。庖羲製罟最蹊刻，棼雄鐖雌毵難測。

上雲樂

天輪轉轉翻古春，碧空蹋蹋生飛雲。錦帆殿脚如花女，羯鼓鵞笙天下聞。初開七寶月中路，霓裳欲墜纖纖素。天寒徙倚娑羅樹，玉杵無聲蟾蜍舞。

摩多樓子

貳師嗜戰功，横行去萬里。絶塞摩多樓，酸辛鴨緑水。妾擣秋閨練，霜寒絲脆斷。刀尺月稜稜，熨平宵未半。雪花如雨粟，堆積没馬蹄。淒涼雙玉筯，苦夢到遼西。

夜坐吟

畢逋烏尾鵲相過，鵲汝無梁誰渡河？靈渚蕩蕩吹銀波，天孫擲石蹙雙蛾，何況人間抱幽思。頳鯉無鱗青鳥飛，桃花寶馬走西陲。楚歌楚舞烏江涯，帳中美人垓下騅。

巫山高

三峽連峰峰攢天，裊裊波光吹白烟。朝朝暮暮對嫣然，雲雨石頭冷翠錢。陽臺香草夢年年，新月罬罬叫古猿。丹青碧落江水寒，躑躅殘紅絶壁間。

江南弄

錦帆柔櫓皺緑波，吴娃眉角青峩峩。雲吹飄颺引絲竹，珠窗綺榻花千幅。阿郎不來愁萬斛，南園百草銷新緑。急管留儂子夜曲，懊惱汝南劉碧玉。

梁臺古意

滿空銀竹垂垂立，兔園飛蓋金光入。素鸞香影戲靈凰，砑紅粉磴臙脂溼。黄屋穹窿夜有天，鄒枚半醉失鵷班。佳人只愁翠袖黦，春風楊柳記當年。繁臺轉眼無顏色，黄河腥風吹脉脉。古時烟月太惱儂，蘆花秋水鴈池白。

神絃曲

椒花楲楲月昏昏，蘭寮金香壁畫雲。神君女將標號繁，玉蠟眠蛀太絶塵。星袍霞髻巫孃子，横劍步虚呪妖死。螺灰騐得九狐尾，蕉葉蓬蓬滴鉛水。白木香燒白鶴飛，法座霱風颯颯起。

神絃

荔枝紫釀香滿空，齋壇杖鼓鳴鼕鼕。童姑雀躍來當中，摇鈴大叫焚輪風。朱黄畫扇雙文鸞，髣髴神姬月下彈。百拜跪起舞蹋盤，白葛青衫寒未寒。神來欲漲上宫灣，神去遨遊碧落間。雲馬風幡神破顔，流星隊隊天都山。

神絃别歌

瑶妃窈窅垂雲别，盤龍珠鬘花虬發。簫鼓聲沉望翠軿，天碧油幢光孑孑。鑑江新水緑於羅，桂櫂穿雲何處過？楮灰漸冷社丁散，古廟神閒春自花。

绿水詞

淥水蒲葉青，小姑採蓮處。阿侯望不來，挼碎蓮心苦。蒲生鈎蓮蔕，蓮生綰蒲根。莫拔斷蒲根，恐傷芙蓉魂。

追和何謝銅雀妓

美人憶分香，高臺望千里。折折西陵樹，新宫故相似。哭亦不須多，恨亦不須起。太后咄咤時，蛾眉隱花机。

酬荅二首

銀紅衫子杏裙長，四月櫻桃似上方。飽嚼紫漿愁内熱，篆猊休噴麝臍香。

影蛾池畔古花春，甚處光風轉緑蘋。暢好紅牙傳樂句，只愁傾國李夫人。

畫角東城

四望蔚葭蕭，紺珠梵頂高。東風吹畫角，雜佩鳴寶刀。鶖洋呼海若，踏浪浴春濤。無限蜯光發，虎門月送潮。

謝秀才有妾縞練改從于人秀才引留之不得後生感憶座人製詩嘲誚賀復繼四首

淡雨將濃雲，千番妮輭春。倉庚啼玉樹，鳳子戲花裙。鏡破猶羞月，蟾飛解妬人。邇來憶薄倖，帶減柳腰身。

香櫳吹豔雪，刀尺冷紅綿。燕燕春方去，鶼鶼夜正寒。雙星銀漢淚，三月碧溪紘。何待尋青塚，畫圖郎自看。

蓮池思不禁，日出水中心。葉蓋遮殘鈿，花鬟綮墮簪。曲聲猶嬝娜，鳥影過清深。悄覺添珠淚，前年夢擣砧。

淺水棲不長，怨殺野鴛鴦。别却青鸞鏡，空抛朱鳥牕。三生離恨譜，幾載合歡牀。蘼蕪山下路，采采誤都梁。

昌谷讀書示巴童

爨汲知勞矻，還聞語笑濃。便應尋折券，苦汝故相從。

巴童荅

咄咄李夫子，耽書事苦吟。奴于君亦爾，不去爲情深。

代崔氏送客

渭城出祖帳，馬上去翩翩。一路看楊柳，心心逐馬鞭。

莫種樹

誰云莫種樹？種樹儘銷愁。生意長鋤裏，青青直到秋。

將發

憶歡欲尋歡，策馬横塘去。認取木蘭花，莫過垂楊路。

追賦畫江潭苑四首

萬樹鬱蒼蒼，把酒鵞兒黄。看僧白髮短，選妓翠眉長。燕尾差池纈，龍涎瀲灩香。荒丘宫輦道，鐘磬惱梁王。

羅縠剪中單，佳人生薄寒。熏籠舒筍玉，步屧破苔錢。艷曲停雲絶，弓腰貼地難。鸞靴新進妓，飛勒上雕鞍。

肉攫臂鷹斜，春騎獵岸花。韓盧兼宋鵲，逐逐復牙牙。射雉新亭渡，懸貊瓜步沙。戎粧幾女隊，歸騎閃鉛華。

宫苑總芙蓉，曉鬟梳鏡紅。文簫吹赤鳫，彩甲引遊龍。露歇翠華寂，霜飛寶帳空。捨身亦自好，愁絶臺城鐘。

潞州張大宅病酒遇江使寄上十四兄病酒柬友

春水人將去，梅花生薄寒。狂魔中魯酒，歸夢托吴牋。飲户輪雄伯，詞場愧小鮮。重城虚夜月，一榻負朝烟。蟲篆絲絲柳，金屏裊裊蓮。難扶鷄骨杖，高卧豹皮錢。不用歌長鋏，時慵奏緑絃。凄其思玉樹，寂歷託金蘭。被識鴛鴦冷，詩題翡翠殘。風嘶冀北馬，雪返剡溪船。子若箴三雅，吾當謝四筵。相逢忽相别，珍重陸機年。

難忘曲

高樓大道間，東風吹枝戟。少婦倚流黄，鸜哥憐艷色。博山大小罏，沉檀裊篆碧。君家誠難忘，蕭條思永夕。

賈公閭貴壻曲七夕新婚詩

黄姑望牽牛，天漢不可縫。誰信中宵渡，靈鵲駕重重？奇香能返魂，何異裴航枕？金屋鳳蠟光，何異閬風飲？河陽花正艷，雀屏開天碧。擲果少年人，眉憐遠山色。

夜飲朝眠曲

梟盧大擲呼聲高，蠻姬點籌夜勞勞。碧梧朱鳳窺人醉，唤醒酒龍吹花氣。花氣濛濛臙脂水，冷香紈束牡丹紫。東方楊柳亂啼鴉，徐徐夢逐行雲子。

王濬墓下作

墓木舞宛童，尚歌水中龍。千年江練白，十里地衣紅。風利帆張錦，臺荒雀化銅。晉碑尋孔隧，吴地失遺封。遼鶴語華表，石馬卧秋蓬。已矣英雄淚，一灑落花風。

客遊

嬾夢拜黄衣，南山歌白石。履笑春申座，鋏嘲馮驩客。文章歎古人，盗賊悲鄉國。生計困樵漁，癡心留竹帛。

崇義里滯雨

痛哭書難上，長安春易秋。特特馬蹄苦，雨氣白烏頭。落花日辭枝，紅波漲御溝。漏天誰補煉？撇却海僊籌。寂寂楚襄王，夢在巫山頭。魂銷無可續，齒冷説封侯。

馮小憐

難得小憐憐，琵琶舊日絃。歌瓊横寶靨，舞月蹴荷錢。珠墜沉沉井，花飛暐暐烟。不才狗脚朕，請爲鑄金鞭。

贈陳商

愛讀古人書，其人骨已朽。羲農置我前，秦漢充我後。未遇伯牙琴，請酌劉伶酒。夫子金閨秀，長安快聚首。春風坐隃糜，相對人如豆。落落羊求踪，滔滔沮溺偶。不羨子軒高，獨憐我馬瘦。青眼似草舒，白面如曇皺。知子大海濤，神仙獨聳秀。了義徹三車，雄才多八斗。雲氣與雪肝，錦胸而繡口。佳句開長夜，微言永清晝。顧此千秋名，劇于三月柳。得志昂昂駒，落魄纍纍狗。謝彼粲粲服，副兹若若綬。達路振羽儀，寒光掃天帚。蟄蟄匣中龍，風雨時一吼。

釣魚詩

秋風江上客，剖腹仙人書。短李堪爲餌，長鯨釣作魚。喩喁過河泣，河伯愬太虛。禿尾煎蝌蚪，水底逐蟾蜍。綸亂愁無緒，直鈎樂有餘。便尋任公犗，寧逐馬牛裾？

奉和二兄罷使遣馬歸延州

懷歸急似箭，把酒醉如泥。馬蹄看特特，王路幾時來？淚咽隴頭水，葭飛黍谷灰。驚棲喧夜鵲，別夢報朝鷄。郢客多零落，吴儂最慘淒。鶺鴒原上草，歌哭半成蹊。

荅贈賦得陰麗華

不願執金吾，惟貪陰麗華。紫釵雙骨鳳，寶髻半塗鴉。香煖圍金屋，雲輕送狹邪。箇儂偏有恨，女伴指燈花。

題趙生壁三婦艷

大婦唱竹枝，中婦匯珠屑。小婦調金香，香動烟不滅。夫婿坐中堂，絲管一齊發。酒酣明月來，桃花照艷骨。

感春

東風到九條，楊柳緑騷騷。舞蜨粘濃粉，遊蜂鬬細腰。花僊春睡足，書客夜思勞。恨拭珊瑚淚，新絲摘阮槽。

僊人

風流賀監老，早識謫僊人。龜珮傾紅雪，明珠擲白雲。鶴歸鑑湖水，鯨戲采江濱。裊裊蓬萊去，桃花春復春。

河陽歌

河陽歌，歌罷花無色。不愛滿縣花，爲愛栽花客。潘郎好少年，一毛侵易老。作賦怨秋蟲，題詩憐春草。長夜秉燭遊，終朝聞玉譙。醉鄉日幾何，花飛君不見。儂有一片心，匪石不可轉。儂心若可轉，海枯石亦爛。

花遊曲

看花復臨水，寒食約春姿。越女簪丫髻，湘娥畫十眉。歡情含玉笋，醉態上金衣。驕驄行蹀躞，華燭夜歸遲。

安樂宫

柳絮如塵起，飛墮池塘水。新成十二樓，宵娥酣夜醉。宫桃臨小巷，日晒黄鶯翅。王孫挾彈回，不見司花使。腸斷張麗華，一聲河滿子。

蝴蝶飛

海棠香睡蜀魂熱，蝴蜨飛來迷紅纈。美人撲蜨不教飛，書藏香翅代郎歸。

梁公子

蘭陵帝子家，忽聽後庭花。蓮子落淤泥，走馬逐天涯。紫燕尋舊壘，春風蕩狹邪。誰令亡國恨，錦字弔吴娃？

牡丹種曲

洛神夜怨宫娥老，黄袖儸人種瑶草。掐根染就五色霞，火字兩行照清曉。漢宫寒臘野吹烟，誰家纖手護雕闌？有客紫髯分緑玉，花間拍臂張吾絃。昭陽漠漠夢黄昏，姚家魏家昔承恩。酒闌潑墨繽紛處，露下無聲花不語。

後園鑿井歌

轆轤漉漉銀牀轉，井水深，長繩淺，可奈何？愁曼倩，食蟠桃，人間不肯住。小住三十年，仍歸天上去。

秦宮詩

監奴白馬驕春風，一朵宮花插鬢紅。爲雌爲雄釀雲雨，纖纖當籠濃復濃。啗桃割袖事渺茫，齵齒倭粧孰短長？赤鳳來時歌楊白，牛金狎至醉流黄。秦宮黠慧如鸜鵒，愛者如花畏如虎。轉盼風雷手鼓弄，咄嗟鸞鶴恣炰煮。天子不乘大宛馬，相公威靈龍是畫。昔日霍家馮子都，翩翩顔色似雲瀉。漢室金甌愁幾裂，怪此孌童身兩活。誰云生女勝生男？請看孫壽牀前月。

古鄴城童子謡效王粲刺曹操

鼓田田，黄塵起。非公徒，是公吏。驅公車，駕公馬。宫巍巍，鄴城下。提寶劍，佩彤弓。九錫文，拜相公。銅雀臺，好女兒。聽豔歌，相公歸。

房中思

陌上花茸茸，深紅間小緑。此際思娟郎，鶯聲方斷續。長眉嬾施翠，空房卧蕭瀃。風雨逝不常，芭蕉作人泣。

春歸昌谷

三十未逢年，摧頽亦已早。蕭瑟愁二毛，蒲柳先秋老。明光思獻賦，雲迷日尚曉。目斷長安塵，酸辛如集蓼。漫逐時賢輩，相逢且傾倒。嵇阮大小兒，飡霞共埋照。不堪處闤闠，跼蹐天地小。每思五嶽遊，俗網免鈎絞。蹉跎終未遂，刺促愁不少。龍華愴亭亭，春申江浩浩。優游齊物論，卑約從吾道。于役事天末，尋真華陽嶠。囊琴束古書，坐卧雜悲笑。豚犬謝景升，細君懷德耀。旅食漫悠悠，踽涼尠同調。去來歌五噫，俯仰無一樂。將從詹尹卜，龜筴豈我兆？齷齪當塗子，高牙與大纛。英英曠達士，蹭蹬更輕掉。相馬拘驪黃，宫圖誤象貌。虚擬帶吴鈎，投筆事邊徼。時清餘棄才，丘壑容吾老。塗中日曳尾，守櫝寧困沼？披帷人斯在，南山霧藏豹。衡門泌水洋，魚麗歸罩罩。誰詠昌谷詩？令我發狂躁。

昌谷詩

戢戢蜻蜓飛，天烘釀江水。菁菁菜甲齊，日高雲罩地。鶯簧四野韻，蜨粉千叢媚。嬋娟竹萬个，偪仄龍髯翠。楚女不知愁，雙眸從無淚。丫髻趁良宵，泥泥十日醉。彈指柳兼蟬，浪重聲亦邃。蒼紅被渠沼，谽谺動蘭涘。葉葉老紫莖，枝枝藏光膩。苔錢繡盤石，蟲篆交成字。去年秋杪歸，白馬青驄踦。長髦雖錣落，小翮迺毿起。細腰繭室内，雲母珠光裏。櫻唇點吐丹，筍足纖娟紫。飲以流霞液，啖以青麟髓。采采琪樹華，翳翳木禾穟。宛宛白雉翬，僮僮緗雲帔。藐姑玉雪零，瑟粟琅霜墜。梅帳羅九虬，蘭窓豔相毖。同心綵勝垂，連理流蘇閟。四照佛花魂，盈龕仙桂氣。飂飂白接䍦，兀兀烏皮几。意象隱清穆，真霧蜚藻粹。摩娑寶鼎罌，憑弔雕墻圮。塵務妨風緒，俗物敗霞思。蛣蝠謝山精，顛當逢木魅。齷齪嗤儒賤，骯髒矜士貴。窮鬼阮籍同，狂魔禰生似。空存季布諾，詎赴翟公義？屑屑靈均魂，謝謝庭堅祀。彈鋏馮郎歌，陽鱎單父耻。捉鼻褦襶客，朵頤鉗綱吏。曲鈎方徹侯，直釣豈香餌？但寫剡溪藤，誰貴洛陽紙？藹軸有寤言，天門無啓事。酕醄北海樽，嬲戲東山妓。山子待駕言，王孫伺人至。瞿瞿樂無荒，剌剌語不次。謝客果流連，陶公詎憔悴？金軀賀監情，玉馬黄僊意。洗髓將伐毛，飛肉欲生翅。浮拍王母遊，癢抓麻姑戲。鞭箠邋遢翁，謾罵氤氳使。鹿胎隨髮結，鳳翼信腔吹。流霞静琬調，沆瀣雙成漬。醉捋偓佺鬚，笑把安期臂。偷與飛瓊箋，草上王喬刺。清淺緑玉河，峥嶸青羊肆。彈冠白石生，招手赤松子。

沙路曲

兔目栗栗青槐樹，鳳瞳姍姍沙堤路。二十五點玉漏遲，何當夢逐金根去。蒼龍闕下虎豹關，莫遣淮南大小山。巫蠱神鷄惱縣官，露華仙掌貯空盤。平津不語汲公語，弘羊熚熚三更雨。

銅駝悲

春草青復短，悵望阿誰家？亂石如群羊，蘚衣披駝駝。問路無樵子，空郊弔古人。荆棘一何多，桃李不成春。荒涼餘古殿，星星夜熒燭。墻角黄狐嗥，劍鼻蒼龍哭。

高軒過

龍城山翠摇青葱，飛花拂蓋何瓏瓏。下車顧盼鶩準隆，陸離劍佩光如虹。藉甚騷壇，飛將天上，鉅公示我文字開心胸。顧我把臂入林中，磊磊落落雙眸空。相期不朽德言功，海天歸去挂飛篷。雲脚翻翻小閶風，公云我老戲賓鴻，緑鬢少年矯如龍。

貝宮夫人

珠宫貝闕月如環，素鱗黛甲敞雄關。龍女褰花靚且閒，遨遊鯨背指三山。隨風引去空妙年，裊裊簫聲聽彩鸞。龍宿宫前金井寒，千人拜舞琅霜天。

蘭香神女廟

鳳嶺闢天搆，龍城冷水雲。秀色浮山曉，驪珠照夜昏。昔人賦寶璐，今我薦香芹。蘭佩紛容裒，冰姿映繡珉。龍母樂相樂，青童春復春。椒漿羅畫壁，繐帳萃燈銀。楚楚俔天姝，洋洋邁塗莘。旖旎漢上女，縹緲雲中君。啣丹收夢颶，駕海戲香裙。花燈懸緝緝，幐降簇鱗鱗。俗緣眉思畫，仙米手能勻。茉莉穿華鬘，荔枝點絳唇。胡麻流洞口，蓮履解飛身。豐年祈五稔，海水不揚塵。雙舄騰空霧，朝朝拜殿門。

送韋仁實兄弟入關

紅亭旗下歇，酒不破君顏。贈君以寶刀，灼灼刀頭鐶。昂首望太乙，迷離蒼莽間。金晶射聆睩，秋容君自看。軋軋壯士腹，傷離眉亦攢。愛君雙玉樹，清飈生羽翰。我身何刺促，肉食隔瓊田。東海不可遊，棄繻西入關。遲君歸南園，拄頰看青山。

谿晚涼

秋蟲蠹柳吟晚風，千枝殘帚掃晴空。青梧濕月油幢幢，銀波緩緩涼溪東。閒鷗天矯疑新鴻，拍翼水心濯溶溶。百花潭底蟄秋龍，長頸睨天醉碧筒。

長平箭頭歌

戰場鬼火飛黃沙，驚魂酸骨生眼花。猩血斑斑銅蔟蔟，當年虎鬭折龍牙。三脊射人或射馬，摶扻旋風如雨下。塵埋土蝕鴈翎堙，赤豹文狸嘷寒夜。新鬼襶褦舊鬼瘦，紙錢澆酒牛心炙。煩冤髑髏相撐柱，緼束咸陽三月火。揮涕淋零摩古鏃，幾度醫瘡剜無肉。千年蜈腹白將軍，貫索難盈南山竹。

江樓曲

翠螺隔水巴陵道，酒香不醒君山老。洞庭秋月冷霜風，白雲取酒卿有功。癡龍出入啼風雨，越客攬衣歌白苧。斑斑刺竹淚痕垂，蒼梧翠華久無主。銀管搖搖憑酒力，龍宫漭瀁鷗波白。夢逐桃笙伴謫仙，角韻狂歌餐秀色。

塞下曲

黄花白草秋，馬骨生寒水。昭君塚上烟，青冥千百里。刁斗叫寒霜，絲絲沙漏刻。皐蘭山上雲，月光穿太白。阿郎青海頭，泣月劇邊愁。鸊鵜泉如雪，斬冰作血流。

染絲上春機

折花臺畔沉香井，香沉墮落臙脂影。細腰宫女曉生愁，絡絡新絲上翠樓。染罷拋梭巧花疊，同心梔子合歡葉。君王取作錦纏頭，妙舞迴風歌白雪。

月漉漉篇

月漉漉，寒光玉孤蟾。急流沙，饑烏號古木。波上龍松黐，露濃雀腦滛。斗帳冷金釧，桂影綺寮入。蕩子初去時，拔蒲蒲未齊。歸來菖已花，脂水滌紅泥。

京城

春明門外柳，揺折故鄉心。王孫走馬去，春風伴苦吟。

題歸夢

芝蘭愁不採，腸斷在空谷。灼灼撩人花，道旁薋與菉。鄉縣夢當歸，輾輾車輪腹。畫燭照蛾眉，躊躇千里目。

南園

荷衣蕙帶烏袷巾，南園三月十分春。鄰有苕溪漁丈人，手提臘酒開黄雲。竹鈎松葉紅藤下，共指池崖記月痕。濡首同傾窊石樽，捹取吟魂付醉魂。

仁和里雜敘皇甫湜

北風獵獵狐狸寒，瘦馬短衫衝野垣。白楊墜葉鴉棲穩，紅棗幾株鳥啄殘。丈人角帶拂黄綬，相逢大笑旋呼酒。盤飣柑橙高羅列，鴟夷婁尾隨先後。汲取佳泉煎蝌眼，茗鎗亂戰珠難斷。山荒道僻無絲絃，壠頭狺狺遥吠犬。尋常杯酌殊草草，東籬萎睡菊花老。醉餘欲啖九仙膏，玉氣雖多金氣少。一寒如此弘農官，顧我雕蟲君所憐。君憐不憐我何有，大醉拍馬琅霜天。

致酒行

春風飄零一杯酒，長歌短舞爲誰壽？日暮花飛鼓角哀，夜烏啼起白門柳。吾聞鄒枚老作梁園客，授簡揮毫人争識。一朝臺傾池水平，秘思抽盡無餘澤。我似鷓鴣行不得，桃紅漫糝征衫白。便欲馭風并簕雲，逍遥鵬背免悲呃。

春晝

鵞黄柳色催年轉，吹香飄紅上金殿。機織流黄，粧裁素練。蜀國啼鵑，漢宫飛燕。日暖雀屏，霧籠鮫薦。隱隱青山，融融赤縣。花依連理，蠶眠雙繭。楚女舒衫，吴姬却扇。春日幾何，春風無限。

開愁歌

紅葉滿林黄葉乾，菊花翠萼帶霜寒。我生三十如秋悴，蕭條九畹弔幽蘭。英英白雲作蒼狗，雄精夜半牀頭吼。黄金堆山我不羨，但願生前一杯酒。酒酣叫天天門開，白榆歷歷路不迷。天書教我須鄭重，蹶蹶拽拽那相欺。

楊生紫石硯歌

七星摩天光有神，誰令穿坑斷紫雲？沉沉水底出蛟脣，芭蕉白暈火焰痕。將軍東㟎梅花春，柔毫發墨芝蘭薰。玉泓重潤製能匀，縱無鴝鵒淚不昏。文房永寶千年新，龍尾金星未足云。

石城曉

霞動東方高，寒鴉四散起。石城好女郎，朝眠猶夜醉。白雪在空梁，郢歌記一曲。別去洞庭船，烟波幾回緑？相思腸斷剪春羅，莫愁顔色嬌如花。但恐東風去如駛，人面桃花不相似。

苦晝短

安得長江盡變爲春酒，痛飲不覺天高與地厚。挹取千鍾萬斛，爲先生壽。肉食自肥，藿食自瘦。銅山金穴，于吾何有？君門遠萬里，饑豹將毒龍。吾欲蒸豹胎，鮓龍肉，勿令堂陛間遊，苑囿間伏。咄咄東方滑稽，洛陽痛哭。言念美人，温其如玉。物態不可測，騏驥呼作驢。朱雲拔劍請折檻，張翰秋風思蓴魚。

章和二年中

楝花風盡鳩羽拂，蔪蔪麥秀天雨粟。去年寡婦嘆無襦，今年農父笑多租。社酒黃鷄雲氣黑，溝塍涓涓湧泉脉。嗤彼悠悠路上兒，寶馬朱纓驕逋客。拍醉田家月三白，松毛爲茵草爲席。牧人夢魚獻天子，更道明年蟲蝗死。

自昌谷到洛後門

長安春尚雪，褐衣出國門。道逢賓賓者，翻疑天地昏。天地亦何意，舒卷隨風雲。我行四野肅，小谷波濤痕。垂槖挂槁木，疲馬及蕭晨。羈旅日以異，漿饋非故鄰。感時既索莫，遇物益酸辛。尋常不可識，況乃澹宕人。憶昔棄繻子，駈馬西入秦。豹鼠一以辨，意氣凌千春。矯首麒麟閣，英英達者魂。蠹書何事爾，緬緬泥枯芸。不見南山下，松楸摧作薪。

七月一日曉入太行山

蒸雨濕隃麋，秋烟潤資菉。蓐收代朱明，庚庚謝其樸。遥逕怪石生，長桑倚雲熟。一夕變微涼，錚錚響金鏃。

五粒小松歌

髯龍初生毛鱗蜿，仙人幾粒青精飰。眠沙釀水月纖纖，三寸玉鬚君勿剪。軒轅廟裏白松圍，虬拏龍攫鷙拘儒。恥受秦封五大夫，司馬莫載封禪書。

將進酒

碧玉鍾，流霞濃。絳仙纖束砑裙紅，駝峰作羹銀縷繪。香塵漠漠嬌翔風。鳴秦箏，將羯鼓。蹋蹋歌，垂垂舞。北堂明月春未暮，屏笙夜奏瀟湘雨。勸君日夜須痛飲，君不見北邙山上土。

秋涼詩寄正宇十二兄

天宇白顥顥，雙星怨契闊。龍軛來何遲，烏鵲罟欲殺。密意倩誰將？侵晨輪鞅發。七襄錦已製，支機石又折。常恐韶令移，慨此芬華歇。脉脉復盈盈，嗛嗛忽節節。波濤不可梁，帛素誰爲達？霧匹涼若斯，安云卧天闕。空牀攬素光，虚牖生孤月。搔首盼銀潢，殷勤咏采葛。

猛虎行

鬚不可料，牙不可抨。謂余徒手，奈此兇獰。或爲圈城，或置艾旌。南山之石，將軍夜行。困迺摇尾，中心不平。玄狐嗥嗥，翼以梟鳴。藜藿不採，是非惡聲。王母虎齒，善嘯可聽。

日出行

扶光代燭龍，五色炫素絲。駿狼何肅肅，逝水令人悲。虞淵到咸池，空際車輪轉。廣都諸帝所，禺中不可見。長繩莫繫，短晷催人。何不凌倒，景躡崑崙？乃學夸父之奔，竟與九烏爭昏。

苦篁調嘯引

嶰谷青青闗底事？伶倫徘徊看數四。巧手截取碧琅玕，節節足足鳴十二。軒轅御之上崆峒，無摇爾精伏爾氣。具茨七聖道迷時，雌管雄管不曾隨。涿丘沙霧竊濫吹，凡音不能來威鳳。湘江苦篁冷舜祠。

拂舞歌辭

長巿節嚴鼓，秋水雙徘徊。白鳩公莫舞，空井生蒼苔。前有一樽酒，斟酌與君壽。人生有酒不肯乾，彈指松楸悲薤露。薤露怨朝曦，兒女痛哭時。可憐螣蛇游黄霧，不及神龜脚下土。神龜自言壽千載，七十二鑽覊安在？不如結托酒中僊，黄花紫柏流白涎。

箜篌引

公乎公乎，渡河安所如？天吴九首角鬐鬐，彭咸湘纍一何愚。公乎公乎，中流失壺人爲魚。前謝屏翳子，寄聲湖就姑。蛟螭攫爪龍葫葫，誰見沉淵白石浮？髮披披，首泥泥。公乎公乎亦不顧。亂流而濟命何如，聽歌坎侯聲嗚嗚。

榮華樂 一名東洛梁家謠

二十已過三十餘，雙眉緑去口消朱。熏天炙日水下瓻，白髭雪鬢暗中更。瓊枝不入仙人房，東風落花散無光。香閨刺繡錦叢女，襜褕却謝倚門倡。四十專城好兒郎，蓮花七轉九螭旁。稱昭陽第一國士無雙，龍燭芙蓉開焰紫煌煌。洛陽市，天津水，華堂上客踏珠履。舞席香塵翠粘天，歌管沸聲金擲地。噓氣稜稜龍成雲，九天咳唾玉氤氛。宫硯蟾蜍隃麋潑，屈宋衙官左素臣。焱焱揚揚火滿宅，寶鴨流蘇摇金碧。黄門方角大誰權？侍中不借平章力。昔時宣室曾前席，今日讒疑鬵釜隔。木朽蟲蟲竈易煬，蟾蝥曄曄妖螟食。金馬峩峩翰墨香，涓涓奇禍中貂璫。上苑灼灼憐花蘁，黄粱杳杳秋夢長。天門九扇偶然開，浮丘前導子喬來。玉女三驍壺笑箭，井公六博雹將雷。飛瓊吹笙安妃舞，東方小兒前致語。願抽一矢落陽烏，更控雙弦下皎兔。自然清静守黄人，不須五利拜將軍。錦旍絳景三燭雲，胎仙夜舞黄庭春。

相勸酒

金蘲將玉兔，雲脚飛不閒。我有一尊酒，翫取僊人鞭。仙人自棲閬苑，將軍介馬樓蘭。紫塞路迷千里目，黄河水落斗牛間。但傾酒琖向雲端，魚魚雅雅呼所歡，霧妃附耳細云云。莫問桑田變海，愚叟移山。紂不淫，蹠不愔，伯彛牀頭千黄金。世事難論皆若此，誰能漏破一生心？相勸酒，杯乍輟，與爾長歌短詠無休歇。天寒罷采前溪葛，望仙車軿軿。不愛曹瞞銅雀，梁王兔園。

瑶華樂

西王母，不用媒，白雲謡罷山子迴。七萃奔崩玉册開，縣圃玲瓏引佩環。瓊華琪樹赤殷殷，黄竹之歌何珊珊。雙成一笑破龍顔，薾華瑟瑟墜瑶泉，乘黄籥電税弇山。槐眉蒔翠，玉屑承輪。虎齒朱唇，笑語千春。三足烏飛羃素雲，非烟若煙九光文。浮金羽璧何足云，霞桑扶扶但憶君。願君錬取桃花骨，爛柯山中問王質。

北中寒

狐裘白白貂裘紫，百尺冰蠶僵不死。紫軒宛頸肉連理，五更玉結天河水。燕趙佳人工數錢，陽燄燒殘離恨天。黄金沓地醉莫喧，千絲萬絲瑶珂懸。

公無出門

花迷迷，柳密密。春雨促香魂，秋風銷艶骨。後園舞罷秋千索，紅淚寄將邊頭客。西望流沙星没滅，颷輪空負牽牛軛。公無出門出難還，輕塵崩折不周山。鋸牙饕餮嚼巨環，素龍火眼口流涎。公乎何時歸醉眠？呼花品竹聲斑斑。醁醽二千斛，白眼向青天。天公醒未解，解亦醺醺然。如此不歸歸亦得，妾愁日對蔚藍天。

上之回

上之回，七萃喜。振虎旛，捲豹尾。按六飛，閑九龍。靁衙衙，雲逢逢。神呼山鼇戴，地拓幅幀八萬里。

洛陽城外别皇甫湜

霧淞束寒樹，晴光裊白烟。驪歌發古恨，遊子悲遥天。踟蹰飲此酒，落日上陵間。恨絶桃花馬，驕嘶不肯前。

官不來題皇甫湜先輩廳

官不來，馬秋秋，紅葉墜天四野愁。聞道函關駕青牛，白髮老死君知不？官不來，天幽幽。

塘上行

風涼蟬鬢薄，藕斷荷枝澀。誰道蓮子心，不逢秋露溘？

吕將軍歌

吕將軍，千里兔。人中英妙馬中龍，赤光照爍五陵樹。草頭蹇人欲上天，郿鄔宕宕金根間。手持黄紙芙蓉鍔，誰能爲人守閨閣？狼牙畫戟冠前馬，粉臉朱唇歌帳下。獻劍英雄輕舉槍，聚麀已化斷頭香。大耳王孫深拔刺，縛虎欲急蹶霜驥。銅雀高臺七尺牀，西陵松月照漳水。陳兵自繞秭歸池，三分割據竟如此！惟有湖海百尺樓，當年會得饑鷹意。

休洗紅

休洗紅，未洗紅。先淺秋，老芙蓉。愁錦書，不相見。歸來投玉壺，三驍壺中箭。

野歌

俠骨未掛扶桑弓，中野嗸嗸聽夜鴻。荷衣衰颯當寒風，愁賦長楊獻回中。縛柳爲車嗤送窮，抛書欲訪東園公。共爾避世隱墻東，芙蓉花枝坐濛濛。

美人梳頭歌

流蘇珠絡怯春寒，金粟香篝裊白檀。嬌柔輕素圍暖玉，新雲弓滑芙蓉足。纖纖繡袋菱花光，寶袜微開玳瑁牀。千絲萬縷欲垂地，馝馞烟霏清膩膩。水犀梳掠新蟬色，皓腕盤旋誰捉得？龍影徐徐轉墨虹，欲墮不墮紫釵力。鄰女偷看最夭斜，朱華九色撒瓊沙。粧成顧盼櫻桃下，摇裔蜂鬚撲鬐花。

官街鼓 咏天啓中事

長安城中槐蔽日，長安城頭月將出。街鼓鼕鼕官欲來，金吾氣焰炙人骨。霞繡蟒衫韡底白，擲雉梟盧呼不得。妖姆蛾眉矜顔色，前無虢秦兩大國。羯鼓璫璫街鼓闌，樓東梅魂愁正絶。

許公子鄭姬歌

勃窣五侯將七貴，鬬鷄走馬青門醉。鴟夷枵腹服匿垂，寶釵歷亂拋明翠。鄭家女兒廣長袖，櫻桃名叶櫻桃口。孌童不羨擲果車，金谷珠琲價量斗。博山香馥閣夜懽，嬌抱雲和月下彈。可憐酩酊許公子，如泥不肯上雕鞍。夜深酣卧芙蓉苑，繡幙藏鶯鶯不見。日高銀蒜鈎尚垂，花影游絲射一綫。鸚鵡前頭唤文君，東窗起畫遠山雲。黄衣夢渺凌雲賦，腸斷當壚滌器人。茂陵園草圍蒼柏，白頭淒淒啼蜀客。少年雙美莫相忘，白楊當作連理植。

新夏歌

石園步幛驕文綵，珊瑚七十二枝在。緑珠樓上空烟濛，燕子泥香月不籠。内人斜畔花成壠，妖紅妬紫菁葱重。王孫錯認相思草，合德已殘飛燕老。灞陵東走邯鄲道，文園落花無人掃。

經沙苑

漢苑三十六，官奴戲葱蒨。春風隨意羈，鞭長弄沙暖。拭拂海西頭，霜蹄昔曾展。不見天馬徠，鐃吹同赤鴈。

出城別張又新酹李漢

燕市一杯酒，桃花不復春。感激戀親串，寧復似他人。方念馮唐老，尤悲原憲貧。拔劍倒相贈，浩氣崩秋雲。瓜苦無甘蔕，我悲邵陵門。柳弱難勝折，愁看白日昏。道上夸毗子，車馬走轔轔。爾我俱清流，顧兹濁水濆。忽漫嘲鸞鶴，誰復辨蛙黽？連牀七晝夜，寤寐達衣茵。明當與子別，襟袂逐荆榛。世路屯雲雷，海内羅簪紳。豈不剖玉石，何用混鉛銀？自嗟妾薄命，空懷日月新。蹊楮無停管，十指如有神。纖纖思抱甕，決決欲傾盆。小儗子山賦，細與仲長論。孔公南入蔡，柱史西去秦。子方乘長飈，快步行絶塵。虎符高半刺，熊軾羡雙轅。閩山開岜亭，劍水淬清渾。常有光貫斗，不愁研磨穿。玉筍班能卓，黄金印可懸。啣杯時念我，握簡豈忘君。干邪終作合，小別一沾巾。

假龍吟歌

山叟滓癯，骨突形瘁。銅聲戛戛，駭心動肺。木袜江妃，芝車荷蓋。太乙天都近殊島，雲根贔屭睡龍老。蒼牙皓鬐吐香涎，貝宫盤屈赤玉爪。微弄腥風枕苔髮，大角嗚嗚萬竹折。羌笛梅花攧月孤，敲殘幾片崚嶒鐵。

感調二首

津頭萬楊柳，花粉飛清揚。忽作長門思，蘭心殢葯房。素鸞烟筆閣，驚鴻香篴牀。佯羞拋翡翠，故意斷流黄。羈雌誰是匹？妬殺紫鴛鴦。寫血成錦字，模糊寄朔方。

鮫人淚織珠，珠花圓而折。幼小住愁城，年年度華節。碧草隔春烟，蟬老澀秋咽。流盼天一涯，新眉不成月。

莫愁曲

艇子無五兩，來往石城頭。素腕秋月光，劈破甘石榴。纍纍如貫珠，一顆直萬牛。粲然向郎笑，打槳逐郎遊。箜篌張吴絃，清唱上花樓。儂名懽口在，懽心儂眼鈎。蠶絲不得長，桐竹易以秋。勿忘鬱金色，看取名莫愁。

夜來樂

綠鼉銅鼓鳴蘇蘇，尋春秘戲龍與魚。雙桐樹下扣金鋪，胡姬美酒十千沽。紅襟鷰子五桃株，子都下馬撒金麩。嬌歌淥水舞白鳧，明妃蔡琰艷無餘。一聲兩聲絃索疎，驚翻啞啞城上烏。牀頭玉合香瓊珠，珊瑚雕枕拂龍鬚。侵曙催人上直廬，武陵屏幛桃花孤。五日歸來勻黃粉，綠鬢光雲映玳梳。

嘲雪

梅蕋放兼天，柳花飛覆渚。玉屑吐絲絲，黿言答鶴語。白氺封老條，班扇泣紈素。瑤池黃竹歌，王母憐親故。

懷春引

雨工收雷閒春洞，銅漏無聲花睡重。香魂漠漠叫青鸞，連臂蹋歌來赤鳳。玉塵鎖隔櫻桃夢，蟾蜍搗月冰壺凍。俯視人間有野麕，白茅藉藉勞相送。

白虎行

白虹貫日生怒雲，狗屠游酒失其群。白衣白冠髮上指，可憐咄咄樊將軍。六國愁逢此醉天，割地質子空年年。太阿妖艷鑄白虎，蓬壺寧有染腥僊。地脉已絶天鼓沸，長城窟裏啁啁鬼。鞠武無言田光死，膽骨不寒寒易水。舞陽無勇荆卿苦，所偕未來頭輕許。西風蕭蕭變徵歌，漸離感慨筑中語。督亢圖藏數寸鐵，陰靈暗啞泣寒日。斷足倚柱可奈何，俠氣崩騰一片血。秦宫傳言傷臏死，薊城慄慄燕丹子。

有所思

别時曾彈蜀絃曲，原蠶已老還依蜀。文君臺上弔月魂，薛濤井中染雙竹。秋思不可尋，春夢誰能續？郎君去後月如弓，桃花寶馬梨花風。梨花隨君一路白，桃花似妾雙頰紅。暗蛩唧唧禮秋河，河鼓無聲空逝波。素心來往機上梭，愁顔掠削鏡中蛾。流黄未忍輕斷絶，雲際雙星半明滅。天上無如秋泬寥，人間最苦蟾圓缺。江城芙蓉花别木，茨菰冷于寒水玉。錦衾如水夢金微，憑君一問君平卜。

嘲少年

錦裘窄窄翠雲光，杜曲花枝生晚香。入門蹀坐唤阿姊，銅山金穴署阿郎。桃李西園艷緑篠，朱華碧蓋冒香沼。稚子提籠鬪鬬鷄，佳人挼花調語鳥。許史經過驕上客，嗔奴玉鞭撾一百。時時錦索戲秋千，夜夜金籠鳴促織。呼盧跳擲輕劉毅，灌夫魏其争使氣。蝌斗無緑緑字疎，珊瑚火浣誇豪貴。但得金甌千萬年，白頭願種南山田。長安浮雲如飛藿，春風肯於年少偏？年少年少幾人在，碧眼獠牙久相待。

高平縣東私路

高木寒作花，石鼓敲細雨。野逕家無人，文貍往來處。蟋蟀爾何心？山夜啼偏苦。迷陽復迷陽，莫負幽人路。

神仙曲

上元細字靈寶書，勑下扶桑東華居。若木四照光玄虚，希有小烏鯤小魚。長眉不數西王母，春山碎玉飛何處？柱下老人年幾許，喃喃一弓五千語。

龍夜吟

老龍吹水津頭緑，塞外兒童截霜竹。李陵臺上月兼霜，十萬征人一時哭。誰家翠管調纖指？清商流羽變宫徵。三沽楊柳青未青，曲中夜半催龍起。戛戛訇訇無限情，竹風梅雨幾人聽？北海長波平如練，三十六灣縈若線。恍惚軒轅帝子吟，萬年愁絶攀髯心。

崑崙使者

流沙萬里驥一息，河源直下生海色。淒涼博望斗邊槎，石榴蒲萄帶不得。昆池石鯨鱗甲裂，西宫扶荔愁枝折。可惜劉郎鞭箠心，烏孫馬上彈明月。

漢唐姬飲酒歌

琉璃生昔耶，銅駝在荆棘。非侯復非王，騎乘如何飾？金縷亦以歇，白蓮烟水隔。千里叫青青，十日卜何益？漁陽鼓莫撾，日暮黄塵逼。土伯横索魂，木公難鑄魄。相顧皷嚨胡，誰云歌激激？冥茫長夜臺，住世如秋客。羽觴苦隨波，清酒無顔色。仙人王子喬，來愬陽九厄。北邙塚纍纍，黄腸蹙文柏。天上霧濛濛，人間花寂寂。誓欲扣帝閽，九首泥關白。酣眠來夢中，紅塵飛紫陌。

聽顥師彈琴歌

三峽流泉下清渚，海水茫茫七絃語。夢逐峨眉秋月高，老嫠夜泣訴鄰姥。花涼烟暖藍田玉，戴瓊小拍銜芝鹿。藐姑僊子曳梅魂，蕋珠佳人啼楚竹。忽作梵音鼓雷門，彈指冰冰十六尊。蛇腹横波補百衲，七十二閏青桐孫。陳留中郎審音客，驚蟬爲汝笑逃席。師乎師乎孤棹歸，于今不破彈何益。

送秦光禄北征

當宁時推轂，東方正鼓鼙。霜風弓滿月，瀚海劍干霓。畫角梅花落，營門柳甲開。緑符窺秘略，黄石擅奇才。驄驪軍聲壯，旄頭宿影低。射鵰大漠去，飲馬長城嘶。日出冰初渡，鴉飛草始齊。竈烟紛就蓐，鋹簁敢辭泥？國恥知嘗膽，軍謀不噬臍。欃槍明月暈，薈蔚曉山隮。青塚燕春語，黄沙狐夜啼。角崩小隊至，頸繫長纓來。翼德銘刁斗，尉遲捧玉罍。暫辭光禄饌，往酌步兵杯。露布看磨盾，風聲聽剸犀。投醪懽將吏，降雨慰童奚。密詔勞中使，花封慶故棲。策勳烟是閣，繪象雲爲臺。太上寵無極，神仙曲未哀。西施隨隱舫，紅線共飛釵。英傑風如虎，寒酸心擬梅。繞朝聊贈策，幽曲日遲迴。

謡俗

愁心問東海，豈敢怨夫君？仄仄迷陽路，鈎斷瀟湘裙。搔頭丹鳳閣，醉眼黄龍雲。百感何騷屑，長謡託古人。

西山紀遊

一卷

西山紀遊題詞一

都城西山，是余所頻遊者，所至頗留題咏。今讀廣菴諸游什，覺巒光壑影，別具森秀。可見千古山川，游人所歷，各有其時，各有其胸次，則景色亦各異矣。文士筆端能使名山生色，於諸詩信然。王崇簡識。

題詞二

昌黎謂燕趙多悲歌慷慨之士，非生於其地者然也，而游其間者，亦無不然，故漸離之筑，荆軻之劍，壯憤激烈，聲振星虹，志氣相感也。若陳子昂登幽州臺云「前不見古人，後不見來者。念天地之悠悠，獨愴然而涕下」，乃知天下傷心人别有懷抱。凡負奇致遠之人，皆鬱鬱不得志於鄉里。一日杖策走國門，捐妻子，去閭閈，風蕭水寒，草枯木落，登昭王之宫，觀樂毅之壘，訪羊角哀之墟，吊深井婦之墓，覩燕支之黄葉，聽蘆管之孤吹，即欲不悲歌慷慨而不得也。廣菴英才灼爍，文成贔屭，音發哀牢，遍歷坎壈，如王章陳涜，牛衣糞火，扣角城門，真天下傷心人也。乃簡鍊揣摩，羽毛豐滿，疾走京師，鴻輝鼂采，傾動公卿，不數年偕侄譽凡掄魁蕋榜，作賓王家，連鑣歸里，豈非天下偉男子哉！一時名震長安，其三都、兩京諸賦不減張衡、左思。出其游西山諸作以問世，以俯仰登臨，寄其悲歌慷慨也。其沉雄似杜工部出塞曲，其磊落似李青蓮臨高臺，其驚異似盧玉川月蝕篇，其奇譎似李長吉金人辭漢歌，其蕭騷激楚似岑嘉州隴中笳奏高達夫、人日草堂詩，渢渢乎氣凌五岳，而思翔九洲也。余生平數游西山，杳杳若夢境，讀周子諸作，如見掌上螺紋，歷歷在目矣。廣菴誠天下才也。今天步艱難，軍書雲擾，以彼其才，方將憑軾西滇，請纓南越，六詔狼烟，八閩鯨浪，廓清指顧間。揮陳琳愈疾之檄，撰相如喻蜀之文，刀頭磨墨，柱下銘功，非異人任，豈終擬江蘺山鬼之章，巖桂幽蘭之操哉？昔尊伯父恒山夫子振鐸吴門，余髫齡受知，拔冠童子科。今稿項黄馘，老馬伏櫪，徒作漢南衰柳，魏武車過腹痛，羊曇西陵洒淚，心念舊恩，沉吟泉壤。今廣菴、譽凡翩翩繼起，文采照耀，豈非作人之報哉？望浦東之雲樹，攬墓前之宿草，渺渺予懷，涕零如雨。年家世弟許自俊潛壺氏題。

題詞三

余十年宦京師，未暇一覽西山之概。廣菴周君以公車之餘，遂能策蹇而窮其勝，此大快事。君所游必有詩，詩辭必幽邃軒豁，兼具衆美，窮搜冥討而出之，尤足爲山中故寔。士大夫即不能盡游西山，讀君之詩，亦可以盪煩襟而滌塵囂矣。昔歐陽永叔爲錢思公參幕洛陽時，偕諸名士游龍門山。時薄暮微雪，公遣信具酒肴，傳語且無歸，暫留山中賞雪。不知今長安士大夫亦有從寂寞中爲君相餉否？不然，恐山靈亦咲君作此冷淡生活也。康熙癸丑夏，崑山弟葉方藹撰。

題詞四

夫人以無所不可之謂才，若廣菴者，爲龍爲螭，一日五化，以其才發爲詩文，莫可量已。方龍之伏於菹水，蠕蠕若絲縷，一朝乘風雷，夭矯天末，俄頃之間，風定雨散，杳莫測其蟄蟠所際，夫是之謂神物也。廣菴少年失意，家計中落，三年前與余相遇於秬園，一見恨晚。是時廣菴攜短簫，握玉麈，翩翩裙屐，持杯啜苦茗，篝燈拈韻，或自起度曲，聲出金石，午夜不少休，興致蕭逸，絶無用世志，所刻詩文已紙貴江左。乃壬子秋，走金臺，射策已中，而天下不知爲廣菴也。既而知交傳説，方知廣菴帖括之蓺，復爲世膾炙矣。南宫不第，後卒然與余遇於繹堂先生座間，恍若夢寐，出其游西山詩示余。披讀竟，慨然而歎：意者山靈之故留廣菴以洩其靈秀耶？使廣菴今春得售，方且揚鞭懷刺，奔走紅塵不暇，又何能於琳宫梵宇、清泉白石間，坐卧吟嘯，以發抒其性情若此耶？正撫几叫絶，而廣菴顧謂余曰：「我向工於射，且善調馬。今將窮其技，無使幽并健兒輕視吾輩也。」嗟乎！廣菴其猶龍乎？變化不測，真所謂無所不可之才矣。讀其詩，奇其人，聊述數言。至於思理超雋，音調壯越，風格直在建安以上，觀覽者當自得之。吴江弟趙澐山子題於旅舍。

題詞五

西山幸咫輦轂，游屐所到，題咏頗多。客春見西樵、阮亭兩先生諸作，歎其超脱。今見廣菴紀游什，兼王孟錢劉之勝，間爲小序，更與考工、水經註争奇，柳州瞠乎其後矣。快讀數過，引我于雄青雌碧、崩雲湧雪間，不特少文卧游聽山響也。同學弟程玠識。

西山紀遊目次

西山紀遊

將之西山道中小憩元福宮松下

西山日夢遊，結侶今始成。出郭見烟靄，蒼然馬首迎。行經石壇静，坐愛松陰清。繽紛羽葆合，拏攫蛟龍争。畢宏與韋偃，難狀窮丹青。靈境迫人前，美蔭未遑寧。松風颯然起，吹我入杳冥。

皇姑寺

明英宗北征，有吕尼者，叩馬而諫，口不利。英宗怒，命捶之，尼趺坐逝。已，師出紫荆關，果陷，止焉。忽忽見尼，擁護之。及返，居南宫，又見尼，如有云者。復辟後，詔封皇姑，爲建寺，祀姑肉身，頂猶熱，坐猶趺也。

傳聞敕賜皇姑寺，建自英宗復辟年。北狩竟無迴馭力，南宫方得至尊憐。盈廷當日皆徒爾，趺坐千秋獨儼然。一過畏吾村畔路，黄沙碧艸幾留連。

法海寺

翠微山畔行塵稀，翠微山頭雲片飛。群峰合沓藏古寺，栝柏丰茸交帶圍。上方鐘磬入寥廓，下界不聞仙梵落。莫怪老僧禮法疎，輦轂何人尋寂樂？

高井月夜

天高浩露收，月白四山静。犬吠出遥村，茆茨隱燈影。廣除群籟息，猶鳴轆轤井。汲流弄潺湲，長歌託箕潁。

渾河四首

渾河，故桑乾河也。水濁，名以渾，猶溝黑，名以盧也。其勢迅怒，亦曰小黄河。行橋上，俯瞰中流，輒目眩，進退皆窘步。明神宗遊石景山，駐蹕板橋，諸臣翼以度，顧謂左右曰：「觀此知黄河之險矣。繼自今河臣其力營隄岸，毋善崩，妨漕運。」

沖瀜來大漠，湍悍歷居庸。聖代朝宗日，江河不敢封。時稍旱。

又

桑乾河水濁，肇錫以渾名。不信人間世，猶餘幾獨清。

又

板橋跨渺瀰，行步怕傾欹。底須策高足，始悟要津危。

又

目懾風波險，誰能釣急流？遥思絶壁上，千載一羊裘。

萬壽寺戒壇

寺在馬鞍山，山後一峰遥聳，如紫駝峰，是爲極樂。峰名遼時，祖師法均説戒於寺，加壇焉。崇堦三，堿以百，廣甚，容受戒者無算。遺鉢是藏，則壇於壇下。壇傾，得舍利，的爍如雨。緇徒什襲，乃得諦觀。寺又多松，率數百年物。出寺門不判里，偃松一株尤奇，蔭可畝許，低徊盤薄，不能去云，觀止矣。未及問極樂峰路。

千盤鳥道鬱崔嵬，響落松濤萬壑哀。極樂峰如駝脊出，行吟客上馬鞍來。一燈猶照青蓮座，五戒空懸白石臺。珍重開山留舍利，靈光不墮劫餘灰。

題偃松三首

蜿蜒出蟄虬龍，菌蠢故張蒼鬣。有時噴薄風雷，欲坼週身鱗甲。

又

不羡千尋梁棟，何愁中道斧斤。偃仰空山白日，紛披蔭界慈雲。

又

艷陽桃杏争妍，怪爾頹然蹇拙。輪囷不受先容，老大偏多屈折。

龍泉山路多五色石子

龍泉山近路崎嶇，百折盤空石磴紆。怪是纍纍多五色，補天未得待何如？

遊龍泉山潭柘寺喜雨留宿

出都城西二舍許，一山多泉，匯爲潭。初，潭龍聽華嚴師法，願施其宅。一夕大風雨，龍躍去，雙鴟忽涌出，潭則平地，地宜柘，故名。及寺，安鴟殿角，岌然璀璨，巧匠莫能作也。泉今徙山後，龍子守焉。形類青蛇，脩五尺，出則兩兩暱人。器而貯之，不擾，禱雨輒響應，是爲大青、小青。柘則僅存曲榦一，枯久不朽。大氐刹益古，蹟益奇，語有之，「先有潭柘，後有幽州」。

燕多古名山，罕出龍泉右。潭封柘則寺，幽州更其後。我來歷陂陀，登頓令人瘦。頳碧莽迴合，草花紛錯繡。陰厓奇石積，彷彿蒸饙餾。遥見殿角鴟，良久未及霤。叩關日已晡，炯碎出懸溜。未論人馬飢，先覓泉源漱。破衲赤脚迎，佛號喃喃祝。蹣跚捧柈獻，山靈此中覆。啓視得一青，虵服乃馴揉。潭龍捨宅去，龍子守巖竇。愆陽或秩祀，響荅曾不謬。三農今望澤，是物果出岫。俄聞雷殷殷，斯須變氣候。樹杪颯沓來，霑灑盈襟袖。始知物有神，不信天能漏。兹遊豈偶然，失喜徧朋舊。既飽齋房芝，還酌青樽酎。酣歌坐忘疲，拇陣翻健鬭。秉燭過夜半，欻段已嘶厩。殘夢餘瞢騰，更閲千峰秀。

張惕存云：杜陵、昌黎、眉山、劍南合爲一人。

許子山云：極奇奥，又極生動，一字一叫絶。

度九龍山

龍泉之遊既愜，將旋策磨石口，且遊且憩。寺僧强解事，爲捷徑慫恿。隨取道九龍諸嶺，歷亂巃嵸，殆不可狀。徑似有而忽無，山疑窮而復起。攀援下上，若猿挂之相學；步騎相代，若偏師之行詭。最能濟勝者，則檇李郡伯張卓吾，次則余與門人張予先，更次則同年李寅公、蔣南麓、張惕存、家姪譽凡也。嚮，以茲山之險，自來好事者流未之或至，我輩顧狎而從之不憚煩，豈幽巖絶壑，必待人而顯耶？又以歎夫耳目未涉，杖屨未經，負奇而不一顯者，何可勝道？迺選平衍，得一丘，列坐而酌，酌而歌，衆山傳響，望之悉峼嶁然拱峙我下，則起而相賀曰：「孰思吾徒樂而忘其憊者，非茲山歟？孰使茲山幸而獲所遭者，非我徒歟？」

已辭潭柘山，更問他山路。山僧知我僻好奇，導入山中險絶處。陰壑霾雲虎豹愁，披榛覓徑如有求。側身牽攀不可上，上者股栗神惝怳。一峰歷盡喘未蘇，前峰又復催憂虞。我生筋力能幾多，諸艱歷試胡爲乎？樵子尋常不肯至，矧乃倦客冥搜强好事。磴危路滑將恐墜，徒旅微聞雜嗟喟。忽來片岫平如掌，相呼藉草狂歌賞。斯時四望覺身高，下視群山離立皆兒曹。白雲冉冉騰山坳，便欲乘向閶闔隨逍遥。恨不攜將驚人句，搔首問天天亦怖。却望居庸鳥道回，茫茫絶塞風烟開。燕昭遺烈安在哉？漁陽豪俠多蒿萊。古今代謝復何有，惟有茲山突兀無衰朽。呼取驢背酒一瓢，酹我山神勸我友。長笛一聲出林藪，巒謳翻入龜茲部，興發一齊開笑口。須臾雨過捲衣涼，薄醉都忘山路長。前于後禺滿空谷，山下人疑嘯鳳凰。

净德寺

昨歲春前此抱琴，重來猶未散春陰。松花暗落香臺上，只道祇園有布金。

石景山

如帶如礪，大言之也。河之桑乾，山之石景，奚遽不可以名？以彼雲湧雷殷，奔流直下，山則砥柱以齟齬其間，用殺厥勢，蜿蜒一帶，達盧溝矣。山故産石，採之無禁，穿穴遂多，久且岩之，洞之，景出焉矣。躋而眺焉，景更奇。烟巒與？城闕與？關梁陵墓與？入吾望者，皆以爲山之景也，不足盡山如此石矣。

山遊各取宜，宜眺兹山最。崚嶒倚絶壁，面面供玄對。巖洞互出没，巨靈何狡獪。拾級忽凌空，遐想落天外。泱漭河流奔，迴薄亘如帶。背光穿溟涬，身世了不礙。黝知盧溝底，明見飛虹背。蒼茫塞上山，山山盡施黛。黽勉躋層巔，城郭交顯晦。窅然萬象收，天風送清籟。延賞入奇懷，浩蕩自我輩。安能苦牽迫，白日紅塵内。疲樂理則均，嗒焉寄深慨。

隆恩寺

從磨石口折而西，爲昊茛寺。金大定間，秦越公主建。明正統四年，葺之，易今名。臺殿巍如，廊廂翼如，松檜蕭森，竽籟間作，故莊嚴净土也。唐像大士最傑偉，特閣之。閣後璫墓纍纍，今爲王塚徙焉。而守衛者居僧舍十九矣。從兹窮仰山之勝，甚善，如澗深崖黑何。

金家貴主營精舍，丹碧于今焕彩楹。每聽風來松檜響，還疑樓上鳳凰鳴。仰山後院山泉細，磨石前村石路明。一自王孫封馬鬣，化城强半衛佳城。

寶珠洞

洞當山之翠微處，地稍坦迤，是曰平坡。入洞黝黑，晝不見人。旁出其上，見若大蚌剖而倚石壁者，始悟其中嵌空矣。洞背窿如也，磊塊如也，古苔蝕繡，斑斑駁駁如也。白屑雜和之，月射而白光顯其珠絡寶髻乎，洞得名以此。

荒澗尋樵徑，穿雲度嶺來。五丁何代鑿？一洞此中開。暗壁凝蒼雪，懸厓繡紫苔。疎鐘敲月上，忽迸夜珠胎。

平坡山龍王廟

平坡，咏龍泉也。明成化甲辰，三春不雨，命中涓郭閏禱焉，雨立霈，迺廟祀龍王其上。從城下引泉爲沼，鑿石爲甃，漱之則甘且鮮。人魚交影荇藻間，樂可知也。後之遊者，烏知我非魚而同兹樂耶？

彼平者坡，有龍斯宅。涓涓出泉，唯潛之德。
泉甘以清，載引載渟。石級覆之，琅然其冥。
魚樂于沼，訏訏甫甫。人影間之，參參伍伍。
維莫之春，我遊自東。酌言漱之，以盪我胸。

平坡四章章四句

由盧師山上秘魔厓

山以盧師寺名，今寺圮。已不寺，曷爲襲其名也？曰：鐵鑪之步，鍛者不存也，雪泥鴻爪，可復計耶？更折而上，爲秘魔厓。厓峻聳，下視泂然，石齒齒，葉卷卷耳。初盧師櫂船來，不設篙櫓，曰：「舟止，吾止也。」則至厓而止。趺坐厓上，俄二童子侍側，執薪水，師亦不之異，爲祝髮。

久之，歲旱。忽白師，願施雨，即委身潭中，化雙龍飛去，澍雨果徧。今潭枯，巨石覆之，澒洞有氣，猶疑雲水出没也。師手栽一柏，在厓石間，長僅咫，終古青青。噫，奇踪神界，迺有是哉！

我行盧師山，白石蒼岩恣憑弔。不見盧師寺，唯有桑乾河故道。人去山空往蹟稀，山名猶以人名冒。撥棄勿復尋，一徑入蕭林。直上秘魔厓，麗矚開遥岑。躋攀不少濟勝具，此身衮衮隨風絮。忽見洞門荒深白雲宿，云是盧師結跏處。手栽一柏幾星霜，石罅青葱數寸强。下瞰二龍行雨窟，有時呼之若或出。吾聞盧師昔駕一葉來，刺船厓下此徘徊。只今絶壑底，莽莽飛黄埃。陵谷移，人代速，清淺蓬萊看不足。

香山寺來青軒待月和王宗伯敬哉先生壁間韻二首

香山不一勝，至乎軒而畢收，收翠色，收爽氣，收晨烟夕靄。雲去月來，此乎賓餞；松吟泉籟，此乎響答。不必瘦笻折屐，而奄有之矣。軒故爲王宗伯讀書處，春秋佳日輒來遊，故其詩有「青山饒有故人情」之句。曰來青者，明神宗舊題也。

開軒延皓月，遠岫正朦朧。十地泉流外，諸天色界中。林深遲出梵，臺迴細含風。指點山椒曲，分明佛火紅。

又

憑高收暮景，處處起炊烟。雲氣晴偏濕，山容晚更妍。丹餘砂在井，青對石爲蓮。選勝何時再？追讙話昔年。

來青軒雨霽次王宗伯韻時將尋碧雲寺

來青軒倚萬山横，微雨輕陰送鳥鳴。好句恰來清夢穩，幽尋偏稱早涼生。烟歸山罅渾無路，泉落松根細作聲。磴道莫愁騎馬滑，碧雲日暮有餘情。

由曲磴上洪光寺

寺於香山之絶頂，曰洪光，鄭長侍同所建也。鄭故高麗産，入侍明宣宗，仿金剛山千佛繞毘盧式，結圓殿焉。顧奇不在此，奇夫所歷之磴，百步一折，折凡十有八，而皆爲列柏郭之。一折未窮，不知一折復始也。

玩山不異玩花驄，能賞神駿惟支公。香山古寺尋奇蹤，山耶寺耶將毋同。非關秀削青芙蓉，不在輝煌金碧濃。咄咄奇賞生何從？所嗟磴道蟠巃嵸，故故逶迤踏不窮。曲似折旋槐蟻封，疾如燕掠盤渦中。寺門未到先聞鐘，心魂潛與杳冥通。梵宇豈是神仙宫，飛昇還隔天重重。道傍列柏交青葱，離披回互紛虬龍。且行且憩攀蒙茸，枝枝榦榦漏群峰。直教扶斷葛陂笻，悠然騰入雲濛濛。

碧雲寺

寺之瑰麗，爲殿，爲陛，爲廊，爲蓮像，爲金碧塑繪，甲於衆剎，然皆鱗爪耳。驪珠是探，實惟卓錫一泉。泉淙淙下，入寺而杖底迎矣。綠砌穿廡，莫得其源。得螭吻於墻陰，謂吐納兹在兹矣。捫石壁更進，有亭焉。下臨方池曰龍湫者，泉匯也，出則莫測其處。經流必受以石，石爲曲窪，連折如蛇行，云是流觴遺製。

净域開丹嶂，精藍倚碧天。登臨迷勝概，徙倚謝塵緣。幽阯從苔積，長廊信屧穿。堦前流水赴，樹杪落霞懸。風墮齋時磬，花飛象外筵。鬼神呼窟宅，日月暈櫋聯。出洞龍湫得，捫蘿鳳嘯傳。快應聽雨過，倦可割雲眠。亭對娟娟竹，杯浮曲曲泉。終期結蓮社，長此習安禪。

東觀草一卷
使荆草一卷
折柳草一卷
盍簪草一卷
奚囊草一卷

序

吾友周洗馬廣菴，命世才也。學行兼優，嘗以古人自期待。其讀書不務章句，著作等身。精工翰墨八法而外，旁通繪事，偶一渲染，輒臻逸品，尤自秘惜，人争購之不可得。居家以孝友著，歷官禁近，風節皎然。與余有同年之雅，號莫逆焉。己卯，典試山右，勞勩疾作，告歸田里。以養痾歲月手輯前後詩稿數種，授剞劂氏，乞余一言弁其首。廣菴於詩，自漢魏六朝以至唐宋元人，無不穿穴，其性所最近而篤好者，尤在康樂。雲間爲二陸所産之地，代有詞人。自頃陳大樽諸君以風華綺麗爲倡導，一時翕然宗之，後進師承，寖以靡弱。廣菴家海上，獨不喜爲華縟之體，天才特高，無所不規摸，率能自闢堂户。性好山水，每欣然獨往，流連竟日，形之詩歌，瀟洒清拔，不減初日芙蓉。生二陸之鄉而爲康樂之詩，其可謂大雅不群者歟？是稿出，其行遠傳世無疑也。雖然，文章一小技，於道未爲尊。廣菴以不世出之才負朝野重望，今雖東山暫憩佇，即起而霖雨蒼生，方志切經綸，豈徒求工吟咏？詩卷長留，孰與勳業廣被？則兹數編亦興所偶寄焉爾。若謂報國惟有文章。余知廣菴必曰：「吾意固在此，不在彼也。」是爲序。康熙庚辰秋七月，年眷弟史夔拜撰。

自題

折旋丹地，無過酬應之篇，絶少性靈吐露，既賦遂初，欲盡剷去之。客曰：「六一公有言：以誇田夫野老可也。」因存東觀草若干首，他若使荆，若折柳，若盍簪，各以類次，合廿載來奚囊剩言，凡五種。梓成，輒自悔曰：甚哉！結習之難忘也。夫老馬脱銜伏櫪，猶振鬣長嘶，不忘蹀躞。病鶴摧頹戢翼，猶跂足梳翎，不忘翀舉。物情多係戀如此，文士何獨不然。雖然，身將隱，焉用文之多？愧介山矣。周金然漫書。

東觀草目次

東觀草

保和殿館選恭紀

閶闔曈曨拂曙天，金吾仗下聽宣傳。桓榮稽古承恩日，李白濡毫供奉年。蕋榜名從魚貫入，瀛洲客並鴈行聯。獨慚華選無文藻，祇獻丹心聖主前。

瀛洲亭述懷館課

夙昔抱微尚，終年事稽古。所願古爲徒，嬰情匪簪組。昨歲上南宮，華選濫充數。肇登蓬山署，群彦相接武。優游託藝林，黽勉窺秘府。恐糜太倉餼，忝竊竟莫補。幸從大賢遊，誦法鄒與魯。醯雞發其覆，斯道大全覩。從兹策步趨，奔後寧復苦。藹藹春風拂，幽幽虚亭午。令德奉珪璋，馨聞襲蘭杜。觀摩朝復夕，奚啻窮四部？及兹彦會辰，素懷聊復吐。

玉署古槐歌館課

蓬山鬱鬱木天署，虚星之精結根處。曲榦盤空爪作龍，密葉垂青目爲兔。雨過涼分上苑秋，雲歸陰接西山暮。儼若端士整衣冠，獨抱幽芳信修嫭。或如矯首摩蒼穹，四顧中區莽回互。列植休誇博士舍，婆娑寧入仲文賦。亭亭長對玉堂仙，歸實黄中誰比數？高柯未許雀争棲，古色自爲人愛護。君不見承華殿前連理枝，尚書省内聲音樹，總向天家親雨露。誰識儲材有深意？養成繁蔭此森布。秋實春華不記年，折旋丹地長披霧。

詠史館課

芸窗擁爐坐，日取蠹簡讐。古今閃石火，榮落浮霜漚。白龍困魚服，變化不自由。丈夫晚失勢，磨劍上陵丘。東海射巨鱗，寧爲鮑魚謀？鹿馬走宫中，豈爲黄犬羞？商山四老人，安識項與劉？好老復好少，馮唐已白頭。片語能悟主，快哉田千秋。窮達匪由人，任運自沉浮。東方饑欲死，不及鳴雌侯。

其二

鶡鵾式鼓鐘，隕越戢其翅。纓冕自羈縻，難繫達人志。中散好養生，懶慢多忤世。不可復不堪，我其知希貴。膏燭非不光，所虞中自敝。飛鴻天外來，偶然與目值。羡汝適冥冥，寧爲罻羅制。

其三

子罕不寶玉，所寶在不貪。三獻卒勿受，恐滋喪寶慚。匹夫冒懷璧，賈害諡爲惑。象齒適焚身，德充富莫敵。天王復何需？逐逐求金車。

其四

世風日澆漓，師友倫多黷。富貴附聲氣，生死覥面目。中郎九死餘，辟書意何篤。信宿歷三遷，諂謀竭嘉告。知己而感恩，患難忍翻覆？跋扈自當刑，故人自當哭。不聞晏平仲，枕尸迺遭戮。千載公論存，底須漢史續？

其五

朱曦麗天漢，紫宿動太微。素靈分鳳羽，龍章冒虎闈。群英皆振藻，二陸更雄飛。蟪冠流清影，豐貂表逸姿。並扶日月輪，共整星辰輝。明哲保其身，高步貴知幾。匡時志未遂，進趣徒獲譏。竭忠被謗禍，千秋有餘悲。

其六

志士重酬恩，愚夫狗亂國。大義或不存，無爲晉荀息。夷皐日無道，拒諫猶拒敵。鉏麑空觸槐，伏甲攻逾迫。誰歟倒戟者？宣子竟免厄。餓夫念將母，一飯終感激。去矣翳桑人，問名何可得。

其七

客卿初見逐，丞相具五刑。何不早上書？拂衣去秦城。黄犬誰爲牽？狡兔走煢煢。曷若安期生？玉舄雲間鳴。翩翩班護軍，辛苦遠從征。未論居延功，空勒燕然銘。世事不可料，高臺儵忽傾。不能以智免，嗟哉目睫明。

其八

嘉遯以幽貞，通隱殊未易。柳下笑首陽，工拙誰同異。一龍復一蛇，龍飛蛇則蟄。古來石隱客，帶索或擁絮。嗒焉木同槁，汎然舟不繫。八鴻何所營？半畝有餘地。噬肯舍靈龜，觀我朵頤味。

其九

古皇獄畫地，法吏木爲刻。後季科條繁，逮繫滿圜棘。州里溷書記，公府恣符檄。天地漸陰霾，日月交薄蝕。紛然一何擾，民命兹多辟。暴秦誅誹謗，實禍迺蔽塞。漢世猶相沿，刻深務綜核。普哉仁人言，緩刑在尚德。

其十

今年拜少翁，明歲封欒大。孰謂無神仙，有時見海外。文成食馬肝，五利亦誅死。孰謂有神仙，禁方舉妄耳。殢骨非仙才，仙才安在哉？大鈞布群物，修短一胚胎。至人獨不朽，不朽匪形骸。

石鼓歌 館課

太學廟門鬱岧嶤，門下石鼓羅周遭。從甲至癸十爲曹，森森環衛蹲僬僥。背如痀僂方承蜩，腹如甕卵□潛蛟。沉沉蟠互斷足鰲，矗矗隆起崑崙尻。何年□書殞宋郊，媧皇手補豈未牢？蜀桐刻魚扣繆繆，嗀然直訝無聲鞄。土花蝕繡翻紫濤，搜且抉之微露坳。摩抄徐見蟲篆雕，乍讀難曉費揣料。心摹手追鈎畫交，工王我遊恐訛淆。原文工作王，我作遊。左殘右缺正鬱陶，俄得一二意已消。車攻馬同狩于敖，維鱮維鯉貫楊條。原文中語。詩意本出姬宣朝，大蒐講武氣象豪。從臣揚扢筆陣鏖，胡然鐫碣取伐鼛。曾聞三代銘勳勞，文于鼎彝武鼓鐃。以石爲鼓實其楬，不愁雨擊兼風敲。垂示子孫奕葉遥，治不忘亂鑒孔昭。前此周室已翹翹，六服解體渙其膠。重修文武功德劭，會同芾舄更聯鑣。維時選徒盛顒嚻，射夫既同弓矢調。小豝大兕灑血膋，以奉宗廟充大庖。迄今岐陽迹已遼，如覩中興盛烈饒。況有元臣虎叔僚，經營四方武滔滔。王旅一震罄驛騷，濯征不庭靖惛怓。瓚卣土田錫命褎，歸功天子不矜驕。雅詩迭奏鏘雲璈，此其逸句附碻磝。今皇神武振古超，聲靈赫濯奠蕩搖。威行海外若迅颷，盡偃鯨波鋒鏑消，重譯嚮風來迢迢。敵愾之賜彤弓弨，肅慎之貢楛矢櫜。樂章更定咸英韶，猶練軍實講蒐苗。磨厓碑版久寥寥，可無偉績表山椒？鋪揚雅頌觚孰操？好藏太室永不祧。誰歟能揮史籀毫？不數虎卧與龍跳。請歌肆好繼崧高，寧僅詹詹石鼓謡？

車駕再謁孝陵恭紀館課

已覩車書萬國同，曾修昭告典儀隆。鼎湖陰佑無前績，環海全收不戰功。雲護蒼梧聯法從，霜凝絳闕凛宸衷。在天靈爽應昭格，武烈文謨一氣中。

其二

明威赫赫紹先皇，勝略恢恢更拓疆。端拜寢園馴鹿繞，肅瞻松柏孝烏翔。風迴馳道傳清蹕，雪映靈旗覲耿光。洵是萬年弓劍地，鬱蔥佳氣鞏苞桑。

暮春朔日駕旋恭紀

春郊巡省方回蹕，著雨纖塵故不揚。堤柳遥迎仙仗轉，宮花近接御衣香。擁旄衛士驅長樂，簪筆詞臣待未央。見説山川還望幸，至尊親爲決封章。時有疏請東巡者。

憫農詩館課

藴隆連三伏，蓐收尚驕陽。雨澤既愆期，有秋更奚望！農家輟耕嘆，懸耒空皇皇。無麥復無禾，八口尠充腸。賦斂月有程，垂槖竟何償？脱襦可典粟，遑恤寒無裳。鬻子可輸税，遑恤委路傍。窮黎復何辜？展轉溝壑央。維天縱聖哲，瞻言惻如傷。永懷稼穡艱，恒誦七月章。高燭徹蔀屋，不遺一流亡。誰云九閽隔，痌瘝乃若忘？今夏暵方徵，日旰膳弗嘗。呼天仰雲漢，責躬法成湯。雩壇甫祝釐，甘霖應時降。叶還憫三輔饑，廣設蠲賑方。邇者遠行幸，憂旱時傍徨。遐陬猶咫尺，大號涣琅琅。遄勅虔齋袚，厲禁屠豕羊。精禋儼昭格，瞬息迴穹蒼。孰謂天聽高，無術邀豐穰？嗟我有位者，主聖需臣良。廉潔無胥虐，本計敦農桑。如彼安門監，繪圖達巖廊。一德相咨儆，民隱日周詳。庶返凋瘵俗，擊壤歌陶唐。

御書忠孝守邦四大字頒賜安南國王黎惟禛恭紀館課

聖人作覩萬國同，海隅日出聲教通。梯航歲歲争入貢，椎髻喁喁群向風。南交外藩尤率職，削平反側奏戎功。嗣王繼序罔廢墜，仰邀封册來呼嵩。天恩特與盟帶礪，爰命詞臣東觀東。

詞臣拜命復陳請，帝德如天本至公。維天有漢誰不仰，盍頒宸翰開荒蒙？帝曰賢哉黎氏裔，殿邦恪守孝與忠。賜以擘窠大書四，自天題處光熊熊。熊熊光燄騰萬丈，欻忽九霄亘彩虹。森若星躔垂象緯，爛如霞綺蒸碧空。驚濤噴薄山嶽峙，應龍夭矯翔鸞翀。尋常波磔安足擬，定由天授匪人工。自從邃古二儀闢，庖羲爻畫破鴻濛。蟲書鳥跡旋茫昧，邕斯代變體勢窮。晉唐代降描摹盡，春蚫秋蚓相矜雄。誰知首出更神絶，墨池澒洞呈曈曨。使臣驚喜奉至寶，傴僂擎出蓬萊宫。皇哉表鎮日南國，蠻烟瘴雨都消融。天球弘璧珍世世，河圖大訓同欽崇。遐方曾未瞻雲日，對此奚啻荷蒼穹！稹拜稽首揚休命，聖朝恩被何龐洪。外臣悚惶復感泣，永言無斁誓始終。君不見御書初頒琉球國，海波如掌連天紅。馮夷歌舞出綃帔，島部歡呼散錦幪。聲靈赫濯不勝紀，已見銀鈎鐵畫中。

署中對雪二首 館課

同雲垂黯黮，密霰亂飄零。蓬島銀爲闕，瀛洲珠滿庭。槐龍全被介，鹽虎儼成形。授簡鄒枚在，妍詞灑汗青。

軟紅何净盡，積素正瀰漫。儷曲誰相和？高歌獨倚闌。光摇湘帙麗，清逼玉堂寒。鶴氅迷行徑，逡巡學步難。

擬扈從登岱應制

敷天裒對乍歌般，旋擁霓旌秩望壇。喬嶽百神齊戒道，具茨七聖共陪鑾。平臨象緯天門近，俯瞰皇輿地軸寬。最是傾陽葵藿性，欣從日觀五雲端。

其二

名山久望翠華臨，勝蹟叨陪御帳尋。掣電奎章驚虎卧，懸崖飛瀑和龍吟。蒲車底用儒生議？玉檢徒荒怷主心。蕩蕩聖朝辭紀績，銘碑即此插天岑。

甲子元日朝賀賜宴恭紀三十韻

四表皇風沕，千秋景運遥。普天新甲子，率土慶今朝。魚鑰重闕啓，雞冠匝地標。五雲浮杳靄，雙闕露岧嶤。複道風徐轉，觚棱露未消。稍聞宵漏徹，俄見曙星摇。閶闔傳清蹕，鈞天應紫霄。冠裳百職萃，玉帛萬方朝。邦典尊王會，宸衷重廟祧。先禮明堂。交龍聯翠蓋，馴象妥鑾鑣。羽衛森如畫，車徒衆不囂。駕回三殿曉，禮奉兩宫饒。次詣兩宫行禮，群臣遥拜於午門。衮服山龍麗，旂章日月昭。嚮明開左个，直指建南杓。簇仗中垂拱，鳴鞭四寂寥。拜稽鏘劍佩，表奏擁蟬貂。九敘咸歌舜，三多競祝堯。求章通譯象，來辟合荒要。日煦氛埃浄，風和律吕調。花催温室樹，柳颺建章條。退食無多暇，趨班早見招。大官和脯醢，雅曲奏簫韶。始設漢饌，奏新樂章。藉地華裀接，連天翠幄飄。樽開同白獸，盤錯間紅椒。珍果爭懷橘，鍘羹軼賜梟。泰交春似海，下濟澤如潮。秩秩過三爵，師師徧百僚。許身皆稷契，致主必黄姚。已洽那居樂，都忘旰食焦。小臣躬盛遇，恭紀太平謡。

擬賜觀湯泉應制館課

神京湯沐枕扶風，詔許臣僚覽勝同。天畔虞淵深浴日，仙家靈液迥流虹。陽生黍谷葭灰外，地轉金輪火井中。盡訝焦溪長不竭，塘陰故有醴源通。去泉數武有寒塘以劑其温。

其二

北平亦號古灤州，中有丹砂沸泬流。一道温風開洞壑，無邊王氣護陵丘。御溝暗接恩波暖，太液遥分錦浪浮。却笑驪山空玉甃，華清遺穢唾千秋。

其三

滮滮山椒神瀵呈，貞觀古寺福泉名。怪來地脉分涼燠，宛爾川途辨濁清。蒸透雲根疑出乳，煮殘石髓借爲粳。侍臣久幸沾天澤，更喜承恩此濯纓。

其四

龍淵漂處扈停鑾，欲奏甘泉賦手難。日近咸池偏覺煦，風高大漠不知寒。翻珠噴薄鳴巖竇，蒸霧氤氳出樹端。聖德由來勤祓濯，勒銘即此是湯盤。

擬駕過闕里致祭先師應制有序

康熙二十三年甲子秋，我皇上武功大定，文治丕昭，禮備樂和，百度修舉，求懿德以肆夏，諏吉日而東巡。徧詢閭閻，周知疾苦，期登兆人於衽席，奚有於細旃廣廈之安矣。迺者省方迴蹕，取道闕里，特屈萬乘之尊，躬祀先聖。皇哉非常曠典，振古榮觀，大道之行，千載一日也。昔漢高自淮南過魯，以太牢祀孔廟。維時戈鋋灰燼之餘，儀文草略，猶傳諸簡編，矜爲盛事。本朝定鼎後，既紹封其子孫，崇飾其祠宇。皇上又臨雍釋奠，講肄其書，詔天下郡邑有司修復廟學，興起教化，考其能否，以定殿最。薄海内外，喁喁嚮風，聖道益以光大矣。今時邁其邦，則親行告虔焉。雖深山窮徼，傳聞誦説，莫不咨嗟嘆息，蒸然鼓舞於學，而油然服習於教，不啻親炙聖人然者，矧其近光而訓行者乎？夫服習於教者遠，斯聖道愈以尊；鼓舞於學者衆，斯聖道愈以明。謂非郅隆啓運，時雍於變之機哉？行且政不煩，刑不黷，而風行草偃，化馳若神。微臣濫厠中秘，匪敢自附聖人之徒，顧躬逢盛典，重爲斯道幸，竊紀以詩，凡二十韻。

濯濯休明運，巍巍睿哲皇。虞廷符道法，堯治焕文章。丕冒功無外，覃敷德孔彰。尼山逾化普，泗澤益源長。行地江河迴，經天日月煌。古今惟至聖，先後適相望。政教胥同軌，君師豈異量？高山常仰止，吉日此成行。恭值時巡至，俄生駐蹕光。杏壇猶肅肅，洙瀆自洋洋。古檜參天直，靈蓍拔地蒼。臣工齊儼恪，多士各趨蹌。禮器瞻家法，祠官按典常。兩楹如夙昔，六佾備蒸嘗。理協千秋上，誠孚一氣傍。依微奏絲竹，恍惚見羹牆。始信斯文在，真成吾道慶。絃歌無絶響，俎豆有餘芳。盛典垂千祀，榮光照萬方。從兹儒術貴，長翊帝圖昌。

三月三日瀛洲亭分韻得升字館課

蓬山佳氣曉來澄，霽日芳辰景倍增。底用執蘭修故事，敢誇授簡逞微能？槐舒兔目青相對，柏挺龍枝翠幾層。禊會本憑詩紀勝，玉堂群彦況同升。

其二

聯袂數從芸閣登，繞欄爛熳晴光凝。蘭心柳眼風細拂，李徑桃蹊霞暗蒸。曲水觴波祇泛灩，華林翰藻空飛騰。争如較理秘文暇，和墨濡毫常數升。

恭和聖製閱河隄作八首

温綸宣帳殿，睿藻發行宮。眷切孤臣勩，憂深比户窮。流言曾不□，□悃竟潛通。稽首揚休命，欽哉懋乃功。

已奏烝民粒，猶卑大禹宮。宸衷遑自逸，臣力敢辭窮。次第金隄固，綿延瀚海通。錫圭還報主，成允亦成功。

湯湯方割日，高下盡鮌宮。鴻羽欣安集，人烟望不窮。衢歌忘帝力，聖德與天通。率作頻咨誡，終垂永賴功。

厎柱徒穿漕，宣房漫築宮。負薪嗟不屬，發卒逝安窮。聖代三靈順，神州九道通。天工幸無曠，疏鑿豈矜功。

慮患籌桑土，防微慎螘宮。屏翳驕自逞，罔象技終窮。柳密漁家樂，梁成驛騎通。皇情偏憫惻，辛苦八年功。

爲儆民昏墊，天家罷作宮。祇承艱勿替，厎績利何窮。輪輓軍儲壯，梯航貢篚通。藉非專任屬，幾廢半塗功。

六飛巡幸日，駭浪息龍宮。川后應來辟，河源定可窮。委輸千派合，呼吸萬艘通。荒度臣何有？憂勞仰聖功。

瑞叶呈圖渚，祥開獻寶宫。河渠書用紀，溝洫志難窮。勳並榮光塞，恩從碧漢通。賜舟承寵賚，益勵濟川功。賜河臣御舟。

擬聖駕東巡登岱應制三十韻館課

東巡稽舜典，肆類監周官。不憚皇躬勩，周咨海甸安。復除知疾苦，供億閔艱難。省穡頻移蹕，觀桑夙命倌。明昭方肆夏，裒對即歌般。樹列旌門闌，峰迴帳殿闌。前驅青靄散，後乘霱雲團。自古云亭禪，空傳秩望壇。配林先有事，梁父號榮觀。澒洞重開闢，扶輿迴鬱盤。百神群望幸，七聖競陪鑾。日御馳烟路，風師埽石磐。窅冥千瑞合，紛詭萬靈歡。日月凌高掌，烟霞拂射干。千尋開步障，九折入雲端。吴練天邊出，秦封□口蟠。暗泉鳴窅窱，空翠疊巑岏。豫動三光協，平臨萬象寬。森羅丹菡萏，拱立碧琅玕。觸石疑雲起，褰衣覺露溥。仰攀無過鳥，直上欲驂鸞。□險隨行變，關河極望殫。雞鳴三觀啓，龍馭九霄看。高躡飛仙跡，低眺白日丸。介丘登豈恧，碣石志寧刊。神府陰陽會，天門象緯攢。懷柔歆秩秩，震疊凜桓桓。睿覽窮幽蔀，宸遊節汗漫。比隆班輯瑞，底事喻封巒？却笑蒲車議，儒生總面謾。

靈雨篇 館課

三春饒霽景，令序復朱明。麗日暉暉浄，和風習習輕。麗日和風醉花鳥，帝城衹覺年光好。誰知九野憫三農？雨澤愆期麥苗稿。麥苗不秀苦長饑，高下田禾況失時。天連三輔呼雲漢，地接中州嘆坼龜。編氓安得回天力，强欲開渠無史白。深宫宵旰念民依，早惕桑林六事責。責躬自古紀成湯，争似痌瘝切我皇。監門底用陳圖繪，長孺何煩擅發倉？遄勅耑官行賑給，毋令後時嗟莫及。被災仍復議蠲租，大哉王言胥感泣。誰云天聽幽且崇？雩壇未禱意潛通。不須登豆紛瑶席，豈有琮璜肅紫宫。歘爾陰雲蒸遠岫，須臾八表昏清晝。九疑突兀列屏遮，五嶽綿連張幙覆。遥聞天末殷輕雷，倐忽翻車動地來。絶壑轟轟蛟欲舞，深林漠漠鳥争迴。初聽滴瀝喧檐瓦，旋向庭軒偏霑灑。冥濛一望浄氛埃，霢霂無聲潤郊野。歷亂蕉桐戛擊鳴，潺湲懸霤瀑布傾。涇渚馬牛渾不辨，直挽天河洗甲兵。九重烟霧迷黄屋，但餘雙闕雲端矗。新漲盈盈失畫橋，近塢遥林一片緑。濃緑沉沉暗接村，溝塍滾滾銀濤奔。平疇桑柘陰森列，大澤魚龍浩蕩翻。無邊積翠連峰色，横亘長虹跨澗赤。家家秉耒更相呼，好及漸濡藝黍稷。貽我來牟枯復新，嗸嗸八口慶兹辰。應是天心惻民瘼，不然田祖顯明神。詎知勤恤勞深殿，精誠邀得高穹眷。鞭霆掣電不崇朝，湛恩汪濊九垓徧。兩岐呈瑞達巖廊，指顧千倉與萬箱。史臣珥筆書大有，康衢擊壤歌陶唐。小儒幸際雍熙世，虚糜廩禄徒滋愧。曾無束請通神明，那有商霖施旱歲？欽惟聖德能動天，稽首長謡靈雨篇。常願恩波浹萬國，玉燭調來彌億年。

早朝積雪次韻

曉入珠宫白玉闌，清光還似月中看。梁園簡未思抽秘，東閣梅先億寄官。消處幸承仙掌近，和來洵覺郢歌難。遥知方岳朝宗地，早被陽和散積寒。

其二

聖朝儉德幾曾闌，一夜瓊瑶布地看。丹闕俄添摩詰景，青氊冷逼鄭虔官。螭頭照耀依光切，鷺序迷離辨色難。退食從容歸院去，霜蹏盡覺帶餘寒。

乾清門引見散館次韻

雪晴鰲禁滿清輝，玉映鵷班傍綺扉。咫尺分明臨御肅，端詳次及姓名微。好瞻雲日尊堯德，難繪山龍補舜衣。升降猶虞滋隕越，皇皇彤陛凜天威。

册封琉球紀瑞四十韻

聖代聲靈赫，中朝錫命優。普天咸奉朔，率土徧共球。勳並榮光塞，恩將協氣浮。人神胥悦豫，河嶽總懷柔。憬彼琉球國，欽哉職貢修。皇皇封爵請，欵欵典章求。大化行無外，高穹覆必周。詞臣將寵命，使節下遐陬。但信風來往，寧論日滯留。中山茫窅窅，東海浩悠悠。島部通南北，飄檣及夏秋。萬山朝似笏，百谷瀉如油。綽有乘槎意，都忘椗柁謀。天章雲漢倬，寶册日華浮。光燄蛟騰窟，虛空蜃結樓。先聲驅海若，大順效陽侯。地入高華嶼，星迴古米洲。龍跳怯蠆尾，鯨跋避銀鈎。捲霧馳飛翼，恬波帖伏虬。神魚知命侶，靈鳥解呼儔。蔽日團華蓋，隨潮夾彩舟。山俄逾馬齒，谿忽匯龍湫。日御開暘谷，風師退石尤。虛無疑落漈，恍惚見牽牛。松嶺紅霞合，那門翠靄稠。寵靈承帝眷，呵護得神庥。拜舞羅椎髻，瞻依託綴旒。自今天澤渥，永絶歲□憂。純佑蠻荒國，長逢大有秋。颶風希堀堁，沃土足甌窶。並育躋仁壽，相攜喚出遊。黃童驅篠馬，白叟策藜鳩。幸獲瞻宸翰，何殊陟帝丘？喧喧比户慶，攘攘載塗謳。文物連三島，風聲溢九州。觀光邀胄齒，入侍仰皇猷。彼以輸忱至，我將介賚酬。梯航萬里接，琛賮八荒收。化洽扶桑外，恩覃瀚海頭。謏言符瑞事，惟德迓天休。

保和殿御試恭紀次韻

黄麻宣出未央宫，授簡先披拜獻衷。保泰何知經國計？提封惟頌統天功。題爲安不忘危論、一統志告成恭紀十二韻。奔趨宿衛擎茶煖，供奉中涓徹膳豐。叨被殊恩何以報，敢矜揚馬藻詞工？

文華殿告成恭紀館課

巍構昭乾象，洪基闢震方。體天群動協，應地百靈襄。開闔調元氣，撑持振鉅綱。星躔環北極，日景正中央。碧落千尋表，黄圖一氣傍。彤墀鋪釦砌，玉戺接巖廊。雜沓魚鱗次，差池鳳翼張。觚稜峩矗嶺，複道亘連岡。似向珠宫接，疑從貝闕望。綺疏編藻繢，碧瓦净烟霜。列曜軒楹敞，摩霄棟宇昂。規模弘典則，丹雘焕文章。燕賀窺櫚過，翬飛出檻翔。寧關經始亟，快覩落成慶。展也歌輪奂，終焉葉允臧。臣僚齊拜舞，朝宁益輝煌。傍砌生蓂莢，儀廷下鳳凰。玉珂紛振響，珠履列成行。天子開蘭殿，群工和柏梁。一堂賡喜起，萬國仰重光。臨御三辰順，那居庶事康。綸傳堯命岳，座儼舜垂裳。復旦卿雲爛，初元寶曆祥。瑶階陳貢篚，玉几裊爐香。泰運今元吉，離明應少陽。選端循典禮，拜傅翊元良。雞戟排崇福，鸞旌肅奉常。青宫迎鹵簿，緑輦出珪璋。大訓經天象，前星映日芒。龍樓儲后哲，螭陛侍臣莊。諭教承師早，温寬典樂詳。

露臺欽克儉，峻宇戒無荒。蕩蕩宸維正，綿綿帝祚昌。茅茨徒樸遫，嵩柱漫稱揚。寧似規恢壯，真成有道長。每當三接晝，虔奉萬年觴。望闕隨仙仗，呼嵩近御床。小臣瞻忭處，千載頌苞桑。

敬峰陸太史改遷侍御

翰苑才名屬敬輿，殿中希仲又新除。青驄仍剪三花鬣，白簡還裁五色書。攬轡澄清元自許，伏蒲風節更誰如？西臺東觀遥相望，倘憶追隨賦雪初。同館時曾和雪後早朝詩。

月夜院中直宿得九字

夜永沉霜鐘，天高爛星斗。清切玉堂下，寒光蕩氛垢。明鑑蓬池淺，黝寫槐龍蟉。蕭閑鈐索静，促坐傾樽酒。擁爐軟語深，氣熱滿軒牖。起巡廣除際，顧影趾相蹂。吾衰久索居，習懶憚趨走。竭來分番直，仙侶更攜手。良會意未闌，寧負青綾厚。清景失難追，重呼僎牢九。

擬秋日西苑觀穫十六韻

聖主希遊豫，民依結念煩。蓐收乘令序，禁苑駐宸軒。俯瞰畇畇甸，平臨膴膴原。吹豳傳土鼓，終畝答金根。彌望雲霞合，無邊雨露温。桑麻鋪徑滿，秔稻接天翻。九土膏咸渥，三時力普存。明昭端有兆，頴粟一何蕃。挃挃腰鎌下，行行帶笠掀。奄觀齊載穫，相慶足饛飧。總秸天家貢，篝車野外屯。兩岐休紀穗，遺穟漫知恩。俗厚農功重，邦昌本計敦。每陳無逸戒，恒誦太康言。馳騁長楊徧，經營鄠杜繁。何如親穡事，時降九重尊。

東海夫子自内廷攜回紅白榴實分咏二律

上林深結火珠胎，九月猶疑照眼開。宜入荷囊相映發，恰移蓮炬送歸來。紫房熟處頳膚坼，碧椀擎時絳雪堆。豈必金莖分侍從，日邊自有錦窠栽。右紅榴。

禁庭珍果多奇種，枝壓霜苞顆顆圓。漫詑仙槎探絶域，空傳玉樹賦甘泉。素絲袖與冰心映，白露團將璧肉聯。細寫水精盤數過，照車百琲落瓊筵。右白榴。

長至前一日保和殿侍班預宿起居館

白頭侍從起居郎，僕直長依太乙傍。侵曉會趨天北極，中宵預宿殿西廊。青綾寒透添裘重，黄屋霜高聽漏長。取次九闢魚鑰啓，宫鴉聲裏望晨光。

保和殿陳祝侍直蒙恩問及賤名

聖主精禋戒事先，奉詞祝史益加虔。太常趨走威儀肅，宿衛宣傳進退便。謬以微名承顧問，應緣衰白荷垂憐。小臣鵠立螭坳久，滿袖氤氳紫殿烟。

瑞雪詩二十韻乙丑首春恭進

清時昭儉德，丹陛忽瑶光。晃朗連金闕，霏微映玉堂。乘風高布濩，雜霰迴迴翔。苑柳飛花早，宫梅綴玉香。軟紅清輦路，漲緑釀銀塘。蓬島雲迷鶴，瓊林石叱羊。二儀渾一色，盈尺儼平岡。預積陰膏潤，先徵若雨暘。凌寒屯北陸，呈瑞報東皇。寧止歡田野，端應賀廟廊。先知艱稼穡，是用答豐穰。直雨彌天粟，潛消入地蝗。載塗宜餞臘，應候好迎陽。聖德調愆伏，神功宰翕張。八荒交玉帛，萬井勸農桑。澤與凝華湛，仁將六出揚。白裘安足紀，黄竹詎堪颺。貴比金莖露，功逾玉井霜。昇平連歲稔，交泰際時康。精白期如雪，臣今拜獻將。

經筵侍直恭紀三十韻

曙色□蒼蒼，雞人報未央。瑶堦儒彦集，金殿講筵張。晴旭臨仙仗，祥風拂御牀。龍旂香靄内，雉扇靄雲傍。册府探鴻秘，朝儀按典常。森森環虎衛，濟濟列鵷行。玉几星陳爛，琅函日麗芒。冠紳齊肅穆，劍珮各趨蹌。樂奏鈞天闋，歌傳復旦章。亶聰元后哲，敷奏侍臣莊。謙益尊逾下，咸虚受莫量。衮衣垂黼黻，斧扆映圭璋。望道旁求切，親賢訪落詳。詢謀諧禹益，欽允溯虞唐。弼亮群工起，疇咨庶事康。典章何秩秩，謨訓自洋洋。亘古乾坤闢，經天日月光。貞元會間值，先後聖相望。弘闡微言藴，重□有道長。始終期典學，往復託賡颺。密勿虔靡懈，精誠竭更將。爐烟浮縹緲，緗帙散輝煌。睿覽深嘉悦，王休罄對揚。灼知陳敬怠，端爲答元良。顔霽通三接，心傳共一堂。從今經術茂，永與帝圖昌。湛露分仙掌，珍羞出尚方。自天恩下濟，撫己責難償。隕越憂方大，欽承意敢忘？謾誇稽古力，退食重傍徨。

田園十憶詩和張院長敦復先生

新緑

芳林經雨褪胭脂，翠羽無聲集滿枝。午夢醒來閑步處，碧油垂幕映鬢眉。

新秧

決渠高下渚田均，針水家家細插匀。□□吴歈齊和答，平疇一望盡懷新。

新篁

帶粉青梢解籜初，含風弄影故清疎。養成直上亭亭勢，長護幽貞君子居。

新荷

水面何當貼翠鈿，林塘不分散青錢。清香霏拂從舒卷，未擬高擎託接天。

新桐

軒楹永日有餘清，嫩葉交加碧蔭生。金井細流晨露迹，石床静落午棋聲。

新蒲

離離剪剪出池塘，獵獵翻風裊裊長。攢劍不驚魚戲樂，揚鞭詎礙鷺回翔。

新茶

旗槍未展入筠籠，穀雨初晴茗戰雄。槐火石泉花乳味，突過七椀勝盧仝。

新絲

吴蠶已過三眠後，小婦初繅獻繭盤。曾説心頭休割肉，肯教五月賣輸官？

新鶯

乍整金衣學語嬌，隔林忽訝奏簫韶。應緣宛轉留春意，恰恰啼來坐柳腰。

新燕

弱羽臨風力不禁，呢喃似訴傍人心。試飛漸上中庭樹，可更回來舊壘尋。

用□三先生句作起即贈還山

中散真成七不堪，囂塵今始濯清潭。華林興會同濠上，碩果風流重斗南。瓜熟青門成色五，橋通白社補圖三。何當回首東華路，蟻聚蝸争正劇驂。

春暮口占

懵朦忽過暮春天，遮莫東風大放顛？漫道官貧門似水，連朝滿地撒榆錢。

大風夜

十月猶寒薄，中宵忽怒號。長空噫浩氣，萬壑瀉奔濤。秖恐晨鐘失，難安客枕高。會有朝賀。漂摇愁牖户，憑仗一枝牢。

使荆草目録

使荆草

盧溝道上書懷

通籍已數年，勵志曾莫遂。濫厠左右史，何裨天下計？勳不出編纂，掌不離注記。稷契縱自許，曷由展匡濟？厥惟制科業，識途忝老驥。每思報國恩，獨有文章事。適際賓興期，銜命司楚試。楚材古多良，遺珠深用惴。以人事君職，凛凛敢失墜？星言遂夙駕，公忠矢無貳。回瞻雙闕迥，原隰正迢遞。

水漲渡黄河

駸駸驟使車，漸迫大河滑。前驅報水漲，滉瀁迷通津。停驂試騁望，四野浩無痕。渡河不知處，赤岸疑漂淪。僉曰公無渡，坎窞戒周諄。適逢陽侯怒，蛟龍詎能馴？傳語曉徒役，爾曹漫驚神。我銜天子命，河伯敢不仁？遄呼艤舟待，恃予許國身。天吴急退避，海若應來賓。叱馭勿遲徊，勉旃走踆踆。步騎交牽挽，跋涉徐盤困。良久始登舟，僕夫困艱辛。相顧色如土，懷懼倶未申。揚舲溯洄澓，衝飈蕩奔輪。夜半達南岸，郵吏何途遵？獨驅暝行馬，叫徹滎澤闉。欹枕茆店下，荒雞已唱晨。

曉行山中二首

寂歷空山路，高高下下藏。遠峰銜日赤，小樹先去聲霜黄。點綴茅檐亞，紆迴鳥道長。曾聞驅九折，未敢學王陽。

一徑容單騎，終朝歷百盤。不嫌經路險，只愛得山看。橡實垂紅綻，松枝滴翠寒。可無黄子久，著意寫秋巒。

鄭州使院見故人高菰村題壁愴然次韻

浩瀁奔流方問渡，停驂暫爾憩煩襟。因知故友征車歇，猶得遺蹤使院尋。事往雪泥空著爪，書成粉壁但懸針。最憐蘭菊英華絶，千里慚違漬酒心。

雨後登確山使院樓

傑閣岧嶤試一登，雨餘爽氣晚逾澄。好詩題處欣逢故，壁間有故友高菰村題詩。美醖貽來慶得朋。兩尊也。樹杪斜陽低隱隱，山腰冷翠積層層。平蕪一帶皆秋草，極目中原慨不勝。

過信陽有懷何大復

能詩何仲默，獨步信陽州。應得江山助，都將景物收。才堪齊北地，名自許千秋。異代來相訪，遺蹤何處求？

孝感晚晴

水漲澴河野，天橫夢澤雲。荆王不可見，董永至今聞。鳥喜投高柳，蟬争噪落曛。爾思非室遠，空復悵離群。不得訪遜修也。

山行口占六首

徑被蒙茸篠，坳堆澒洞雲。松欹如拂麈，澗細欲成紋。

怪石留蟲篆，危枝占鳥窠。微聞茆舍語，昨夜虎經過。
燒痕圍岸黑，麥隴長苗青。野老一無事，柴扉晝亦扃。
樹瘿深穿穴，山椒曲嵌空。雕鎪疑□斧，開鑿訝神工。
山山懸橡栗，岸岸長蒿萊。斥堠空墩在，無煙土銼頹。
雲薄煙花亂，霜融日氣暄。軟沙翻復合，不辨馬蹄痕。

應山雨行

貪看霽色楚山曉，不道雨中行亦好。恰如子久富春圖，變成潑墨米於菟。

吉陽道中雜題六首

嵌石松如薺，環溪屋作舟。雲生樵客屩，雨戀牧人頭。
無名岸畔叢，細瑣垂朱顆。不讀神農經，誰諳味甘苦？
茆茨深出没，秔稻雜青黄。省俗非吾事，穰穰樂此鄉。
帷褰如鳥革，纜直似帆張。坐惜千峰過，安知周道長。
流汗不遑揮，和畬相邪許。筋力若争强，車中人愧汝。

秋水方時至，高田未滿塍。桔槔忙俯仰，鼛鼓勿能勝。

雲夢雨行

蜿蜒堤滑滑，縈帶水沄沄。天合冥濛雨，山連靉靆雲。馬牛渾莫辨，竹樹杳難分。一氣看蒸變，由來夢澤聞。

雲夢道中雨四首

雲夢雲如夢，沉冥久不開。那堪將急雨，片片罨頭來。

鎮日雨淫淫，載塗泥活活。舁夫行不前，牽攀猿飲接。

渚田新雨足，到處響潺潺。白鷺如驕我，低飛作態閒。

出水稻孫長，渾如乍插秧。曾聞稅再熟，恐即此江鄉。

楚江懷古二首

行吟弔古楚江干，鸚鵡洲沉湘水寒。正則正平俱寂寞，何論靳尚與曹瞞！

暮年底事壯心矜？檣櫓灰飛恨不勝。縱得藏喬銅雀上，無過作伎向西陵。

庚午九月招榜下諸子集黄鶴樓二首

鳳凰山下選群賢，棘院在鳳山麓。黄鶴樓中會廣筵。華國文章千載事，知音師友夙生緣。江波應與風流遠，磯石還將道誼堅。興發憑高遥騁望，晚霞蔚起映晴川。

試問青天首重搔，茫茫今古獨吾曹。空聞笛裏仙風杳，幾見歌中郢曲高。檻外雲烟供染翰，樽前江漢任濡毫。勝遊俯仰成陳迹，莫笑衰翁好事勞。

初冬鄭學使惠菴孟少參紹孔招遊洪山四首

名山如夙昔，賢主恰招尋。不斷林巒色，無多鐘梵音。庭虚巖轉寂，葉落徑偏深。漸歷盤紆磴，當軒豁賞心。

招提通半嶺，方丈逼諸天。耀目莊嚴相，冥心清净緣。慧燈留幾炬，斷碣記何年？暫喜勞塵息，都忘世網牽。

猶矜黄犢健，拾級上浮圖。殿角松蘿合，沙汀雁鷺呼。雲低陰靉靆，波遠勢虚無。指點山□裏，丹黄紺碧殊。

愛此軒楹敞，南湖霽色來。雲光浮席暖，峰影入櫓回。帽共參軍脱，樽從鄭驛開。憑高饒賦景，吾媿大夫才。

粉鐵面行夜泊聞鄰舟述小説，戲成。

隨宜裝束西鄰媼，粗服亂頭猶自好。散朗恬然林下風，見人不避誰相嬲？手持刀尺下簾幃，朝朝暮暮代紉衣。大剪細裁針作苦，得錢倘免素餐譏。别有東家粉鐵面，守貞不字閉深院。問名生怕近前嗔，暗裏委禽人不見。

赤壁醉歌遺王黄州元公董别駕爾介錢黄岡慎菴

江上風，山間月，閲盡千秋幾豪傑。坡仙詞賦風流歇，我來憑弔陵谷遷。昔臨水涘今城偏，丹崖峭壁猶依然。躡屐振衣下復上，虚亭頹閣屹相向，萬頃烟波莽入望。太原太守廉且文，早攜董倅錢令君，磯頭張讌何殷勤。地主喜皆好事者，留歡不覺日西下，更尋高處盈觴瀉。歸來蓬底醉模糊，援毫秉燭重追摹，還酹江月呼髯蘇。

大别山下贈别金會公五首

撫今感交集，念昔情獨傷。雷陳喻膠漆，蘇李悲河梁。同心自古難，惜别聊傍徨。鬱鬱未能吐，且爲陳短章。短章亦何陳？九載吾與子。有尊每同把，有詠必共理。相視笑莫逆，塤篪未足擬。交味如乳泉，深酌淡彌旨。交淡自有神，罔拘迹與形。聯鑣追千古，分道馳六經。常憐時俗薄，悠悠同梗萍。垂隔已積日，重襟發蘭馨。蘭馨方襲予，樵牧奈爾侮。腰鐮一以刈，束薪歸衡宇。磊磊大別磯，盈盈江漢滸。此地嗟分攜，雲樹邈燕楚。燕雲與楚樹，延佇長殷勤。著作留石渠，下風餘令聞。道誼寸心合，山川詎能分？行矣勉加餐，無爲離思紛。

遊晴川閣在大別山上，余始標山額

歷歷晴川景，重標大别名。尊前横黛色，脚底壯濤聲。皴石關仝法，娱暉謝客情。會須留信宿，坐擁一輪盈。

由樊口移泊寒溪二首

樊口幽絶處，東坡留五年。如何大瓠子，一宿也無緣？
移棹泊寒溪，昏黑不知處。鄰舟一燈明，微辨溪頭樹。

巴陵奇樹歌

吾聞龍門百尺有孤桐，輪囷轇結層崖中。又聞蜀相祠前有老柏，溜雨參天連黛色。林巒特聳昂霄姿，拏攫盤空龍虎馳。自有百靈朝暮守，青山白水輝暎之。巴陵此樹更奇絶，婆娑歲月凌霜雪。戈鋋乍起本忽枯，蕩埽烽烟枝重茁。回憶湖南銅鼓鳴，江草江花戰血腥。惟爾不受風塵涴，凛然能死方能生。有客婆娑三嘆息，勁骨千秋森自得。霜清銷盡月華明，雨暗無愁洞庭黑。即今淡淡幾江峰，天外湘君眉黛濃，爾獨蘢蔥羽蓋從。乃歎五松詰曲徒爲爾，當年不免受秦封。

霧中曉行

凝霜鋪地縞，醲霧蔽天酲。不見林間寺，微聞磬一聲。

郾城曉霽

寒威收處雪消初，好促兼程返使車。最是冬晴能煦物，官橋衰柳尚扶疎。

黄陂曉發

宛宛長堤覆薄霜，疎疎高樹著新黄。征鴻不管離群客，飛向天邊故作行。

遂平道中大風

大塊方噫氣，調刁衆竅吟。肩輿行不穩，項鐸響偏沉。海鳥先幾哲，綈裘戀舊心。前途正迢遞，愁絶沍寒侵。

陀寨關道中

褰帷稍覺北風涼，漠漠寒雲隱日光。樹小如簪抽地密，山横似黛拂天長。遥村一縷炊烟白，近岸連擔束楚黄。北望長安何處是，陽回方得侍君王。

拜嵇侍中墓

斜陽荒草裏，下馬拜忠魂。垂道霜楓赤，猶疑濺血痕。

大雪次西平

僕僕車驅汝潁遥，颯然群蟄起驚飈。郊原亂攪漫天絮，林莽齊封萬玉條。幸不盈裝嫌薏苡，若因垂橐贈瓊瑶。曉征記取來時路，楊柳依依帶露飄。

程嬰杵臼故里

漫言死易立孤難，若箇輕生一葉看。歷盡百罹存一綫，空餘蔽野白沙寒。

過殷少師比干祠墓二首

誰云甲子殄殷宗？廟祀千秋特爾崇。英爽稜稜仍儼在，一抔何有武王封。

忠良遭遇各亨屯，多少名臣墓道湮。若使生當殷武世，剖心即是沃心人。

過豫讓橋

國士本殊衆，況逢知己人。橋將名未滅，水與恨俱堙。慷慨奮三躍，艱危輕一身。經過此何限，感歎獨傷神。

潁封故里詠古二首

小人有母遺君羹，片語安能感寤生？縱許武姜逢隧道，肯容太叔返京城？
完君母子續天倫，純孝真成錫類仁。異日猳雞聊詛射，可能報得潁封人？

過邯鄲戲題

他人夢久覺來遲，人覺吾纔入夢時。願乞仙翁無穴枕，不勞夢破失便宜。

疊前韻

已衰方覺莫嫌遲，猶勝沉酣無醒時。縱不如渠兼將相，鬼門未涉尚便宜。

題林屋移居圖六首

金簡深藏事有無，誰窺靈寶丈人符？秖應想像奇蹤處，幻出烟光入畫圖。

秋色迴圜楚頌亭，楓香歷亂晚峰青。幽人覓句憑闌處，片片飛帆過洞庭。

清琴濁酒陶元亮，細雨斜風張志和。貌得其中天放趣，教人無奈肉飛何。

松菊籓籬橘柚村，依然物外敞田園。仙源豈有迷津隔？自是人稀叩洞門。

洞天窅渺閉雲蔽，神界微茫列炬開。員嶠方壺人不到，阿誰題著隔凡來？徐武功嘗列炬入林屋深處，見有刻字曰隔凡。

誅茅久擬此山椒，清夢時時訴泬寥。三徑無資猶未遂，戴逵他日遇郗超。

磁州道中

盈盈一帶長堤路，瀁瀁分流夾岸池。楊柳多爲張緒態，芙蓉競鬬謝郎詩。

賀楚撫吳銅川少司馬長公秋捷

保釐南服大中丞，堂下卿材天府登。自有清風傳伯虎，人推博物嗣延陵。佇攜綾餅承歡好，行賜緋袍舞綵勝。漫道台階難接武，鳳毛指顧已騫騰。

許州使院古樹蕭森漫題

沉沉書院裏，獨樹自標奇。寥廓營丘筆，荒寒東野詩。風疎鴉點葉，雪重鶴栖枝。何必河陽縣，芳菲滿眼爲！

悦親戚之情話思税駕乎里門以復命迫期不果却寄諸同學

銜命星馳暑雨餘，入冬返命又驅車。若爲須友招舟子，空復懷歸畏簡書。鄂渚波光明鏡似，申陽山色曉鬟如。奚囊長物惟新句，持贈何堪託雁魚！

題弄潮圖

前溪雨過瀉鳴湍，稚子喧喧午下灘。怪爾弄潮兼弄日，日光盪漾掬中看。

雲氣

雲白烟青態各殊，夕嵐蒼翠變須臾。虎兒潑墨渾難辨，海岱樓中參取無。

憩長葛廣濟橋沈文恪祠和施愚山先生壁間韻

輶車小駐石橋東，人指棠陰説召公。寂寞空庭碑字在，瘦腰依約兩楹中。

書新鄭輿頌後

何來累幅許長箋？歷頌神明茂宰賢。却怪國僑循績少，田疇數語至今傳。

過國士報恩處有感

邢臺北去坌沙黄，古蹟分明大道傍。抵死酬恩誰豫讓？等閒待士盡中行。眼枯淚爲知音墮，齒暮心因感遇傷。雜沓輪蹄橋畔路，停鞭回首獨蒼茫。

寄壽張弘軒

君到古稀猶矍鑠，我方週甲已衰殘。心閒自得長生訣，道合同將古調彈。彭澤壺觴常對菊，謝公堦砌日滋蘭。他時還入耆英會，狎主依然奉敦槃。

折柳草目次

折柳草

送董樗亭南歸訪閩觀察吳公

吳會燕山有夢尋，埸來一笑共披襟。驚心節物兼秋夏，屈指交遊半淺深。野岸江楓齊疊錦，霜天籬菊細堆金。拂衣辭我衝寒去，一卷長攜冰雪音。

疊前韻

閩嶠須君兩屐尋，山川歷歷入幽襟。百年壯志催吾老，千里羈懷爲爾深。映物雲霞成蜀錦，許身天地比南金。延陵博物原同調，不學齊門詫瑟音。

送顧子歸璜溪

南北舟車路，風沙牛馬身。能禁懷故土，況復送歸人。蓴好添鹽豉，鮎從理釣綸。縱饒烹鼎待，肯更逐緇塵？

送熊封遊武林

新詩與好景，兩相須匹儔。湖山風月倘無主，猶如絶代佳人自居空谷幽。横胸好句無處吐，亦如遊魚伏沼徒銜鉤。憐君比歲病詩渴，無奈萬斛春來愁。連章累幅寫嗚咿，蠆尾細畫徒雕鎪。安得置之千峰萬壑間，看爾豪吟逸興遒。秪今春暮還兀兀，春風忽送武林遊。武林風物舊來好，湖光山色紫翠稠。六橋花柳縱摧折，兩峰烟靄無時收。試向湖心亭上望，列岫青螺點點浮。未知幾兩蠟屐穿深磴，時聽數聲柔櫓隨輕鷗。恣情事幽討，盡力追冥搜。詩成不計數，滿貯奚囊應未休。嗟余一官被羈紲，未得從君一寫憂。湖山自佳人自老，經時不作高聲謳。準擬明年乞澣沐，嘯傲點筆吴山秋。寄聲先報山靈道，爲余埽徧高峰頭。

送孫給諫樹百典試閩省代

盛夏征途闊，仙郎攬轡雄。星分宸極北，使出省垣東。直節昌時氣，鴻文大國風。百川須障設，一顧定群空。藥籠參苓蓄，卿材杞梓充。得人資獻納，剖玉借磨礱。文教胥同軌，遐方盡掛弓。海天蟾桂碧，閩嶠荔枝紅。覽物關河外，懷人雲樹中。還朝先計日，霜老掖門桐。

送裘侍御敬亭巡鹽兩淮二首

單車計日下維揚，祖道寧煩綺席張。盡向朝端推汲黯，誰從亭下識張綱？傳車不擾千村月，平準旋開萬竈霜。莫倚竹西歌吹好，須令擊壤徧農商。

金飈獵獵動高旌，驄馬行行出帝城。底事釜鍾囂號令？由來草木識威名。頻年少府紓籌切，此日南天執法明。但使故人心若水，敢煩鹽豉點蓴羹？

送楊屺園之官南雄

分符辭北闕，走馬向南雄。山路啼猿雨，蠻天嘯虎風。夙聞民樸魯，今喜吏明聰。一自襜帷駐，珠還合浦東。

送許實夫之官福州郡幕

定交何不早？歡會迫離憂。天馬驅皁棧，神鷹下紲鞲。炎天擘荔晚，官閣聽猿秋。薄宦休嗟怨，山川足壯遊。

送靳熊封出令歙縣四首

年少争揚鑣，子獨嗜幽討。夙慧故絶人，矜尚群物表。既阻科目階，静寄軒名仍却埽。清吟時間發，摇毫富嘉藻。相見每相慰，勉旃善自保。策名會有期，於兹酬素抱。

驊騮駕遠道，崎嶇歷霜蹏。簿牘雖鞅掌，安得辭勾稽？俗吏苟營營，厭俗失亦齊。天都山水窟，優遊供品題。使君勞王事，無爲羨幽栖。清風被巖壑，詎必凌丹梯？

嘗愛庖丁言，技也通乎治。怵然節族間，解之良不易。視止行爲遲，窾却從其類。四顧立躊躇，善刀藏鋩利。此意持贈君，鄭重新硎試。毋曰游刃便，恢恢有餘地。

通塞固有時，顯晦亦非同。筮仕勤壯縣，彌徵學力豐。盛朝寵良牧，或躋卿尹崇。九仞基一簣，發軔覩大通。勗哉慎初服，毋替清白風。囊琹載鶴隨，行矣吾道東。

送汪太史舟次出使琉球

詞臣將命出金鑾，浩浩恩波譯象寬。高捧賜書雄顧盼，前驅負弩競交懽。海浮一髮神山近，風動三呼島部安。欲寄相思雲漢上，星槎幾向斗牛看。

送孫太史子□册封安南

天使南交遠，榮光海日暹。旌旗飛虎豹，劍履動鉤鈐。篆握盤螭印，車垂翠羽簾。風流光內制，爵秩軼宮詹。象馬人争接，髮髾俗共瞻。青蒼摇佩玦，黑白列形鹽。帝德乾坤育，皇封雨露霑。越裳恩益溥，黎利澤新添。勾漏丹砂軟，占城白雉纖。隨朝來貢篚，好勒萬山尖。

送尤太史悔菴先生和歸興韻二首

漢庭疏傅老辭歸，未老公何便拂衣？天下幾人能勇退，樊中惟爾奮高飛。別來松菊還無恙，到日蓴鱸正及肥。留得史通存直道，先生端合號知幾。

底用前驅負弩歸，遂初（祖居堂名）遺構足清輝。先皇故有同時歎，南岳曾無列壑譏。雲散蓬萊何係戀，鶴栖珠樹漫争飛。校殘天禄書多少，付與佳兒更發微。

送覺羅阿啓南出鎮愛渾

仙枝奕奕舊蟠根，大造滋培意默存。欲老棟梁須歷歲，飽經霜霰愈知恩。荒烟澒洞無根路，絶漠淒涼何處村。指顧安邊歸報主，通儒經略豈空言？

送劉考功价人典試閩省代

星軺銜命出燕關，夾道葵榴照別顔。初向鶴廳懸水鏡，盡收龍種入天閑。八閩巖壑紛相待，中壘文章喜共攀。回首五雲雙闕迥，含香啓事遲君還。

送吴青壇侍御以言事罷歸

烏臺方凛直臣聲，驄馬俄爲去國行。職在但知糾不法，時清寧以黜爲榮。九天華闕浮雲迥，一角峩冠脱屣輕。最是孤忠餘耿耿，江湖廊廟總關情。

送韓閣學慕廬假旋二首

三載參知密勿間，聲華特冠紫宸班。一朝袖板還黄閣，長嘯焚魚返碧山。多事午橋莊絶勝，欲栖珠樹鶴俱還。鑄金求肖鴟夷像，争奈扁舟不可攀。

同籍同朝迥後塵，輸君更得早閒身。摩空共詫才名大，拂袖還嗟高尚真。最羡懸車非晚歲，無煩辟穀亦完人。洞庭烟水吾將老，他日相逢笑學矉。

至樂行送薛瀫請養南歸

人生至樂寧有幾，逮養吾親而已矣。任伊智力莫能争，何論韋布與公卿！公卿況復多繫戀，翻覺承歡菽水便。辭親只爲求榮親，顯揚已遂何逡巡。人皆苦待高官爵，誰識天倫乃至樂？烏衣孝子至性殊，浩然勇決無姑須。身居侍從勤史職，眷念庭闈不遑息。自言臣父幸壽康，明歲行稱八十觴。小臣甘旨未親奉，義不獨享大官俸。但乞君恩許放歸，晨昏堂下戲綵衣。嬌兒從此不離膝，無非荷戴君恩日。朝拜王休夕夢家，載塗黄葉驅行車。聖朝以孝治天下，盛事流傳足矜詑。漫道求忠孝子門，萬鍾不易至樂存。

送徐翔念遊石艾

客路三秋好，雲光四面開。誰懸孺子榻？君邁偉長才。伏馬通飛驛，藏山類鑿坏。桂枝猶待把，槐院且徘徊。

送家燕客濟南通寺

别駕吾宗秀，東方作使君。帷褰渤海色，吟對鵲山雲。一變移風速，三年報政勤。他時紀循吏，不敢謝無文。

送施觀五令萊陽

之官得壯縣，懷抱可能酬。井邑帶沙島，人烟連蜃樓。大風東海國，皎月昌陽秋。一試盤根地，看君斷割優。

送柴子豹遊湖口

名山遊未遂，神賞若平生。羨子乘風去，勞吾悵別情。匡廬千古勝，彭澤至今清。好貯奚囊句，挑燈與細傾。

送宋牧仲由通永道擢山東臬憲

争傳蓮幕皎冰霜，遂啓襜帷借激揚。執法一星從北極，使君千騎領東方。平臨岱嶽層雲盪，澄映明湖匹練光。歷下詩壇誰狎主？大風今始表泱泱。

送家文邑南歸

題橋志未償，舞綵樂難量。節近新寒食，人歸舊草堂。雷峰燒筍脆，陽羨焙茶香。何似緇塵裏，悲歌倚鋏長。

送散舘諸同籍歸里

三載同心侶，一朝兩地分。書惟憑北鴈，目但送南雲。夜月青槐冷，春風碧草薰。無端增百感，寧止惜離群？

送侯大年歸洞庭虞山之間

寸心歷千里，迢遞共君歸。日落離舟渚，涼生倦客衣。免教猿鶴怨，莫遣鴈魚稀。林屋琴川際，從君選釣磯。

其二所居名鳳阿山房

鳳阿風物好，戢羽息高翔。松菊柴桑徑，蓴鱸烟水鄉。素心期隔舫，藥亭先後發舟。白雪定盈裝。何日辭羈紲？相尋下練塘。

送梁藥亭還南海二首

燕市留連久，朝來忽扣舷。聊爲鵬運息，彌覺驥心堅。詩卷留天地，交期閱歲年。五噫歌不作，都識出關賢。

京華冠蓋客，下士席頻虛。誰復勤推轂？徒令倦曳裾。五羊千里目，雙鯉幾行書。縱有前期在，能堪久索居？

送莊果菴令唐山

憶共金閨通籍年，年華荏苒散如烟。宏猷百里纔跬步，同譜分符已獨先。家本漆園非傲吏，地傳鳧舄有飛仙。離亭悵別頻攜手，梧掖期君彩鳳騫。

送呂星石令南寧

山川見說故滇奇，可奈分符遠別離？百里未爲吾道屈，千盤偏愛此行宜。彈琴自可安椎髻，飛舄何難化卉皮。更喜公餘多古意，石城南讀李膺碑。

送謹庸省覲南歸次韻四首

悵望旻天烟水深，思歸虛費短長吟。輸君一著争先去，回首能無魏闕心。

黄塵十丈罨頭餘，却賦閑居樂自如。遥想趨庭槐夏晚，緑陰深處侍琴書。

白髮争如愁緒長，黄冠苦未遂還鄉。别君況復情懷惡，怕聽嚶鳴出苑牆。

幾時得共倒芳樽？話到參横落月昏。聞道嚴程仍計日，報君即是答親恩。

送張漢遊令連江

雙鳧飛下七閩天，京兆風流正妙年。鰲水清波環署外，龍山爽氣落尊前。晝簾晝静山雞舞，翠壁風摇荔子鮮。計日政成來報最，尺書先遣鯉魚傳。

送張子丹令崇安

開徧棠梨雨後天，紅亭悵别柳含烟。張衡自昔能千賦，劉寵何曾愛一錢。華蓋山前花似綬，鑾巴祠下雨如泉。飛鳧南下看雙影，詑有龍光射斗邊。

送侯準樹省覲南歸

侯喜爲文古，辭親入帝畿。忽乘青翰發，遥望白雲歸。經術傳劉向，才名並陸機。君爲研德子，大年弟。計偕行有日，且莫戀庭闈。

送江南僉憲陶夢剡調補粤東少參

憲使還分省，東方衮繡存。郵傳無積困，鹽鐵有新論。海運南溟翼，山連百越藩。澄清方攬轡，早澈石門源。

廣州陶刺史，運甓勵晨昏。君亦虞思後，來旬南海濱。羊城迎紫氣，象嶺擁朱輪。經術兼籌略，家聲喜益振。

送張壽民令晉江

紫帽峰頭列宿懸，閩天壯縣借才賢。真人豈必嘗金粟，廉吏端宜酌乳泉。書寄相思休間闊，樽當祖道倍留連。遥知甘澤隨車澍，父老歡迎喜雨偏。城北有喜雨亭。

送大司寇魏公環溪致仕馳驛二首

特立中朝砥柱身，却還三徑保松筠。也知聖主留賢切，争奈先生去志真。白首誰無遺憾事？青山儘有罷歸人。如公出處關風教，豈復知幾勇退倫！

嶽嶽清涼即五臺山。類削成，嶺雲一片卷舒輕。冰心還照三台上，鐵骨終乘六傳行。自古尤難全晚節，到今方不□平生。等閒祖帳東門外，秖益賢哉嘆息聲。

送家雪客之官晉藩幕

吾家阿大擅才名，輦下交遊意盡傾。其奈鹽車催負軛，生教騏驥咽長鳴。天連四塞吟懷闊，人去三秋别思盈。好佐持籌稽户數，晉陽聞已繭絲輕。

送徐鍾然赴鎮安别駕

天安門外拜恩新，百粤山川佐郡人。地遠自須煩撫馭，官閒寧復厭清貧？瘴烟盡洗千程曉，蜑俗旋回五嶺春。盡訝越裳都慕化，使君原不鄙夷民。

送薛灦南歸省覲

聯步瀛洲集紫宸，堅於膠漆久逾親。一朝形影還相隔，千里音書那得頻？投老未歸餘倦客，移忠爲孝幾全人。波光峰色應無恙，定許尋詩逐後塵。

送進士金縠士南歸

長安冠蓋日營營，底事空題鴈墖名？老鶴凌霄非近玩，真龍窺牖但相驚。滌除塵坌清芬襲，嘯傲湖山勝概并。捉鼻却愁仍不免，誤人行樂是蒼生。

家星公使安南回出守南康詩以送之

南交乍喜使星還，又動臨岐惜别顔。卧理不煩安郡僻，登高能賦樂官閒。風清彭蠡霞成綺，玉映匡廬雪滿山。縹緲蓮峰遺跡在，承寧節操詎難攀？

送胡存人比部爲上谷憲使二首

官淹郎署久，譽滿白雲司。明允庭堅克，巡行召伯宜。素傳清白節，正復畏人知。列郡謳思徧，煩君保障爲。夙負澄清志，登車顧盼雄。法曹新憲節，學士舊家風。藉甚廷推日，頻繁帝念中。異時三輔治，寧數趙張功。

送張棐九賓門下第南歸

一妙才名大，三秋別思盈。到惟親棣萼，歸及飽蓴羹。未遂題橋志，聊爲履蹻行。那能禁黯黯？删却望鄉情。

其二

升沉應偶爾，去住兩茫然。木鴈將安處，鵬鳩果孰賢？客愁歸路外，鄉夢故山前。好拂磯頭石，容吾繫釣舩。

送家益公建昌通守

之子吾家彥，旴江山水鄉。一爲題輿坐，幾度夢池塘。閩粤風烟接，江淮輓運長。會應重剪燭，照我别顏蒼。

送劉粵瞻令英德

劉寬本是漢循良，上應星辰近拜郎。衣錦暫回淮水曲，腰章言赴粵人鄉。蔓藤接室公庭静，茉莉編籬別院香。一片冰心向南海，誰知嶺表是炎方？

送董特瀛令海鹽

驛路濃花拂綬香，紫雲金粟對蒼蒼。玉杯傳誦同繁露，桴鼓稀鳴似洛陽。月静訟廷松子落，雨肥秋壠稻孫香。鄉邦風尚都無異，只隔蘭陵一水長。

送徐檢討電發南歸五首每首用書懷原唱語作起

驚心噩夢是瀛洲，剛得滄洲穩去休。我已夢回歸未得，輸君一片洞庭秋。

蟹舍重編自不妨，浩歌清絶舊滄浪。他時一笑回逋客，添箇連吟震澤傍。

此日真成斷尾雞，憚犧能禁汝南啼？縱令綺語都芟却，難抑衡星劍氣低。原詩云「綺語如今已盡芟」。

萬事全教付與天，蛇蚿底事更相憐？寄言百足休誇捷，下澤車輕欵段便。

歸去春風飽布帆，垂虹亭畔颺輕衫。賀公原是清狂客，生怕人稱舊秘監。

送沈客子南歸二首

郊居賦聲大，入爲觀國賓。珠璣滿奚囊，孰云客裝貧？欲振大雅衰，彌縫斯道淳。沙中一擊誤，浩然返吾真。時中丁卯副車。

剥啄日填户，紛紛夸毗子。斯人何藴藉，茗柯具實理。既濟史才良，彦璋幹局美。載咏白駒篇，縶維聊暫止。

送吴道賢南歸

知君行有日，離思强難裁。硯惜餘香瀋，樽虚未潑醅。愁顔梁月照，行李朔風催。記取前期在，先秋斫桂來。

送魯謙菴郡伯擢淮揚憲副二首

紫泥焜燿出明光，特擢陳留魯仲康。按部乍開新節鉞，褰帷仍喜舊循良。風清淮甸桑田迥，浪偃河堤柳岸長。已扼咽喉通貢賦，早看動績畫旂常。

綰轂中原控大河，澄清志業更如何。遥瞻油幕依龍節，穩集牙檣息蜃波。淮海風烟吟思闊，河山帶礪坐籌多。上卿月省先虛左，佇聽雍容振玉珂。

送鶴臯送親歸里稱雙壽觴

紫泥親捧送歸程，持杖將車出帝京。駟馬已酬題柱志，綵衣更慰倚閭情。杏花野館林林發，芳草長堤細細生。回首同心東觀侶，可堪離索賦鸎鳴？

送王學士瑁湖南歸二首

當門原不植芳叢，須借浮雲點太空。博得先生剛一笑，無過遲我作三公。

白雲遥望日盈盈，侍從甘泉去未成。蜚語無端來玉汝，只如上表代陳情。

送張禮菴南歸二首

鄉心黯黯怯登樓，況復盈盈引別愁。遥指輕鷗柔櫓外，能禁一日不三秋？

憐君長嘯拂征衣，坐惜分攜悵落暉。遠道相期意無限，寸心千里送君歸。

送萬覲墀令石城

滿堂絲竹度離聲，送子單車出帝京。製錦定饒循吏蹟，臨岐無那故人情。清風但酌章江水，晝錦先回陽羨城。十八灘頭移櫂處，龍光應逼斗牛明。

送王大司農却非假旋

曳履𠻳詞奉詔優，頻繁暫釋大農籌。太空舒卷雲何繫？九土霑濡雨乍收。便欲鑄金爲少伯，底須辟穀擬留侯？書名早入金甌内，未必東山好恣遊。

送袁霽巖還會稽

相逢何草草，相別盍遲遲。緉躡燕山屐，仍探禹穴奇。官橋遥度馬，野館徧題詩。差足酬遊興，何庸汗漫期。

其二時同祀南鎮鄭理事山公南下

北征袁彦伯，置驛鄭當時。臂共林賢把，交深國士知。輶軒新使節，封檢舊靈祠。他日奚囊底，重添絶妙詞。

送張少宰南溟先生假旋二首

籍籍中朝倚大猷，豈惟弟子願公留！浩歌縱愜林泉興，高卧仍關廊廟憂。海内蒼生思謝傅，城邊黄石遲留侯。閒看兩點金焦外，硉矹雲峰日夜浮。

山公冰鑑正持衡，多士彈冠慶彙征。丹陛方期聽履上，青門遂作拂衣行。金爲注處偏輕擲，器未欹時已誡盈。南望松楸華表近，可能取次計嚴程。公爲卜葬，故請假。

送黄春江令竹溪

五峰突兀楚江西，送子分符班馬嘶。到日鴻聲天外小，征途雲影望中迷。星聯南極窮朱鳥，地接房山叫錦雞。爲政心閒多暇日，新詩應滿竹間題。

送家子詵令錢塘

起家壯縣足興宗，莫憚賢勞黽勉從。南國循良新令宰，東吴錯壤舊提封。洪潮漭沆澄懷寫，蟠木輪囷利器逢。異日天書徵卓魯，雙鳧飛出兩高峰。

送翁大司寇鐵菴假旋和元白代書一百韻

射策陪鄉賦，憐才遇主司。交從當日訂，名已向來知。便喜襟情愜，寧虞禮法羈？衆曾聯臭味，永不計高卑。緑蟻凝千盞，涼蟾露半規。築壇盟娓娓，攻玉誼偲偲。韓慕廬許龍頭占，翁先牛耳持。落槐侵展卷，老桂映披帷。元積攜崇敬，岑參泛渼陂。姓名蘭簿記，風月竹林期。車笠千秋約，苔岑一句詩。傾心推畏友，折節奉嚴師。金斷非難致，籌爭亦易爲。當場思拔幟，對局帕輸碁。鶯囀初圍棘，鴻飛各漸逵。猛舒修月斧，飽待躍天池。斫陣遭神勇，拏雲果絶奇。疾雷三日鼓，逸轡萬條絲。舉世傳弘策，同儕慕郄枝。放歸情黽勉，遠上徑逶迤。舊雨還邀聚，先鞭更欲施。防身留一劍，畫壁問群姬。誓作背城借，閒偷超距嬉。論文常奮袞，吐藻必揚眉。莫學冰空鏤，須令山可移。錙銖期不爽，肯綮要無遺。古色摩彝鼎，凡材陋瓦卮。流奔三峽急，弩發萬鈞遲。弱兔翻身搏，生駒解鞚騎。怯將純氣守，那得大名垂？高舉風斯下，端趨路豈岐？上書時不遠，牽課日相隨。志決天難勝，才高命易推。葭灰雲物換，花信酒人資。再舉師應濟，三年鳴亦宜。重逢偕計日，又到選賢時。壁上龍堪畫，山中豹任窺。辰春彌汲汲，戊夜尚孜孜。蠟淚三條燭，霜毫幾寸錐。設罝勞椓杙，結網暇臨坻。星斗蟠雄筆，瓊瑶琢麗辭。周麾頴考叔，穿札養由基。健羨神偏王，深慚力稍疲。直看搏迅翮，不覺竪降旗。菲質艱科第，高賢壓等衰。緑簑從我掛，紅藥爲君披。□濮魚忘樂，鳴陰鶴受縻。故人方侍從，旅食漫驅馳。固漆貽朱版，停雲望玉墀。心情雖浹洽，踪跡已參差。霄漢龍螭駕，班行鵠鷺姿。簡編青照耀，衫袖紫葳蕤。經庫窮蒐瑣，儒風振喔咿。座盈劉尹客，遊鄙蔡充兒。往往乘休沐，時時預燕私。賦成飛白鳳，歌罷擁文貍。只覺談鋒進，誰容酒政欺？迂疎原寡合，推贊實相毗。明水寧工此，靈臺實鑒茲。屢蒙懷璧耻，三被折肱危。壯志經摧抑，名場詎嶮巇。鑿轅□自賞，覆瓿定何疑。杏蕋遲還放，蘭莖幸未萎。鴻軒仍遠附，鶴俸且探支。談藝將犀擢，灾梨棄玉疵。愛嘗皆蜀荔，見采盡江□。後勁寧無愧，同聲固不辭。予終推彥伯，人或妬希夷。參預群仙會，睽違二俊祠。崔蘇時接軫，蕭李共看碑。獻賦瀛臺上，尋花曲水湄。宮雲籠輦路，御柳拂城陴。北院堦清切，南溟路渺瀰。和鳴聆鸑鷟，遠夢繞鸕鷀。公望登槐省，閑情算菊籬。湖蓴秋足點，江米晝宜炊。燕尚穿紅幕，鯤翻隱翠鬐。瓊筵三殿賜，革履九重思。驛舫津亭換，帆風綬帶吹。居然離闕遠，準擬憶公嬴。古井波常定，醇醪味豈醨？殷勤通夢寐，行住想光儀。太白裘裁綺，東山扇把葵。艇浮琴水浪，塵洗鳳城緇。開帙先呼鶴，留賓暫解龜。晝休寒具汙，酒用鮓方醫。勝概環於是，名園置在斯。拂窗清有影，皺野緑無涯。花霧封衣帽，烟嵐潤履綦。棟雲舒五葉，庭草茁金芝。南浦波迢遞，西城繡陸離。花田山氣接，塢□月光虧。尚父風遥溯，言公蹟遠追。丹楓應倍好，紅豆豈全衰？蛩駏能思我，鱗鴻欲寄誰？會同嘗苦筍，約共看辛夷。嘯傲頻攜手，登臨一解頤。卜鄰先有喜，修禊莫生悲。脱略忘官序，纏綿慰渴飢。素交將廿載，染翰快書之。

送李長康遊姑熟二首

淡墨林巒漢隸書，古情逸韻更誰如？片帆忽下燃犀浦，定出新裁數寄余。

白紵歌傳南豫州，蛾眉亭俯謫仙樓。錦袍弄月人何在？應記前身此醉遊。

送大司寇徐公假旋玉峰八首

早從昨歲請投簪，東觀頻繁待到今。功在斯文楮柱力，誠通一德眷懷深。千秋載筆名逾重，九折迴車害不侵，異日旁求如審象，但看殿上鑄成金。

欵欵餘忠上陛辭，臣歸匪懈日孜孜。香山徒結空門侣，涑水還將史局隨。重外豈矜金作注？戒盈偏取器爲欹。却憐假託神仙術，求去留侯辟穀時。

十年夢繞墓門傍，敢道清時樂退藏。帝念嗽詞多懇切，臣思報國獨文章。山中草木平泉里，物外烟霞緑野堂。漫説此間休暇好，依然天禄校書忙。

自古誰兼不朽三？況論出處更何慚！浮雲富貴還天上，碩果堅貞自斗南。鳴鳥不聞應告奭，猶龍一去莫追聃。代興我亦分餘閏，大雅終須倚荷擔。

台鼎能全晚節希，萬夫望重獨知幾。北山呼鳳元殊域，南海摶鵬正息飛。最是岐途難決擇，轉於吾道有光輝。包山林屋虛無裏，特許從遊拂袖歸。公期相待於包山。

傾都車馬蔽空埃，追餞青門祖道開。豈果出關疏傅老，遂容誓墓右軍回？履聲方切星辰上，屐齒旋從洞壑隈。試向看雲亭北望，公園有看雲亭，取杜憶弟句意。辛勤黃閣正調梅。

拂衣剛及故園春，依舊鶯花媚眼新。高士傳中三致意，仍領史局。午橋莊上四無鄰。枌榆有社栖尋徧，桃李何言長養均。管領吳天好風月，底須乞得鑑湖濱。

金簡瑶函次第搜，名山勝蹟手題留。人將遠志期安石，公自仙風侶鄴侯。元豹一爲蒙霧隱，冥鴻空負弋人謀。年來廊廟思霖雨，猶恐江湖未解憂。

奉和玉峰夫子南歸三首

八騶唱出帝城扉，載道前驅負弩歸。烟月平章椽是筆，鼎鍾名業芰爲衣。千秋幾見逢交泰，一去寧關慕遯肥。江海雖云殊魏闕，惟公出處未相違。

盡道蒼生倚謝安，儀同豈換鹿皮冠。山中相本心如鏡，南史：弘景出處冥會，心如明鏡。王者香仍目以蘭。秘册五車裝載重，生芻一束縶維難。宸衷繾綣何時釋？恩渥真如大海瀾。

天假勞臣澣沐餘，扶疎樹繞愛吾廬。皇輿考極窮荒域，信史編垂百代書。淺酌霞觴微醉後，閒看嶺月未盈初。追隨杖履應非遠，擬傍金庭玉柱居。

疊前韻三首

高捧天章下禁扉，榮光萬丈送將歸。暫辭北闕文昌座，復覲東方衮繡衣。龍去驪淵疑或躍，鶴栖珠樹恥争肥。却愁汗簡方連屋，猶與羲皇一枕違。

皂帽何須擬幼安，崔巍底用切雲冠？涉園差喜存松菊，築室重教葺蕙蘭。百歲光陰恬退樂，廿年弟子别離難。起衰久賴扶輪手，公去誰迴既倒瀾？

知足由來不願餘，疏家自有舊田廬。五湖碧浪迎浮艇，滿道紅霞護賜書。濟北城邊祠石罷，上東門外駕驪初。至人不厭藏深渺，尸祝遥瞻畏壘居。

徐宫諭勝力典試黔中索贈

使出螭坳下，恩承鶴禁中。聲華孺子重，詞賦偉長雄。節指牂牁月，旌飄貴竹風。紅蘭紛結綬，緑箐密凝叢。大翼培風厚，鴻鈞播物工。騰光應射斗，吐氣欲成虹。入籠參苓富，掄材杞梓充。文瀾開浩蕩，詩思闢鴻濛。早見群空野，喧傳體是宫。奎芒遥拱北，溪水迴朝東。盡發山川秀，彌增館閣崇。預期還講幄，簪筆與君同。

盍簪草目次

盍簪草

澤州陳夫子席上擬選體

鄧林萃群材，罔擇楛與良。夫子啓華讌，濟濟咸蹌蹌。遥夕奉清輝，爲樂殊未央。顧慙雕朽質，濫厠常吉行。廣筵陶醇醴，珍錯飫炰牂。絲竹紛迭陳，宛轉歌繞梁。粲然開笑口，舉坐悦且康。華鐙猶錟錟，零露方瀼瀼。未飲心有孚，既醉賡昭明。叶盈懷思欲吐，感遇激中腸。何以崇令德？追琢金玉相。勉旃是則傚，高山幸在望。嘉會一以洽，千秋詎能忘？

寒夜集章仲齋賞菊得下字

昭昭白日馳，策策涼飈謝。槭槭百卉腓，騷騷獨悲吒。彦會喜招尋，賞心及豐暇。粉壁羅金英，爛熳照修夜。如蘭芳竟體，與客澹相亞。有酒不自斟，無言花亦訝。聊爲唱籌數，斯須百壺瀉。鉤簾延素魄，岸幘臨風榭。不少譚讌歡，吾徒斯藴藉。緬惟建安儔，文采相驅駕。亦有嵇阮輩，逃名托杯斝。代興或庶幾，永垂千載下。

過薛漮新齋留飲

柔幔疎簾晝景幽，底須奕博擅風流？吟纔擊鉢驚詩就，飲不勝蕉愛客留。次第横陳書十乘，從容閒過屋西頭。與季公儼齋宅比户。知君樂事當前足，寧俟車前唱八騶。

集薛漮齋即事疊前韻

庭户無塵几簟幽，金尊細浥玉膏流。真成彦會清談劇，長得官閒竟日留。蓮纈照顔仍幕下，幕席供蓮花，因用王儉事。修鱗入饌勝槎頭。巴童不解吾曹樂，却羡喧呼擁絳騶。

夏日同人大會張氏園林次薛漮韻四首

高會宜何許？深林宿雨過。鶯穿垂碧幕，魚樂覆陰窩。班坐無拘數，□言盡飲和。留連移晝永，取次發嬌歌。

樹匝戎戎暗，橋通窄窄過。都忘塵土窟，宛在水雲窩。園可名離垢，人堪傚永和。當杯還紀勝，消得雪兒歌。

賞心隨處得，最愛納涼過。架綴珠千顆，窗懸翠一窩。隔林人語細，出谷鳥□和。後會知何地，重翻白雪歌。

清風如有意，座右往來過。徑轉幽泉竇，屏開錦石窩。主賓渾莫辨，宫徵迭相和。俛仰成陳迹，勞歌續短歌。

同人集小齋即事次薛澱韻

蘭譜同心客，金門依隱家。形忘從裸袒，供薄祇茶瓜。俄起雲峰暗，應催彩筆花。分曹歸一醉，得雉漫咨嗟。

人日集胄司齋即事

人日風光太媚人，賞心消得酒千巡。齊盟狎主憐吾長，不速先來愛客□。衆裏藏鈎深莫測，握中破的動如神。漫言良會終陳迹，思發花前句特新。

朱夫子席上□□應教

雨後秋聲送早涼，秋香滿院媚□□，東山絲竹扶風帳，北海樽罍綠野堂。不□□□□燭，須憐盡態正當場。二毛縱欲□□□，争奈先生樂事忙。師有句云「人生那免二毛髩，樂事無過三月花」。

和寒□集祝園詩二首

入林從散誕，載酒信西東。亦自高人致，偏能野趣同。劇碁駐佳景，解帶受和風。異日招尋處，吾衰興未窮。

遠市稀塵鞅，惟停上客車。緑交尋丈樹，紅抱兩三家。短棹緣溪淺，深杯送日斜。笑余行步懶，坐愛筆生花。

秋夜集薛溉齋得十一尤

樺燭高燒永夜留，星文浮動逼簾鈎。輪扶大雅誰能事，簪盍良朋即勝遊。布席綢繆成促席，觥籌歷亂失更籌。風雲仕路渾難定，莫厭頻頻笑語稠。

花嶼堂雅集得書字

首夏清和宿雨餘，湘簾半捲午風疎。入門逸興流泉發，堆案新篇錯錦如。高會南皮常接席，同遊東觀只讐書。當筵殘客仍相過，滿引觥船便罰渠。座客有以干謁後至者。

得樹軒文讌得兼字二首

投分幽尋愜，端居樂事兼。揮殘供奉草，插徧鄴侯籤。談屑超超勝，詞鋒咄咄銛。賞奇消底物，浮白盡還添。

花香墻不隔，酒美味仍兼。相對忘形澹，安知炙手炎。夔蚿憐未已，鳩鴳笑何嫌。聊復依金谷，重申約法嚴。

上巳南園即事應朱夫子教限三字韻三首

何許尋芳快盍簪，春風有約到城南。紅塵隔斷丸封一，白墮攜來徑埽三。蘭渚觴波餘往迹，華林景物付清談。佳辰彥會良非偶，行樂蹉跎那更堪！

不怨春遲凍□含，却愁春去逐驚驂。度壺恰稱籌扶五，布席平分鼎足三。分曹投壺，列席作品字。倚檻柔條顰淺黛，媚人遠岫漾浮嵐。移時吟望頻呼酒，應笑衰遲故倚憨。

平生野趣性偏躭，勝日欣從杖履探。集字詩矜叉手八，催花鼓喚弄撾三。蘭亭肯受連觥罰，橘叟渾忘幾局酣。悔縛塵纓徒假步，北山回首恐林慚。

再陪朱夫子遊南園疊三字韻五首

幾度幽尋背劇驂，依然結隱小終南。斷金奚啻同心二，揮麈真成絶倒三。惟待籃輿將靖節，試嘗橘井訝蘇躭。園有井泉，甚洌。投壺須載如澠酒，未許巴童弛負擔。

蕭閒味淡有餘甘，解味何人與細參？君去戎濤剛得五，龍兼邴華始成三。座客五人，同譜者三。羽觴堦下隨波汎，藜杖花間遶徑探。預約聽鸝更乘興，攜壺雙把洞庭柑。

入林深坐緑毵毵，博得今朝一出談。即使生年常滿百，應憐春月又過三。玉肌黯淡臨風怯，香蕋低垂背日含。縱酒放歌消白日，草堂渾似百花潭。

崇丘隆起一花龕，似與城樓作子男。底用偏遊靈嶽五，真堪卧弄素雲三。平疇布列青羅薦，遥嶺參差碧玉簪。不向俗言登眺樂，新謡獨發倚高酣。陶詩「高酣發新謡，寧向俗中言」。

淺放花枝覆蔚藍，渾疑絶境現優曇。好憑一醉銷愁萬，遑計千秋不朽三。别墅優游陪謝傅，元亭寂寞侶桓譚。須臾勝集成疇昔，莫靳題詩報寸函。

春暮再集朱夫子花莊次馬又暉韻二首

北海樽還挈，東山屐屢邀。彌添中酒倦，轉怯鬬詩驍。桃靨盈盈笑，梨魂片片消。自今逢勝日，陪從莫辭遥。

平臺一以眺，列岫遠相邀。坐見飛塵外，經過獵騎驍。碧知陰漸滿，紅悵粉潛消。出郭無多路，悠然引□遥。

清和二日復候朱夫子於南園諸子未至獨坐微吟將成而孫子樹峰至矣

爲奉籃輿出郭迎，群賢未集獨屏營。難逢勝日常離垢，縱有顛風不礙晴。繞樹啾啾幽鳥哢，循除滮滮暗泉鳴。吟餘恰欲期高和，喜聽興公擲地聲。

曹次典對策來都話舊有作次來韻

詩老相逢猶健在，歡言促席共徘徊。鳳衰笑我行休去，鶚薦嗟君何暮來。晝永未妨情話絮，別長倍覺好懷開。三蕉已盡茶甌繼，總爲論文不放杯。君性不飲。

柬同館諸公□尋對菊之約先在城西看松面訂

訪徧郊西十八公，後期須共醉芳叢。因開三徑頻搔首，定不嫌儂供晚菘。

又柬同籍諸子

秋容正橫陳，芳意從人領。難將有限杯，賞徧無邊景。門外輪蹄喧，門裏琴書静。細剪蔬甲肥，遲君啓蓬徑。

耕巖招集和對菊韻二首

易失浮生樂，難逢此日閒。沉冥逃物外，兀傲寄人間。杯泛神仙食，詞兼大小山。休言了官事，未暇惜朱顔。

同調由來尠，同心復幾人？連宵接欬語，寒谷盡生春。閒静陶彭澤，清狂賀季真。芳尊將勝侣，深挹味逾醇。

同人見過疊前韻二首

小春寒氣淺，大隱宦情閒。埋照深杯底，論心丈室間。句能追錦里，社可結香山。殘菊吾衰似，餘芳帶悴顔。

端居忽自喜，偶筮得同人。共惜金英晚，頻澆竹葉春。盤飧供客儉，禮法任吾真。商訂新詩律，還歸大雅醇。

樹峰招集再疊前韻二首

愛閒元在我，我黨故能閒。佳景秋冬際，奇懷仕隱間。樽常浮滿座，書合副名山。樺燭燒殘後，餘歡尚照顔。

有聲堪擲地，無語不驚人。更擬翻新調，相呼醉老春。直須披豁盡，始覺性情真。交道今如土，彌縫復可醇。

後對菊四疊韻二首

黄花矜晚節，獨笑意閑閑。抱影清疎裏，無言婉約間。先生長閉户，相對即空山。呼取一尊酒，殷勤爲破顔。

主人每好菊，菊亦澹如人。静寄旋消俗，寒香不競春。忘憂遺世遠，耐久得朋真。解味誰相訪？餐英飲我醇。

同人再集五疊韻二首

未遂蓴思去，先同桑者閑。晴雲團户外，屑玉繞行間。宿世陶元亮，平生庾子山。休辭清供薄，長對傲霜顔。

依隱金門客，逃名玉署人。澄懷悠上古，屬和藹陽春。魚素封題小，蠅頭録字□。醉鄉攜手處，悶悶復醇醇。

黄宫允忍菴見招夜話

明鐙蕭館浄無氛，軟語深杯向夜分。陶冶性靈莊叟達，湛深理解漢京文。映檐積雪虚生白，入饌新芽細作芬。却愧侯芭疎載酒，爲躭奇字費揚雲。

梁太夫子席上賦得窩絲糖呈教

前朝大内閒供具，老衲山中法製存。皎皎練絲盤裏結，縈縈白兔月中蹲。膠牙不作餳餳滑，開襆還同玉屑翻。應是仙家分蜜餌，來參鼎味佐芳樽。

惕巖約賞豐臺芍藥余以足疾不赴次來韻二首

紫泥方罷草，紅藥報新開。蹇步貪臨檻，扶衰怯上臺。要看雲髻重，但乞膽瓶栽。却負招攜興，神飛傍砌隈。

吟鞭争踥蹀，促席好遲徊。歌合翻金縷，香應泛玉醅。無緣同訪艷，顧影獨揮杯。贏得蕭齋裏，聯翩綺製來。

春日遊故司空朱夫子花莊仍用舊韻二首

半壑翛然野趣躭，誰云結隱獨終南？車塵馬跡中分隔，李徑桃蹊次第探。高卧東山懷謝傅，縱遊别墅愧羊曇。不禁俯仰悲今昔，强抑尊前太息三。

暗去春光不假驂，得逢休暇即幽探。日窮幾欲腸迴九，腹痛先愁步過三。壁上詩篇多漫漶，林間風日尚清酣。□懷盡付深杯話，擺落悠悠朝市談。

暮春慈仁寺賞花四首

曲江春色渺無涯，高燕瓊林載道誇。老我風流二三子，祇園載酒盡探花。

剛道海棠開未半，到來花事已闌珊。那堪更被風霾妒，醉眼殷勤霧裏看。是日忽遇風霾。

東家僕射不遑飲，西舍貲郎常歎貧。引滿花前幾狂客，只愁辜負一年春。

楸枰剥啄笑聲喧，不礙招提寂樂存。飯罷尋芳隨步屧，隔離又報酒重温。

七夕曹大司成峨眉招集即事二首

先生獨笑任逍遥，亭名獨笑。更愛清狂折簡招。碧樹陰森離垢處，明河清淺可憐宵。奇文到眼欣相賞，雄辯驚心醉暗消。餘興不嫌歸路遠，一鈎新月趁人嬌。

論文争遜鄴中才，高會須傾東海杯。天上常嗟銀漢隔，人間莫笑玉山頹。映簾菡萏低雙靨，入饌黄魚抵四腮。今夕可無詩紀勝？七襄佇看出新裁。

樹峰貽詩期過余對菊倚韻招之四首

門庭蕭寂儼空山，移得霜英滿座間。好句忽來期見訪，多君也復愛閒閒。

雅慕柴桑處士風，悠然顧影一杯中。素心能共奇文賞，盡日淹留萬卷叢。菊有名萬卷書者。

孤懷戀此傲霜叢，淡逸將無大隱同。漫歎白衣無酒送，清談樵爨未全空。

真成二老亦風□，□擬相攜卧一丘。似此高秋佳景候，餐英漉酒可能休？

次韻酬鶴皐招飲

鎮日裁詩筆退尖，中山大獵仗蒙恬。技窮已被寒花笑，興發重將險韻拈。錯錦報無青玉案，堆盤供得水晶鹽。飲河腹豈需兼味，折簡常招定不嫌。

疊前韻

鑽術元輸衛鞅尖，班固云商鞅囊三術以鑽孝公。時清吾自樂沖恬。大音琴任無絃撫，小品籤從信手拈。閑捉松枝霏玉屑，醉呼茗椀點金鹽。《煮石經》：五加皮一名金鹽。苦吟遮莫巴童笑，儋石無儲了不嫌。

再疊

每防窗隙射風尖，密護爐香氣味恬。屐響便呼桑落把，瓶虛旋取菊枝拈。五湖蝦菜忘歸棹，千里蓴羹未下鹽。詩句頹唐聊遣興，遜他燕許復何嫌！

三疊

吟肩高聳似山尖，險句還求脱手恬。箋惜冷金聊暫襞，酒矜重碧不停拈。同歸禁院殘紅蠟，獨近高天信白鹽。杜白鹽山詩「爾獨近高天」，時有特除故云。暇日過從諳菜味，晚菘早韭故無嫌。

四疊

不共時流鬬巧尖，無波古井自安恬。十年木榻穿還坐，五寸毛錐放復拈。懶覺形骸真土。貧知風味在虀鹽。當門駐足渾無事，行樂隨宜更莫嫌。温公云「馳萬馬中能駐足者，其惟王存乎」，康節詩「請看風急天寒夜，誰是當門定脚人」，余櫽括其語，作齋聯「馳萬馬中駐足，急寒風夜當門」，時適寓感。及之。

南鄰孫太史見過攜示秋窗唱和詩次韻

養真只似守衡茅，鳩戀榆枋燕戀巢。緗帙亂堆隨意檢，板扉常闔不驚敲。孫登長嘯還高寄，周黨清談本素交。棟宇維鄰來往便，一雞飛處路微坳。

庚午上巳隴西夫子招集郊園用蘭亭流觴四字起韻

選勝陪遊屐，攜群競執蘭。柳憐新縷怯，杏喜未花殘。風格□元禮，登臨費謝安。華林詞藻盡，忝竊奉清歡。

野外稀塵跡，幽尋到水亭。試憑高處望，遥送衆山青。花氣薰衣煖，松風拂面醒。淹留須盡日，按拍未教停。

永和修禊事，千載擅風流。我亦從師後，相將嗣昔遊。情高遺冕紱，慮淡樂林丘。暢敘參絲竹，安知興感由？

名園佳景候，堅坐細傾觴。林表蒸霞氣，峰頭散夕陽。後期難再得，勝賞詎能忘。芳草城邊路，裁詩馬上忙。

次隴西夫子郊園讌集韻四首

入林幽意愜，況及未春闌。杖履栖尋徧，橋衡禮法寬。華筵開玳瑁，艷舞出冰紈。著郄英姿發，争誇謝氏蘭。坐有幼世兄。

藥苗當檻茁，苔影上堦青。泉迸籬根井，花迷圃外亭。新鶯嬌睍睆，弱柳倦沉冥。禊事追南澗，休勞促曜靈。「曜靈促轡」見蘭亭後序。

晴光繞畫樓，縱目御堤頭。未擬陳登卧，真同李白遊。遠峰横黛淺，高樹傍檐幽。呼取傳杯數，何如洛水流。右丞春禊詩「杯同洛水流」。

人疑金谷墅，地似輞川莊。泉石留題勝，雲烟染翰香。興酣談不竭，曲罷樂更張。豈遜山陰會，群賢詫詠觴。

次惕菴招集韻

底須四簋出渠渠，虬脯駝峰錯列居。但煖一尊藍尾酒，便飛片紙赫蹏書。逍遥潘岳常酤酪，清苦周顒慣飽蔬。勝日一爲真率會，免教塊若轍中魚。

疊前韻

老夫燕坐忽軒渠，喜得招尋慰索居。香酎盈尊文舉座，牙籤插架鄴侯書。庾郎貧不嫌鮭菜，孝若豪偏願□蔬。盡笑吾曹閑且冷，過從雅雅復魚魚。

暮春陪玉峰兩夫子遊摩訶菴賞杏花和韻

何須入化城？虚慕列仙名。市遠爲離垢，人閒即上清。松陰初地匝，花雨梵天晴。坐隱烏皮几，加餐錦帶羹。徑紆聯屐緩，沙輭接茵平。亂剪蒸霞綺，低垂贈佩瓊。移時陪杖履，堅坐角杯鐺。選樹鶯啼怯，穿花馬足輕。地偏躭寂樂，晝永殢娱情。延眺崇丘外，憑虚指掌明。群峰森可數，空翠遠相迎。合沓藏靈境，逶迤拱帝京。幽尋觴更咏，奇好弟偕兄。公自吟「岑參兄弟皆好奇」。奔軼慚趨步，聽歌取濯纓。興酣心迹洽，遊勝美難并。即事成真隱，休論谷口耕。

次謹庸招集韻二首

詩爲折簡束爲函，情溢行間手自緘。邀我青尊澆塊壘，傲他黄紙署名銜。蓮燈花落猶堪剪，菊蕚香殘未忍芟。倘向寒齋尋後約，便教開篋典春衫。

蓬山藜閣動相偕，嵇阮風流燕許儕。藹爾春風生座右，朗如秋月照人懷。非關雅量勝杯杓，要是虚中少棘柴。行樂及時愁短景，更闌得且住爲佳。

意園禊集歌兼送廉一主人觀察滇南

蔚藍天暖風花香，風流逸少開禊堂。瑶軒鏤檻錯如繡，廣除不受纖塵颺。主人手題意園額，上客滿園意逾適。登眺無拘坐卧便，清言粲齒喧亦寂。茗椀移時旋午餐，細生菜甲堆春盤。雕胡如雪薄耆炙，飯罷傳呼演劇看。氍毹展處出歌袖，全部清商絲肉奏。行雲欲遏梁塵飛，睍睆流鶯囀清晝。更番簇隊小伶齊，輕盈舉體三春荑。清圓一縷引如綫，宛轉摇曳隨高低。共矜創獲相愕眙，百壺未傾心已醉。勝日何當愜勝情，樂事偏兼萃好事。主人昨承聖主恩，隼旟龍節將南轅。從兹風烟開六詔，雲山盡入彩毫翻。今朝良會周旋久，霎時折斷春明柳。俯仰興懷暢敘時，揚鑣萬里應回首。

夏日趙玉峰少宰招同陳孫兩掌坊李太史集寓園即事

山公啓事罷，邀客憩林園。濃蔭隔煩暑，虚亭離俗喧。清宜風入座，醇對酎盈樽。即席投新句，龍蛇筆底翻。

樹峰見示小齋對菊四絶次韻

一牀書卷一籬花，小摘盤飧大隱家。解味客來班坐飲，更參枝影細交加。

深黄淺紫一叢叢，把盞平章興未窮。栗里談諧無俗調，杜陵粗糲有真風。

與君重結歲寒盟，猶覺膚神共一清。料得秋英也相笑，仍逢飯顆瘦先生。

即景詩偏意致深，一回擲地一聲金。吾衰漫興聊乘醉，爛熳花前自在吟。

奚囊草目次

奚囊草

短歌行

蔚蔚蕿蘭，空谷自芳。胡不見采，爲王者香？歲聿云暮，憯余期矣。俟河之清，疇其時矣？碌碌服田，不如逢年。壯行不榮，老大悲焉。墨謂之朗，鑒諸昧兮。卑升嫫姬，韡靡廢兮。鵠舉屢絶，梟鳴者都。躓鼈千里，顧笑駒駼。甘泉濯足，直木作輪。誅狸捕蚤，服驥以耕。鉛刀在握，湛盧隱而。媞優當前，秦青喑而。明明如日，盈盈如月。浮雲蔽空，莫可告説。乘風捷舟，登高捷呼。寸莛于岑，上接雲榆。牛則鶴軒，鵜或在梁。逢世而善，何必賢良！

來日大難

來日一身，勞劬邅迍。瓜蒂知苦，蓼蟲知辛。刈蘭而薪，抱璧而乞。謂蘭匪馨，謂玉匪白。弟靡滑尾，舉世尚同。胡爲嗛嗛？徑行迺窮。顯錐先折，挺榦先伐。狙巧有技，遇畋弗脱。或攘之揄，或推之淵。射夫孔多，孰知其愆？夜長漫漫，永思旦旦。顧影自憐，徒姱碩曼。人亦有言，惟食忘憂。吾吾多豫，淫淫且繇。順時則昌，守雌者優。良馬不蹶，追風歷坂。利劍不割，吹毛自斷。柔是利貞，蓋知之晚。

巫山高

三峽攢峰峰屬天，下臨洑流沸白烟。高唐雲雨縈其顛，朝朝暮暮相留連。陽臺香草夢年年，殘月𦋐𦋐叫古猿。蜺旌翠蓋竟安逝，極目瓌姿空雲氣。

燕子樓

武寧節度華且鮮，百尺高樓擁蟬娟。艷骨明眸巧能賦，慧中秀外掌書仙。紅顏夢斷春相逼，石馬豐碑偃松柏。月明尚照合歡床，燕子飛來伴寒食。

呼鷹道

刺桐花落鶯聲老，猩血離離泣荒草。高臺已共白雲飛，行人猶説呼鷹道。嘘嗟劉鋹宫中多美人，蛾眉如月照誰好。

走馬臺

嬌歌艷舞過夜半，銀燭光中迴素腕。桃花叱撥醉登臺，臺高恨不連霄漢。噂嗟白天雨至玉馬嘶，珠纓人去如鸞𪆰。白天雨至謡見宋史劉鋹世家。

行路難

君不見姬文氏，蒙難垂彖繫。又不見腐龍門，千秋史筆尊。古來聖哲歷憂患，恰如墜日猶未旦。麗天光耀曾不磨，晦蝕之餘還燦燦。人生七尺軀，那免逢艱虞？無菑無害沉桊芻，徒爾昂藏一丈夫。大鈞鑄物豈無意？玉女有成陶冶備。百鍊肯爲繞指柔，修名不立是吾憂。

君不見黃鵠一舉摩寥廓，人間枉用施矰繳。又不見玄豹和霧隱南山，炳蔚其文望莫攀。男兒挺生頗突兀，不能鍊九仙骨，絕粒升天闕。又不能披一品衣，鳴珂依日月。陸沉徒作風波民，棧豆營營誤此身。跼天蹐地多苦辛，滿懷抑塞誰與陳？狂呼大白愁爲埽，從前棄置弗復道。

君不見大行嶺上高積雪，但逞陰威恣封閉。律回向暖沍寒開，層冰無計還崔嵬。屈信消長如轉轂，金穴銅山味倚伏。炙手可熱勢薰天，桀犬吠堯嗾使便。得鼠之鴟嚇雛鵷，化虎而冠豳豪賢。呼嗟剝靡不復猗平亦有陂，武安失勢同魏其。過澆但幸少康滅，沼吴迺是行成越。

曩曾置驛留賓學鄭莊，交遊目爲貧。孟嘗上客珠履紛滿堂，典酒常時解鷫鸘。平原十日猶嫌少，六博彈碁徹昏曉。梁間還繞清歌聲，轉盼翻雲覆雨情。因茲感慨謝親串，薄俗悠悠第交面。有筆但書孝標論，有口休讀朱家傳。

箜篌引

虚庭夜寂寞，冰絃響淒然。一曲未終百感集，客心摇落秋風前。幽幽十指聲如訴，颯颯長林驟飛雨。激若荆卿易水歌，悲同蘇子河梁語。角羽初停又拂商，四山黄葉紛飛揚。劍門滴盡征人淚，鏡閣啼殘少婦粧。轆轤金井梧桐冷，坐久衣寒心耿耿。音繁柱促怨何長，北斗横天霜漏永。

行鴈篇

肅肅行鴈，載梳其羽。中野多風，我勞焉處。一解蔓棘充路，欲伐無柯。方舟震盪，欲濟如何？二解有轉者鶯，乃出于谷。有貫者魚，胡緣于木？三解閲水成川，閲世成年。數往知來，誰昔而然？四解葉落多悲，秋雨增悽。念我故人，如壎與篪。五解何忽忽矣，何惙惙矣。歲華不待，風驅葉矣。六解薤露朝晞，槿花夕殞。人壽幾何，按徽失軫。七解駏驉闕前，我自憐吾。顧影悲

歌，仰天嗚嗚。八解

擬司馬文園令相如懷思

長安秋夜長，拂拭綠綺琴。將離起夕引，遥憐溝水吟。同心昔應手，今夕何欽欽。物役不自制，叨怛勞人心。西望風已寒，當窗雨復淫。欲賦鳳于飛，緒亂不成音。消渴復爲誰？相思瘦不任。安能理牀帳，嗛嗛舒錦衾。

擬卓文君歎白頭

竹是鳳凰枝，上有雲裴裦。孤凰日夜鳴，鳳鳥聞之哀。結縭事君子，願學展禽妻。何當分散去，夢魂各悽悽。常恐遠山損，羞看明鏡輝。君子抱明德，諒無中路乖。遠念匪朝夕，明月正當懷。鬒髮空飛蓬，君子何時歸？

擬陳思王植贈友

古人敦莫逆，奚論故與新？白首如傾蓋，肝膽自相親。東海致比翼，西海出潛鱗。一言笑相視，意氣薄秋旻。豈曰子無衣，同仇客自秦。桓桓何赫赫，炳炳復麟麟。白虹應貫日，赤堇上干雲。志在清區寓，偃息匪王臣。自顧七尺軀，約結未能伸。芻狗徒自棄，天地豈不仁。將子舒明德，瞿瞿念我勤。

擬吴侍中質思慕

孝子思烏烏，良臣矢前驅。所以軒轅逝，攀髯多號呼。十載今銜恤，擗踊念令圖。西園託後塵，手札遺區區。銅輦迄玉塵，覆露無時殊。天柱忽中摧，八龍失其樞。地軸俄中折，六鰲喪其趺。何時陪後乘，悔不蓐重壚。南皮沉朱李，腸斷口中珠。誰能忘徂落，萬乘付丘墟。固知黄鳥哀，惴慄其非夫。

擬阮記室瑀感遇

薄旅臨寒水，微霜先集涼。西風雖未厲，客子攬衣裳。弱齡參帷幄，遥遥謝子房。何以樽俎上，能令千里光？昭昭斗北指，肅肅鴈南翔。今夕復何夕，置酒池中央。未飲心先摇，既醉淚盈行。中懷不可吐，吐之令人傷。君子有令德，玉質金爲相。努力各自矢，感激詎能忘？

擬應文學瑒侍讌

班彪論王命，枚生稱得全。河清名里社，雲雨開必先。公子集時髦，抑抑賓初筵。既承高厚心，誰爲大小言？奇賦嗤鸚鵡，妙伎詫邯鄲。相與開笑口，各自怡心顔。慙予下里奏，嗚咂間朱絃。載筆奉金閨，令德何時刊？

擬潘黃門岳悼亡

板輿奉母暇，流連有姬侍。悵我二毛侵，忽重閨中愾。柔腸割所繫，懷思苦夢寐。盆鼓不成音，誰能雪其涕？半鰈枯頳鱗，孤鶼哀失翅。彤管煒尚新，文簟空流視。涼節心復驚，怛絶疇爲慰？東皋布新阡，雜樹相虧蔽。嘒嘒寒蟬咽，躑躅疑木魅。回思如蕣英，容華安足恃。

擬劉處士伶飲酒

人生旅行客，處處多滯淫。得意無如酒，束縛非所任。攜樽出遊衍，偶至北邙林。北邙何纍纍，松柏枯爲薪。可憐松根子，有酒不能斟。而我今在世，如鳩方食葚。長飲亦云樂，韜精自浮沉。歸對壚邊婦，悠悠撫素琴。醉問荷鍤者，爾能解我心？

擬束庶子據遊嵩

□然恣杖屐，幽陟從嵩阿。搴蘿始緣蔓，攀條欲梯柯。入眦雲鬱滃，飛鴻瞥爾過。二室行縈紆，三峰望嵯峨。泉聲發箕潁，緱嶺遇笙歌。灼灼抱琪花，英英采玉禾。神瀵石罅出，恍若湧金波。回首市朝喧，傴仄當奈何。

擬劉太尉琨傷亂

典午未百年，炎精胡然亡。鼢鳥逝將起，歸昌明高岡。賢者貴乘時，中夜思徬徨。安得伊姜侶，相與頓天綱。少壯懷令德，忠信履冰霜。感時哀憤集，破涕一行行。江波寒以厲，欲濟川無梁。遥望祖生楫，漾漾如在旁。雞鳴晦不已，千秋英氣揚。雨雪凛天風，群鳥相迴翔。六翮即摧頹，猶能凌素商。思歸不可得，愴惻令人傷。

擬盧中郎湛感交

結交瀝肝膽，扶持在肘腋。英士誓捐軀，壯心固金石。夷險時所丁，敢云捲匪席。眷此蔦蘿心，亭亭施松柏。霜露夙同霑，未忍言離析。百折心不灰，千剸骨未易。荆聶千秋人，成敗其何恤？每念刑雉儔，不逮鳴雞客。遥遥望長城，何由驅馬跡？

擬傅司隸元懷仙

不溯九瀛渺，安知小齊州？長屐步天外，五岳誰可留？弱水築沙堤，燕坐在蓬丘。木公發東唱，金母賡西謳。巨靈前布几，黔嬴奏坎侯。神仙曲可哀，游戲十二樓。還思宋景輩，大言焉所求？懷哉復懷哉，緑髮何時修？

再和靖節飲酒詩二十首

醉鄉在何處？斗室乃通之。酡顔亦何心？苦憶華年時。避俗聊依隱，桃源儼在兹。誰致一尊酒？悵望勞遲疑。床頭有離騷，對影空自持。

昔我少年日，酣歌倚玉山。麗辭醉中發，揮灑千百言。當筵各傳唱，厭厭夜如年。俯仰三十載，咄咄人猶傳。

昔人妄標置，我輩正鍾情。生前一杯酒，多於身後名。没世亦何疾，營營過此生。不尋寶甕歡，乃使朝露驚。所以軒轅帝，醉心問廣成。

六翮本豐毿，在筊詎能飛？嗛嗛故瘡痏，嗷嗷夜鳴悲。鳳德自闞世，楚狂寧可依？梧桐多美蔭，歸昌更安歸？末季無姬旦，大夢孔當衰。斗酒謀諸婦，欣然定無違。

南榮正枯坐，鳴蟬晚故喧。嗟汝吸清露，聲來高樹偏。如彼謝周粟，長饑首陽山。虞夏忽焉没，孤竹自當還。胡爲採薇歌，喋喋猶煩言。

人言昨已非，未必今果是。是非榮辱間，一任成與毁。然而卿用卿，則亦爾爲爾。單絞一岑牟，故堪傲紈綺。

縹瓷浮白墮，秋菊泛紫英。此中快獨飲，淵明知我情。一酌銀蟾吐，再酌玉山傾。頗聞窮巷人，唧唧不平鳴。侏儒直一死，笑殺東方生。

皎皎白團扇，王郎有令姿。當暑憐便面，秋霜忽上枝。不愜素紈節，頓棄緑絲奇。凄凄戰朔風，寒螿互答時。此時無一觴，何以遣孤羈？

西蜀當壚人，宛轉雙眉開。眉含遠山翠，日映相如懷。文園竟消渴，白頭忽見乖。翩翩李謫仙，徂徠本可栖。三百六十日，日日醉如泥。莫問清平調，采石戲俳諧。二子今已矣，糟丘使人迷。我意不在酒，爲爾腸九迴。

每讀劉伶傳，酒德大無隅。醉不聽婦言，荷鍤出載塗。山簡襄陽醉，葛彊乃可驅。愛公能騎馬，歌曲固其餘。至今蹋銅鞮，音傳樊城居。

瑟瑟洛陽塵，蹶蹶長安道。逐逐索米遊，吁嗟馮唐老。不分青青松，乃同黄蒿槁。竹箭緑沉沉，豈若玉蛆好？寧復羡譁囂，聊復懷其寶。帝子酒船空，誰能問三表？

可惜詎今日，再來非此時。適有一壺酒，聊爲憤世辭。仲尼已長往，姬公寧在兹？未免靡裘謗，尚有鴟鴞疑。性剛才復拙，安能免見欺？糟醨歸一醉，庶其共安之。

張儀詭商於，楚懷客秦境。衆人皆曰醉，屈子乃獨醒。漁父啜糟言，三閭意不領。汶汶察察間，毛錐禿其頴。原若不著騷，豹文何由炳？

海鳥本避風，偶爾魯郊至。鶢之乃于廟，一杯不敢醉。樂國更多愁，愁人日鱗次。何不耽美酒？争逐榮名貴。汩汩紅塵途，誰領深杯味？

不蜕骨未飛，得全氣乃宅。是爲神仙飲，長空没爪跡。子雲不曉事，滑稽譏數百。侯芭載酒來，問君何尚白。庚申守綿綿，糟粕伊奚惜？

能誦詩三百，何如酒一經。得醉且日富，不達竟無成。落落坐自廢，咿唔年齒更。攢眉亦何爲？勸子守黄庭。蕋珠累萬劫，玉杵丁丁鳴。金莖翳九井，寒漿寄遐情。

我夢松下飲，還披白蘋風。風色倏小異，一枕蘧蘧中。覺來聞叩門，馬牛呼可通。榮辱由人耳，天道若張弓。

育育盆盎魚，洋洋自云得。環環若五湖，油油戲無惑。對此聊爲懽，滿膺開茅塞。蚊迺睫可巢，蝸以角爲國。鄭人得蕉鹿，此理歸閔默。

生平事詩書，未敢爲苟仕。仕亦弗之及，兀兀方未已。一物闇不知，終身以爲恥。四部與七録，折衷於闕里。有此下酒物，南金不足紀。縱復嬰憂虞，呫嗶未嘗止。惜此過隙駒，年華那足恃！

酒之賢若聖，如人至與真。不清復不濁，其名命曰淳。既可懽道故，又宜燕爾新。小婦善鼓瑟，中婦歌西秦。娱聲蕩人耳，拂拂下梁塵。我不作此緣，對影自慇勤。當前有同調，快意便爲親。何時泛酒船，一問桃源津？吾今尚未得，且爲整冠巾。爛醉遊仙去，豈是樊籠人？

忠烈朱公輓詩公名廷焕，字衷白，單縣人，前大名道

每讀睢陽傳，骨戰毛爲磔。凛凛生氣存，千載罕儔匹。明季昔喪亂，守土半巾幗。聞風先乞降，肉袒獻城百。壯哉朱憲副，死守誓不易。豎髮誅寇使，裂眦碎僞檄。全師壓孤城，巷戰猶戮力。力屈迺被擒，厲呼惟駡賊。碧血雖膏刃，不磨者毅魄。亦知天柱摧，一木支何益？義在敢辭難，絶脰其遑惜。至今天雄郡，浩氣猶赫赫。百年天地間，疇免入鬼籍？偷生亦何限，所争只駒隙。悠悠泉臺路，羞顔見公赤。倘遇張中丞，公也笑莫逆。題詩弔忠魂，清芬繞行墨。

三異詩有序

興安總戎程永寧之母康氏，少寡，以苦節稱。明末盜起，嵩縣賊蔣雙溪等聚衆數千，陷東宋寨，執節母，臨以白刃。罵不屈，投深崕死，時甲申八月十一日也。越兩月，里人見崕下積屍數百，盡腐，惟節母容色不變，如笑語狀，僉異之曰：「此烈婦也。」負而葬之。時程君間關賊中，求母不得，乃西走興安，見梓戚任君。任時爲興安帥，善相術，一見奇之曰：「子姑留。子異日亦當鎮此。子之仇行移師戮之矣。」於是下令軍中有生致二賊者加五等，得賊首次之，命程君導以行。甫至，賊黨解散，蔣賊挈妻奔河底村。村民共殺之。程君至是始知母死狀，乃提賊首置塚上，哭拜而去。復歸興安，卒以軍功累今官如任君言。會河南撫軍以吏民請入告，部議以前代事無旌例。然康氏之節烈，程君之孝行，任君之相術，皆當存諸史氏，爰作此詩以備採風一助云。

維昔明末季，有盜起嵩陽。一麾即雲集，蹂躪遂沸湯。失守東宋寨，摧枯勢莫當。渠魁蔣賊者，迫執節母康。白刃臨其頸，矢志凛秋霜。呼詈不少屈，躍死崕中央。碧血裹冰心，渾如百鍊鋼。纍纍崖下屍，無慮數百彊。經變閱兩月，糜爛孰審詳。獨兹節烈母，呵護有靈爽。翻作笑語狀，神色猶洋洋。衆共嗟異之，營墓爲深藏。吁嗟程孝子，間關苦備嘗。徧求母不得，號泣日徬徨。西走至興安，亟就任帥商。任君奇孝子，燕頷生軒昂。曰余善相術，期君即騰驤。建牙亦兹土，後先定頡頏。君仇即吾仇，移師便鼓行。君其爲前導，賈勇礪劍鋩。大聲摩賊壘，烏散盡沮喪。渠魁一以殲，手提函首囊。迺得母死狀，痛哭赴塚傍。拜陳血髑髏，以當酬絮漿。復去歸興安，努力事疆場。積功累晉秩，遂綰總戎章。果若任君言，奇驗非荒唐。巽哉康節母，巾幗逾冠裳。正氣所凝結，俠骨永馨香。巽哉程孝子，哀憤動天閶。報仇志必遂，有若操券償。是母有是子，國楨亦家祥。巽哉任帥言，詎復人意量。義風伊可仰，相術迺非常。三巽適際會，千載並流芳。誰歟職惇史？載筆行取將。下爲頹靡俗，扶植維與綱。忍使大節泯，無以示表坊？三歎紀此詩，興感激中腸。

卓氏傳經堂五百字

漢氏尚經術，風氣追淳熙。人尊一先生，家奉專門師。淵源遞相沿，梁丘易韓詩。朱雲辨折角，匡鼎談解頤。異同互黨伐，穿鑿争新奇。夷途未畫一，大道亦附麗。六季名理尊，訓故棄如遺。異學設膠庠，他鑣競驅馳。三唐盛聲帨，墳典多未窺。倀倀走幽室，擾擾泣路岐。宋儒闢榛蕪，蒙翳皆剗劉。遺經闡精義，燦然日星垂。迄今五百年，斯文常在兹。君家世儒宗，樸學相留貽。入齋抉微言，著論剖群疑。杳冥出溟涬，浩蕩無津涯。蓮旬氣豪俊，賓客雄南皮。經義提大綱，不能事唔咿。逸轡委中途，士林盡嗟咨。抱負俱未施，代以經自怡。千載恣搜羅，薈萃無滲漉。孔思窮獲麟，周情溯庖羲。庋閣紛籤題，箋疏滿書帷。古文考竹策，敗壁探琴絲。正僞釐黑白，是非較澠淄。言語蹈準繩，動作循衡規。旁攻百氏書，鋭若銛鋒鈹。如水別衆流，如木分群枝。降而及詞章，餔糟啜其醨。爲學有後先，讀書有等衰。以兹訓後人，式俾纘承之。堂楹一二筵，專用傳經爲。火傳擴其傳，肯構恢鴻基。顔額仍厥初，建爲俎豆祠。叢書寢廟中，縹緗耀華榱。歲時課子弟，口誦兼心惟。筆札爲耒耜，先疇共耕治。一老自詮釋，大言坐皐比。茸茸書帶草，青青映牆菭。客因問字來，尊酒堂前釃。逸篇理三篋，借讀還雙瓻。兩子紹家學，英風利如錐。縱横翰墨場，卷帙無停披。六經奏笙簧，群籍張鼓吹。五葉傳典訓，足爲世所儀。塘西長橋路，松桷臨水湄。名花蒔旁舍，修竹環清池。西眺封禺峰，嶔岑如不其。高風殊未遐，悠悠深我思。

對菊二首

菊意殊淡蕩，入室爲嘉賓。相於盟歲寒，不我嫌清貧。低亞影亦好，凝香默含淳。對兹命一觴，披豁皆道真。

空谷栖佳人，幽芳友君子。穠華悦九春，晚節見貞理。拍浮酒船深，大嚼霜螯美。何方善爲樂？所樂在知止。

大鵬篇

咄咄大鵬，爾生南斗之墟，赤奮之陽。噬碧黃兮嘔日月，漫憑九霩來翱翔。當其偃息天池迴，宇宙墋黷混茫茫。欻焉怒飛垂天翼，震動下界群披猖。一飛崩騰海水立，再飛霄漢絶河梁。須臾直搗紫虚穴，抉破澒洞開鴻荒。神虬未足方軼駕，駿狼難與騁遊韁。頷下猶銜北溟水，嗉中仍裹六月糧。瞳隅瞬息寒暑變，喙邊朝暮月桂香。湍流飲盡赤鵾血，閬風五月餐雪漿。下顧七十二峰堆爛絮，獨挾白雲遊帝鄉。古今奔走紛野馬，戲弄彈丸踼扶桑。馮陵天外巉絶處，從何税駕返聊浪。吾聞金狗守重關，天門一張復再張。北斗碭駭覆厥戹，南箕驚趺失簸揚。牽牛渡河仙槎杳，織女臨渚解佩裳。滿蹣老蟾蹦玉兔，姮娥鼓袖擁霓裳。妬君羽儀太修整，猛風獵獵射莫當。吾欲命蜚廉爲前驅，又命后羿彎狐射貪狼。屏翳除道靈毛灑，二十八舍沸奔忙。只愁靊霳阿香慫，電轡赤輪發焰爍崑岡。安得大冶重鑄燧人之天地，殷勤煉石補元黃。不爾大鵬之飛九萬里，上擊下搶將無妨。杞人憂天天恐墮，爾何無虞天閼傷？勁翮催頹不知老，窅冥寥廓恣徜徉。窅冥不少退飛路，寥廓非無戢羽塲。盍試逍遥廣莫野，待彼覽輝天鳳凰？崑崙琪樹暫棲息，毋貽鳩鷃粲齒涼。噫吁嘻，毋貽鳩鷃粲齒涼！

題王山長畫

山長先生奇莫測，人知詩文矜翰墨。誰知繪事亦逼古，手眼孤高脱凡格。胸中浩氣不可當，恍惚天上開琳瑯。董源僧巨價烜赫，先生直欲相鴈行。雲山烟水多變態，石室緑蘿遠人代。嶂後桃花別有春，人家又在桃花外。樵子漁郎各有情，山鳥山花俱發聲。千巖萬壑涵無盡，墨路慘澹精神生。我不能畫識畫好，一見能消百憂擾。得兹靈境落人間，速營菟裘吾將老。

干將山人畫册歌

論畫求形似，見與兒童鄰。人言坡老解繪事，此語過詘余欲伸。畫家門庭各自別，不論是否論工拙。徐熙不似黄筌似，等堪傳世誰優劣。干將山人逞筆姿，化工肖物何神奇。擅長道子過前輩，宿世王維定畫師。晴窗數展生綃幅，信手寫生生意足。淺深濃淡各含態，變化縱橫詎一族。花意欲開猶未開，葉情掩映相徘徊。一枝兩枝分向背，點綴隨宜襯活苔。幽禽下上嬌欲語，驚飛蛺蝶真栩栩。草薰石透谿光滴，適意蟲魚相爾汝。君不見蒙莊腕底能畫風，恍惚調刁聲滿空。龍門列傳得兹意，鬚眉笑貌覿面同。後來杜陵詠物亦最工，直入萬情甘苦中。求似只愁良不易，請持兹册問髯公。

寄馬丹谷先生

公昔待詔承明廬，蒙也逡巡滯公車。年來蹇步瀛洲上，公已抽簪卧林莽。歡聚幾何旋復散，古道照人日在眼。回首前期感慨深，燕山吴水勞人心。公將造化等游戲，醉幕花天席月地。膝下佳兒錦繡文，又看拔幟張吾軍。諸孫一一連城璧，六龍下食朗陵宅。天倫樂事亦有餘，昔住蓬萊猶不如。笑余汨汨軟紅裏，濡需等倫醯鷄視。會須拂袖從公游，煩公先掃碧峰頭。

無字碑

東南瑰寶萃京師，列肆輝煌充路岐。物物咨嗟色色奇，中有一物光陸離。玉耶石耶未可知，亟往購歸將空遲。汛埽蕭齋作供宜，坐卧其下久且疑。扣之無聲捫無迹，莫是秦時無字碑。

汝南行贈許實夫

君家裔出汝南後，平輿二龍推絶秀。我家汝南亦代興，高峙壁立子居稱。昔時並入先賢傳，孔李通家宜友善。即論嗜古與好奇，兩人彷彿同襟期。羨君揮毫倒薤落，岣嶁直追神禹鑿。翔鸞翥鳳騰螭蛟，珊瑚碧樹枝幹交。上溯邕斯迄軒頡，詛楚之罘媲雄傑。遞降而下及元明，奔會驅使浩縱橫。鷴鵝膏瑩金錯響，整斜曲直隨俯仰。森羅象緯垂秋旻，不露鋒鍔疑有神。蒙亦癖耽雕蟲技，腕不能運領其意。得君手謀慰目謀，頻煩自愧無厭求。寸許一枚即拱璧，纍纍況復盈笥積。長恩守護脉望訶，芸窗一日三摩挲。因兹三歎君才俊，不足盡君如此印。昨歲一官如葉輕，飄然擲去從流萍。衹今栖泊長踈放，縱負奇懷氣凋喪。爲君貰酒燕市中，拍浮大叫披心胸。宗伯已忘穆倩老，合肥龔宗伯贈詩云「寄語揚州程穆倩，中原旗鼓亦相當」。爾我相看亦潦倒。聊爲覥縷述短歌，實夫實夫奈爾何！

乞竹垞先生題松間觀瀑小照

六月松風噫萬壑，飛來匹練半天落。科頭箕踞此移時，盪胸雲海相迴薄。古無蹋踏葛天民，定須斯景置斯人。誰能道出圖中意？憑仗先生筆有神。

殿上虎行

史蒲不再伏，朱檻復誰攀？惟見争先事迎合，故將彈射博美官。無奈他人又我先，超遷不得發狂顛。君不見昨日猙獰殿上虎，今朝褫罷淚如雨！

太白酒樓

何限登臨客，風流二老存。不知當日會，消得幾何樽？皃嶧參酬酢，汶洸互吐吞。奇懷誰復嗣？搔首扣天門。

夏日遊南池

一泓名勝在，得共浣花傳。環帀千絲柳，紛敷十丈蓮。牆頭帆影宿，碑底堞陰聯。堅坐臨風檻，煩襟爲豁然。

又和杜韻

汶泗交流處，終朝過客船。岸迴深浴鷺，林静閟吟蟬。猶是人間世，居然古洞天。杜陵不可作，誰惜鄭虔氈？

浣筆泉

蕭林帶寒碧，濠濮興堪乘。一散揮毫彩，千秋澈底澄。蛟龍應出没，風雨或崩騰。欲瀉如灑酒，狂歌愧代興。

青華洞

靈境非殊域，塵區此洞分。澗光幽以豁，石品秀而文。便欲尋瑶草，相呼弄白雲。勞生難久駐，林表望氤氳。

雨坐銀山法華寺次石生上人韻二首

疎疎微雨過，淲淲暗泉流。静入林塘晚，涼生枕簟秋。莫愁陶令去，拚爲遠公留。坐起看山色，茶烟拂檻浮。

天際輕陰合，空林積翠流。雲低光欲暝，風急意兼秋。差喜塵勞息，私貪信宿留。緣溪明發路，回首五峰浮。

題顧子小滄洲次壁間韻二首

自得滄洲趣，何須遠市城？茗柯參實理，斑管寄深情。栩動相隨蝶，嬌啼自在鶯。由來珠玉側，自息鄙心生。

已開三徑竹，更築五言城。蕭寂名賢致，棲尋我輩情。捲簾通舊燕，出谷待新鶯。好復圖三笑，長康善寫生。

成安道中

虞帝祠猶掩，陳餘宅已荒。軟塵遥入魏，濁水細分漳。柳學靈和態，梨驕大谷涼。村伶方曼衍，游女劇成行。

古柳

古柳數遭髡，渾如野魅蹲。能無宣武嘆，好與仲文論。樵唱從敲瘿，狂酲信液樠。不材休詬厲，終得保孤根。

和畲熊封見懷二首

白露滋長別，黄塵蔽昔遊。猶傳音共賞，獨寫句中愁。荏苒嚴公幕，蒼茫賀老樓。羈懷終見慰，祇睇北來郵。

投老無多願，真同馬少游。回思朝氣鋭，寧解暮途愁？琬琰輝天府，縹緗駕選樓。乘時須努力，此意托歸郵。

題耿額駙正公樂聖園四首

幽尋來谷口，景物望中遥。石自支機得，花從沁水饒。抱琴時獨往，載酒日相招。何處鳴天籟？ 樓頭下鳳簫。

巖壑紛相接，歌鐘静不譁。深林迷翠羽，遠岫落丹霞。館傲平陽麗，樽傾北海賒。經過仍戚里，疑作列仙家。

潛曜當年宅，雲端絶磴懸。今看烟霧起，直逼斗牛偏。洞滿蓮花艷，庭羅玉樹妍。恩波分太液，百道瀉紅泉。

别墅通朱邸，參差臺榭開。誰知瑶島勝，祗在禁城限。烟月偏逾好，囂塵自却回。端宜名樂勝，日共客銜杯。

爲王璯湖先生悼亡四首

藉甚閨中秀，争傳詠雪才。同心初綰結，破鏡早辭臺。縱有莊生達，能忘奉倩哀？ 秋風乍摇落，羅袂影徘徊。

繐帷何黯淡，涼月掛流蘇。黛色悽京兆，冰姿憶藐姑。鑑沉金翠鈿，奩鎖玉樗蒲。離合神光在，春風省畫圖。

已蝕瑶臺月，難調錦瑟絃。鍾情徒怛化，令德竟無年。雲斷悲巫峽，春歸泣杜鵑。壁間遺挂在，黯絶半生緣。

神傷憑楚些，夢斷失湘靈。塵掩琉璃匣，香消翡翠屏。返真辭濁世，善夭謝勞形。小謫人間住，疑逢水上萍。

出西便門道中

雨餘塵坌息，出郭趁晴空。黛色虚無裏，巖光想像中。亂畦交午午，濃碧疊戎戎。不枉斜陽下，肩輿簸老翁。

何處難忘酒擬長慶六首

何處難忘酒？蹉跎志力衰。歲華供浪擲，老大祇深悲。掩卷遺忘去，操觚困倦隨。此時無一盞，回首重淒其。

何處難忘酒？茫茫百感撓。奴皆利財賄，虎不避賢豪。市儈聲施大，錢神氣燄高。此時無一盞，何以壯吾曹？何處難忘酒？交期反覆情。金蘭同譜誼，膠漆奉槃盟。相爾矛方惡，操來戈盡驚。此時無一盞，争奈負平生？何處難忘酒？妖躔東壁辰。瀛洲爲藪澤，蓬觀盡荆榛。混雜蘭兼艾，淆訛玉與珉。此時無一盞，噲伍欲生嗔。何處難忘酒？衣冠賤可傷。趨來軟語熟，衆裏脅肩忙。要路私相暱，旁人哂不妨。此時無一盞，止嘔更何方？何處難忘酒？時逢險僞徒。翩翩還緝緝，暖暖復姝姝。肚劍藏嬉笑，心機伏佞諛。此時無一盞，那可暫相俱？

輓侯秬園四首

寥泬寒江隕客星，風流長逝杳冥冥。九天不憖遺文獻，四海無多尚典刑。賈傅偏逢單閼歲，子雲終守太玄經。屋梁顔色猶相照，化作熒熒鬼火青。

廿載論交意氣真，子規我佩久逾親。停雲搔首飛書數，舊雨連床起舞頻。劍在但懸空隴憾，綍垂應待素車人。竹林遊讌俱陳迹，回望山陽便愴神。

不屑夷門學抱關，經過誰復引車還？浮沉世路滄桑後，遊戲身名木鴈間。七尺裹將荷芰服，一杯酹向蕨薇山。當年毅魄俱何在？泉路相逢淚盡潸。申酉間，侯氏以闔門殉。

悔別燕吴道路長，傳君逝已易暄凉。人民城郭疑非是，華屋山丘悵渺茫。有道碑應無愧蔡，黔婁謚合定爲康。年來處士虚聲沸，獨應星占一死强。

輓阮巖山先生于岳侍御尊人

麗江濊澤尚潺湲，洧上恩波正渺漫。縱是千秋遺愛在，能禁雙淚望碑彈？敬亭山下悲風起，謝朓樓頭月色寒。泉路一靈應不泯，承家節操立朝看。

辛酉北上次辛中驛見故友王考功西樵題壁二律愴然次韻

張弦曉月一彎新，布局殘星數著勻。老尚依人違骯髒，病還跨馬强逡巡。叔孫茸館歸難定，子美空囊句亦貧。三嘆故人嗟入洛，練裾那復惹緇塵。原詩「機雲入洛真堪悔」，又「白衣不復點京塵」。

謫仙樓上旅懷孤，每憶長安舊酒壚。俯仰已成陳迹杳，往來非復少年娱。未懸寶劍慚吴札，空讀招魂弔左徒。考功以左遷歸。灑淚和君題壁句，如君可作九京無？

春日過萬柳堂次壁間益都相公原韻

平泉草樹迥含烟，占斷韶光緑野前。弱柳迎風低地拂，小桃著雨背人憐。留題幾值春常在，回首能禁雪滿顛？堅坐虛堂啼鳥寂，冥心真作小乘禪。

張武承先生以草堂秋色自山村句索詩

草堂秋色自山村，大隱何曾隔市喧。時有晴雲團户牖，朝來爽氣逼琴尊。羲皇以上風餘古，廉讓之間禮不煩。太史若將詩作史，幽棲直溯浣花源。

癸亥除夕次玉峰夫子韻

此夕能消幾度除，峥嶸暮紀又催余。浮沉真作東方隱，寂寞依然揚子居。閲盡世情徒益睡，傳來怪事只空書。紅椒翠柏紛當户，愁絶芳蘭却見鋤。

甲子元旦次玉峰夫子韻

王會圖開萃列紳，曙星光裏肅明禋。遥遥華蓋旋蘭殿，先禮兩宫。冉冉紅雲護玉扆。直道定還三黜柳，齊名原重二難陳。蹉跎未是酬知日，漫逐鵷行旅拜人。時南臺公方去位，故有五六句。

次立翁夫子元旦韻

數卷殘編半榻塵，拂床展卷息勞身。已稀剥啄填貧户，好任逍遥度令辰。暮景故催遲暮客，辛盤還供苦辛人。黄昏偶感離騷句，消入深杯竹葉春。

次立翁夫子元旦韻

兩年待漏向承明，虚負朝班玉笋名。拜慶幾逢花甲始，恬嬉共愛首春晴。錦堪鏤勝全成貝，甘到膠牙總嗜餳。殿上獸樽何用設，昌言衹頌泰階平。五六亦適寓感。

續寄家東來于廣州

數行曾寓粤東書，猶記□題歲執徐。青鳥豈知成退鷁，錦鱗誰道作枯魚？惠連池□還疑夢，殷浩郵函總達虚。續寄相思何日到？梅花落盡正愁余。

歙令靳熊封見遺茗墨却寄

子墨客卿常墨守，煎茶博士本茶顛。數枚絶勝隃糜給，一串還過刺史錢。自昔相期崇令德，到今兩地結清緣。丹砂縱是饒勾漏，遠遺猶慚費稚川。

丙寅除夕

棲遲久與壯心違，誰遣勞生未息機？十丈塵沙催我老，五湖烟水待人歸。斜暉經户忽忽去，殘雪窺簾故故飛。秉燭宵分還不寐，百籤小品尚相依。

丁卯元旦

晨雞纔唤入彤廷，已散宫鴉點點青。風埽餘寒鳴徹曉，雲開復旦爛陳星。唐宗雄略圖王會，文子深謀懼外寧。兹日普天齊拜慶，應聞咨儆答三靈。

族子冰持闈中筆誤示慰二首

衰年癡叔薄浮榮，遲爾重登白玉京。詎料渡河迷己亥，却令推轂棄干城。聞雞客定雄心勝，失馬翁應道眼明。富貴正愁行不免，偏從捉鼻見高情。

咸詫吾家細柳名，不將兒戲棘門争。霜蹄易蹶馳休疾，楊葉能穿發漫輕。妙筆曹興偏謬誤，空函殷浩太屏營。萬言未剌當途目，底事劉蕡便不平？

將爲亡姪爾美迎櫬遼左詩以代哭五首

賢書與子昔同登，翰苑仍分内外稱。絳帳俄傳繐帳易，公車竟待素車乘。天涯兒女嗟何及，海表生徒涕不勝。憂樂榮枯俱一死，底須祖武遠相繩。先伯亦以孝廉卒於長洲學舍。

李植桃栽念狄門，青芝赤箭本同根。當年信誓空盤敦，榜下有盟言，姪主之。兹日升沉幾弟昆。慷慨能無聞笛賦，悲涼誰更撫琴言？爾今已負尼山慟，後死慚余未報恩。

蒼天難問廢騷詞，聊向遥空酹一卮。豈是庚申行巧譖，恰逢單閼告灾期。時值卯秋。青蠅弔去無餘客，宿草悲來更幾時。泉路茫茫錦冰閣，大招魂氣果何之？

終寠無憀守蓿盤，飛騰何計出泥蟠。天台未得歸司户，遼海空傳返幼安。落日蒙沙深没輀，朔風載道冷侵棺。衰年癡叔腸禁斷，老淚雙枯祇暗彈。

相對常呼酒滿船，高懷苦憶仲容賢。鄭虔官冷無氈日，賈傅神傷賦鵩年。疣贅馮生原若寄，蜉蝣辭世只争先。令威何日歸華表，城郭人民悵渺然。

己巳除夕

敢厭承明出入煩，殘編猶可共朝昏。帖供致語慚簪筆，冠得新彈慶挂門。霜葉旋隨澌水度，雪花不趁朔風翻。閔農盡道無奇策，獨有宵衣仗至尊。

庚午元旦

淑氣氤氲紫殿開，殿前樂奏紫雲回。千官拜舞冠裳集，萬國賓王貢篚來。彤陛咨詢勤岳牧，白頭侍從忝鄒枚。天家發粟恩如海，詎有啼饑載道哀。

得拜石翁白門歸信喜而有作

念爾因人迫遠遊，喜聞無恙已歸休。淵明猶復瞻衡宇，（曾擬棄宅遜荒。）伯道何須作馬牛。但有骨存孤鶴健，竟無毛落餓麟愁。憖遺大耋知天意，遲我抽簪老一丘。

長安四首

長安久客正蕭騷，日望南雲卜大刀。苦厭青蠅工點污，難教蠍虎避賢豪。輪蹄雜沓康莊窄，塵土㝠濛閉户高。夢入江鄉垂釣處，碧空無際漲新濤。有卜居林屋之想。

長安不是野人居，拙懶何堪玷石渠。六藝未嫻臣職負，四端難泯世情疎。消愁具只杯中物，耐久朋惟架上書。多少湖山供嘯傲，盍尋幽勝結吾廬？

長安大道足騰驤，逸足頻看闞捷强。老矣一官長落拓，歸歟三徑定荒凉。塵埃肯受元規污，魑魅其如中散狂。免俗未能聊復爾，祇今遊戲尚逢場。

長安寧少貴家遊，兀兀徒將蠹簡讐。門未埽來先却步，裾纔曳去便含羞。非因嘆老嗟卑意，强作歸真返璞謀。生就性剛才復拙，動多忤物合沉浮。

寄弘軒

天涯舊侶半沉淪，珍重加餐健在身。省事即爲安樂法，素心僅見老成人。白蓮社裏題詩數，緑蟻尊中寄興頻。好拂山房松下石，容吾解組話宵晨。

寄懷陸少參武園

余美中朝彦，維屏東海濆。祇今柱下史，猶説陸家雲。吏事饒吟嘯，襜帷少垢氛。城雄萊子國，客勝孟參車。明滅樓臺湧，摶扶溟漲曛。凝香森列衛，賣劍散耕耘。袖字三年在，懷人兩地分。何時重引滿？相照別顏醺。

□□

甲子何曾記？沉沉付劇碁。紫羅囊未解，青玉案先披。算得敲枰厲，籌深落子遲。驕矜懲智伯，傾詐□張儀。方茂矛方惡，争先著特奇。愷崇頻鬭勝，蠻觸競忘疲。自倚藏機巧，誰知好戰危？壁觀長斂手，孰與較雄雌？

寄祝魏大司寇環溪先生

浩蕩遺榮志，峥嶸特立姿。優游娱永日，獻替憶當時。正氣山河壯，清風草木知。霜凝臣節勁，露湛聖恩私。洞達衡星劍，忠忱向日葵。世常占出處，躬本繫安危。意象翔千仞，精誠貫二儀。欻將黄鵠舉，遂赴白鷗期。棹楔寒松賜，圖書六傳馳。堂開裴相野，山響謝公碁。弓冶家聲繼，琳瑯國寶推。高陽多濟美，韋曲足相師。孔李通家子，荀陳群從兒。每探强健問，輒慰老成思。漫紀生申瑞，聊陳酌斗詞。莢房丹的爍，菊蕊艷離披。笑對秋容澹，幽尋晚節宜。底須丹鼎藥？遥映紫芝眉。天意歸平格，雲情媚自怡。千秋人瑞在，朝野日雍熙。

題畫二十首

落木亭皋寂，孤雲隴首輕。秋光隨處好，曳杖我將行。
宿雨峰頭洗，濃雲磴道封。攜笻迷去向，認取一聲鐘。
鹿隱柴扉底，花殘鳥跡間。斷橋百折水，深樹幾重山。
暮色帶江碧，漁歌唱未終。少焉遠林表，推起一輪紅。
水依沙岸動，柳傍寺樓垂。遥見欹橋畔，僧雛欲度時。
山中有藏書，雲氣深没户。花落潭影空，鳥旋磬聲午。
黄粉松間落，白雲巖際飛。荷香魚欲上，茶熟鶴來歸。
烟際浪花捲，吴霜十月天。人將垂釣淡，江與放舟便。
村晚殘雲合，溪橋度未曾。屋依斷岸月，天入釣魚罾。
詰屈松風門，谽谺蘿月壁。何人此津逮？傳是洪厓宅。
新蕉池上墨，老桂月中香。占盡清幽趣，狂夫一草堂。
隔林啼鳥寂，當檻落花新。秧水田田活，農歌句句真。
嵐氣曉冥冥，墖影漾柔櫓。江流聲不斷，聞鐘日已午。

漠漠江天合，茫茫風浪賒。青楓揺落盡，何處著漁家？
霜鳥連林白，晴波映日紅。孤亭秋漸老，片片落丹楓。
高館飛黄葉，殘雲覆碧苔。秋容正堪賞，誰與對銜杯？
素月峰頂吐，白雲亭中吞。短簫將夢破，獨鶴依人温。
野花含日笑，山葉因風舞。潭影獨吟人，蕭閒亦吾侶。
清音山與水，幽谷桂將蘭。臭味渾無别，相於盟歲寒。
波光千道白，桂影一輪清。非復人間世，微茫辨玉京。

柳

春明門外柳，顑頷總堪憐。自得東風拂，村村起緑烟。

題雲山圖

峰頭密樹簪，山腰亂雲束。何當快雨過，坐我萬層緑。

秋林訪隱圖

樹老錯丹黄，郊空野菊散。阿誰覓句來，一笑褰亭幔。

偶書

期期新奉詔，咄咄但書空。多愧傳疑筆，無端紀郭公。

伏熱二首

三月咸陽火，千檣赤壁燒。何如甕牖底，伏暑灼人焦。

蒲葵揮不輟，汗尚如漿注。坐想雪車翻，何從穴冰柱。

自題淡墨牡丹

淡瀋偏圖穠艷，檀心自合冰姿。時俗畫師笑倒，笑儂不買臙脂。

題爲竹垞先生孤松圖

輪囷曾不受先容，粱棟終逃斤斧鋒。獨立空山恣偃仰，孤根寧羨大夫封。

自題畫扇贈李長康

偷將清閟軒中意，贈與龍眠洞裏人。君或見懷時展看，一林瘦影是吾真。

倩禹慎齋白描小照四首

歷落嶔崎可笑人，秋風未起憶鱸蓴。幼輿性本宜丘壑，巖石煩爲早置身。

土木形骸慙肉食，烟霞骨相愧珠庭。休爲待漏承明樣，釣瀨還他老客星。

君是前身老畫師，三毫頰上早相窺。但傳澤畔行吟意，盡識餐英正則饑。

頻年常作閉門人，懶逐蒙頭十丈塵。好倩長康白描手，爲儂著意寫閒神。

得南康守家星公信却寄

一琴一鶴五花驄，謝却黄塵眯眼空。山水窟中無箇事，譚經化俗一文翁。

噴壑飛泉日夜鳴，水簾可似使君清。蓮花峰下家風在，不負臨流更濯纓。

黄蘗山樵寄余小景題其上云山中小閣初成倣閬嶠憑虚之製俾受全瀑蓬壺仙人亦爲此寒巖首肯否余感其意却寄四絶

龐公自寫鹿門圖，架閣看雲絶磴紆。靈境何曾容肉食，人間不信有蓬壺。

萬斛珠穿百丈簾，終朝掛向小茅檐。山中宰相真消受，白占千峰富貴兼。

浣花草閣臨無地，輞口清泉石上流。詩在景中傳不盡，輕綃一幅作詩郵。

風神渾作大癡猜，簡遠還參清閟來。不是金鎞遥寄取，塵封雙眼幾時開？

賀同館姚映垣乘龍三首

天街一道起香塵，匝地霜華碾畫輪。不信斯須更暖律，玉堂清冷頓生春。

流蘇黼帳正低垂，角枕微聞絮語時。同夢那愁銀箭促，佳期奈值早朝期。

旭日曈曨下綺寮，透來粧閣照人嬌。遠山眉黛新彎樣，可許仙郎史筆描？

爲龔節孫題種橘圖

君豈前身玉局仙？圖中栽橘寄情便。翻嫌坡老曾多事，要買他年陽羨田。

題緋桃畫眉圖

小桃帶雨壓枝低，轉盼殘紅踏作泥。祇恐深閨人不覺，畫眉故與盡情啼。

書卜式傳

漫言漢代官方雜，入粟紛紛拜爵尊。縱使輸邊皆牧竪，賣官錢不入私門。

年來六首

年來玉友聲名大，日覺金夫氣勢雄。堪笑長貧終濩落，漫矜松柱有真風。

年來無奈北山鴟，滿膝填腸少饜時。不念鳳饑無竹實，長呼鳳德一何衰。

年來畫鬼兼譚夢，憒憒誰分僞與真？更説浮雲無定準，白衣蒼狗幻方新。

年來流輩劇堪憐，苟苟營營攘臂先。寄語郎君休劣相，狂夫雙眼闊於天。

年來世路渾難問，交道須存市道心。但取錢刀休意氣，男兒莫信白頭吟。

年來蝸角苦紛争，心似彈碁局不平。閉户先生誰與競？軒渠拊掌録初成。呂東萊作軒渠録，延祐中覼然子作拊掌録。

和友閨曉

鬅帳低垂倦眼開，晨光微透綺窗來。侍兒輕拂奩塵罷，掠髮偷窺傍鏡臺。

雪

誰向長空蹴絮毬？須臾徧野被氊裘。絶憐晚菊餘香在，憔悴牆陰白滿頭。

歸輿集唐

一卷

題辭

詩人得句之妙，無過於唐，迺取唐人之句而比耦貫穿之，運以己意，靡不諧聲從律。發端既工，結束尤雅。句則昔人之句也，而詩則今人之詩，俾讀之者惟見其天造地設，神韻自然，頓忘昔人之有此句，而祇覺今人之有此詩，豈非文場藝圃中別闢一快徑哉？礪巖周先生將南歸，集唐人句爲歸興詩，得七言近體八十章，予請而讀之。先生高懷逸致，博于學而工于文，羅初盛中晚四唐人之瑰詞麗句，使之絡繹奔會於腕下，以供其擷取，以靈府爲罏冶而陶鑄之，異苔同岑，無不脗合，絶去畦畛鏤劖之跡，真可謂博而精矣。譬如萃千古之懸瓈，結綠火，齊木難而貫以綵絲朱組，安得不驚歎以爲奇絶哉？且予聞先生將卜築莫釐峰下，收震澤千頃之波，攬七十二峰之黛色，松竹梅李橘柚之觀，烟霞丘壑漁釣之樂，無不含其英而咀其華，各使之陳列就班，以待先生之擷取，而一以豪邁磊落之胸次比耦而貫穿之，則豈止有唐一代之句於尺幅中，而且集湖山壯觀，天喬萬彙於几席之間，以快其所志哉！噫，先生之必得此而無憾，亦可於歸興諸篇見之矣。予曩爲先生題漁隱圖，亦引張志和「桃花流水鱖魚肥」一語爲發端，因甚愛此語，遂舉以爲贈，其亦先得先生集唐之志也夫！

康熙壬申秋九月，桐山學圃張英撰。

歸興集唐目次

歸興五十首

擾擾都城曉四開，征蹄何處駐紅埃。宦情歸興休相撓，壯齒韶顔去不回。且就洞庭賒月色，豈辭南海取花栽。老夫卧隱朝慵起，三徑曾無車馬來。

張祜　羅鄴　劉兼　白居易　李白　秦韜玉　杜甫　朱灣

鏡裏今年老去年，如何侍從賦甘泉。榮枯盡寄浮雲外，鄉國遥拋白日邊。應笑馬安虚巧宦，却思平子賦歸田。今朝惆悵紅塵裏，辜負南華第一篇。

郭鄖　司空曙　許渾　白居易　羅隱　薛逢　李遠　温庭筠

久卧長安春復秋，東歸復得采真遊。五株斜傍淵明宅，百口同乘范蠡舟。山酒一壺歌一曲，愚翁何喜復何憂。此生已自蹉跎去，須是青山隱白頭。

于鵠　韓翃　慕幽　劉長卿　許渾　白居易　張籍　賈島

直氣從來不入時，隨行逐隊欲何爲？留侯萬户雖無分，漁父幽居即舊基。去去不知歸路遠，行行獨出故關遲。逍遥此意誰人會？欲採商崖三秀芝。

劉兼　白居易　司空圖　錢起　韋莊　韓翃　羅隱　陸龜蒙

漫道官趨玉筭班，筭來寧得此身閒。老人已擬休官去，渾俗何妨兩鬢斑？明月清風宗炳社，碧雲歸鳥謝家山。一生無事烟波足，釣艇如萍去復還。

鄭谷　吴融　張籍　白居易　貫休　韋莊　陸龜蒙　崔珏

狂客慚爲侍從臣，病心方憶故園春。已叨鄒馬聲華末，得作羲皇向上人。紗帽接䍦慵不着，寒泉白石日相親。微官何事勞趨走？乞得歸家自養身。

廣宣　韋莊　李商隱　白居易　岑參　張祜　韋莊　王建

身似流星迹似蓬，漫勞惆悵鳳城東。題橋未展相如志，閉户能齊隱者風。進退是非俱是夢，飛揚跋扈爲誰雄？到頭江畔尋漁事，休問陶陶塞上翁。

吴商浩　羅隱　李中　韓翃　白居易　杜甫　陸龜蒙　劉兼

却向滄波問去程，休將文字占時名。是非得喪皆閒事，寵辱憂歡不到情。槭槭井梧疎更隕，依依漁父笑相迎。車輪馬跡今何在？島外烟霞入夢清。

顔萱　柳宗元　劉兼　白居易　韓愈　法振　韋莊　李中

不向滄洲理釣絲，可憐忙過少年時。榮先生老無妨樂，孟浩然身更不疑。柳絮三冬飛北地，梅花何日寄南枝？烟波從此扁舟去，心似孤雲任所之。

温庭筠　羅隱　白居易　張祜　劉長卿　韋丹　李群玉　陸龜蒙

孰爲遭遇孰爲官？一日身閒一日安。陶亮横琴空有意，陸通歌鳳也無端。幽懷静境何人别，引退知時自古難。子細思量成底事？不如高卧且加餐。

薛能　許渾　吕温　元稹　白居易　鄭谷　羅隱　王維

但願開籠便入林，碧霄孤鶴發清音。時人未會嚴陵志，國士須知豫讓心。去去山川勞日夜，悠悠世路自浮沉。自抛官與青山近，惟賞烟霞不厭深。

白居易 盧綸 韓偓 劉兼 韓翃 獨孤及 李頻 賈島

已向鵷行接雁行，不妨才力似班揚。年來歲去成銷鑠，物態人心漸渺茫。却把魚竿尋小徑，閒梳白髪對斜陽。不知夢到爲何處，舊隱匡廬一草堂。

韋莊 陸龜蒙 駱賓王 劉威 韓翃 竇鞏 皮日休 伍喬

珮馬朝天獨掩扉，將因卧病解朝衣。山陽會裏同人少，向秀歸來父老稀。林下水邊無厭日，松聲草色共忘機。世間方法從誰問？服藥求仙事不違。

許渾 王維 崔峒 韋莊 白居易 皎然 王建 李白

未有涓埃答聖朝，我心懸旆正遥遥。不知容貌潛銷落，却被交親歎寂寥。連雁去時秋水在，白雲歸處帝鄉遥。勝遊恣意烟霞外，南泛孤舟景自饒。

杜甫 杜牧 皇甫曙 白居易 司空曙 武元衡 蕭佑 劉滄

覆水寧思返舊杯，羈心懶向不燃灰。休言李廣功名薄，曾捧瀛洲翰札來。臺下鵷鸞争送遠，樓頭鐘鼓遞相催。歸途莫問從前事，大笑一聲幽抱開。

江陵士子　朱灣　孫叔向　羅隱　錢起　薛逢　劉滄　許渾

在朝常咏卜居篇，一度思鄉一悵然。何事欲攀塵外契？未能全盡世間緣。茫茫歸路在何處？杳杳漁舟破暝烟。幸與野人俱散誕，無求無欲亦忘年。

戴叔倫　宣宗　皮日休　白居易　劉威　鄭谷　陸龜蒙　元結

夙昔朱顔成暮齒，争來白髮送新愁。浮生浮世衹多事，知命知時肯躁求？卜築應同蔣詡徑，客帆空戀李膺舟。白雲多處應頻到，若個峰前景最幽。

王維　王建　羅衮　徐寅　杜甫　許渾　賈島　張籍

年過五十到南宫，今作江湖潦倒翁。鄉路遥知淮浦外，驛頭高倚夕陽東。功名富貴若長在，得喪悲歡盡是空。寄謝殷勤九天侶，長安路絶鳥飛通。

張籍　白居易　皇甫冉　韋莊　李白　温庭筠　劉禹錫　劉長卿

笑引江帆對月行，宦途不復更經營。潛夫自有孤雲侶，山館誰將候火迎？兔走烏飛殊未息，水流花謝兩無情。白蓮社裏如相問，不向山僧道姓名。

錢起　羅隱　方干　李郢　韋莊　崔塗　温庭筠　杜牧

鹿裘漁艇隔朱輪，到底榮枯也是均。塵劫自營還自壞，行藏由興不由身。世人不識東方朔，谷口徒稱鄭子真。漸老漸諳閒氣味，青門甘作種瓜人。

羅隱　李山甫　李洞　竇鞏　李白　温庭筠　白居易　司空圖

未及前賢更莫疑，生涯空託一輪絲。有官祇作山人老，未去難酬國士知。寂寂故園行見在，摇摇離緒不能持。浮生聚散雲相似，欲往從之何所之？

杜甫　羅隱　張籍　鄭谷　韓翃　劉兼　李群玉　高適

鳳有高梧鶴有松，人間鵷鷺杳難從。莫思身外無窮事，欲買雲中若箇峰。杳杳蓬萊人不見，涓涓乳漏味何濃。林屋洞多鍾乳。親知盡怪疎榮禄，不使功名上景鐘。

元稹　温庭筠　杜甫　劉長卿　劉滄　盧綸　朱慶餘　柳宗元

蕭晨騎馬出皇都，不蹋長安十二衢。青瑣同心多逸興，滄江有客獨疎愚。琴尊劍鶴誰將去？帆檝衣裳盡釣徒。讀《易》草玄人不會，白頭光景莫令孤。

楊虞卿　白居易　錢起　趙嘏　方干　陸龜蒙　韋莊　元稹

紅塵白日長安路，論道同心少有朋。世事茫茫難自料，浮生擾擾竟何能？不遊都邑稱平子，獨倚江樓笑范增。自置此身繩檢外，寒山半出白雲層。

張元宗　子蘭　韋應物　鄭谷　李群玉　許渾　司空圖　劉滄

本圖閒放養天和，擬把公卿換得麽。秋月春風不相待，浮雲流水竟如何？世途倚伏都無定，身外功名一任他。簪筆此時方侍從，釣舟頻引夢魂多。

汪遵　殷文珪　岑參　劉滄　白居易　元稹　李紳　劉兼

多少分曹掌秘文，北林猿鶴舊同群。應須學取陶彭澤，但恨無過王右軍。昨夜春風今夜雨，千山紅樹萬山雲。鳥啼花落人聲絶，魏闕衡門路自分。

李商隱　鄭谷　白居易　杜甫　盧綸　韋莊　權德輿　杜牧

壯志仍輸祖逖鞭，滄洲獨往意何堅。各爲微宦風塵裏，不羨乘槎雲漢邊。有國有家皆是夢，將名將利已無緣。歸來童稚争相笑，笑指漁翁釣暮烟。

張泌　獨孤及　白居易　沈佺期　韋莊　徐寅　司空圖　劉兼

自顧衰容累玉除，青雲器業我全疎。深山窮谷無人到，嘯致歌懷亦自如。寒澗渡頭芳草色，釣璜溪畔落花初。他年莫學鴟夷子，來往烟波非定居。

李嘉祐　李商隱　劉商　杜牧　李郢　李商隱　方干　羅鄴

幸有山歸即合休，白雲一片去悠悠。山陰道士如相見，玄晏先生已白頭。大抵南朝多曠達，至今鄉土盡風流。平生意氣消磨盡，蘆荻花中一釣舟。

崔塗　張若虚　杜甫　温庭筠　李商隱　李遠　羅隱　薛逢

偶持麟筆侍金閨，家在江南夢去迷。鶴戀故巢雲戀岫，海爲深谷岸爲蹊。烟昏日落驚鴻起，野店山橋送馬蹄。今日春明門外別，不須懷抱重悽悽。

吴融　李中　劉禹錫　韋莊　李紳　杜甫　張籍　李景

蕭蕭羸馬正塵埃，鬢似衰蓬心似灰。顧我老非題柱客，此時甘乏濟舟才。溪山不必將錢買，筋力應須及健回。三百六旬長擾擾，算應難入釣船來。

羅隱　盧綸　杜甫　元稹　杜荀鶴　白居易　韓愈　秦韜玉

謝家雲水滿東山，雲自無心水自閒。豈有文章驚海内？暗將心地出人間。劉伶避世惟沉醉，疏受辭榮豈戀班？官拙自悲頭白盡，欲求真訣駐衰顔。

趙嘏　陸龜蒙　杜甫　白居易　皮日休　李紳　岑參　薛融

擾擾都城曉又昏，慨然深志與誰論？莫憂世事兼身事，不叩權門叩道門。舍去形骸容傲慢，兼將壽夭任乾坤。碧巖秋澗休相望，今便辭他寵辱喧。

徐振　李中　韓愈　鄭谷　盧綸　白居易　吴融　黄滔

鵷鸞高舉勢宜分，黄鶴心期擬作群。舉世只知嗟逝水，幾人終肯别囂氛？門前學種先生柳，嶺上猶多隱士雲。自是不歸歸便得，歸時應免勒移文。
馬戴　皎然　貫休　安貧　王維　李商隱　崔塗　白居易

年來年去變霜髭，報主恩深到幾時？誰解乘舟尋范蠡？乞留殘景與丘遲。草堂未辦終須置，東閣無因得再窺。除却數函圖籍外，林泉風月是家資。
方干　元稹　温庭筠　李群玉　王建　李商隱　陸龜蒙　白居易

清儀都道蓬瀛客，卜築青山學謝家。但愛身閒辭禄俸，不將心賞負雲霞。鶴歸華表春先晚，村映寒原日已斜。詩酒尚堪驅使在，更將何事送年華？
劉得仁　李紳　方干　錢起　劉滄　張繼　杜甫　皮日休

莫遣黄金漫作堆，忍教纓上有塵埃。芝蘭氣味松筠操，潦倒聲名擁腫材。閣上掩書劉向去，江頭酹酒伍原來。卜居近胥口。虞羅自覺虚施巧，鶴引清霄勢未迴。
張祜　羅隱　崔塗　劉禹錫　劉長卿　黄滔　杜甫　韋莊

百感中來不自由，自緣遲暮憶滄洲。長疑好事皆虛事，誰是言休即便休。知愛魯連歸海上，原非太白醉揚州。落花芳草無尋處，老圃寒香别有秋。

杜牧　李嘉祐　李山甫　貫休　楊巨源　李白　劉長卿　戴叔倫

空然慚汗仰皇扃，紫陌奔馳不暫停。永憶江湖生白髮，願隨鸞鶴入青冥。浮雲不繫名居易，皂帽應兼似管寧。野老與人争席罷，醉中高詠有誰聽？

韓愈　鄭谷　李商隱　裴航　宣宗　杜甫　王維　張籍

判將命運付窮通，造化無情世界空。熱惱漸知中念盡，寂寥誰與此身同？垂竿已謝磻溪老，十賚須加陸逸沖。自愧朝衣猶在篋，碧雲天外作冥鴻。

劉滄　羅隱　朱灣　劉滄　高適　皮日休　羊士諤　杜牧

故園猶合有池臺，服藥閒眠養不才。京邑舊遊勞夢想，杜陵歸客正徘徊。山中習静觀朝槿，石上題詩掃緑苔。借問路傍名利客，何人林下肯尋來？

崔塗　韋應物　劉禹錫　韋莊　王維　白居易　崔顥　陸龜蒙

喧喧朝市匝蒼烟，薄宦相縈若綱牽。自笑無成今老大，故人何處又留連？一彈流水一彈月，萬里清江萬里天。若比争名求利處，風高還憶北窻眠。

唐彦謙　盧綸　薛逢　羅隱　盧仝　韓偓　章孝標　許渾

眼前人事衹堪哀，感物心情無計開。須向道中平貴賤，懶于街裏踢塵埃。白雲明月偏相識，黄帽青鞋歸去來。事往時移何足問，却思金馬笑鄒枚。

趙嘏　李中　劉威　韓愈　任華　杜甫　羅隱　李紳

得老終須卜一丘，微軀此外更何求？世間富貴應無分，壺裡乾坤只自由。莫學魯人疑海鳥，每多莊叟喻犧牛。人生隨處堪爲樂，去國長如不繫舟。

劉禹錫　杜甫　白居易　吕嵓　羅隱　薛逢　牟融　李白

願陪鸞鶴向三山，却與禽魚作往還。更擬結茅臨水次，偶然爲客到人間。胸中壯氣應須遺，世上浮名好是閒。綺皓清風千古在，了然塵土不相關。

王起　方干　陸龜蒙　雍陶　白居易　岑参　權德輿　吴融

自愛深居隱姓名，更無書札答公卿。荒村破屋經年卧，越水吴山任興行。若使巢由知此意，終期宗遠問無生。由來自是烟霞侶，松竹風姿鶴性情。

武元衡　方干　白居易　李群玉　張説　李後主　張籍　温庭筠

每懷疏傅意悠然，老去寧知歲月遷。自喜恩深陪侍從，古人頭白盡林泉。南山賓客東山妓，十畝松篁百畝田。更説桃源更深處，懸知此地即神仙。

李逢吉　鄭德玄　沈佺期　羅隱　白居易　韋莊　沈傳師　裴礶

世上風波老不禁，每來雲外恣幽尋。可憐擾擾紅塵裡，終是悠悠行路心。移竹疏泉長岸幘，千山萬壑獨携琴。扁舟不獨如張翰，一筯鱸魚直萬金。

白居易　楊發　貫休　張謂　韋應物　許渾　杜甫　劉兼

人情翻覆似波瀾，往事微茫夢一般。利路名場多忌諱，詩情酒興漸闌珊。世間風景那堪戀，故國烟花想已殘。早晚塵埃得休去，青山無限水漫漫。

王維 李群玉 李咸用 白居易 施肩吾 盧弼 李山甫 劉長卿

夢家山十六首

南客懷歸鄉夢頻，故園猶得見殘春。雲容水態還堪賞，竹徑桃源本出塵。往事悠悠添浩歎，偷閒處處作遊人。自慚麋鹿無能事，欲就東林寄一生。

劉長卿 杜甫 温庭筠 崔湜 鄭谷 白居易 羅隱 司空曙

東山遥夜薜蘿情，吴越新居安此生。酒盞酌來須滿滿，野塘吟罷獨行行。人言格調勝元度，莫道猖狂似禰衡。慚愧夢魂無遠近，繫舟何惜片時程！

皇甫會 陶峴 白居易 羅鄴 韋莊 皮日休 元稹 杜甫

歸去磻溪夢裏山，依然松下屋三間。自驚身上添年歲，謝却朝中舊往還。小院迴廊春寂寂，異禽靈草水潺潺。世間華美無心問，雲木蒼蒼但閉關。

岑參　戴叔倫　元稹　白居易　杜甫　貫休　韓偓　劉長卿

千里歸心著晚鐘，到來空認出雲峰。留侯爵秩誠虛貴，曼倩詼諧取自容。星斗寥寥波脉脉，溪嵐漠漠樹重重。不知今夕是何夕，寄隱雲陽幾處逢？

羅隱　雍陶　司空圖　李賀　温庭筠　白居易　賈島　皎然

回首風塵甘息機，瀛洲當伴赤松歸。平生生計何爲者，一日日知前事非。入户風泉聲歷歷，故鄉山水路依依。人間有許多般事，夢裏光陰疾若飛。

杜甫　李白　徐寅　白居易　姚合　羅鄴　杜荀鶴　李中

松竹禽魚好在無，幾回書札待潛夫？浮生暫寄夢中夢，欲老始知吾負吾。茅洞烟霞侵寤寐，謝公名跡滿江湖。心中已得黃庭術，曾見東皋種白榆。

白居易　杜甫　李群玉　劉威　陸龜蒙　趙嘏　中寤　褚載

心戀清潭去未能，夢中時躡石稜層。家無憂累身無事，閒愛孤雲静愛僧。多病馬卿無日起，高樓賀監舊曾登。覺來依舊三更月，蟋蟀聲中一點燈。

鄭谷　杜荀鶴　白居易　杜牧　杜甫　劉禹錫　劉兼　李昌符

閒夜分明引夢魂，雲山何處訪桃源？孔融不更留殘鱠，莊叟依然隱漆園。杳杳微微望烟浦，騰騰兀兀度朝昏。皇恩若許歸田去，世事從今口不言。

權德輿　戴叔倫　陸龜蒙　牛嶠　韓偓　方干　劉禹錫　白居易

尋常夢在秋江上，不似歡娱及少年。日日暗來惟老病，時時閒步賞風烟。讓王門外開帆葉，笠澤心中漾酒船。將謂便長於此地，低迷不已斷還連。

章孝標　楊巨源　白居易　劉禹錫　陸龜蒙　皮日休　項斯　李商隱

日高慵起未開關，秋枕迢迢夢故山。九陌塵埃千騎合，六街鐘鼓一催還。柳門竹巷依依在，澗户山窻寂寂閒。朝醉暮吟看不足，朝看飛鳥暮飛還。

白居易　劉兼　薛逢　許玫　張籍　王維　鄭谷　李頎

憶歸吴岫夢嵯峨，歧路東西竟若何？非道非僧非俗吏，有詩有酒有高歌。權門要路知無味，緑水青山時一過。一卧滄江驚歲晚，孤琴塵翳劍慵磨。

許渾　劉滄　白居易　司空圖　劉威　魚玄機　杜甫　李中

夢想三年在故溪，門前五柳幾枝低？一泓秋水一輪月，或掉扁舟或杖藜。清梵林中人轉静，老松枯處鶴猶棲。仙家未必能勝此，青靄連空望欲迷。

吴融　劉長卿　喻鳧　郎士元　李嘉祐　劉滄　王維　梁夔

朝市山林隱一般，何勞終日望林巒？閒中亦有閒生計，得句勝于得好官。不擬爲身謀舊業，乞容歸病老江干。家山夢後帆千尺，却伴漁師把釣竿。

陸龜蒙　元稹　李九齡　鄭谷　周賀　李紳　羅隱　薛逢

無端溪上看蘭橈，烟郭雲扃路不遥。吴甸落花春漫漫，天涯行客思迢迢。元卿謝免開三徑，丁令歸來有舊巢。覺後忽聞清漏曉，不知林下訪漁樵。

羅鄴　韓偓　高蟾　李頻　温庭筠　薛能　權德輿　陸龜蒙

跡疎冠蓋兼無夢，誰問山中宰相名？　今日結交明日改，前波未滅後波生。　孤情迥出鸞凰遠，世事方看木槿榮。　萬里秋天同一色，鱸魚鮮美稱蓴羹。

吴融　陸龜蒙　李白　劉禹錫　王建　皇甫冉　權德輿　李郢

日月轉多泉石心，一回歸夢抵千金。　劉伶避世惟沉醉，殷浩譚經不費吟。　東谷言笑西谷響，萬峰圍繞一峰深。　洞庭烟月如終老，豈有仙踪更可尋？

賈島　羅隱　韋莊　皮日休　馬戴　陸龜蒙　許渾　劉禹錫

夢山中舊隱四首

水國蒼茫夢想中，灰心還與故人同。　楓林橘樹丹青合，竹島蘿溪委曲通。　飯顆山頭逢杜甫，草玄堂下寄揚雄。　太湖浪説朱衣鮒，欲鱠霜鯨碧海東。

李紳　朱灣　杜甫　皮日休　李白　羅隱　李群玉　王初

月入閒窻遠夢回，白雲破處洞門開。舊交省得當時別，谷口今逢避世才。榮啓先生挾琴去，茅山道士寄書來。巖花澗草西林路，一一還從舊處栽。

李中　白居易　陸龜蒙　楊夔　方干　皇甫冉　李商隱　羅隱

白雲來往未嫌貧，猶欲高深訪隱淪。朝士忽爲方外士，行塵不是昔時塵。幸陪謝客題詩句，惟與湯師結净因。擬共釣竿長往後，放情丘壑任天真。

劉長卿　張九齡　劉禹錫　羅隱　庚光先　盧綸　秦系　戴叔倫

谿中放鶴洞中碁，蝶化莊生詎可知？何處相思不相見，歸來如夢復如癡。簾前春色應須惜，世上浮名徒爾爲。肯與鄰翁相對飲，詠歌林下日忘疲。

王建　白居易　許渾　元稹　岑參　戴叔倫　杜甫　朱慶餘

别同館諸公十首

抽却朝簪着釣蓑，其如難見故人何？青春背我堂堂去，白髮兼愁日日多。一頃荳花三頃竹，千重烟樹萬重波。預愁别後相思處，共愴離心一曲歌。

李昭象 白居易 薛能 李涉 許渾 韋莊 李中 李群玉

枯桂衰蘭一徧春，澗松猶是薜蘿身。每嗟塵世常多事，能解閒行有幾人？江上形容吾獨老，天涯去住共沾巾。蓬瀛乍接神仙侶，再到天台訪玉真。

王建 陳陶 羅鄴 張籍 杜甫 司空文明 袁皓 曹唐

計拙因循歲月賒，明時不敢卧烟霞。可憐芳草成衰草，纔見開花又落花。獨有袁宏易憔悴，惟教宋玉擅才華。即今江海一歸客，客路秋風旅雁嗟。

薛能 張蠙 楊凝 雍陶 温庭筠 李商隱 高適 盧僎

鄉心迢遞宦情微，老大徒悲未拂衣。越地江山應共見，五湖烟水獨忘機。能消忙事成閒事，偶覓東歸便得歸。爲報洛橋游宦侣，隨君空有夢魂飛。

許渾　杜甫　張籍　温庭筠　白居易　羅隱　韋應物　姚鵠

同人永日自相將，英傑高吟興味長。生計悠悠身兀兀，歸心杳杳髮蒼蒼。雲飛雨散知何處，天上人間兩渺茫。猶有漁舟繫江上，菰烟蘆雪是儂鄉。

張南史　李中　白居易　許渾　温庭筠　曹唐　趙嘏　陸龜蒙

自古雲林遠市朝，高鵬低鷃各逍遥。惟將遲暮供多病，自有才華作慶霄。紅葉下山寒寂寂，北風驅馬雨蕭蕭。出門便是東西路，愁倚長亭柳萬條。

杜牧　白居易　杜甫　温庭筠　崔櫓　柳中庸　無名氏　羅隱

退食鵷行振羽儀，空林獨與白雲期。漂零已是滄浪客，感興平吟才子詩。各辱贈言。浮世到頭須適性，舊遊回首漫勞思。逢山對月還惆悵，憶得同年行樂時。

羊士諤　王維　杜甫　高適　羅隱　李群玉　李洞　白居易

弟兄羈旅各西東，聚散十年人不同。怨別自驚千里外，語音尤在五雲中。西山日落東山月，北地花開南地風。借問還家何處好，海邊今作釣魚翁。

白居易　韋莊　高適　盧綸　魚玄機　張蠙　錢起　杜牧

愁把離杯聽管弦，斷腸分手各風烟。只言啼鳥堪求侶，但借流泉伴醉眠。洲渚遥將銀漢接，夢魂纔別戍樓邊。人間聚散真難料，一曲驪歌又幾年？

薛能　杜甫　高適　白居易　裴讙　劉兼　張籍　李穀

洞庭已置新居處，雲鶴蕭條絶舊鄰。同學同年又①

① 以下底本原缺。

南歸草 一卷
津逮樓草 一卷
據梧閣草 一卷
歸雲洞草 一卷

題詞

汝南太史，西山寓公。似叔寶之神清，官同洗馬；並公瑾之豪上，韻亦飲醇。登玉堂者十年，侍講幄者四載。含香簪筆，宜參調燮之司；解組濯纓，暫署湖山之長。羅七十有二峰於檻外，攬空青而吟翠微；吸三萬六千頃於胸中，瀉銀濤而霏雪瀑。據梧閣聳，絶勝燃藜；詒燕堂開，宜名晝錦。著緋遂歸田之願，焚黄堅誓墓之文。平章泉石，花鳥恣其品題；管領烟霞，風月供其吟嘯。只許高僧相訪，茗戰而肥；時容詞客扣門，躭詩不瘦。聯篇累什，何如陶令歸來之辭；抽秘騁妍，不數興公遂初之賦。翻著襪，從他刺眼，羡先生高咏寒山；倒騎驢，誰肯回頭，問公等焉知張果？仙山日月，欹枕偏長；宦海風波，收帆及早。即非鑑湖一曲之賜，總是君恩；應比華陽十賚之文，都成真誥也已。

康熙甲戌上元後三日，華源沈白拜撰。

南歸草目次

南歸草

將出國門聞鐵菴起拜大司寇口占

白頭放去把漁竿，莫問炎官與冷官。瀕發忽聞除拜事，掛冠一笑也彈冠。

聞鐵菴已北發在道

通識行藏心共知，樂天今得傲微之。路逢語笑愁吹斷，急索先償百韻詩。上年用元白唱和百韻送鐵菴假旋。

打冰謡四首東昌道中

小春寒沍便稜稜，斷岸皚皚積雪凝。莫怪微陽蒸不散，舟中人是一條冰。

險絶盤絙過閘船，摐金伐鼓沸闐闐。衝冰載得人歸去，鷁首垂鬔也皓然。

傳呼小艇打冰開，大舸篙聲确犖來。逢著漕艘銜尾泊，長年三老亦徘徊。

一綫流澌莫計程，蝸蜒負殼好難行。鮫宫詫有麻姑爪，船底通宵爬背聲。

與西園連夕夜話懷拜石翁

拜石翁耄年惸獨，蕭然野鶴孤雲，而群從羈牽，强作服牛乘馬。嗟乎！多生業障，脱去何難！暮齒弟累，愛莫能助。庶幾解衣推食，爲呴沫之枯魚；安能如土揮金，學填海之精衛。若大惑終身不解，則窮交束手無何。自屬沉迷，匪忍坐視，慨焉長歎，託之五言。

帶索榮公在，垂綸渭叟如。翁年八十餘，書壁有榮公語。薪原稀負荷，蘭久絶庭除。填海無精衛，呴濡有涸魚。連宵情話熱，欸欸只憐渠。

南歸道中書懷十二首

芸局迢迢隔，松風栩栩來。賞虚蕭館菊，歸及草堂梅。岸雪消還點，河冰合復開。交親應待我，早熟臘前醅。

馬待何年駟，車争幾許高。本非題柱客，甘遜著鞭豪。朱墨誰爲別？用柳州序棊。行藏信所遭。頗聞鄉井曲，冠蓋已如毛。

嫌同朝貴態，横吹泛樓船。未免從時俗，能無愧達賢。鉦喧郵卒導，纜緊牐夫先。遮莫人疑揣，歸休意未堅。

最愛陶彭澤，從官計獨疏。折腰何太懶，一飽不求餘。息駕辭塵鞅，高酣讀我書。清風安可繼，長嘯返蓬廬。

投老頻回首，頽然萬事慵。茫茫塵土夢，草草宦途踪。避地從高枕，尋山信短笻。閒來開敝篋，失喜故人逢。

鵬徙何須海，鷦棲定幾枝。聊爲乘大化，非欲傲當時。跡似孤雲寄，心將一葉期。流行兼坎止，任運復奚疑。

嗜官猶嗜味，一臠八珍同。縱使親嘗徧，無過屬饜窮。朵頤何足貴，果腹豈須豐？得失休相較，陶然塞上翁。

鷺鷗真我輩，麋鹿乃其徒。雙屐穿林莽，孤篷入蔣蒲。谿山安石墅，烟雨惠崇圖。底事黄冠客？區區乞鑑湖。

拙宦才何短，幽栖計自長。霜高餘碩果，秋老淡寒香。片石留侯侶，輕舟少伯裝。華胥容命駕，一枕即羲皇。

恍惚他鄉夢，蒼茫隔世身。似歸遼海鶴，疑入玉關人。朋舊存餘幾，丘樊記失真。漫勞誇衣錦，且欲恣投綸。青楓黄菊里，紅蓼白蘋灘。縹緲怡雲嶺，沉冥釣月竿。無邊秋富貴，誰禁日盤桓？悔踏東華路，遲懸神武冠。故書翻覆理，新句短長吟。敢廢閒居課，還敦宿好心。雲光摩滁硯，月彩媚橫琴。即事成幽趣，空山自古今。

過淮陰詠古二絶

争誇漂母識英雄，誰道憐才滕令公？若使連敖駢首戮，蕭何安得薦賢功？

跨下能爲忍辱仙，却羞噲等與齊肩。舞陽貴戚徒烜赫，不及淮陰惡少年。

至除夕泊清河二首

危檣曉夜帶冰牽，不道迎長日已旋。却憶京華聽漏永，凝霜壓帽待朝天。

節候潛移往復來，又看六琯一陽回。驅寒漫道憑吹律，可亦能吹不起灰。

舟阻邗關

留滯無端邗水限，張融屋底强徘徊。沉沉載得書千卷，暴客休疑估客來。

雪後登金山寺樓

虛無色界一浮漚，萬象微茫指掌收。疑是荆關奇恣筆，長江萬里接礬頭。

秉真上人貽中泠泉

中泠開一勺，終古冠泉經。汲去雲移石，擔來月在瓶。滌除塵網累，灌溉識田靈。爾法原清浄，曹溪滴未停。

冬日訪高節培留飲即席贈之

經術傳中壘，文章嗣許公。何如名德後，能不墜宗風？爛熳留賓醉，須臾供具豐。歲寒期砥節，庭下兩松同。

初春筏輿歷諸山寺

行春橋下春水流，茶磨山上寒烟收。梅萼自矜向日綻，柳條相學迎風柔。稀聞治平鐘梵出，幾見上方帬屐遊。我已厭爲乘輿客，秖緣濟勝衰遲休。

支硎山

支硎不一勝，泉石總靈奇。絶磴眠雲處，懸崖噴雪時。數層峰出没，九折路逶迤。神駿留遺跡，飛升何所之？

華山寺寺有御書碑額

流丹飛閣出，匝翠化城收。櫚聳林巒秀，窗臨洞壑幽。榮光開浩劫，寶碣鎮千秋。縹緲諸天界，蓮峰面面浮。

留題慕廬韓學士山莊

碧山棲隱處，別業傍巖扃。窈窕藏書窟，蕭閑載酒亭。梅粧微露白，柳眼漸舒青。倘問苔痕破，言余看竹經。

登鄧尉諸山閣望太湖

每尋高處豁幽襟，傑閣更番試一臨。七十二峰相隱現，漁舟葉葉點湖心。

琴臺

靈嵒絕頂石床平，誰抱瑶琴向玉京？恍惚鈞天聞一奏，九霄吹落珮環聲。

暮春十有三日彭侍講訪濂移席揖青亭招集限韻二首

正憐春晼晚，禊事隔旬乖。却枉飛書數，還教暢敘諧。珠光浮綺製，蘭氣散幽齋。更歷虚亭上，無邊麗矚佳。

移尊錦里杜，「殘尊席更移」，少陵過南鄰水亭句。對宇漢陰龐。坐隱消碁局，分曹倒玉缸。碧垂竿拂檻，黄散圃當窗。滿眼風騷將，偏師笑未降。

蛛網落花和東海公韻

惜花無計縱春過，委地殘紅可奈何。一徑横張絲絡索，半空留住曼陀羅。戲魚唼影疑應却，賺蝶尋香舞欲傞。若使龔生冠未掛，無心觸網感還多。

柳絮和東海公韻

飛綿故故點衣稠，度竹輕輕糝徑浮。秖益漢南摇落恨，轉添灞上别離愁。飄來亭院晴還雪，積向池塘暗自流。恐化爲萍同泛梗，乘風須逐白雲遊。

斷河旅吟因展假赴紹經此

住山期不出，强出復誰憎？病尚官爲累，遊非興偶乘。藥爐燃敗葉，茶椀颺孤燈。聞説南高近，神飛第幾層。

登卧龍山山在紹郡治内

卧龍絶頂試攀躋，萬户鱗鱗入望齊。草木蒙蘢千嶂合，烟嵐布散一天低。越王臺迥尋無迹，賀監湖荒指欲迷。底用蓬萊驂鶴馭？凝香燕寢有仙梯。

又贈王太守憲尹

元和才子誇州宅，東晉風流擅禊亭。管領湖山兼吏隱，搜尋林壑出奇靈。泉分清白餘佳酌，山有清白泉。人在空虛列翠屏。退食從容還彦會，門如水處片雲扃。

岫雲吟

閑雲出岫本無心，又向天邊結遠岑。疑岫疑雲渾莫辨，畫家濃淡此中尋。

禹穴

夙聞禹穴奇，來尋不知處。舊繫宛委山，陽明洞頗著。鄭舫標大書，元稹銘傑句。或云告成觀，上有窆石據。或指陵爲穴，菲飲一泉注。陵迷泉亦枯，惟號烈風樹。昌黎何復云，東穿甌閩去。恍惚無定名，欺人謾相詡。楊慎巴蜀産，鑿空自占踞。謂蜀有石泉，是禹所生故。因兹援證紛，遠求逾謬誤。未知龍門翁，南遊果何駐。探奇發雄文，如得江山助。流傳瞽説多，紀載率訟聚。我來拜碑下，冥搜若行霧。陵谷幾代遷，神界杳難逆。憑弔獨蒼茫，雲山莽回互。

南鎮松

峰回壑轉鬱葱葱，羅立蒼髯十八公。元季大家誰貌得？枝枝幹幹屬王蒙。

湖涸舟阻不得徧遊會稽山水

愛探靈境不能前，恰似思光陸處船。疏鑿依然歌禹蹟，暵乾無奈值湯年。欲枯萬壑縈迴樹，盡涸千巖洒落泉。塊若轍鮒筋力倦，倩誰圖取卧游便？

岳墳懷古

忠武精誠貫古今，南枝墓柏尚蕭森。數年血戰恢京志，四字肌文報國心。嶺上忠魂遊夜月，湖濱浩氣結秋陰。一從萬里長城壞，宋社丘墟悔恨深。

湖心亭

虛亭突兀占中流，峰翠波明四望收。我與樂天同作達，縱非刺史也勾留。

林和靖墓在孤山放鶴亭上

人與仙禽去不還，一坏猶自表孤山。公卿墓道連天矗，偏仰高踪不可攀。

六一泉二首

遊渴方思憩碧潯，枯腸一溉得甘霖。低徊泉面還相照，印取先生歸潁心。

事業三朝餘潤澤，文章百代此淵涵。細流學海吾何敢？脱屣塵埃或未慚。「脱屣塵埃之外」，子瞻賀公致仕語。

六一泉上見石像

乘雲馭氣跨滄溟，八極神遊豈暫停？如水地中無不在，漫從一勺想儀刑。

靈隱寺

名藍鎮日絶氛埃，聽徹鐘魚粥鼓催。泉不因人終耐冷，山多逸興却飛來。寺門對飛來峰、冷泉亭。

三秋桂月高峰爛，月桂亭在北高峰下。九里松風夾道回。仰睹雲林題御墨。榮光萬丈燭天開。

題冷泉亭

亭枕澄潭面碧峰，梅詩白記並稱工。蕪聯穢額題來徧，欲挽清泉洗一空。

寓園雨坐命童子買蓮插池中

獰風猛雨妒遊船，蕭瑟憑欄發興偏。池館恰餘盈壑水，旅囊聊損數文錢。花開也復紅搖日，葉展何須緑接天！留向湖瀕作佳話，愛蓮倘不愧先賢。

寓園偶題

假館宜湖曲，尋幽遠市闤。跳波鯈潑刺，隔竹鳥間關。信美高樓倚，淹留叢桂攀。憑欄一騁望，拱揖盡青山。

玉泉寺觀五色魚

山溜淙淙漱鳴玉，循除漲漲流詰曲。澄鑑眉鬚甘沁脾，潛滋厥壤秀嘉穀。溯源始出纔濫觴，不盈不竭匯方塘。中多錦鱗樂自得，一泓游泳争浮陽。巨者修可四五尺，細亦數寸淩霜鯽。

丹黄映日閃金光，淺碧深殷間黝白。水清可數沙復明，戲波毚㵞鏡中行。有時躍起波面立，拊掌騰躑喧𠼪聲。投之勺粒競吞噬，慣狎遊人不驚逝。終老其間長子孫，豈必通津足生計？君不見截江大網打欲空，鱠飛錯落金盤中。吁嗟胡不慎出入，始羨玉泉嗟莫及。

净慈寺

西湖佳勝數南屏，昏曉鐘聲不暫停。古柏修篁爲列障，雨餘洗出數峰青。

雷峰墖

南屏前對雷峰矗，上有浮圖倒影斜。最是夕陽明滅際，高標渾似赤城霞。

好游自嘲

愛游如愛官，屢遷不知足。躭躭患失心，一種分清俗。美階不勝歷，靈境不勝録。從君願力奢，占盡誰能獨？余非不愛官，得官苦局促。一臠知鼎味，三餐已果腹。官高途轉危，不如遂初服。因兹掛冠歸，違己寧失禄。惟有好游癖，沉痼結心曲。縱眼戀山青，照顏貪水渌。佳處既領要，隴邊還望蜀。情癡每自笑，何年愜所欲？筋力向衰遲，舉步困趚趄。涎涸蝸牛疲，日斜夸父逐。譬彼嗜熱官，濡湎何太酷。亦各從所好，瘡痂即旨蓄。傷性理則均，亡羊等臧穀。

西湖口號

湖攢山簇望萋迷，圖畫天開卷可攜。高插數峰標岳墓，中分一水劃蘇堤。魚知蕩漾隨舟樂，鳥解悠揚繞樹啼。西子不勝唐突苦，詩成却愧更留題。

湖上苦雨

驕陽肆虐久，秋雨連綿澍。方歌雲漢章，又賦愁霖句。坐令遊屐阻，蓄縮淹晨暮。喧聞喜浴鳧，静見聯拳鷺。寓樓思極目，誰撥障天霧？空濛山色中，洩雲滚敗絮。名勝餘未涉，賞心渺難遇。興盡便欲還，稍待新蟾吐。

坡公有五更山吐月五咏以殘夜水明樓句爲韻寓園月夜戲倣其體

一更山吐月，迸破暮雲殘。竹檻篩金屑，蓮塘印玉盤。微茫墻影細，欸乃棹聲闌。一種清輝發，偏宜勝地看。

二更山吐月，理詠南樓夜。方覺秋興逸，又迫秋風謝。念彼放鶴人，長眠孤山下。美景對良宵，莫辭數揮斝。

三更山吐月，夜色涼于水。空明渾一片，湖月光相詭。斷橋堤柳外，諸峰嵐霧起。來朝期泛艇，陰晴詎能擬？

四更山吐月，孤枕倚窗明。銀漢斜初落，玉繩低復横。蛩吟四壁静，魚擲小池平。客睡渾無著，鄰鐘又發聲。

五更山吐月，寂寂度高樓。叢桂香徐拂，疎桐露正流。稍聞群動起，漸隱半輪幽。幾點殘星外，蒼烟列岫浮。

登吴山絶頂

吴山高絶處，俯視衆峰平。江湧秋潮壯，湖吞晚照明。問天攜謝句，窮島想蓬瀛。歸向南樓上，遥看嶺月生。

西湖泛月四首

放棹月明中，平波澹容與。沙鷗渾不驚，知是同心侶。

泛泛中流楫，熒熒遠岸燈。烟林深一碧，梵放出相仍。

虛涼墻影浮，蕩漾隨柔櫓。何處洞簫聲？潛蛟呼欲舞。

水月何相得，融成一片秋。秖應容皓首，覓句坐船頭。

喜晤賁園於山塘次見贈韻三首

屈指分攜又九年，當樽猶話昔離筵。怪來筆底生花馥，知是長書妙法蓮。賁園方書竺典。

沿洄笠澤足賡酬，休憚山遥與水悠。君但能來數晨夕，洞庭續取陸皮游。

中秋月色滿長堤，好入奚囊細品題。聯袂踏歌聊永夜，桂花鋪地作香泥。

虎丘中秋作

西湖樓上月，吞吐湖光互明滅。小舠一葉泛中央，四顧微茫爛生纈。虎丘樓上月，一片石塲照清徹。嬉遊雜沓往復來，絲肉啁啾競未歇。西湖遠岸幾燈熒，輕霧籠山青一抹。虎丘燈樹列繁星，人語嘈嘈薰氣熱。一般勝地月明中，喧寂平分濃淡别。生平愛寂不愛喧，人濃我淡興殊絶。安得雨洗千人座，壑影巖光露高潔。雙屐硜然乍霽時，劍池橋畔泝寥泬。裙舄稀疎作伎停，絶勝吠聲逐臭争奔悦。

哭張弘軒五百字

憀慄秋氣悲，侵肌涼颸厲。伻來傳凶問，驌絶故人逝。昨歲君遘疾，毒疽項領熾。斷爛頭岌岌，喉管一綫繫。醫言命呼吸，惟幸勿鼽嚏。余時蒙予假，歸舟歷淮泗。聞之怒如擣，亟訪君愛壻。葉芥舟爲淮郡教授。苜署閴無人，還家遄省視。余憂始轉迫，鷁首苦濡滯。行行達梁溪，迺幸所親值。借問得近狀，□甚徐生觜。呵護若有神，補苴漸聯綴。喜劇知已存，經旬便把臂。何期抵吴閶，予亦患心悸。尋幽洞庭麓，養疴聊避世。晤對亮非遥，辱君書問遺。逡巡九閲月，無恙兩相慰。深秋病骨蘇，準擬掛颿遂。君盍姑少須，鋒車泉路税。或云暴怒傷，或云狗慾致。君齡已八九，應已謝姬侍。重生萬念灰，何物攖嗔恚？二説俱可疑，展轉夜無寐。天意果厭君，何不於昨歲？累卵莫能毁，而乃平地躓。咄咄頻書空，涔涔枯老淚。吁嗟乎弘軒，我黨干城寄。公正必發憤，少小矜意氣。偲偲諍友過，動色匡以義。背面輒回護，不忍私竊議。今人正相反，面甘背可畏。屈指奉敦槃，四十載無異。急難等在原，挺身犯仇忌。至性實過人，求之古無愧。吁嗟乎弘軒，文章留正諦。宦途跬步蹶，辛苦負一第。經緯人傑稱，十未究一二。遂初亦有年，勞勞罕休憩。我昔繫史職，郵筒每詞費。□君尋行樂，當爲善老計。入林苦未深，毋乃纏俗累。吁嗟乎弘軒，奄忽便齎志。悾悾夙昔心，披豁竟何地？欵欵范張交，素車無飛轡。

念君古道敦，欻爾典型墜。翻雲覆雨徒，江湖日相繼。東南耆舊傳，有幾靈光巋？余將返里門，君偏我遐棄。悔不力疾歸，話別彌留際。慟哭西風前，哀歩失倫次。

紺池上人移居別院和韻

桑下緫經宿，祇林又徙居。團蒲白社集，種紙緑天如。净几曇花供，新詩貝葉書。嘯吟參奕響，絶勝殷鐘魚。

吴淞歸棹

放浪辭塵鞅，沿洄認故鄉。水仍歸震澤，人乍返柴桑。挂席西風正，推篷野岸長。休疑矜晝繡，暫徙稚川裝。

將抵里門

題橋從漫滅，種柳詫成圍。童稚俄而壯，親交見者稀。經行城郭是，指點水丘非。舉火多相待，空慚載月歸。

先大夫崇祀鄉賢祠四首

堂構方恢復，榱題遂落成。遺居久爲豪踞，甫贖，適葺祠亦訖工。栖神知得所，蠲吉報新晴。世澤枌榆古，餘風藴藻清。義雖推國故，月日在鄉評。

太祝祠官備，明禋廟貌新。禮成千載重，論定百年真。好德心感慰，陰行善始伸。傾都扶杖出，觀感欲還淳。

從祀文宣廡，非徒誦法宜。大都過宋日，每類畏匡時。遜遁消群慝，間關老百罹。幽光寧望顯，盛典自無私。

家祝庚桑子，人推通德鄉。兩楹陳俎豆，數仞傍宫牆。特峻群倫表，長垂奕葉光。顧慚詩禮訓，終未克升堂。

焚黄禮成二首

皇澤被重泉，恩華賁九天。齎來丹地遠，捧出紫泥鮮。報國嗟休矣，思親倍惘然。感深潸迸淚，偷洒墓門前。

霜露如添潤，松楸欲著花。宣將綸誥重，焚去墨光斜。寸草心猶結，春暉報尚賒。私衷還誓墓，已倦草黄麻。

喜晤同年王納言薛瀫次見懷韻

早謝金華直，行逢玉屑霏。何期卧疴久，未遂故園歸。飯顆詩偏瘦，丘樊遯敢肥？今來披豁盡，夙昔願無違。

薛瀫留飲疊前韻

昔我同人集，燕山雪正霏。一爲揮手别，幾欲拂衣歸。酎更開尊渌，鱸纔入饌肥。留連情話熱，幸未素心違。

題耆年會圖次鶴沙先生韻

曾聞洛社耆英會，復見西園雅集圖。曲水流觴經百徧，壽藤老樹向千株。攜琴踏月横雲嶺，班坐烹蓴陸瑁湖。名隸丹成茅許籍，神傳白盡綺園鬚。高吟乘醉還題壁，古調遺音或據梧。歌咏太平皆大耋，留連勝日足幽娱。

祝盛誠齋侍御八袠雙壽

巋然耆舊表江東，争向崆峒拜下風。驄馬獨行周柱史，鹿門偕隱漢龐公。花繁九十春方永，桃熟三千顆盡紅。詔下蒲輪環召近，懸知入夢兆非熊。

又

謾誇八十如四十，誰識先生萬古心？洛社會迎黄髮健，惠文冠挂白雲深。鳳毛一片輝丹穴，鶴骨雙清映碧岑。著就玄經多歲月，桃蹊李徑幾成陰。

前輩董默菴先生惠示華琯集題贈

泱泱大風表東海，東國人倫足文采。一從高唱白雪樓，聲華銷歇少風流。平原先生鍾間氣，讀破千卷羅萬彙。胸涵冰雪無纖塵，毫端變現若有神。不譚詩派兼詩格，由來善易不言易。追隨後塵亦有年，未聞自命風雅權。一日相逢泗河舫，投我一編快欣賞。牢籠萬態光燄長，蛟龍出没雲霞翔。方駕黄初嗣皇雅，突過大曆諸作者。别裁僞體尋真源，黄金紫氣徒喧喧。焚香卒讀數驚歎，瞠目絶塵邈河漢。始知不足盡先生，有如此集難爲名。吁嗟人世管窺見，争推經濟公獨擅。豈知大業原兼該，經國定須華國才。

右文姪七十壽

稀齡强半多衰白，矍鑠誰能似壯年？飽歷艱虞皆大夢，晚歸清静得真詮。太常齋慣妻兒集，鄭老氈寒歲月遷。屈指生平看百變，從今好更閲滄田。

甲戌除夕

雀羅庭户久閒居，豪頓猶憐盛氣餘。一去飛光無那老，幾多暮景況堪除。世途終免因人熱，生計從教笑我疎。布被匡牀高卧穩，火城夾道夢回初。

乙亥元旦

憧憧歲事往來煩，浣俗純灰只杜門。不解巨源非吏隱，虚疑靖節爲田園。縱横插架圖書滿，歡笑當樓兒女喧。呼取巴童携蠟屐，探梅休更負山村。去春方欲訪梅，聞已落盡。

人日

訪梅正好及春回，虐雪獰風凍未開。無日不陰愁杜叟，題詩誰寄草堂來？杜詩「元日到人日，未有不陰時」，高常侍又有人日題詩寄杜拾遺作。

錢畹九六十壽

憶昔論交總角年，偕遊泮水樂隨肩。春申隱處餘松菊，甲子週來閱海田。鶴骨争如詩骨健，醉鄉好與睡鄉便。乞歸已結香山社，期爾同登九老筵。

虹橋道中二絶

凌晨發畫舫，停午過虹橋。雞唱林間出，炊烟一縷遥。

渚汀交出没，穲稏雜青黄。舟涸方收柁，潮回儵滿塘。

津逮樓草目次

津逮樓草

移居洞庭西山尤艮翁先生見送二律次韻奋之

野性端宜寘壑中，非關避世隱牆東。瀛洲亭上鵷行隔，笠澤波心鷺侶同。文杏香茅聊結宇，桃花流水便乘風。從今巖石交期固，申以盟言不負公。

其二

從違底用勞詹尹？廉讓由來好卜居。錯比一區揚子宅，罄將十乘茂先書。歸雲洞在山半。口調晨鶴，明月坡在山麓。前聽夜漁。莫忘蓴絲鱸鱠約，片帆不至定愁余。

次吴子虞升見送韻

烟波萬頃隔，身世一槎浮。未擬任公釣，聊爲謝客游。卑棲安褊性，兩地長離憂。乘興能相訪，清談轄可投。

其二

攜鋤巡圃畔，雜蒔間青黄。雲表來孤磬，林端度遠檣。籃輿彭澤駕，笻杖鹿門裝。最是同心侶，懷人烟水鄉。

雨宿包山寺贈柯菴上人

古寺稀人跡，名山契夙緣。恰宜風雨夕，來話祖師禪。滌我塵途垢，分君卓錫泉。未論精進定，且得吉祥眠。

柯公喜余移居石公山和韻見贈疊訓二首

四海與彌天，重逢話昔緣。投來霞上作，參取句中禪。小閣看山翠，新茗試石泉。好圖蓮社會，只少李龍眠。

已占湖山勝，還成支許緣。清言移永晝，静對似安禪。灑脱三乘法，奔流萬斛泉。後期能趁月，來共石公眠。

贈明秀閣主人王叔价次東海公韻

湖光山色日相親，況有繁花送好春。種竹子猷從問主，登樓王粲肯依人？全收檐外群峰翠，不到門前一點塵。解味客來堅坐此，賞心消得酒千巡。

憲吉叔价昆季招飲疊前韻

幸與君家棣蕚親，欲傾滿甕洞庭春。穿枝鳥哢皆同調，倚檻梅開亦故人。閣迥長懸徐孺榻，風高不受庾公塵。僦居倘果湖山約，定許相過日數巡。

訪挾仙樓主人張北山留宿仍前韻二首

無邊勝概坐相親，百變烟嵐秋復春。舊雨忽來呼黍客，上牀便對卧樓人。山排雲障開圖畫，湖割鴻溝遠俗塵。雄辨高談移日夕，傳杯洗盞幾更巡。

石交自與石公親，石隱同尋石洞春。蝦菜魚羹陳釀酒，香爐茗椀愛閒人。徒傳蓬島爲靈境，底用桃源始絶塵。飛閣捲簾看不盡，梅花索笑傍簷巡。

訪周子覬侯澄鮮閣次見贈韻

高閣晝方静，幽人喜客臨。相攜一縱目，堅坐共論心。古洞金庭簡，小山桂樹林。始知真隱趣，悔不早投簪。閣傍林屋洞，有巖桂最古。

其二

新卜山椒築，端居只塊然。從兹望衡宇，何異接村烟？來往無人覺，風流二老偏。披襟兼覓句，真足遣餘年。

覬侯北山枉過山齋疊前韻二首

愛閒貞苦節，思渴得甘臨。自結滄洲伴，都忘魏闕心。科頭松作蓋，把臂竹爲林。一望群峰秀，齊抽碧玉簪。

足音蓬徑寂，空谷忽跫然。菓實稀茶供，樵蘇冷爨烟。俗情消欲盡，真味領來偏。期爾求羊侶，相將保暮年。

覲侯北山再過小飲次即席韻

氣吐三江吞五湖，南皮豈數建安徒？徐傾竹葉供吟嘯，細颺茶烟入畫圖。逸興翩翩日下鶴，忘機汎汎水中鳧。縱論今昔行藏事，高卧堯峰得似無。座間以汪鈍翁相擬。

其二

天上歸來此結廬，得朋有慶復何如！漫稱太史誇簪筆，只戀名山懶著書。却枉清談周黨顧，多慚問字子雲居。八叉手便詩成去，山路迢遥月上初。

山居偶成疊前韻二首

不向君王乞鑑湖，放情丘壑屬吾徒。數椽五柳先生宅，一幅孤山處士圖。適性大鵬同斥鷃，具官乘鴈等雙鳧。沉冥頗有蕭然致，内足于懷一事無。

已歷三時下直廬，不巾不襪野人如。封還宰相山中秩，探出靈威洞裏書。休戀堂餐甘藿食，未登仙籍好樓居。消除熱惱安心竟，長日悠悠太古初。

再疊韻二首

爲人厭勿泛杯湖，退谷遊非干進徒。元次山云：爲人厭者勿泛杯湖，干進之客勿遊退谷。甫里筆牀茶竈具，盧鴻樾館草堂圖。不鳴幾見遭烹鴈，補短寧爲續脛鳧。博得心閑身自適，資生百物儘教無。

羲皇枕上一蘧廬，夢覺徐于總泰如。便擬右軍辭世帖，不煩中散絶交書。衰年忽忽稀終卷，盛暑蟲蟲久索居。漫興詩篇銜口得，休論大曆與黄初。

同王張諸子納涼湖畔三疊前韻二首

青爲洞庭白太湖，詩入右丞騷左徒。時共解衣盤礴羸，竟題烟江疊障圖。游仙子晉唤緱鶴，博物茂先辨海鳧。飽襲清風便甘寢，更看柳梢月上無。

一曲谿橋小結廬，前臨湖岸畫難如。虹泉激射東山記，輞水淪漣裴迪書。逃暑底須河朔飲，迎涼似得閶風居。知人家國非吾事，游放悠然得遂初。

清河名媛次前韻見贈疊訓二首

仙家浮玉北堂湖，陸魯望云：「太湖者，仙家浮玉之北堂。」秀絶清心玉映徒。採柏牽蘿幽谷致，焚香繡佛梵天圖。閒調林屋孤栖鶴，静對蓮塘隻影凫。珍重瑶華知己句，虞翻從此恨應無。

千樹寒梅玉繞廬，亭亭素對洞仙如。獨吟豈譜青溪曲？靈境常披赤字書。草解忘憂縈繡户，竹能抱節護幽居。臨風凝佇憑青鳥，正及銀床報葉初。

集挾仙樓次家西亭韻

流金灼暑太無情，薄暮微涼水面生。趙盾日看銜嶺没，楚王風待上樓迎。蟻浮巨斝傳青縹，蟬度高枝曳曼聲。我輩何關憂樂事，憫農未免話陰晴。

百無詩

居枕太湖瀕，無魚佐杯斝。好客偶見過，供具僅脯鮓。蔬圃一兩弓，雨澤愆霑灑。荳苗不盈寸，瓜茄登案寡。山家日用物，風味朴而野。攜錢一入市，重趼累百舍。傔從私竊議，主翁雖曠者。胡爲太自苦，計出儒酸下？乃翁顧之笑，蕭然杯獨把。百無博一閑，形枯心則寫。君子輕口腹，豈必歌需雅？樂游無何有，我老是鄉也。

夢

明月透疎櫺，冷浸幽人榻。夢入廣寒宮，水晶簾四匝。冰壺濯桂露，微茫映玉墖。一覺仰天歔，依稀喪我嗒。

長句自遣

昨年此日黄金臺，揮汗正踏軟紅埃。公卿百輩齊衮衮，螭坳簪筆常崔嵬。不堪觸暑供史職，却憶江南歸去來。今年林卧空山裏，烏皮几滑無纖滓。蓬徑不聞屐齒喧，鳥語蟬聲時在耳。羲皇一枕簟紋紅，酪奴解事呼我起。此中不忝耐閒人，四顧蕭然物外身。只愛幽栖宜褊性，悦生之具百不親。客來相對少兼味，僕困長吁竊憎貧。慣甘淡泊不足道，行年七九已頹老。幾時跨鶴凌揚州，大氐百年都草草。君不記燕市炎歊十丈高，下直不遑便面摇，苦憶江南首重搔。

喜雨

三伏炎蒸焚大槐，輕陰忽報澍喧豗。騷人直訝催詩急，野老争呼雨粟來。撼樹淋浪蟬響咽，飄檐歷亂燕飛回。會須⿱穴區坼都霑足，徹夜奔翻動地雷。

病骨

去年觸熱螭頭畔，銜冰出入起居館，還逐宮僚校汗簡。今年歸卧包山隅，龍樓鰲禁一事無，又問病骨何時蘇。

登縹緲峰

振衣直上逼蒼冥，呼吸真能徹帝庭。萬頃茫洋交混碧，諸峰拱揖盡浮青。村墟隱見烟雲窟，吴越排連水墨屏。便覺乘風欲仙舉，何年鶴骨長修翎？

游三山歌

向傳海外三神山，便欲褰裳濡足不復還。弱水清淺未可涉，令我神游杳冥間。何如此山浮震澤，片帆風利僅咫尺。登登歷歷多嶔岑，中峙五峰攢峭壁。披榛覓路危磴紆，良久始謝青藜扶。婆娑峰下擬形似，誰爲割取半幅華山圖？不知何年五丁鑿，昂首聳肩齊秀削。相呼拔地出雄觀，紫玉駢簪插寥廓。頃之更尋前山椒，嵌空瓏瓏凸復凹。簇縮鱗鱗緆瘦透，濤穿波齧紛巖嶅。黝然積墨堆冷鐵，宛如蜂房分洞穴。獸蹲魅伏鬭蛟螭，瑰詭萬狀心驚瞥。吾聞自昔奇章酷嗜奇，東城南郭營第時。輦致奇石亦無數，玆山何尚存纍纍？又聞宋家艮嶽聚花石，巨艦連檣恣搜索。嵬峩盡封盤固侯，嗟爾何獨逃掊擊。將毋天欲娛散人，留取石交寂寞濱。酹酒船頭重回首，方知海外三山域內有。

山堂小集次覲侯韻

床頭有酒不求餘，燕幕棲來未埽除。權借鄰居對客。蠟屐枉披三徑藋，麈談勝授十年書。片帆絲雨淩波渺，小閣金風薦爽初。臨海漫矜豐供具，率真延祖恐無如。

次畲清河君見贈

丹臺小謫蕋珠仙，錦字新題玉版箋。林下風神翩獨立，洞天烟月渺無邊。臨池豈數夫人法，擬絮休追道蘊年。最是關情堂上燕，將雛辛苦守空椽。

其二

琴中別鵠秋霜操，鏡裏孤鸞夜月樓。剉薦留賓寧愧湛，著鞭勉子定先劉。聯翩辱枉珠璣贈，拙懶慚疎玉案訓。翠袖倚來修竹冷，生憐荏苒歲華流。

其三

彩雲五色爛毫端，棐几焚香數展觀。寂寂無波枯井水，蕭蕭有節緑筠竿。素娥倚月惟培桂，謝氏充庭只蒔蘭。應念高山同調少，嗣音慰我一枝安。

北山招同存古覲侯對菊次存古韻

竹樹參差棟宇鄰，招攜知有素心人。頻呼杜曲林中酒，莫負柴桑頭上巾。醉嚼霜橙香倍爽，吟看露菊影逾親。吾儕避世真忘世，休問滔滔□逝津。

久雨漫題十絶

秋深一雨特連綿，疑是東南有漏天。潭府帖殘彌益頞，長沙人老漫憂年。

恒雨恒暘占若何，誰憐遺種蕩洪波？從他獨醒誇漁父，蒿目能禁鼓枻歌。

暮雨夢回還曉雨，重温前夢轉車輪。不知乙夜華胥客，擾擾槐宫事幾真。

布衾凈滑一匡床，睡美剛聞點滴長。晏起空山仍閉户，硯香晨汎雜甌香。

愁霖汩汩太無端，藥裹書籤强自寬。却怪昊天非陸海，淪胥大塊一泥丸。

樹梢日日琳琅語，與吾周旋顧影孤。俯仰渾疑天地軋，白衣蒼狗幻須臾。

䮡絶人間有陸沉，深泥滑滑雨淫淫。幽栖遺俗聊應爾，東海量叶平愁太不禁。
淋浪擺樹暗山村，海思雲愁獨掩門。賴是逃虚甘冷寂，莫來莫往信朝昏。
霤間數易瓷甖滿，汲取烹茶味亦鮮。叵耐酪奴風味薄，苧翁經法未曾煎。
藥欄荒草離披久，翠缛從教占一庭。攲枕幽窗差不惡，蕉梧點滴夜同聽。

據梧閣草目次

據梧閣草 癸酉

移居石公山游歷春夏得雜興四十首

不傲王侯不乞憐，不圖作佛不求仙。前身應是陶彭澤，往哲常師魯仲連。橫絶懶爲黄鵠舉，低迷甘狎白鷗眠。歸田那更論官品？要著緋袍笑樂天。白詩「五品足爲婚嫁主，緋袍著了好歸田」。

又

高位争如高卧穩，愛官孰與愛閒强。頭銜别署湖山長，遊紀兼編醉睡鄉。難作獨醒人到底，即從不競地收場。縱然白髮饒千丈，□是緣愁爾許長。

又

數束殘編枕敝簏，安居底用問君平？扁舟故有臣行意，捷徑原多客噉名。供養烟雲堆裏老，經營泉石窟中生。從他鄉里兒曹笑，衣繡人歸作夜行。

又

已分忘機學海翁，却憐夙昔氣如虹。文章佳惡誰能定？嗜好酸醎不苟同。游刃屠龍空技巧，腰鐮刈藿老英雄。晚來聞道勤難補，那得虞淵日再中。

又

鼎鼎百年何所圖，茫茫四海孰吾徒？野猿自不安章服，神鳥終須脱檻笯。俗易相乖惟却避，山難徧買只遊娱。生平不負腰圍直，濟勝於今忍負吾？

又

詞苑陣人拋舊學，清時長物玩餘年。九京可作吾誰與，一事無成獨甎然。錦纜舟憐蘭楫小，金根車笑竹兜便。應知鳩鴳榆枋樂，不用培風背負天。

又

注草箋蟲事業卑，藏烟貯月足家資。□從身退江湖遠，不計丹成日月遲。自照螢非争爝火，閒鳴蛙豈爲公私？虚傳荷鍤劉伶達，七尺猶煩眷戀爲。

又

昨秋黄色上眉間，果得歸從桑者閒。弱縷三眠舒倦眼，暗芳一笑解歡顔。天隨但逐能言鴨，太白還求輟贈鷴。約畧行藏都草草，非矜遠志卧東山。

又

揣分量才即退休，吾衰未甚足夷猶。蠅頭小字鍾王蹟，塵尾清談支許遊。洞爲庋書營蠹窟，屋教因樹作菟裘。短檠墻角何曾棄？丙夜仍將逸史讐。

又

猶龍老子挫其鋭，歌鳳接輿無此狂。小草一官終落拓，大瓠五石太荒唐。椷情問月憑青鳥，寄傲訶天上緑章。從此浮生長自得，泥人結習幾時忘？

又

滿引訶陵欲倒傾，壯懷五岳失峥嶸。柳綿輕薄如交態，花瓣闌珊似宦情。睡美不聞牛蝭鬬，心平一任觸蠻争。休教抵死躭佳句，陶謝寧須分道行。

又

窗裏誰呼祈孔賓？人間得喪等埃塵。集蓉製芰皆重錦，飲露餐英即八珍。不羨熱官思爛熟，頻開故篋媚橫陳。慣于木鴈中間處，烹食俱非五鼎人。

又

試將往事譜流年，早合歸休誓墓堅。澤雉樊籠神弗善，爰居鐘鼓響無緣。六州鑄鐵都成錯，一局殘碁揔讓先。與我周旋寧作我，畸人自信獨侔天。

又

混跡塵中常退步，縱心事外欲忘言。數群沙鳥新相識，幾箇漁舟晚聚喧。栩栩蘧蘧從夢覺，騰騰兀兀信乾坤。回思往事同蟣蝨，紛擾徒遊犢鼻褌。

又

十年簪組苦相覊，及此容吾解脱時。有志千秋嗟老矣，無緣九列豈逃之？門臨絶磵懸崖静，景向攤書展畫移。栖托一丘今始遂，包山遥指已前期。數年前取吴都賦中語，鐫一印云「指包山而爲期」，今始踐之。

又

倦鳥投林息羽翰，營巢更得一枝安。山横前後雙眉嫵，岸坼東西散步寬。榆莢雨催梧葉大，落梅風送竹聲乾。杖藜不少崎嶇路，絶勝人間九折盤。

又

飽諳世態熟知幾，宦興蕭然與願違。澹泊自甘詩亦瘦，寂寥有味遯偏肥。吟蟬倚樹遥相警，㲉雀臨風試退飛。縱使年侵身幸健，焚黄告墓也須歸。

又

畏壘惟將擁腫居，蘇門長嘯向誰攄？聊呼紅友三杯滿，併遣青奴一榻虚。未報聖明終負疚，苟全衰朽豈求餘？也知絲竹堪陶寫，不畜非關畏解疎。

又

乍喜衝波風纔停，卜居以意作篿筳。數蕠老桂窺窗暗，雙峙高梧蔭閣青。唤婦鳩何勤和答？將雛燕亦細丁寧。臂鷹手息平時怒，閒録陶朱水畜經。

又

六十三年墮地仙，采真遊遂主恩偏。午炊自詡長腰米，山家俱食秈米。晚釣相矜縮項鯿。湖中多産此魚。雲氣作峰峰作畫，霞光連水水連天。幽居谷口時來往，何用安車賜第懸？

又

杖頭不挂酒頻賖，梁上錢空免去叉。擉鱉撈蝦高士宅，祝鷄調鶴野人家。林園東崦兼西崦，杖屨南垞與北垞。月食豈須盈四斗，何郎那復問生涯？

又

風月平分恣品題，縱横圖史日相攜。世情久被東方玩，物理都從莊叟齊。地僻檐虚時卧犬，林深溪静遠聞雞。只愁稻蝁無遺種，暵圃全荒百甕虀。時方亢旱。

又

盧橘甜來若醴醇，白蓮澹似去官身。欹斜壓帽枝妨路，自在梳翎鳥狎人。好句堪傳吟送老，異書欲購諱言貧。栖遲耕鑿皆君賜，敢效康衢擊壤民？

又

野夫興到縱行歌，屐齒硜然犖确坡。交以道親濃味少，文從人怪稱心多。碧波明展新磨鏡，黛色輕描乍點螺。快意不須供大嚼，六帆大網日經過。六帆漁艇最大。

又

豈厭承明不久留，白頭敢復戀螭頭？ 早年便慕陶元亮，此日真成馬少遊。 四壁圖書三徑竹，一天烟月五湖舟。 迷津寧似仙源隔，遠俗渾如風馬牛。

又

逃虛已與世相忘，閒福難消也自量。 丹嶂翠屏山富貴，銀濤雪瀨水鋪張。 未迎白帝餘朝爽，雖近黃昏好夕陽。 日者妄言初不信，到來始信去官長。星家言余命格爲去官留煞，向不信之，特節取爲戲耳。

又

窮年寂寂雀羅門，曼衍支言襍寓言。 人世浮榮何足道，文章小技未爲尊。 儘躭掃地焚香坐，不怕行車觸熱煩。 眠食隨宜吾自適，空庭底要報時猿。

又

橅帖調絃事事慵，支床不覺日高舂。 無心擇木閒飛鳥，倦起爲霖老蟄龍。土人方禱雨。多耳芒鞋和露躡，過眉藤杖撥雲從。有時林静收群籟，何處吹來遠寺鐘？

又

明主原非棄不才，侵尋暮景自相催。聊從泉石平章去，特作烟嵐管領來。野渚亂開丹菡萏，比鄰争餉紫楊梅。鈍翁幾度曾遊此，何不移居絶點埃？汪太史凡三游洞庭，俱有游藁。

又

商嶺茹芝輕駟馬，鹿門採藥帶全家。烟迷鼓栧蘆中隱，風動懸瓢木末斜。選石攤書防觸蘚，巡畦抱甕課澆花。客來能領窮居味，墻席無過艾與葭。西亭適至。

又

任運時時豁素襟，無情華髪信盈簪。官輕似棄泥塗賤，地遠還尋洞府深。畫裏輞川饒氣韻，夢中天姥費登臨。怪來林樾傳聲少，巖下何來鳳嘯音？覲侯時投高唱。

又

具區萬頃氣鴻濛，穿鑿浮巒寘此翁。栗里談諧無俗調，華陽松桂有真風。投竿每泊丹崖下，元次山事。失道時尋蒼耳中。李太白事。野鶴氄氋虚善舞，乘軒竊禄更何功！

又

盛夏空山草木薰，鳴蜩更代隔林聞。三徵免辱焦先詔，十賚應邀弘景文。來往有情梁上燕，卷舒無意嶺頭雲。村醪不用春衣典，鄰叟墻頭每見分。

又

燕市黄塵十丈高，逃來偃卧此林臯。水光浄比齊紈素，霞氣鮮于秦復陶。吾事濟須幾兩屐，世緣輕付一尊醪。即看抱節松筠古，也復慵操直筆褒。客或徵節孝傳。

又

循本誰爲濠上惠，望衡幾見漢陰龐？門從斷客長施楗，壁礙看山屢鑿窗。唳鶴翩翩高影隻，浴凫拍拍隊呼雙。田廬得似柴桑里，詩筆争如濯錦江。

又

尸位枝官休忝竊，無才老子揔癡頑。可人花笑如尤物，獨睡丹成得大還。好學尚慚袁伯業，放言敢擬白香山？亂紅鋪作重茵徑，悔踏東華軟土斝。

又

草閣茅亭一徑深，淡烟遠岫帶疏林。榮衰物候仍冬夏，耕績人家自古今。明月岡頭疑吠豹，白雲塢口數歸禽。遺安但逐鷄豚社，何必疏家樂賜金？

又

陰陰槐夏結雲屯，長日曾無車馬喧。韋曲桑麻通杜曲，陳村雞犬接朱村。自鋤園内抛冠帶，老瓦盆邊長子孫。野叟往還何所事，較量晴雨驗禽言。

又

樗材梁棟故難勝，古井波瀾誓不興。窮谷儘容張鎬老，愚溪孰與柳州争？攢眉豈必逃蓮社，訶止何妨遇灞陵？詩卷一囊爲活計，休猜踪跡類游僧。適有官檄查詢。

六言四十首

秋風起時命駕，神武門前挂冠。倦鳥集於枯木，殘雲宿在層巒。

看終碁局柯爛，炊熟黄粱夢休。焚敝簏衍芻狗，卜佳山水菟裘。

好花隨候開落，野鳥穿林去來。霜鬢原無根蔕，莫教愁種添栽。

老病逼人咄咄，飛光去我堂堂。掃空身外榮辱，閲盡尊前輩行。

罷參僧住退院，秃頴君歸管城。信手奕非好勝，遣懷詩不争名。

誤到蓬山頂上，乞歸笠澤波邊。桔槔俯仰幽圃，舴艋横斜暮烟。

鳥栖月下初定，螢墮風前欲欹。名姓已隨身隱，光芒焉用文爲？

行藏無譽無訾。身世一龍一蛇。晴日登山臨水，烟波泛宅浮家。

攬鏡髮偏種種，含胎息未深深。聊爲右軍誓墓，止足定之於今。

生平占盡癡獃，老去真成懶慢。他時應謚文愚，否則易名鈍漢。
及時當便行樂，妙理終存濁醪。老冉冉來不覺，塚纍纍處誰逃？
俗情翁子堪鄙，腰綬忙于負薪。若使南陽終老，事煩不到閑身。
數盞陶陶兀兀，半龕栩栩蘧蘧。抛書何法消遣？卧看溪雲卷舒。
遊興濃于春酒，宦情薄似秋雲。懸車幸及尚早，秉燭何嫌太勤？
忍飢辭禄逃耻，力疾尋山散愁。翻著韈從刺眼，倒騎驢好回頭。
架閣隨山高下，結村面水東西。暖送隔墻花笑，晴喧深樹鶯啼。
胸蟠塊壘消盡，膽結輪囷解開。何限朱顔緑鬢，相尋白骨青苔。
位置膨脝石鼎，安排曲盝繩床。高眠邊子何懶，淺酌次公亦狂。
竊比香山居士，樂于榮啓先生。從他生老病死，任我坎止流行。
夔蚿展轉憐足，蠻觸紛紜鬬戈。已醉猩猶戀屐，經秋燕尚争窠。
巖下掃除曲徑，牀頭枕籍南華。見人休問朝市，相對但話桑麻。
夢得異書踴躍，老稀益友箴規。醉鄉編户逾小，吟社雄心漸衰。
花氣薰人醉倒，鳥聲唤客遊來。緑酒尊中不飲，蒼顔鏡裏難回。
往事渾如夢破，雄懷漸與年侵。作詩未必傳後，不作將何寫心？

偶從沮溺避世，多事巢由買山。插架圖書午午，伴人鷗鷺閑閑。
鷄頭菱角鋪錦，豆莢瓜當叶平滿園。風日佳時散步，溪山得意忘言。
未能鶉居鷇食，不解熊經鳥伸。相賞松石問意，自謂羲皇上人。
一抹斜陽挂嶺，數家矮屋臨湖。閑行不用攜伴，得句聊爲自娱。
日烘柳緑如染，雨洗桃紅欲然。春色三分有二，休教白放推遷。
虛疑椿算八千，不信鵬摶九萬。言有大而非夸，蓬心驚怖河漢。
秋後方驚葉落，雨前又喫茶新。不辭搰搰爲圃，莫向滔滔問津。
有夢不通廊廟，何官可易湖山？非緣謝客鍵户，那得高人扣關？
橛頭艇子葉小，竹裏茶烟線長。蕩槳秋濤浩淼，投竿夜月蒼茫。
有客貽書見誚，誚儂何事山居。卿當自用卿法，吾亦自愛吾廬。
紫桂巖前野叟，白雲天際清秋。酌泉亦汲無礙，山中泉名。賒酒猶嫌妄求。
斗轉參横曉霽，草枯木落秋高。青藜杖尋碩果，白板扉開亂蒿。
紅葉滿林霜薄，青山遶舍雲晴。淒緊高原風物，于喁陰壑秋聲。
齒角休爲相羨，熊魚寧可得兼？大千若願完滿，缺陷誰能補添？
號野鴈聲戛戛，堆檐槲葉重重。林外人家遠火，水邊野寺疎鐘。

東平爲善最樂，北海盈尊免憂。雨後霜前好景，一筇雙屐都收。

澄鮮閣賞桂和家覲侯桂枝詞二十首

空庭古桂拂霄長，直訝香生碧海桑。一夜金鶖飛集徧，馳書來報十分開。

小閣平臨四面山，連蜷枝共八公攀。座客八人。乘鸞莫問清虛府，只認溪橋碧一灣。

幽香吹徹畫闌邊，不待回風唱麗娟。正及花時招客賞，青囊慣費伯休錢。覲侯市藥召客。

怯聽蕭蕭風雨聲，無情飄墮正關情。巴童繹絡傳魚素，却道清芬分外清。

白傅曾傳號紫陽，分來蟾窟有餘芳。浮杯玉醴同甘露，底用廬山訪石梁？

結隱同居笠澤濱，家風交味並稱醇。開尊作主知誰主，蘗桂留人亦故人。

天台嶺外天香國，金粟花前金屈卮。莫笑衰翁拚醉倒，料儂肯負此良時。

黃雪堆檐麝滿樓，招攜勝侶小山遊。何來荀令薰盈座？能使餘芬十日留。

不隨韶景夭桃艷，肯逐朱明榴火然？獨泛氤氳涼露曉，故應仙客友爲仙。

月姊栽來已絶塵，吴剛斫取未成薪。結根喜近高人室，異樣天葩發興新。花色比他桂倍濃。

斂屐登樓日未斜，山山秋色隔林賒。皐塗八柱知何在？可比荒郉獨樹家。

紫芝地肺閉重關，大有幽人隱洞山。願得闇河如棗實，共君剖食隔凡間。林屋洞内有「隔凡」二大字。

一弓瓠落邵平瓜，三徑荒蕪栗里花。忽枉巖中金石句，杼山遊到月鈎斜。
不願山中稱宰相，敢求天上作神仙？惟期三百六旬日，餌桂銜杯月樹前。
自謝詞頭罷草麻，萍漂梗泛信浮槎。泥人滿院秋香好，鎮日淹留醉作家。
一抹遥山帶夕陽，渚田過雨溜泱泱。凌波殿柱微風度，争似澄鮮閣透香。
十二闌前宿雨收，霓裳一曲海天秋。招摇山上群仙會，萬斛香蒸碧玉樓。
和霧襲來濡筆架，因風颸入讀書窗。興酣爛熳無拘束，移席花陰倒玉缸。
霏霏拂拂撲簾鈎，想像凌虚玉宇遊。酹向花神應共笑，笑君白占廣寒秋。
廿咏都成絶妙詞，粲花筆舌錦心思。洞天新譜人間少，須倩霜娥唱桂枝。

題畫册 謍丘寒林

荒雞叫落五更霜，紅樹闗山正渺茫。何限離愁堆尺幅，無言别賦勝江郎。

又 元暉彦敬合作

虎兒已歇房山逝，一片烏雲盡墨豬。似此奇靈何處得？毫端定有老龍嘘。

又夏珪廬阜

千尋峭壁立嶔崎，劃破湖光縱渺瀰。不有素毫爲淡埽，匡廬而目幾人知？

又南宫烟林

雲卧先生高閣卧，一朵白雲來婀娜。須臾林岫悉縞衣，不辨朝烟與夕霏。

又范華原秋江釣艇

紅樹斜陽短短橋，一天秋色壓輕橈。詩翁兀坐貪搜句，遮莫空鈎漾晚潮。

又郭熙寒林

村南村北凍雲合，欲眠不眠聽打鐘。鐘聲隱隱落何許，欲問千峰與萬峰。

又趙承旨白石菴

物外田園亂山隔，沿溪草樹交濃碧。桃源似從此路尋，重到漁郎記不得。

又曹貞素遠山落木

青楓白鴈醉寒烟，流水孤村處處偏。罷釣歸來無箇事，夕陽小艇恣高眠。

又闞仝溪雲小閣

一片烟雲變態殊，臨溪小閣枕山隅。溪聲山色隨人領，底事區區賜鑑湖？

歸雲洞草目次

歸雲洞草

甲戌上巳東海夫子司寇公宮允果亭公盛侍御誠齋招同錢孝廉圓沙尤檢討艮翁黃宮允忍菴何觀察涵齋王司農却非許廉憲鶴沙孫孝廉赤崖秦庶子對巖諸公舉耆年會于玉峰連日觴詠用蘭亭二字爲韻

勝日偏逢勝地難，更逢勝集此追歡。期堅晚節同蒼柏，坐挹光風汜紫蘭。慵鬬捷因詩筆退，怯争雄爲羽觴寬。幸陪絲竹東山墅，江左風流倚謝安。

紅泉碧樹白沙汀，中有群賢解禊亭。金谷寧須苛酒數，草堂端不愧山靈。繪圖盡帶烟霞色，聯袂俱爲薜荔馨。翻愛虛無嵐翠好，催詩不厭雨冥冥。

再用前韻

緑野平泉風月寬，乞身猶健恣盤桓。招擕把臂林多竹，傾倒同心氣若蘭。不醉忍虛良讌會，無詩肯負好春殘？鼎鐘勳業渾閒事，美具難并勝熱官。

罨畫烟雲戴石屏，參差竹樹繞池亭。華林詞藻由來盛，曲水觴波好未停。西北浮雲看逝水，東南碩果數晨星。他時耆舊誰成傳，大雅寥寥尚典刑。

三用前韻

風騷飛將舊登壇，收拾衡星劍氣寒。時際太平人是瑞，會名真率禮須寬。閒觀碁局臨清泚，南史「金溝清泚，當得劇碁」。遞撚花枝當秉蘭。漫道優游齊洛社，年均涑水比蹤難。不敢班齒德也。

北山之北幔爲亭，恰對嶙峋展翠屏。吾道匪徒敦尚齒，史占奚啻聚文星！蒼顔一一毫端出，喧笑頻頻鼓節停。禹慎齋各爲寫照，傳花擊鼓以導飲。信宿淹留皆彦會，殷勤未許客揚舲。

四用前韻

別墅開來傍碧巒，重襟披處問幽蘭。酒壇編户看逾小，吟社齊盟興漸闌。禿頴公然仍冒管，直鈎底事亦投竿？莫論今昔悲陳迹，贏得當前快意殫。

倚户停雲不掩扃，迎賓野鶴亦忘形。隨人俱老紛披筆，與夢同閒蕩漾舲。吴會山川陶峴里，午橋風物子雲亭。無端悽入心脾曲，張樂渾疑在洞庭。

五用前韻

盛事流傳異代看，安知我輩罄交歡？騁懷幸入山陰會，却老何須勾漏丹？濠上同遊應許惠，谿頭垂釣合名磻。山香舞罷庭花發，火齊珊瑚綴木蘭。侍御開八袠筵，庭中烟火甚幻。

回望瀛洲何處亭，雪泥留爪信鴻冥。黑頭遠遜梁江總，皂帽虛疑漢管寧。茲日素心欣共寫，逾時老眼對猶青。秋期預訂離情動，單舸鴟夷只暫停。有中秋再會之約。

酬沈客子見寄卜鄰包山四首

詩筒滿貯墨痕斑，羨我抽簪早閉關。豪蕩人多思鼎食，誰能來共飽看山？

掉鞅名場歲月多，倦遊司馬意如何？思蓴倘命秋風駕，但訪烟波老釣簑。

可盤灣裏石公邊，算作壺中小洞天。若問野夫農圃事，筆仍鉏耒紙爲田。石公山田不易得。

問渡休勞歎望洋，片帆風送白雲鄉。杯湖退谷堪遊泛，主者爲誰有漫郎。

題廉讓泉在鶴沙先生萊園内

數道泉聲竹裏飛，珊珊石罅落珠璣。惠莊遊處知魚樂，廉讓居間狎鷺歸。涼浸澄泓山月影，静涵空翠渚烟霏。臨流一滌煩襟罷，不遣緇塵更上衣。

宫詞

君王日夜選才人，競掃蛾眉薦下陳。聞道昭陽還召入，六宫粉黛盡含顰。

塘栖曲二首

幾回卜大刀，云郎下估船。終朝凝望處，對岸落帆邊。
人言郎未歸，儂夢郎歸疾。飛來鴨嘴船，兩槳如張翼。

經游淛東山水

據梧小閣對山尖，媚眼秋光正偪檐。不戀家鷄尋野鶩，笑儂餐勝太無厭。

晚景

遠岸蒼然暮色寒，炊烟處處起林端。雲峰已吐張弦月，水碓猶喧激石湍。

錦溪灘

水淙淙，石鑿鑿，歷亂曲篙争犖确。前船纜斷後船催，争呼嘈襍灘喧豗。

七里灘

危檣牽細纜，嶺半挽舟行。水澈難藏底，山稠不辨名。一天横黛色，兩岸畫眉聲。七里嚴陵瀨，無邊仰止情。

題釣臺二首

咄咄狂奴傲赤符，客星終古照江湖。磻溪亦有投竿叟，却笑鷹揚冒釣徒。

雲臺何有釣臺存，不共人間桑海論。絶壁難攀高尚事，清流誰問濯纓源？

即景十絶

荆關奇恣筆，著意寫巒頭。四壁名山在，推篷日卧遊。

纍纍石子灘，經雨愁彌滑。恠底挽舟郎，猿猱逐超越。

鏗鏘衝水碓，邪許上灘舟。咫尺分勞逸，天公有意不？

白鷺立沙汀，蕭閒意何適。猶嫌志在魚，多媿忘機客。

溪湧沉牛石，風驅犇馬雲。茅茨深樹□，茫昧未能分。

彌縫嵐氣昏，屈注溪流怒。景意自分明，寫狀窮毫素。

巨靈劈鬼斧，奔峭露奇觀。老鐵堆千疊，霾雲宿百盤。

好峰當我前，翻怯帆飛疾。客行不計程，盤礴茲亦得。

冥濛山□雨，雨壓山如醉。猶如蠶吐絲，絲裏蠶遭繫。

雨過蒸亂雲，山川蒙敗絮。人家隱翠微，鷄鳴不知處。

米灘

拔地崚嶒湧細岑，維天設險亦何心。排連兩岸龍蛇鬬，錯峙中流矛戟森。熊耳虎牙休紀勝，瞿塘灩澦漫悲吟。好憑上瀨篙師捷，不戒垂堂害不侵。

上瀨船

勞勞上瀨船，隊隊牽長繂。犖确等康莊，騰踴一何疾。如彼烏鬼脚，鎮日常霑濕。繿縷不蔽體，羽毛不重襲。品類雖各殊，耐塞性則一。如何夔與蚿，相憐不相及。

望桐廬縣

桐君栖隱處，澗户獨虛亭。地古花爲縣，墉高郭是坰。半江帆影亂，數抹黛痕青。便欲維舟住，晴天對翠屏。

新安江

梭子輕舠上下過，上灘似待下灘梭。横生巘崿森攢劍，澄見鬟眉緑映波。碓轉不停噴薄霰，鷗還只在曲盤渦。長年三老多經險，畏路崎嶇奈爾何？

舟中雨望

磴道荒寒行客稀，山坳猶未啓林霏。貪看峰頂雲堆髻，不覺篷窗雨濕衣。亂石驚濤噴雪怒，遥村斷岸縷烟微。隨波豈有□吹沫，怪□輕鷗掠水飛。

雨後舟中待月

濕雲如幕正垂垂，幽客推篷徙倚時。蟾影欲爲新婦面，半藏扇底半偷窺。

水碓

約束溪流怒，回旋草舍陰。雨過雙杵急，灘暗一燈深。無假牽攀力，時傳鏘戛音。如逢漢陰叟，可亦厭機心。

遊問政山

不知窮勝處，高下信兜輿。徑轉茅茨出，烟開竹樹疎。幽尋思苦茗，小憩得精廬。却羨林間叟，耕雲日荷鋤。

登斗山閣

岧嶢飛閣迥，直上散襟顏。磴躡層層樹，窗懸面面山。冥搜身未遍，遥指意先攀。更擬攜紅友，狂歌帶月還。

王干溪橋飼魚

澄泓谿上流，錦鱗燦可數。來往本無心，悠哉得其所。片餌擲波輕，波心潑刺鳴。魚緐餌不給，漫笑爾曹争。

宿下舍次允凝江子韻

雙屐尋孤館，疎鐘破暝烟。僕吁度嶺倦，客愛上樓眠。人語低燈後，泉聲落枕邊。曉看收宿雨，好趁薄晴天。

冒雨訪黄山

歷險探奇計特迂，冥濛磴道太崎嶇。分明貌得荆關筆，細雨秋山行旅圖。

山行口號

前山雲氣如奔馬，後山詰曲愁雨下。須臾澗道寒風□，漸掃雲開作晚晴。天意陰晴不可問，且促舁夫勉前進。

次留雲嶺宿師古上人房二首

停輿依谷口，解帶憩招提。澗户雲隨杖，山樓翠滿梯。園蔬無量供，村酒自能攜。細數塵區事，休令覺路迷。

一宿留雲嶺，悠然物外情。燈前軟語熱，枕上旅魂清。疎竹風傳梵，空巖鳥報更。平生躭寂樂，真覺萬緣輕。

芳村道中

石荒班駁蘚，竹秀淺深叢。三十六峰無限景，豈知一綫此間通！

遊黄山

茫洋雲海思無窮，巖岫嶔崎仄徑通。穿樹猨吟紛若雨，墮枝鼯技捷於風。石荒題作仙人榜，郭巨傳稱天子宫。欲唤浮丘挹襟袖，尋真采隱許誰同？

烏龍潭

泉杵潭爲臼，何年開鑿成？老龍呼不起，時有黑雲生。

桃華源

仙源可與此山齊，百折谽谺費杖藜。莫學漁郎來復出，他時重到問津迷。

湯泉

山椒神瀵涌，暖氣日氤氳。一滌消沉疴，長流絶垢氛。丹砂蒸出乳，石髓煑生薰。滚滚玄珠泛，休尋赤水濆。

狎浪閣

山爲白浪浮，身作海鷗鳥。飛瀑如曳練，崩迫何時了？潺潺寫我胸，虚牖生寒峭。長作閣中人，無煩更幽討。

響雪亭

昔傳清涼山，歷歲積壽雪。寒巖涷不消，無聲自堆疊。何如對兹亭，屑玉霏琤琤。桑海或變滅，終古無停聲。

藥銚

入山尋大藥，瑶草芳且美。欲和烟霞烹，金鼎此焉是。銚底三昧火，銚中八德水。候至丹自成，刀圭屑瓊餌。未必即長生，或可長不死。

尋錫杖泉

夙慕靈泉勝，披榛磴道迷。延緣躋澗石，曲折泝洄溪。光訝垂飛練，晴看飲渴霓。松根嘗一勺，茗椀幸相攜。

題朱砂菴主緑蘿集

朱砂峰骨如瑶鐕，秀削下臨朱砂菴。菴主本是天下士，儒林澹泊逃瞿曇。竭來未成支許談，快覩緑蘿詩一函。空王立空文字障，誰道詞源許浩瀁？

迎送松

横陳洞口相欹卧，夾峙山腰互屈盤。知爾送迎非俗態，爲憐躋險到來難。

一綫天

寒山入石壁，灰心滅聞見。塵海天茫茫，此中留一綫。

卧龍松

偃蓋形屈，鐵勢石托，根雲結契。輪困逃斧斤，蠖屈忘塵世。祇緣還却大夫封，人道空山老卧龍。

宿文殊院和允冰韻

夙有名山約，兹同勝侣遊。探奇得其要，賞會不須週。丹翠呈千樹，雲山拱一樓。驚人擕好句，夢管若爲酬。

宿雲谷

梵放林端出，泉流杖底從。煙藏雲谷寺，星落鉢盂峰。有紫皆成綺，無青不是松。奇懷今始愜，偃臥日高舂。

獨坐步雲亭

飯罷尋詩倚瘦藤，虛亭小憩曲欄憑。樵聲遥發空林籟，溪溜頻驚怪石稜。絶壁雲牽絲一縷，懸崖樹疊錦千層。移時吟望經過少，幽鳥親人亦我朋。

擾龍松

昔有所南翁，畫蘭不著土。黄山十八公，托根亦何所？奇松破石出，石破松還補。短幹擁腫蹲，修枝虯螭舞。不受劉累豢，長辭匠石斧。何曾資土膏，自足興雷雨。安得思肖圖，玆松與蘭伍。

老人峰

巋然人立一峰尊，拱揖群峰無一言。绛縣耳孫曾不有，赤松鼻祖至今存。蟠根蒼蘚爲朋舊，摩頂閒雲共曉昏。底用長生丹鼎術，巖巖石丈得真源。

蓮花峰

紫玉琢芙蓉，花蘂互根蔕。黄海敞蓮池，白雲葺荷蓋。

青鸞峰

削成摩天翮，背負青雲路。欲寄列仙書，煩爲達情素。

石人峰

面目帶烟霞，肝腸本鐵石。崚嶒不媚人，倔强今猶昔。

芙蓉峰

誰將丹菡萏，插向碧天空？恍惚朝霞射，匡廬秀色同。

鍊丹峰

鍊丹峰下鍊丹源，搗藥依然杵臼存。遺誤秦皇與漢武，被欺方士祇空言。

天都峰

縹緲群仙宅，岧嶤獨爾尊。諸峰羅立處，大小盡兒孫。

軒轅峰

紫雲不散仙人洞，丹竈寧留鍊藥方？却笑飛昇傳誕妄，攀髯終古説軒皇。

紫石峰

泉源百折温香，松磴千尋蒼紫。起題壁叟何從？訪餐瀣人到此。石壁有鄭師山題刻。

鉢盂峰

泉飛錫杖冷，峰擲鉢盂圓。靈跡傳何代？乾坤開闢年。

桃華峰

傳是軒轅種，丹梯爛百層。谿流皆錦濯，巖洞盡霞蒸。

石床峰

雲卧仙衣冷，風敲鶴夢穿。浮容游息後，何容上床眠？

飛龍峰

蜿蜒疑作雨，夭矯欲乘風。骨出非鱗甲，偏能御碧空。

山遊歸道中

決決溪洑流，盤盤山椒路。踆踆烏没嶺，蝡蝡蟻旋磨。峭崖面面迎，繡錯丹黄樹。黟山在胸臆，觸目如逢故。石上覘陰晴，林表辨雲霧。回呼江貫道，參取圖中句。同遊江允凝善畫。

和吴孝廉秋潭見送遊黄山韻二首

塵鞅辭羈紲，名山結夢思。攜群相濟勝，賈勇特探奇。洞口烟雲幻，峰頭日月遲。吴均才力壯，先擬快遊詩。

青鸞乘有意，黄犢健無能。屐底泉千折，笻端翠萬層。撥雲朝磴躡，候月晚樓登。君具神仙骨，鰲峰自可升。

和秋潭同遊仁義院韻

森森嘉木蔭，繁秀合名亭。余爲題額。晝壁閑堪對，鳴禽静可聽。樓頭孤磬發，林外數峰青。便作廬山寺，籃輿此度經。

和秋潭同遊滙塘看紅葉韻二首

前林風物好，飯罷野塘遊。藤挂丹霞亂，松披翠幄稠。石床隨所憩，茗汁豈須求。坐覺潛移晷，斜陽没嶺頭。

著書豐暇豫，憑眺駐巾車。閎覽誰堪擬？延陵名不虛。蓮香墜粉後，楓醉散霞餘。相對秋容澹，披襟意豁如。

和秋潭同遊問政山飲染香閣韻二首

山腰飛閣出，亂葉照顔紅。人語斜陽裏，雲歸遠岫中。相矜詩思壯，誰禁酒懷雄？暝色連城堞，憑欄送斷鴻。

麗矚千巖秀，崇丘萬井臨。披榛風磴没，穿竹徑苔深。軟語通禪悦，浮杯愜賞心。祇應堅坐此，對月任升沉。

秋潭見招練江泛舟分得蓮字

別君三日如三歲，忽枉招攜上畫舡。霜葉黄封谿畔寺，夕陽紅破水中天。夷猶稍覺潛移岸，奔湍遥聞響逝川。泊向虹梁須酹酒，樓頭呼取李青蓮。

秋杪胡子文起招飲斗山閣同用山字韻

愛山最愛俯衆山，山山媚眼呈烟鬟。近者横峰側嶺出，遠亦微茫杳藹間。胡生知我看山癖，置身須置高且閒。載酒虛亭上峠屼，一覽萬疊相迴環。維時暮秋葉弄色，丹黃紫翠錯錦斑。高下嵌空鬬絢爛，夕陽照樹樹照顏。堆盤箇箇巨螯美，寫醆盈盈琥珀殷。六逸同心共延賞，一座忘形好放頑。憶昨天都鼓遊興，頓忘前險與後艱。矧兹城闉擅絶勝，不費跋涉勤躋攀。際此風光景物好，如何不飲醒空還？嘻嗟吁，如何不飲醒空還！

古德雪公見贈繪事次題句韻却寄二首

輞川結隱更攜筇，暫離家山木末蓉。來訪浮丘君莫訝，從今不伴大夫松。

君被徵求迫瘦筇，夢魂應戀碧芙蓉。而今歸住皮篷頂，好放鬅鬙鬬鬣松。

甚矣吾衰倦筞筇，愛君筆底削芙蓉。卧遊一幅仙人掌，日對千尋破石松。

再集斗山亭同用亭字韻

群峰拱且揖，裒對兹閑亭。峰遠横黛色，亭虛張翠屏。錦樹足點染，丹黃未全零。齒齒堞高下，人烟散杳冥。層梯斗折上，四照牖脱扃。詰曲谿回光，隱現鷺拳汀。欄楯一以眺，紛詭涵萬靈。招尋不厭頻，歌呼揔忘形。提攜供具來，訢然筍輿停。黄漲蟹膏膩，緑泛蟻浮馨。興酣秉燭遊，栖遲半醉醒。不覺群動息，清漏聞郊坰。

初冬邀丁郡伯遊斗山亭

枉駕能來選勝遊，玉堂出守擅風流。萬家烟火雙城合，千疊巒光一閣收。林擁蕭疎霜葉醉，氣蒸澒洞夕嵐浮。杯闌更聽隨車澍，換拍重教五馬留。

新都旅情四首

林卧起爲鄣郡遊，不堪腹痛過西州。爲先師洪吏部營葬來此。儂家自有閒風月，却負菱湖一片秋。

黄竹兜輿緩緩行，烏聊問政逐雲晴。空山片石差堪語，頗勝高樓聽雨聲。

練水灣環清且漣，西干十寺好留連。亦知信美非吾土，尚欠新題幾葉箋。

到處山靈爲地主，旅懷蕭瑟未嫌貧。收將黄海無邊景，貯入奚囊去贈人。

新安歸舟

昔時牽挽處，今得順流便。已倦乘風翼，猶稱下水舡。魚遊隨汨没，鷺寓托漪漣。暮色蒼然合，安排聽雨眠。

崩谿夜泊

客舟眠不穩，野岸語猶勤。未得來鄉夢，還思借酒醺。喔咿鷄唱啓，斷續角聲聞。倦眼開明發，應疑别浦雲。

阻風吟

舴艋懸片席，渾如脱絃矢。黄頭舡尾笑，瞬息俄百里。瞥逢巨艦石尤迎，邪許牽攣如蟻行。逆順隨風本無意，始信天公不世情。

大風泊黄岡涇戲作

長飈蕩迴澓，震撼不暫停。野泊淹晝夜，難使眠食寧。汗漫遊百日，名勝飽經歷。歸逢風伯怒，未許愁城入。前生少伯後元真，慣向風波寘此身。天意料儂思泛宅，五湖留連計亦得。

九月既望蘭蕙忽發一莖五花旋生一男戲題二首

秋盡枯荄吐一枝，國香非復夢中貽。阿翁垂白哀蘭似，漫詡遲生仙果奇。「海中仙果子生遲」，夢得贈樂天句。

嘉祥何得兆孤根，應有書香一綫存。幽谷自芳吾不憾，休臨大道與當門。

余年六十有四始舉蘭兒

週甲行過四，添丁入夢頻。屢徵夢兆。憖遺余一老，儻見爾成人。續愧談遷史，難思元季陳。敢期繩祖武，好荷析餘薪。

送馬廣文永庭擢大令赴補君善作繪

扶風豪士盛才名，海國師儒領俊英。神授筆端烟水幻，高堂帳後管絃清。將移桃李爲花縣，便綰符章下玉京。留取鄭虔三絶在，仙鳧霄漢望盈盈。

會葬座主徐大司寇

白頭弟子西州路，灑淚成冰執紼行。論定千秋終有待，心喪此際若爲情。令威虛擬歸華表，隨武安能作九京。誰向碑頭題有道？中郎應不愧平生。

又

丹旐飄颻映白楊，朔風獵獵送淒涼。山頹誰作群倫表？星隕長埋萬丈光。延頸伯牙空歎望，輟斤匠石自摧傷。敢言後死斯文在，誌傳多慙史筆良。

先大夫勤于著作，所積詩文甚夥。晚年手自删定付梓，藏板於家。迄今垂五十餘載，中間幾經變遷，板多遺失，非特年遠漫漶也。敢云物久必敝，深痛善守未能。年來不忍先澤就湮，粗爲料理，先補脩詩集殘缺，賴從子禹尚共襄厥事，得以刻期告竣。嗚呼！先大夫力學砥行，在位十年，以病歸里，未克展其才。積書教子，而蘭兄弟箕裘莫紹。先兄漱六，天涯薄宦，下世三十五年。蘭碌碌無成，荒邨寂處，既□能讀父之書，惟兹梨棗，亦幾幾不守，其可愧也夫，其可歎也夫！用誌數語于卷末，并勿忘禹尚之美云。乾隆丁卯孟秋，男廷蘭百拜跋。

南浦詞

三卷

南浦詞引

周子古今文雄眎我黨，蓋年甚少而文壇已推爲大師。顧詩評、書品、畫旨、奕律、琴心、曲髓，又悉入三昧。其所撰著，夥頤沉沉，南浦詞特其什一云。夫篇翰游戲，異曲同工，詞家者流，本趣稍別。往昔一二宗詰，世號作者，逮問途樂府，持論者即鼻間隱隱作氣。豈非以體尚當行，雖驚才絶藻，有不足矜許者乎？周子芳蘭竟體，超軼儕伍，薄遊詞苑，彌擅風流，覺落花□雪，分外生妍，蘭畹、金荃，未或多讓矣。曩朱子周望爲余道廣菴澹静方嚴，究心濂洛、關、閩之學，大義微言，庶幾不墜。詎意出其緒餘，猶堪僕命柳三變，衙官周待制若此，大都似靖節賦閒情，廣平賦梅花，無所不可者哉！年家同學弟喬世埴減堂拜題。

滬城歲暮，申浦寒潮，予將別周子而歸璜溪也。周子來餞西菴，徘徊不忍去，手攜一册示予，曰：「南浦詞，子其爲予言之。」余惟風雅榛蕪，誰堪牛耳，廣菴出而高築騷壇，虎視東海，心竊怖之。余故有「滬壘周郎天下才，今之作者擬鄒枚」之句，茲讀其詞，又何纏綿芳草，留連落雁也。蘇學士銅綽板唱大江東，猶遜曉風殘月，以視周子，竟不數秦七、黄九矣。爲餉曾子道扶。道扶之言曰：「唯唯，否否。廣菴尋微之功不減輔嗣，動闢至極，皆金華殿中語，何甘與花間、尊前争勝爲？」然以余之不敏，亦曾爲曾子戒綺語，而捉鼻不堅，食指復動，知我周子斯編其有所寄也。急語曾子，仍毋以詞人視之。璜溪年家同學弟李蒸竹西譔。

填詞以婉麗情至爲宗，然必有别才天賦，始能擅場臻妙。余少好效顰，偶一爲之，開口便成傖父。自知賦才有限，從此不復措意。柳屯田耆卿與余同里，故居相距僅兩舍許，嘗得其手稿一册，絶寶愛之，出入自隨。乙酉兵燹之後，珍秘蕩盡，此本亦在灰劫中，至今往來於懷。兹得讀廣菴先生南浦詞，蘊藉風流，幽妍香艷，不獨頓還舊觀，直前無古人矣。廣菴工臨池，書法精妙，人得其一縑半紙，輒自侈美，安得如柳七真蹟，遂落我手，以慰飢眸耶？雖然，帝青龍袜，豈貧家所宜？有敬書其後以歸之。武彝逋客黄澂之拜題。

邇來詞家自命者，所在多有，往往以組織藻繢爲能事。初閲之，非不爛然可觀，求其情致纏綿，意思深長者，十不得一二。惟梅村宫詹、芝麓宗伯、顧菴學士、荔裳觀察諸先生，特推能品。廣菴才氣縱横，詞綵絢爛，而以細心老手出之，其精到處使人驚心動魄，永歎沉吟，而不能置，方是絶妙好詞，無愧當行本色。人第見其雅贍高華，而不知其骨肉停勻，聲調熨貼，非深於此道者不能也。即以質之四公，當無間然。庚戌春仲，賁園沈白拜書。

廣菴先生，綺年雄射虎，早傳振雅之聲；多士羨懷蛟，復擅倚聲之筆。離亭惆悵兼葭路，流水啼鴉；别賦纏綿楊柳外，曉風殘月。命名南浦，抽秘思於瑶華；媲美大晟，嗣家聲於水調。以辛蘇之雄曠，兼秦柳之風流。託興哀涼，寄情駘宕。體具韋温，俱經百鍊；智慚游夏，難贊一辭。素邀流水之知，聊識高山之仰云爾。後學王顥拜識於翠微吟社。

從來顧曲數周郎，翰墨風流獨擅場。鏤管吟餘花欲笑，紅牙按處月如霜。幽情半入烟霞夢，艷語能柔鐵石腸。我亦自憐結習在，白頭詞筆尚顛狂。

長安夏日，蕭寺讀廣菴表叔南浦詞，敬題一律，以誌心折。樗亭董俞。

非霧非煙。鏤管拂雲牋。著意處、最堪憐。自解移宫换羽，歌珠字字輕圓。爲道當家伎倆，忒餘然精研。〇大晟樂府名尤擅，人争羡待制當年。情繾綣、語纏綿。翻調須教檀口，倚聲好倩冰絃。萬種風情誰似，有箇屯田。

石調山亭柳，讀廣菴年臺南浦詞，偶題請正。弟高層雲。

居同浦漵。繞黄龍，滬瀆走晴沙。天與周郎才調，鏤管早生花。雅擅凌雲麗賦，更柔情，顧曲弄琵琶。仿大晟樂府，重填宫譜，香艷鬬春葩。〇共客昭王臺畔。把新詞，哦到日西斜。一任唾壺敲缺，痛飲忘天涯。我亦僻躭蘭畹，調欝輪袍，待奏誰家？擬旗亭貰酒，重聽小伎按紅牙。

燕臺旅次，快讀廣翁年臺南浦詞，敬題請政，調寄南浦。同學弟路鶴徵。

南浦詞目次

南浦詞卷之一

憶江南　雜憶二十首

人何處？人在萬花叢。驛使頻題翡翠管，梅精小立玉華宫。應是賦樓東。

人何處？人在月明村。小犬吠花嗔影亂，侍兒驚魘背燈昏。應是攪離魂。

人何處？人在水雲天。輕雨和烟籠舊恨，暮山如夢隔前緣。應是裛紅綿。

人何處？人在藕花居。小扇臨風香拂檻，亂英鋪水色連裾。應是颭羅襦。

人何處？人在夜香亭。抹麗清芬縈薄鬢，輕容文袋捉流螢。應是卧難寧。

人何處？人在碧雲樓①。薰草平鋪當路褥，香綿亂結打空毬。應是倦凝眸。

人何處？人在悄書齋。對鏡不言彈粉泪，啓窗扶懶曬弓鞋。應是没安排。

人何處？人在合歡牀。金鴨篆消香戀枕，繡鴛衾貼夢牽郎。應是度更長。

人何處？人在木蘭舟。起看烟晴扶小玉，驚吹波影駡陽侯。應是怯春遊。

---

① 碧雲，全清詞本作「閬風」。

人何處？人在曉梅根。點額轉添螺子翠，拂牋誤道粉痕新。應是步花茵。

人何處？人在筆牀間。瘦墨數行留絶照，春風一笑便舒顔。應是寫幽蘭。

人何處？人在睡回初。羅帳溶溶窺曙淺，蘭心灩灩向燈舒。應是幾躊躇。

人何處？人在醉來時。蘇女剛傳風蕙氣，楊家半韡海棠姿。應是倦難支。

人何處？人在蓼花汀。水國夜霜衣霧薄，畫樓朝鏡臉潮生。應是黛愁横。

人何處？人在鏡臺前。杏臉乍匀宜自喜，蓮花纔步便生憐。應是玉含烟。

人何處？人在試輕羅。柳漲緑烟迷綺閣，燕銜紅雨墮香窠。應是悵春過。

人何處？人在暮烟中。樹裏人家秋色鬧，水邊槅子夜燈紅。應是被初烘。

人何處？人在緑雲遮。紫玉釵斜雙琢燕，青絲髻綰亂堆鴉。應是懶簪花。

人何處？人在檢來書。牒付鴛鴦端楷字，詩唫鸞鳳短長吁。應是最憐渠。

人何處？人在佛燈龕。香案無塵焚柏子，净瓶瀉水供宜男。應是繡經函。

點絳唇①九日登丹鳳樓次坡公韻四首

秋色佳哉，萸香菊綻催芳宴。行吟荒甸，粉堞攢飛觀。〇與客攜壺，試上丹梯半。濤聲遠，

① 點絳唇，全清詞本作「前調」，因在該本中此詞排在點絳唇秋草後之故。

烟橫雲亂，滅沒長空雁。

高會龍山，風流邈矣征西宴。海城江甸，寂寞丹樓觀。○破帽情多，苦戀頭顱半，天涯遠，晚霞淩亂，一字排征雁。

冷落東籬，白衣酒送誰家宴。風高吴甸，獨上層層觀。○最愛秋光，又借秋過半。平蕪遠，寒鴉翻亂，狎入汀洲雁。

飲露餐英，算來不讓櫻桃宴。茫茫禹甸，當作浮雲觀。○只惜年華，壯盛空强半。長安遠，雄心撩亂，目斷隨陽雁。

浣溪沙

簾外春殘繡帳寒，桃根無檝渡江難。小垂翠袖倚琅玕。○纔啓朱唇疑欲近，旋持薄怒覺難干。緑窗鸚鵡妬盤桓。

憶秦娥 別

愁重疊，陽關低唱聲淒咽。聲淒咽，一杯更盡，催人離別。○匆匆草草輕拋撇，絲絲縷縷難分割。難分割，斜陽古道，亂遮黃葉。

沁園春 施侍御研山舉雄

隱隱瓊簫，一曲將雛，吹徹瑶京。是蘭臺深處，蘭香叶夢，繡衣懷裏，繡褓娯情。未試啼聲，已占英物，煜煜珠光掌上明。從今有，有詩歌祖德，文掞天庭。○安排湯餅縱横，待索醉、相呼倒玉罌。笑客或寫書，誤題麞字，僧纔摩頂，便以麟名。乍識之無，矜伊夙慧，白筆拈來四座驚。我衰也，偏頭顱如許，項領先成。

子夜 晚景迴文

暮烟荒艸沙邊路，路邊沙艸荒烟暮。堤拍浪聲齊，齊聲浪拍堤。○棹歸争罷釣，釣罷争歸棹。村月掛黄昏，昏黄掛月村。

閒中好二首

閒中好，拾遍銀牀葉。恐有暗相將，其中小著行。

閒中好，低問穿簾月。可是慰孤眠，潛移角枕邊。

阮郎歸 聞雪

寒風側側閃珠簾，梅粧呵手添。窺簷艷影鬬莊嚴，隨風舞態纖。○擬柳絮，比晶鹽，蘭湯沘筆尖。忙呼小妹檢牙籤，偏將險韻拈。

上江虹①即席限韻贈王子西園四首

磊砢英多，早傾爾，聲華藉甚。生成就，錦心彩筆，天孫機紝。虎視騷壇誰抵敵？龍蟠學海經沈浸。遡瑯琊，七葉會重光，餘槐蔭。○成梁棟，先雕鎪，斯事豈、異人任？趁長沙英妙，獻書清禁。笑我肉生空撫髀，何年夢覺還高枕？記連牀，夜雨細論心，深杯飲。

清切秋容，看庭際，月華涼浸。更叢桂，扶疎争吐，露香初沁。作賦仲宣才藻美，吹笙子晉風流甚。恰遥占，天上聚文星，垂垂蔭。○中原事，男兒任，待指顧，消氛祲。望長安日下，壯懷難禁。酬得隆中伊吕志，還來窗下羲皇枕。問人生，誰復是賢豪？狂歌飲。

寶劍新硎，乍出匣，光芒特甚。試蹔秘，沖星紫氣，霜花寒沁。縫就嫁衣針線密，十年乃字徐施紟。儘難消，修竹與浮梅，交清蔭。○萬里志，誰能禁？千秋業非輕任。且沈冥藝苑，如

---

① 虹，全清詞本作「紅」。

江河浸。數卷晨昏吟抱膝，半窗風雨寒敲枕。看他時，褰幔酒壚旁，三騶飲。
自笑疎狂，只苦學，屠龍做甚。又愛把，枯腸墨潑，詩脾花沁。築就糟丘容我老，踢翻醋甕從渠譖。似孤松，輪囷復離奇，難爲蔭。○憂時淚，流泉滲，傷時語，饑鳥噤。怪蟠胸五嶽，峥嶸難禁。射虎殘年隨匹馬，聞雞中夜欹單枕。問雄心，如許倩誰降，頹然飲。

蝶戀花

記得雲鬟初覆額，兩小無嫌，隊隊樓頭劇。却恨乘鸞無羽翼，瑶天花霧層層隔。○不道仙踪仍咫尺，屏外簾前，費盡秋波力。已分蕭郎如路客，東君休更傳消息。

長相思

長相思，短相思。長短相思無盡時，鸞箋好護持。○對花枝，祝花枝。今世來生有定期，花神折證之。

轉應曲

新柳，新柳。樓外低垂纖手。東風吹到離亭，扶起眉顰眼青。青眼，青眼，悵望行人歸晚。
蟋蟀，蟋蟀。豈有幽憂之疾？呻吟只傍迴廊，不管離人斷腸。腸斷，腸斷，幾部悲絲急管。

征雁，征雁。影帶南雲一片。晚風陣陣吹來，斷續聲聲怨哀。哀怨，哀怨，偏訴孤眠枕畔。

霜葉，霜葉。滿眼離情堆疊。層城一望霞紅，忽唱吴江落楓。楓落，楓落，飄蕩東西天各。

賀新郎 賀友乘龍二首

小苑寒收者，正窗前、梅梢紅綻，漏春光也。錦帳繁華映十里，粧點藍橋圖畫。盼天上、雙星低亞。寶閣蟬梳猶未就，早催粧、新句傳羅帕。聲欲擲，秀堪把。○珠簾鈎動鸚哥打。出重幃、香塵一道，碧車剛駕。金板玉簫花底奏，恰值迢遥良夜。夜漏静、燕嬌鶯咤。宜稱相看銀燭淺。漸霜華、和月堆鴛瓦。垂繡帳，透檀麝。

瑞靄騰騰者，喜今宵、紅摇燭影，玉人來也。帖就鴉黄猶對鏡，眉黛倚奩深畫。羅襦上、花枝交亞。一路笙簫歸院落，珮玲瓏、金縷同心帕。雙綰結，不盈把。○三更銀漏頻頻打。正多情、風流年少，笑迎鸞駕。扇底仙姿親認取，試奏求凰永夜。似好夢、俄驚還咤。瓊液纔傾鸚鵡盞，料春風、暗度琉璃瓦。攜素手，動蘭麝。

南鄉子 題友人壁

水曲搆茅齋，幽草名花繞砌栽。鳳軫龍團俱潤碧，悠哉。寵辱沉冥兩不猜。○屐齒破苺苔，知是南隣二仲來。酬和新篇堆几案，高懷。樽酒乾時典竹釵。

西江月 憶虎阜舊遊

柳外採茶僧舍，桃邊織素人家。畫樓朱檻鬬繁華，常向章臺繫馬。○廣袖曾翻舞蝶，新粧猶學塗鴉。幾回魂夢遶天涯，腸斷真孃墓下。

秋波媚

小院無人影沉沉，深坐理瑶琴。晶簾半捲，畫樓高映，踈柳低陰。○自從粉冷香消後，瘦損到於今。相思只看，幾枝紅豆，數朵黄金。

憶仙姿 獨夜

吟落燈花還吐。睡起金籠鸚鵡。門外少人行，犬吠殘星三五。凄楚。凄楚。細數戍樓更鼓。

虞美人 元夜

昔遊故里逢元夜，火樹春無價。畫欄終夕繞如花，直至玉驄嘶罷月西斜。○今來旅館逢元夜，遊冶無心也。閉關濁酒滿壺賒，遮莫遊人争逐七香車。

桂殿秋 四憶

臨曉鏡，匑春纖。憶他剛映水晶簾。爲彈紅怨霏桃瓣，略整金釵露笋尖。

歌宛轉，句分明。憶他百囀學新鶯。能翻妙諦空蓮藏，别理閒情和玉箏。

勞翡翠，倩良工。憶他欲現畫圖中。沉香供後疑私語，粉壁開時當好風。

難寫怨，託冰徽。憶他譜作惜分飛。曾題角枕投霜夢，誰啓雕籠放雪衣？

念奴嬌 宋艾若觀察秦淮納姬

鳳臺春早聽瓊簫，度山新聲香艷。南國佳人天上落，桃葉波生瀲灩。軟玉屏前，鬱金巵底，細把名葩採。六更宫漏，只愁樂事還欠。○笑指三五疎星，蓝珠雲净，現出娉婷儼。學畫纖蛾初月偃，斟酌數臨鸞鑑。四角珠垂，九華帳揭，好築花壇坫。高唐雲雨，憑君賦手雄占。

望江梅雨懷

深雨候，殘夢鹿邊蕉。睡起捲簾還似夢，花期酒約兩蕭蕭。春水欲平橋。○惆悵久，無計曳綃旌。料得玉環初困酒，凌波何路近層城。誰與細調笙？

玉樓春春莫

紅塵滚滚争馳驟，早是酒闌人散從。忙中白白放春歸，又看溪南新緑透。○樓頭不見垂紅袖，夢繞天涯圖邂逅。癡心未了待如何，擬賦閒情消永晝。

意難忘春雨

黯黯幽窗。早三春過半，花褪殘粧。緑穿鶯語滑，紅蹴燕泥香。人正倦，晝偏長，看塵黦雕梁。更灑將，枝頭葉上，故弄悠颺。○等閒斷送韶光。趁乍晴時候，約畧尋芳。濕雲低遠岸，卧柳蘸横塘。粘蝶舞，殢蜂狂。待檢點斜陽。奈依然、苔堦滴瀝，添取蕭涼。

惜分釵 七夕二首

樓頭望，天衣颺，微風碧漢無波浪。鵲橋成，會雙星。愁絶姮娥，獨自娉婷。泠，泠。○輕雲帳，纖鈎上，匆匆纔得相親傍。曉魂驚，送歸程。兩地恩情，一水飄零。盈，盈。

吟蟬咽，鳴螿切，薄帷孤枕新涼怯。羡嬋娟，正良緣。今夜綢繆，可訴從前。懸，懸。○銀河没，金波滅，荒雞抵死催離别。奈情牽，暫留連。此際堪憐，一霎經年。綿，綿。

憶王孫 晚渡

斷霞微抹遠天低，一帶平沙落雁齊。野渡蒼茫水齧堤。路東西，漁火分明近轉迷。

清平樂

春情如酒，芳思柔於柳。輕暖輕寒花醉候，生把人兒消瘦。○秋波欲動微茫，春山時露低昂。願作雙飛蝴蜨，偏成隔浦鴛鴦。

柳梢青 落梅和少游春景韻二首

嫩草晴沙。落梅風細，㛹㛹斜斜。一曲瑶琴，數聲羌笛，催送寒花。○那堪回首天涯。人倦處、堆殘髻鴉。似剪摧心，如珠彈淚，春瘦兒家。

鳥啄香沙。東風情重，欲起還斜。猶記當筵，落梅歌好，笑擁如花。○春光爛熳無涯。凄凉事、濃陰暮鴉。曲譜霓裳，圖描仙子，付與誰家？

洞仙歌 夏夜和坡公韻

湘紋冷簟，細細融香汗。團扇裁成璧月滿。恰凉生、池館荷氣悠揚，風拂水，暗遞清芬歷亂。○珍珠簾捲處，纖月初生，似玉鈎斜掛銀漢。漸露下疎桐、螢滅迴廊，深院静、漏聲徐轉。且莫問、西風幾時回，怕又早、驚秋玉顔凋换。

臨江仙 題隱居

紅葉堆邊曳杖，蒼松深處誅茅。泉聲峰色殢人嬌。片塵飛不到，清嘯落山腰。○經户閒其肅穆①，披帷人在虚寥。兩丸日月此中抛。客來休放鶴，風動不嗔瓢。

垂楊鬓春郊

新雨足，釀出嫩江嬌緑。陌上誰家人似玉，近前微步蹴。○著處花濃草郁，幾隊鶯翻燕蔟。歸去温存香夢熟，春光休便促。

思佳客

垂柳門低掩緑窗，非烟非霧鎖横塘。自憐薄命如春草，長日修齋禮玉幢②。○姑射態，若耶粧。花源何日遇劉郎？可能珠玉爲心者，解惜書生錦繡腸。

御街行韓太史奉假歸娶

御街一帶紅雲罩，辭朝罷，聽宣詔。玉堂人賜玉驄驕，歸向藍橋尋約。河填烏鵲，屏開金雀，衣錦仙郎到。○合歡巵底含濃笑，親捧付，回鸞誥。遠山眉黛樣如何，翠管描來新妙。千行

① 閴，全清詞本作「閒」。
② 幢，全清詞本作「幢」。

珠履，齊聲争羨，羨莫如韓樂。

鼓子詞寒食

眠柳毿毿風乍舉，顛蜂癡蛺連空舞。小徑陰埋迷激楚。蛙兩部，棠梨一樹深深雨。○芳艸無言招杜宇，窈孃堤上稀乾土。九十韶光重細數。餘幾許？湘桃葉暗懷春浦。

多麗燕市燈宵詞次程鶴天韻

帝京春，倩誰彩筆傳真？試看取、三條五劇，華燈列市標新。蔟星毬、銀河練吐，結綺障、璚島葩芬。戚里平臺，金蓮寶炬，千行環衛麗鈎陳。待齊唱、月分光曲，行樂及佳辰。更遥見，玉鞭掣電，暗逐紅塵。○聽達曙、歌鐘銷歇，經過趙李朱輪。閒想像、甘泉故事，還冷落、藜閣中人。欲賦三都，恐勞覆瓿，漫誇入洛擬機雲。誰侍從、傳柑燕賞，杯奉萬年。頻空凝望，沉沉鰲禁，雲護嚴宸。

滿庭芳閏六月七夕，同程村和弇州韻

有分蹉跎，無憑打算，佳期暗阻風波。人間底事，歎急景如梭？偏是雙星會合，捱時日，餘閏争多。逡巡處，鵲橋遲駕，行不得哥哥。○横拖銀漢影，也應變做、恨海愁河。更玉鈎、斜掛似映蟾蛾。寄語七襄機畔，秋期近，錦瑟旋和。須知道、良緣美滿，常費許多磨。

鵲踏枝雨中移花

烟草迷離三月暮。蝶去蜂迴，誰作憐芳主？收拾繁香藏小圃，無情最怕催花雨。○黯淡雲山明滅樹。暗送韶華，惹得愁千緒。幽賞不隨春共去，闌干拍遍和誰語？

風入松

垂楊爲帶東河邊，望裏最幽妍。樓頭有美凝粧坐，梅花弄、一曲冰絃。風静畫簾低捲，香銷翠幙孤懸。○層城縹緲隱嬋娟，紈扇夐如天。劉郎不見桃花片，人間世，採藥空傳。何似明珠三寸，盤中人羨團圓。

醉紅粧苦雨

頳檐鎮日苦沉淪。幾添衣、病懶身。潘愁沈瘦這回春。深院閉，繡苔茵。○美人延佇隔河湑。空搔首，悵芳辰。任是愁多天不管。天想是，也悲辛。

卜算子送别

遠浦暮潮平，夾岸牽長鏡。目斷天邊去鷁飛，出没餘帆影。○錦樹滿亭臯，歷亂翻烟暝。

點染盈盈悵望中，一幅銷魂景。

減字木蘭花 對花作

愁紅恨紫，偏自無情開笑齒。蕙約蘭期，悄問東風總不知。○粉香輕惹，疑是羅襦初解也。翠影頻迴，那有盈盈小步來。

霜天曉角 送陳天一南還

驪歌摧御，湖海人豪去。此去勉旃調護，茆店外，霜天曙。○離愁，同一縷，分牽南北路。欲寫黯然情味，裁不就，江郎賦。

一斛珠 賀擧雄

槐陰庭院，霏霏拂拂蘭風扇。璇閨詫有珠光現，一曲將雛，喚出投懷燕。○早信神駒能逐電，斯須便覺龍文炫。憑君攜上明光殿，起草含香，儘把鵷行擅。

南浦詞卷之二

江城子早春懷舊

蘭臯試暖漸融融，市橋東，塢烟籠。野老依然，鬭草入兒童。村酒家家邀作社，拚一醉，晚霞紅。○徘徊南浦夢何從，憶相逢，館娃宮。夢斷章臺，柳色繫花驄。裛取梅花一片雪，消不得，此情濃。

南歌子

倦襞芙蓉紙，慵薰荳蔻香。心頭只好繫檀郎，又聽聲聲催繡宿鴛鴦。

訴衷情秋晚

夕陽林外倚高樓，荒草亂縈秋。不分短長堤上，衰柳失風流。○羅幕捲，晚霞收，漫凝眸。

千家冷月，數點昏鴉，一段離愁。

謝秋娘 別意十二首

人去也，人去小橋東。不管離愁門外馬，故催温夢曉來鐘。懶復近薰籠。

人去也，人去落花天。乍暖半寒情孱僽，欲吞似吐語纏綿，倦倚曉風前。

人去也，人去楚天遥。遠樹和雲粘極浦，小舠如鴨逐迴潮。滿目是魂銷。

人去也，人去畫船空。短夢時偏千里雨，五更頭忽一江風。吹斷語難終。

人去也，人去怨晴光。唤枕荒雞剛黯絶，催詩急雨蹔相將。昨夜幾多長。

人去也，人去展瑶翰。碧聚雙峰羞唤玉，香霏五字欲呼檀。相勸只加餐。

人去也，人去苦思伊。記夢不明添懊惱，譜愁成曲只依稀。欲擬拙言詞。

人去也，人去贈香羅。密語付來知鄭重，用心收得費摩挲。争奈此情何！

人去也，人去繡衾寒。餘淚枕痕光宛宛，贈香心字曲團團。擁足度更殘。

人去也，人去酒猶温。醉裏明知多恨語，夢來拚得數離魂。誰復耐孤尊？

人去也，人去意難明。恍惚宵來原是我，凄涼今日似他生。脉脉愴人情。

人去也，人去墨花鮮。别淚祗餘箋上竹，同心惟有畫中蘭。憶著幾回看。

滿江紅 風夜

立水移山，滿空際，迴飈凛烈。最惱是半殘庭蓴，霎時飄屑。攪起雙棲枝上鳥，欲棲不穩啼還咽。聽颼颵，響漸逼羅幃，何悽切！○冷然起，青蘋末。浸淫上，屯雲結。料鐘沉，漏失幾更時節。門外猧兒不住吠，生憎卷葉頻翻跌。更攬衣，推枕看疎櫺，昏黄月。

少年遊

微茫烟雨，濕梨魂多，半是啼痕。香消玉褪，粉嫌脂懶，搿負却東君。○花時偏作愁時候，羅帶緩湘裙。楊柳慵眠海棠思，睡芳艸，怨王孫。

鳳棲梧 納采詞

百寶籠紗遥似霧，檻外輕寒，人在幃深處。纖手繡絲垂幾許，神仙知是雲華侶。○金屋新成閒信步，黼帳薰香，只待嬋娟貯。爲有桃華期尚誤，亂雲遮却藍橋路。

南柯子新晴

樹樹臙脂濕，巫山雨意濃。柳絲輕颺畫橋東，顰緑愁紅一霎變歡容。◯戲蝶過庭舞，遊魚上水喁。重陰晻靄去簾櫳，從此遲遲春日再還中。

宴桃源舟行

溪口桃霞初透，野外春雲微皺。細雨點輕帆，歸色匆匆如酒。侵袖，侵袖。芳艸渌波争秀。

玉蝴蝶春晴

九十日春能幾，經旬殢雨，斷送韶光。野外鶯花，無賴蜂蝶奔忙。柳拖翠，黄鸝坐樹。虀齊碧，紅女持筐。最難忘，輕寒輕暖，陌上尋芳。◯徜徉，誰家遊女，踏青聯袂，鬬草成行。漫啓朱唇，教烹玉茗獻芽鎗。採玄芝，低垂皓腕，贈紅藥，照耀明璫。恨偏長，金錢低擲，風絮輕揚。

惜分飛展詩箋

小楷晶熒霏黛緑，掩映芙蓉脂肉。宛宛傳心曲，玉簪敲斷湘江竹。◯團扇芳姿看不足，空惹離愁萬斛。澆取杯中渌，月寒花曉迴環讀。

春光好 春盡初晴

紅影瘦，緑陰肥，悵芳菲。閣筆幾迴腸斷，餞春詞。○積雨喜窺蟾魄，輕寒懶試羅衣。還賸取三更蜨夢，閉重幃。

水龍唫 己酉秋，般陽李方山見訪白門旅舍，賦贈

冥茫五岳烟嵐，一筇兩屐都收得。綵毫題徧，無邊名勝，還堪草檄。桂發淮南，雪深梁苑，争相虚席。忽思蓴歸去，經過白下，乘興訪，清狂客。○喜劇論交傾蓋，奈飄蓬、倦遊蕭槭。酒壚何在，多慚豪頓，東山李白。寥泬秋高，晴光零亂，菊黄楓赤。但從君縱眺，吟餐霞句，岸臨風幘。

搗練子

愁似海，酒如淮，幾曲柔腸貯不開。酒力到來愁轉劇，愁城不下酒先回。

碧雲深春曉

春將去，問春此去歸何處？歸何處，斜暉遠岸，落紅飛絮。○春偏不住教儂住，儂今有恨憑誰訴。憑誰訴，當年杜牧，這番春暮。

浪淘沙聽雨徹曉東王西園

葉底響丁冬，漸逼房櫳。孤幃單枕忒惺忪。那更曉來敲短夢，斷角殘鐘。○晨起對冥濛，惱煞詩翁。美人芳訊若爲通。可向停雲延佇久，悵緑愁紅。

霜天曉角益睡軒

清齋如水，一枕甘於醴。除却醉鄉寥廓，我將老，何鄉矣？○世情，真益睡，栩蘧聊復爾。莫遣覆蕉尋鹿，生混入，華胥裏。

柳枝白門詞四首

白門新柳學藏鴉，春到三眠早吐芽。儂作博山懷裏熱，試郎心字一些些。番禺人作心字香。

輕抽皓腕替紅蓤，香氣虛無透被池。儂似玉蘭陳麴酒，殢郎睡到日移枝。

一從石上證三生，不用山盟更海盟。儂比朱欄杆外月，照郎九曲忒分明。

王家桃葉復桃根，春去秋來渡水渾。儂學秦淮雙檝艋，探郎深淺見涼溫。

永遇樂 集古王氏事送西玫北上

經術流傳，承青箱家世，彪之名重文度。坦之講道河汾，通螭蟠北海，猛土銍還如故。褒扁舟乘興，徽之披將鶴氅，恭攜却如椽而去。珣偏長安，驚人句滿，中立秘書更資談助。充〇明經射策，嘉聞君陳說，便欲封狼居胥。玄謨淥水芙蓉，儉彈冠争羡，陽物表璠林樹。衍他時歸里，赤車千乘，朗鄧禹笑人都悞①。融方知道，登樓賦客，漢南獨步。粲

江月晃重山 與山農話舊邗江，兼懷賁園、曇士二首

鼎足翠微吟社，賁園曇士山農。苦他驛使遞詩筒。佳風日，招我探花筇。〇彈指飛光荏苒，蘭亭觴咏成空。無端舊侶客途逢。燈前話，認取鬢雙蓬。

① 悞，全清詞本作「誤」。

抉破琴心畫髓，參同詩品書評。一朝驢背裏丹經。拋人去，占斷竹西亭。○君作壺公高隱，我同王粲飄零。二分明月最關情。來相照，離思滿蕪城。

雙雙燕聽荔裳侍史張雲度曲和鄧孝威韻

參横斗轉，悄四坐無言，一聲低放。柔吞漫吐，生把閒愁暗釀。那更纏綿悠颺。渾不定、眉間心上。知伊一往情深，解得傳神絶唱。○此曲，令人細想。是三疊霓裳，吹來天壤。千行珠履，若個知音妙賞。盡説靈和一向。曾占斷、纖腰名狀。怪他多事東君，須著周郎推獎。孝威原唱有「靈和舊物」之句。

朝玉階早春

新柳絲絲看乍鬖。溪橋宛轉外，半拖藍。香霏梅玉正清酣。何來横笛裏，弄聲三？○漸看節物過傳柑。六街燈市歇，早眠蠶。杏花春雨又江南。一枝斷腸處，倚茅菴。

明月斜

口銜碑，啼不洩，鏡裏看花寂寂春，夢邊覓路荒荒月。

風入松 平魯菴畫像于松石間，手捧北堂節孝編

不儒不釋不冠中。居士净名身。泠然行坐松風下，誰相伴？泉石爲鄰。試問一生幾兩，飽經五嶽千巡。○白雲望裡苦思親。手澤一編新。虎頭縱解開生面，悲風木，何處傳神？僕本與卿同恨，東西南北之人。

重疊金 夏曉

疎林和答新蟬語，桐衣出沐涼如雨。啓户數殘星，鵶烟點點青。○雲封幽徑濕，燕蹴香波急。倚竹受清風，濃陰密密縫。

瑞鷓鴣 詠染

天工錯采鬭生描，初日芙蓉五色嬌。猩血點成潘氏韍，蔚藍綰就趙家綃。○澄江秋散餘霞綺，蜀水春明濯錦濤。若把桃花形妾貌，願將柳汁滴郎袍。

驀山溪次王西園贈別韻

留君不住，攜手河梁道。誰染此離情，襯霜林，白蘋紅蓼。還能念我，言雖黯消魂。琴再抱，翻新調，坐惜知音少。○聯吟刻燭，剛把金樽倒。興盡却迴舟，唱驪歌，愁腸牽繞。輕鷗柔櫓，遠浦送人歸。斜月曉，波光淼，天外征鴻小。

唐多令

柳線覆汀洲，海棠曾綻不？記花陰幾遍賡酬。賸有幽蘭心蒂在，春怨罷，怕傷秋。○憶著醉餘眸，魂銷可自由？繞天涯、夢轍情郵。欲待和他尋決絶，詩重展，淚横流。

桃源憶故人悼沈貞居

幾回信使傳消息，善病休文腰窄。何意賦樓催迫，悽斷山陽笛。○猿吟鶴怨空朝夕，辜負松筠長碧。誰弔孤貞三尺？賸有清蠅客。

水調歌頭 燕子磯

咄咄巨靈手，狡獪弄琱鎪。琢成紫玉釵股，簪上六鼇頭。閲遍興衰代謝，何事危巢無恙，不解處堂愁。萬頃烟波裏，安穩狎眠鷗。○千尋鐵，沉水底，霸圖休。雕梁何在？惟見故壘荻花秋。漫説舊時王謝，多少烏衣簾幙，澌滅逐浮漚。争似磯邊石，高枕大江流。

山花子

掩抑紅情暈臉潮，支持翠恨攏蠻腰。蘭香不吐爲心焦。○扇底月深人寂寂，夢邊春遠路迢迢。知應憐我最無聊。

鷓鴣天 舟次雨

匝岸溝塍水亂澌，沿溪鵝鴨陣成圍。浮家泛宅玄真子，細雨斜風何處歸？○摩詰畫，樂天詩。筆牀茗椀共追隨。相思猶阻羅浮約，霧鎖烟含幾萬枝。

千秋歲

楝花風細，撩亂鶯聲遞。紅片片，争辭蒂。碧紗塵粉混，寶篆沉烟膩。針繡懶，懨懨春瘦重幃閉。○女伴尋遊戲，聯袂名園裡。貽紅藥，紉芳佩。無端愁思起，别自關情味。春去也，一聲吁似吹幽蕙。

燕歸梁 展箋

柳帶同心疊恨長，一紙蕭娘。迴環四角又中央，真消得、斷人腸。○芳魂不逐流波去。曾憑遍、幾迴廊。昨宵幽夢果端詳。顛倒字、寫鴛鴦。

御街行 江上作

遥望日落浮雲暮①，望不見，沉沙處。江流依舊繞金焦，愁艸愁花無數。蕭條千里，亂山茫水，多是離人路。○青袍如草紛屯戍，嗟庾信，空題賦。烏啼格磔滿霜天，零落殘霞孤鶩。沉吟

---

① 望，全清詞本作「空」。

惆悵，暗潮吞吐，涼月生瓜步。

畫堂春 少年爲館甥

流鶯學囀喚紗櫺①，呢喃燕子新迎。好風吹到綵霞庭，欲語還生。○上客齊誇玉潤，侍兒細説娉婷。夜深微醉倚銀屏②，心事分明。

東坡引 羅夏川懸弧會

聯翩珠履客，高會羅含宅。儂家總在群仙籍。奉觴同一劇。奉觴同一劇。○仙翁笑倒，展開瑶席。把麟脯，虬絲擗。流霞片片光浮珀。留髡須一石。留髡須一石。

鳳凰臺上憶吹簫 同宋荔裳遊白門，懷程鵠湖于廣陵

燕子磯頭，長干堤上，飽看紅葉斜陽。弔荒烟野草，今古興亡。最是多情宋玉，工點綴、秋氣悲涼。哀湍瀉，詞源滚滚，别作清商。○蒼茫，大江北望，一點故人心，宛在中

① 囀，全清詞本作「轉」。
② 銀，全清詞本作「金」。

央。賦停雲延佇，怨雁愁螿。二十四橋月下，我亦欲、背却吟囊。從君醉，較量莫愁、湖畔風光。

蘇幙遮 殘春

濕雲深，烟篆老。怨蝶愁蜂，懶向殘枝繞。南浦離人增懊惱。滿地楊花，空蔟香毬小。○霎時晴，歡景少。百尺遊絲，難綰斜陽倒。野外王孫傷碧草，從此萋萋，何日春重曉？

採桑子① 客白門懷賀天士

别君猶記江頭路，柳外離亭。霞外層城，從此山程更水程。○思君只向江頭路，夢裡分明。醒却何曾，不是蘭陵是秣陵。

洞仙歌 偶憩福緣菴用林豈塵垂虹橋韻

高林傍水，一罅潭光曉。樓外寒烟潤莎草。望蕪城、景物幾度星移，楊柳岸空被帆檣過老。○秃衿危帽，任誕誰如我？浪影萍飄，偶來留住。看鷗眠鶴舞，半日浮生偷過也。深院暮雲低

① 採，全清詞本作「采」。

鎖。問家園荒頓復何如，料竹逕苔陰家僮倦掃。

一剪梅 秋夜

風展蕉屏玉露鮮。雲去星疎，月上窗懸。重移素簟坐南軒，草帶芊芊，雁字聯聯。○買得閒宵不用錢，白墮香纏，紅藕絲牽。擎杯試問月嬋娟，底事天邊，也不常圓。

釵頭鳳 夏閨

輕容軟，鵝黃淺，曉粧樓上簾慵捲。葵榴血，茶蘼雪，困人天氣，把人輕擻。別，別，別。○花如面，愁如線，淚痕恰似流波濺。空鳴鳩，閒金埒，舞停春草，歌留桃葉。歇，歇，歇。

漁家傲 村居

午枕竹樓風送抱，一庭花草微香裊。秋水細隨幽徑繞，人跡少，忘機日對閒鷗鳥。○網得鱸魚三寸小，樵青拍手烟波渺。忽憶南鄰求仲好，門外到，蓴絲鱠縷橙齏擣。

憶舊遊 遇程鶴湖于燕城，話舊次原詞韻

與君爲晉楚，狎主騷壇，掉鞅名場。相遇還相下，若醇醪十斛，心醉周郎。蒹葭遠浦凝望，一

葦便堪杭。何意戴南冠，鍾儀顑頷①，寫怨宫商。○重逢。廣陵客，轉追敘離情，黯爾神傷。遡黄山歸路，更苕溪旅館，通夢迴腸。試捫我舌猶在，鬢已點河陽。願努力前期，從君避世金馬旁。

庭院深深 閨意

池内殘荷初過雨，荷珠點點圓明。凌波仙子迴含情。湘簾低捲處，幾度怯窺生。○金雀屏前芳宴啓，蘭房猶自調笙。羞看小妹笑相迎。巫山雲暮也，好去會雙星。

花非花

荷翻珠，不霑濕。一霎來，去何及。來如燕子點波輕。去似鶯兒穿柳急。

江南春 追和倪元鎮韻五首

昌谷園林透新筍，烟啼露咽娟娟静。緑楊低鎖画橋陰，紫鷰斜窺珠箔影。風前小立羅衣冷，緋桃笑倚臙脂井。一聲嬌鳥銜紅巾，深閨香夢委黄塵。○鳥飛遲，夢飛急，顛倒落英和淚

---

①　顑頷，全清詞本作「憔悴」。

濕。朱顏隔天悵莫及，袖上唾珠成紺碧。滿眼繁華變陵邑，青山猶作雲鬟立。浮生無蒂似飄萍，糟丘不築徒營營。

春日春盤薦春筍，春陰漠漠春禽静。漫引春醅消晝長，不知春去渾無影。東風催暖還釀冷，歷亂殘紅覆甃井。眼看素髮點烏巾，蓬萊清淺聞揚塵。○燕燕忙，鷽鷽急，坐樹穿花香霧濕。美人遲暮嗟何及，王孫不歸萋草碧。幽思無端坐於邑，凝望天涯空佇立。柳綿無賴化流萍，物猶如此人何營。

建業歌鐘移簴筍，春風暗度金塘静。萬年枝上囀流鶯，疑是子嶲啼夜影。燕泥自落空梁冷，楊花漂没景陽井。哀南庾信更沾巾，江關詞賦今如塵。○長歌疾，短歌急，玉樹聲殘雲外濕。王謝風流杳難及，烏衣烟草年年碧。龍蟠虎踞猶巖邑，長江不改天塹立。六朝佳麗總漚萍，蜂衙燕壘徒經營。

誰家油碧露纖笋，香塵一道遊絲静。真孃墓畔悄停車，翩然遥度驚鴻影。春風不波劍池冷，銀瓶試汲轆轤井。低回拂拭整羅巾，生憐羅韈凝芳塵。○乍來遊，催歸急，日沉花暝露光濕。美景良辰不再及，明日嫣紅變濃碧。館娃自昔名都邑，綺麗難忘憑吊立。星移物换轉蓬萍，菟裘欲向山間營。

二陸當年雙石筍，空山婉戀遊人静。龍潭夜夜長春潮，画船消歇無留影。暖律不回寒谷冷，坐覺烟花銷萬井。搔首無言岸角巾，夢華樂事付流塵。○春作苦，春社急，春郊無分春膏濕。舊徭未罷新徭及，苕華苕葉空黄碧。風景不殊故鄉邑，白屋朱門總壁立。徤兒衣繡佩青萍，踏青連袂唱歸營。

謁金門　月夜對酒有懷

堪浮白，剛少却傳杯客。促坐留髠能一石，曼歌空昔昔。○何處瓊樓吹笛？手把霞巵頻拭。去去廣寒天海碧，奈無雙羽翼。

雙荷葉　夜泊

秋聲切，板橋夜泊溶溶月。溶溶月，碧雲影外，照人離别。○悲絲急管遥相發，踏堤連袂歌新闋。歌新闋，却教篷底，羈魂愁絶。

乳鷰飛　送宋子昭榷蕪湖

持節之何許？是當年、謝公乘月，浮槎江滸。估客吟餘歡相載，賞咏亭標千古。試縱跳、燃犀秋浦。爲弔謫仙過采石，問風流、豪頓今誰主？把酒酹，老蛟舞。○君家故擅梅花賦。出薊門，春遲柳暗，催詩健舉。不得與君同形影，悵望歸舟江樹。便信美，總非我土。明歲移笻探百子，携驚人新句登牛渚。搔短髮，問天語。

補

漁家傲 登高

目斷天涯留滯客，登臨只益悲蕭槭。華髮公然欺岸幘。殘秋色，行行衰柳愁烟織。○強欲乘風無羽翼，長空雁叫青楓黑。呼酒便須傾一石。休嗚呃，金臺碣石俱陳迹。

越溪春 張園公讌次韻

為愛城南堆冷翠，晴曉出天街。筍輿漸近閑園路，朱檻外、穠艷争開。紫燕穿花，黄鸝坐劉，人上平臺。○石牀細長莓苔，摇緑暗庭階。翳然自有濠濮間想，華林舊侶都來。相與憑軒携茗椀，風日亦佳哉。

輕暖輕寒春事晚。烟柳颺風鬟。聯翩鶴蓋成陰地，疑身在、幽磵空山。筍屐徐探，蘭襟共豁，吟嘯其間。○疏疏徑竹平安，潭影照蕭閒。此時覺累心處都盡，清談濁酒開顔。花氣鈎簾烟羃羅，掩映曲雕欄。

莫負百年渾得醉，三萬六千場。紅氍毹展楸枰樣，争著數好鬬時妝。模出奸雄，幻成英傑，吼動魚腸。〇新磨幡綽同堂，曲韻轉悠揚。我儕正賴絲竹陶寫，聽來旋繞雕梁。逸興遄飛休去也，重喚奏霓裳。

腰鼓緩撾檀板急，斷續響琵琶。歌終舞歇離筵散，看淡月、弦後添些。便欲揚鑣，能禁判袂，更勸流霞。〇他年良會應誇，風景逐時佳。不如即眼前一杯酒，酒醒人又天涯。策馬旗亭回首處，滅没夕陽斜。

琵琶仙 訪上方寺鐵塔

不見夷山，一徑覓、上方蕭寺。玩十四級浮圖，高標插雲際。初日照、琉璃光閃，午風動、丁當鈴沸。閲盡梁州，許多更換，幾番興廢。〇曾經過、濁浪淘沙，儘堆疊飛塵滿空蔽。尚説宋家遺構，剩前明碑字。誰濟勝，健如黄犢，躡層巔、呼吸通帝？俯視露電榮名，漚萍身世。

沁園春 題仲固存小照

彼美人兮，寄跡林丘，逸態蕭閒。向圯橋微步，無煩納履，渭濱息影，已倦投竿。老鶴翩躚，藐姑綽約，一片輕雲自往還。渾疑是、在屏風上立，鎖子珊珊。○何來愁緒相關，爲多少貧交迫悴顔？願仙翁指授，金丹一點，吾廬化作，廣廈千間。身許馳驅，生平知己，但得都酬事便殫。沉吟處，縱良工心苦，傳出神難。

何處逢君，自在行吟，瘦笠孤筇。羡清華水木，濠梁之上，寬薖槃磵，石户之農。似鏡澄觀，如淵深息，興至泠然欲御風。端詳久、歎善藏其用，有道之容。○咄哉老子猶龍，怪骨相清癯氣吐虹。有錚錚肝膽，不侵然諾，稜稜節榦，肯受侯封。貌出毫端，照人古道，我見惟思杖履從。須添箇，拜牀頭諸葛，來伴龐公。

點絳唇 秋草

鶗鴂先鳴，王孫一去嗟遲暮。玉驄歸路，記否萋萋處。○試望芳洲，宿莽堆無數。誰搴取，殘霞零落，譜入離騷句？

匝地粘天，香輪碾破還交翠。生憎白帝，奼殺青青意。○睹此茫茫，洗馬添憔悴。君知未，曾經沾漬，南浦傷心淚。

日唤愁生，多應愁蔓和根種。商飈微動，便惹悲秋宋。○十里黄雲，一帶長堤壠。天涯夢，塞垣霜重，何處留青塚？

化碧辭薰，夢回空繞池塘曉。尋芳信杳，搔首憐蓬葆。○泣露縈烟，幽恨知多少。西風早，長亭古道，閲盡征人老。

渺渺平蕪，寒鴉翻去晴光亂。年華過半，揺落斜陽岸。○留取根芽，遮莫霜凄斷。憑君看，東風催唤，一碧從頭换。

南浦詞卷之三

沁園春 題孔釋抱送圖，賀大司農梁公再舉雄

春暖蘭堦，紅雲擁出，照乘珠明。看瑶環瑜珥，重添國寶。權奇俶儻，又降星精。應似成都，雙雙石筍，秀過峩嵋第幾層。還驚詫，有休文紫志，孝穆青睛。○玉書繡紱先徵，況夙慧西來定有憑。更誇甚三槐，垂陰王氏。奇他二子，抱送徐卿。遲日相攜，蟬聯劍珮，共贊昇平相業成。君不信，是非常英物，先試啼聲。

青玉案 梁苑宋牧仲、東吴徐方虎以倡和詞見示，倚韻爲跋

詩筒絡繹黄塵路，儘二老、風流去。寂寞玄經朝復暮。停雲蕭館，吟風枯樹，滿眼離愁賦。○猶餘結習難忘處，拈取殘毫作葩語。才盡江郎休漫妒。梁園詞客，江東文度，雙絶驚人句。

於中好

慣倚嬌癡喚不前，偶因誤識拜嫣然。香奩剛見芙蓉面，錦席誰挑緑綺絃？○翻綵袖，却金鈿，遠山微蹙逝翩翩。何當上巳褰蘭會，重解明璫贈洛川。

賣花聲

嬾雨癡烟，暗地將春侵削。猛迴眸、蔫紅零落。王孫芳草，正天涯離索。聽聲聲、無憑靈鵲。○錦字封題，知否魚迷雁錯？怕歸舟、孟婆又惡。一年一度，把韶華擔閣。恨無根、眉頭種著。

夢江南送春八首

春去矣，春去幾時回？楊白花飛千點亂，牡丹枝壓十分開。呼取餞春杯。

春去矣，春去逐流塵。綺陌嘶殘金絡馬，畫闌倚倦玉樓人。無計綰芳辰。

春去矣，春去緑争肥。蜀魄啼來花影瘦，吴蠶眠處柘陰稀。散步試單衣。

春去矣，春去太暄妍。鳩婦呼晴齊弄舌，龍孫過雨盡隨肩。閒煞鬭茶天。

春去矣，春去午陰長。蠶荳接連梅荳綻，藤花撒和柳花香。碎句滿奚囊。

春去矣，春去落誰家。燕子雙雙私葺屋，蜂兒個個聽分衙。各自趁生涯。

春去矣，春去忒無聊。漫拂琴將流水續，細拈香在博山燒。窗外落紅敲。

春去矣，春去思昏昏。待遣興來誰遣興，不消魂也索消魂。憔悴卧文園。

鵲踏花翻 爲黄波民題小桃源二首

翠巘丹崕，紅泉碧樹，天生待異人棲託。倩他鬼斧神工，屈曲雕鎪，鴻濛一氣勞開鑿。猿吟鶴怨久闕情，今來不負名山約。○寥廓，洞口無人花落，端詳靈境渾如昨。多少芝草琅玕，呼童爲我，採徧巖兼壑。和風和月和烟霞，煮成無上還丹藥。

物外田園，雲中雞犬，仙源本在人間世。一朝樵逕榛開，谿路花迷，窅然別具閒天地。草芽薰始識時和，樹梢萎漸知風厲。○不記，何漢何秦何魏，荷衣蕙帶無新製。藉令劉子聞之，欣然欲往，爲道非吾契。軟紅十丈罨頭塵，一丸封斷君知未。

南鄉子 不寐

茅屋閃孤燈，紙帳寒侵栩蝶驚。最是霜鴻離思苦，聲聲。叫斷黄昏又月明。○欹枕帶愁聽，絮被温存到幾更。我累閒情情累我，睁睁。夢也和他做不成。

滿江紅送陳山農出都

宛洛風光，問何似，歌鐘帝里。緣底事、留君不住，拂衣而起。無迺携笻遊五岳，不然命駕尋知己。看長亭，一路柳依依，猶如此。○燦花筆，紛如綺，摩詰畫，兼詩旨。更撫琴，動操衆山響矣。到處定傳韓伯價，重來不曳侯門履。料虎闈，遲爾壓群英，營高壘。

前調送姚子南遊

冠蓋京華，厭肉食，紛紛紈綺。誰信道、風塵睍眼，有奇男子。島瘦郊寒詩滿篋，吴頭楚尾人千里。看山川，映發入毫端，蒸霞起。○題橋志，差堪擬，曳裾態，非長技。且乘流，隨坎陸沉行止。悔學屠龍無所用，料應買駿從兹始。待重聞，諠語碎胡琴，長安市。

菩薩鬘

花陰深處弓鞵小，香風一徑吹來巧。未敢便關情，料難消受卿。○思將褭帶綰，夢逐迴波遠。未免有情癡，情癡不自知。

意難忘

淡抹匀粧。正盈盈樓上，皎皎當窗。輕移新繡韈①，徐揭薄羅裳。離畫閣，出蘭房，欲近更端詳。最撩人，朱櫻微坼②，一縷脂香。○真成百媚無雙。歎小喬錯嫁，枉殺周郎。還珠應有淚，解珮恐歎忘。千疊恨，幾迴腸？待訴與誰行。更那堪、低徊流盼，暗漏春光。

漁家傲 郵夜踏月

地老天荒秋欲暮，江心灩灩銀盤吐。醉踏村南村北路，人靜處，蠻謳清切翻新句。○水末芙蓉輕墮露，烟寒橘柚垂無數。一片平蕪迷積素，天欲曙，斷鴻叫入疎林去。

前調 疊前韻别西園

目斷離亭烟景暮，無端幽思憑誰吐。渺渺愁余南浦路，凝望處，黯然難續銷魂句。○錦樹丹楓團玉露，朔雲寒雁來無數。此别頻須郵尺素，吟達曙，斜舟一葉横江去。

① 韈，全清詞本作「襪」。
② 坼，全清詞本作「拆」。

望江梅 五日懷舊

天中節，争佩辟兵符。綵勝釵頭懸艾虎，榴花觴底泛菖蒲。絲結合歡無。○蘭橈渡，幾曲武陵幽。梅子多情偏戀齒，薔薇無賴欲牽舟。搔首憶同遊。

漁父

唤作烟波老釣徒，掏河生怕吏人呼。沿苕霅，泝江湖，意在垂釣不在魚。
尺水無波也畏風，橛頭艇子罝蘆中。樵青笑，問漁童，人間不信穩於儂。
雁雁烏烏寫白沙，烟烟月月醉蒼葭。朝泛宅，暮浮家，收綸捧釣傍幽涯。
載得前村滿眼酤，蓴羹清切泛霜鱸。乘薄醉，唱吴歈，一篷涼雨入菰蒲。

踏莎行 初夏

芳草萋萋，薰風庭院。王孫歸路天涯遠。小池荷葉乍舒錢，野田麥秀初堪剪。○北里調笙，南鄰弄管。長顰惟有西家怨。鴛鴦各自鎖金籠，鷫鵜翻結風波願。

相見歡 喜晤家逸僧于維揚二首

相逢槐里人豪，氣淩霄。浩蕩詞源歕薄廣陵濤①。○揖纔罷，臂未把，意先消。自是吾家風味飲醇醪。

騎鯨汗漫神州，寄雙眸。分作阮公清白當陽秋。○剛得遇，嗟何暮，惜難留。記取春明相訪鳳池頭。

昭君怨 謝折贈牡丹

澹日烘雲如醉，正是養花天氣。料得寶欄傍，賽姚黃。○也供膽瓶幾朵，腸斷粉香飄墮。珍重更攀條，勝瓊瑶。

哨遍 偶讀莊山木篇，檃括其意

木老不材，雁死不鳴，二者同而異。賢則謀，不肖又遭欺。甚乾坤容君其際。嗟文豹、豐狐

① 歕，全清詞本作「噴」。

伏于巖穴，罔羅不免皮爲累①。材與不材間，于焉中處，莊叟言是而非。但浮游道德與時宜，任上下龍蛇莫專爲。縱觸虚舟，惼心不怒，惡聲誰至？○噫！物固相夷，騰猿須攬豫章枝。蟬正貪美蔭，螳蜋翳葉搏之。因而有雕鵲，栗林來集，不知執彈人還睨。歎見利忘真，忘形見得，大都同一危地。物類中争似鶗鴂智，遠害藏身以用其畏。依人寧犯人之忌？以余聞、大莫之國無譽還無訾。君其浮大江而涉海，一望曾無涯涘。猖狂而往不知歸，悠哉君、自此遠矣。

虞美人　春雨

東君偏與緋桃妬，盡日廉纖雨。閒來庭院步芳遲，惟見殘紅滿地濕胭脂。○綺窗春事憑誰主，小燕商量語。東風何處捻楊枝？作意柔腰絶似楚宫時。

聲聲令　郵晚

風歸竹逕，霧斂柴門。半溪沙草露青痕。飛鷗點破，平蕪外，白雲屯。野渡微茫剩落曛。○何處歌聞？烟柳岸，釣魚津。隔林和答又樵人。星河淺澹，正秋旻。聽前村。早一聲、古寺鐘昏。

① 罔，《全清詞》本作「網」。

漁歌子 懷舊

晚峰青，相對賞。花溪曾汎鴛鴦槳。柳牽思，雲繫想。怕向傷心樓上。○句聯吟，絃和響，幽蘭猶結重襟兩。忍分離，空惝惘。揮手東風以往。

法駕導引 山塘路八首

山塘路，山塘路，處處畫船橫。斜倚娉婷齊度曲，細調絃索合音閤吹笙，一路囀流鶯。

山塘路，山塘路，曲岸小橋通。舴艋舟攜宵月白，臙脂水潑夕陽紅。瀲蕩晚來風。

山塘路，山塘路，一徑粉墻低。襍樹燦花交婀娜，曲闌壘石映參差。深院貯師師。

山塘路，山塘路。茶熟客停驂。新試龍團榆火細，剛浮蟹眼石泉甘。品味那居三。澗曰第三泉。

山塘路，山塘路，寫照欲生春。葉葉生綃圖小小，家家軟障貼真真。看煞往來人。

山塘路，山塘路，遊冶最關情。明月樓中沽酒肆，斜陽徑裏賣花聲。止止更行行。

山塘路，山塘路，最羨早黃時。叢樹香初偏馥郁，小山月午正葳蕤。撚斷幾吟髭。

山塘路，山塘路，忽轉薄陰天。明滅遠山春樹裏，微茫古墖曉鐘邊。平望半寒烟。

捲珠簾

深坐粧樓安翠鈿，喚出重幃，瞥若驚鴻現。還帶巫山雲一片，依稀宋玉曾窺面。○纔向風前嬌欲顫，小颭霓裳，低掩輕紈扇。笑入屏山尋女伴，微波一轉情如線。

山漸青 訪隱

烟霏霏，草萋萋。茆屋分明一水西①，蒹葭路欲迷。○前花蹊，後瓜畦。汲井鋤園不相齊，於陵有逸妻。

留春令 春莫重過梅源王氏山莊

扁舟曾入梅源路，題詠徧、麗詞新句。重來花事已闌珊，還記取、飛觴處。○春去無端難留住，吹不起、粘泥枯絮。好尋竹裏館中人，參玉版禪和去。

去年此日蒲塘路，競鬭取、送春歸句。今年今日我仍來，念舊侶、知何處。○聚散天涯常無

① 茆，全清詞本作「茅」。

住，似飄蕩、漫天飛絮。薄陰細雨壓船頭，載一棹離情去。

醉桃源

困人天氣六銖涼，風輕簾幙張。鬱金裙繡紫鴛鴦。同心綰帶長。○垂墮馬，動鳴璫，微吹語笑香。屏山幾曲當東墻，剛餘半面粧。

醉花陰 茉莉

枝上繡毬團未就，月下梅魂瘦。開向晚涼幽，蜨宿蜂歸，枉殺尋清晝。○美人浴罷黄昏後，蟬鬢金釵溜。人若未歸來，香落枕痕，一夜誰消受？

滿庭芳 荔裳席上聽侍史度曲，次杜茶村韻

綺麗難忘，歡娛苦短，燒殘絳蠟重更。翩翩小史，背地度新聲。深院無春可到，寒威峭，豈有啼鶯？多應是，天風吹下，逸籟繞梁清。○分明，凝望處，微呈素靨，小坼丹櫻。慣移宮換羽，宛轉生情。不禁奈何頻唤。長亭外，欲別魂驚。休笑我，停樽駐拍，顧曲枉知名。是晚唱長亭曲，余亦將別去。

生查子 海棠

露滴小瓶鮮，酒暈嬌難語。辜負浣花翁，埋没春如許。○碎錦剪蒲萄，紅淚啼鸚鵡。扶近粉香傍，好映眉尖嫵。

送我入門來 午日南歸寓樓坐雨

滴破苔錢，敲殘竹籟，添人旅況蕭涼。節物驚心，草草過端陽。辟兵符借天河洗，儘續命絲懸雨線長。○若較長安晴午，十丈罨頭塵坌，也覺差强。便合開懷，引滿泛蒲觴。停雲搔首聊東閣，待明日看山下野航。

西江月 辛亥中秋，北上重經廣陵，次日過平山堂，追和坡韻

美滿二分明月，經過兩度秋中。蟾光照我忽成翁，猶自雄心飛動。○明發平山堂外，瘦驢項鐸摇風。塵埃野馬攬天空，遮莫前途如夢。

眼兒媚

榴火垂垂剪明霞，隔岸小橋斜。高唐未雨，秦樓先暗，墮珥驚誇。○微聞語笑風吹斷，深院是誰家？但凝望處，黃歸梅子，紅上萱花。

乳鷰飛 賀珠崖翰編予假歸娶

有詔來天上。玉堂人、玉鞭歸里，玉京相傍。孔雀屏間珠箔啓，報道其弓言韔。看縹緲、霞蒸蓬閬。只待仙郎親迎去，聽催粧、新句香風颺。才吐鳳，競傳唱。○合歡銀燭藜光亮。早檠來、金泥花誥，錦堂親餉。一種良宵嘉慶事，占盡風流駘宕。更琪樹、璚花相向。斟酌雙蛾深淺黛，且紆回史筆描新樣。分麝月，九華帳。

荷葉杯

珍重花牋一紙，懷裏，女伴捉迷藏。鸞帶潛鬆墮那廂，忙麽忙，忙麽忙。

宣清贈弈秋張吕陳西遊

暖玉方輿，樣儘紛紜，虎鼠玄黄蠻觸。又誰能、一着争先，入咸陽、得秦之鹿。聞道長安，百年世事，祇如棋局。聊與子、展楸枰，銷得乾坤翻覆。○甲子須臾，送君此去，飽四山層緑。便樵斧仙翁，等閒相遇，料應一齊降伏。何況人間昧乘除，戰攻追逐。

偷聲木蘭花展畫蘭

霏霏婀婀蘭風發，烏几緑窗開小月。逸態欹粧，可解低聲罵玉郎？○含毫凝思初停筆，髣髴芳姿春淺茁。彈入瑶琴，別有幽香逗錦心。

風入松夏景

薫風尋路到窗前。吹得月兒圓。画樓十二珠簾敞，晚烟外，魚戲荷田。怪道深閨困也，翩然吟向長天。○離亭一望草芊綿。忽憶別君邊。春山鎖得愁歸去，輕羅袖、揾透紅泉。何日子規催轉，榴花倩戴香鬟？

玉樓春 合歡

鵲橋水漾雙鴛影，繡幕絲牽蓮燭秉。春山皺處細寒生，窗曙何曾知夜永？○瓊漿一飲儂應省，青子紅鹽侵齒泠。撩人偷誦曉粧詞，私語香霏情倦整。

酹江月 弔梅，用子瞻赤壁韻

翠禽啼苦，是名園、占斷幽情風物。何處厮傭，移植向、酒肆壚頭一壁？瘴霧齊薰，鐺烟直射，埋没千枝雪。逋仙有意，還應妻此英傑。○正爾榛莽横斜，先催綻了，暗香浮發。羌笛三聲，瞬息間、玉骨灰飛澌滅。我亦多愁，菱花羞照見，數莖華髮。羅浮夢醒，曉來惆悵寒月。

更漏子 題績課圖

母繰絲，兒洛誦，竹屋篝燈霜重。聽絡緯，和熊丸，沉沉更漏殘。○教孝子，成名士，菽水承顔有喜。憑寸草，報春暉，緋衣换綵衣。

如夢令 歲暮

野外寒鴉千片，落木悲風如剪。歲又迫峥嶸，去去不堪把玩。悽惋，悽惋，細雨和愁零亂。

江神子 月夜

天街夜色轉悠悠，月如鈎，澹於秋，料得多情獨自上粧樓。斜倚画欄垂翠袖，看碧瓦，露珠浮。〇也應念我此時愁，擁衾裯，數更籌。一種清光，兩地照離憂。何日人天齊美滿，酬密約，大刀頭。

憶蘿月 紅梅

含嬌扶軟，冷艷臨清淺。小立風前紅袖短，絶勝壽陽粧晚。〇争傳踈影幽香，誰知一段風光。合是貯之金屋，屈他茆舍村莊①。

---

① 茆，全清詞本作「茅」。

點櫻桃春雨

春雨深深，酒香人語閒庭院。迴風流霰，點點梅花片。○懊惱從前，向後思量遍。應憐見，柳腰微綫，似醉如嗔面。

東風第一枝都門遇程鶴天，次見懷韻

浩蕩風塵，崢嶸歲月，把人逸興擔閣。揭來燕市逢君，詒我新詞濯濯。壚頭磕膝，話別後、形單影各。正中年、哀樂無端，重數離懷更惡。○嗟彈鋏、馮驩落拓，笑問字、楊雄寂寞。都難較量榮枯，得喪是非今昨。他鄉風味，且莫辨蓴羹羊酪。倩東淶一醆醺人，圖箇沉冥寥廓。

清商怨書夢

重逢翻似驚瞥見，早生疎一半。欲語還停，兩情都看面。○此情如環宛轉不斷，到海枯山爛。好夢來時，抵相思百遍。

秦樓月木蘭花爲風雨所摧

心情弱，捲簾早怯東風惡。東風惡，雨絲飄颺，花鬚零落。○春來幾度尋行樂，生憐春半多蕭索。多蕭索。玉容銷減，冰綃輕薄。

補

長相思蘇堤

來蘇堤，去蘇堤，楊柳橋邊趁馬蹄，行人路不迷。○曉鶯啼，午鶯啼。一葉扁舟東復西，漁童晚唱低。

前調孤山

滿晴光，練光鋪。突出奇峰占一區，蒼然半幅圖。○斷橋紆，長平蕪。古墓猶傳處士逋，孤山永不孤。

西江月 秋懷

景物無邊蕭爽，情懷未盡消磨。紫萸黃菊媚人多，雁字天邊個個。○膾憶鱸腮縷切，虀憐橙片香搓。喚回坡夢阿誰婆，問可歸歟曰可。

浣溪紗 秋望

矯首天高矗翠鍋，淒風吹落醉顏酡。巒頭破帽却情多。○乍染霜楓純錦疊，未髡堤柳澹烟拖。纍纍荒塚夕陽窠。

華胥行 集古事贈鄭宣成

心閒如水，崇韞櫝群經，小同逍遥少室。邈通德門高，皋比坐擁談大易。康成一自七歲能詩，號鷓鴣詞客。谷谷口巖居，盛名京洛烜赫。子真○夾漈先生，樵著書多、世垂清白。述祖五雲人瑞，仁表盤桓七松寄迹。薰争羡廣文三絶。虔儒宗標的。輿置驛留賓，當時碧筒細注重碧。慤

疏影 菊花影

秋香瘦盡。正彩蟾灩灩，花也添暈。伴我惟君，低亞欹斜，扶疏映起風韻。佳人獨立窗紗裏，但髣髴、雲衣烟鬢。似夢中、見不分明。疑是疑非還近。○曾記山橋遠訪，那時也冒雨，寒意猶嫩。揀取繁枝，慢把青樽。幾度恬吟微忖。憐伊影燭嬋娟好，描不了、筆花成陣。待夜深、仔細端相，睡去替他愁穩。

一萼紅 送宋牧仲榷贛關

問虔州。甚山川風物，消得使君遊。翠玉浮嵐，鬱孤薦爽，捲簾秀色都收。更踏徧、崆峒天竺，選勝去、巖壑恣冥搜。壯筆泉飛，麗詞雲湧，到處題留。○有客京華留滯，嘆星軺難駐，空繫離愁。歧路分携，遥天搔首。那堪一日三秋。但凝佇、歸朝使節，有傾囊、的爍夜珠投。預擬尊開月上，吟亂更籌。

金菊對芙蓉 大梁懷古

汴水烟光，梁州風景，夢華樂事銷沉。試騁懷遊目，擁鼻行吟。斜陽猶照夷門道，悵侯嬴、朱亥難尋。故宫藩府，棘闈深鎖，蓬藋成林。今貢院即汴故宫，明之周王府。〇曩者宋室宣和，有雕闌瓊砌，花石瑶岑。問飄零艮岳，何處登臨。只今物换星移後，談古昔、嘆息彌襟。且休追恨，銅駝荆棘，呼酒頻斟。

金明池 寓汴城大相國寺作

浩劫灰飛，靈山會冷，公子當年舊宅。寺即信陵君宅。作梵宇、洊經興廢，曾更换幾度題額。北齊建國，唐相國明崇法。想繁華、全景東京，望南内、燈火樓臺相射。更明代流傳，憲王樂府，唱徹天街南北。〇一自中原澤爲國。似桑海揚塵，層堆疊積。承平久、妖氛盡散，荒凉處、恨血猶碧。我來遊、憑弔悲歌，每坐到宵深，月沉雲黑。喜拘束微軀，放懷解組，暫作梁園賓客。

李天綱　主編

浦東歷代要籍選刊編纂委員會　編

周金然集

下

〔清〕周金然　撰

金菊園　整理

復旦大學出版社

飲醇堂文集

二十卷

飲醇堂文集序

自秦漢以迄唐宋千餘年，文章僅再盛。然以秦漢言，戰國之陰謀權譎猶多，駁而不馴，至東漢漸趨整密，以開晉、魏之風。以唐宋言，開、天以前，風氣雖號隆盛，然踵江左之末流，文體全乎滯響，及元祐以後，晚宋風裁終歸弱喪已耳。中間惟秦并天下，以及西漢之初，爲秦漢極盛。昌黎起衰之際，與廬陵倡道之年，爲唐宋絶軌，其運會非復偶然。而由商周以論，秦漢爲自質而文，由簡潔以進宏昌；由六季以論，唐宋爲自文而質，由繁縟以復歸醇樸。千數百年，天下要不出此兩端。變動而中處絶盛，猶天地往復之運，寒而之暑，暑而之寒，從微至著之間，必有寒暑適均之會。此雖兩行而不復見有乖反，故論文以秦漢、唐宋爲合轍，此不易之論也。而近世之論則不免以時代爲高下，優秦漢而劣唐宋，謂文弱於昌黎，謂非先秦兩漢之書不宜讀。而究其所推導爲秦漢者，又非昔人之所謂秦漢，而北地、歷下之所謂秦漢也。此豈復有秦漢也哉！惟艾東鄉之言曰：「唐宋者，所由以適於秦漢之路也。」此其説近是。然猶病其視秦漢與唐宋而二之。今觀賈誼、劉向、司馬遷之文，已爲宋人立之軌，而韓愈、柳宗元、歐陽脩之傑出者，正使秦漢復生，猶然欣其所未至也。豈秦漢自秦漢，唐宋自唐宋哉？則夫論文於今日，安得知秦漢、唐宋爲一者，而與之言哉！雲間周廣菴先生，攻苦於古文詞，余遥聞聲者已二十年。其鄉多有從余游者，又輒誦廣菴不置。及庚戌，廣菴游金陵。余方杜門謝客，客亦無過而問之者。惟廣菴手一編訪余恕老堂，若以余爲可商質者。余始得見其人，與其所爲文。淵乎其不可窺也，浩浩乎不得其所止也。出入經史中，含英咀華，若萬斛泉，常隨地以湧出。以是才力規摹秦漢而善，規摹唐宋亦必善，乃廣菴固未嘗耑擬也。以秦漢程之而見，以唐宋程之而亦無不見，以能窺秦漢、唐宋之合而已。蓋天下人能見其所合，雖絶遠如朔南，猶然共域而處，而不能見其所合，雖一源之出，同體之生，岐視之若涇渭之不可亂，而蒼素之不可淆也。廣菴之文，賈誼、劉向、司馬遷之博辯雄偉，韓愈、柳宗元、歐陽脩之醇以肆，咸噴薄出之，而不見其有牴牾不合之累。以是知秦漢、唐宋未嘗不一，而廣菴融鑄爲甚工也。世知讀廣菴之文，庶不介介區分於秦漢、唐宋間，而惟深之以詣力已。余方删定賴古堂文選，晚乃得廣菴，急登之，可以爲教於天下矣。廣菴爲先慈作瑞木圖解，余已刻之家乘。又屬意法書，余所藏畫册得其題誌，頓爲烟雲增重。余一人所得於廣菴者，不既侈乎？若廣菴之詩，於漢魏、三唐間自爲一家，其不可以歷下、竟陵兩相比擬，亦猶之乎古文辭也。顧其詩别有刻，君家伯氏宿來先生序之詳矣，不具論。

康熙庚戌重五後一日，櫟下同學弟周亮工頓首撰於恕老堂。

序

雲間孝廉周子廣菴，余故耳其名，未之或識也。一日者，儼然造焉，以其詩文三四質於余，若以余爲可言者。余怪而問之。謂余曰：「余烏能知子？余與宋荔裳先生游二年，其論海內詩文也，必屬子。余之委心於子，其猶荔裳之志也。」余聞之，喟然有嘆已。受以卒讀，復嘆曰：「子之言信矣。」夫荔裳與余交最晚，亦最深，其言詩文也，亦最數。大率以爲人之詩文必世所不嘗見，而後以爲異。顧所以爲異者，有内力焉。蘄勝乎其内，不以外争勝，而後其説爲可久。是以詩與文必將以内力爲殫圖。若徒梔其貌，躐其文，以爲可觀焉，弗與也。君子之爲學也，舉天下學之可貴者，雜然入其中，鎔液之，鍛礪之，及其成，而所爲可貴者不知也。彼有所以貴凝結乎其内，不流濫乎其外，乃久而逾新焉。則人之於詩文也，歿身而已矣。廣菴精心强力，刻厲於學，不知其止。所爲詩文也，採之有其英，茹之有其實，嚌而噍之有其精且旨。其於荔裳之所言，宜有以自信，何疑而以質余哉？余故感其意，不辭所請而爲之序。嗟乎！余之於世也，無所冀焉耳。竊不自量，殫心於學三十年，夫豈無知余者？然或余才不足稱，其不棄遺而抑塞之，則幸矣。有如荔裳之屬余畢其生，至於同游之子而尚未能舍然乎？今廣菴之於余也，至矣。思當日荔裳之以余爲信也，何如廣菴之取信於荔裳，而以其緒言取驗於余也？何如余之觀其所作，以爲與荔裳似，有感於友朋之故，而益爲徬徨慨嘆也？又何如孔北海之念其亡友也，以虎賁之似，坐而飲之，曰「雖無老成人，尚有典型」？余懷舊不能如古人，而尚於廣菴有虎賁之感，可慨矣夫！

康熙己未嘉平，年家眷弟黄與堅拜題。

飲醇堂文集總目

飲醇堂文集卷之一

賦

脩竹樓賦

覽乾坤之浩蕩兮，撫景物而徜徉。試登樓以騁望兮，思排閶以翱翔。陋棲霞之徒峻兮，耻摘星之嵒㟳。嗟花蕚之靡麗兮，悼燕子之不祥。迺者斸破煙叢，劃斷湘江。種移荆之箘簵，筮得震之蒼筤。沿曲檻，值脩篁。漾漣漪，奏笙簧。振葳蕤，扇芬芳。舞摇龍影，唫動魚腸。枝接丹梯，葉蔭雕梁。欄蓊蔥其黛色，牖窈蔚而縹光。豈竹宫之陸離兮，儼臨甘泉之右。非竹殿之弘敞兮，疑近神嘉之傍。方其淇園擢本，嶰谷盤根。渭濱千畝，山陽數林。芳條挺崿岳，緑采敷雲岑。屏山阿以絶跡，旁水國而流音。謝花都之繁郁，入松畔之清陰。雖擅美於東南，未見知於伶倫。人莫賞其高節，紛獨抱兹貞心。惟此君之正直，能豁我之幽襟。是以感由物召，興逐神馳。悲欣萬緒，賞會隨時。南條北葉，新萌故枝。曉臨雲母，暮對湘妃。啓八窗而偃卧，敞四户以高棲。金明兮聳秀，玉潤兮争奇。目成兮莫逆，耳觀兮潛移。至若山空人閒，風和景明，則亭亭翠蓋，皎皎蒼晶。萬籟兮俱寂，一鳥兮不嚶。拂雲兮容與，承露兮迴縈。虚簷兮寫月而送態，飛棟兮含烟而颺晴。色侵書幌，影浸罍楹。翫之可掬，聽之無聲。若乃粉梢瀟灑，老榦飄颻。散層軒而捲薄霧，蕩疎檻而遞涼飈。則便娟解意，檀欒閉囂。和名姝之衛吹，接瑶島之仙謡。悠揚宛轉，娬媚匀調。當夫驟雨時至，陰風怒號。榱題欲折，欄楯將飄。臺觀岌嶪，天地動摇。電奔雷吼，巖滌壑漂。則若哀猿之嘯山麓兮，若玄鶴之鳴九皋。若萬馬馳驟而下坂兮，若河決瓢注而歕濤。既而密葉差差，疎枝淅淅。輕摇慢舞，斜披欹側。秋草迷烟，春花無色。若吹弄玉之簫，若奏梅花之篴。若撫緑綺之琴，若奏雲和之瑟。音自成乎宫商，如羽化乎仙石。又其密霰飄瞥，寒威幽墨。霜葉堆瓊，烟柯鋪白。逸韻沉冥，清吟蕭槭。若虞姬之夜泣於帳中，若婕妤之裂帛於宫掖。長恨悠悠，孤懷脉脉。噫欷歔！此物情之所感，非吾情之自適。時或襟懷蕭散，塵氛不攖。良朋萃止，美具難并。騁懷遊目，鼓吹酬賡。棋聲膈膊，琴韻鏗鍧。則見夫新叢解籜，拂樹敲欞。細細扶疎，嫋嫋娉婷。流越調，倚秦聲。鸞鳳嘯，蛟龍鳴。是宜謝眺裁詩，子晉吹笙。庚公朗月，杜牧翠屏。追六逸之勝事，踵七賢之高情。時或韶光孕秀，芝蘭吐榮。柳髀花殷，氣和天澄。交疏絮滿，當户絲横。窺簾乳燕，出谷新鶯。和聲上下，遠近相譍。

則見夫琅玕碧鮮，拂石垂英。日篩影亂，風動香生。鏘金戛玉，瑣碎瓏玲。是宜緑珠捧巵，羅敷調箏。陽阿舞妙，碧玉謌輕。響環釧兮璆璆，鳴珮玉兮錚錚。時或傷春鬱思，悲秋感時。夕陽將暝，晨光未曦。陰霾晻慘，景色淒其。啼西家之蕩婦，泣東鄰之孤嫠。則見夫含風颯沓，負雪離披。悲商叩林，淒調觸帷。落葉打窻，鳴條拂楣。於斯時也，洛北之曲未終，淮南之調將啓。聲飀飀兮不歇，心摇摇兮無倚。盼征人之迢遞，感興衰之離黍。雜清笳之嗶嚦兮悵彷徨，叫冥鴻之嘹喨兮傷羇旅。激孤城之變聲兮懸殘角，動深閨之流徵兮搗霜杵。嗟鳳臺之寂寞兮徂愁雲，嘆鸞阝巴之荒涼兮多怨雨。時成睡回枕單，酒醒夜闌。簷溜稀滴，晨鐘乍殘。室虛生白，人靜思玄。則覺夫庭坳砌曲，翛翛珊珊。韻流空谷，籟響驚湍。怡神兮爽朗，娱耳兮潺湲。使人栩蘧胡蝶之夢，恍惚青鸞之山。魂入桓伊之弄，神遊梁孝之園。嗟夫憂已樂至，歡劇悲旋。感不絕心，因物有遷。吾欲開蔣詡之逕兮，託張華而望氣。駕王猷之棹兮，隨壺公以游仙。渡沅江而遨遊兮，思劉琨之坐嘯。睇笻山而慨慷兮，效王粲之盤桓。已矣哉！吾惟種幽情於緑筠，寄兹樓之達觀。礪堅貞之雅操，用盟心乎歲寒。寧知夫木蘭文杏之爲美，將老此峭蒨青葱之間。

海湧峰賦

歷歷乎兹山之奇詭也。突兀兮崩雲湧海排空起，拔地倚天兮錯山趾。龍卧虎蹲兮不見人，太白鐔芒兮燭空紫。噫！此非闔閭所爲幽壑吕藏舟，而白傅所爲開山而濬水者乎？於是我來新秋，飛步重雲，振衣納履，爰整金巾。躡石壇之走砌兮，穿細嶺之嶙峋。臨劍池之奫淪兮，漾鶴磵之清芬。撫生公之臺石兮，悟點首之軼群。蔭老樹之扶疎兮，坐盤根之輪囷。洗雷雨之轟澒兮，聆靈籟于虚牝。味太素于閴寥兮，遡埏埴之絪緼。于時玉洞僊遥，桃花未落，石㟊人寂，貝葉繽紛。風蟲日烏，交譻譠兮。水鵠雲鶬，語不驚兮。轆轤天上，見猿飲兮。神瀵山門，果鼊殕兮。巃氣硲砑，薜荔之紛披兮。石稜鬱確，贔屭之躨跜兮。東海歕兮揚黄塵，丹丘矗兮苔蘚皴。蒼虬白蜺嬰茀吕怒兮，老樹倔彊鬼揶人立而狺齦。爾乃捫繡鐵兮翻斜日，㮤玲瓏兮過石室。水月大士兮雲爲衣，丈六金身兮玉作骨。滿壁鏤經兮留金砂，大千變化兮想超越。陟降兮雲岑，流盼兮鈴音。蘮滑兮鼇脊，高睨兮秋陰。呼吸兮重闉，屐齒兮危巔。出平遠兮，鬱乎芊綿。虞山君山，遥插青天；太湖洞庭，皛淼迷連。蒼狗衣兮嶕崿，海蜃吐兮樓閣。客皃醉兮登登，清遠呼兮鶴鶴。酒闌寺冷，人烟徹兮。扶乘倒挂，山銜月兮。月光褢裒，天影張開。烏啼銷歇，明滅無埃。吴王骨冷兮於菟睡，窈窕紅瘦兮芙蓉膩。魚腸揮兮鷩禦兒，夫椒奮兮報雍溢。

巒觸争兮霸圖休，玉梟流兮幽隧閉。吾獨怪夫漫山之歌舞兮，何舉國之如狂？縱横下上兮，噂沓而翱翔。紛石華之冠春草兮，髮短而心不長。獨踟躕而不能去兮，弔一壑于海桑。亂曰：歌莫哀，但飲酒。蕙花香，木筆秀。竹葉傾，珍珠溜。買茶地兮花廬狎，樵夫兮石叟。問許由麗峙之奇字兮，又何歆悒乎鳴蟬之秋柳？

後海湧峰賦

若夫解弢山中，傲睨天上，駭碧環迎，紛黄相向。樹連石而一色，烟與嵐兮萬狀。於是客子不見者三年，秋容媚人者千里。虎有餘丘，鶴無舊市。劍去池荒，僧歸石死。古今换兮鳥聲酸，英雄逝兮天水寒。擬登高而放哭兮，恐驚戲馬之傖、較射之子，與擁蓋唱驪之炎官。抱紅袖而盤遊兮，逐空山之醉魂。徒使我形單兮影隻，涼涼踽踽而誰爲歡？但逐樵青，趁野童，躡蠟屐，支短笻，穿木末，尋舊蹤。玲瓏之棧，與鳥而争道；浮圖之級，隨雲而御風。詩乾喉澀，酒淡茶濃。茶濃兮七椀，酒淡兮千鍾。吾欲拔劍池之湛盧兮，耿白虹于天邊。吾欲呼守隧之金虎兮，咥狐兔于當年。吾欲駕霆霓兮鞭焚輪，決弱水兮扶崑崙。吾欲揚洪濤兮噴飛雪，挽天河兮蕩瀲瀲。悲夫！有志而弗遂乎，髮種種又復茁茁。尾夸父之杖于崦嵫兮，將化鄧林而弗得達途。既陒隉而窮蹙兮，如坡陀嶔嵚而轗軻。何㠯補天鏬之五色兮，若驅重湖之磊砢。湖驅此石兮，海湧茲峯。與吾意相擊撞兮，又隱起五嶽于何窮。若有人兮，天爲口，日爲瞳，霹靂爲手，冰雪爲胸。晞余髮于扶桑，策余轡兮崆峒，振余袂兮霄漢，返余駕兮鴻濛。前不見斯人，後不見斯人，吾將焉從？亂曰：有冢纍纍，松柏婆娑。翩翻兮鸛鶴，下上兮鼪鼯。弔參軍與短簿，遺祠宇兮山阿。山靈兮安在？曾莫聽我歌。我歌且謡，我心孔焦。將營菟裘兮，長此山椒。

續感不遇賦有序

昔董江都有士不遇賦，後陶靖節復感而賦之，豈不以相知之難，千載一逆哉！夫著文章爲錦繡，蘊五經爲繒帛，好茲奇服，寧用干時？顧或明月妄映，蘭葩虛鮮，是所重乎人之水鏡也。矧乃青陽易逝，皓首徒勤。安禁失路之悲，猶冀同時之嘆。而歲寒之茂松不改，幽夜之逸光莫發。以此思感，感可知已。覽古增慨，賦以續之，辭曰：

憫余生之不偶猗，胡遘時其邅迍？惘靈根之早萎猗，連枝弱而輪囷。友蕭索而寡群猗，戚寥郭㠯亡親。獨瑣尾以流離猗，涉岐路之蕪榛。托落而歷温凉猗，煢煢孑立之單門。幼抗志於太清猗，又遡源於邃𦧲。晞秋幹於鄧林猗，探夜芡於縣圃。漱一靈之清潤猗，霆滂沛於九區。汗青剔於蝨泐猗，蝌斗探於玄宧。攷循蜚之皇駁猗，鐫孔壁之魯魚。吹藜火㠯問太乙猗，摘心鉛而抽意槧。謹説郛於八會猗，綜甲録至於十覽。羅象緯而盪胸猗，騰龍文之匣劍。荃既不争於耑之好猗，奮藝海而肆漁畋。懷忠信爲甲楯猗，服仁義㠯作櫜鞬。志攬轡之澄清猗，竦介軀而欲𦐇。何天衢猗出濛汜，揆皇路猗夾虞淵。隱玄豹之在霧猗，遲蒼龍其起蟄。誰與開驊騮之廣術猗？我將策騕褭之超忽。慨今之相者舉肥猗，老驥長嘶而伏櫪。翰音一舉㠯登天猗，白麐蹄縶而躑躅。蝪喧蟥唫㠯慕羶猗，長離延頸而鎩翮紛。獨蘭心而蕙質猗，匪海畔之所求。鍵户牖而聲金石猗，歷冬春而徂夏秋。與蠅營而苟得猗，寧蝸粘於枯丘。塊澤鮒之守涸轍猗，誠不忍逐行潦之波流。波流濁而獨清猗，難變白以爲黑。總八表其莽蕩猗，自顧行之踽蹐。翳日夕以零露猗，慘鼂霞之景匿。睠春葩已狼藉猗，又安冀採夫秋實？槁薜荔於山阿猗，摧蘭茝於澧澤。憖顛越而轗軻猗，抱影而罹乎捐瘠。欲破觚而爲圜猗，性尤憎夫反側。噫姱脩之無媒猗，孰剪拂而豫席。厲雲漢而遨翔猗，終無風又難於矯翼。慨賦命之不齊猗，感脩塗之偪仄。亹嫫母之見棄猗，抑擯淑姿于幽嫿。徒惴惴以集木猗，卒擣焉其如惄。閉席門之窮巷猗，何有乎負郭之阡陌？長顑頷以行吟猗，淒禦冬之絺綌。悵虎鼠之異適猗，飲井渫之不食。黄鐘與瓦缶争鳴猗，寧大音之静默？隴廉與孟娵同官猗，又惜蛾眉之失色。屬神應之休臻猗，際皇輿之彝庚。時臯、夔之握紀猗，方領袖夫俊英。集囊贊之忠益猗，躬吐握以持衡。咸驤首乎天路猗，思景附而響膺。鶴立企佇猗，延慕光榮。顧余拙其黔淺猗，何路掃門而通謁？忘鉛刀之繞指猗，冀得效夫一割。結悰素之丹欵猗，奮垂翅於天末。迫羲馭於崦嵫猗，歲月儵焉其如轍。

計無聊以趦趄猗，或處囊而潁脱。若枯條之再肄猗，等寒灰之復爇。承咳唾吕爲恩猗，盼睞成飾。顧井蛙之昧昧猗，積蜂慭慭。亮蚉負之不勝猗，竟戴盆其何益？中隕穫而灼爍猗，徒螴蜳而矜惕。非千里之騄駬猗，難爲孫陽之轡策。豈朱絃之疏越猗，敢望鍾期之賞識？倘吾舌之尚在猗，或蟠木之先容。嘉箕踞之何點猗，優罄折之盧鴻。沐髮晞陽猗，彈冠而奮膺。委欣令德猗，仰鏡而傾風。假鷦鷯之一枝猗，俾鼷鼠其腹充。輝螢燭之末光猗，起枯魚以從龍。噫吁嘻，得知已其不恨猗，又何慟哭於日暮之途窮！

志古賦有序

貞風云邈，古道斯灕，舉世尚同，希聲寡和。懷瑾握瑜者見放，淈泥揚波者乘流。恬彜之志渺然，廉退之操詘矣。至采棨當路，釣譽通津，競成慕勢之風，莫惜自衒之耻。豈繄時有升降，抑亦道有污隆！撫運感心，鑒今思昔，作志古賦，其辭曰：

惟大鈞之播物兮，紛坱圠而無方。何萬靈之爲貴兮，閱今古而相望。鍾二五而毓秀兮，綜四維而恢張。藉前哲之遺範兮，仰駿烈而揚芳。維斯道之共持兮，庶俾嘉而俾臧。秉昭質之耿介兮，保堅貞以爲常。何運會之升降兮，變純白之蒼黄。競刓方以爲員兮，斥矩步以爲狂。緬維疇昔，鮮不爲則。振耀兩儀，勖勱八極。岳伯疇咨，登崇俊宅。或闢門而建官，或懸韜而求益。或鼎負而爲相，或羖贖而決策。或築巖而感商夢，或釣渭而興周室。顧感應之有機，實明良之相直。其或時與道違，命不逮德。三仁安歸，二子奚適？巢父藏光，接輿屏息。何晏自如，黔婁不戚。仲蔚杜門，薛包辭辟。仲連不帝，向平知易。正則行吟，賈生悽惻。二仲逃名，老萊自匿。逢萌掛冠，張摯寢跡。飛遯大荒，躭虛好寂。含華隱曜，飲泉漱石。信大道之莫容，守貞心之不忒。慨美人之悠邈，傷周行之反側。慕軒黄而怏望，企陶唐而太息。於焉假容江皋，託意冥鴻，矢志逸駕，希心素風。時依巖而慷慨，間背壑以從容。縱函谷之柱史，遊濠上之莊蒙。效洗耳以激清，托荷鍤以相從。振蘇門之清嘯，蹈西湖之高峰。賣藥者適市，鳴蛙者潛踪。徜徉五柳，笑傲七松。謝逆旅之過客，撫隙駒于墻東。寧抱朴以守静，甘貧賤以長終。佇達人之遠引，不遷物而守宗。譬彼鳳儀，翱翔千仞；猶斯豹變，霧隱山中。是用賁丘園之戔帛，召閭里之旌弓。禮羅之而益抗，弊聘之而愈崇。雖遭逢之不偶，亦廉静之高蹤。其或慨青陽之易逝，悲明月之暗投。悼失時而從事，思結話於綢繆。期一言而分爵，冀立談而封侯。彈鋏者得附後車，清讌者並載方舟。遇晏者負芻於塗側，輔桓者商歌之飯牛。戢翼喬林，暴顋乘流。虛正殿之高筵，致吐握以相求。梁孝振平臺之逸響，魏文採南皮之幽興。趙孝賜白璧以旌能，燕昭築黄金以招聘。安車之使旌，絡繹於商山；蒲輪之束帛，相望於秦境。唐宗敦趣夫馬周，宋室延召乎華應。猶能令庶士傾風，萬流仰鏡。信白雪之迴風，啓朱絃之悦聽。曳裾者不諂，伸嗟徑路之無媒，傷眉者非佞。由行舉而言揚，豈反真而滅性？歎希聲之莫賞，際叔世之不古。羡舐痔而得車，嬋娟之解悞。紆軫者越禮以趨蹌，炙熱者踰義而依附。俛首搶地，搖尾乞憐。何甘吮癰以厚顔。强項終身以却步，折腰捷足以先鞭。荃亦化茅兮，夔或憐蚿。屈軼指僞兮，何不生於帝廷？草堂移文兮，何莫勒於北山？豈捧檄而爲母，迺掃門而市心。乖史節之秉直，昧孟訓之枉尋。罔畏傷足之迷陽，實愧登天之翰音。吁嗟夫！顯晦有命，窮達非人。物無求而必獲，數有屈而終伸。靈蓍告予以無悶兮，守天山之爻文。執鞏革之固志兮，遠浮競以還淳。吾寧素履而無咎兮，保潛玉於丘園之身。

飲醇堂文集卷之二

騷

攀羲馭

碧翁覆而馮翼兮，赤熛怒而阜昌。叶赫曦之炯炯兮，浴咸池而漱朝陽。引帝杓而指極兮，春與穐其互逾。欻芶及之莫追兮，何草木之榮蕪。重余偃蹇而迴思兮，餐石菌㠯自怡。攬貞蕤於松柏兮，指歲寒而爲期。攀羲馭之莫逮兮，將申旦而占之。詎鬱儀之隱翳兮，塗幽窔而安歸？風颸颸兮木落，塵颶颶兮天闊。靁隱隱兮兒啼，霜離離兮日薄。漢回兮碧波，浪驚兮白柯。蘭茝枯兮空谷，魚龍沓兮濁河。鳳竹刷兮䙰褷，蛇蕨怒兮㕒㕒。鵩鴞息兮山陰，猿狖戲兮鄧林。嗚獨哀兮天末，思倒日兮夜唫。食桑葚之美實兮，懷鳩鷹之好音。伐疏麻兮山間，斧丹棘㠯爲椽。飽瑶華兮，吸曾泉。哀蕪穢之腥沫兮，衆咸以爲固然。蹇獨余之偪側兮，杞憂結而不見萯。嗟桑榆之末景兮，長矯首乎虞淵。

文魮遊

文魮遊兮江湖，昕夕餐兮鰕鉏。爲前導兮魴鯉，當後貫兮鯿鰫。筌罩罩兮罟蓁蓁，嬲江妃兮震海童。揚鯨波兮群犗，鼓駭浪兮何龍？臨河釣兮詹叟，夜綸觸兮任公。苟相教兮慎出入，莫我逝兮炙深宫。文雉下上兮山間，雄挾雌兮斑斑。嵒石高松兮迷塞路，秦氏蕩子兮躰弓彎。繫六駮兮弋飛生，追猱狿兮逐鶬鶊。白澤墮兮岸崿，雄虺格兮猙獰。遨天際兮輕禽，霧隱豹兮遥崟。何迴翔兮忘擇木，何狼跋兮不擇音？群聚兮高岡，和鳴兮山梁。睎前車兮莫予侮，聽掩鈴兮莫我亡。林薄兮卑栖，淺谷兮深谿。風颼颼兮虎宵嘯，日掩晫兮猼晝啼。苟冥冥而轅絶，孰指柄之東西？噫，何水無罜兮，何山無巔？疇噴沫兮四海，疇背負兮青天？羨茂對之咸若兮，吾將任魚鳥之自然。

絶磵行

僊館兮神廬，夏屋兮渠渠。思帝子兮縹緲，居望星氣兮連珠，煎桂髓兮臛梟。鶬脯青茄，分醴淇漳。爨蘭蘇兮珍樾，灑纖縞兮阿裳。鼎食兮鳴鐘，擊盤兮尸饔。金玉涼兮春夏，翡翠温兮秋冬。彤雲布兮夜未央，東井聚兮獻嘉觴。星有角兮風日旦，日有芒兮露瀼瀼。大火流兮烏畢尾，黄龍見兮頳魚煅。鸞鳥昜鳴兮，麒麐錯趾。東鄰女兮蛾眉，西家粲兮素姿。分燭織兮芡相照，不輕棄兮手上絲。上火珠兮紫宫，帶流蘇兮玲瓏。繫輕綃兮春日，吟紈扇兮秋風。冀承寵兮過平陽，思夫君兮白雲鄉。撫羊車兮時已逝，念鸞鏡兮美無雙。羌脩姱兮山椒，悵靈脩兮遥遥。蠅鼃蒻日聒兮，心煩冤而鬱陶。山鬼兮傞傞，森雲螭兮和謌。望天帝兮咸池，駕青虬兮玉珂。導白鹿兮遊河渚，之宫中兮蒼鹿雨，挂鏡斫兮作君脯。彼蕨薇兮何氏女？絶磵孤行兮良獨苦。

端筴定

靈巖蔚兮出蓍，甘露濡兮麗龜。沐之以丹泉，守之以藻居。貴封父兮寶僂句，長子孫兮戲芙蕖。釣濮鉛兮顧竿，將曳尾兮深湍。聊容與兮塗中，留枯骨兮千年。鑄乾象兮比龍媒，支牀磐兮吉夢來。託形語兮水澨，吐沉璧兮夜臺。宛鸚鵡兮甲長，問波臣兮中央。憲翼響兮剖木，元緒呼兮大葉。披爻甲兮銜玉符，呈洛汭兮出圖書。何僊豕之既膳兮，繼明月之夜舒。不咽頸兮玉粒，伴鵲尾兮金爐。蜃獻市兮一朝，鼉應鼓兮寒潮。爾鏡軒黄於眉睫，何不竝屈軼於唐朝？順陽陰兮吸鼂露，步規萬兮同鶴顧。豈折鱗兮平皐，不深藏兮尺蠖。止大江兮南潯，溉釜鬵兮懷好音。三宿兮致虔，尊酒兮來歆。靈老兮善鳴，登木兮譚譚。墳繹兮先瀆，燋灼兮屏營。

忍饑腸兮藏六，審休咎兮背九。將端策兮定釁鑑，不我告猶兮知群疑之焉剖？

文鳥巢

有文鳥兮山之阿，巢高松兮結女蘿。傍巖石兮上參漢，臨江水兮風怒波。笑燕雀兮戲樊柴，依卉丼兮相與偕。藉藉兮蹶啄乎溜泉，衎衎兮饜嗉而無遠。懷青莎兮逶迤，墳衍兮陸離。竹篁成實兮，鳳翩翩而來儀。呼黃鵠兮高騫，盼碧落兮棲樹顛。餐不饑兮不周粟，飲不渴兮箕潁泉。顧孔鸞兮雝紫莖，翼孤展兮哀鳴。拂細沙兮雲霧，孰戲豫兮風生。遥遥兮駕鶱，戾戾兮雲坡。書人兮奇字，獨種類兮骨多。石穴兮卵彀，茸毯兮度關河。紛千百兮爲群，隨風嬉兮儀於聖人。遇希有兮大鳥，扶摇九萬兮垂雲。彼小鷇兮何愚，吐玉綬兮嗽金。置辟寒兮銷夏，終難得兮美人心。飛比翼乎燃丘，玄木老兮枝不稠。水滸之丹泥已竭兮，雌雄之孳尾無謀。經雨雪之冬春兮，又虞風霜之夏秋。塊若澤雉兮樸遬，五步十步兮飲啄。惟懼罻羅之及兮，不蘄乎樊籠之畜。神雖王而弗善兮，寧優游乎溪谷？吁嗟乎！鳥以文而名，亦以文而輕。時對鏡而眩影，徒栩栩而冥冥。苟鵷鶵之雌伏兮，安禁腐鼠之相矜？抱五彩之繽紛兮，又何求殊類之應聲？

飲醇堂文集卷之三

序

送前侍御李公星巖調補信宜令序

康熙十二年春，前監察御史李公星巖奉命以原品調補粤東之信宜令，捧檄出都。都人士咸咨嗟太息，以爲御史司拾遺補闕，闕天下大計，邑令專城之寄耳，雖奏最第一，不與易也。矧公威名風采如雷如霆，朝野倚以爲重，信宜僻縣，稍廉平稱職，就理有餘矣。驅鳳棲枳，重枉其材，坐是歎惜載道不能已。周子曰：不然。古之所謂行己遂志，濟時利物者，無擇乎勢位，惟其道爾已。必居要津然後可，則緘默取容與彈射異己者，夫豈無人？必辭簿書爲高，則循績茂著，至今照耀史册，又遵何道哉？李公之道行乎臺諫，其自薄海内外皆被公澤，行乎邑長，胡遽不有以報乎上？胡遽不有以及乎下？持冰雪之操，煦冬日之温，流金石之聲，吾見其鳳且集而鳴焉，而無虞其枉也。且都人士亦知聖天子俾公敭歷中外至意乎？公以弱冠舉進士，擢入史館。逾年，置之蘭臺備顧問。昌言嶽嶽，動裨國是，特簡巡視長蘆鹺政。洎還朝，益抗疏糾劾，無幾微避怨意。夫惟處身利害之中，而後可言事；惟置身利害之外，而後可任事。然不能置身利害之外，則必不能處身利害之中。任事與言事，詎二道哉？任事之細而鉅，易而難，莫縣令若，譬錐處囊中，利鈍立見者也。虞廷考績，既敷納以言，復明試以功。苟立功立言，惟道之宜，又奚所施而不效？厚一邑而薄天下，豈知人則哲之睿慮乎？余故於是行也，不之惜而加喜，爲之序以廣惜者之意，且繫之歌曰：粵州濱海兮逼蒼梧，麗水洋洋兮龍山之隅。猺俗簡淳兮尚鬼巫，望德教兮拜而趨。來何暮兮歌載途，埋輪去兮豺狐跳呼。爲我謂豺狐兮盍姑須，徵詔疾下兮前席虛。

送宋荔裳觀察赴補北上序

觀察使宋公自吴入都，周子挐舟送之金閶門外，且告之曰：先生幸復起而仕乎？仕之馳騁皇塗者，踵相接也。官於四方者，車不停軌焉。自我觀之，若無人焉。仕者何哉？非以其人之出處概乎？無繫於世也哉？先生海内之望也，經國大業久著於時矣。居郎署，歷司勛，中外稱水鏡焉。持節北平，備兵西秦，北平、西秦倚屏翰焉。及爲大參，擢廉臬，聲施赫赫，猶照耀兩澌間也。既而家難繼作，南溟之息彌年。然且遊屐所經，山川爲之生色，羌雁成群，争相北面，獨無如蒼生何耳！今兹行矣。天下之大，有真儒焉，起而仕矣。培風之翼，而後乃今圖南矣。宣室之虚席，不啻飢渴而飲食之矣。國是之所急，民命之攸賴，亦既究圖於休暇矣。我聞真儒之用世也，往往以息爲用，其息也，蓋將乘時以用之，是故一出而朝野倚以爲重。我於先生兹行有厚幸焉，有深望焉，聊於河、梁間發之也。若夫人之稱仕者，我知之矣，處則文章不足以華國，出則無勳業以自表見，縱安駈而通顯，官一歲而九遷，以躋槐棘乎，直草木之向榮耳！夫以天下之大，而仕者僅一人焉，是其言也，非詭則諛，然仕固如此其難也。某辱先生之末契，迂且憊，不克奉鞭弭以從，備掃室布席之役。秋冬之際，行且走燕市，裂胡琴，先生汲引之懷庶勿替乎？亦何愛於餘明之照？是又鄙人之私願也，先生倘許我。

賀沈太史繹堂復補翰林院侍講序

周子來京師三月，授經於清河氏，不事竿牘請謁，息交絶遊，嗒焉塊焉，忘其身之在燕邸也。一日傳聞舊太史沈先生復召入内院，爲侍從備講官，則躍然而起，仰天而歎。及門者離席前請曰：夫子何歎？周子曰：居，我語女。大道之興也，必有人焉振起於上，又有人焉承流於下，之二者恒相因也。昔周公爲相，以興道致治爲己任，忘其材藝之多，皇皇焉惟以天下人士苟負一材，擅一藝，曾不得當我前是懼，況當我前而失之也？食必三吐其哺，沐必三握其髮，故作人之盛，歷成、康而不衰。使元公不爲輔相，誰與鼓舞一世之人材以爲王國楨？即門左門右，日吐與握，奚裨乎？我鄉太史沈公身任斯道也久矣。其爲人也，虚而善下，廣而能周，其好士也若癖，延攬也若渴。聞一善，必羅而致之，惟恐其不介于側也；見一長，必導而揚之，惟恐其不公諸世也。護惜之不餘力，獎掖之以有成，何止青萍結緑，價長十倍？蓋才無巨細，莫不假其羽翼以立名於世，世以爲有姬旦風。獨不得宰輔之位，一朝而位，我先生耳。顧方其以鼎第入史館，潤色鴻業，蔚爲國華，不啻麟遊於郊，鳳儀於廷也。世祖皇帝復授之節鉞，俾敭歷中外。若雲霞被物，所至仰其光榮焉。無端㴶湟，而南溟之息彌載。天下人士方以興道者不在上位爲憂，賴聖明思舊，召入秘殿，訪道論思，時虚宣室之席，兹幸矣。復位以講幄，則師保之先聲矣。興起斯文者方挈裘領而振於上，則承流者胥有恃而加勉矣。在廷師師濟濟，而天下文治聿隆如成周宇宙，不難再覯矣。夫吾道之明晦，莫不有天焉。余故躍然以喜，以爲海内人士賀。復不能已於太息者，又以歎吾道之大，任其流行坎止，歷變不常，究有晦而復明之日，而吾黨爲學，又何可信道不篤哉？試質諸先生，當不以爲河漢也。

光禄大夫兵部右侍郎加四級階正一品孫公怍庭三世榮封序代

今天子御極十有五載，建儲大典成，加上兩宫徽號，因推廣孝治，詔中外臣工自一命以上，咸得推恩所生。多士感奮，靡弗矢忠報稱。於是光禄大夫少司馬孫公怍庭以正一品例受封，追贈三世如其官。越明年春，司馬既荷國恩，爰告於文人，而揚休命焉。遠近相傳，夸爲盛事。余曰：此有生之共情也，我弗之有殊也。然我聞之，君子之榮其親也，徒以遭時盛隆，歷通顯，被寵錫，賁及九京爲乎？抑將以善成先志，立大功，成大名，以顯揚於無窮也。司馬故望族，世有令德，逮尊大父侍御公，立朝謇謇諤諤，按部所至，勳業爛焉。若寧夏之殲寇，都亭之埋輪，河東之馴戢礦使，凡皆爲上爲民，烺烺載史册。而司馬初由史館入諫垣，抗疏建白，悉經國訏謨，一如乃祖焉。既掌四譯館，遷太常，擢銀臺，出納王命，式是百辟，又山甫之所以纘祖考也。夫詒謀垂裕，世不乏人，一再傳而繩武者鮮矣。今觀孫氏，抑何後先輝映也。且尊人初贈給諫公者，以名孝廉負經濟才，篤行仁孝，每歲饑，奉母鄭恭人命賑粟施糜，全活不勝計，臺使者以孝義旌其閭。又侍御公曾建興文館於里門，造士特盛。公紹先德，捐負郭田贍貧士，人文更蔚起焉。無何，際草昧，初爲無良萑蘖，中以危禍，不得白。司馬憤不共戴，籲鳴於都，凡四載而獄具，黨惡者駢首伏誅。公道昭，輿情快，識者以是稱其賢，謂善人洵有後。則無論繼此之敭歷卿貳，勳名燀赫，無忝所生。方其未膺膴仕，以蕣孤赴愬，而至性動天地，純孝格神人，揆諸春秋大復讎之義，復何恧耶？先王求忠於孝，其理不信可憑耶？我不知世俗所期榮親者，視兹難易何如也。今者一二小醜未殄，歲苦兵革未休，上方求寧觀成，拊髀孔棘。竊意司馬當兹也，晝繡不以爲榮，累階晉秩不以加喜，華表豐碑、椎牛而饗不以爲光大前人之緒，惟夙夜靖共，殫碩畫而奏治平，俾亭無桴鼓之警，野有室家之樂，民氣休和，頌聲四作，垂諸竹帛，播之樂章，以答天子寵命。斯固雅量素蓄，而亦天下所致望於司馬者也。寧第紫泥十道，用章食報之原哉？江漢之詩不云乎「召公是似，肇敏戎功，用錫爾祉」，而終之曰「矢其文德，洽此四國」。蓋以忠愛無已之願，爲顯揚無盡之期。其匪懈也，即其不匱也歟？歐公謂將相而富貴，皆魏公所宜有，其豐功盛烈所以銘彝鼎而被絃歌者，乃邦家之光，非閭里之榮也。司馬所自命，其在斯乎？余從諸名卿列，揚觶而前，不敢爲導諛之詞，而節舉君家世德，以爲象賢賀。既以廣時俗夸羡之意，又仰承當宁皇皇求治，冀益勵晚節，相與有成，弘聲施於不朽，俾天下後世曉然於榮親之道莫大乎是也。

飲醇堂文集卷之四

序二

理數闡幽序

理與數有二乎？曰：理統夫數，數顯夫理也。理與數無二乎？曰：理之爲言，盡其常；數之爲言，神其變也。理與數二而一乎？曰：非理惡乎體？非數惡乎用？二之無可二，一之無可一也。儒家每言理，術家每言數。自儒家言之，惟見理也；自術家言之，惟見數也。而理與數爲駢指。襲膚理以譚數，而數舛理愈舛也。託詭數以附理，而理晦數愈晦也。而理與數爲疑城，疇爲兩家驛騎，一通彼此之懷哉？我友姜子嘗曰：先天之易，理也。後天之易，數出焉矣。太極動生陽，静生陰，理統夫數也。陽變陰合，而兩儀立，五氣布，四時行，數顯夫理也。天地定位，山澤通氣，水火相薄，雷風相射，數神其變也。聖人洗心退藏，吉凶同患，範圍天地，曲成萬物，理盡其常也。形上謂道，形下謂器，擬諸形容，觀其會通。非理惡乎體？非數惡乎用？論理不論數，不備；論數不論理，不純。此理數闡幽所爲作也。余惟是書之傳，自華山、康節以來，尚矣。然前此別陰陽，分奇耦耳。今則生成變化，瞭若指掌矣。前此乾坤耳，六子耳，今則乾坤闔闢，六子交錯，纍如貫珠矣。前此坎離消長，存而不論也，今則水火相用，消息畢露矣。前此納甲源流，猶破荄坼莢也，今則日月盈虧，干支配合，分枝劈幹矣。前此卦象吉凶，爻位强弱，猶按圖索駿也，今則節候異宜，剛柔迭用，變動不居矣。彌綸密鈎索深，允枕中之鴻秘，發蒙之金篦也。學者神而明之，庶無惑于理數之説乎？先儒謂天地日月之交，即吾人性命姤復之理，果能崇效卑法，觸類引伸，無忽惠迪從逆之幾，將天地合德，日月合明，四時合序，化裁生剋之妙，不聽于數，而聽于理，抑不任後天一定之分，而任吾心畫前之易，則是書之爲功于世也，豈猶影響之理、讖緯之數哉？

讀史雜筆序

客有自炎州來者，云其鄉夏日之日逾長，冬日之日逾短。心疑之。一日，童子手鷄卵來前，乃悟，曰：冬日之短非短也，乃照於地下者長耳；夏日之長非長也，乃照于地下者短耳。是以格物者多所見，少所怪。目跐未逮，遂稱咄咄怪事，可乎？洛陽測景臺日中無景，霜晨雪夕，卦痕隱然。嶺南榕樹軟條垂地生根，羅立如柱，根盤四五，可蔭數畝。桂林龍灑洞山椒没水中，泛舟至石壁下，大洞門高百尺，仰觀洞頂有龍跡，天矯若印泥狀。諸凡此異，所在多有，何必泛螺舟而渡海，乘七車以翔風，然後詫語殊覊，標舉奇勝哉？觀史亦然。廿一史載數千年事大備矣，而文或不足起予。惟龍史獨擅史才，涉筆淋漓痛快，變幻百出，機韻鮮妍，去左氏不遠。班史或亞之，然加整矣。至陳壽、魏收、姚思廉、裴松之、劉昫、宋祁輩，紛紛自負作史，不知何者以爲史也。范蔚宗後漢頗有雋采，虞預晉書奇正相半，尚不及孟堅，況望子長乎？子長亦正亦奇，亦秀亦老，亦雕亦率，而其奇正、老秀、雕率之妙，只在有意無意、尋常阿堵中，有屢探不出，或忽焉遇之。於是滌除夙見，爲作言外之解。躊躇四顧，信筆疾書，或點染一段，或偶綴數語，起腐老於當前，庶幾相視而笑，謂頗得其意之所在。顧余筆鈍，非能咳落九天，隨風珠玉也。譬如西國人釀酒用石榴花，瓊南人釀酒用荔枝液，又如紅螺釣灘，隨其所獲，都成游戲，亦偶自用愉快耳。吾未見鴟鴞搶飛，便擬孔翠也。吾未見九皋夜唳，便希鳳鳴也。吾未見薛靈芸之淚珠，便作桃花雨也。此余讀史褉筆之梗概，詹詹乎猶有所未盡也。

印莊序

天有東壁、奎章，地有天台、峨嵋，水有瀟湘、洞庭，海外有瑶池、閬苑，若文章之有莊、騷、左、馬也。是稱「古四大家」，較量工力，莊其首矣。夫莊文之聖，殆所謂天授，非人力也。余嘗爲讀莊法，取内篇爲經，外、雜爲傳，劙爲七種而貫之，莊其爲我爐錘，入我範圍。間復閱之，又自失也。夫莊豈爲我鑪錘而入我範圍者乎？莊如龍，乘風雲而上騎日月，若爲人所豢，擾鱗縶甲，其神不靈。莊亦如鵬，水擊三千，扶摇羊角，若爲人所樊籠，神雖王，弗善。因别爲讀莊之法，終無法也。不如以散法取之，因莊還莊，印諸品評者之手眼，庶幾旦暮遇之乎？内篇七，還内篇也；外篇十五、雜篇十一，還外篇、雜篇也。自逍遥游至天下，一一還之，如水印月，如印印泥，務還其真者而已。但不知我印莊乎？莊印我乎？其有相印於無相印者乎？昔之解莊於自經自傳，鈎連串合之中。今兹印莊於各篇各段，蕭蕭散散之外，如縱鵬翼，怒飛背負青天，莫之夭閼，復放龍於雲氣縹緲，出没變化而不知其所之。今而後達士胸中時時有南華真境，若别貯一天地山水，不落茫茫塵海間，如莊所云條達上遂，逍遥九萬之上，豈有過哉？觀止矣，其猶未杪也。將合莊、騷、左、馬爲四大奇書，又採逸莊諸篇，或似山海經，或似占夢書者，巧幻錯出，並附不朽。夫乃吾尼父所謂「書不盡言，言不盡意」者爾。

陶詩奇義序

世皆謂陶詩平澹，是未夢見陶詩梗概也。坡老曰：陶詩非枯淡也，絢爛之極也，進一解矣，而未盡其手眼與其肝膽，及其本領之所在也。余蓋有讀陶法，㠯我讀陶乎？不如㠯陶讀陶。陶之言曰：「奇文共欣賞，疑義相與析。」據此二語，與陶晤對。孰爲奇？孰爲義？莫奇於文章問得失於寸心，莫疑於大義無所逃於天地也。於何知之？以陶之詩遡陶之人之世而知之。陶之世，何世乎？自太乙迄元嘉，典午日微，世且改物矣。陶固依然一人耳。其人抱素心，夙無宦情，可以仕而不可以苟仕。跡其初歲爲郡祭酒功曹，罷歸，應徵起爲鎮軍參軍，再爲建威參軍，又自請絃歌爲三徑之資，視八十日彭澤如籧篨圉馬焉。當其時，玉步已非，金甌已碎，公憤氣貞衷，遂借督郵賦歸去來，曰「覺今是而昨非」也。夫以彭澤爲非，以歸來爲是，則是采菊、躬耕、窮餓、乞食、自祭皆是也。其詩無聊不平，隨處見之，特藴義深遠不覺耳。使晉之先君早知而大用之，必不硜守東籬日夕南山之下，致八表同昏，平陸成江之歎。然則讀陶詩者，勿於其平澹窺之，并勿於其絢爛窺之，當於其奇文疑義窺之，且賞之析之。一曰鍊句成章，字字鬱確，分合隱現，朴峭厓巘，而陶之手眼出矣。二曰憂天閔亂，哀晉抗劉，勁骨雄心，劍飛海立，而陶之肝膽露矣。三曰志仁希聖，重華孔顔，屢空固窮，守死善道，而陶之本領顯矣。余自束髮慕陶之爲人，每欲建議俎豆孔廡内。近村居鍵户，顧影寡儔，日取陶詩一册，抱之對之，饑㠯之爲饘，渴㠯之爲茗，若醍醐沆瀣之解我頤，而五嶽隱隱于方寸也。因爲之編次考訂，箋釋其奇義以自娱，又盡和其韻，不知陶之於我，爲蝴蝶，爲莊周也。編既成，覺摩詰韋柳，雖附陶派，而終未得陶之所以爲陶，則陶之奇義幾幾乎未易言也。後之讀陶詩者，當知陶義。欲知陶義，先知陶心。夫陶心如蕉焉，亦層層披剥而得之矣。

張徐二公詩義序

宋人一代之詩宗少陵矣。少陵而前，不有漢魏，漢魏而前，不有風雅三百乎？書又宗平原矣，平原而前，不有鍾王，鍾王而前，不有斯籀篆隸乎？以是用嗤，非其詩若書之足嗤也。雲間詩義，咸知有大尊者，吾烏乎詆諆大尊哉？乃前此又前此，則或未之知矣。夫我郡詩派，自顧東江而下，若瀛海張公、文定徐公，尤處不祧之位者也。二稿俱有近刻，然缺佚者不少，因合篋所存，共得如干首，常自攜焉。奚囊驢背，兀首挑燈，爲之躍然心開，復浩然而太息者，非此物也耶？顧吾欲以示世之談經者，進于有章有句，仍有局有氣，有文有章，不徒自欣賞而已。大雅不群之彦，倘有取乎？篇必立局，一善也。必機法相御而行，一善也。典則古雅，醇健精碩，次之騷、選上，乃直偪左、國，一善也。儉腹者可以充然，迷塗者準之南指，觀止矣。夫先輩嘗枯寂矣，板腐平鈍矣，此不任受也。意者雲間派原如是，用正告天下：舍曰少大尊也，吾于少陵、平原且不足乎哉！

且止軒放言序代

文家患不能爲放，放之爲言，非積唐縱筆之謂也。蓋必其氣充乎其中，而溢乎其外，醇而後肆，乃足當之。漆園、龍門，放之鼻祖也。然試取一家文讀之，固無一字束于繩尺之中，且有一字溢于繩尺之外者乎？其放也，乃其所以爲謹嚴也。近代文格卑苶，心纏手縛，不啻彭祖之窺井。矯其弊而過之，則譎其旨，誕其辭，河漢而無極。均之不能爲放也。謙居簡公，鍾峨嵋之秀，孕灩滪之奇，魁梧特起，嗤長卿，笑子雲，僕命眉山父子矣。方持玉尺秉銓，旋奉命衡文南國，飲氷餐濯，思日孜孜求士于牝牡驪黄外，一顧而群輒爲空。年來聲教丕變，人文蔚興，彬彬多天府之選焉。試事已竣，則僑居石城，顔其軒曰且止。日焚香晏坐其中，遊思象先，寄意物表，悠然有得。時復拈一義以自怡，積久成帙，自題曰放言。不遠千里見寄，一諦觀之，蒼蒼莽莽，浩乎無垠。若湧地源泉，行乎不得不行，止乎不得不止也。若扶摇雲翼，瞬息摶空，而莫知所届也。蓋其所爲放者，一空餖飣之習，不事鈎棘之苦，醇乎其醕，一氣舒卷，深入理趣，而不墮理障，動中矩格，而不爲格拘。昔人所云「不立一法，不舍一法」，又云「鴻文無範，恣于川」，殆謂是歟？夫世之嵬瑣齷齪者，承陋襲敝，每不能自闢一徑，自吐一奇。有志者起而振之，則又爲謬悠之説，荒唐之詞，漫浪而無當。大雅不作，斯道榛蕪，日取是編一蕩滌之，以當純灰十斛，其有瘳乎！

野史詩畧序

曩少陵以詩鳴唐，凡出處去就，動息勞佚，悲懽憂樂，忠憤感激，一一見諸詩，學士大夫因謂之「詩史」。我邑有隱先生居淞水之濱，所作詩亡慮伯什餘篇章節，紀異述變，悲天而憫時，撫今而追昔，如盲史敘晉鄭鄢陵之役，楚子升巢車而望晉軍，進止聚散歷歷然。是詩也，或字之曰史，匪誣矣。至其敘次騷越，胸情鬱紆，倔强疎鹵，其魯連之遺節與？憤懣而極悲哀，其左徒之離憂與？吾聞諸班固，周道寖衰，學詩之士逸在布衣，而賢人失志之賦作。孝武立樂府，采歌謡，所登代、越之謳，秦、楚之風，皆感於哀樂，緣事而發。今沉冥者流，風諭之義，未亡也。傳曰：「春秋之稱，微而顯，志而晦，婉而成章，盡而不汙，勸善而懲惡。」此五者，自丘明言之，史例也；自轅固生、浮丘伯、韓嬰、卜子夏言之，詩志也。陸魯望謂：六籍之内有經有史，何必下及子長、孟堅，然後謂之史？則三百篇本史矣，安得禁制今之作者，令獨稱詩乎？再傳論定，即以續杜陵，度且無愧也。

程子樂府序

詩與樂同原，雅、頌之篇，率皆樂章也。自五、七言之制興，而詩與樂始分途焉。以其徒歌者爲詩，可被諸管絃者爲樂府。周、秦以降，若漢之郊祀、房中，實本於楚些，鼓吹、相和，體猶近乎風詩，正以其不襲雅、頌形似，自爲奧衍之旨，鏗鍧要渺之音，覺去古未遠，正索解人不得。如唐人五言古，亦妙於漢魏詩外自闢門徑，渾化其體裁而出之。謂唐無五言古，謂漢無樂章，可乎？我友程弘執，一代詩人也。其詩豪宕不羈，目無千載，未嘗不歎其近古。兹讀其樂府若干首，窈冥惝怳，縱横變幻，不可方物，或峭拔如千尋麓，或汪洋如萬頃波，或刻鏤如鬼工，或冶艷若神滸，一以己意己才發之，未嘗掇拾前人牙後。是象罔之玄珠也，九方皐之牝牡驪黄也，當得之合與不合，解與不解之間也。視近代方家刻畫膚貌以爲擬古者，奚啻千里？昔季札觀周樂而歎觀止，余於程子樂府亦云，請以質海内之善學古者。

閩遊草序

余於斯世少可而多忤，遇違世特立之士，輒周旋無間，屈指生平，不數覯也。姚子生同里而素不習，共事風雅，而倡和亦踈，顧獨奇其人，壯其志。方齠時即眼大心雄，有不可一世意。弱冠遊白門，櫟園周司農特器重之，曰：「是宜廣菴説項之娓娓也。疇謂我汝南畸人，廓落無徒者？」客歲，余方屏跡燕山，何來足音驚破鼪鼯之徑，則姚子也。叩其行踪，則自吴入晉，由晉返吴，又去吴之燕。蓋聞其好友殁于太原，輒素車白馬，扶其喪以歸。遂辭故里，疾走通都，索胡琴而裂之也。余益歎異之，因留連古松下，抵掌論心或移日。每通一義，送一難，午夜不少休，迺信向者跡疎道親，非偶然也。居無何，我友陳山農欲覽八閩之勝，問同遊誰可，余曰：「逢迎趨走，我不敢知。若其烟霞映心，宜置丘壑，厥惟姚子哉！」而姚子亦厭逐紅塵十丈，欣然負笈以從。時雖羡兩人遊甚懽，又惜我素心晨夕，何時復再也。今年夏，余甫南歸，姚子攜遊草盈篋，分部録成，請序于里門矣。夫詩實難言，言詩于今日，吾尤耻之。耻夫抒寫寄託之具，而必規規勦説，曰若者漢魏，若者三唐，若者七子，且懷贈必高官顯人，評閲必累圈密贊若行卷然，間一諦睇，正不解夸毗何語。余故于此道亦少可而多忤，咄咄書空，自分作無口瓠耳。三復諸草，逸情俊致，泠泠逼人，而其神骨聲光，自在筆墨畦逕之外。詩乎詩乎，足爲俗砭矣。因靦然命筆，識其卷首，又以慨夫同調之難，不惟其詩已也。既以復姚子，并餉我山農，庶幾漆園所云「三人相視而笑，莫逆于心」者乎？

杖頭集序

濬公，巢産也。公於巢爲著姓，大父及諸父行冠蓋輩望公。獨去而從浮屠氏游，稱法中龍象，受拂於岩公，爲臨濟三十四世，此曹人傑所謂儒林澹泊，收拾不住者耶？頻年卓錫龍華，與吾鄗數君子往還最密。許詢、支遁，世外石交，四海彌天，相向才語，即薄論文字，濬公亦我法之錚錚者矣。間搜其譔著，得杖頭集。讀之，穿天心，出月脇，宋玉大句，李白狂才，未足髣髴其萬一，益爲之喟歎：釋門大有人哉！自愧鹿鹿，争石火之光，馳驟名場，生平撚髭苦吟，如襄陽落眉，如右丞走入醋甕，如浣花翁、太瘦生，何曾獲吐一語若吾濬公握牟尼而辨無礙，邁碧曇之吟，駕霞上之作，能得此中三昧者？辰下復擬北征，又不免與濬公賦别。聊命不律識數行於篇端，尤用黯然矣。尚冀教乘滋茂之力牖我蒙譾，岐亭驢背，酒人擊筑之間，或豁然有省，則歸來當捧濬公杖，禮名藍，參堂頭古德，於此集中語頓有契入，余報濬公矣。

清寧集序

昔子孟萬年論樂，謂絲孫竹，竹孫肉。絲、竹，特八音之一耳，參之歌喉，遂足盡樂耶？蓋天地之元音寄於器，習其器，鮮得其數，得其數，鮮得其理，得其理，鮮得其神，神得而元音備，雖一器之微，足以盡樂。吾吴風尚靡曼，而三絃之傳最盛，家調户唱，源異派殊，大率昉於崑山。崑在甄胄東，厥俗和柔，厥聲嘽緩，厥思窅渺，厥音肉好，是恊東方韎韎、韎僸也。然自一絃而二，而四，而五，而七，至二十五，皆有名，獨三絃無名。問諸賞音家，弗知也。叩諸博雅家，弗知也。或曰：其名爲鞉。周人鞉從革，雙耳，短絲如懸珠。秦改其製，加一絃，引而長之，有項有節，有軫有馬，有鼓有蟉，易革用蚺，右指擘撥，左指流行，實宫音之君也。夫八音惟絲最幽，吴絲又最細，非心靈手敏，尋變合節，未易張吾絃矣。余友陸君暘，故名家裔，好讀書，學擊劍，不得志於時，隱居練用之别墅，有託而逃於音，寢食於是，寤寐於是。得其數矣，進而窮其理。通其理矣，進而會其神。余素好審音樂，與數晨夕，花香月澹，酒酣耳熱，時聆一曲，洞肝沁脾。若桑林之奏，委調流波；若鈞天之響，宛轉垂露。其繁而不棼，留而不滯，斷而復續，低而忽昂，驟而若止，伏而若揚，有不覺其然而然，而吾爲之仰青天而睨白日，激沉鯉而送飛鴻，不禁移情動魄，輒唤奈何也。今夏來雲間，出所編清寧集，問序於余。則皆近代名彦詩歌，譜成曲律，分宫自華門以下凡十有二，分格自象緯以下凡三十有六，分調自鸞鳴以下凡二十有五。按節點拍，無不脗合，一切可喜可愕，如泣如訴之致，悉現之於指端，傳之於絃外。嘻，技至此乎！故曰不日習則不耑，不心感則不憐，不學操縵，不能安絃。琰何以拍傳？嵇何以散絶？余不勝高山流水之思焉。故與陸子别且七載，或傳其善病，則爲之煩冤，或傳其霍然，則爲之神王，實惟元音之絶是憂。今幸相逢健在，若杜、劉之遇龜年，何戡也。外有韻學正訛、彈譜若干卷，將盡付梨棗，以廣其傳。雖謂絲、竹、肉足盡樂也可。

西江雜述序

士或官於其地，其地之山川草木不加榮焉，其無所被於民可知已。僅而免遺之辱焉，則猶無所厲於民也。果其廉且平者，微獨民享其休而已，其山川草木亦不勝被澤而光榮也。脱有貪且殘者，匪直民受其殃而已，其山川草木亦不勝腥聞而困辱也。蓋吏之賢否繫乎其地若此。若我朱周望之李信州也，精白自矢，以道爲治，未嘗不企其風於藐姑懷玉棠陰茇舍間。未幾賦遂初，舉國士民丏留無路，爲禱於仰山之神，期其昌。後越五稔，而游屐所經，并州諸父老猶擔壺漿迎道左，供具不得辭，徒御不能却，則益灑然異之。及讀西江雜述諸什，始知其幽討情深，一官如寄，不徒以潔操異政矜赫赫之名者。既已俛仰陳迹，去如脱屣矣。然而南屏、靈阜，皆其拄頰而致爽者也。鵞湖、葛溪，皆其冰心所映發者也。彭蠡、小孤、東林、滕閣諸勝，凡足歷而目涉者，皆其勝情之所玄對，賓僚之所萃止，而贈答者也。雖息機摧幢，等於劍首之吷，又安能冥於懷抱，而已於寤歌也哉！夫詩之教，温柔而敦厚，志潔而稱物芳，留連於物而無黷厭之心。世多嵬瑣恣睢者，民之恬熙疾苦，漠然無關於吏，倖而民不之憾，則相與忘之已爾。吾不知朱子何以得之於信州父老，而覩其地之山川草木，自不能已於去後之思。朱子又何以不釋於桐鄉之民，而假其地之山川草木，以誌離合之不常，去留之可念？若是乎良吏之所拊循，寧惟是民之不能忘於吏，即吏亦不能自忘於其民也。君子讀其詩，知其所寄，而忠厚悱惻之意油然自生，又安得不爲其地榮且幸乎？如之何而重遺之辱，以爲詬厲也？

翰墨緣序

凡物皆與我爲緣，緣不可溺，溺將爲累。苟以移我情，逐而躭焉，必膠於心。苟有以快我意，樂之不厭，或喪其志。夫其可以移情而快意者，皆物之與我爲緣者也。至於膠於心而喪其志，則是溺物而且爲累矣。聲色美好，天下所同嗜也。苟不列於前，猶將敝敝焉勞其心，窮其思，求一日之假我緣而不得。彼身安宴樂，坐享侈靡之奉者，又無如伐性之斧日尋於側何也。而高尚志之士，則又進前不御，其所以娱心志，悦耳目者，惟是望高巖，瞰大澤，窮幽極遐，冥心玄寄，至有泉石膏肓，烟霞痼疾之喻，則幾乎溺矣。顧或鑿坏有心，買山無力，願遊五嶽，婚嫁何年，又或有勝情者不必有濟勝之具，名山大川，杖履莫逮，至於精神寂寞，廢然而返，視彼沉迷五濁，汨其天真，則有間矣。要皆未可謂善作緣者也。有物焉，移我情而心不膠，快我意而志不喪者，孰有如翰墨之緣哉？卧則我遊也，坐則我玄對也，行則我山陰道上也。明牕净几，與爲映發;風雨晦明,與爲磅礴。命儔嘯侶,與爲欣賞;撫琴動操,與爲響答。無登歷之煩,有横陳之適。以此思緣,緣又烏足爲我累耶? 孤竹王貞一,今之善作緣者也。生於華胄,而抗志塵表,一丘一壑,自具胸中,不必仲長之樂志,香山之池上也,曰:「是隨吾緣已耳。」生平蠟屐所經,縈紆懷抱,筆不能圖也,而心識其所以然,曰:「我獨不得翰墨爲勛績耳。」兹遊吴會,遍徵名家繪事,彙爲卷軸,一再展觀,覺天下山川洞壑之奇麗,草木花實之化工,人物烟雲之變幻,畢具於尋幅之中,丈室之内,以是爲移情而快意焉。題曰翰墨緣,屬余爲之序。序成,王子啃爾而歎,作而起曰:「善乎! 子言之非導諛也。今而知君子固寓意於物,不留意于物者哉!」亟呼不律,請書之卷首。

執經圖序

載道之器惟經,持經之統惟道。道不可携取而持贈也。經所爲傳火於薪也。道不可獨行而徑詣也。經所爲指迷得津也。自仲尼没而微言絶,七十子喪而大義乖,學者遞相授受,源遠而流益分。若子夏之後有田子方,田子方之後流而爲莊周。蓋道之傳日出而多岐,而經之統亦散而無紀矣。夫日月經於天而道明,江河經於地而道行,聖言亦猶是也。二氏之孤行,百家之同異,譬則落落晨星也,涓涓細流也。天地之所以著,鬼神之所以幽,人物之所以化醇,山川之所以流峙，君臣父子之倫，變化云爲之迹，求之於經，罔不畢備。久於其道，將自得之。韓子有言「沿河而下，苟不止，雖有遲疾，必至於海。如不得其道也，雖疾不止，終莫幸而至焉」，故學者必慎其所道。楊子人萬以執經圖請序於余。余不敏，何足以知道？竊聞之師説者如此。楊子既通經學古，而又能折節問難，虚懷若谷，如沿河而得舟筏，不至於海不已。以楊子之不已，而去道終遠焉，余未之信也。用其不已，以從事於他途，雖深衣幅巾，堯言舜趨，而曰：「道在是。」嗚呼！余又何敢信之也哉。

飲醇堂文集卷之五

題詞

緯書片羽題詞

夫女紅治絲，一經一緯，合而成綺。聖賢著書，經爲主，緯輔之，故有六經七緯、九經十緯焉。而吾宣尼之删述，後世推之。曰：經不言緯，緯之書其秦漢諸儒所爲乎？彼見夫百家争鳴而爲圖讖術數之學以惑世，若亡秦者卯金刀，赤伏符、玄石、推背，其濫觴者也。然亦多不驗，太史公史記十二家所不收，宋儒涑水、紫陽所弗道。其書亦殘缺於人間矣。殘可廢乎？曰不可。其易緯乾鑿度、書緯中候、詩緯含神霧、春秋緯運斗樞、禮緯斗威儀、樂緯叶圖徵、孝經緯援神契、論語緯摘輔象、河圖緯括地象之類，精言雋句，往往錯見於他書，如九苞之片羽，吾故採而輯之，彙成一書，爲博古掞文之一助。若夫廣緯以翊經，吾將取三墳、焦易、太玄、荀九以緯易，汲家竹書、路史以緯書，岐陽石鼓、胴采尤射、楚騷漢賦以緯詩，鄒、夾、董、劉、啖、趙以緯春秋，陳祥道、韓苑洛、沈韻琴譜以緯禮、樂，孝子忠臣傳以緯孝經，家語、集語、濂洛微言以緯論語，廣雅、埤雅、雅翼、釋名、急就以緯爾雅，而經緯始大備。

鐵網珊瑚鈔題詞

鐵網珊瑚者，吴中朱性甫存理之所纂集也。性甫正德間人，讀書好古，自少至老，未嘗一日忘學。居恒跡過從，惟聞人有異書，必徒步訪求，以必得爲志。手繕前輩詩文，積百餘家。他若野航漫録、經子鈎玄、吴郡獻徵録、名物寓言、鶴岑隨筆，又數百卷，此書其一種也。虞山錢氏極稱其積學聚書爲吴中先民冠，而性甫遺書多散落，此書亦以鈔本不甚傳聞。毛子子晉得其半帙，云其半在雲間，屬書賈童氏購而合之。余適從友人借書，得鋏網珊瑚者八卷，所謂雲間之半帙耶？其即毛氏所得之半帙耶？皆不可知。曩之笥中，將從毛氏貿而閲之，庶幾此書得爲延津之合，且將謀付剞劂，副在國門。己亥冬，聞子晉已歸道山，則其半之存亡抑又渺茫。惋歎之餘，因出所借本編録次第，存其篇目，倘異時游蹤所及，因緣會合，獲覩全書，真厚幸哉。顧未敢必也。尚冀性甫、子晉兩君子文人有靈，默呵護之。

二氏試驗方題詞

古神僊文人辿辿搜討方書，綴成弓軸，華陽隱居輩是已。士君子心存利濟，上之不能乂安海内，懷保元元，退而斟酌甘平，驅使蟲豸，拓其神用，爲世利賴。昔人言「不爲良相，即爲良醫」，彼豈徒有託而逃焉者與？吾友四明張子，寧静寡欲，博洽多通，來游吴淞，館於梅源王氏者八載。搜採藥物，類聚群分，童耋婦孺，不厭求乞，所全活蓋不勝數，遠近詫以爲神。猶假丹鉛餘晷，箋録靈秘，雖隆冬灼暑不輟，出以眎余，盈尺矣，題曰二氏試驗方。蓋張自太宰、司馬公，王自侍御、憲幕公而下，多有纂萃，率岐黄家不傳之書，張子彙而得其大成也。曩者隱居廣製方藥，有傷微命，致稽仙曹籍。張子經營丹鼎，罔憚屑屑乎？吾憂異時功行圓滿，不遂白日沖舉，抑我尤幸其以此細故註誤塵中，向予輩烟霞泉石間，一抉膏肓痼疾也。張子其䩄然許我否耶？

谷雲草題詞

文莫奇於天。天，積氣耳，蒸之爲雲，則卷舒自如。才人之筆墨行乎不得不行，止乎不得不止，亦猶是也。而世之論者略性靈而尋之聲調體格，拘牽成習，濫觴日甚。性靈亡而真詩文蕩然矣。猶揭揭焉矜聲調，崇體格，直土梗耳。郡司農范先生孕三湘七澤之奇，縱横藝苑，如飛將軍用兵，不事刁斗，語必驚人，篇皆俊物，求之合與不合，有意無意間，則支公之神駿，象罔之玄珠，別有賞會，正索解人不得。今歲以解組餘閒，彙録其詩文若干首，取無心出岫之義，題曰谷雲草。蓋先生之自命與其所著，要本於性靈爾已。我獨慨先生興雲致雨之才，油油然覆我郡邑，庶幾不崇朝而澤徧天下。忽又還山自怡，蒼生失望，至託之淵明歸去來以自名其集，豈天地大文，乍舒還卷，付之太空寥廓已哉！

素園偶刻題詞

詩文，天地之元氣也。充塞乎兩間，流行乎今古，有不疾而速，不行而至者。氣之鬱積而磅薄，莫知其所以然也。我友王西玫久於其道，積厚流光，熊熊然若芙蓉之出匣，有目共睹。今梓其近製，挾策北遊。吾知必有淩雲之氣，擲地之聲，飛動於九天閶闔，行且傳誦於旗亭，懸購於雞林象譯，一時聲價，不啻士衡之入洛，又何俟僕僕通都，索胡琴而碎之哉？余每與西玫同硯席，輒怖其詞源猶河漢而無極，特秘之篋衍，人莫之窺。茲編一出，雖片羽吉光乎，嘗一臠知鼎味矣。

舍然集題詞

予適有幽憂之疾，每覩此芒芒，輒百端交集。久之，覺形神俱憊已。思百年之頃，電如泡如，腐肉朽骨，定非含愁之具，譖予之鄙至此乎？於是欲以隨緣放曠，陶寫性靈。適有岩樹數鼗飛拂，嗒焉獨憩，屈指交遊，幾人炙手，亦幾人鞅掌。予幸以漫浪無拘，對秋色之佳哉。鬭尊前之健在，殆可以優游篇章，樂而忘老。昔杞國有憂天地崩墜，身亡所寄，至廢寢食，或者曉之，其人舍然大喜，曉之者亦舍然大喜。予乃知兹集之成，兩童子亦麇駭鼠奔而去矣。

飲醇堂文集卷之六

題跋

自題諸草

俗子不解握管，稱詩輒曰易事，邨歌市諢，喧溷騷壇。昔人論詩，謂如四十位賢人，顧穢雜若斯乎？長病杜門，上自皇娥帝子，下逮隋唐，頗事汎覽，始覺七言、五字去詩不遠，曹、劉、諸謝去人迺遠耳。然則予不敢自謂能詩，其知聲詩之不易，自今伊始矣。作蕭齋草。

某也不文，夙嗜篇咏，牽於時俗，長此鈍根。孺子有取履之誠，先生無刺舡之作。移情一歎，實始景陵。然字句靡靡，呢喃燕語耳。桂樹空山鳥啼，人寂獨立今始悟，殆欲盡抉腸膝矣。存什一千伯於總無足觀。作敝篋草。

丈室之偏，有古梅蹇出。時當春鳥驚鳴，亂霙飛墮。夢落月於翠羽，指黃昏而通期。廣平之句疑神，高士之妻伊老。昌以靈柯，邈若殊勝。微吟高詠，於此焉作？作春浮草。

石交不數氏，可縷指而計矣。悶則我書也，病則我藥也，閒寂暇豫則我酒醴金石也。避寇以來，孑焉偶影。嗟握蘭之徒勤，歎折麻而莫展。離析贈問，賴此篇章瑶華。志在離，居乎蒙。寡文任放，抱彦真之不羈，睹劉梁之緒論，遠不忘箴。抑又進焉，則此區區者，又木瓜桃李、芍藥握椒也。右丞曰「歲晏同攜手，只應君與予」，吾友得無意乎？又曰「今子方豪蕩，思爲鼎食人」，姑置此一卷冰雪矣。作瑶華草。

學劍不成去學詩，十五年來壯心盛氣半在篇咏。有鷗鷺之野，無孔翠之鮮；有竹柏之貞，無琴磬之韻，大氐拂鬱不平，疎率少蕴，昔人所云「多直致，無潤色」，是予短也。往者亦有裒録，庋諸篋笥，兵燹之後，慮不一存，固已悔其少作矣。逃虚村中，竹深梅瘦，間搜破錦囊，得存如干首，曰秋琴。參差竹風亂，彈琴秋雨中，志所觸也。作秋琴草。

余以丁酉九月罹慈氏之痛，啣冤控地，飲恨終天。每當隻影哦殘，幽衾夢破，劬勞入念，忽若抽裂。昔季路有銜索之悲，異人聞擁鐮之哭，煢煢孤雛，匪依曷恃乎？作枯魚草。

飛雲閣者，西園寓公所憩也。一啓北扉，梅烟竹霧，鬱森無際。余坐卧其上者三載，不往舍南，輒休硯北。歲華如駛，鈔綴略存瑣著詩文幾廿餘種。篝燈夕照，聽林鳥報更，必三四囀云。作飛雲草。

荒江之隈，筍事最盛，日日參玉版師，幾隔斷人間世，作木居士矣。隨意拈架上書，所見偶異，輒録之。或附一義，綴一吟，辭無詮次，紙墨遂多。要之，叢脞散誕，無裨義例，亦以供我禪悦，不足饜老饕也。作玉版草。

逃蓬藋來十載，不聞市聲。庚子春莫，沛國主人赴信州司李，虚其堂，因僑居焉。灑掃塵坱，賓朋萃止，應接之餘，間取架上諸部閲之筆之，實亦懶習帖括家言也。破愁消夜，聊代博奕。啼鶯緑樹，奚當賞心哉？作寓堂草。

跋黄石齋太史與張三陟先生書

曩先君與三陟張公友善，居恒每相過從，坐必促膝，周旋必移晷，所究論必古今忠孝大節，未嘗及名利事。予雖不及見公，間聞先君稱述，如覯典型焉。洎聞石齋黄公風規嶽嶽，築講壇於大滌山中，爲學者辨析義利，不啻鹿洞、鵞湖，私心竊嚮往之。既而物换星移，萇血化碧，則又歎夫仰止之靡從，而九京不可復作也。甲寅夏，張泰安弘軒出眎兹卷，曰：「是先大父三陟公守建寧時，黄公石齋所貽札也。灰劫之餘，幸獲片牘，即有家珍，當以是爲甲，子其爲我識之。」余惟詞翰小道，必以人傳世，不少麗藻瑰奇，識者視之，已奄奄泉下。若清臣、信國，一縑半紙，至今生氣凛然，令覽者肅然起敬，豈不以人與？黄公志節與日月争光，文章有神交有道，便可從行間字裏，彷彿遇之，而予小子幼所習聞於先君者，能無惕然而興懷乎？抑三陟公尤善畫，余家傳僅存什一，而氣韻生動，勝人多許。記曰「手澤存焉」，詩曰「念昔先人」，願與弘軒勉之。

跋方侍御邵村家藏聖教序

自蘭亭玉匣，殉入昭陵，人間遺蹟，率皆殘碑斷簡。求其圓勻精妙，若貫珠合璧者，惟懷仁所集聖教帖耳。流傳漸久，漫漶滋甚，神韻幾索然矣。此本字字完好，流光奕奕，一波一磔，生氣盈把，洵宋搨之最初者也。邵村臨池，直窺山陰堂奥，與尊人學士公有羲、獻之目，固知書法淵源於是乎在。

跋許子韶畫册

繪事各有門庭，王昌妙於似，徐熙妙於不甚似。妙於似者，孟堅之文也。妙於不甚似者，子長之文也。然試讀留侯世家，如見其狙擊之雄鷙，納履之温文，赤松遊之飄然霞舉，至想像其狀貌如婦人女子，筆筆傳神阿堵，何嘗不妙於似耶？坡老云：「論畫求形似，見與兒童鄰。」斯語出而遂爲藏拙者藉口，不知爲圖山水言之也。是册花鳥草蟲若干幅，雕繢滿眼，無不曲盡意態。寫生至此，洵外師造化，内闢心源者。陳少參好事精鑒，爲書畫董狐，宜其賞玩等於拱璧也。

題讀畫樓藏册

「樹爲屈鐵勢，山作古心人」，此穉恭畫髓也。以草隸之法運之，便如宗廟中敧器，望而知爲三代法物，非復耳目近玩。

又

清閟閣之法闕仝，海岱樓之宗北苑，猶田子方之師子夏也。稍去其結，遂爾出藍，譬之曹溪一滴化成臨濟、雲門。

又

亂山巃嵸，林木蓊鬱，而溪流樵徑，窅然井然，使對之者如見所夢，如悟前世，自覺欣然欲往。

又　程端伯

青溪老人繪事，麤服亂頭俱好，可以破除甜邪之障，所謂達磨盡翻窠臼，乃爲高妙也。

又

畫家士氣一派，獨盛元季，蓋高賢勝流，隱於六法，故多深自寄託耳。擬諸家者不能領會，全神一紙，去而萬里。

又

李竹嬾常作秋林圖寄友，題云：「相思託秋樹，一葉墮君前。」後友答云：「望窮秋岸離離樹，何事庭無一葉飛？」前輩風致，差可想見。兹圖羅羅清疎，而蕭森之氣逼人眉宇，所謂秋冬之際，良難爲懷，不須更賦消魂，已覺離愁滿紙。

又

青溪此幅用郭河陽法，而一種簡遠高人意自在筆墨畦逕之外，古今人各有至處也。

又

畫家老稺：工拙俱屬第二義，要須胸有萬卷，筆無點塵，學問文章之氣，蔚蔚芊芊，浮於紙墨乃爲可珍。若不從此悟入，刻畫無鹽，徒成下品。

又

「溪迴日氣暖，逕轉山田熟」，有杜陵翁無形之畫，不可無青溪叟不語之詩。

又

畫有放筆頹唐而不嫌其漫，有矜慎自娛而不苦其拘，關捩在神理，不當於筆墨求之。

又

清風脩竹裏，丹竈翠微間，此豈焦處士避詔巖耶？

又

紛披老筆，有霜降水落之致，取青妃白，都屬下乘。

又周靜香

此亦江干雪意也。何執筆效之而不能？當由花谿腕底别具鑪錘。

又雪山

郊邑飄瞥，林岫皓然，正難其慘淡耳。

又雪景

漢劉裒畫北風圖，開卷者爲之凛然。筆墨何物？乃令人不寒而慄若此！

又

快雨一過，白雲亂流而濟。景意黯慘，當作是觀。

又李僧筏

長蘅先生氣韻超軼，人得其一縑半紙，便如拱璧。僧筏復起而振之，其意寄蕭遠，居然名士風流，超宗故有鳳毛也。

又 吴梅村

一峰之浮巒暖翠，承旨之鵲華秋色，舊學菴乃兼集其成。

又 莆田女子周明瑛

設想造景，静細荒深，迥非恒境，有精神寂寞，先生移我情之意，在閨秀尤爲僅事。

又 鄒臣虎

梁溪先生墨妙宗法大癡，而蒼秀峻潔，在尋常阡陌之外，迥闢異觀，殆内典所謂無師智也。

櫟下先生精鑒絶倫，深所寶惜，亦翰墨中之春秋矣。

又

觀此圖如讀周秦行紀，令人惝恍神迷。

捲雲皴法，惠崇得之畢宏，惟趙大年能用其意，不謂虎兒亦脱胎於此。

又

附櫟園札

夢中芳草，投贈有年，意外得值，狂喜不勝。四册敬煩大筆，得多題數幅，尤切珍感。更欲求一藏畫記，傳之永永，以爲世寶。但恐過勞清神，爲不安耳。倘蒙俞允，即求書之册前。愛先生名筆，故不禁屢瀆，知能鑒弟請教之誠也。

昨夕之飲，弟入春來所未有，體中爲之一適。晨起再展箑子畫册，一語一字，無不引入勝地，先生真千古韻人哉！如此人尚困菰蘆中，那得不令人氣結！弟于先生何相見之晚耶？然從此侍教，亦未爲遲。連得先生筆墨，于願已足，又恒以爲未足。箑子二、畫册二，更勞妙腕。總之心醉于先生，故不自禁其碎碎。先生于弟，或不厭其碎碎也。

昔人云，文章書畫，不可驟令人愛。得先生筆墨，翻一幅如遇一西家施，那得不愛？先生移我情哉。但逆旅中屢以不急相煩，罪過不淺矣。

附復櫟園

册頁便面書訖上納，納細流于淵海，河伯詎不知自量，以見笑於大方。恃明公愛而忘其醜，輒不敢自匿耳。使如村留之遇公輸，必百呼不出也。一噱。

飲醇堂文集卷之七

壽序

禹航侍御赤城鮑公八十壽序

嘗覽別紀，將相大臣，兼資文武，如王威寧越、劉文靖健、羅文恭洪先，舉得仙術，閱數百年，飛行人間。茅歸安與威寧尋山飲酒，計百十餘齡，酡顏若桃花。康武功謂脢菴雙瞳炯炯，丹顴緑髮，作地仙遯去。而文恭近自西江策杖訪錢虞山，衣冠甚偉。余悉艷稱之，未敢以信。今覩侍御鮑公，乃異焉。公少年以射策高第宰青溪，英敏沉凝，惠政滂流。隨移劇海上，謂海故巖邑，非公莫理也。公恂然長者風，而錢穀簿書、擿伏鈎姦等等，精練垂四十載，頌神君慈父如一日。擢蘭臺，奉勑中州，驄馬所臨，行行欲避，一時稱鐵面惠文。蓋公居柏臺，又以直聲動天下，而循良惠和之績，霖沛天中，與雲間無以異也。運當更始，隱鱗戢翼，躍躍飛動。公特處沖林泉，仲長之樂志有論，康節之藏春有窩，攬大滌之高標，餐南泠之秀色，早挂神武之冠，獨栩松風之夢，抑何皭然不滓，終始一節耶？　聞公冥心老釋，旁精岐黃。鹿皮冠，方竹杖，時偕三嗣君及諸孫曾徜徉湖山佳處，天倫樂事，方諸荀陳之門。而諸君咸孝友愷悌，以文章行誼嗣其家聲。始歎真宰報施不爽桴苔。今歲建子月，值公八袠攬揆，故交門下及諸父老忭舞而前，屬某蕪詞馳祝。是可見公之德澤在人，久而愈思，且五福咸備，頤真葆素于山水之區，巋然耆碩，洵足表東南矣。昔閩人瑞翁當百歲建坊，貽詩南臺，有「擎天華表三山壯，醉日桑榆百歲紅」句，而玉峯周翁壽誼生宋景定間，鄉飲于洪武六年，壽百十三。今公名業足與威寧諸君子作洪厓拍肩，其淵雅足與人瑞翁賡唱，以金鐘大鏞之品，結紫霄碧落之踪，其沖恬仍足與壽誼翁領袖高士傳、逸民史，是公于造物氣數之外，尤取全焉。度且頒余言，勑餘杭仙姥爲加一觴。

胡静筠七十壽序

世稱魁士通人，出則振揚皇塗，羽儀廊廟，處即沉冥林泉，涵泳性真。顧薛仁友嘗言：「士當聖明之運，無灼然文武之用，雖復皇皇，徒勞耳。必如韋敬遠處士，退不丘壑，進不市朝，沖怡守道，榮辱不及，何其豫也。」旨哉斯言！　惟静筠胡翁足當之。翁，豫産也。英英門户，照耀天中，先世隨宋南渡，避地雲間，因占籍焉。開府浦南公，其曾大父也。翁承中丞之緒，以恭謹願確世其家，有萬石君遺則。束髮補邑弟子員，縱橫藝苑，蜚聲籍甚。學使者奇其文，屢薦應京兆試，得而佹失者再，荏苒名場垂廿餘載。中年益攻苦，遂成尫羸，慨然曰：「璧無三獻，路無兩岐，安能鬱鬱事此螢乾蠹老爲？」乃棄去舉子業，縱情觴咏間。尤癖嗜種菊，或月明西墅，花綻東籬，輒揮杯引滿，清吟間發，所著《療愁草》猶存草率，皆抒寫懷抱，寄托深遠。時與二三石友呼杯引滿，盍簪促厀，雖留賓不投轄，而名士常滿座。山冠田衣，峩峩如也。斗酒園蔬，欣欣如也。目視不流，足舉不翔，又逡逡粥粥如也。生平與人游，欵曲無城府，故交落落，久而益敬。亦喜爲人排難解紛，勸誨後進，大抵削墨引繩，又善批郤迎刃而導之，故交遊仗其忠且信焉。舉丈夫子二，風雅意氣，並重于時，不減陳之元季、陸之機雲。咸能承歡色養，嗣清白家風，方之昔賢，則鄉號鄭公，門推通德，詎有忝矣。余不敏，竊好表隱德，紀獨行。韜光潛實，若我胡翁，方當肅爲典型，模楷頹俗，是宜羔鴈成群，禮之賓筵，鄉國月旦，翕然推祭酒也哉！今辛亥清和，春秋方七十，雅趨敦步，徵逐詩酒如蹻壯少年。嗣君輩屬余蕪詞，稱長春難老之觴。余嘗覽劉臨川《世說》，疑爲談家者流，逮觀其首列四科，特引德行、方正爲重，懱然作書之旨，匪好跅弛而忘檢括。何元朗亦曰：「狂狷殊塗，均能厲聖，剛柔異禀，善克則中，要歸於德爾矣。」夫苟方正執禮，内行淳至，則進不必坐中書堂，黄紙押尾，及擁旄仗節，折衝萬里，方爲偉人；退亦不必挫廉逃名，灌園採藥，如山麋野鶴在長林豐草，方爲畸士。述遵名教，酉禀中和如静筠其人者，醉鄉之日正長，蔗境之甘伊始，少無適俗之韵，老有藏春之窩，復何大行肥遯之足云哉？蓋士君子取名用物，下不必爲庸俗所忌，而上不必爲鬼神所裁。語云：「有精神謂之富，有廉耻謂之貴，有心田謂之禄，有書種謂之福，有庭訓家謩謂之無涯。令聞古稀，直小年耳。」如翁之算，尚可以勾股數計也乎？

涂使君壽序

夫有神明之才，然後天下鮮難事焉；有豈弟之德，然後天下無勞民焉。觀于東海上之頌涂使君，而東海之沐浴于君侯可知，而君侯之所以沐浴東海者可知也。大抵政治之道，不過二端。其一仕宦者之爲政也。善上官，善其時之能爲誹譽者，善順適其前後使令，以此致賢聲不難，然其精神志趣得無殫于此乎？視民生國計稍後矣。其一聖賢人之爲治也。行吾心之所安，心之所不安者不行也；行吾道之所在，道之所不在者不行也。辨理欲，别公私，同疾苦，布德意，民愛之，吏人畏之，大夫士敬之，蓋聖賢人之治如此。知此者可以論君侯之治矣。君侯未至時，舉子家讀侯行卷，由乎心得，吐爲芬華，侯之文章則固聖賢人之文章也。既搴帷叱馭，望侯丰采，本之大道，形爲德隅，侯之丰采話言則固聖賢人之丰采話言也。及陳綱設紀，見侯臨事小大以誠，整施有序，匪怒而人自不敢犯，匪紓而民自蒸然有起色，侯之政事則固聖賢人之政事也。其民一則曰：「比來官好，省小民無數晨夕，奉約法者去而耕耨矣。」一則曰：「比來官好，省小民無數無藝之征，凡輸納者無復煩費矣。」抱牘者摇手相戒曰：「文其未易舞也。肝膽俱照，不敢欺也。」呼搶者披臆以前曰：「情其未可隱也。至誠惻怛，不忍欺也。」江流一勺，露葵數枝，而侯之神明益皎；秉燭而照，日旰不遑，而侯之精采益懋。即有欲干君侯喜者，而何可得而喜？即有欲誎君侯怒者，而亦何可得而怒？如治兵，壁壘精嚴；如御馬，六轡在手。蓋五閲月而政聲浹于車下者如是。或謂海上以區區之地，歲出課額三十餘萬，生其中者無人不皇然如有求，民生貧則機智出，稱難治爲江以南最。夫繁重難舉之任，衆人環視莫可如何，而必有人焉，獨起而舉之，故有其地同，其事同，而其實效較然各别者，雖别諸其政，而亦别諸其出政之人也。人皆以侯爲一方歲曜，天官書云「歲曜所居，其下有福」，正謂是哉。佩萸之月爲侯揆攬嘉辰，某謬以文受侯國士知，每相勉以聖賢之學。以學爲治，固侯政本也。某亦敢自附爲知侯者，故敬以一言爲侯侑觴。

朱明府奏績壽序

今上御極之十載，百僚師師，庶政惟和。爰及三載，考績行周官六計弊吏之典，以綜核名實，職在司牧殿最，尤加毖焉。時則海邑賢侯朱明府以廉平膺上考，行且以不次擢，迺再借寇君，俾久於其任，從民願也。於是四月維夏上澣九日爲侯皇攬嘉辰，五挍、鄉三老既尸祝之於仁壽門内，復縷陳其政績，致詞於野史氏曰：維我下邑，介在濱海。田賦浩穰，實甲三吴。水旱頻仍，歲比不登。氓俗疲而好鬭，訟獄不得衰息，百室之聚，鮮盈且寧焉。前此更有患，不嘗患束濕乎？不嘗患繭絲乎？不嘗患無藝之誅乎？不嘗患期會興作，紛然其擾乎？不嘗患官司之守，皂隸之事，多勢劫威取以相苦乎？不嘗患屈情骫法，網漏吞舟，而冤民困於秋荼乎？比來則幸甚，輸租有畫一之程矣。追呼絶響，勾攝絶跡矣。羨餘則絲粟入正供矣。徭役煩苛，費出無名者，悉蕩滌矣。椽胥舞文以浚民膏者，屏息蒲伏，相戒斂手矣。慓悍樂禍、豪猾予雄之徒知自愛而重犯法矣。是遵何道哉？惟侯斟酌張弛，調劑緩急，陰行其休養之意於盤錯之中，不言而飲人以和，行所無事而蒸然化。以故舄鹵磽确弗腴於昔，魚鹽蜃蛤弗加於昔，而民生暢遂之象，若庚桑之居畏壘，日計不足，歲計有餘。非我侯冰蘗之操，膏雨之潤，其誰與歸？子識之乎？以傳循良，固子志也，敢介如椽以侑萬年觴。余維古訓有云：「民罔常懷，懷於有仁。」侯非與海民有相習之素也，何以得此輿人之誦哉？厥惟仁故也。仁者静，静故可以壽世。昔曹參爲齊相，召長老諸生，謀所以安集百姓，言人人殊，迺折衷於膠西蓋公。蓋公論治道，貴清静而民自定，用其術而齊國大治。唐明皇請玄静先生問理化，對曰：「道德經，君王師也。」漢文帝行其言，仁壽天下。夫國與天下，一邑之積耳。令與民最親，疾苦相關最切，世不少武健嚴酷，聲施赫赫，罔念民依，犖然肆其恣睢，令行禁止，何求不得？而此邦之元氣日以耗而不自知。推之天下，概可知已。」海故巖邑，丁凋敝之餘，歲出課額二十餘萬，支左則絀右，上安則下困，生其中者，又多因緣藪窟，奸僞萌起，逞其憤盈之氣，驕蹇而不可控制，稱難治且數十年於茲，管子所謂「衰世若有餘，非有餘也。嗜慾多而民心躁也」。侯以駕輕就熟之才，處理棼劇之任，人以皇遽，而我以整暇，人以刻深，而我以葆大，人以峻急，而我以紆徐，無斲民和，罔干時譽，不忍傳舍視其官，不忍秦越視其民，非惟自處無事，而能與人安於無事，非惟清畏人知，而撫字心勞，并不求監司大吏知，則惟仁而能靜，靜故可以壽世也。即其調御漕卒，戢伏悍兵，不震不竦，開誠布公，指顧談笑，能使虎渡鱷馴。祇見退食委蛇，清吟間發，揮絃而愠解，拄頰而爽來，有爲政心閒物自閒之意。大抵原於道德，而不流於申、韓，故雖不擇地而理，不易民而治，而名實效驗，較然不同有如此者。論者謂侯方沖齡，異敏，未嘗勚歷之久，而審其氣量，洵足鎮安朝野，早晚奏最中年，以治行第一徵拜鈞衡，即以仁壽一邑者衣被九州，寧静致遠，庸詎可量？今日縣社之瓣香，公堂之稱兕，始基之矣。

李參戎壽序

域內山川之氣蜿蟺旁礴者，以三韓爲最。生其間者，類多偉人，以故豐沛從龍，冠劍相望。

若其爲累朝人瑞，享岡陵之壽，膺川至之福，則惟參戎李公，尤得氣之厚者也。公以鄴侯之仙骨，具臨淮之雄畧，從王師入關定鼎。既削平區夏，會三晉間寇盜充斥，出爲龍門。所參戎數出奇計，勦撫兼庸，不逾時而殄滅之無餘孽。夫師之所處，荆棘生焉，乃市不易肆，秋毫無犯，不留不處，三事就緒，至今三晉士民尸祝社稷之不衰，而公顧偃息大樹，絶口不言功。無何，拂衣起曰：「害去民安，臣職殫矣。吾有舊廬以息機，有欵段以代步，有壺觴以供晨夕之娱，安能長此馳驅，必旂常鐘鼎爲榮？昔沈慶之自五較登三事，讓還官舍，日與子孫中表較獵田間。我雅慕其風，而不必歷其位也。」遂請旋。歸偕親串故人爲香山白社之盟。而公有丈夫子，卓然傑偉，出則經綸邸第，入則承歡膝前，視温凊、奉甘毳無間。有孫繼起，瓜瓞綿綿，或執勺以舞，或騎竹以嬉。翁燕寢之暇，頷而色喜，蓋三十年天倫樂事，莫有逾焉者矣。今清和中澣爲公八袠懸弧之旦，而聰明强健，齒髮未衰。几杖之間，衎衎如也；庭闈之内，雍雍如也。都人士之仕于朝，職于朱邸，洽比于閭里者，相與慶曰：「齒屆耄期，斯稱人瑞。矧公之德，於朝野無擇言，乃其子亦誠賢且孝也。子固習聞之，盍介一言以侑觴？」余曰：古之君子壽考而攸好德者，若衛武公九十餘猶作抑之篇，曰「温温恭人，維德之基」，又曰「惠于朋友。子孫繩繩」。凜昊天，嚴屋漏，恂恂然被服儒素而稱之曰：「武且躬，享大耋，垂譽無窮。」今公之爲人也，惠中而肅外，樂善而好施。少慕任俠，然諾不移，人有急難，弗惜褰裳救之，未嘗形爲德色。即其掃除寇氛，萬民安堵，而不矜不伐，沖然自得于泉石間。既不戀叔子之緩帶輕裘，亦不學伏波之據鞍矍爍。以嚴翼爲前茅，以撝謙爲中權，以式穀爲後勁，最得武公史箴詩警遺意，又何必熊經鳥伸，呼吸吐納之術而卜其遐算乎？必欲爲祝嘏之詞，則有少陵「仙李蟠根大，猗蘭奕葉光」之句在，請以是引滿而進可矣。

朱明府太夫人壽序

古者有色養，有志養，有禄養。色養、志養，固庭闈樂事矣。然君子生而志四方，期以顯揚慰吾親耳。至瞻戀庭闈，親髮且華矣，曾未獲太倉升斗禄以奉吾親，我則何取乎瞻戀庭闈也者？然則禄養尚矣。乃有身既許國，終鮮兄弟，而王事靡盬，不遑將母，反不若膝前離立，甘膬承歡之得自遂焉。豐於此者嗇于彼，斯君子于天倫之樂多闕有間焉哉？閽躬朱明府爲副都統燦然公長君。公以忠勇從龍歷燕、齊、秦、晉、吴、越、閩、滇，勛業赫赫，載在碑乘，不具論。凡其開疆固圉，國爾忘家之日無缺，高堂奉養，皆誥封夫人，陳太君克相之力也。明府幼承母儀，偕兩難弟，夙夜勉嗣家聲。未弱冠即令我邑，板輿迎養，入則寢膳具問，出則施于有政，不違庭訓以固其官，不爲浚膏以奉其親。迄今萬户謳思，猶歸德于太夫人，以爲衆母之母也。則三養備也，其樂靡有間焉者也。今年夏，次公又將赴粤州刺史，偕季公廕君復奉太夫人以南。明府遡之傳流而上，肅拜前迎，次舍於梁溪行署。一堂聚順，融融焉、怡怡焉相樂也。已而相勗以清白之傳不假易，而太夫人守官守身之訓，先後一揆也。彼雋曼倩、陶士行豈伊異人乎？居無何，爲陽月五日，值太夫人帨辰，則粲粲三珠，森然羅立，奉千秋觴于堂下。雖時門楣宅相，棨戟連雲，内外孫行，已十餘人矣。仕于朝者惟奉太夫人教，資以事君也；仕於外者惟奉太夫人教，以錫類於無窮也。色養而兼禄養之榮，禄養而全志養之道，其樂又寧有間哉？昔宋仁宗以蔡君謨知泉州有惠政，歎曰「有子如此，其母之賢可知」，特賜冠帔以寵之。後蔡母年九十餘而康强如少壯，傳諸史册，以爲式穀之報。夫觀古可以証今，徵於前必有信於後，以明府之福我海邑，一本於母訓，若蔡忠惠之治閩。因以知凡子若孫所以全此三養者，必克廣仁孝，嗣續忠勤，以顯揚於勿替。則自今以往，天倫樂事，方未有艾，而太夫人所以膺寵褒者，寧止冠帔之榮已哉？詩云「樂只君子，保艾爾後」，其是之謂夫。

飲醇堂文集卷之八

記

賴古堂藏畫記

自古達人曠識，每假乎物以寄其情，情之所寄，一往而深。嵇之鍛也，阮之屐也，陶之菊也，子猷之竹，南宫之石也，意有所託，如饑渴之於飲食，終老不廢。彼浮慕者，情不屬焉，鮮不逐物而意移矣。櫟園先生以達人大觀，幻視一切，顧獨好古今名畫。其鑒别之精，購索之力，裝褫之勤，藏庋之富，視天下聲色玩好，可矜可愕之事，舉無足與易者。雖當憂虞險阻，反琴削迹，必載與俱。既等身世於萍梗，獨翻覆諦閲不少輟，以爲惟此纍纍者犂然有當於心也。非僅索解人不可得，即公亦時自笑其迂且癖，不能自解其所以然，倘所謂一往而深者耶？獨是公之生平勛業爛焉，文章炳焉，與日星之光、河岳之氣相旁薄而鬱積，其所發皇，縱極古今黼黻潤色之才，不足當一吷也。區區繪事，何足係公之神明，而寢食懷抱，無非是物也哉？抑知公之寓意益用深遠矣。今夫世人之於物也，惑且溺焉，或徙而之他焉，皆所謂玩物喪志者也。達人游神於淡，合氣於漠，其賞契在物之外，故能盡物之趣，以寄其情。方其沈冥於此數册中也，陶冶性靈，牢籠萬態，得喪齊其觀，愉戚一其致，悠然與造物者遊。雖勳業文章，庸詎知不於是焉寓之？庸詎知不於是焉化之？以故所見無非畫者。凡天壤之内，山川草木、烟雲魚鳥當吾前者，皆有形之畫也，會吾心者，皆無盡之藏也。一切萬緣，如蚊蚋聚散，更何足膠其情而移其志耶？特不知嵇、阮諸人果何所托，有合於公否。抑公之寄意，固自有在，非猶嵇、阮輩逃虚抗志之所爲也。若其裒集品第，無美弗登，與夫名流題識，妍詞雋字，皆足薰神染骨，蓋不勝記。

鐵篆古典記

黄鶴醉翁，人奇，遇奇，蹤跡奇，生平所至，喜購奇書，誌奇事，風尚雅與好奇之周子合。一日，問奇於豫巢中，述其所見鐵篆古典事尤奇，其書尤奇之奇者，屬余記之。其言曰：昔曾游桃源古寺，寺有老僧留宿，示余一朽鐵版，高一尺許，横倍之，上有古篆字，左行，凡二十層，相傳得之黄河漁網中者。余摩挲捫讀，大異之，因燒燈讀之，至曉髣髴得其説。其文曰：「典八弓。一弓曰：帝在位百六十載，出觀於洚水，滑漠鐸冢言於帝。帝曰：『若何神？』滑漠鐸冢曰：『水神也。』帝曰：『地皇有言，山霧冒獸，水霧冒神，山靈如行，水靈如止。若未見所冒，神於何有？』滑漠鐸豖曰：『呼庚辰。庚辰，予靈之母也。冒則安能，言則洚水。』遂入水，三日不復出。帝使庚辰枕流而招之，曰：『滑漠鐸豖其忍棄子？』於是滑漠鐸豖復浮於洚水之上。帝曰：『將使鯀治之。』曰：『鯀多思而愎。』帝曰：『其使益。』曰：『益鳶肩，弗利厥洪流。石紐渠師，惟禹善。』帝乃使禹。滑漠鐸豖爲冄導，實佐庚辰，至堂弗夜之山没焉。庚辰裂衣而哭。天降符，乃命禹圖。二弓曰：朱封於丹，丹畔。娥皇詬朱，朱出齒。娥曰：『嗚，惟帝之齒。』涕而歷於舜。舜席之楹，拜於西隅。娥曰：『嗚，匪帝之齒。』舜拜於北隅。忽電行於庭，齒作人言。娥曰：『齒言。嗚，惟帝之齒。』舜拜於南隅。乃出，求厥綏而量之，以告朱。朱曰：『禹來，予猶若丹。其惟予一人丹，汝則弗康。』禹曰：『斯罔敢弗恪。』朱曰：『女則弗康，其惟予一人康。』禹曰：『斯其無庸康。』娥歸齒。躍入舜目，目重瞳。三弓曰：禹治水，登蕩槨之山，有物如鐘聲飛過禹前。禹手探厥腹，墜項有文曰『渥繄毒闕，贊於星辰』。禹仰天歎曰：『俞。』四弓曰：舜葬蒼梧崩。娥哭於野，曰：『曷就竹？吾悲燭明焉。』舜忽起於牀，呼燭明。娥、英趨舜，舜化爲龍，入於洞庭。娥集厥哀，刺竹七日，龍飛於娥之宮。宮墮，娥出眎竹，竹龍文英斑，碧光如朝絲。』周子諦聽而異之曰：嘻，奇矣哉！古之爲奇書者可勝道哉！然或没而弗出，出矣或弗傳，傳非其人，終亦没。此書不没於黄河已奇，出之漁網中尤奇，又幸而遇好奇之醉翁，得託以傳也，不尤奇之奇耶？余按帝憂洚水，厥有庚辰。烏有所謂滑漠鐸豕其母云者，乃哭之天降符耶？丹朱不肖，娥訴之。何至齒作人言，躍入舜目，爲重瞳耶？鯀化黃熊入羽淵，舜又化爲龍入洞庭耶？豈上古誌怪之書多不傳耶？惜也佚其半，設盡存其怪，不有倍此者耶？且道書曰弓，兹弓何耶？又「枕流」類晉人語，「碧光如朝絲」類六朝三唐人語，庸知非後人之先我而好奇者之所託耶？夫沈碑於水，後世或在山巔，又庸知其非果太上物耶？事固有不可信而可信者，亦烏可無記？

古留堂記

古留，村名也，在新安休邑東二十里。村以古留名，其猶舊德先疇之義乎？昔在敦龐之代，人各安其俗，樂其業，而重去其鄉。問其邑居之始與水木之自，則曰邈矣其不勝遡也。類氏族而長子孫，幾歷年所矣。匪直衣冠俎豆，穆乎太初，即鷄犬桑麻，皆餘古意。後世古意寖衰，一再傳而已茫然罔念其先澤，至有堂構在望，耒耜猶藏，輒笑前人之太拙，鄙田舍翁爲已過者，可嘆也。我不知休邑之村有合於是名否，而傳世漸遠，今之視昔，又烏乎知之？雖然，我於式菴金先生之移名其堂知之。初，金氏之先實居是村，最著者司農公與光禄公，父子竝有懿德，以清白世其家，家風稱醇謹者首金氏。村即不止一姓，觀金氏知村名有取爾也。厥後光禄公游於淮，徙居焉，而公之姪大中丞復遷於灊峰，如邠、岐更徙，世業猶可歷數。式菴先生，光禄之孫也。因遺堂在淮，而顔之曰古留，蓋追念發祥所自，若以淮爲休，以堂爲村者。嗟乎！是豈須臾忘其先者乎？夫漆園叟寓言十九，所謂狶韋氏之囿，有虞氏之宫，建德之鄉，大莫之國，豈必果有其名與其處，庶幾常留大樸於人心，久而不失其故歟？今先生之名是堂也，見夫高甍峻宇，竹苞而松茂者，皆曩者勤垣墉之所基也。木蘭爲榱，文杏爲梁，輪焉奂焉者，皆曩者勤樸斲之所貽也。竹木之繞宅者，不啻昔人之手植，泉之交乎户，石之壘其庭者，不啻昔人之經營而位置也。朋舊之合尊促席，盍簪而高會者，猶愾乎若聞太康之戒也。子孫之饘於是，粥於是，聚廬而洛誦者，依然桮棬之澤，經術之傳也。夫孰非古留焉者，安在堂之不即村，而淮之不即休乎？且吾聞先生爲良二千石，所至有遺愛，計生平棠蔭幾何地，廈芘幾何徒。若庚桑之居畏壘，機智之民胥以化；神人之居姑射，疵癘之氣默以消。則凡宦轍所經所見，無非村者，而一秉高曾之規矩，固隨在生其敬恭，不必維桑之日在目也。昔趙簡子有符在常山，以問二子，伯魯不能對，無恤誦其詞甚習，出諸懷袖中，遂爲象賢傳其國。夫先生之賢，奚止加人一等哉？登斯堂者，念先之意亦可油然生矣。而凡宦遊四方，能光大前人之緒，繼不忘開，創不殊守者，又豈必戀戀於故土，以不去其鄉爲可法也？

飲醇堂文集卷之九

碑記

重脩上海縣學尊經閣移奉文昌碑記

海邑學宫既得邑侯涂君與廣文曹公殫力于文廟，輪焉奂焉復舊觀矣，已詳某公記，不具載。惟尊經一閣，猶摧圮剥落，巋然于茂草間，風雨不蔽，典籍云亡，求所謂尊經之名與其實，幾茫然莫知所自。涂侯又顧而歎曰：「嗟乎！是殆不如緇流黄冠之崇飾其講堂經室，護諸玉函貝典之隆且重也。則官師生徒之耻也。」亟從師儒請，謀所以脩舉廢墜者。會歲旱賦劇，賢令方攢眉而應疾呼且日不暇給，顧數假公餘，按册計議，悉發贖鍰，首倡斯舉，而博士弟子員各損葅盤之奉，分焚膏之資以繼之。撤頽垣，畚敗礫，搆陶甓，採良材，計日鳩工，辰集酉散，自閏七月經始，至十月告成。雖名修葺，幾與創建同工，厥惟艱哉！侯乃與薦紳士登閣而落之曰：「美哉！始基之矣，猶未也。稽古帝王懸金帛，購海内遺書，内藏之秘府，外藏之黌序，以示陶淑人倫，必由此出。今其意猶有存焉否乎？請得捐俸若干，徧購十三經、二十一史大全、通鑑綱目、衍義諸書，庋而藏之，以公後學。願自今以始，通才秀生以時講習于此，毋忘尊經遺意。至卷帙之核也，曝涼之勤也，任窮經者之入，無任經之出也，將封事于奎壁之神爲式靈焉。」而學之巽隅故有文昌一祠，形家言法當移向正中，吉。乃既架經史于兩楹，而龕祝帝君于中央，司圖書之府，昌文明之運，于是焉賴矣。人驟見其棟宇之巍煥，籤軸之富麗，像位之莊嚴，疑有神輸鬼運，而不知無米作炊，半菽不請之公家，一鐶不取之編户，而靡願不酬，無功不辦乃爾乎。事竣，徵記于某，以永諸石。某不敏，竊欲與都人士共竟尊經之義。夫尊經之義何居？日月經于天而道明，江河經于地而道行，聖言亦猶是也。譬諸飲食，五經其穀也，我宣聖其尤精鑿者也，百家同異，其海錯山珍也。人不能一日不飲食，則亦不能一日不在五經之中，此經之不可不尊也。顧經不翼，則亦不尊。善尊經者，以聖賢爲主，而以群言爲輔。若山之岱，不遺土壤，水之海，不擇細流，則言不必盡經，而所見無非經者，雖欲不尊而主之，不可矣。是役也，寧惟是飾觀美修故事？將使多士憬然知日月之在人心，而江河之不舍晝夜，功實惟不小也。若乃文昌首教忠孝，視百家切而該，視六經之言顯而約，以此輔翼經傳，垂法多士。家脩則爲子孝，庭獻則爲臣忠，著作必緯地經天，政教必移風回運，尊經莫大乎是矣。豈以其司禄判桂籍，徒取徼福云爾哉？願與都人士共勉斯旨，因合而爲之記。

清河書院碑記

古今不易民，而治也惟其人；淳澆不擇地，而理也惟其政。昔京兆之治，以張子高；益州之治，以張復之。其地則難地也，其民則勞民也，得其人以爲之政，而頑秀易俗，化成若神，兩郡以是尸祝之不衰。我郡之困極矣，兵燹之後，荆棘彌望，饑饉薦臻，稻蟹不遺種。又禮壞樂弛，衡門之内，清風輟響。自郡侯張公之來福我松也，賦役調劑其適均，征輸軫念其疾苦，囹圄鞫其輕重，荒瘠稽核其耗登。其片語質成，讞決燃犀也；吐握孝秀，鼓舞不倦也；隸圉麗立，重跡無聲，既整以肅也；搴帷四巡，單騎隻艇，不擾村墟，何嚴以仁也。諸凡捍灾衂患之道，罔不殫心區畫，一切咸理。而其大者，地濱海壖，風氣錯雜，不軏蘖牙其間，公先機逆折而立杜之。時當撤兵，庚癸不繼，一軍俱甲，洶洶有流言，公談笑麾之，應時解散。海水氾溢，故堤善崩，萬户有其魚之嗟，公設法防築，與郡之賢士大夫不乘不蓋，周諮博詢，績用告成。此尤公之功在社稷，澤流奕禩者。于是民害既除，煩苛既滌，雨暘以時，疵癘以消，千秋而後，即從祀禹廟宣廡間，度且無愧。而我海邑士民，尤公所加意拊循，被澤最渥者，相與謀所以立祠，而束于功令，未獲遂也。會尚書潘公有豫園故址，清泉白石，名勝巋然。僉曰：「是天實留以俎豆神君，非偶然已。」迺建書院其上，顔之曰清和，以公有冰壺之清，惠風之和也。既不日成之，諸生以時習禮其間，如日奉公之色笑伊教也。黄童白叟，瓣香羅拜，即日鑑秋水而坐春風也。是則畏壘之尸祝夫庚桑也，寧有斁歟？公爲人豐頤廓頷，精神舉體，操潔而度充，機活而才捷。以寬行其聰，故無束濕；以虚用其裁，故無逸照。霜雪以礪之，暘和以膏之。龍泉之鋒，而以試毛，何有此蕞爾也？異日者，書之史册，當與益州、京兆並傳。區區書院云乎哉？

署上海邑篆郡少府范公書院碑記

昔曹參爲齊相，問安集百姓于蓋公，蓋公爲言治道貴清静而民自定，用其言而齊國大治。後以其治齊者治天下，民以寧一，咸稱其賢。夫蓋公所言，宜若無當于今時之俗，然斯民猶三代也。《詩》歌子民，先之以豈弟；史傳賢吏，首之以循良。詎不知嚴苛多赫赫之光，葆大爲悶悶之政哉？顧所重者在此不在彼，古今無二理也。郡少府范公之視海邑篆也，時適丁凋敝之餘，鈎校日以密，逋税日以積，獄訟日以繁，轉漕倥傯，餉檄旁午，緩之則怠上供，操之已促，則民不堪命。而公則曰：「是何可以峻法繩而多事擾也？」不震不竦，開誠布公，建之以惇大，畜之以寬和，鎮之以寧謐，作之以勤敏，斟酌于張弛損益之際，一切煩苛，悉蕩滌之。税辦而民以和矣。進諸士子，講德課藝，虚而往，實而歸矣。片言平反，明允若神，蹙頞來，拊掌去矣。甫六閲月而鉅細畢舉，政簡刑清，使上安而下服之焉。安之則曰，是固寓撫字于催科者也，其不露才者也，寧緩而見知，無急而迎合者也。服之則曰：「是固至誠惻怛，不欺其志者也，其清畏人知者也，寧廉于實，毋廉于名者也。」于是邑之父老謀所以俎豆我公，而不敢立祠，以重違夫功令，則書院之設，所由不能已于尸祝也。余惟古之所謂循吏者，其任既重，以專其政，又久而信用，是多殊尤絶績，而被其澤則祠之。若蜀郡之以興學，南陽之以溉田，渤海之以弭盗，膠東之以增户，必有一事殊絶自見，故望其祠宇，可指而稱道焉。公郡佐也，專責所不屬，治邑之日淺矣。修其教，不易其俗，齊其政，不易其宜，未嘗有殊尤絶績以自表見。公且欿然自歉，而此邦之人乃竊竊焉欲俎豆之耶？且其量淵宏，其及必遠且大，衣被九州，固將有待區區一郡一邑之治，庸遂足俎豆我公？由前言之，殆非公所以欿然之意；由後言之，殆非都人士所以尊公之意也。雖然，賢人君子所至，豈必歲月之久，樹立之奇，與展布之廣？彼時雨溉物，不見其益，功且無涯。如人有隱疾，醫和察其腠理而療焉，惟病者德之也。若然，則父老之于公，誠有不能已于尸祝者矣。今天下脊脊多故，得如公者十數輩，落落然參錯天下爲邦伯，與民休息，海内乂安，即何難致三代之治？余故樂觀書院之成，而爲之記。凡遊其宇下者，即謂之登蓋公堂可也。

欽醇堂文集卷之十

墓誌銘

誥贈朝請大夫刑部江西司郎中加從四品同逵張君暨元配樊恭人繼室王恭人合葬墓誌銘代

晉有君子曰張君同逵者，其先洪洞人也。明初遷於盂清河氏，遂爲盂世族，傳至君而彌昌。君諱六材，字典制，號察四。同逵，其別號也。弱不好弄，志概直方以大始。舞象卓犖，觀書即深湛篤嗜。稍長，補博士弟子員，績學力行，以聖賢自矜。尚手録經史古文詞幾等身，旁及諸子百家言，皆淹通條貫。性敦孝友，承祖父遺澤。初不計生産菀枯，曰：「我以無競爲田，既翕是寶也。」耕讀之餘，逡逡粥粥，與人子言，必依孝，與人弟言，必依讓，見蟬翼之善，雖微賤，必禮下奬之，聞一眚之過，雖疏逖，必正辭悟之。大抵飲人以和，而使人自化。一時名彦咸樂與游，以爲有道君子，至德良可師也。君道弸於中，而藝襮於外。雖文詞末技乎發皇經術，蔚然足爲國華。顧數奇，七應省試，不得志於有司，僅以歲進士入對大廷，名冠異等，除陝西崇信令。時宗藩驕横，氓俗凋殘，胥吏因以爲奸利，公私上下間不勝畸困。君至，與爲更始，肅然釐飭，犂然有當於人心。彊者戢，孱者綏，利無細不興，弊靡隱不革。每單車勸農，周咨疾苦，曰：「庶毋好鬬訟與？恐妨耕穫也。抑或淫侈日長與？慮耗積儲也。其或群游惰而逐博徒與？將本業曠廢，犯法滋多也。」不務爲赫赫，而遠邇胥安條教焉。復以公餘集諸士子，講德課藝，討論六經，人文蒸蒸欻起。隨請於學使者，廣茂才選額，於是命中科目者聯翩接踵矣。以崇信素瘠疲，稱難治，君下車未朞月而秀頑起化，頌豈弟君子者洋洋滿四境。其大吏歎奇之，數加崇獎。三年奏最，注廉平上考，封文林郎，佇膺不次異數。會崇禎甲戌秋，賊黨一斗穀、小李廣輩寇虐平涼一帶，所至城陷，蹂躪不堪。時皆惴焉懼慘戮之及也，遽有以城降者，或獻其長吏以迎賊。君撫劍蹶興，誓於衆曰：「人臣爲君守土，其保之，則君之靈也。不保，則以死繼之。君子致命遂志，有殞無貳，敢有携志者，請視此太阿。且爾不聞尹鐸之固晉陽乎？吾縱不能爲保障，其如三版何？」僉應曰：「諾。」迺躬擐甲胄，登陴援枹，晝夜督禦戒嚴。寇至，連攻數匝，迄不能拔。經畧洪公督師至，見孤城巋然，大異之，輒具軍功報樞部，借君任軍前贊畫。君辭曰：「我經生耳，死守，分也。幸固吾圉，偶也。烏知兵法？」督師益欽歎，謂沉鍊可屬大事。尋以鄰縣多缺官，屬君署靈台、莊浪諸邑篆。君綜理其間，拊循備至，一如其治崇信焉。君既兼莞各邑，馳驅況瘁。又性恬退，視榮顯如遺。數請告，不許。撫按憲司固留，竟不獲。無已，代疏致政。歸之日，攀轅載道，啼號相送者若失怙恃，不知幾千萬人。逮返初服，輒曰：「耕讀，吾素風也，願與子孫安之。有先人之敝廬在，少長咸集，割一味之甘，相勉爲敦厚退遜可焉。」日箋左、史、通鑑諸書，津梁後學，所著有史論補斷、四書心印、遊秦聞見紀適草各種行世。崇禎乙亥五月十一日，以疾卒於正寢，距君所生年萬曆甲申十月二十六日僅五十有二耳。惜天限之中壽，未究其蘊也。初，君爲令，婁公師德告於夢曰：「爾居官清正，當爲本邑城隍神代吾職。」及易簀，神色不變，大書「婁公請我」，擲筆而逝。崇信士民追思之，爲君舉名宦，從祀學宫。同里士大夫亦交舉鄉賢，崇祀之。後以長子官覃恩授朝請大夫、刑部江西司郎中，實加從四品。君始祖秀，孝廉，施州司理。秀生仁美，貢士，魏縣廣文。仁美生文學從善。從善生拳，廩生，入成均，嘗賑粟千石，詔封承事郎。拳生玉，慷慨好施，歲飢出粟三千石，全活貧寡無算，奉勅建坊旌厥善。玉生廣，歲貢，洛川簿，亦出粟賑荒如其父。廣生宗顏，歲貢。宗顏生鶴，歲貢，封承德郎，大理寺左寺。正生子五：長淑名，鄉薦會副，歷官思州知府，祀鄉賢；次淑譽，增廣生，剏修邑乘；三淑膺，歲貢，威遠教授；四淑容，文學；五淑問，即君大父也。文學累封奉議大夫大名府同知，敦德尚義，推鄉國祭酒。嘗建盤洲書院，萃力學無資者於中，爲給衣食，繼薪膏，洛誦琅琅不絶。歷年内膺鄉薦者五，第南宫者一，成明經者十六，餘悉砥行勵志，翹秀士林，遠近傳爲盛事。生子四：長縞，歲貢，掖縣簿；三纁，歲貢，臨漳廣文；四綰，壬午孝廉，司理登州府，遷翬昌府同知、周府長史。君父藴，行二，乙酉孝廉，由真定别駕歷陞易州、昌平知州，大名府同知，長蘆鹽運司運同、加銜運使，累封大中大夫。所至惠政覃敷，兩舉天下清官第一，崇祀名宦、鄉賢。元配李氏，封恭人，生子四：六順，明經；六成，文學；六有，太學生。君行三。元配樊氏，文學鐸女，賦性閒静，持家儼若朝典，事舅姑克盡婦道，佐君以正以順，相敬如賓。先二十年卒，生於萬曆癸未八月二十四日，卒於萬曆丙辰七月十一日，享年二十有四，封孺人，贈恭人。繼配王氏，冠帶壽官奇女，貞静夙成，嫻於内則，時封奉議公、李恭人已逝，以敬且和相夫子。儉於提躬，寬於馭下，處内外親串，雍雍穆穆，咸頌德無間言。閲十年而君捐館，煢煢孀孤，謹持門户，惟義方是訓，以母道兼父道焉。辛勤成疾，後二年亦逝。生於萬曆癸卯八月十一日，卒於崇禎丙子七月十一日，享年三十有四，封孺人，贈恭人。君生子二。長藩，樊恭人出，倜儻豁達，文行卓然有聲。以選貢知定興縣事，歷陞刑部主事、郎中，河南懷慶道左參議，陝西潼關兵備道副使。兩遇覃恩，封中憲大夫。值歲不登，亦賑粟千餘石，多所全活，繼其世德。世祖章皇帝嘉之，賜棹楔旌其門，曰「澤被生民」。撫弟蓏，最友愛，動必訓以禮，至成立，始令更爨。娶王氏，文學家才女，封恭人。次蓏，王恭人出，負宏偉才，幼食餼於庠，能振家學，繩祖武。以辛卯副車奉部咨取，考授鴻臚寺序班。

康熙六年七月，遇今上親政，覃恩封登仕郎。又遇加上兩宫徽號，覃恩加一級。今陞鳴贊，加一級。先娶胡氏，五臺碩德應祚女，早亡。繼娶衛氏，京都碩德守志女，又亡。三娶樊氏，庠生王家女，即樊恭人姪也。孫男四。星標，官監生，濟陽令，封文林郎，娶趙氏，封孺人。漢標，拔貢，娶史氏。俱藩出。錦標，准貢監生，娶李氏。清標，廪生，娶趙氏。俱莅出。孫女五。一適史，藩出。一適孫，一字郭，一未字，俱莅出。曾孫十。熾，准貢監生，娶楊氏；燿，增生，娶董氏，俱星標出。耿光，增生，娶李氏；焜，增生，娶申氏；煜，庠生，娶李氏；炟，准貢監生，娶趙氏，俱漢標出。炯，庠生，聘郭氏，熢、烷竝幼，俱錦標出。炷幼，清標出。曾孫女四：一適楊，一適趙，俱星標出；一字郭，一字史，俱錦標出。玄孫七。承基，業儒，娶李氏；世基，業儒，娶李氏，俱熾出。丕基，業儒，聘李氏，拓基幼，俱耿光出。德基，焜出；維基，炟出；開基，燿出，俱幼。玄孫女二：一焜出，一燿出。來孫女一，承基出，幼未字。康熙十二年春，君次子莅將請假而歸，合葬其親於某鄉，長跽請於余曰：「夫子惇史也，非郭有道碑不誌也。誌先子者，非夫子而誰？」余從史官後，紀善録忠，職也。敢以不文辭乎？銘曰：

德畜彌崇，行獨彌沖，學富有而施彌窮。衣被者其化，金湯者其庸。君也不有，去若冥鴻。俎豆弗祧，流光熊熊。後先代終，左右幽宫。銘諸貞珉，千禩其封。

飲醇堂文集卷十一

傳

蹲鵰傳

鴻龐之初，東海之濱，有怪物焉。竊柜山之精，託於羽族，鳶肩烏喙，鷹眼豺聲，狐尾豕腹，人立而能言。厥性類鵰，又善蹲伏偵物，故名蹲鵰。蹲鵰之先曰翿，翿生鳶。占之，其繇曰：「維樟有僕，利用啄木。金革斯屬，爰塗丹雘。丹漆梓材，後其昌乎？」迺栖托於樟，而以啄木世其家。鳶生二雄一雌，長即蹲鵰，次曰鴝，蚤死，其一雌曰雉。蹲鵰生而險鷙，習貪殘，賊同類，而惎異已。初，蹲鵰之匹亂於他雛，其雛之群争狎而殺之，鵰乃喪耦。及鴝夭，鵰即覆其卵，耦其耦，又通於雉，爲二耦焉。鳶且老，又善病，鵰反噬之，尋啼血而死。逮黄帝時，蹲鵰因鵬爲介，鳩爲媒，而入於帝庭，迺得命爲鳥官，而封諸天雄之野。三年，其土之毛爲之頓盡。天雄之野患之，歌曰：「蹲鴟，蹲鴟，食我肉毋盡我皮。」又曰：「蹲鴟來，骨山堆，兒女悲。」帝聞之怒，流歸於茸。茸不納，亡走滬。私結于鯨，而謀奪鴆之阿閣。迺挾腐鼠嚇之，復狃其羽毛齒革于饕餮，而譖之曰：「鴆實不德，矜茲奇服。黨鸞群鵠，目簧鼓聖世，若之何弗殛？」于是寘鴆於籔。久之，鴆作拘幽之鳴，不能自白也。天乙羽帝命后羿彎烏號之弓，橐夏服之箭，射殺蹲鴟，而投饕餮於四裔，出鴆於籔而返諸阿閣。於時，鳥獸鏘鏘，鳳凰來儀，上下草木咸若矣。蹲鴟既誅，縣其首於岷山之下，入土化爲芋魁，可食，種之易生，後世遂相傳芋魁爲蹲鴟也。

野史氏曰：敗德可爲而不可爲，潛德不可爲而可爲也。以予觀蹲鴟之貪戾，填腸滿腠，屬饜無極，眎鴆之脩潔隱約，徒自苦耳。淫破義，邪害公，天道其可問耶？卒之，惡有癉，善有彰，報施不爽，夫烏可誣也？或謂其種類興滅似詭誕不可信，然攷禹鼎所載，神奸鬼怪，王虺封豕，蒙倛而鷙鰲者，何可勝紀？目所未經，輒謂烏有，可乎？又考山海經云「柜山有鳥，其狀如鴟而人手，見則其縣多放士」，疑其族也。余嘗遊東海上，聞啄木之聲，詢諸故老，以爲即蹲鴟之苗裔云。

馮孺人傳

孺人姓馮氏，處士禹龍公女，承德郎旭宇平公妻也。雲門望族，曰馮曰平，兩家故世好。孺人生有異徵，馮公愛之。稍長，爲擇婿於平，得旭宇，頴豎苕發，卓爾不群，因妻焉。旭宇隨父繼橋公遊長安，所交當代賢豪閒，聲華藉甚。數奇，通經術，不試。旋以貲爲郎，出佐寧晉，非其志也。未幾，循績茂著。會膺上考，而以鞅掌卒于官，民罔不盡傷之。遺一子三女。子甫三齡，即今海内知名，所謂平遠者也。易簀之夕，顧謂孺人曰：「委吏無成，吾命有所制矣。特老母穉季，相依燕邸，未獲迎養承一日歡，弱子煢煢，一經如綫，爲抱恨泉壤耳。」孺人飲泣謹誌之。時躃踊欲絶，輒北向指姑，回顧藐孤，曰：「所不即從地下者，惟以此。」既躬秉家政，機杼操作，茹荼況瘁，三十年如一日。歲時修敬肅拜，遣走慰問姑若親，奉甘旨。無何，姑亦繼逝。兩喪孤露，千里伊阻，以一未亡人拮据經紀，歸姑若夫櫬於稽山之陽，而營葬焉。如燕壘螘宫，撮土皆口血銜掇也。篝燈課子，洛誦琅琅，與織作聲相間，卒賴以成立。三女亦有家，咸禀壼範，無替令名。一日，忽感微疴，即却醫不治，曰：「我婦道已盡，曩者不可死，而今其可矣。且存殁有定數，無强爲。男但勉德業，以期顯揚，女即守貞静不貳可也已矣。我順受其正矣。」言訖遂瞑。平子既砥行好學，有聞於時，遂走四方，以皋魚之泣遍灑名公卿襟袖，乞一言以傳，死且不朽。

野史氏曰：余讀馮孺人行略而重有感也。古今淑媛所遭有幸不幸，或以賢見，或以能稱，或以孝聞，或以節顯，要得其一，已足傳矣。若孺人之時與地，厥維艱哉，抑何兼備而無憾也！

初，旭宇佐寧邑，馳檄督輸，日不暇給，緦緦以急公家，不遑恤民隱爲憂。孺人勗之曰：「勤上愛民，道宜兩全。」斯又賢士大夫所莫逮矣。余每遊東浰，過雲門蘭渚之墟，草木皆有異香，意必有潛德幽光鍾山川清淑之氣者。得孺人以映發其間，良非偶耳。

飲醇堂文集卷十二

論

王師宜使義聲先露

義利之辨，儒者所深析。至于功名之士，建豎非嘗，若猛獸鷙鳥之攫，似不暇爲區區之論，而其實不然。古之持大計，定大業者，必審乎輕重之勢，明乎天人之歸，而亟亟以義爲先圖。非棄利也，擇義至優，居利至重，所謂大將者用此道矣。吾得諸唐李靖之言曰：「王者之師，宜使義聲先露」。方靖與趙郡王孝恭伐梁，督夔州，東下，秋潦漲惡，諸將請俟水落。靖曰：「兵貴神速，吾乘水傅壘，是震霆不及塞耳，將必成擒。」及孝恭師叩彝陵，大敗還走。梁師委舟散掠，靖乘其亂縱兵急擊，越再日而梁主銑降。若此者，争利而處强，寧首尾瞻徇，若靖所鄙爲章句儒者乎？顧靖與其舅韓擒虎論兵，輒歎曰：「可與語孫、吴者此人。」而尚書牛弘亦曰：「此王佐才也。」吾嘗合二公之論，觀靖之用兵，而知靖真大將哉。其深析乎義利之辨也。其深析乎義利之辨者何也？大業末，察高祖有異志，自囚，上急變傳送江都。已，高祖定京師，疾之。靖曰：「公欲除暴亂，奈何以私怨殺義士？」一也。遣十六使巡察風俗，靖爲畿内道，固請休。帝曰：「自古富貴而知止者蓋少，公引大體，聽之將爲一代法。」又一也。初，江陵大獲舟艦，使悉散之江中，一以緩其四至，一示委棄所獲。又一也。銑降，師入其城，號令静嚴，軍無私焉。或請籍梁將帥拒鬬者家，靖禁使秋毫無犯。又一也。其言曰：「彼爲其主鬬死，忠孝之族，不可同之叛逆之科。」斯言也，上契天心，下極人理，千載而下，猶爲感泣。于時江漢列城，有不跂踵延慕，望風欵附者哉？吾于是歎高祖之淫刑也。銑故梁子孫，因隋之亂，思刷厥耻，非唐之叛臣也。唐師圍江陵，銑詣軍門降，曰：「願不殺掠。」夫以百姓之故，不忍固守，則唐初割據之主，銑最無罪，乃英雄逐鹿之語，迄以不屈被誅。夫靖能卹死士于既没，而高祖不能釋降王以無辜，靖加于神堯一等矣。使若高祖者，將謂義聲乎哉？異時公祏反丹陽，請輕兵襲破，帝歎曰：「靖乃銑、公祏之膏肓也。」自古將古韓、白、衛、霍何以過？」抑知其深識遠見，有能持大計，定大業，析乎義利若此者耶？自古將帥之任難矣，非趨利不足與圖功，非扶義不足與成功。若靖者，能建大義以規大利者也。乃總管定襄，時蕭瑀猶劾以持軍無律，縱士大掠，散失奇寶。悠悠之口，靖猶不免焉。向非太宗之英斷，能察其譖，篋中之書，可禁詰乎？吁！傳稱敦説詩、書，史重兼資文武。爲大將者，功名不患不建立也，亦尚兢兢于義利之辨哉。

國士無雙

漢初大臣功名令終者，酇侯其首也。厥勛爛焉，史謂與閎夭、散宜生爭烈。要其最明于天下大計者，在追信而薦用之，有國士無雙之目也。方漢王設壇具禮，人人自以爲得大將。至拜信，而一軍皆驚，此時噲等宜羞與爲伍也。逮觀信之定謀御衆，規畫部署，良國士哉。夫兵家之要，莫險且難于當堅，善用兵者，莫善于攻瑕而不當堅。當時將勇兵勁，與漢王爭天下者，獨項王耳，而信未嘗獨當其鋒。惟漢王敗彭城還，信發兵破楚京、索。時漢王實在行間，不專屬信力也。趙、魏、燕、齊皆新造之國，政柄未一，民心未信，雖擁數萬之衆，非素所練習，以信之能，舉兵而臨之，安得不振槁摧枯乎？ 楚、漢日夜苦戰滎陽、成皋間，漢王披堅執鋭，以身塞其衝。信時時分麾下助漢，然親與項王爭，一旦之命，史未具載。及項王東走，所謂强弩之末，力已疲矣。漢舉天下之兵至垓下，信出三齊之甲佐之，項雖善鬬乎，比權量力，與在滎陽、成皋時可同日語哉？ 其敗若反掌，宜也。故曰善於攻瑕也。其善於攻瑕，則固樊、盧、酈、灌吹簫屠狗輩所不能及，所謂英人之天智，上將之老謀也。微獨淮陰，即沛公見及此矣。當秦之未亡，精兵選士，皆屬邯鄲，項羽獨當之河北。高祖乃從析酈入武關，行空虛之地。秦之首將皆賈豎耳，故能降子嬰，定咸陽，如風行草偃。蓋聖君名佐，時會所至，應運而起，雖其用兵，亦合志同道焉。然使無信席捲河北數千里之地，拱手歸漢，而漢王獨以秦、蜀之衆當勁楚，諸侯又向背其間，即勝敗之數不可知。信之功烈安往而不國士乎？彼諸將能攻城野戰，百舉百勝，而所謂國士者，則相天下之瑕而獨乘其弊，寧徒恃木罌赤幟，疾戰鬭力也哉？使非相國識之亡伍，漢王即設壇具禮，將復誰屬？嗟乎！升沉雲泥，用寘虎鼠。布衣徒步中，安知世無無雙之士？特不遇蕭相國其人者，搜揚異彦，成蓋世功，則國士乎亦庸才耳。

孔明自比管樂

管仲有治天下之才，而無定天下之量；樂毅有勝天下之智，而無先天下之幾。合二子之偏以爲全者，其惟孔明乎！才優爲王佐，而量有餘，智過乎策士，而幾不失，識者謂其必能復漢室以取天下，抑知其意慮更有度越乎人者矣。奔踶之馬，或致千里，人稱其力，不必稱其德也。有騏驥者出焉，步驟中度，緩急中節，能行千里，而且能不蹶張于行，不惟其力，而惟其德，則全者伸而偏者詘矣。且夫功足以取威定伯，謀足以畧地攻城，此英雄之事，智者之所長也。黜詐力而崇大義，置權術而奉天時，此英雄之所不能爲，智者之所不及見矣。吾觀武侯隆中數語，指掌瞭然，逮定鼎三分，若操券而取。他如出師二表、開誠四言，直可配典謨，參訓命。至君信其忠，士信其公，甚而仇信其法，又甚而蠻方信其威，煌煌乎内聖之學、外王之業也。是即伯仲伊、吕何忝焉？乃當其躬耕隴畝，每自比管、樂，何哉？敬仲九合一匡，才誠不世，而輔桓公，柄齊國，挾天子以令諸侯，其勢易舉。武侯扶墜緒，藉偏邦，人心虞貳，迥不侔也。至規模局量，則檻車之與三顧，鏤簋之與薄田，其輕重大小又不待辨矣。樂毅特戰國之雄耳。燕昭之鋭可乘，齊湣之驕易喪，趙、楚、韓、魏之援可憑，即非毅也。興一旅之師，臨淄且不難遽復。彼武侯所處何如哉？闇弱如禪，而黄皓蠱惑之，强盛如魏，而司馬又繼之，吴更違盟，荆州毁敗。然且羽扇綸巾，談笑屢捷，如敗竹枯茅，迎刃摧裂。則以孔明較二子，其難易之勢，已奚啻倍蓰。而況周道衰微，王綱解紐，齊桓既賢，而不能勉之致王，尚論者未嘗不深惜之。武侯治蜀，則儼然王者之治也。崇教化，移風俗，威之以法，濟之以恩，行且興禮正樂，使綱紀文章炳焉與三代同風，豈直一時之功名已耶？議者謂其北伐中原，勞師襲遠，而無尺寸之效，不悟蜀以一州之地，豈能與勁敵持久？坐而待亡，孰與伐之？孔明固計之審矣。樂毅以百萬之師，不能拔莒、即墨，而師老于外，使齊人得徐爲之間，卒至于敗，坐失機宜，吾知武侯之不出此也。夫以懿之神奸，蓋亦庶幾有天下之志者，而智窮力屈，甘受巾幗之辱。令天假歲餘，魏明夭折，國難紛起，蜀以生聚教訓之餘，悉甲以入，光復漢室，未可知也。吴之兵力，孰與中原？孫之閫帥，孰與仲達？魏滅吴孤，舉九州以壓一隅，于取天下何難焉。而武侯固逆知天意之不終祚漢，要以答先主之知，竭盡瘁之節，所謂聖賢不能爲時，能不失時而已。此意管、樂何足以知之？蘇子謂孔聖自比于老聃，自同于丘明，蓋其處己也厚，而取名也廉，是以實浮于名，而世誦其美。由此言之，孔明僅以二子自許，其過人益遠矣。然吾嘗讀管氏書，經緯備具，而尤以四維爲急，假令遇文武之君，將不得爲王佐矣乎？樂毅之奔趙也，往來復通燕，而兩國安之。夫人臣去國，已絶而復通，此其于君臣間必有忠悃相孚者，非戰國策士，朝秦暮楚者比也。先儒謂孔明有儒者氣象，能識義利大分，自今觀之，良足多矣。若管、樂者，又何可少哉。

夜氣平旦

人心之相依不舍者，理與氣而已。理宰氣而存，氣載理而運。此心得其養，而浩然之氣配道義而塞天地也。原夫無極二五，化生萬物，人得其秀且靈，而其本真静，爲仁義之性，感物而動，爲好惡之情，至統乎性情，而理與氣相依焉者，則心也。性也者，與生俱生，純乎理者也，所謂心之良也。情則生於緣感，乘乎氣以爲用，而良知良能有或合或離者矣。「聖人定之以中正仁義而主静，立人極焉」，則理爲主，而氣爲輔，無時不如水清日明也。是故有弗好，好則必於仁，必於義，有弗惡，惡則必於不仁，必於不義，所謂情順萬事而無情也。晝而作，與萬物俱作，理之向於動也，氣不加擾也。夕而休，與萬物俱休，理之向於静也，氣不加寧也。理與氣相依而不舍，無息不養也，無瞬不存也，更何日夜平旦之可言哉？凡人之氣與聖人無以異也，好惡逐於外，而仁義汨於中，良心斯匿矣。良心匿，氣斯無主矣。無主則爲喜，爲怒，爲哀，爲樂，泛乎若不繫之舟，茫乎不知所屆，而本然之性，幾無一息之可自驗矣。水性之湛然也，沙濁之；火性之炯然也，煙鬱之。求其湛然炯然者於斯須呈露之際，則沙何時而澄，烟何時而退？誠莫如夜之所息，方平旦之頃，萬感未接，而清明在躬，理憑氣而顯，不啻波之乍渟，燈之袪蔽也。是即剥極而復，天地自然之恒理也。試觀霜雪沍寒，群芳萎折，其氣冥冥，慘無生意，天地之化，幾乎息矣。乃一陽初動，萬物未生，此時味淡聲希，而天地之心可見。從此發榮滋長，遂可生生不窮。程子謂「約其情使合於中」，又曰「擴而充之」，化日晝之所梏爲夜氣之所存，以至於聖人，豈有他哉？亦在人心之自爲春夏耳。然則夜之息有一日之平旦焉，猶冬之藏有一歲之平旦焉，推之而凡喜怒哀樂之未發，有息息之夜氣平旦焉。養其載理之氣，而良知良能隨感而應，是静亦定，動亦定，豈直好惡之相近者幾希哉？即立人之道，而中正仁義之聖可作矣。我懼夫良心之已放，而又失此幾於俄頃間也，故取而論之。

飲醇堂文集卷十三

頌

提魚籃觀音頌

嘗閱大乘，一切衆生，大小物類，體則不同，所含生性，等無有二。若復有人，發心愛惜，犬豕牛羊，不忍宰割，而于濕生，鱗介之屬，罟搜網取，謂是小鮮，無妨適口，是爲妄心，强生分別。分別既生，殺業日積，逾於屠解。爰有大士，起悲憫心，現漁婦身，而爲説法，悉皆令入，無餘涅槃，既度所殺，亦度殺者。今觀兹圖，蒙頭赤脚，提籃入市。爾時聚觀，當如堵墻，争向佛手，願買此魚。試問大衆，諦思是魚，爲有性命？爲無性命？爲是得度，爲是輪劫。若還勘破，馬郎公案，八萬四千，一齊活潑。

心經頌

伊惟心經，開天之秘，闢地之藏，包人之性。厥名曰心，於文象火。含内散外，惟微惟危。出有入無，爲竅爲妙。儒道所宗，佛之所寶。闡其作用，初竅於目，厥用曰觀，運動於身，厥用曰行。觀者觀此，外觀非觀，行者行此，外行非行。空觀無觀，妙行無行，是號爲佛。觀至自在，行至於深，則爲菩薩。照見五内，若光琉璃。順吾初性，不爲物累。逍遥極樂，度於苦海。以此自度，亦以度人。應知此心，本無苦厄，人自苦之，皆因失心。故佛菩薩，呼此衆生，全其舍利，爲舍利子。觀色於空，觀空於色。空色色空，二而非二。爲受爲想，遠觀於物，爲行爲識，近觀於身，色空猶是。以此返觀，諸相非相，總此一心。心本無生，非人所生。亦本無滅，非人所滅。亦本無垢，非人所垢。亦本無净，非人所净。亦本無增，非人所增。亦本無減，非人所減。諸色之相，皆歸於空。眼色耳聲，鼻眼舌味，身觸意法，本無一執。虚靈不昧，明明無明。薪盡火傳，無老無死，道之自然。苦厄安集？人自集之。道匪有滅，在人自得，外安所得？菩象菩提，薩象薩埵，易種易生，開花結果，依乎性根。爲波羅蜜，活潑心中。無罣無礙，何恐何怖？亦無顛倒，亂於夢想。我已得道，復命歸根，斯爲究竟。佛所滅度，是名涅槃。宣聖所云，朝聞夕死。老子所云，無身何患。一切聖人，三世諸佛，皆不外此。依此本性，得此本心，廣大光明，無上無等。斯爲正覺，能除諸苦，真空實義。佛理不虚，經亦不虚，故波羅蜜，稱五字呪。復爲説呪，揭明諦視。抱此秘蜜，斯名爲僧。由僧而上，斯爲菩薩。虚佛一着，以俟後佛。經之所喻，微妙難言。以我所知，行亦難盡。我參三教，以明此心，以見此性。明心見性，豈有别傳？極我頌言，匪言能頌。

金剛經頌

伊維金剛經，妙發心經心。歷劫鴻濛秘，因緣震旦開。恒星隕如雨，寶月湧如輪。湛湛飛甘露，垂垂布大雲。夾翊敷文教，冥符道德真。青牛出函谷，白馬回漢津。三塗開木鐸，一夢合金人。二百六十珠，衍爲五千珍。留支譯元魏，羅什譯姚秦。真諦譯天竺，笈多譯河濱。玄奘及義凈，唐譯續絲綸。水心照群寐，醍乳蘇衆生。我今爲略説，六譯法輪轉。金剛波羅蜜，是佛之秘藏。念念勿空過，能除一切苦。念兹波羅蜜，得發於如來。以至燃燈佛，火傳於世尊，名爲釋迦文。手弄牟尼珠，即名牟尼佛。一時衆菩薩，以及大比丘，法會齊侍衛。頂足繞三帀，退坐於一面。長老須菩提，善問善參解。世尊發大乘，無法而説法。依乎佛空觀，能以無畏力，施於衆生體。威神所呵護，功德大巍巍。佛得衆生願，感應如桴鼓。所由感應者，因彼有善心。即是菩提心，故佛急來度。一切諸外患，佛固憫衆生，去患遂所願。衆生之内患，貪嗔癡淫慾，佛更憫救之。若有貪財想，計術籠罔利。念兹波羅蜜，便得離貪泉。若多嗔恚意，忿懥勃然起。念兹波羅蜜，便得離怒魄。若多癡愚障，無明所迷惑。念兹波羅蜜，便得離鈍根。若多淫慾想，骨竅鑠精流。念兹波羅蜜，便得離愛河。四病所由起，在於慳住相。住則如膠結，不能捨布施。念兹波羅蜜，便得無住觀。金剛嚴法律，金剛具全身。金剛妙智力，金剛足神通。能釀福消災，廣行慈悲意。東方南西北，四維及上下，十方諸國土，都念波羅蜜。種種諸惡趣，地獄阿脩羅，畜生及餓鬼，六道輪迴厄，以漸得解脱。真空真色身，無上無等覺。慈悲與慧觀，行深智不淺。無垢清浄體，不增不減中。慧日破諸暗，能散風水火，及瘟行疵癘，和氣滿世間。常得波羅蜜，度滅苦海岸。如來常可見，如來不可見。欲見如來者，不住於色相，便見如來真。佛言皆真實，如語不誑語。聰明應降伏，如是降伏住。愚者執所住，住應生其心。以兹兩法門，合於鄒魯教。一則戒狂亂，一則戒狐疑。其要在忍辱，忍辱爲仙人。乃知波羅蜜，三教之所寶，異名而同功。於苦惱諸厄，能爲作依怙。佛乃大慈母，衆生乃諸兒。飲乳得飫飽，安意大自在。善智探其原，愚者欣果報。果報之福德，三千大千界。外布施七寶，内布施身命。我得波羅蜜，何不可布施？如彼恒河沙，一沙一恒河。總此波羅蜜，包羅無盡藏。如是無量衆，福德亦無量。我佛度千劫，我頌不能宣。

飲醇堂文集卷十四

贊

賴古堂藏畫贊

松古而秀，竹森而瘦，石潤而透，結茅其中，應與是而爲四友。

又 楊龍友

慧業文人，蕭疎數筆，關西夫子，呼之或出。

又

山光濕亂雲，石泉濺飛雨。我欲攜琴向此中，泠然和荅松風語。

又

長松刺天，飛瀑掛壁。面閣有山，叩關無客。危坐一翁，雲盪其胸。有時長嘯，聲傳半空。

畫竹贊贈趙郡侯

其直節而虚中，有賢大夫素絲之風；其金聲而玉立，有古君子圭璧之質。尺幅生綃，尋丈寒梢。持贈一琴一鶴之廉守，庶幾歲寒之三友。

盧鍊師像贊

貌窅然以倥侗，骨泠然以御風，神綿存以守中。其侶玄鶴，其徒赤松。吾不知誰之子，殆將乘雲氣而馭飛龍者與？

高贊公像贊

森然以玉立，則君子之德也。藹如以春温，則詩、書之澤也。是宜登鳳閣，侍鸞坡，曷爲聽松風，娱泉石也？或曰斯固將披一品衣，而抱九仙骨者，方寄情於茗椀香爐與縑緗翰墨也。

高體仁像贊

異哉曳杖翁。其浩氣吐虹，而葛巾芒屩，泠然以御風。其難馴若龍，而所與游從者，啄丹砂之鶴，采紫芝之童。其賦聲摩空，蓋儒林之雄，而孝友温恭，又卓爲名教之宗。既射策南宫，旋投筆從戎，入衛禁近，而出守江以南、山以東。行圖爾於凌烟，髣髴褒公與鄂公矣。胡然而思將母，賦閒居以置身丘壑中？噫，其貌魁梧奇偉，而迺謝侯封，尋赤松也。我固曰：異哉此翁！

家軒夫像贊

蒼然十八公，肅爾典型在。仙的何特立，介操曾不改。爲肖高風寘此中，古心古貌將無同。松爲鄰兮石爲友，堅貞盡識吾家叟。

王翁三圖像贊

或言翁以儉勤起家，有唐魏之風。而攜伎林泉，絲竹陶寫，追安石之高蹤。翁之裘馬結客，又氣矜之雄。而坐枯禪，皈白業，幾於解悟之龐公。蓋三圖者，俱不足以定翁，而略見翁之寄寓。其才識固無所不通也。

王貞一像贊

惟圖中之子，氣如虹而心如水，跡混俗而塵不滓。生於世胄而絶遠乎紈綺，任俠自喜而不矜其豪侈。蔚然文藻之豐美，而沖然退居於固鄙。昂然若駒之千里，而坦然若車之循軌。錚錚洞露其肝肺，而汪汪千頃，莫測其涯涘。徒觀其幅巾杖履，嗒焉隱几，意者神遊乎圖史，抑寄情於翰墨之微旨，茗柯之實理。噫，吾之不足盡卿如此圖矣。

董榕菴小像贊

以爲賢士大夫耶。胡然而兀兀髡頂而不幘？以爲枯禪野衲耶。胡然而奕奕驚才絶藻之烜赫？噫，其殆天選子之形以鳴堅白者與？

李錬師像贊

古松之下，流泉之間。有叟趺坐，華髮蒼顔。知魚之樂，習鶴之閒。經傳五千，丹成九還。紫氣東來，欻滿函關。

自題小照

其森然若孤松，胡不爲棟梁之庸，而將以不材終？其泠然若御風，胡不呼鸞鶴之從，而乃落塵網中？望其容窅然顓蒙，而好爲青白之雙瞳，以忤俗而取凶。叩其胸哼然洞空，而時起五嶽之數峰，欻隱隱而隆隆。蓋幼學雕蟲，壯學屠龍，其氣如虹，不可以籠，而腰不繫墨綬之半通，足不踰環堵之畝宮。斯道之窮與？抑窮于爾躬？意者脂韋之骨天鍾，逢迎之態未工耶？或曰前身爲馮敬通，或曰是後身之阮嗣宗。爲阮爲馮，莫可得而折衷也，將無同！

飲醇堂文集卷十五

尺牘

與徐伯調

來教謂文人相輕，自古而然，不知今人亦有武仲、孟堅否。竊謂古人亦不盡然者。士衡欲賦都，因太沖而閣筆；中郎欲賦靈光，緣文考而輟翰。袁淑見謝莊赤鸚鵡賦，遂隱己作；魏朗見邯鄲淳曹娥碑，輒毀其草。脩禊之會，大令詩不成，飲三觥。樂天過巫山，因王無競、沈佺期、皇甫冉、李端有詩，竟不復作。六一公論文，因及東坡，歎曰：「三十年後，世人更不道着我矣。」古人矜慎處，正其高自位置處，其服善處，正其甘苦自知處，豈若今世文人相輕，忌名爭勝哉？

與黄增岸

曉登毘盧閣，閣峙萬松之巔，四山蒼翠浮來，僧寺炊烟縷縷出松腰，與雲物相雜和。閣中栖鴿不可勝計。天風穆如，幽靄若眩，窅然而覺慈憫之覆度也。惜詩翁不與俱，若岑、杜諸公之登慈恩塔耳。

與趙山子

虞山列朝詩集載勝國一代之詩綦備矣。有義存焉，而惜未標而出之也。曷爲乎其義也？子輿謂詩亡而春秋作，以維王迹之熄，斯之謂史以續詩。至史亡而散見於詩，斯之謂詩以續史。孔子之删詩也，與其筆削春秋也，其義一也。誰謂三百篇之勸懲非二百四十二年之衮鉞乎！所謂詩亡者，正謂其義亡耳。漢之詩雖改四言爲五言，而於義近，試比之三百篇，其房中之樂，風則鷄鳴、桑中，雅則白華、采緑，頌則應田縣鼓也；其横吹、鐃歌，風則車轔、駟鐵，雅則六月、車攻，頌則朱英緑滕也。六代之季，匪特音靡，厥義實離，其詩不過風雲月露之留連，何當於勸懲乎？唐人獨青蓮、少陵、香山頗得其義。太白清平、行樂、東巡、行幸，子美麗人、北征、石壕、花門、收京、陳濤斜、吕太一，樂天七德、長恨、諷諭諸篇，以當代人傳當代事，麗而有則，怨而不怒，猶有三百篇之遺焉。其有三百篇之義也，即二百四十二年之義也。宋元之後，相乎蘊矣。獨楊鐵崖樂府上遡古初，下迄當代，最爲近古。有明制作如林，惟李西崖能用其體，然詳於古，略於今，僅花將軍、尊經閣二章耳。弘正嘉隆以來，作者漸盛，其最著者無如空同、弇州，近時則有孟津，或爲樂府變，或爲今樂府，未有合一代而爲之者。弟竊有志焉而未逮也。將取虞山選，蒐而廣之，乃發凡舉例：一曰天，二曰地，三曰人，四曰事。天則曆數之絶續，人物之先後，各從其朔，祥瑞之所生，災異之所出，各應其時，合於編年紀月日食，夜明隕星隕石，震廟火樹，大雩大雨，雪雨木冰無冰，隕霜殺菽不殺草之義也。地則兩京十三藩，五嶽四瀆，四海外裔之梯航，内而漕渠鹽鐵，賦税農桑，水旱蝗災之軫恤，合於地震山崩，大水大旱，螽螟蝝生，六鷁、鸜鵒、鼷鼠，多麋有蜚之義也。人則皇帝后妃，儲貳藩服，百官庶士，合於天王天子，王后季姜，世子公子公孫，公侯伯子男，大夫元士王人之義也。其孝子忠臣義士，貞婦幽人，將帥勇俠，合於射姑、申生、孔父、仇牧、荀息，宋伯姬、吴孟子，季札、子臧、叔孫豹、舍之義也。事則所爲禮若朝會慶宴、郊祭鹵簿，合於錫命燕享，賜胙歸脤，來朝來聘，朝廟卜郊，三望猶繹，觀魚觀社之義也。所爲興作若遷都封國，殿工陵工，築城防河之類，合於城中丘城郎，浚洙考宫，築臺築囿，作南門、雉門、兩觀之義也。所爲財用若發帑蠲租，鑄山煑海，礦金采珠，加派關権之類，合於告糴税畝用田賦之義也。所爲兵若平漢、平吴、平夏征伐之類，合於大閲治兵，獻捷歸俘，九合三駕，三軍中軍之義也。所爲刑若大誥讀律，未減停恤，大憝棄市之類，合於肆眚、鑄書、執歸，書弒三十六，書殺十有二，書放三之義也。其奄寺則爲振爲瑾爲魏，合於寺人披、寺人貂、合比、伊戾之義也。其盜賊則合於盜殺盜殲之義也。且孫蒙祖號，弟襲兄年，禮始失而終反之。其諸復辟、南巡、大禮三議，近則挺擊、紅丸、移宫三案，燕山、金陵、閩粤、滇南四大興廢，悉關重鉅，而操觚者不之及，則何取乎月露風雲也者？足下有志討論，共集其成乎？其事則史，其文則詩，其義則竊取乎孔子，猶春秋志也。請狎主其間矣。

與侯秬園

滬、瞟二水，相距幾何，而音問闊疎，動經歲月。日展明月詩筒一過，以當良覿，右丞所謂「別後同明月」，龍標亦云「明月何曾是兩鄉」也。拜石以殘冬雪阻東兖，獻歲發春，便理南轅計，返轡只日晚間。道駕何時賁邑，續深杯夜話之歡，兼爲廬陵使君一破蓬藋鼪鼯之徑，何如？

與陸翼王

學道要當除我相。我字兩戈相向，最不可有者此我，最難克者此我。仲尼絶四，終之以毋我，大雄言四相，始之以無我。謝上蔡云「人誰識真我，何者是我理」，即是我也。龐居士偈「惟吾自偶諧，能化妄我還真我」，即到聖佛地位。高明以爲何如？

與董蒼水

夜來急雨如拳，聽打篷點聲，聽閘上水聲，如雷轟砲鍧。客枕秋眠，喧中有寂，頗饒幽況。未幾篷破，沾灑妨卧，覆以油綈，襆被仍濕。嗟乎！樓船横吹，容與中流，何人哉？

與季侍御滄葦

先生編輯何止等身連屋耶？四庫之奇，各以部分，十乘之藏，悉經手繕。自六籍百家諸史，其義類靡不詳也。自天官、地志、兵農、禮樂、古今沿革異同，其根據靡不析也。自漢魏六代、三唐兩宋，迄於元明以來文人之所咏歌，學士之所譔述，其風旨靡不陳也。自金石彝鼎，自蟲篆草疏、魚經木狀，自金荃、蘭畹、花間、草堂，其蛛絲煤尾，斷璧小璣，靡不搜也。某不敏，何幸盤礴其間，一快心目，如行山陰道上，應接忘疲，如捫索靖碑陰，坐卧不去，觀止矣。特吾輩藿食人終日瓢勺，先生雜陳方丈，皆虬絲麟脯，豹胎猩唇，縱朵頤如飲河之腹，何旋面東視，不見水端，有茫然望洋而驚歎耳。

與魏惟度

詩品從無定論，要當以性靈爲主，而以聲調格律爲輔，可盡廢異同之門。觀虞山持論，兼敘述淵源，似一瓣香僅在長沙，而雲間宗派，特尊北地，宜乎鑿枘也。

與友人論古十二則

管子相齊，大要在籠山澤之利，操輕重之權，使其民皆仰足於上，而上無所求於民，卒以富强致霸。然其道可施之於國，不可施於天下，何也？智數法令，以周攝一國有餘，若夫總攬天下，必有大道以化裁之，通其變，使民不倦。區區之權術，未有踵其智而不敝者也。後世若漢之桑、孔，宋之王、吕，或用之而耗，或用之而亂。惜乎！其不講於此耳。

昨細玩小匡篇，區處四民，瞭如指掌，森若列眉，方見真經濟細心明眼。後世秉鈞者晏然不顧一切，曰：「我務大體耳。兵農錢穀，各有攸司。」豈所謂本流既大，心計轉粗，不暇唱渭城耶？

「有過毋赦，有善不遺」，二言真爲治要樞也。孔明治蜀，賞罰嚴而不妄赦，實本於此，識者謂其深得治體。後代肆赦屢行，不登上理。孰謂敬仲非王佐才哉？然其令行禁止，信賞必罰，大抵寓德於威，是以民畏懷其上，而下無覬覦。浸淫下逮，棄德弗務，便啓商君束溼之漸矣。

按史記吴王夫差二十三年，越敗吴，欲遷夫差於甬東，夫差不能，遂自剄死，是爲魯哀公二十二年。是年史已云越滅吴，誅太宰嚭矣。乃哀之二十四年，公如越，得太子適郢將妻公而多與之地，季孫懼，使因太宰嚭而納賂焉，乃止，則固未嘗誅死也。不特不死，且潛綰越賂權，又安知不嶌然膴仕耶？乃知史公所云，亦聊快筆端耳。越既公行賂，焉能誅嚭？況於時奸佞如季孫、宰嚭，聲應氣求，黨援甚盛，亦氣運使然。范獻子云「季氏之復，天救之也」，則人又焉能誅嚭哉？

陳平謂項王不信人，其所任愛非諸項，即妻之帬弟。宗鄙妻族，暱昵最甚，雖古英雄不免兒女仁耶？客曰：畢竟先諸項，猶不失爲英雄也。一噱。

西漢十二帝紀，吕雉居其一。自古以后稱帝者若娥姁，洵雄矣。乃相國何薨，子禄嗣薨，無子，高后封其夫人亦爲酇侯，不徒女君，兼有女相。至吕嬃特拜臨光侯，尤是奇典。要其才必可將，不在噲下也。竟陵亦云：自是封賞之妖，然嬃雄略，直得一侯。

公孫鞅不許豪傑學詩、書，李斯祖其智而焚經籍。越王趙陀之葬，靈輀四出，塴無定處，曹瞞祖其智而設疑塚。文家承襲，安得獨笑之乎？

豪傑之士，所在有之，必豁達如漢高祖，英武如唐太宗，則能使之聞風景附，不則楚材晉用，或反爲本國患。燕不能留樂毅，而爲趙用。魏不能用范雎、衛鞅，而爲秦用。晉不能致王猛，而爲苻堅用。後唐不能任韓延徽，而爲契丹用。蓋非常之人，必待非常之主。武后見駱丞檄，曰：「宰相之過也！安有如此才而使之流落不偶？」秦檜當國，有士人假其書謁揚州守，守覺其僞，以白金五百繳原書，押其回。檜接見之，補以官資。或問其故，曰：「有膽敢假檜書，不以一官束縛之，則北走胡，南走越矣。」檜何人也，其識迺加人一等哉！

漢韋玄成以明經相，唐李吉甫、李德裕以任子相，明楊士奇以儒士相，相且不拘資格，況下此者乎？但世情巧譎，今不古若，以賄以情，復乘此夤緣，則破資格祇增資格之蠹耳。

叔孫通事十主，皆面諛以得親貴。魯兩生曰：「吾不忍爲公所爲。」通笑謂：「鄙儒不知時變。」及諸生拜郎，咸喜叔孫誠聖人，知當世要務。史公亦曰「希世度務，與時變化，道固委蛇」，已開後人軟美入時一徑矣。吾輩但習知魯兩生之不忍爲，宜其往而輒窮耳。然乎否？

項籍善野戰，不識地勢，大要如棄關中，不守敖倉，楚所以失也。文士好稱縱恣，不循繩度，亦終無成。灞亭清淚，其能免乎？

采石舊名牛渚，江南最險要處。韓擒虎、曹彬俱以此渡江下金陵。由此渡下太平，則水陸皆上游，而金陵氣奪矣。王處仲、桓元子頗得其意，故移鎮姑熟，以遥控臺城而制其命也。

與朱恬思

治心無垢，名爲脱黏，讀書有得，謂之染神，故曰心死則神活。蜀山人不起念十年，遂能前知，陳烈山中静坐八十日，遂能博記。蓋心虚而理實，虚則神守之，能靈且通，穢而不治，則窒矣。參之。

與喬滅堂

僕懶慢倍嵇中散，今世俗不堪，亦似倍曩時，故雅不喜鄉里拳曲。親芝蘭而友筠松乎吾素也。當兹鷙鶚争霄，猿鶴騰姍，而君顧匿影閒園，賤貧自足。竹深梅瘦，類無何人之鄉，日擁百城，寶其潛玉，真我素心矣。昔康衡勤學，闞大家多書，往依焉。僕縱鈍不好學，頗耽吟事，倘獲囊琴束書以來，罄讀所藏與所著，自比於秋蟲春鳥，亦復引聲而謡，安知異時不有五噫流傳，疑僕爲伯鸞其人者？萬一獨行之紀，王忳並載，逸民之傳，儒仲仝書，僕滋幸矣。君其頷而許之否？

與陳確菴

學自除嗜慾而外，又當除意見，過不出於嗜慾，即出於意見也。陶隱居譔真誥，仙人男女參半，獨文士絶少，蓋意見爲累故。

與沈貞居

「腹虚氣通，味淡脾固」八字，不獨養生要言，亦是貧居受用。持贈隱先生，亦坡公所謂獨享爲愧也。

與沈友聖

栟櫚子生膚毳中，蓋花之方孕者名爲椶筍，蜜漬醋浸，可致千里，蜀人以此饌佛。東坡以饋仲殊，詩所謂「贈君木魚三百尾，中有鵞黄子魚子」是也。昔王方平、麻姑降蔡經家，各進行厨無限，羨膳多是諸華，而香氣達於内外。僕凡庸，愧無仙緣，而喜攬草木英蕤作食，每得異味，然只是天隨生家法，窮餓無聊之所爲，坡老所云誑口而已。莫將真率閒家味説與朱門肉食人，彼肉食者固有所不屑也。

與朱拜石

旬來閱陳徵士集竟，大抵「讀書爲善」四字，此翁本懷。其於忠孝廉節、朝廷掌故、鄉邦利弊，亹亹言之成首尾，片段不同噉名兒，吾輩正不得侈口譏評究隱。

與賀天士

昨中頂觀荷，可稱彥會。一泓瀟照，品品田田，便有濠濮閒想。江南湖陂深處，萬柄争菜。雪藕調冰，納涼裸飲，當復如何也。秕句前揚，佇觀後勁。

與祝只園

惠示和秋懷十二詩，迴環擊節，淙淙乎其泉之溜石乎？脩脩乎其風之拂林乎？離離乎蔚蔚乎其雲之出岫，霞之建標乎？何其動人警以思，令人廉以深也。向推李臨川原唱，幽秀閒遠，致絶人區，今讀來什，秋菊春蘭，遂竝擅其勝，益信豫章詩派，全擄性靈，吴趨靡響，總不足悽心脾，感頑艷也。

與賀天游

今日浄香池館，輕陰覆之，不知有炮炙之苦。因思法融古德云：「儒道世典，非究竟法。般若真觀，出世舟航。」吾輩終日熾然，内焚其和，試問歇處安在？道悟云：「任性逍遥，隨緣放曠，但盡凡心，别無勝解。」此亦滚湯鑊中立地一服清涼散也。午後有以祝嘏之詞敦迫者，正王山陰所謂「六月連朝逼壽詩」。詩本抒寫無聊，其魔又高十丈矣。

與沈貢園

「佛言忍辱，道訓和光」，乞八分書作齋聯，更願共守此八字，以保桑榆。

與顧勿軒

村中最絶賓遊，連墻乎亦同異域矣。過從得子，始浹懽悰。積雨淹旬，清暉間輟，奈何？昔鹿門子寄天隨生云：「相逢如丹漆，相望如朓朒。相違始兩日，忡忡想華褥。」僕雖才謝昔人，吾子則雅兼曩趣矣。春泥漫漶，龍孫迸出砌下，傾耳屐聲過，同參玉版師，何如？

與張泰安弘軒

兄以壯遊爲同人生色，貧交不能爲贐，可若何？升沉雖異，金石猶同，居者行者，各自努力。

與方侍御邵村

宋子京脩史，使麗竪爇椽燭；吴元中起草，令遠山磨隃糜。某寓偪仄湫塵，僅假篇章自娱，每舐筆和墨，則博山爇小小香炷，烟氣未觸鼻，觀微參真，離欲出塵一侯，視宋、吴所得孰多也。

與杜蒼舒

史公傳循吏，無漢以下，傳酷吏，無周以前，慨世深矣。何近代循吏傳之多也！

與曾道扶

客冬得台旌駐邑，每追隨諸同人奉教左右，非衝寒訪雪，即卜夜傳甆，時聆緒論，曠若發蒙矣。近從坊刻捧讀名篇，渢渢洋洋，以大家之筆劃儒先之理，擲地有聲，名山可壽，間一展卷，如對其人，不啻披雲霧，覩青天者。起頽風於未振，迴狂瀾於既倒。微斯人，吾誰與歸？曩把袂言别，訂春明重過，搔首停雲，悵然延佇者久矣，何金玉音遐，未得天風吹下也？鴛湖鶴浦，盈盈相望，倘能片帆飛渡乎？尊酒論文，差不惡也。

與程弘執

秦淮夢悉變徵變商之音，咿哦一過，恍若昨者與兄眺雨花臺，憑燕子磯，尋烟聽月，蒼蒼涼涼，胸中隱起五嶽然者。嘻，悲矣。丈夫七尺軀，終當騰擲萬里，顛頷吟魂，何堪被桃葉板橋羈鎖？請與子返華胥之駕，發覆蕉之鹿，塗抹胭脂，作逢年伎倆。爾時走馬長安，回望長干故里，復有昔時邯鄲道上人乎？是我輩償夢之秋也。兄其有意否？

復黄波民

嫫母何物？乃辱丹青之飾。始知皇甫先生長於獎借，不必練都也。敬謝。敬謝。天中佳節只數日間，旅懷蕭槭廓落，無徒相遲秦淮，投詩弔屈耳。

附波民札

旅況無聊，真以日爲歲。得南浦詞讀之，纏綿宵旦，心折色飛，本欲抒愁反鈎愁矣。末簡謬書數語，亦如疥駱駝，殊不可看。君能覽過擲去，則愛我深矣。西子、太真靚粧袨服侍君王遊宴，而脚下着麻鞵草屧，有是理耶？午日已近，不知泛蒲何處，然歸心迫矣。奈何？

復平魯菴

邸齋湫隘近市，熱客褦襶，時來逼人，肘腋間汗氣沾之欲嘔。卧室如斗，又向西，趙盾之日直射。雨過鬱蒸，則泥腥撲鼻。梁下編蘆爲覆，鼠陣蠻觸其上，塵屑晝夜如注，窗明几净時無有也。好事者又頻徵篇翰，便面側理，動盈髹案間，追呼相屬於户，若負重逋，日不暇給，坐是憒憒煩冤。連辱賜書，未及一答，足下將哀我念我，不遑責我也。

與周司農櫟園

仰止膺門，久切天際真人之想，不謂先生亦虚懷見訪，孳孳若渴。一登恕老之堂，則兩兩目懾神解，握手氣便熱。賤子賦綿蠻，先生賦緇衣，敬謝不敏，又重念也。君子恥無勞之奉，賦伐檀，先生自牧迺愈下，賦杕杜。徵文索題，嗜痂無厭，彦會高談，丙夜不休。嗟夫！好士之風邈矣。何以得此於先生哉！昌黎云：「莫爲之前，雖美弗彰。」當吾世而有先生表揚幽仄，葑菲不遺，孰非吾道之幸！但諸刻所登，俱極精當，恐蒐採魚目，濫厠隋珠，適爲通集累。如何。如何？昔文太青題孟子曝書臺云「人人腹笥六經在，不被陽和總蠹魚」，先生麗天之曜靈也，敝篋沉沉，一經曦照則可耳。

附櫟翁札

弟舊有賴古堂文選之刻，憾識先生晚，無從得大著，遂令此刻黯然無色，且內頗有不當存者。近將重爲删補，另鐫之，先生大著，幸盡出教我。又拙選尺牘前、後二集並呈覽。外欲爲三集之選，先生與諸同人往來之札，幸盡數鈔賜，增重拙選無量也。至懇至望。

又

昔昔之飲，俱極酣適，至於玉樹歌詩，高朋搯陣，如澠如淮，亦知窮愁安在矣。昨寓菴偶集，遂困於上頓，不克登堂縱遊翰墨之林。頃委側理三幅，力疾書上，猶覺酒氣拂拂從十指間出也。拙集已漸次災木，非大序品題，便如科頭垢面，不加章甫，何以對人？希乘清宴，取溝中之斷，而文以青黄，出爨下之桐，而加以拂拭焉。幸甚！

與闞若韓

吴淞江爲蘇郡諸邑之下流，爲松郡諸邑之上流，北曰婁江，南曰東江，吴淞居其中。三江敞口以受西來之水，使之入海，象如乾卦三爻。自海忠介督濬後，吴淞久湮，猶乾没中爻，而兩郡上下之流壅咽奔潰，下田屢受沉淪，上者遂爲石田矣。今議濬復故道，厥利良溥，厥工亦甚鉅，非工之難，而費之難，亦非僅費之難，而得人以任之爲難。凡事之因循隳窳，非時之爲而人之爲也。誠得其人，何毁不可成，何廢不可興？縱鉅且難，亦烏獲之舉鼎耳。區區故道，果難復乎？

與宋觀察荔裳

信宿之留，重爲行厨費，然藉是獲伸闊衷，奉清誨，良厚幸也。承委柱聯，牽率書上，「高齋歲晏梅還賦，使節春前柳暗催」，無乃欠工乎？只廣平之篇，延清之句，皆君家故物，差不泛泛耳。幸爲點鐵示之。

附荔裳復

濁醪鮭菜，深愧輶簡，然而剪燭西窗，不減話巴山夜雨也。佳聯切當，愧莫以當，揭之齋壁，生色多矣。旅館無事，盍再過共賞之？

又

昨祖席間快讀祭皐陶樂府，淋漓悲壯，洵上不負皇天，下不愧彝齊，本色縱起，孟博自爲之，亦不過爾爾。然而智者見險，與時抑揚，慈明詒書，元禮誠俊，顧諸君之藥石也。令名壽考，豈果難兼乎？俚句二律，以當河梁攜手，結語「未忘庭堅祀，懸知弼教寬」，非敢相勉，當亦雅量素所蓄也。

附觀察復

良宵公宴不數南皮之游，惟念及將離，不免黯然耳。捧讀贈言，字字典切，而纏綿悱惻，尤令人感而欲泣，當同手教，謹誌勿諼也。

復王考功西樵

自辱招擕，旋館於清河氏，從事帖括家言，無間昕夕，拙詩所謂「夜深分得餘明照，猶爲東鄰繡嫁衣」也。承詢先子春秋詞命一書，剞劂已及半。明歲秋冬之際，南歸卒業，當請皇甫數言，用附不朽。明公著述未獲覩全本，能傾笥惠讀乎？於山見泰華之高，於水見江海之大且深矣。又令季先生集，間從友人假閲，如乞匄食，終非家飯，寄語卯君，詒之拱璧，亦貧兒之創獲也。

附考功札

弟闇劣無讀書之資，加以性懶，且塵中僕僕，又無讀書之時。然心知有奇書，輒思汲汲得之，五夜有聞，不能俟旦，癖性則然也。早閲櫟園結鄰集，云尊公先生著有春秋詞命輯註一書，已經授梓，如行笈中擕得，幸惠一部。又讀與荔裳札云，曾拈漆園駢語，倣士衡連珠之式，演爲數十首，此尤奇觀，不㢟律陶律杜之比，并望惠我一讀。餉缺三瓻，而輒欲窺帳秘，得毋相靳耶？

寄上玉峰夫子

自辭函丈，歸卧荒村，四壁隤然，朽棟將壓，三徑蓬蒿盈丈，蔓而難圖，俱安之任之。一切户外，直與割鴻溝矣。所結習未忘，則殘編數卷猶可樂飢。時復吟一篇，闡一義以自喜，不自覺其拙且癖也。彌月來，闕焉不通候問，即有便羽，多不及相謀，固知疎節之愆，擢髮難數。迺猶私竊自解曰：「使吾夫子而以禮數相繩也，則罪莫可逭。倘以安貧樂道，閉户著書望吾及門，則不惟憐而弗罪，抑亦稍慰厚期矣。」今試質諸夫子，其果格外寬之耶？抑邀宥不獲，而更爲之辭，重增其咎也。

與趙半嵋

「梵志翻著韈，人人道是錯。乍可刺你眼，不可隱我脚。」雙井曰：「梵志，大脩行人也。昔茅容殺鷄飯其母，以草具飰郭林宗，林宗起拜之，此翻著韈法也。」弟所輯書，取其適己，隻語單詞，輒薫神染骨。時賢好作才語相向，或不屑此，而弟顧樂之，亦翻著韈法也。稿本先呈，以當美芹炙背。

與顧西園

慈仁古松，枝枝幹幹，悉是圖畫中物。殿前雙龍偃蓋，尤爲駴絶，當屬諸天諸佛之都宫。疑攝取荊、關、董、巨諸得意放誕奇筆，揮灑所成，留示藁本於人間者也。巡廊步檐，欲摩蒼髯之頂，得慈仁看松行，録請和教。

與曹魯元

「敢言傔從皆師友，好學兒童即父兄」，管東溟先生齋聯也，煩椽筆作章草揭諸座右。

飲醇堂文集卷十六

啓

賀總督河道提督軍務兵部尚書兼都察院右副都御史正一品加十五級紫垣靳公由安徽撫院陞任啓

恭惟老祖臺擎霄砥柱，濟世津梁。緯武經文，合萬邦而爲憲；化民成俗，轉一氣於洪鈞。方膺寵錫之洊加，班崇司馬；旋仰神功之永賴，社並勾龍。屬當河伯不仁，坐令波臣自蕩。堤漲桃花之水，渠穿瓠子之宫。帝念下民其咨，僉曰非公不可。舉凡形勢險易之要，靡弗周知；以故兵農緩急之宜，歷有成績。爰藉江淮保障，遍觀天地平成。攬轡巡行，擬澄清於指顧；建牙蒞止，播赫濯之聲靈。預知川瀆，效珍無煩沉璧；行見蛟龍，馴暴盡返安瀾。赤縣咽喉，轉雲帆而來粳稻；蒼生額手，被膏雨而及苞稂。現寶鼎以銘勳，錫玄圭而紀德。宜九重用資以作楫，而四海咸蒙其潤河者也。某部内編氓，天涯羈旅。邀芘宇而忘寒暑，敢爲長鋏之歌；欣彈冠以祝升恒，惟誌甘棠之咏。遥瞻雲翼，知鵬運乎南溟；莫覯衮衣，羡鴻飛於東渚。作賦猶慚王粲，而身幸依劉；余館司馬家。買絲欲繡平原，而情殷御李。託芷蘭乎公子，因嗣君省覲寄賀。傾葵藿於太陽。并泛淄澠之細流，何當滄海之容納。三薰肅賀，再拜陳牋。

復顧侍御西巘倡和詩册啓

臺下以岱斗宗工，爲人文領袖。風清廌府，法旌飛下雲間；日麗龍門，使節高懸天上。肅三吴而靖兩浙，貞百度以憲萬邦。固已繡斧光寒，凛霜威于六月；花驄望重，瞻露冕于三台矣。加以氣吐湘靈，胸吞雲夢。蘭臺焕采，翩翩鳳藻騰文；柏署凝香，燦燦龍縑動色。抽思闕孝忠之極，簪筆持風紀之衡。唾落璣珠，韻流金石。蓋爲霖以膏九土，出雲者崑崙；作楫以濟巨川，産材者鄧豫。雖善承之克繼，亦有開而必先。春秋薦之蘋蘩，俎豆登于頖壁。維詩作誦，述祖與明德俱馨；慕義無窮，懿行共嘉言不朽。睢陵世傳，亮節重光；徐州古賢，清風濟美。將與旂常茂績，並勒鼎鐘；寧止弓冶詒謀，獨垂史册？乃者埋輪亭下，按部行間。緯武經文，企伍中丞之英烈；春温秋肅，景李侍御之威名。屬有留題，重爲賡和。久已歌殘子夜，何期曲轉陽春。拂翰迸霞，吟詞飛雪。真所謂熊熊日上西臺，增日月之光；燄燄霄騰南斗，動蛟龍之氣者也。某才謝雕蟲，學幾刻鵠。以儒林朽櫟，效藝囿鉛刀。幸托于帡幪，罔揆其固陋。縱有懷以附驥，終無解乎續貂。珠玉在前，褋瓦礫而形穢；鏞鐘在御，擊土鼓以聲銷。步敢學于邯鄲，和敬陳其下里。有意望樓臺之月，願借末光；無能躋泰嶽之巔，與其後進。敢云好我，竊矜雕飾之甘；苟不辱知，或緣文字之末。

謝李氏婚啓代

伏以日近迎長，正律中應鍾之侯；星臨通德，迺祥徵文定之期。幸叶吉夫和鳴，鳳輝有耀；敢告虔乎嘉止，鴻羽其儀。異苔合而松竹成林，樛木垂而蔦蘿引蔓。百年永訂，五世其昌。恭惟親臺隴西華胄，柱下仙根。世篤忠貞，接召伯、畢公於間代；才優文武，合鄴侯、淮郡爲一身。紫氣映關門，夙仰真人福曜；彤弓懸册府，佇旌司馬戎功。志闢蠶業蜀道，誦青蓮之賦；胸吞雲夢郢中，傳白雪之歌。李率師楚、蜀間。方資出贊中樞，似叔子輕裘緩帶；行見入躋上相，嗣藥師圖像凌烟。兼之孝友宗風，青箱濟美；佐以肅雝内則，彤管流徽。宜紫誥之洊膺，協黄裳之元吉。洵足掩崔盧於河北，峩峩閥閱無雙；更可媲元凱於高陽，奕奕弓裘克繼者也。某葭墻艾席，甕牖繩樞。傳經則庭訓無聞，敢稱良治；繩武則家聲或墜，恐負青氈。密邇維桑，竊附枌榆末契；攀援仙李，叨分蘭葉餘光。昔曾粉署追隨，喜坐春風北面；今望霓旌縹緲，神依夜月南樓。雖經縞紵之定交，却愧軒裳之接武。私幸荀陳星聚，得從合浦以求珠；罔揆王謝閎高，遂托蹇脩而解珮。顧慚犬子，未克負薪。翹睇龍門，妄希坦腹。譬蒹葭而倚璚樹，思桂闕之降嬋娟。自非滄海不棄涓流，安冀泰山能容塊壤！薄脩榛棗，愧束帛之無文；敬藉蘋蘩，羞筥筐以昭信。伏願照迴北斗，鑒兹葵藿之忱；芘及東牀，賜以葑菲之采。兹日倖邀射雀，定知家室咸宜；他時倘遂乘龍，何止門闌有慶？謙尊下濟，晉福方來。臨啓云云。

又啓

恭惟親臺光嶽元英，扶輿間氣。鴈門衍派，侯封開七葉之祥；衛國宣猷，相業媲三公之貴。前身擬管樂，運籌則帷幄風生；當代仰夔龍，攬轡則山川雲起。班齊司馬，既榮命之洊加；名重卧龍，宜帝心之簡在。爰以中樞秘略，兼統南服雄師。遵陸慕鴻飛，九罭切衮衣之望；懸旌驚虎旅，三湘傳破膽之謡。詢九重所藉爲股肱，而四海咸蒙其保障者也。某賤同管蒯，生類蓬麻。挹猗蘭奕葉之光，滋榮方茂；托仙李蟠根之大，得御何從？爲問徽音，實鍾淑女。乃牽幙綫，謬許豚兒。方愧無雍伯之田，何幸叶有嬀之卜。儀非九十，已聯二姓之盟；願切三多，永訂百年之好。得優容於嶽海，惟瞻戴夫雲天。誌感良深，頌言莫罄。溯龍門而引領，憑鴈字以寫心。附達寅恭，伏希丙鑒。

賀新婚啓

春扶綺座，彙紫氣以如龍；日射銅塗，簡黄中而得豹。鴈橋風煖，禮協仲春；犀浦花新，詩傳靈兩。足下才齊八斗，藻越千群。騰蚌月之後年，潘江浩瀚；騁鷄碑之妙質，陸海遥深。從仙苑以流暉，誕蟾宫而濯秀。迺求凰于丹穴，克軫瑶京；爰射雀于翠屏，早飛金僕。兹遇芳菲之節，親迎閥閲之門。某忝在葭莩，得遊蘭畹。自分才殊記室，相看筆讓參軍。雜佳客于華林，名慚翠蓋；混蒹葭于玉樹，身匪彤庭。然而日邊杏紫，雖小草亦解忘憂；天上桃滋，惟幽花亦皆含笑。敢攄綺語，恭賀新嘉。唐句漫成，宋詞學步。

飲醇堂文集卷之十七

雜著

瑞木解

歲壬寅之首夏，司農周櫟園先生幸以文明柔順、烈假不瑕歸，而偕難弟太學靖公，合葬其太翁如山公、太母朱太夫人於鍾山之陽，慰罔極也。始卜兆，皇皇如有求而弗得。啓厝，僾乎如有聞，愾乎如有見。將窆，忽忽諸其執紼而慕思，撫棺而眷戀也。摩抄貍首，惝怳周睎，則見太夫之柩底有色黝然，紋理細膩，拭以衰絰不去也。諦審之，則若奇木峭石，參錯紛披，髣髴有光氣，大類唐宋人繪事，濃淡踈密，歷歷可指數者。其文之窪隆處，又可捫索而得。時仲光徐先生得於會葬目擊，既爲之紀厥事，而元潤胡君又躋而檝之，作天繪奇瑞圖。於是海内名流鉅公争爲傳説歌頌，以誌其異，卒莫得其解。雲間周子曰：無異也，作易之聖人已先爲之解矣。在坤之六五曰「黃裳，元吉」，而小象以爲文在中也。夫有中順之德積於中，而大文著於外，聖之固然而不爽者。故日星河嶽，造化在中之文也；嘉祥符瑞，吉人在中之文也。黃，中色；裳，下飾；元，善之長也。中不忠，不得其色；下不共，不得其飾；事不善，不得其極。坤體皆可言裳，惟五爲黃裳者，一雖中而不文，故直方但言質之中，三雖文而不中，故含章猶俟時之發。至於黃中通理，正位居體，而地道之光，妻道、臣道之無成有終，美之至而暢發矣。以太夫人幽貞之德，懿熾咸備，克相夫子，教厥令嗣爲真儒名臣，以底於成而世其家也，誌狀載之詳矣。所謂德合無疆，而含弘光大者矣。返而歸於土，則坤元之應昭焉，安貞之吉兆焉，而表其大文於附著於體而取象於下者，燦爲木石，顯爲奇觀。雖事之適然，無足異者。珠藏澤媚，玉韞山輝，庸非理之信而可徵者乎？抑亦以司農公之純孝，既已光大前人之德，無忝所生，而雞骨支牀，哭泣備禮，其精誠所格，不難通天地而貫金石，若馴鹿産芝之呈靈獻瑞也，則謂之孝感也亦宜。

附與櫟翁

瑞木圖、紀，諸君子之揚扢備矣。蒙又安能以輕塵足嶽，墜露添流？惟是明公仁孝之思，思所以表章先德者，久而不匱，至不遺謭陋，下採葑菲，此意不可以上負也。因補諸體之未載者，作解一篇，識於卷末，一以爲附驥，一以爲續貂矣。所援據易義似于堵公芬木同旨，然堵公以含章可貞當太夫人，恐未合乎光大之極，不若直以「黃裳元吉」相證也。雨窗清宴，明公何以怡神？大序若成，希慰望歲。

附櫟翁復

瑞木紀蒙同人賜以鴻文，以傳盛事，亦既感錫類之仁矣，而必求先生一言者，以非燕許鉅筆不能傳之永永耳。讀大作，是此帙第一篇文字，亦或是先生白門第一篇文字，家乘借光，永垂不朽，弟亦將藉以自赦其通天之罪矣。但不知何以爲報耳！尊集序連以胸懷作惡，尚未搦管，稍遲當有以請正。雨中無事，萬感都來，希駕過我，以破岑寂。若以泥濘辭知己，所未忍也。尚有孟津字可觀。

南華經傳釋

余嘗以中庸釋大學，以金剛釋心經，以南華釋道德，稱三教經傳。有駭之疑之者，遂秘不敢示人。今諦閱南華，則自經自傳不自秘也，而千載無人覷破。蓋其意盡於內七篇，至外篇、雜篇無非引伸內七篇，惟末篇自序耳。錯而觀之，其意較然，詎復須注哉？因定內七篇爲經，餘篇析爲傳，自注自釋，庶幾參漆園之獨解焉。

逍遥遊第一 秋水 馬蹄 山木

豁開眼界，廣宗明大也。大則無可用，無可用則無困苦。大鵬、大雲、大椿、大瓠、大樹，大而御風，乘雲氣，御飛龍，無用之用，皆天游也，何其逍遥也。秋水篇正發揮大小之辨，故謂衆小不勝爲大勝也。濮水、濠梁，徬徨乎無爲，逍遥乎寢卧也。馬蹄篇反言㠯見趣，謂飛天莫若鵬，行地莫若馬，馬受羈銜，鑿其渾沌，便失逍遥之趣也。山木篇就「無所用，安所困苦」下一轉語，謂鴈何以不鳴殺乎，乘道德而浮游，一龍一蛇，與時俱化，匪可以材、不材論也。故云「直木先伐，甘井先竭」，「無受天損易，無受人益難」，此所以貴逍遥也。上三篇即逍遥遊傳注也。

齊物論第二 徐無鬼　則陽　外物

銷落彼耦，導入化樞也。前云「嗒然似喪其耦」，後云「彼是莫得其耦，謂之道樞」，兩耦則不齊，一樞則無耦。若横直、妍媸、成毁、多寡、喜怒、是非、有無、大小、壽夭、居食、利害、死生、哀樂、寤覺、形影，㠯至胡蜨莊周，皆耦也。吾即我，無耦也，喪之則齊。齊者天，不齊者人。不齊之齊亦天也，故云天均、天府、天倪也。徐無鬼篇「上之質若亡其一」，亡一者，我喪彼耦也。儒墨四、惠子五，皆自侈立言，耦於物而不化，故云「狗不以善吠爲良，人不以善言爲賢」。若循照冥樞，則物齊矣。則陽篇謂「日與物化，一不化」，又物化一轉語也。不化者，蠻觸也。物化而一不化，窮則反，終則始，無窮無始，與物同理，是其旨也。外物篇謂木與木相摩，金與火相守，是爲兩陷，㠯必外物故也。無對則無必，而物齊矣。上三篇即齊物論傳注也。

養生主第三 刻意　繕性　至樂　達生　讓王

離物觀我，得全於天也。庖丁忘牛而善刀，右師忘介而善獨。所善者，神也，火也。不遁於天，故不知其盡也。刻意篇全解養神，即老子之谷神不死，故云「純素之道，與神相守，守而勿失，與神爲一」。繕性篇謂智恬交養，而和出其性，不㠯有涯逐無涯也。若喪己於物，謂之倒置之民。至樂篇去形去智，冥乎無爲，出機入機，本無生死，所謂安時處順，哀樂不能入也。達生篇謂養形不足以存生，遺生而生存，用志不分，乃凝於神，合精神爲主，故得全於天也。讓王篇謂養志忘形，致道忘心，勿危身殉物，所以尊生。然有讓王而殉名者，而生亦不尊也。已上五篇即養生主傳註也。

人間世第四 庚桑楚　漁父

妙用無我，世出世間也。謂虛，謂託，謂與爲嬰兒，謂無用之用，妙在不絶跡而無行地也。庚桑楚篇謂「與物委蛇，而同其波」，又「忘人因以爲天」，所謂託以養中也。漁父篇又露一真字，惟真可以遊世而無陰陽人道之患，故云愼守其真則無所累。上二篇即人間世傳注也。

德充第五駢拇　列禦寇

形骸脱盡，真我現前也。謂非愛其形，愛其天也。天全則德全，故舉哀駘、支離、無脤以明遊於形骸之内，不如遊於形骸之外也。駢拇篇謂出于性而侈於德，不擢德塞性以取名聲，惟遊於道德之間，上不爲仁義之操，下不爲淫僻之行，則德充必符矣。列禦寇篇謂能使人保而不能使人不保，目不徵徵其徵也。不徵似進充符一步説，充不必符，符不必充，正是充符義也。上二篇即德充符傳注也。

大宗師第六田子方　天道　天運　知北遊　盜跖

復歸原本，道法自然也。人有爲，天無爲，人知所知，天知所不知，烏知人之非天，天之非人？祇在生死關頭一勘破耳。田子方篇東郭順子爲田子方之師，而不以谿工爲師，引起宗師之義，中言孔子師老聃，顔回師孔子，歸於至人目擊而道存，能自得師也。天道、天運二篇大略以虚静恬淡、寂莫無爲爲萬物之本。道德之至，欲掃禮法刑名之術，目至六經糟魄，而歸於生天生地，神鬼帝天，可傳不可見之妙。知北遊篇直指至道，不落言詮，故謂「至言去言，至爲去爲」，若螻蟻、稊稗等，皆落言詮者也。盜跖篇非詆孔子，祇因拘儒不善用孔子之道，故借目爲盜跖所笑，皆寓言也。以上五篇即大宗師傳注也。

應帝王第七胠篋　說劍　在宥　天地

内聖外王，化還無始也。不鑿渾沌，自能遊於無有。若藏仁要義，則渾沌死，而天下脊脊多故矣。胠篋篇極發鑿渾沌，爚亂天下之狀，治外則愈不治也。「聖人不死，大盗不止」，憤激乎大道，不得不歸咎聖人，亦非實言也。説劍篇借安坐定氣，形就心和，達之乎無疵，見聖人之治天下如舞劍也。在宥篇謂在恐天下之淫其性，宥恐天下之遷其德，渾渾沌沌，未始出吾宗。宗字即下玄宗也。天地篇乃點出一玄字，借象罔赤水得玄珠，謂其合緡緡，若愚若昏，是謂玄德，同於大順，蓋㠯玄爲宗也。玄出於老子，宗於莊子，謂莊不宗老者亦非也。其謂渾沌死㠯補脩之假，若治内不治外，則渾沌不死矣。以上四篇，或反解，或正解，皆應帝王傳注也。

凡外、雜共二十有六篇，其二十四篇總是解内七篇。内七篇中曠觀而後忘賓，忘賓而後得主，得主而後冥世，冥世而後形真，形真而後見宗，見宗而後化成，節合珠聯，七篇又只是一篇。至末寓言篇，乃莊子自述其篇中之言有寓有重有卮，使人勿錯眼光也。天下篇乃莊子自敘立言之宗，援引古聖賢至於百家，各有品第，唯稱老子爲博大真人，稱孔子爲聖人，顔回、子貢爲君子。其言汪洋自恣，欲獨立天地之間，自爲一家，若不宗老子。然自稱其道爲變化無常，自稱其書與天地精神往來，雖奇瑋參差而一歸於宗，更未之有盡，豈能外於老子哉？而謂莊非宗老，安宗哉？若至惠施、顏闔、公孫龍，皆辯士，而惠施最相知，如觀魚之樂與五車善辯爲名，是師有老子，友有惠施，老莊、莊惠，千古同心不朽矣。昔人謂莊子乃天地間一大秀才，正謂其汪洋自恣也。汪洋自恣定於太史公，謂大抵皆寓言，是矣。又謂其作漁父、盜跖、胠篋㠯詆訾孔子之徒，㠯明老子之術，豈盜跖生孔子之前，而謂孔子捋其鬚，幾不免虎口哉？是史公猶未會其寓言也。蘇子瞻、子由、王介甫、吕吉父評論，言人人殊，獨子瞻曰：「人知莊子之粗者，其精者當自有在。」余謂讀者莫若細味莊子所云孟浪之言，妙道之行，自描自寫，自經自傳也。作南華經傳釋。

飲醇堂文集卷之十八

連珠　疏

擬連珠三十首寒夜偶讀升菴外集，因命筆爲此，中有檃括其意者。

蓋聞大寶無爲而首物，太極不動而搆天。是以瑟不鳴，而二十五絃各以類應，軸不動，而三十幅各以力旋。

蓋聞隋侯之掌，明月流光；造父之肆，騄騮總轡。是以唐虞基命，不待伊吕之臣；魏晉肁興，無假蕭曹之佐。

蓋聞卵胎不傷，麟鳳斯至其郊；魚鼈咸若，黿龍迺遊其澤。是以戮民則士徙，養民則賢致。

蓋聞清寧開闢，初無斧鑿之痕；雲霞卷舒，殊非粉繪之力。何則？質任自然，用非假物。

是以仁義起而道德遷，禮樂興而淳樸散。

蓋聞已涣之泥，莫可膠物；既腐之薪，難使撻兵。是以上古結繩，不能移夏商之世；中天鼓瑟，不足理姬嬴之朝。

蓋聞物不精不爲神，技不化不爲道。進乎道者技已末，感在神者物已微。是以榮啓期一彈，而孔子三日樂；鄒忌子一徽，而威王終日悲。

蓋聞上之感下，如風偃草；下之承上，如鼓答桴。是以曹伯好田，則公孫彊出；陳侯好色，斯儀行父來。

蓋聞薰蕕不共器，而薰每不勝蕕；忠佞不同朝，而忠常不敵佞。是以吴專太宰，則伍相鴟皮；楚蔽上官，斯三閭魚腹。

蓋聞福於前者，必多咎于後；樂于身者，必有憂于心。是以掛瓢箕潁，争泉石之怡情；採芝商山，誇賤貧之肆志。

蓋聞夏蟲不足與語冰壺，俗士不可與賞秋月。是以大音難爲衆聽，則伯牙擗琴；至寶難爲衆觀，斯下和泣玉。

蓋聞太阿不遇，或以裁小鮮；照乘暗投，迺以彈伏翼。是以顔駟龐眉，猶淹郎署；賈生弱冠，便放長沙。

蓋聞通人混世，時被辱於閭井；傑士挺俗，又見忘於當途。是以芝生周道，樵豎不辨而束薪；蘭茁當門，薙人乃訝而鋤草。

蓋聞貞淫在性不在色，忠邪以實不以文。淑女不厭乎容華，正士何嫌乎才美？是以衛姜、班姬，亦姣冶而靡曼；清臣、信國，總麗藻而瑰奇。

蓋聞榆枋之智，豈能測崑閬之高卑；闌甃之辨，烏容譏江海之廣陋？是以淮陰未拜，依然昌亭餓夫；長卿倦遊，謂是臨邛食客。

蓋聞明月夜光，多逢按劍；陽春白雪，難遘賞音。是以平原褐衣，孰發明王之夢；蘇門竹實，不傳嘯鳳之聲。

蓋聞學充之謂富，而算金量玉不足多；才匱之謂貧，而心織筆耕非所苦。是以鄧通何德，奄有銅山；原憲誠賢，蕭然蓬户。

蓋聞蕙折蘭摧，每傷玉碎；蕭榮艾茁，常幸瓦全。是以烈士見節于窮時，庸流全軀于没齒。

蓋聞文章小道，本以人傳；節行大閑，或因藝掩。是以文舉漢季名流，僅與建安七子同列；駱丞唐初義士，惟將垂拱四傑齊名。

蓋聞命意期于稱物，屬詞貴乎愜心。姸媸不繫疾遲，短長何關敏鈍？是以枚皋應詔而成，相如含毫而腐。太沖十年三賦，穆之一日百函。

蓋聞皐禽警露，本無意于軒車；爰居避風，非關情於鐘鼓。是以嗣宗之長嘯，豈復禮法可覊；中散之攜琴，惟取烟霞自適。

蓋聞將製千金之裘，不與狐謀其腋；欲享少牢之味，不與羊謀其羞。是以休官而咨於子，十年終不成；納妾而卜於妻，百歲猶有待。

蓋聞尸位素餐，等號枝官；游手冗食，群稱荒飽。是以碩鼠如丘，下不在田；百螣時起，凶于而國。

蓋聞資格非以困賢才，科目豈爲開倖進？任法必弊，振古如兹。是以孝廉曾舉曹操，進士亦登□京。

蓋聞瓦礫糠粃，大道所遇；糟粕煨燼，至教是存。是以歌舞戰鬭，長史因之悟草；戲笑怒罵，端明皆可成章。

蓋聞語忘敬遺，能解坼副之災；鬱壘神荼，可禦兇邪之魅。孰是人斯，曾不彼若。是以中懷猜嫉，妬婦徒爾填津；面目猙獰，度朔都將飼虎。

蓋聞嫣然一笑，迷哲婦之傾城；珊其來遲，悵佳人之遺世。是以粲發龍漦，周京鞠爲禾黍；狼涎燕尾，炎室蕩其枌榆。

蓋聞廉將軍之客館，倏忽盈虛；翟廷尉之高門，斯須炎冷。是以彈冠結綬，二人誰是金蘭；

覆雨翻雲，千古惟多管鮑。

蓋聞憂來無方，而能傷人；壯心不已，徒摧老驥。是以河陽星鬓，驚早歲之迎華；楚丘鷄皮，嘆先秋而收藻。

蓋聞河山雖異，風景不殊。感疇昔之生平，傷摇落於羈旅。是以太史周南之滯，恨不自勝；吴子西河之行，嗟其何及。

蓋聞匠石輟斤于郢人，牙生絶絃于鍾子。不惜作者之苦，但悲知者之稀。是以風流頓盡，興悼廣陵之琴；神理長綿，悽斷山陽之笛。

南華演連珠四十首

余既作南華經傳釋，自謂參漆園之獨解矣。已而寢食焉，坐卧焉，似不容更竪一義，更綴一辭，益信嵇、吕所云「是書那復須註」爲確論也。因信手拈其駢語，倣連珠之式，演爲若干首。以莊還莊，自呼自應，如晬盤睟兒，隨手而得，莫不厭心，亦猶詩家律陶律杜之遺意也。

蓋聞大仁不仁，至爲去爲。劵内者行乎無名，劵外者志乎期費。是以日月出而爝火之光息，時雨降而浸灌之澤勞。

蓋聞順其俗者，無求其故；達于理者，必明其權。無爲而不變，無時而不移。是以堯、舜讓而帝，湯、武争而王。

蓋聞至人用心若鏡，真人之息以踵。尸居而龍見，淵嘿而雷聲。是以窈窈冥冥，遊無極之野；媒媒晦晦，入無窮之門。

蓋聞六合爲巨，朱離其内；秋毫爲小，待之成體。明於本數，合乎大同。是以天地爲稊米，毫末爲丘山。

蓋聞函車之獸，介而離山，則不免于網罟；吞舟之魚，碭而失水，則見苦于蟻螻。是以藏身者不厭深渺，衛生者能知吉凶。

蓋聞山木自寇，膏火自煎。支離以有疾養身，意怠以無能免患。是以相梨橘柚，實熟則剥；豐狐文豹，皮爲之災。

蓋聞楮小者不可以懷大，綆短者不可以汲深。命有所制，性不可易。是以奔蜂不能化藿蠋，越鷄不能伏鵠卵。

蓋聞以富爲是者不能讓禄，以顯爲是者不能讓名。錢財不積則憂，權勢不尤則悲。是以身在江海之上，心居魏闕之下。

蓋聞大道不稱，大辯不言。道隱于小成，言隱于榮華。是以四時有明法而不議，萬事有成理而不説。

蓋聞有機械者必有機事，有機事者必有機心。是以魚相忘於江湖，人相忘於道術。

蓋聞登高不可以爲長，居下不可以爲短。短者不爲不足，長者不爲有餘。是以莫大于秋毫，而太山爲小；莫壽于殤子，而彭祖爲夭。

蓋聞鷦鷯巢林，不過一枝；偃鼠飲河，不過滿腹。形有所適，命有所成。是以濡需以豕鬣爲宮，蠻觸以蝸角爲國。

蓋聞瞽者無與乎文章之觀，聾者無與乎鐘鼓之聲。是以夏蟲不可語冰，井鼃不可語海。

蓋聞福輕于羽，莫之知載；禍重于地，莫之知避。是以螳蜋見得而忘其形，異鵲見利而忘其真。

蓋聞辯士不樂無談説之序，察士不樂無淩誶之事。是以谿髁無任，而笑天下之尚賢；縱脱無行，而非天下之大聖。

蓋聞同乎無知，其德不離；同乎無欲，是謂素樸。益之不加益，損之不加損。是以鳧脛雖短，續之則憂；鶴脛雖長，斷之則悲。

蓋聞百昌皆生于土而反于土，萬物皆出于機而入於機。假於異物，託於同體。是以生爲附贅懸疣，死爲決疢潰癰。

蓋聞衆人重利，廉士重名。殉名者死名于首陽之下，殉利者死利于東陵之上。是以夷、跖皆傷性，臧、穀均亡羊。

蓋聞駢于明者亂五色，多于聰者亂五聲。是以膠離朱之目，始人舍其明；塞瞽曠之耳，始人舍其聰。

蓋聞君子之交澹若水以親，小人之交甘如醴以絶。是以以利合者迫窮相棄，以天屬者患害相收。

蓋聞大惑終身不解，大愚終身不靈。苶然疲役而不知所歸，行盡如馳而莫之能止。是以畏影者走愈疾而影不離，不知處陰以休影；惡迹者足愈數而迹愈多，不知處静以息迹。

蓋聞美者自美，吾不知其美；惡者自惡，吾不知其惡。是以臭腐復化爲神奇，神奇復化爲臭腐。

蓋聞形勞而不休則弊，精用而不已則勞。是以四時殊氣天不賜，故歲成；五官殊職君不私，故國治。

蓋聞自大視細者不盡，自細視大者不明。是以騏驥日馳千里，捕鼠不如狸狌；鴟鵂夜察毫末，晝出不見丘山。

蓋聞真親未笑而和，真悲無聲而哀。是以飲酒以樂，不選其具；處喪以哀，無問其禮。

蓋聞深之又深而能物，神之又神而能精。是以工倕旋指，以物化而不以心稽；庖丁解牛，以神遇而不以目視。

蓋聞草食之獸不疾易藪，水生之蟲不疾易水。小惑易方，大惑易性。是以載鬣不以車馬，樂鴳不以鼓鐘。

蓋聞棄事則形不勞，遺生則精不虧。遊心于淡，合氣于漠。是以夢則栩栩然蝶，覺則蘧蘧然周。

蓋聞復仇者不折鏌干，忮心者不怨飄瓦。是以虛舟相觸而不見怒于世，桔槔俯仰而不得罪于人。

蓋聞不謀惡用知，不斲惡用膠。失道而後德，失仁而後義。是以純樸不殘，孰爲犧樽；白玉不毁，孰爲珪璋？

蓋聞大喜毗于陽，大怒毗于陰。陰陽並毗，喜怒失位。是以兩喜必多溢美之言，兩怒必多溢惡之詞。

蓋聞陶者治埴，圓中規而方中矩；匠人治木，曲應鉤而直應繩。是以爲政焉勿鹵莽，治民焉勿滅裂。

蓋聞無爲名尸，無爲謀府。不言而飲人以和，並立而使人自化。是以宜僚弄丸，而兩家難解；叔敖秉羽，而郢人投兵。

蓋聞至人無己，神人無功。能窮海内不自爲，辯雕萬物不自悦。是以江河合水而爲大，丘山積卑而爲高。

蓋聞尋常之溝，巨魚無所還其體，而鯢鰌爲之制；步仞之丘，巨獸無所隱其軀，而蘖狐爲之祥。是以大鵬怒飛而徙于南冥，井鼃跳梁而休乎缺甃。

蓋聞知窮之有命，知通之有時。大行則反一無迹，大窮則寧極而待。是以天下有道，則與物皆昌；天下無道，則修德就閑。

蓋聞偃兵，造兵之本；愛民，害民之始。是以以巧鬬力者始乎陽，常卒乎陰；以禮飲酒者始乎治，常卒于亂。

蓋聞直木先伐，甘井先竭。功成者隳，名成者虧。是以櫟社無用而爲大用，鷾鴯畏人以襲諸人。

蓋聞不仁則害人，仁則反愁我身；不義則傷彼，義則反愁我己。是以聖人不由而照于天，達者不用而寓諸庸。

蓋聞道之所貴者書，書不過語；語之所貴者意，意有所隨。六經，先王之陳迹；聖言，古人之糟魄。是以筌者，所以在魚，得魚而忘筌；蹄者，所以在兔，得兔而忘蹄。

海邑臘醮神疏

古者報成則脩祀，祈年則脩祀，曰殺羔羊，琴瑟擊鼓之篇皆是也。庚子冬，海邑士夫孝秀、耆年子弟將封事緑章，而屬一言以申之。曰：以下邑之壤瘠而賦繁也，歲曾未有寧宇焉。前年患寇患兵矣。前年又患饑矣。又患政令之四出，皂隸之屬，官司之守，皆勢致威取以相苦也。今年何厚幸乎？鯨波不揚，休兵偃革，四境悉安堵如故。民生之有餘樂一也。初，占爲歲祲，既而彌月不雨，雨亦不甚沾足，乃百室之稼，十猶得六七焉。民生之有餘樂二也。好禍樂鬭之風，人人衰息，旋訟旋悔悟。至於正供之外，供樹，供箭，供馬，供夫，因緣藪窟，一倍又數十倍，正羨並行，乙甲更易。今一切掃除，輸租畫一，民省無藝之征，蓋數十億萬緡不止。故昔之吏人或一朝而肥，餘亦揚揚意得，今吏人之色不加喜，而民生休暢之象不言而喻。民生之有餘樂三也。此三樂者，非政平訟理之賢侯誰與歸？而不得不謂是神賜焉。報成則有祀，凡吾邑之所謂報者以此。則又不能無祈。祈從此以往，波濤永不揚也，百室之稼，歲其有也，訟獄永衰息也，使循良之使君長蒞此邑，使此邑之人，歲得省其億萬緡無名之費也。因報而祈，凡吾邑之所謂祈者以此。一報一祈，其猶行古之道也夫。

江寧朝天宮醮疏代

上帝好生，至卹及昆蟲之族。下民卒癉，有轉於溝壑之時。雖捍患禦菑，固司牧乎是責，而咎徵休應，惟造化者持權。邀神聽之和平，用祓除乎氛祲。敢抒丹悃，恭上緑章。竊惟江寧爲郡，實關天府股肱；省會之區，是處人烟輻輳。户饒生聚，既繁且昌。俗競恬熙，匪朝依夕。乃席昇平之景運，忽逢疵癘之横流。夭札何多，死亡相藉。蒿里之歌聲日迫，賢愚不得踟蹰；陰房之鬼火長青，魑魅公然嘯舞。朅來鬼伯爲厲，坐令人命如毛。飲鴆者孰爲媒，絶脰者不旋踵。數乍見雉經林木，俄聞魚葬江潭。寧盡輕生，類由憑祟。五行既乖其恒度，庶徵旋兆其備凶。數月以來，在在見告；十家之聚，比比而然。豈盛朝鋒鏑已銷，而師或輿尸，未寒白骨于京觀；抑曩歲鈎稽不軌，而誅及比屋，猶聚碧血之遊魂？推測斯由，諐尤安在？意訟獄未能衰息，斯囹圄不得空虚。南冠縶維，率多瘐殺；北郊狼籍，半屬刑餘。或朝甫納饘而夕已裹革，或暮方授藥而旦已束薪。貫索星芒，散爲光怪；棘林夜哭，干動陰陽。雖欲施解縱之仁長，吏法難故出；而莫逮須臾之緩罷，氓情實堪矜。豈無刑賞之失平，以致孽妖之間作？某等用是撫躬思過，閉閣懷慚。任切保釐，自合痌瘝爲一體；心殷修省，敢委時數之偶然？仰籲高穹，俯垂卑聽。閔馮生之庶類，普大造之無私。蓋天以旋轉氣化爲功，而吏以導宣德澤爲務。使氣之沴必徧被乎

□，應念蒸黎何罪；而天之譴盍獨移之吏，以示失職當殃。顧此下土之精禋，庶其上符乎冥漠。伏冀思昭廣運，德體大生。鼓祥洽之休風，滌兵刑之戾氣。舉凡十萬家編户生于斯，長于斯，共躋仁壽之域；從兹數百里提封安其俗，樂其業，咸循作息之常。則幽明之呼吸可通，而運會之遷流可挽矣。

飲醇堂文集卷十九

文

同宗祀關帝文

維神英風冠乎今古，浩氣塞乎乾坤。覆幬群生，惟時怙冒；奠安率土，莫不尊親。志與日月争光，照幽明其一致；義在春王正始，凛法戒於千秋。宣尼而後有同心，山並東西；頌聖忠武之前無並駕，代分漢宋。稱神乃武乃文，立功立德。起赤蛇之祚，應運而興；尋白馬之盟，非劉不王。既扼荆而取益，將削魏而平吴。斬將搴旗提青龍，千軍辟易；追風掣電馳赤兔，萬里横行。雖恢復之願未酬，三分已定；實匡勷之誠不泯，百世猶生。兹當英靈誕降之辰，更值廟貌重新之會。朱明麗景，依稀疇昔扶炎；華炬揚輝，想像當年達旦。日惟竹醉，時則弧懸。榴火映丹顔，與烈膽忠肝共赤；蒲觴汎緑醴，將征袍貝冑齊青。設庶羞以獻一誠，肅百拜而進三爵。駿奔多士，儼陟降之於昭；有赫明威，瞻几筵其如在。某等闔門邀庇，奕世蒙庥。箕裘罔墜乎家聲，誦法猶遵乎古訓。賴神功之默佑，綿世澤以永年。巍山嶽而炳日星，敢慕千秋事業；值綱維而敦節義，懼忝此日衣冠。尚呵護之有常，庶引翼于勿替。涓埃莫竭，仰荅何由？藉筐筥之蘋蘩，用昭明信；潔豆登之黍稷，以薦馨香。顧茲不腆之儀，敢冀居歆之格？若云庶無罪悔，或可鑒其精誠。恍惚以交，屏營無任。

祝文昌文社友有以醉後蹈惡口戒者，爲懺之于神，以杜興戎

維神職司桂籍，福佑詞曹。垂忠孝之大經，開文明之景運。奉琅函秘册，千古若新；仰寶籙鴻章，萬方如一。象緯昭回於奎壁之府，清靈朗鑒乎翰墨之林。有感必通，靡誠不達。某等同方砥志，共席窮經。指白水以旌心，盻青雲而攜手。鴈行齒均，兄弟鷄壇。約奉師承，萬里勛名。方顒聯鑣，驅駕千秋。道術永言，並立觀摩。風雨晦而不輟其音，霜雪零而不渝其素。若琴瑟之專一，等膠漆以不離。羊、左不足侔，惠、莊何能比？其有酒酣耳熱，情洽形忘。忌諱都捐，或申申而善詈；戈矛不設，寧憒憒以填膺。由豪氣不除，致狂言失出。敢爲諭蜀之檄，懺此詛楚之文。盡付子虛，還歸烏有。徼和平之神聽，俾競躁以祓除。張、陳不致凶終，蕭、朱毋爲

隙末。自今伊始，無替松筠。結契之心，有初克終。請追車笠，盟言之好。與人有禮而能敬，法晏嬰之善交；久要不忘其生平，敦郈成之古誼。今日入林把臂，他時在位彈冠。如其莫往莫來，惟神是糾是殛。

飲醇堂文集卷二十

祭文

祭特進梁太保封翁文

嗚呼！昌期五百，儲精嶽瀆。篤生真人，以奠國籙。天實與之，大人之福。爾公爾侯，注將注相。滿而不溢，高而不亢。天實與之，大人之量。公産西秦，三輔鍾靈。詒謀式穀，種德傳經。誕太保公，應運勃興。文克匡時，武堪靖亂。運籌決勝，跨留軼鄧。創造草昧，作之屏翰。乃眷南顧，拊髀頗牧。鯨波未偃，亟用推轂。特簡重臣，閫外是屬。歲在三豕，兵動蚩尤。驚濤横氛，海市蜃樓。揚帆直達，鐵甕石頭。惟太保公，爰整其旋。拉朽摧枯，傾檣燼櫓。指顧談笑，功成樽俎。大江以南，安于磐石。蒼生億萬，登之衽席。遐邇率俾，鋒銷燧息。天地更闢，日月重光。名高武侯，功冠汾陽。圖之麟閣，勒之太常。凡兹盛業，太保不有。家法淵源，所從來久。歸德于公，克開厥後。太保作霖，以蘇九土。誰爲出雲，公實大鹵。借曰不然，何澤之普？太保作楫，以濟巨川。誰爲産材，公實名山。借曰不然，胡載之安？露布遥傳，天顔有喜。褒以綸綍，錫之金紫。八州兼攝，一品賜邸。遡源及流，循本自末。累階晉秩，寵兹耄耋。六衣三命，既安且吉。惟太保公，以孝作忠。問寢視膳，清夏温冬。禄養色養，其樂融融。逍遥杖履，曰游蔗境。蘭蓀璠樹，綵衣輝映。厥維德全，斯與福稱。嗚呼！位極人臣，不爲易遘。八袠遐齡，不爲不壽。公豈復有，毫髮餘疚？人世紅塵，久而厭之。儵焉乘風，飄然騎箕。失我人瑞，典型莫追。某等獲享晏寧，長依桑梓。不見兵革，庶幾没齒。緬維水木，敢忘所始？敬薦蘋蘩，哀歌薤露。縹緲仙遊，峥嶸歲暮。彷彿聞聲，碧空虚步。

奠潘方伯崇祀鄉賢文

維公濊澤浹于東南，鴻猷殫于軍國，碩望著于中朝，德心孚于邦族，蔚然稱經濟偉人，所在流政聲于藩服。方河漕爲經國之大計，識者鰓鰓乎會通一綫之中梗，而昌言實有待而蓄縮。公深識匡時，老成謀獨，斟酌于窮變通久，奮議主持，迄著大效。夫豈尸位之俗儒，竊營營于身家之慮熟？使繼此踵事加厲，不幾貽萬世之永賴？而後之膺事任者，奚必動容却顧于咽喉帶水之接艫而銜舳？此曩者輿人興頌，今兹士論攸歸，願俎豆公于宫墻，矢心競勸，而傳之千禩，猶沐浴咏歌其膏馥也歟？即論百年之頃，電閃塵飛，彼譜人者，家門何在？而公名德聿新，聲華重旦，宣廡之蒸嘗，曠代而還續。將無福善禍淫之天，亦既彰彰于觸目。況繩公之武者，勳業振于垓埏，大公之澤者，文章紛其霅煜，其孰能測公之詒燕，奪公之式穀也乎？某締荀陳之世好，忝孔李之通家，嘉夙昔之令聞，感當今之盛事，敬擷溪蘋，茜酒茅束，以附陳釐，祠官大祝。

祭閩總督范公文

衆萬雜糅，孰不有生？避害趨利，鳥散蠅營。恒幹一去，疇不有死？聲光銷歇，螢乾籜靡。惟公之生，兆人繫命。苦形勞神，爲國利病。惟公之死，百折不回。英靈燀赫，如霆如雷。初登玉堂，頻繁省闥。報國承家，矢不可奪。帝眷東南，傾心倚毗。由浙而閩，揆奮是資。孰飽無靡，孰挾無纘？羊狠狼貪，孰恣無狀？飼之煦之，又撫輯之。爬梳剔抉，重蕩滌之。蘇枯弱强，惠此巖疆。何期難作，濞首披猖。安忍阻兵，安史繼踵。公鎮以静，不戁不竦。方秉大義，開誠布公。耦居無猜，以格憝兇。天不憫禍，孤忠莫贊。同舟皆敵，謇謇爲患。瞻顧慴伏，悉繞指柔。首下尻高，忍垢包羞。壯哉公乎！挺身前行。刀鋸鼎鑊，甘之如餳。兹日何日，天地黯慘。南冠而縶，裂眦破膽。且呼且詈，攖彼獰虎。常山舌敞，睢陽齒齲。求死不得，縶用徽纏。絶粒經旬，呼詈轉力。守隸防卒，咄咄驚呀。神豈相之，不瘖而譁。强進橐饘，委頓纏綿。傷哉孤臣，纍囚三年。流淚洗面，燃桴題壁。鬼火常青，寒號時唧。周旋蒙難，獨武彛客。一曲悲歌，聲徹金石。天兵壓城，璧銜肉袒。一朝返正，孤臣其免。云何遘殘，箕尾難攀。萇血化碧，蘇節不還。僅留正氣，鬱積旁礴。上爲日星，下則河嶽。正氣所激，赴死如鶩。親串狗焉，靡遺婦豎。嗟彼膴仕，猶懷二心。矧茲傔從，觀感何深。嗚呼！食人之禄，死人之事。所尤難者，從容盡義。古亦有云，時窮節見。誰遘陽九，三年不變？公命可殺，公骨可燔。耿耿丹心，歷劫不刊。衆庶馮生，附贅而已。一旦決疢，死而死耳。嗟公之遇，可太難屯。幸公之終，無忝相門。敢招毅魄，歆茲一尊。

祭喬減堂文

嗚呼！減堂而竟死耶！減堂人品學識，卓然吾黨典型，何可死？經國大業，不一見於世，何可死？風雅榛蕪，家蛙户蚓，無人焉廓清，何可死？翻雲覆雨，古道如土，獨能敦氣誼，至久不衰，何可死？胸無點塵，芳蘭竟體，使人對之，鄙吝盡消，何可死？生平著述，未遑耑刻，慮散佚不傳，何可死？平章山水，主盟風月，南皮之會，北海之樽，共仰名士風流，何可死？冥心内典，筆舌津梁，不厭其疲，何可死？煢煢孤雛，年甫七齡，田園荒頓，生産無幾，保無風雨漂搖之患，何可死？嗚呼！減堂不可死而竟死耶！豈天實爲之耶！減堂頳顔豐頰，精神滿腹，清談霏亹，竟日無倦，容無死理。下筆浩浩落落，有原有委，萬餘言不竭，無死理。處事詳整曲當，鉅細畢舉，無毫髮遺憾，無死理。居恒動有檢則，不汰不盈，不貪不妬，無死理。少負才名，試必異等，而老于巾衫，數上京兆不遇，甫得歲薦，未嘗享一日之榮，無死理。嗚呼！減堂無一死法而竟死耶！豈天實爲之耶！減堂長余二十歲，乃託末契，爲忘年忘形交，重之以婚媾，針芥在性情之際，固非僅文辭意氣之末。即論北郭玄譚，西園彦會，歲寒冰雪，匡坐圍爐，每一義脱稿，輒互易丹鉛，或浮白賞之，或啜茗玩之，或焚香録之，或歌或泣，一往而深，不自知其莫逆于心也。此景如昨，今可復得哉？厥後居隔郊浦，歡情自接，一花之開，一味之甘，必飛書相報，倒衣過從，深杯夜話，缾罄燭殘不倦也。戊戌，廷對北上，余以短歌送之南浦，徘徊不忍别。歸而出示紀遊一册，則見懷之作居半焉。嗚呼！咏脉此情，久而彌切，豈惟師友，實則性命。自是日漸尫羸，有洗馬渡江，百端交集意。余竊患之，每以憂能傷人，世短意多爲戒，窺其中終有不能釋然者。去秋，余浪遊白下，減堂既以病免，而贈余以詩，骯髒之意不少衰。吾固知其老驥千里之志，自傷不見用於時，長此鬱鬱耳，而竟以此促其算耶？將造物實不仁，既不欲展其才而酬其學，又不欲樂其生而終其年耶？嗚呼！減堂達人曠識，自具夙根，去來洒然，當復何恨？獨悲吾自失減堂以來，奄忽之間，遂成隔世，高談無與陳，義藴無與展，花晨月夕，無與共其勝，世路崄巇，人情涼薄，無與共其感，使我孑然寡儔，有懷而莫吐也。嗚呼，痛哉！言念及此，五内抽裂，伯牙之琴，一慟絃絶，敬陳蔬酒，略誌生平，兩情炯炯，無間幽明。

祭陸允大文 陸明府弟

伊賢俊之挺生，每間代而一遇。何名德之鍾祥，迺一門而並聚！嗣才藻兮機雲，遡風流兮暢緒。方元季則羔鴈成群，儗軾轍而文章齊譽。行當並駕中原，連鑣皇路。人瞻麟鳳之光儀，國重瑚璉之茂器。胡天不弔，在原興喟。露零棣鄂之華，風悲紫荊之樹。惟公孕泰岱之英靈，誕平原之名第。紹勳業之箕裘，承清白之家世。長公望崇，推天下士。公也蔚起，實稱難弟。或爲太丘道廣，或爲林宗弘濟。慷慨澄清，登車攬轡。甫駐舄乎海邦，已循聲而茂著。惟孝友以爲政，恢遊刃其有餘地。矧左右之有公，猶烹鮮而小試。方今當宁求真儒，黼座題良吏。璽書賁止，徵車狎至。冀同朝之雙璧，方接武而連袂。何期蒼生失望，修文早逝。雲津龍躍，不可有二。誰分孔奮之甘，孰共姜肱之被？成都虚石笋之行，池塘虚春草之句。某等夙欽人倫于東國，思覿風儀于冰署。空懷懸劍之悲，未展登龍之御。捧絮酒而陳辭，黯歌終兮薤露。

祭齊載將文

嗚呼！詎意今日而遽失我載將耶？載將生於世僅二十四年耳，而不見夫世之愚者、妄者、頑者、黠者、夸者、鄙者、殘忍者、亢戾者、僞而辯者、辟而堅者、華而不實者，嵬瑣齷齪，所在多有。有一於此，宜在死法中矣。天或且縱之，怡然黄髮，竟以壽終。何耶？顥慧如載將，學問有原有委，文詞有倫有脊，無死法也。粹然中正，不忮不驕，芳蘭竟體，金玉其度，無死法也。爲紈袴世胄，而澹泊寧静，遠大自期，無死法也。至性仁孝，承歡膝下，孺慕不少衰，無死法也。動有檢括，周旋中禮，每與大人先生遊，鮮不改容欽歎，無死法也。既已篤學勵行，有聞於時，而謙退若將弗及，無死法也。交知親串，日與之接，藹如坐春風，飲醇醴，古道照人，未嘗臧否人物，無死法也。處事詳整曲當，終不見喜愠之色，惡言不加於傔從，無死法也。豐輔渥顔，雙瞳剪秋水，而神明内湛，鉅細靡弗鍊達，無死法也。嗟乎！無一死法而胡爲遽奪其算耶？豈造物惎之，以爲茫茫塵壤，無處著此俊物，顧預爲當門之鋤耶？而一聽彼庸妄之徒蕭敷艾榮耶？豈玉樓召賦，其事果有，而天上竟乏仙才耶？抑本隸丹臺之籍，偶謫人間，阿閦一現，遂返其真耶？又或叔季流極，如斯人者，不當永年爲世用耶？將所謂無瑕之璧不堅，照乘之珠易毁，豐其枝者弱其榦耶？否則胡爲遽失載將也？以載將夙根，往來洒然，當復何繫？所恨者腰下未懸半通之組，而一薦亦等空花也。所幸者懷中已産丹穴之雛，而五車有人付託也。所悲者高堂方叱宦遊之馭，而清白止以傳孫也。所慰者孀閨既甘苦節之貞，而孝婦能兼子職也。已矣！逝者有知，可無憾矣。而況宇宙蘧廬，草露荷珠，何彭何殤，何賢何愚，土中埋玉，隙中過駒，適來適去，神馬尻輿，真耶？夢耶？生者又奚必怛化而殲？吁，靈其歸來，憑几一笑而盡此觴乎。

公奠潘非眉文

嗚呼！疾風摧獨秀之木，震流衝高出之阿。於斯人之厚夜，能不侘傺而悲歌？維靈挺生尺五之甲族，夙領袖乎詞曹。灑芳風於蘭藻，吾鄙目爲人豪。旋聯輩而逞步，高轡軼夫瓊瑰。經國行看大業，濟時需厥鴻才。方銜悲於風木，廢蓼莪而欷歔；閱驚濤於宦海，欣厚積而徐舒。朝遊謝公之墅，夕憩裴公之堂。梁苑夾池，脩竹雒川，映沼長楊。何纏綿之二豎，迄賦鵩於英年。王弼之風流長逝，荀粲之零落堪憐。豈造物之無意，何豐嗇之不侔？果豐遇而嗇算，寧不恫心乎電影與浮漚？某等忝朱陳之戚誼，與孔李之世交。撫人琴而永悼，恐楚招續而音聲。擷溪毛以陳薦，酌香雨之澂清。式翩然其來下，紛虹駕而蜺旌。

公祭誥封太夫人徐太夫人文

古稱德協坤元而助宣陰教者，爲母宗，爲女師，顧其及之也有大小，而成之也有全虧。惟我太夫人壼德，家有乘，鄉有頌述，朝有褒崇，亦何庸小子贅詞？所歎異者，姆教不踰梱，能令餘澤覃被。豐其幹者繁其枝，如黄中正位而品物咸亨，胥託根於兹。昔海内之賢豪，惟太夫子是推，太夫人實相之也。蘋蘩滫瀡，綀裾皂綈，言容成則，動止中規，雍雍肅肅，允足昭儉勤而式孝慈。蓋幼禀家箴，長承姑訓，既習禮而明詩，逮奉以周旋，致愛致慤，殫力於孝養，而始終不移。外之交遊贈問，賓客過存，罔不解珩瑀而竭脯資。雖世路艱虞，當太夫子反琴絃歌之際，而黽勉調護，終獲濟坎而出險巇。迺至賙卹媦黨，賑貧拯困，不厭傾囊好施。惟日勗我夫子立身行己，以聖賢相尚，以遠大自期，而告諸天之不假易，勉令德爲邦家之基。及連枝接武，移華輝映，咸以顯名大業冠冕清時。人謂太夫人德福相仍，不啻桴鼓之荅，重封疊誥，獲報攸宜，而不知丸熊辛勤，歷彌年載。凡諸夫子之整躬華國，無非禀式乎母儀。又推太夫人之式穀以錫士類，則尺寸靡遺。自京省典闈，成均廣厲，以迄桓糾之俊造，史館之掌司，爲國儲才之盛，洵曩今未有之奇。下逮四方賢雋，執經問道，師師濟濟於門下者，無時無處不北面而摳衣。又況宗風振起，人復得人，若孫曾濟美勿替而引之。蓋天下人士悉受甄陶，而緬維水木，孰非太夫人之懿榘所垂裕而留貽？是猶洪鈞播物，不見其廣運，而淑氣所蒸被，潛滋默化，乃不可以數計而周知。方幸康强逢吉，逾週甲而未衰，禄養既備，色養亦遂。顧蘭蓀之競秀，與宅相蔚起於門楣，天倫樂事，曷其有極！何昊天之不弔，忽鸞馭其莫追。嗚呼！婺曜掩芒，哲人云萎，痛念淵源所自，能不躃踊呼搶而涕泗交頤？兹即有酒盈尊，有簋盈缶，而徽音悠邈，杳不知所憑依。意者洞天雲海，南岳西池，神固無乎不之，尚念我純孝夫子哀毁骨支，上而皇猷待以黼黻，下而多士賴以攜持，庶幾音容可接，綏我思成於繐帷乎。

祭張梅嵒夫人文

嗚呼！孺人不綿其算，遽止是耶？韶齡綺歲，黴痛黄泉，世亦多有，顧或本在死法中。其鄙悋酷若，罔或克壽也。輕慘狂嗇，罔或克壽也。爹汰暴豪，或癡或黠，罔或克壽也。孺人含仁履慈，秉禮蹈義，與我梅嵒有梁孟之風。梅嵒性純孝，孺人相之，則甘毳承歡，晨昏無間也。梅嵒負才望，孺人相之，則挑燈下幃，名噪公車也。梅嵒好賓客，孺人相之，則投報問順，解珮脱珥也。至米鹽筐篚，必躬必親，綺紈粱肉，進前不御，則又克儉克勤，靡德不備。方將引蕚緑華長生，右英夫人永年，若何得算之宜豐而偏嗇，宜脩而翻短耶？豈今世運薄，其或穿雙勝，貼黄花，折腰齲齒，嘻笑不循節，動止不中科若而曹者，九子母、鳩盤荼下生人間，必且縱之。皤然黄髮，受禄未有艾，而德言功容，懿爀咸萃如孺人者，固來造物之忌而奪之速耶？不爾，何神理之酷有如斯也？杜輔立有言：共陰而息，尚有岐路之悲，窮轍而遊，或興中途之歎。若鍾情伉儷，爲吾梅嵒望素女而圖空，號玄妻而鑑失，魂夢往來，神光離合，能無傷乎？然而死生旦暮，延促何嘗惻愴，纏綿無乃幾于怛化？昔宗少文妻羅有高情，與少文協趣，後羅亡，少文哀之甚，既而輟哭尋理，悲情頓釋，謂沙門慧堅曰：「三復至教，遂能遣哀。」況在梅嵒風雲之氣方張，建豎之年正茂，氣機迴環，自當得之濠上，則安仁之悼可輟也，即奉倩之惑易解也。且蘭枝玉樹，已茁其芽，頭角峥嶸，預占英物，則孺人雖未享人間之福，足慰仙路之心，亦可灑然無繫于洞天雲海間矣。

祭松守太夫人文

歸昌表瑞，丹穴爲胎。靈河潤物，宿海是來。和璞韞璧，鄧林産材。山川清淑，間氣所開。不有徽音，疇鍾碩彦？不有母儀，疇作楨幹？推本遡源，功歸聖善。曷以知之？知之中憲。惟中憲公，世篤忠貞。河山帶礪，燀赫家聲。真人蔚起，式穀傳經。孰非太君，玉於有成。肇登天府，爽鳩是職。執法無頗，好生爲德。多所平反，色喜進食。厥惟太君，朂之欽恤。一麾出牧，福我雲間。永日懸魚，琴鶴蕭然。五紽兩袖，不選一錢。厥惟太君，勵之貞堅。春雨之濡，冬日之昫。終惠且温，化興刑措。士誦文翁，民歌召杜。厥惟太君，教之乳哺。案牘倥偬，匪棘匪紓。五官竝用，恢恢有餘。百廢具舉，條晝秩如。厥惟太君，作之勤劬。五聽不冤，民隱畢燭。椽胥束手，隸圉重足。蕩滌藪窟，波澄鏡矚。厥惟太君，訓之明肅。嗚呼！母惟鍾、郝，子也龔、黄。禄養色養，承歡未央。寵之冠帔，既壽且康。何期一旦，諼萎北堂。人之喪母，悲止一室。衆母之母，啼徧四國。停歙罷杵，度阡越陌。争相告哀，亦孔之盡。嗟我賢守，皇皇慕思。母也而父，母也而師。長輿備禮，濬沖骨支。尚爲萬姓，節哀自持。自古在昔，求忠於孝。彤管上聞，鸞章鳳誥。況中憲公，勛名遠邵。仕路方剛，如日初照。有子令名，亦足解顔。紫泥十道，行賁九泉。予小子輩，瞻仰惟虔。生芻絮酒，敢告几筵。

礪巖續文部

二十卷

序

國家憲章完具，庶務修舉，苟一技一能，咸得畢力以自效。而惟翰林職掌爲難，以其任編纂，備顧問，左右記注，發皇文章，考訂古今同異，非猶庶司百職，耑長可辦，須嫻習經術，通達政體者，始克稱是選舉。凡歷代之憲典，必研辨而詳核也。經國之謀猷，必洞微而抉渺也。經史之源流，必昭晰而條貫也。表章揚厲之體裁，必淵沖而雅贍也。非博極群書，湛思績學，何能兼綜衆美，仰副聖天子儲材館閣之至意乎？錢思公所謂不可以他才處之，誠至論也。編修周子廣庵，少以詩古文詞鳴江左，有初集行世。壬戌登第，讀中秘書，官禁近三年，復輯其比來未刻諸作及館課文字，釐爲續稿二十卷，而請序於余。余縱閱而諦視之，有若燕、許之鴻鉅者，有若賈、董之醇茂者，有若雒、閩之精粹者，有若班、楊之麗則，韓、蘇之瑰肆者，既備衆體之長，復奄有諸家之美。於以黼黻鴻猷，敷揚盛治，作臺閣之眉目，爲藝林之弁冕，方恢乎有餘，又奚啻焉？且其翱翔東觀，橐筆從容而千言立就，退食邸舍，猶日手一編，丹黄鈎貫，靡間寒暑。以故詣力日益超卓，著述日益宏富如此，抑可謂勤於厥職，而足爲承明金馬光矣。充此以往，才益老，識益偉，所造益深，而所任益鉅，行見經世大業、不朽盛事，匪徒托諸空言，使天下後世咸知館閣之所以重，非僅以華選爲榮也。余且拭目俟之。

康熙乙丑春日，宛平王熙撰。

礪巖續文部序

唐玄宗時，侍從臣始有翰林稱。李白之官翰林供奉也，亦殊遇矣。顧太白特以才見知，其於學也，非大有所造就，故長於詩，卒短於文。玄宗之僅予以供奉也，知白深而非不知白者。若張說、蘇頲讀書禁中，習知國家制度文物之盛，其後鋪揚振厲，藻采日上，得以其文爲一代巨手。詩如太白，而其文不能與相埒，才故優，亦其時爲之耳。夫燕、許之於文，不可以爲至，猶俟造就而始成。後世有以其才超出於燕、許，若之何？士之負殊能者，幸而顯於世類，於文章之事大有所發皇，其必不以爲尋常之遭，而於我學無與也。周廣菴先生官庶常三年，授編修。其館課及京邸所爲詩文甚夥，比集礪巖續文部，成以示余。余受而覽之，其古質而凝重者，體之正也；貞栗而嚴毅者，理之至也；熊熊然孚尹而旁達者，光與氣之弘肆也。憶戊午先生以其文問序於余，且與余稔言其故。距今不十年，所爲文乃更愈於昔之爲。嘻，人之才與學，詎不因時逾彰乎！顧先生之文，性而有之，如瑶環瑜珥，無美不具，比特加之琢厲以逾工耳。夫四達之衢，砥砆襍陳，高坐而列賈，卒之鮮屬目者，知其夸於外，其中有不足也。累世之寶，産於山澤，芸夫牧竪得而采取，然不敢藏於家而獻於朝者，天廟之器，人不得而私之也。古者琬琰弘璧與大訓河圖並安西序，越玉五重，其取重王家如此。而世之弁然者，欲以區區燕石驕語掌握之，中亦見其惑矣。余故讀是集，有歎乎前人，兼取玉之爲說以爲序。乃者先生語余：「予爲文竊有擇於君所以言文者。」噫，先生之文無藉乎攻玉者也。詩不云乎，「他山之石，可以攻玉」。余不敏，而以爲他山之石也，其何敢！

康熙丙寅十一月既望，年家眷弟黄與堅譔。

序

古者試文與詞業爲一，猶是賦問雜文，而在應舉者謂之試文，在平時則謂之詞業，其實一也。今即不然，試文用八股，而其平時之所爲，則不拘何文，往往與應舉者絶不相涉，故惟試文以官顯，而他文則否。今天下稱善文者，誰不推周子廣菴？顧吾之讀廣菴文在二十年前，彼其時亦何嘗豫擬一官，得厠身禁近如今日者哉！雖然，高文典册在廟堂之上，端必藉絶大手筆爲黼黻憑藉，文不以官顯而官以文顯。故廣菴所著，大抵多應制代言及館課之作，其視舊所爲文，未知孰勝，然而體亦稍異矣。今夫試文之移人也，幼而習之，積久而安之，生平耳目心志惟是之從。凡賦問雜文所與試文絶不相涉者，而一當把筆，即欲稍推遠試文，而必不可得。而一二無學者又倡爲宋明大家，擇一二工試文如震川、鹿門輩，奉爲章程以自便其苟且，而于是他文面目，不盡似試文不止。廣菴落筆春容，不務詭激，而淳龐之氣轉爲博大，高竝董、賈，卑亦不失匡衡、劉向之屬，其視世之所爲大家者何翅尋丈？則是廣菴之文異於平時者其體，而其大異於試文者，則不止其體也。夫神蟲曳尾，殊於文犧，簠簋之華，不襲瓦缶。今人於學問所在，漫然不省，秪守其空疏以爲體要，而至于大文煌煌，舉明堂辟廱、天禄石渠之作而下，反襲夫經生齷齪、三條燭盡之所爲以爲得意，而廣菴悉有以正之。則廣菴爲文，即使續集未行，予偶得前集讀之，其歡欣讚歎，徘徊感激，必無以過乎今所爲文。何則？以其有異乎世之所爲大家者也，而況乎續之者之未有已也。

西河弟毛奇齡頓首謹題。

序

古君子之爲學也，修之家而獻之天子之廷。夫自下而上曰獻，其所操以獻者，人不得而知也。度其可以獻而後出，則其出也不苟，而生平之所以爲學者，必有其具矣。若此者，藴蓄既閎以深，而發爲文章，大都皆有本之言。其人不與名期，而名必歸之。夫學不自植其本，而汲汲焉名之是求，則溝澮之水，乍盈乍涸，是向者子輿氏之所耻也。若同年周子礪巖，余甚敬之。當壬戌甫釋褐，而礪巖所爲飲醇、抱膝、娱暉、和陶、和李、南浦諸集已傳京師。余嘗讀而把卷，以歎人不可以無學，學古入官如礪巖，乃不媿哉。已而同官翰林，共觚翰者三載，相與討論倡和，往往相視而咲。同心之言，其臭如蘭，人生之樂莫大乎是矣。今礪巖復有剞劂之役，凡爲文部二十卷。余覽之，擷二京之菁華，標八家之榘矱，真可以鳴國家之盛，而稱侍從文學之職。昌黎所謂「擇其善鳴者而假之鳴」，其在斯人歟？工竣，乃屬余序。夫余三年共學誼，不容已於言。然以礪巖之學，汪洋灝博若此，而徵及詹詹之言，其亦河海不擇細流之意。而余則如西子同里之醜人，徒知效美矉，而不知矉之所以美者。然讀礪巖今日之著作，而原本其生平之學，則猶庶幾爲知本之論也夫。

康熙乙丑仲春，年眷弟金德嘉拜書。

礪巖續文部總目

礪巖續文部卷之一

序

擬御製大清會典序

朕粤稽古帝王繼天立極，同民心而出治道，莫不修明禮樂，釐定典章，使綱紀飭於廟堂，度數昭於邦國，而後尊卑有等，輕重同得，足爲萬世法程。所謂正朝廷以正百官，正百官以正萬民，正萬民以正四方者，恃有此具也。自唐、虞迄於夏、商，規制簡畧，典謨訓誥而外，紀載無聞。至周官六典，始損益二代以成書，大而體國經野，細至文物聲名，秩秩乎有倫矣。漢、唐、宋以降，政令滋繁，率多一切苟且之法，當其全盛，猶純駁參半焉。逮有明會典之作，以諸司職掌爲綱，附以歷年事例，庶乎條貫詳明，靡有闕遺矣。顧其一代興廢得失之故，亦班班可考。豈非政由俗革，制與時宜，成法相沿，未有久而不敝者哉？我太祖高皇帝、太宗文皇帝肇造丕基，有典有則。雖創始經營，而彌綸悉具。用啓我皇考世祖章皇帝統一華夏，與民更始，天地五行人事之紀紊而復理，作則垂憲，施於無窮。蓋自生民來，未有神謨淵畧若斯之隆者也。朕嗣位以來，兢兢焉祗承先烈，率由舊章。迺者海寓蕩平，方期重熙累洽。爰勑臣工，開局分曹，旁搜博采，舉昭代設官分職之等，名物象數之目，挈領提綱，區分條析，編成大清會典若干卷。朕萬幾之暇，迴環披覽，百度之規恢畢備，累朝之因革具存。若齊政之有璣衡，而星辰離離以布列也。猶治絲之有經緯，而條理燦燦其成章也。舉夫祖德宗功，耿光大烈於是乎昭垂，朝綱國是、制度文爲於是乎維繫。凡皆酌古凖今，務俾與治同道，洵哉弗可易已！特命工鋟梓，嘉與中外臣民共遵斯路，世守成憲，其永無愆焉。（壬戌）

擬御製鑑古輯覽序

朕惟古者自天子以至諸侯之國，必有史官。其書録可稽者，墨子書所云諸國春秋，孟子所云晉乘、楚檮杌，及大古年紀、世本、周譜之類是已。惜世遠散佚，往往有録而無書。他若青史子、穆天子傳，則皆野史，存亡不足較也。夫史家之例，紀傳、編年二體而已。古史之傳，惟左氏之書推爲特盛，外此鮮有及焉。豈古者紀傳之體固所畧者歟？司馬遷作史記，摭取左氏、國語、世本、戰國策、楚漢春秋，列爲十二帝紀、三十世家、七十二列傳，而畧寓編年之法於年表。

其文直，其事核，嗣後歷代沿之。一代之興，必有一代之史，條分科別，燦然可考。是則紀傳之體自遷而始詳也。夫敘一時之事，編年爲善；敘一人之事，紀傳爲長。編年之法，年經而事緯。天下國家治忽興衰、紀綱政令之大故於是乎知之。紀傳之法，人經而事緯。惟其人之賢否材不肖，非按籍而稽，莫得而審也。故夫爲史者於二體焉廢其一，則非知史者矣。讀史亦然，闕一不可。而紀傳尤便於披閱，故昔人以正史名之。朕几務餘閒，每好觀往古以鏡善敗。曩者已命儒臣纂修通鑑成書矣。而獨遷、固以下諸史汗漫無紀，汎涉爲煩。因勑史官上自荒史，下迄有明，畧皆删繁舉要，以成一書，名曰鑑古輯覽。自名臣將相，以及方技之流，罔不畢載。雖未足緯經綴道，囊括古今，要以賢奸忠佞，伸紙瞭然，用舍之間，治亂較著，誠知人之炯鑒，而可爲辨論官材之一助也已。若夫帝紀家人，則全書具在，茲編概畧之云。（癸亥）

羅整菴困知記序

整菴先生當明孝宗時，爲南少司成，以昌明正學，廓清異端爲己任。一時學者知所質的，翕然如水之趨下，不約而同歸。後以忤中貴劉瑾去位。瑾敗，賜環。歷官兩都，咸有聲跡。逮拜冢宰命，輒賦遂初。林希元嘗曰：「先生行己居官，如精金美玉，無得致疵。」信已。蓋先生於聖人之學，真知而實踐之，非僅見諸空言者也。今觀困知記一書，自六經、語、孟，以及諸儒之說，莫不條分縷析，確然有以自信，而折衷於至當。至於理氣心性之辨，紛綸同異，迄未定其指歸。先生獨以爲天地古今無非一氣，非别有一理依於氣而立，附於氣而行也。理一分殊，性無二名。且極辨吾儒之盡心知性與釋氏之所以異。此皆先生自得之見，而先儒所未發者也。孟子曰：「君子深造之以道，欲其自得之也。」先生初好禪學，以爲天下之理莫或加焉。至反求聖賢之書，始知前此之謬。積數十年而後見心性之真，故其爲説鑿然如此。蓋其入之深，故取之也逢原，而言之也皆其中之所得，不苟爲影響附和。或疑其過排衆説，隣於立異者。夫誠爲道術人心計，則幾微疑似之際，不究析乎毫芒不止。豈好爲排擊以矜異哉？嗚呼！後之儒者不爲聖人之學則已。苟有冀焉，則讀先生之書，以考先生之行事，夫亦可以知所從事矣。（壬戌）

莊澹菴先生全集序代

自有文章以來，天必生瑰奇卓犖之才，假之以歲月，歷之以佳山水，使明眼閒心一寓諸詩若文，以發其光怪陸離、磅礴鬱積之氣，遂爲海内鉅觀。龍門史公二十而善文，復徧覽名山大川，著述乃愈奇且富。坡公翺翔金馬，歷落江湖至海外，文字益離奇夭矯，變化不測。豈非天地大文所寄託必有人，所發抒必有候哉？澹菴莊太史生於華胄，而綺年力學，擬著幾等身。未弱冠，登進士。先皇帝賞識其才，掄置中秘，彩筆致語，矜重宫庭。旋命典楚試，所得人士幾盡三湘七澤之奇。無何，蹔賦遂初，徜徉泉石間，彌肆力於經史古文詞。花晨月夕，凈几明窗，品第鼎彝，摩娑琴劍，有所感觸，輒於詩文焉發之。至於登臨逸興，風雨蕭騷，酒闌燈灺之際，皆是物也。藉令天不生澹菴，即生澹菴矣，而徒洊歷膴仕，使日逐紅塵十丈中，不獲覃精千古事，又安能弘博奥衍，軼四部而駕七録，若斯之盛哉？且澹菴世居延陵博物之鄉，高門縣薄，甲第如雲，烏頭銀榜，冠蓋相望。計其間巍科顯秩，無慮數什百輩，往往瞬息浮榮，灰飛澌滅，求其卓然成一家言，推當時、傳後世者，指未可一二屈。而澹菴文采風流，獨照耀東南若是。倘所謂天地大文所寄託之人，與發攄之候，洵非偶然者耶？至其詩律之精研，文格之巨麗，舉足高掩古人者，無假輕塵之增嶽，覽者當自得之。（戊午）

李梅崖宦稿序

制義一道，陋者以爲科名之階，淺者以爲文字之末。能修詞立誠，正其居業者罕矣。矧能以轉移風會爲己任乎？能任風會之責者罕矣。矧能深思篤嗜，如饑渴之於食欲，未嘗須臾釋乎？宜乎一第倖成，墻角輒看短檠棄也。士趨所以日下，文品所以日卑，相率而爲因循苟且之習，無惑也。蓋凡事之不繫乎性情者，鮮不苟且而從事。今世俗之論曰：制義與時尚爲遷流，非經世大業、不朽盛事也，勿務高深而刺庸目，其可矣。父以詔其子，師以訓其弟，蘄掇科之利耳。

一行服官，此事遂廢。因相與目爲敲門磚，門啓即擲之。嗚呼！當其汩汩宦海，名利薰心，何有於經生家言？設爲之，考義就班，引繩削墨，且似心計富兒，不能復唱渭城矣。無他，向亦直寄焉以爲獵取之藉，初無關於性情故耳。梅崖先生幼負異姿，縱横藝苑。甫弱冠，與余同舉京兆試。旋拔幟先登，讀書中秘。釐典儀曹者數載，無日不手一編，伊唔不倦。間發爲詞章，皆清麗閒遠，涵蓄無涯涘，不知門外有長安馬頭塵十丈也。歲辛酉，榷税清源，則亟除茀署，稍葺老屋數楹爲曲檻精舍，徧蒔花藥，曰：「我有所怡情於兹也。」公餘輒危坐其中，展卷丹鉛，孜孜矻矻，誠樂之忘疲也。時集齊魯諸生談經課藝，拔其尤者，梓以行世。挽頹風而障狂瀾，匪異人任矣。然而抽秘思，闡奧旨，霜降水落，結習難忘，則必按題作程，以眎諸生，積成宦稿且盈寸。適今秋余棹經榷次。先生不鄙其弇淺，折簡招尋，以爲是中甘苦猶可與語也。樽酒疎燈，授而讀之。不禁喟然曰：嗟夫！此韋布窮居之士，支離憔悴，研精覃思，求當於主司尺度之所爲也。先生登金門，上玉堂久矣。今駐節上游，方當握算持籌，公私辦治之不暇，乃選閒乘隟，含英咀華，發攄聖賢理趣，與韋布窮居之士較其毫芒分寸，此孰迫之而孰困之耶？非立誠居業，終其身不改乎此度耶？殆如饑食渴飲，欲須臾忘而不得，誠繫於性情而不可解者耶？世之薄視此道者，讀先生兹編，亦可以憬然悟矣。（辛酉）

馬子詩序

詩之爲言，思也。原本性情，縈紆襟抱，時而觸緒興懷，時而撫景命物，油然洒然而出之，不必追風躡雅，而自近於古，何也？ 其蘊義弘深，取象邇而旨趣遠也。顧在今日，則難言之。人操寸管，家挾尺褫，用以剽虛聲，充羔鴈。其貢諛贈言，非達官貴遊勿尚也。其分題角韻，非璠筵珠履勿榮也。於是儉腹者惟以掇拾見長，一二騷壇赤幟，亦隨時矜尚，夸毗相標詡。抑何蔑視詩道乎！ 我欲求其性情襟袍而不得也。作燕山寓公累年，如寒蟬乾繭，不敢輕向人論詩。間有訓和出於不獲已，輒用爲深恥，恥夫匪我思存，而矯抑違己，曾不得一攄寫寄托焉也。以故梓里能詩者接踵遊燕，每累幅見投，有瞠目而歎耳。客歲偶過永光禪林，入最後丈室中，圖書旁午，丹鉛委積，伊何人斯兀首咿唔其間。客顧謂余曰：「是君同邑馬子功參也，屏跡於兹三載矣。竊聞君户外問字之屨恒滿，獨未聞謦欬於側乎？」余方歎異之，不知其性情襟抱居何等也。無何，眎余詩一編，不夸多，不眩奇，美人香草之懷，白露蒼葭之感，窈然以深，鏗然以疎越。諦閲一過，冷韻幽光，霏霏拂拂於行間矣。詩乎！ 詩乎！ 因益歎異之。夫以余之瓠落蕭疎，應門無五尺，披帷斯在耳。迺高自托處者，寧知希我貴顧影獨吟？ 又況曳裾磬折，僕僕紅塵，出其珠玉錦繡，取片席之分榮也哉。夫不求世知以爲詩也，進於古矣。思乎！ 思乎！ 子瞻目魯直如精金美玉，不即人而人自即之，將逃名之不暇，何以我稱揚爲？予即不敢上擬坡公，馬子乃今代涪翁矣。亟識簡端，以爲世之蔑視詩道者砭。（戊午）

濟遊雜詩序

凡物之美者，人樂得而即之，匪第一見而已足也，將必日陳於前而後快。夫是物則何嘗炫美哉？珠懷而川媚，玉韞而山輝，光氣自不能掩耳。雖不能掩，孰與出珠於淵，剖玉於璞，爛然得共見美之爲快乎？士之負其美，不一顯於時者，如至寶藏乎山川，而世莫知珍也。顧其才藻之所發皇，離奇光怪，若隱若現，卒不可得而匿，必有識而寶之，以公於世者。吾邑淞水之濱有奥區焉，隆然以阜，梅竹環之，大不類人間世。王茂才西園栖托其間，日偃仰圖史，嘯歌自得，不務求榮而惟學之知。間發爲詩詞，則牢籠群象，雕繢萬物，莫測其所至，大抵必造乎深微而後止。自其少時從余遊，即心許之。余既入長安，而王子家益落，才益壯，襟度益充充然有以樂之不爲累。抑何日進乎道，而不以文采自矜耶。余特惜其負美不彰，而徒與修竹浮梅僻處茲土也。會余客濟上，時爲督河大司馬靳公言。公故愛才，亦不苟擇士。以余稱道故，招而致之幕下，相得甚歡也。暇日與余登太白樓，尋南池、浣筆泉諸勝，俯仰古今，輒有作，作必工。因令合道途之所紀，風雨之所懷，亟付剞劂，爲之弁語而告之曰：夫珠玉之爲世重也，寧必離其故處哉？然且有抵鵲之村，習而褻之者。今子之來也，不炫美而識者知貴焉。蓋物理初不因爲損益，而人情則固有然者。試即是編而求其人，光氣熊熊然已足欽其爲寶矣。藉令貢諸天府，其爲天下共珍，又當何若乎？自傷卑賤，不得爲吾子出而剖諸也。抑又聞古者司徒求秀士而升之天官，太史求人風而陳詩於法宫。當其時，士之懷韞而不售者蓋鮮。安知今之世不有在位者能用是道乎？用是道而不以魚目碔砆濫充焉，則舍吾子其又焉求？（庚甲）

薊門詩稿序

吟事至今日，幾於人握靈蛇，家抱荆玉矣。惟得性情之正者爲難。昌黎謂「和平之音淡薄，而愁思之聲要妙，懽愉之辭難工，而窮苦之言易好」。豈性情之事，顧隨境遇而移乎？殆非篤論也。試觀雅、頌之作，多出於明堂清廟，其人皆盛世名公卿、顯諸侯，其詞皆喬喬皇皇，和平而典則，即唐人應制於是乎權輿也。安在其必愁思窮苦哉？若乃布衣顑頷之士，往往歎老嗟卑，狂吟病囈，又烏覩所謂温柔敦厚，得詩教之深者？固知性情所獨至，無關境遇之通塞也。今之世有能原本性情，發皇藻采，以明堂清廟之象，矢和平典則之音乎？庶幾得之王子薛澱。薛澱爲侍御公佳公子，爲侍講難弟，爲司農難兄。一門之内，麟炳輝映，而絶無貴倨時習。自髫年掉鞅詞壇，不爲噍音促節。向讀其秦山、松溪諸集，縱未謀面者，亦得於風神氣象間想見其爲人也。兹復裒其未刻者爲蓟門詩稿，渢渢乎清而不瘠，華而去浮，藹然忠愛孝友之情盎溢於行間字裏。時或流連光景，陶冶性靈，莫不與吉祥之氣相迴薄。非得性情之正而能然乎？梓成，屬余序之。余與王子同郡同籍，又同官中秘，知契爲最深，顧久未之應也。王子怪而詰其故，余曰：「君詩旨和平，而鄙性剛褊，爲弁語非宜。」王子曰：「不然。昔少陵自言『疾惡懷剛腸』，又曰『褊性合幽棲』，宜若孤亢遠人情者。顧于君親朋舊間，不勝其懇欵而留連，有時憂時憫物，動形其忠厚悱惻之意，古今詩家言性情者必歸之。脱吾子詭隨徇俗，以繞指爲和平，將匡子之不暇，遑問序于子乎？」因相與听然一笑，莫逆于心，而并誌其語于編首。（甲子）

寒食遊祝園集黑龍潭分韻詩序

原夫蕙襟蘭抱，霞石情親；檀髓蕉心，風塵願息。是以瓊臺迥秀，興公茹芝於碧林；淙舍靈幽，康樂披雲於斤竹。豈非雕籠文鳥，儳蘪薄而梳翎；翠沼錦鱗，企江湖而鼓鬣哉？若夫芳辰淑景，遊目騁懷。華林之好鳥親人，會心不遠；濠上之鯈魚出水，樂意相關。經過倘乏留題，俯仰俱爲陳迹。迺者序維煦景，節及殘春。桐始耑華，榆方出火。和風習習以扇物，送來千尺遊絲；香雨濛濛以颺空，飛出一雙屬玉。同人偶於郊野彦會，儘足風流。衣冠儷元祐之耆英，觴咏傲永和之少長。箕鍜而碧溪瀟照，柳環中散之園；灌畦而紫陌生香，花綴漢陰之圃。玉盤洗而厨烟瘦，石鼎沸而茗戰肥。桃源向絶纖塵，竹塢剛容七子。斫金虀之膾，芹蒿可烹；釀玉薤之漿，薯蕷堪瀹。相與載欣載矚，不知誰主誰賓。攜榼龍潭，搴芳洲之杜若；分題鶴院，吟寒食之柳枝。拂翰迸霞，吐辭霏雪。香心五色，思抽園客之繅；玉繭千層，冰絡神機之緯。九疑秋黛，色謝綺靡；三峽霜泉，體存淵亮。豈令皮、陸擅聯吟於震澤，范、何矜同調於滄湄也哉？僕本少文，性成懶癖。停雲搔首，漫言静寄東軒；長日灰心，竊學仰噓南郭。蓬壺清淺，愛弄影於霜毛；金閣峥嶸，怯雲羅於素羽。赤水之佳期難數，咸池之緤馬何從？傳來天外雲璈，疑是霄間鐵篴。遂使魄山縹緲，如聞鐘磬之音；弱水滧瀰，欲汎沙棠之檝。爰用披其瓊藻，步彼金鏘。譬諸析楊皇荂，祇雪煜於下里；敢云秋風燕路，爰吹嗡於娥陵？謹綴駢詞，聊書牋尾。（癸亥）

扈從詩序

都城東北遵化、豐潤之間，有山曰豐臺。包絡蜿蟺，自崑崙北條踰沙漠，循遼河而西，蓋清淑所鍾會，世祖章皇帝孝陵在焉。佳氣鬱蔥，神靈磅礴，俯視邊徼諸山，若趨若抱，或拱或朝。洵億萬年之神丘也。又於山之旁擇勢相地，築仁孝、孝昭兩皇后之閟宮。諏吉於某年月日遷瘗，禮也。維我皇上篤《關雎》之義，翠帟鷖軿，親視以行。閣學李公奉命扈從，將事之暇，於行幄中得詩若干首，歸以示臣某。某少讀《詩》、《書》之文，竊見宮闈妃匹之際，化洽刑于，情諧鐘鼓，實爲宇宙太和所基。是故有娀之長發，渭涘之俔天，雖奕世而後，猶追遡母儀，傳諸歌誦。我皇上化成萬國，孝隆兩宮，而遐悼嗣徽，崇儀備物。於是行也，不有高文典册，紀事述懷，曷以揚厲聖德於萬一乎？惟公出入東閣，左右密勿者久，習知聖天子宫廟肅雝，成孚乎下土，非復尋常言語文字所可鼓吹而潤色也。兹當趨蹡龍輁之側，追隨豹尾之後，其見諸篇章者，一皆温厚和平，纏綿而悱惻，深得大臣載筆之體。即至流連景光，迴戀家室，莫不本乎忠愛以立言。揆之古者皋、夔賡颺，周、召雅頌，又何多讓？其可傳於後無疑也。公詩編年成帙甚富，兹雖其片羽乎，已令讀者延企九苞之采矣。（壬戌）

廬山紀游詩序

匡廬介吴、楚之交，固南服之巨鎮也。而虞書及周官職方氏不列山鎮之内。大禹導南條江漢南境之山，亦無考據。何歟？相傳匡君兄弟七人，皆好道術，結廬於此山，遂以名。豈山川清淑之氣，不欲與三公四望祀秩争崇，而獨與仙人達士翱翔於方之外歟？乃自有兹山，而經游詩傑不知凡幾。最著者若晉之靖節，唐之青蓮、香山，宋之眉山。或居，或官，或客游，往往流連登陟，見之歌咏。少者一二言，多亦不過數十章，已畧概兹山之奇，而特留未盡於語言文字之外。豈無俟後之人重爲洗剔歟？延陵季子道賢，逸致翩躚，勝情豪上，杯酣氣熱，輒興縱游五岳之思。生平蠟屐所經，縈紆夢想，或寓諸詩篇，或託之繪事，即峯色波光，時時在目。其於廬山也，一過再過，必冥搜邃討，攀躋忘疲，不盡領其要不止。每搔首問天，吐驚人之句。又爲序次點染，櫛比成帙。迹其意，豈欲與前賢争長，山靈決勝歟？夫遊名山詩不易工，五言古合作尤難，而君名章雋句，觸境飈發，復富且工若此。夫亦抉輿積氣，鍾於性情，幽感遐契，獨爲神靈所默助歟？余迴環把讀，爲之浮白欣賞以當卧游，至河傾燈灺弗能自已。又得道賢彷古畫册，如空生閣、白石菴諸景，日陳鬃几，互相映發。以無形之畫參不語之詩，恍惚置身七賢五老、飛流濺瀑間，面面青芙蓉，應接不暇，直是移情尤物矣。安得集中題詠盡入生綃側理以畢我願哉？倘獲邀靈於匡君，俾山川瑰詭，徧開生面，道賢或不笑其貪癡，慨然有以許我。（甲子）

礪巖續文部卷之二

序

送王山長令澄海序

楚有君子王山長先生，年六十餘，始以京衛廣文，量移粤東之澄海令。奉檄將行，周子偕金子會公送之國門外，不禁喟然曰：「嗟乎！先生今日始作令乎？今夫手握銅符，出宰百里，隸圉前驅，擁蓋唱騶，此士始進之常也，匪有異數殊遇也。此尤可慨者，五尺童子，家累千金，朝入貲而暮垂組可也。不必飲墨汁數升，蠹老螢乾乃有當。嗟乎！先生何至今日始作令乎？先生爲名孝廉四十餘載，公車凡十餘上，俛得而復失者屢矣。所譔著篇章不脛而馳海内，奚啻等身連屋矣。屈指生平，交遊滿天下，狎主齊盟者半躋九列，今且人與骨俱朽矣。而先生落落一氈自若也。今兹之役，其能無慨於中耶？雖然，君子之仕也，惟道之行耳。奚有於早暮？澄海雖蕞爾乎，誠不鄙夷其民而拊循之，修其教，毋拂其俗，齊其政，不易其宜，庸詎非行道之藉？且今日之粤州何如乎？斯民甫離寇虐，出兵燹，如赤子之賴乳哺，惟司牧乎是依。聖天子方布德中外，博恩而廣施，視嶺海遐陬一如輦轂之下，惟恐一物失所，汲汲焉慎簡大吏爲循良表率。繼自今大吏其不僅以趍承唯諾責令，令亦可無浚民膏以事上乎？嗟乎！先生其始得爲民父母，時乎？由前言之，足爲先生感；由後言之，不足爲先生慰乎？若夫從容吟嘯，餐霞挹爽於湖山間，薄民社簿書爲俗務，是文士之餘習，吾知先生之必不出此也。」金子聞而嘆曰：「有是哉。山長先生，君子人也。吾子斯言，君子言也。盍書以贈行？」因次其語而爲之序。（癸亥）

送楊子南歸序

昌黎謂歐陽詹舍其父母朝夕之養以來京師，其心將有所得，而歸爲父母榮，其父母之心亦然。詹在側，雖無離憂，其志不樂也。詹在京師，雖有離憂，其志樂也。若詹者，所謂以志養志者歟？而半山之送胡叔才，則又曰：禄與位，庸者所待以爲榮也。彼賢者道𧇊於中，而襮之以藝，雖無禄位，其榮者固在也。姑持予言歸爲父母壽，其亦喜無量。余謂是説也更進一解矣。要視其父母所期尚若何耳。如以恒情論，則退之之説居多。茸城楊子偉臣挾策游京師，未成名而眷戀庭闈，將歸省覲。客或告余曰：「君與楊子維桑誼重，其何以贈之？」余自顧㖞然，固無以爲讎也。無已，則請以荆公之説爲楊子今日寧親贈，以退之之説趣其重理北裝，博捧檄之喜，邀三釜之榮，以奉親而愉快，其可乎？ 姑無虞南陔廢而孝養缺也。行矣偉臣，陟岵陟屺。亭皋木落，峰青烟紫，倘所謂秋冬之際，尤難爲懷者耶？ 然吾聞山川游歷，每足激發其志氣。試屈指往來道塗所經崖谷之龍嵸，波浪之噴薄，日月風雨之晦明，城郭煙火之棊置，景物變態，可喜可愕。度且一寓諸篇章，發爲光耀，一往而莫遏。異日與子把臂金臺，傾囊倒庋而觀焉，則所云道彌而藝褥，視今此當更有進矣。小宛之詩曰「夙興夜寐，無忝爾所生」。蓋賢者顯揚其親，務及時進德修業爾已。中有真得以發聞于時，其於榮親之道，必將有兼收而罔憾者。余又烏乎測之？ 於是與客賦詩以壯其行色，酒三行，前致辭，預期後會而别。（癸亥）

光禄大夫太子太保禮部尚書王文貞公崇祀鄉賢祠序

今上御極二十有二載，都人士相率陳詞於京兆尹，請以前光禄大夫太子太保禮部尚書謚文貞宛平王公崇祀順天府學鄉賢祠，春秋俎豆弗絶。京兆尹報曰可。是舉也，光盛典、協輿情、賡風厲，三善備焉，其亟行之便。於是九月辛巳吉，今相國慕齋公以冢嗣奉神主入廟，群公子若孫咸端委韓帶以從，其自卿大夫以下，率公兩世門下士，例得奔走豆籩，肅拜告虔焉。禮成，退就列廡下，同列有喟然歎興者曰：「於都哉！ 上帝眷佑人國，篤生大儒爲名臣。古稱德言功三不朽盛事備於一人，是國之賢也。鄉其足以概之哉？當世祖章皇帝首出庶物，統壹萬方，稽古禮文，顯庸創制，修郊壇，興太學，旅群望，協歷律，作雅頌，疇咨俊乂，表章經術。時公起家翰苑，爲文學侍從之臣，日講求勸贊潤色，宏規一時，號令文章炳焉與三代同風。至議祫祭，議復帝王廟祀，議大享殿合祀儀，議祭北嶽於渾源州，議歷代帝王廟增入守城令辟，議録有明殉節諸臣，疏朝上而夕報可，著爲甲令，厥猶丕懋焉。方是時，海内殷富，興於仁讓，刑以不怒而威，兵以不殺而武，財賦不積聚而豐，仕宦不巧利而達，吏稱其職，民安其業，遐邇率俾，中外禔福，斯固由世廟聖神文武廣運之德哉！然寅清弼亮之勞，維公有之矣。以是經綸密勿，從容旃厦，至于作秩宗，掌邦典，與今相國父子同官，自秩官所誌，未嘗有焉。猗歟休哉！今上即位，凡諸登極頒詔禮文、上謚儀注，又悉公裁決措施。皤皤黃髮，群奉典刑。引疾引年，屢請不獲，爰有清勤端練，勉副倚畀之詔旨。於戲，豈偶然哉！我國家之肇造也，天地山川百神之位由公而式序，五教百揆、九垓八埏之風由公而壹軌，四子六經、廿一史、百家之指歸由公而定嚮，天下孝子順孫、忠臣節婦之靈爽由公而食報，極之億萬載無疆治統，實始基乎兹焉。亶哉！祀典所稱法施於民，以勞定國者，詹詹以鄉賢祀之，不已隘乎？庶常周子起而釋之曰：「古不云乎，『觀于鄉，而知王道之易易』，國固鄉所推也。公追封已及三代，而身膺封典，則移贈本生考錦衣公、妣焦太夫人，是即聖天子孝治天下之至意，而議禮制度考文之本也。宋潮州寓金公所，旋卒於官，其家未之知也，召其子而授之。何中貴死於盜，欲償其原貸而無從，爲育嬰於夕照寺，資其冥福。斯即敦尚信義，而廉讓風行之本也。其他睦婣任恤之舉，德施于鄉，化及於國若此類，難更僕數。蓋篤近而舉遠鄉，實其權輿也。祀又胡可已哉？且夫京師首善之地，四方風會之樞，雖繫以鄉，乃天下之標準也。豈其賢不出鄉之譾譾云爾乎？若其豐功駿烈，載在鼎鐘，立德立言，垂世訓俗，即更進而位諸宣廡，其誰曰不宜？」于是同列僉曰：「善。夫今而知斯典所繫綦重也。」因退而爲之序。（癸亥）

賀王儼齋先生陞内閣學士序

今上御極二十有二載，反側悉平，海寓清晏，保章馮相之占，蘭臺虎觀之記，太史輶軒之采，職方疆域之圖，彬彬乎三五郅隆，規恢無外焉。然而咨謀保泰，裁決機宜，猶日孜孜於細旃廣廈。時雍風動之化日以深，而亮采惠疇之忱恂日以篤也。耿光大烈之象日以廓，而維時維幾之勅日以殷也。適會内閣學士員缺，思得經術湛深，識時務，知政體者參知帷幄。於時循次應陞者數人，例得列名上聞，而天子慎擇其人，不拘資敘，特簡右春坊右庶子王公儼齋充是職。同郡縉紳大夫群幸分榮梓里，而屬余一言稱賀，以余雖後進，知公最深，不爲浮詞誇毗也。惟公綺歲發皇文章，温厚爾雅，春容博大，固卓乎有道名儒也。逮癸丑及第，洊歷翰編講讀，典試京闈，總裁明史。每以昌明正學，主持風教爲己任。深疾夫左道幻術張其瞽説以簧鼓一世，士無賢愚貴賤，靡然中狂酲而不能解也。以爲邪説移人，究其極足以亂天下。蓋作於其心，必害於其事，作於其事，必害於其政，不鋤而去之，其爲世道人心憂匪細。縱年來鋒銷燧息，遐邇率俾，而亂根猶伏，天下不可得而長治也。乃於珥筆侍從之餘，抗疏排擊，無少嫌忌。當是時，或以爲公非言職，不當言；或以爲迂疎非急務，不必言；或平昔交知驚歎咋舌，咄咄創見也；或親串私憂過計，謂公故至慎，未嘗臧否人物，胡然而出於此，曾不少瞻顧也。疏上，天子顧深韙之，始益歎異之。蓋曩者臨軒策士，嘉其條對剴切，擢爲南宫第二人，顧猶託諸空言耳。以詞臣立朝，而以人心世道爲憂，恥選輭觀望之風，作伉直敢言之氣，不尤偉哉！韓子曰：聖賢之道不明，三綱淪而九法斁，其禍出於楊墨肆行而莫之禁也。故嘗推尊孟氏功不在禹下。顧孟子不得位，空言無施，公一舉而砥狂瀾，衛正道，清政本，杜亂源，犁然有當於聖心，迅若風霆之行，無少齟齬於其際。自是天下翕然無復妄言禍福者，又不僅辭而闢之已也。邇者皇上慎簡大僚，其難其慎，而於内閣一席，尤深注意焉。地望清矣，官品高矣，非學術絶人，則弗稱。學術既優，而人品風節不足表見，則亦弗稱。人品風節無可訾議，而經濟未極其閎通，幹辦未極其贍給國體，時宜未極其練達，則又弗稱。以故斟酌審擇，無如公者，望實隆而倚任切，駸駸乎伊、傅、畢、召也。絲綸密勿之地，始基之矣。繼自今君之經國者，紛紛綸綸，焜耀竹素，文學侍從爲一書，賓興造士爲一書，筆削傳信爲一書，經邦論道、謨明弼諧爲一書。諸君子識之，賀莫大乎是矣。若夫承家之孝，則能上慰侍御公優游緑野；篤於友恭，則肩隨伯仲兩太史翺翔玉堂。一門之内，雍雍怡怡，於時爲春，於日爲旭，於世運爲泰。本此以秉鈞枋政，而正直光昌、深厚宏遠之意，彌綸於紀綱法度，漸漬於人心風俗，則五品遜，百揆敘，九垓八埏，物各得所。方當爲天下賀，而公且不居焉，又何賀如之。縉紳大夫僉曰：「善。是誠梓里之榮也。彼世俗諵諵之諛，君固弗娟，公亦奚取乎爾也？」（癸亥）

礪巖續文部卷之三

記

獨樹軒記

獨樹軒者，任城河督公廨中文室，自余肇爲之名也。客問：「子曷爲得名是軒也？」曰：「余頻年上公車，罷留滯長安，未嘗埽公卿門，悠悠者多以畸人目之，而大司馬督河靳公不遠千里，延而致之幕府，灑然相接若平生歡，命嗣君輩從學。於兹經涉寒暑，遂得僭爲狎主也。」「軒則奚取於是名也？」「軒之北户有老樹一株，大可合抱，挺然直上，出檐尋丈餘，則森梢蜿蜒，紛披晻藹，盛夏匝地濃陰，霜天虬枝拏攫空庭，月午篩影交横，宛爾營丘、河陽布筆也。署廣數十畝，無繁囿茂林，鳥雀之飛者、集者、和荅鳴者、迴翔而頡頏者，又晨於是、夕於是，以點綴景色焉。而軒遂饒幽致，用錫以佳名也。靖節詩曰『連林人不覺，獨樹衆乃奇』，浣花翁亦有『獨樹老夫家」之句。古人高自寄託，往往有取於獨，實獲我心也。」客曰：「信若陶、杜所云，則獨樹名軒，惟離世幽棲，閒閒桑者爲宜。兹固官舍也，名之毋乃弗稱？」余笑曰：「獨之時義大矣，僅離世云爾乎哉？今夫群然亦然者，跡雖離世，猶之同也。人不然而已然者，跡雖入世，猶之獨也。終南山絶遠塵氛，顧有時爲仕宦捷徑。然則避地高蹈者，不皆石户爲農，因樹爲屋者也。於此有人焉，位躋九列，比肩將相，而富貴佚樂，所性不存，危行危言，特立不懼，惟日孜孜立德立功若不及，蓋其中有介然不欺者，何嘗隨俗而移也。此其人爲入世乎？爲離世乎？爲同乎？爲獨乎？寧必稱其跡之是，而稱其實之非乎？且士之實亦未易辨也。士固有渾跡塵壤，而不能脂韋汩没以取容。既相託爲蜀之日、越之雪矣。彼特立於九列者，不爲曹好曹惡，偏有以取之。蓋或出或處，惟道之同。則於官舍中有軒，於軒北有樹，樹又貴其獨也，而以兀兀談經者代主之，奚遽不可以名？」客爽然曰：「是固漆園所謂寓言十九者耶？抑即以子言廣獨行傳其可耶？」余俛而不對，因書之以爲獨樹軒記。（己未）

重修太白樓記

古有磊落奇偉之士，俯視一世，縱逸氣而逞狂才，動爲見嫉者詬厲，至蹉跌而不悔，往往有託而逃，以自晦污。於是拘墟之士，猥以曲謹繩之，謂非中道，不可訓。噫，是何足與論天下士哉！士之負其氣也，猶江海之流，通舟楫，利灌溉，沛如也。顧有時騰湧鏘戛，汗漫蕩溢，而不能自禁，果孰迫之使然哉？彼其激於閼抑之勢，未由導其流，而利其用也。人苐知李供奉爲古今一才士耳，不知其氣有大過人者。即其與韓荆州書，自言長不滿七尺，而心雄萬夫，倘急難有用，敢效微軀。余始讀之，亦疑爲氣矜之習，不過聳動當途，汲汲投合耳。逮觀其徵就金馬，人主降輦步迎，手爲調羹，其優禮不爲不加矣。入直金鑾殿，諮訪國政，潛草制誥，其見知不爲不深矣。沉醉濡毫，則寵妃捧硯，花牋進調，而錦袍被體，其異數殊眷不爲淺尠矣。令他人處此，慮無不驕其志，喪其守者。迄今讀行樂、清平諸什，雖一時被詔立成，必隱寓諷諫，以冀感悟。至奴使權璫於大廷，以摧抑其威燄，非秉剛大之氣，能不以進退禍福爲秋毫顧慮乎？洎其卒被讒沮，賜金還山，益傲然自足，喟然曰：「千鈞之弩，一發不中，則當折牙息機，安能效碌碌者蘇而復上哉？」嗚呼！公之立身行己，具有本末，已盡決於數言，是豈猖狂迷妄，徒以詩文自豪者哉？厥後乃罹潯陽之獄。其爲婦寺之餘憤，假永庶人之迫以陰中之也彰彰矣。且夫疑似之迹，振古難明，重以簧鼓簸揚，同聲附和，疇則能諒其生平，表而出之者？使風雷不發金縢，則姬公之疑謗與靈均何以異？此公所以長流夜郎，終身不究其用也。世傳供奉嘗遊任城，時賀公知章爲任令，觴之城樓，樓遂有兩賢遺像，後世雖小夫孺子，無不指而目爲太白樓者。夫以當時烜赫如力士，豔煽如太真，炙手可熱，公卿争奔走焉。未幾而化爲荒烟，蕩爲冷風矣。不聞有斷瓦頹垣可訪求其遺蹟，哀其榮落之不常而弔之者。即彼華清之宮，沉香之亭，亦復何有？而兹樓猶巋然特峙，遠近往來，指顧稱道弗絶，豈不以其人哉？任不乏名勝，而以是樓爲甲。會大司馬督河靳公暇日駐節樓下，憫兹樓之歲久欹傾，登眺者窘步，想公之風概而無從也。乃與憲副葉君、郡丞任君，是究是度，倡率捐餼，悉撤其敝窳而更新之。於是棟宇簷楹，垣墉丹雘，復堅完壯麗，頓改舊觀。時余方談經幕府，因相與落成，樓上憑檻而興感，曰：嗟乎！自古才士，或終身蓬藁而淹没弗彰，何可勝道？既已表見其才，發聞於時矣。卒也莫究其用，不知天意竟何居乎？太白遭愛才之主若是，其寵異之，固丈夫不世之殊遇也。然而權閹禍水，蠱蕩君心，内有僉壬之張垍，外有狡黠之禄山，微文隱諷，恬不覺悟，而徒以詩文見賞，豈得爲知公者哉？宜其自託於麴蘖，而日逃於沉冥之鄉也。然而偶然之寄跡，斯須之命觴，能使後之人傳其軼事，俯仰憑弔，流連而不能去，追企其流風，至於愈久而愈新，則亦安必其大伸於一時哉？後有負奇氣者，或遇或不遇，登斯樓也，度且頷余言，爲之茫然永懷，而慨焉太息也。（庚申）

仲礏菴遺蹟記

將爲守先業而弗棄基，則必勤垣墉，修疆畎，惟懼堂構隳而播獲荒也。此世所貴承家者也。然而紹聞衣德，或不存焉。爲人稱而遡之，未必其油然感，悠然思，而肅然起敬也。然則前之克開，與後之善繼，寧僅世俗所賢云爾乎？吾聞之，賢者必有後。又曰有其實而辭其名者有後。蓋賢者則其天定，而辭名則不多取於天，其垂裕遠也。宜賓大令碟菴仲公，種德績學，顯於有明宣、英二宗間。人方期其大用，而公澹於榮譽，早賦遂初。平居與親串往復，雖片牘必以道義相劘。其辭旨温厚和平，書法蒼瘦遒逸，竟幅無爛語漫筆，令覽者斂容欽歎。宜其遺風餘澤，昭茲來許者，久而彌光也。余生也晚，幸獲交公之六世孫固存。端而慤，質而有文，和而不苟同於俗，所得於家學淵源，最深且厚。比年來，每與共晨夕，鄙惑之心輒不祛而自去。倘所謂使人油然感，悠然思，而肅然起敬者耶？暇日出公茲册，屬爲之記。夫其什襲之意，寧苐以先世手澤，秘諸篋衍，永爲家珍已哉？蓋將使繼此而往，子孫勿替引之，相與勉爲古道，而不移於世趨，長食舊德於無涯也。由是觀之，固存之賢加於人一等矣，其爲堂構播穫也大矣。喜而識以歸之。

重修濟寧州學記 代

濟北，故任國也。古惟魯稱秉禮國，而任於魯爲附庸，習尚當不相懸已。其距闕里也，僅二舍餘。東接鄒，西鄰武城，並不及數十里。而洙、沂、汶、泗諸水，交匯縈紆，經流乎境內，洋洋乎聖賢教澤漸被，而涵濡之也不深且遠哉！司馬遷有言，適魯觀仲尼廟堂車服禮器，諸生以時習禮其家，每低徊不能去。遷固龍門産也，心焉嚮往山川間之至，則留連若是。藉令生長於斯，不啻近光暘谷，當何如厚幸乎？ 至若此邦名德，則任子不齊爲孔門七十子之一，今城東祠宇存焉。他如閔子、原子、季路、子貢、子羔、子遲之徒，或生或葬或僑居兹土，遺蹟昭昭在人耳目。夫以近聖之居，若此其甚，而群賢萃處，流風未泯，宜其俗猶願樸，多善良士，美秀而文，彬彬儒雅，閭里相親，睦敦人倫，鮮暴戾恣睢之習，信如舊誌所傳矣。自今觀之，顧多不盡然者，何居？豈運會之隆替，習俗之遷流，縱聖賢在望，不能永爲維繫耶？ 抑隨事隨時隄防而補救，繄惟後人是賴耶？ 則興化振俗，復古返始之道，詎可一日而斁諸？ 余受命視河來濟上，慨然思夫子之言曰：「甚矣魯道之衰也。洙泗之間齗齗如也。」蓋當時已見端於微。惟其微也，故云一變猶可至道，特不知變於何從乎？ 念昔魯侯在泮，小大從公，順長道而屈群醜，乃至飛鴞亦懷好音，幾與鎬京辟雍媲美，則崇厲學校，若是其重以亟也。以濟之承流於魯也，多士德心匪偏詘也。今頖林芹藻猶與棫樸菁莪競秀否乎？ 逮夙駕戾止，周覽廟庭，則廟貌圮矣，學舍荒矣。惟見廬舍櫛比其間，蕪穢不除，畜牧充牣。嘻，其甚矣！ 怪而詰夫司鐸，則曰：「是傍附編氓僦居隙地以贍學租之匱，沿而弗禁久矣。」噫，有是哉！ 義利之不明，孰不可忍者？ 是用痛心疾首。檄罷之，以爲溺職戒隨，屏厥竄處，而界以周垣如故址，罔得越已。乃倡率僚屬，捐俸而鼎新之。一時同志響應，工作畢舉。或重建，或增修，咸以序鼇葺。丹雘既施，貞珉用紀。嗚呼！ 政教首繫學校，自古誌之。凡爲吏當知先務，矧濟州士庶又密邇杏壇，曾不若深山窮徼，知誦法先聖而尊奉之乎？彼妥侑聖神何典也？講學行禮，興賢育材何地也？相率爲因循苟且，而未務視之，淪胥至斯，幾何而不爲闤闠雞豚之社，未聞有惄焉省憂者，則世道人心方虞江河日下，變窮於無所入耳。庸冀其興化振俗，復古返始乎？夫興化振俗若甕器然，先飭其具，而後材可成。今學之修也，具則已完矣。復古返始若濬渠然，毋壅其流，而後源可遡。今廟之新也，流則已導矣。若由此而良其材，俾勿窳，探其源，無或昧，自在官師之守偕此邦之人勉進之哉。余雖皇皇焉閔斯蠹壞，一試廓清，而胼胝河干，席不暇煖，安所得從容升降其中，與都人士講求聖賢遺意？則繼此之有事，凡其志焉未逮者，予日望之而不能悉其説也。（庚申）

重修淮安府學記 代

天生民而作之君師，司政教之權，以一道德、同風俗。非能家諭户曉也，廟堂之上，穆然不見其所爲，而鼓舞變化，翕然嚮風，異乎一切苟且之治。夫何具以整齊之哉？古之王者建國君民，教學爲先。先其重且要者，而凡紀綱法度，以次振舉而無難，固知學校修明，斯政教無日不行於天下矣。故其制自國都以達郡邑黨遂，其訓三物六行，其文詩、書六藝，其禮釋奠釋菜，以及養老飲賓升降恭讓之節，靡弗講肄於兹。若是乎多爲之所，恒爲之習，俾人無知愚，觀感而化。而又立之官師，導以嚮方，戒其不率，而勉其怠。故其造就人材，自詞章器數之末，以通性命之微，始於修身正家，而究極乎經邦理物。逮夫論秀入官，則惟所措施，而取諸其素推，而被之油如也。蓋鄉國天下，無遠近難易，皆若合轍焉。道德無不一，風俗無不同，恃有此具也。學校有興廢，而政教與爲盛衰，非其理之必然者哉？今天下車書一統，聖天子方崇儒重道，表正萬邦，聲教之所漸濡，風行草偃矣。猶睠焉士習民風，寓其意於課吏殿最中。屬在臣工，當無不孜孜焉承流宣化，思所以上副德意者。某雖職在河防，晨夕橇檋不遑，而表率屬寮，亦與有責。近奉命總攝漕務，間駐淮陰，虔謁宣聖廟庭，則多摧圮剥蝕，風雨不蔽。他若明倫之堂，尊經之閣，諸爲祠、爲庫、爲庖湢、爲門、爲亭、爲坊，率敗甓巖垣，頹楹朽棟，岌岌乎蓬藋，鼪鼯狎處而爭長焉。乃慨然曰：「嗟乎！寧惟官師弟子之恥？固郡邑有司之憂也！」亟與寮屬謀捐俸鳩工，修舉廢墜。賴二三同志，此倡彼應，其材不斂而具，其程不督而趨，自經始以迄落成，僅爲日若干。既而某官等請誌其事於石。余惟郡城襟河帶淮，匯山海之靈秀，峩峩洋洋，英賢挺出，而忠孝節烈、勳業文章爛焉照史乘。其俗夙重然諾，敦信義，士崇學問，而人尚廉恥，衣冠禮樂之盛，甲於東南，舊志猶可稽也。邇雖文物代興，不知視昔何如，而敦龐淳樸之風，亦少衰矣。豈運會洵有升降歟？抑習尚與化移易，將政本教原之地因循隳窳，闕焉久不講歟？夫淮於春秋時猶爲楚僻壤也。自吾夫子問官郯子，因登朐山望海，又相禮而會夾谷，却萊兵，正愆義，厥後風會日闢，人文遂蔚起焉。今海州名朐山爲孔望，而夾谷即贛榆，並淮郡屬也。雖聖轍所經，其存神過化，有不可得而測者，要以轉移振興惟其人，不惟其時，概可推已。後世言吏治者，鞅掌於簿書期會間，斯爲稱職，外此輒視爲不急，宜其蠱壞已極，曾莫之省憂也。孰知政本教原之地，文具而實亡，有大不可者。況并其文之不具乎？今兹之役，始基之矣，猶願自今以往，思古先王設學垂教之意，體聖天子廣厲樂育之心，型仁講讓，德藝並興，毋怠毋廢，以時釐飭。他日登堂課士，則多經明行修，足備公卿大夫百職之用，匪徒干禄徼名。問俗觀風，則農力於田，工良於業，商賈平於市，子孝弟恭，尚齒尊賢，秉禮而循分。乃得與諸君子聽絃歌而樂比户之可風也。斯爲學校之成，而大遠乎一切苟且之治，不亦休哉！凡吏於兹與産於兹者，尚其勉之勿替。

（己未）

礪巖續文部卷之四

傳

胡節婦傳

胡節婦丘氏，荆門馬仙村人，處士胡之明妻也。沖年即以孝聞，十八歸處士，事舅姑盡誠孝。姑疾，早夜拊摩，兩體相薄，冀染患以脱之。間入密室，焚香祝天，誓以身代，家人莫之知，有侍婢褰幃入，知之，戒勿泄，慮姑聞，重傷其隱也。未幾姑竟痊。節婦年二十八，而處士早世，撫其七齡孤，泣曰：「兒幸依祖父母苟延餘息，我從爾父地下矣。」七齡孤者，今庶常胡作梅之父文學胡振翼也。遂呼搶悲慟，水漿不入口累日。舅姑患之，泣謂曰：「我二人老矣。子喪，惟媳是依。即弗能濡忍，不幸侵尋老死，奈此藐孤何？」乃伏謝曰：「初謂撫孤難，殉夫易，故寧就易，不敢犯難。今聞命矣，其敢以難貽二親？」自是始，日進一糜，力紡績以奉甘膬，其餘以供脯資，命子就外傅，朝夕督課之。越明年，舅復歿。值明季寇亂，日皇皇隨姑後，若形影俱，區處喪事悉以夜，倥偬竭蹷，務合乎禮，勿之有悔焉。無何，寇愈迫。竄匿山谷間，必佩利刃。姑詰其故，曰：「婦猶少，脱不虞，便伏刃死，非此恐不克自全耳。」興朝定鼎，甫寧居，三遭回禄，生計粗給輒蕩然。時姑已歿，惟母子嬛嬛灰燼中。父丘太公憫之，欲載與俱歸。辭曰：「此皆天阨兒也，兒安所逃厄？且兒即餓死，亦胡門鬼耳。舍是安歸？」閭里咸嗟異之。厥後子既成立，娶婦劉氏，亦奉事服勞甚謹。節婦躬操作猶弗替，子婦每泣止之，正色曰：「爾不聞敬姜之訓乎？凡我所以不死，爲而曹故也。顧乃以怠訓習而效焉，曷以法後世乎？」居恒家誡，歸於忠厚退遜，敦本收族，子孫至今恪守之。嘗有盜劫比鄰室，聞墻外相戒曰：「勿高聲，恐驚胡節婦。」其格及兇暴且若此。

周子曰：余與節婦之孫作梅爲同年同官，數相聚京邸，見其每食必舍肉，問之。曰：「吾祖母苦節四十年，備嘗荼蓼，今春秋且七十。家君故儒素，安澹泊，甘旨未足於供。作梅越在三千里外，禄養未周，縱靦然食肉，其能下嚥？」因爲具道曩事，余以是知其詳。他可紀載尚多，顧余不暇紀，紀其大者。（癸亥）

靳氏家傳總敘

靳氏之先本居山東濟南府歷城縣，世遠譜亡，宗派已不可遡。明洪武時，有名清者，與姪長蓀出關防戍。清爲總旗，駐遼陽衛。今改衛爲州。長蓀分駐海州衛。久之，又有族人名蘭者，不知其行次，亦出戍海州，與長蓀並居柳河之濱。清以邊功得晉職一級爲副百户，家於遼，遼之有靳氏自此始。後出征朱爾山，清陣亡，加贈三級，世襲正千户。再傳而家貧，不能具介胄，亦無力請襲，遂失職。逮子姓漸蕃，大半居遼衛城外武密口，以耕獵工作爲業。其傳世於遼衛城者曰旺，旺生必忠。必忠生二子，一曰守名，一曰守臣。守名生二子，長國元，無子，次國復，生六子，曰：仁選、義選、禮選、智選、承選、信選。守臣生國卿，國卿生七子：長文選，次士選，次彥選，次幼殤，次廷選，次亦早殤，次應選。時海州一支多避兵關以西，往來濶絶，莫可紀已。居武密口者又瑣尾流離，磨滅殆盡。惟存遼衛城中一支，而國復子六人亦多散亡夭絶，獨承選久存，生一子亮。國卿子成立者五人，士選殉難，文選、廷選不永年，俱乏嗣，其考終者榆林兵備道彥選、封光禄大夫通政司參議應選二人。彥選僅有螟蛉奉祀。惟應選生三子：長河道總督輔，次職方司郎中弼，次杭州府通判襄。輔生五子：長吏部員外郎治豫，次登州府通判治雍，次治魯，次治齊。治豫已生子四：樹基、樹喬、樹滋、樹畹。弼生六子：長鞏昌府同知治揚，次歙縣知縣治荆，次治青，次治岐，次治兖，次治邠。治揚已生子樹勳。襄生三子：長候選通判治梁，次治冀，次治徐。治梁已生子樹芳。餘德業名位俱詳本傳中。大約靳氏之繁昌，自守臣開其先，自國卿培之厚，自應選而蓄積彌隆，保世滋大，而前此譜失無稽，則自遼左用兵，其存亡播越蔑由證據，不强求附會也。作靳氏家傳。小傳詳碑誌中。

贊曰：人言三代而後，氣運日薄，世不復古，有志復古者終見絀於時。是説也，余嘗疑之。及觀靳氏一門孝友，皆淳龐質直之遺，其食報亦最厚，非所謂不移於流俗而篤於信道者耶？天下士大夫聞靳氏之風，設誠制行敦善不怠，畸於人者侔於天矣，其孰能絀之？（庚申）

礪巖續文部卷之五

論

立綱陳紀論上

治天下無異道，修其本而萬事皆理矣。所謂本者何也？聞之記曰：「聖人作爲父子君臣，以爲紀綱。紀綱既正，天下大定。」夫古今不過此父子君臣之天下也，而治亂不同，修短異致，蓋其所以操乎本者誠不可以不審矣。白虎通論三綱六紀而曰：「綱，張也。紀，理也。大綱小紀，所以張理上下，整齊人道也。」夫綱紀之在天下，不立則仆，不陳則紊。設也盡天下之人而父父子子、君君臣臣，則四海之大、億兆之衆，皆可不勞而安其本業矣。亦何俟君人者爲之規遠大計久長哉？而無如理與勢之必有所不可也。夫苟理與勢之所不可，則夫僥倖於目前，苟且於事後，率皆旦夕偷安之計而已矣。且夫帝王之大業，不能百年而無事也。累葉之蒙休，不能盡符乎先烈也。用人出政之大畧，不能皆賢而無不肖，皆得而無失也。而所恃以爲久安長治之基者，則惟此紀綱存焉耳。韓退之論三代之衰，諸侯作而戰伐日行，傳數十王而天下不傾者，紀綱存故也。然則所以張理而整齊之術，又安可不亟講哉！善乎賈生之言曰：「立綱陳紀，輕重同得，後可以爲萬世法程。」生之爲文帝謀，可謂至切矣。而皆指斥漢事言之，非今世之所急也。夫先其所急而圖之，則用力可以不勞，而其功已倍之矣。先王知其然也，故雖事變之未來，朝廷清明，宫府一體，其所弛張厝注，必有所以思患預防之道。俾子孫守其先業，亦得其遺意而有所據依，可以永久。自非紛更喜事，蕩棄前人之規矩。則雖用人之未當，出政之乖方，而亦未至於一敗而不可救。是遵何術也哉？亦惟其所以立綱陳紀者，有以爲善後之圖而已。竊願與世之明理達務者，亟求其説而爲之所也。（甲子）

立綱陳紀論中

一代之興，必有一代所以張理整齊之具，以維持世道而不敝。蓋綱紀之本，百世不易之道也。不隨時而隆替，其立之陳之，則因時規制以張理而整齊之，是其具也。惟其爲具，而後世相沿爲文貌，浸忘其本矣，此不審於名實之辨也。朱子論紀綱有曰：「辨賢否以定上下之分，核功罪以公賞罰之施。」賢否不明，功罪混淆，此即宋室之紀綱一壞而不可復之由也。而其所爲用賢黜否，賞功罰罪，其格固在也。其格固在而不知所以張理而整齊之，是乃所謂名焉已耳。夫賢者在上，愚者在下，有功者必賞，有罪者必罰，使天下各自矜奮，交相勸勉，蓋不待黜陟賞罰一一加乎其身，而禮義之風、廉恥之俗已丕變矣。然豈徒名之云爾乎？孔子曰：禮云樂云，玉帛鐘鼓云乎哉？夫父子也而坐立，君臣也而拜稽，賓客也而揖讓，苟非有實意行乎其間，是直機械之偶人而已。雖極以偃師之巧，而要不可謂血氣之屬也明矣。張釋之論秦之敝，徒文具而亡其惻隱之實。流及後世，人誦聖賢之書而俗愈偷，人飾循良之譽而政愈乖，人矜冰蘗之操而行愈穢。以故日講理財而財益絀，日講訓兵而兵益驕，日講課吏而詼詭貪諛、嵬瑣捷足者，争先請屬而爲欺罔。究之，無咎可歸，無瑕可摘，勢不至人人變賢爲佞、化朴爲巧不止，其敝又不啻如釋之之所慨而已。夫豈其治具猶未備之故乎？今者用人出政之大畧，靡不舉也。其所以立一代之規模，集前王之成憲，布化綏猷之要，宜民善俗之方，亦皆次第推行，靡有闕遺矣。特慮名具而實不副焉，則雖有紀綱之存，而所以張理而整齊之者，未可爲得也。何者？國家之規爲施設，莫患乎徒徇乎其名。徒徇乎其名，則視天下一切之務，皆泛泛焉如蓬梗之相值，而上下相蒙，彼此交徇，至於玩習既久，而叢奸積弊，殆有不勝言者。然則爲今之計，亦惟於名實間加之意而已矣。加一辨賢也，其果賢者上而愚者下耶？一考績也，其果功者賞而罪者罰耶？推此而凡禮樂教化、兵農刑政之事，其能一一仰遵功令，實副乎上之所求，而一無所矯飾假借於其間否耶？夫成法具在，初無庸變置爲也。惟在綜覈其名實而振飭之，而上作下應，人人不敢飾非，務盡其心矣。舍此而别求久安長治之術，雖有賢哲，其能易説而爲謀哉？（甲子）

立綱陳紀論下

人主所挾以綱紀四方之具，惟其實，不惟其名也，而欲綜覈乎名實之際，則誠有所甚難。夫所謂張理整齊之者，人人能知之，亦人人能言之也，而顧使大小臣工，各精白乃心，恪恭其志，以副上之所求，而舉天下之大、四海之遥，莫不回心而嚮道，豈易易哉？要必有所以先之者矣。朱子曰：「人君爲治之本在乎正心術以立紀綱。」紀綱不能以自立，必人主之心術公平正大，無偏黨反側之私，然後紀綱有所繫而立。由是而言，則自朝廷之上，以及乎四國之遠，其所以窺君身者蓋已微矣。夫心術亦不能無藉而自正也。養之以理義則明，汨之以物欲則昏；見正人，聞讜論則明；近佞諛，受壅蔽則昏。去其昏我者，復其本明者，克其偏黨反側之私，而全其公平正大之體，此聖德所由成，而王者所恃以立綱陳紀之本也。是以古之君子佩玉應乎宫徵，步趨節乎禮樂，而且師保凝丞箴規誦戒，無一不陳於左右，所以養其神明者至矣。又必講明義理之歸，閉塞私邪之路，君心乃可得而正也。然惟見理明，然後能知言。能知言，然後能知人。能知人，然後能進賢退不肖。而立綱陳紀，不務名而責實，細大之務，無乎不舉。夫天亶神靈，固非尋常之主所可等論乎？然以舜之濬哲，而禹猶儆以無若丹朱傲，以湯之勇智，而仲虺猶戒以自用，則小何嘗損盛世之泰，交適以彰聖德之虚受。然則加勉乎已至，而毖飭其未形，則聖者益聖，明者益明。時以公平正大居心，而不牽於偏黨反側之累，以爲立綱陳紀，綜覈名實之本，豈非善之善哉？抑又聞假樂之詩曰「之綱之紀，燕及朋友」，「不解於位，民之攸塈」。詩人之善禱也，不爲其君一世之綱紀計，而且爲後王世世之綱紀計，亦不徒以頌而以規焉。竊以爲久安長治之模，未有盛於此者也。然則正心術以立紀綱，誠萬世之本計也。（甲子）

聖人定之以中正仁義論

太極之理具於人而爲五性，守之無不貴也，行之無不利也。然猶未足恃，何也？慮夫性之囿於氣也。人雖靈於物，而天之所予未有不附麗於氣者，囿於氣而性日瀉，烏覩所謂純粹至善之理？將紛然襍出於攻取之途，卒陷溺於回慝，而不知返其靈也。祗其所以爲惑也。故夫形生神發而後，非定之以中正仁義焉不可。且夫堯之授舜也曰中，而孔子繫易則兼言中正。孔子之教學者曰仁，而孟子則兼言仁義。豈先後聖之有殊旨哉？是則聖人憂天下之心而已矣。蓋言中者，聖人爲天下立道之準，而以救夫過不及之差也。自天下之生日趍於變，苟徒知中之爲用，而不示以當然之則，則將漸喪其所守，故必兼言中正，而中之義始備。仁者本乎惻隱之微，廓焉而靡所弗屆者也。而不示以裁制之方，則將混於所施而無等，故必兼言仁義，而仁之說始明。蓋定之以中正仁義者，聖人立教之大法，而其所以憂天下也，至矣。昔者堯授舜以中，舜以命禹。自是而湯，而文、武、周公，莫不聞而知之。歷聖相傳之心法，莫有外焉者已。降而春秋之世，去聖久遠，世衰道熄，於是老氏之徒創爲清净無爲之説，極之虛無曠渺，以爲吾學裂，如所云致虛守中者是已，而不知此非聖人之所謂中也。故堯舜之時，可言中不言正，而孔子之時，不得不兼言中正也。仁固包乎四德者也。孔子於繫辭一言仁義，而與門弟子問答，但言仁而已。自楊、墨之徒以兼愛爲仁，爲我爲義，以誑惑世之人心，孟子不得不昌明其説以曉天下。故孔子之時，可言仁不言義，而孟子之時，不得不兼言仁義也。故曰聖人所以憂天下之心，而非先後聖之有殊旨也。夫中可以該正，而不正不足以致中，仁可以該義，而不義不足以成仁。中、正、仁、義，四者固聖人教天下之大法，而周子揭其理以昭示天下，始知人之所以復其性而超然形氣之表者，恃此四者焉。嗚呼！至矣。雖然，此言乎性之德也。苟非此心之體無欲而静，其何以一天下之動哉？然則中正仁義固以立天下之極，而主乎静以成位乎中，又四者之極也。自學者之入德以至於聖人之化神，所以立乎體用之間者，一而已矣。（甲子）

無欲故静有主則虛論

人之所以神明其德，與天地同其易簡，而外誘不能亂，内蔽不能淆者，寧有畸術哉？存乎洗心之功而已。原夫無極二五，絪緼化醇，人得其秀且靈者爲五常之性，性發而爲喜樂怒哀之情。其統乎性情，而理與氣俱焉者，心也。性固與生俱生，純乎理，不雜乎欲者也，是心之主也。自情生於緣感，乘乎氣以爲用，於是純乎理者，欲得而雜之，主乎中者，物有以奪之矣。湛然者，水之性也，沙入而濁之。炯然者，火之性也，烟迷而晦之。情炎於中，紛擾膠轕，蓋什伯於烟與沙也。求復其湛然炯然之本體，則必沙盡澈，烟盡消，而後可幾也。此周子無欲故静、程子有主則虛二言，先儒以爲心學之綱要也哉！蓋心一而已，而虞廷有人心道心、惟危惟微之辨。何居？自其後起之情，乘乎氣而動于欲者，則從人；自其本然之性，純乎理而爲萬變之主者，則從道，非有二也。然而爲道心之累者人心也，本危殆而不寧；爲人心之制者道心也，本微渺而難恃。二者交戰，互爲消長，無如人心常勝，道心常負，勝則危者愈以危，負則微者愈以微矣。聲色貨利之欲危其心而使之溺，惰慢邪僻、恣睢逸樂之欲危其心而使之縱且荒，若輿之脱輻而莫適爲車之主也，若馬之脱轡而莫適爲駕之主也。方逐逐於攻取，皇皇於得喪，而安所得寧静之時，美惡之形褋出乎前？而去取之私憧擾於内，又烏覩所謂至虛之體？至是而向之甚微者或幾乎熄矣。聖人主静而人極立焉。性以宰夫情，理以御夫氣，則道心常爲之主，人心退聽而爲之役。受役者損之又損，爲主者存之又存，而凡物之自外至者，安能撼我哉？當其一物不交也，寂然不動。理之向於静也，心不因之而静也。有時感而遂通天下之故，情順萬事而無情，理之向於動也，心不隨之而動也。明道所謂静亦定，動亦定，無將迎，無内外也。夏葛而冬裘，饑食而渴飲，不可謂非後起之欲也。而一循乎理之自然，寧有容心於其間哉？此無欲故静之説也。静則未有不虚者，何也？心以至静爲體，以至虚爲用。心方動而欲乘之，投間抵隙以竊據神明之舍，則理爲客而欲爲主，故窒而不靈。心常静，則物不得而撓，天君泰然，百體爲之從，令斯欲爲客而理爲主，故虚而能應。考亭所謂心虚則理實，心實則理虚也。此有主則虚之説也。周、程二語寧有岐旨哉？雖然，苐言其效，則相因而互見，不求其用力之方，則欲何自而無，主何自而有？是在致知之功與主敬之學矣。致知則能晰危微之辨，擇之至精而得其所主，欲不能蔽。主敬則能嚴理欲之幾，守之至一而所主常定，卓乎其不可犯。夫然後静虚之體可得而返其初，此又二語之外，别見之要旨也。所謂洗心之功，聖人所以神明其德者，其在斯乎？（壬戌）

礪巖續文部卷之六

議

開西北水利議

天下之地勢，西北高而東南下。水之趨下，其性也。自西北而趨東南，高屋建瓴之勢也。故高者苦焦涸，下者成沮洳，古人所以爲之隄防，以爲蓄洩計，蓋其關於國計民生亦綦重矣。今國家奉地率仰漕於東南，官吏之歲禄，内外諸軍之鑲餉，皆於是乎給焉。而東南之人竭其一歲之入，舳艫數千里，自江而淮而河而漕渠，以達於都下，率數鍾而致一石。司農之入，每歲爲數若干萬，而民間之費則數倍焉，東南之困可念也。況道里遼遠，猝有水旱之虞，寇盜之警，緩急尤不可恃，識者蓋常憂之，而卒無善後之策。此無他，以西北自有之地利，謀國者顧委之而不論也。夫自神京延袤以西，平原曠野，其地千萬里，十倍於東南不止矣。秦晉之國常雄於天下，左氏曾載其彼此請糴，未聞徧詘于産粟也。又魏晉以後，南北分帝，南者多弱，而北者常彊，是皆自食其地而更無鄰國之輸也。乃今彌望皆黄茅白葦，無所用之，豈今昔之勢固殊哉？蓋自秦人破壞井田，而澮洫溝遂蕩然無復遺制。後世以師古爲迂，以復古爲難，因循隳窳而不講於經久之法也。昔者史起、鄭國、白公、馬援、虞詡輩，固常行之而蒙其利矣，非創爲之説，而其事迂濶而不可信也。戰國秦漢之事或遠而莫稽，若虞集之開瀕海，近在元世；徐貞明、左光斗之墾涿州、薊州，近在有明，其舊跡故趾，宜可按而稽也。今誠推其遺法，按行數千里之中，審地勢之形便，水道之高下，或爲之疏濬，或爲之開鑿，奔瀉者爲之隄堰，瀦蓄者爲之導引，不過數年之餘，其功可舉。水利既開，則旱澇有備，蓄洩以時。昔之一望爲黄茅白葦無所用之棄地，悉可爲上腴沃壤，不徒以贍一方，供一歲而已。其所贏爲三年九年之畜者，皆可爲國家防水旱，禦非常者也。非所謂萬世之利乎？難者必曰：「興大役以賈怨，損大費以邀功。」此事之難行者也。然而不一勞者不永逸，惜損費者無全利。搴茭負薪，日皇皇於楗石間，金錢歲以鉅萬計，其與決渠降雨，荷鍤成雲，孰難孰易？架檣捩柁，出没洪濤浩瀚中，日凛凛於衝漂覆溺，其與疆理畎澮，經營原隰，孰危孰安？古之興大利者，即疲民傷財而固有所不甚卹，誠不狃於目前，安於苟且，而務爲經久之圖也。且自軍興以來，及賑荒治河諸大事，固嘗開鬻輸例以贍煩費矣。今宜復下其成法，俾民得拜爵贖罪，計其疏鑿之功與墾闢之數，若者除某官，若者贖某罪，核實而爲之差。或令東南富民諳習田功，願赴墾藝者，終畝若干，授以品秩，如古之田畯保介，俾司勸相之職，成效愈著則遞加其秩，而詔禄即出于租入之中。虞文靖所謂能以萬夫耕，則爲萬夫長，千夫、百夫亦如之也。夫不强以人情之所難，而鼓舞以中心之所甚樂，以集裕國之大計，誠莫便於此者。審若是也，役不苦于繹騷，費不傷於供億，富西北之民，蘇東南之困，而皆所以爲國家計深遠。至於舟楫之便利，商賈之流通，又其餘矣。一舉而收數利焉，是在籌國者亟加之意可已。（癸亥）

河防議

邇歲以來，夫人而知有河患，亦夫人而能言治河，要皆局外旁觀，矢口譏評者也。稍能根據舊聞，遡源及委者，不過按圖索驥，刻舟求劍之陳言，卒亦無殊於扣槃捫籥也。夫自古未有無患之河，亦初無一轍之治法，必相時度勢，握全算而施人力焉。宜因者因之，毋以更張而滋擾也。宜創者創之，毋以仍貫而貽悮也。緩急之異，宜先後之有序，毋容倒行而逆施也。況古今水土，性有變遷，昔人成法雖有明驗，今踵而行之，即成敗異變，功業相反矣。且自康熙丁未後，徐州以下黄河南北兩涯沖決漫溢，靡所底止，淮、揚二郡舉爲澤國，而宿遷至海口五百餘里，河身高壅，漸成平陸。雖數年來疏通清口故道，驅淮入海，以助衝刷，而宿遷、桃源、清河三邑境内，河身百六十里，其高壅尤甚，非殫力疏濬，則諸決口不可得而塞。諸決口不塞，安所得一往順流，會合淮、河，而由雲梯關入海耶？故曰初無一轍之治法也。或曰然則減水壩之設也，何居？曰此權宜之要策也。蓋河道當修復之初，衝刷日淺，僅能容平時安流，驟遇伏秋暴漲丈餘，則所謂百六十里内必有泛濫潰決之虞。非藉減水壩以泄此漲水，則無以殺其勢。故凡東湖也，與楊家莊也，七里溝也，黄家嘴也，諸決口窪下之區，皆以受所減之水，經海州入海之道也。或曰減水之所經，必無乾土，如淹没田禾何？曰是不審於利害之輕重也。前此淮揚徐邳，一望巨浸，尚付之無可如何，今已悉爲沃壤矣。而減水所經，不過曩者決口所淹之下隰也，非别有新淹之地。且一歲之中，惟七八月間藉以洩漲，餘皆暵日也，猶可以藝麥。逮至數年後，此百六十里日漸衝刷寬深，即壩亦爲徒設，況經行之道乎？然則目前更何所急？曰善後之策，亦胡可不講哉？雖決口已盡堵塞，河復故道矣，且疏濬已施，而河身日漸深通矣，防伏秋久雨之暴漲，則又有減水各壩以殺其怒矣，所急者惟河傍之月堤、縷堤、遥堤、格堤，宜增之使高，築之使固，防之使不侵削。護奮迅之勢以行淤沙，束專力之流以循故道，使河流順而赴海，速即雲梯，海口日益寬深，上流下流永無潰決之虞矣。紛紛聚訟，其可息乎？（癸亥）

河防後議

黄河自康熙六年後，湍悍彌甚，悍斯決，決斯壅，壅而漲潰四出，淮、揚二郡舉爲水府矣。數年來殫力疏濬，以復故道，始得塞諸決口，二郡之民已稍蘇其魚之困。而故道初復，衝刷日淺，惟藉減水壩以泄之，始得殺其暴漲之勢。然此爲上河計也，而下河不治，則所減之水又安得一往順流，畢達於海耶？蓋高、寶、山、鹽、興、泰諸州縣，向所恃以蓄洩者，由串場河出海口在在疏通耳。自曩歲黄河潰決以來，悉被沙土填淤，而瀦水不能出口，田疇廬舍淹没無算。加以減壩之水罄納其中，其積潦横溢，不滋甚耶？今宜就下河之中，又分爲三股以疏濬之，請以車路、白塗諸河爲一股，所以導瀦水入串場河也；以白駒、丁溪、草堰、劉莊諸場口爲一股，所以導串場河所出之水，予以經行之分道也；以苦水洋、鬬龍港、信陽港、廟灣爲一股，所以分納串場河之水以會於海也，而總以一串場河爲樞紐。串場治，則下河支流無不治矣。夫如是，不特減水赴海速，而數州縣之積潦靡不得所歸，庶旱澇有備，民皆安於耕鑿，而樂於輸税矣乎？（甲子）

礪巖續文部卷之七

説　考

南北郊配位説

聖王創制顯庸，莫重乎祀典。況兩郊配位，尤其宏鉅者哉！自非損益折衷，務求盡善，將使後世議禮之家謂盛朝憲章完具，猶有闕失，竊疑當時聖君賢相與學士大夫，何無一人起而釐正之，是非細故也。我國家南郊配位，以太祖高皇帝居昭，太宗文皇帝居穆，世祖章皇帝居次昭，固已盡倫盡制，靡有闕遺矣。至於方澤之配，一如圜丘，位向則昭穆倒置，不可不亟爲釐正也。夫左昭右穆之制，豈非百世不易者哉？顧以南向而論，則東爲左，西爲右，以北向而論，則西又爲左，東又爲右矣。自古但言左昭右穆，未聞必於東昭西穆也。是故祭天而兆於南郊，以就陽位，祭地而兆於北郊，以就陰位，凡以順天地之性，審陰陽之位爾。陳氏禮書曰「先王燔瘞於郊丘，其位則神南面，王北面，「示北面，王南面」。使必以南面爲尊，則特祀地示，不應處以北面，而反南面以臨祭矣。南北既可互易，獨不當通其義於東西乎？自明世宗更定祀典，南北二郊俱以太祖西面配，本朝遂沿而弗易。蓋當時配惟一主，位無並形，故終明之世習焉不覺其非耳。然從祀之嶽鎮海瀆山川則已分列失倫，庸知馨香之薦，神不且陋而吐之？夫宗法至重也，名分至嚴也。魯祀僖公，躋於閔公之右，春秋譏其逆祀。僖固閔之兄也，閔特先爲君爾。先後失序，且乖於禮，況我太祖開創之父也，太宗實爲之子，嗣位承祧之謂，何其可偃然處於上乎？以昭爲穆，以穆爲昭，二祖在天之靈，其能罔怨恫乎？嶽鎮海瀆山川諸神非僭即屈，其能安而歆之乎？使承謬襲誤，不加釐正，曷以昭垂鉅典，咸正無缺哉？昔漢之賈誼，所稱賢而知禮者也，親承宣室鬼神之問，不能引經援古，定郊祀配天之儀，以革秦之流失，論者惜之。其後匡衡始請定南北郊，而言王者各以其禮制事天地，漢興，儀制未定，因秦故祠，非禮所載，王者不當長遵。況今者禮明樂備，百度丕新，何獨於曉然易辨者，顧泥於已然之跡，一成而不可變哉？抑又聞虞夏殷周之郊，惟配一祖，至唐宋始變古，或二祖並侑，或三帝並配，而明堂之祭周公，以義起者，寖失其意焉。斯則因革損益之間，事體重鉅，必有確乎可質鬼神，可俟百世者，非一介儒生所能更置一喙者也。（甲子）

漂母飯信説

史所載韓淮陰平生甚奇，斬而滕公釋之，逸而蕭相追之，賤而高帝拜之，傲而絳灌下之，而其始之尤奇者，餓而漂母飯之也。夫人所遇不極困，則其骨性必不堅；困而不得意外之遭，則其自信必不篤，而感知亦不必深。何也？信他日固所稱國士，破趙脅燕滅齊者，而爾時至於饑餓不能自存，此即可知龍且之智勇，有時可使摧沮矣。且其俛出胯下，受侮少年，能刺而忍不刺，卒亦至於饑餓不能自存，此即可知成安之仁義，有時可使覆亡矣。以信戰必勝，攻必取之才，蹉跎垂釣，至於不能自存，而卒亦不失其爲信，此即可知李左車之智慮有時失，有時得矣。而忽有擊漂之嫗，儼然平原、信陵之風，而絶類朱家、郭解之行，此即可知敵人之幟可拔而樹，市人之戰可死而生矣。正可爲奇，奇可爲正，天地有所不可測，鬼神有所無如何。孟子所謂「動心忍性，增益其所不能」，乃天將降大任時乎？當其時，形影自憐，心口相語，或歌或嘯，或歎息咨嗟，而眉睫之表，襟度之間，宛然有一登壇定策，決囊夜渡之雄風，而特未知何地用之耳。夫晉文之出亡也，國君不禮焉，而負羈之妻知之。子胥之入楚也，故人不聞焉，而漂水之女憐之。蓋至於婦人爲之慷慨矜惜，而若人之風概于焉畢露，而受知者初不自覺也。是故王侯之爵禄，饑時之一飯也，貧困之薦拔，意外之哀勞也。食人食，憂人憂，重報德之王孫也，此時固可逆知信之爲漢王用，而終不背漢王恩矣。至於不用蒯通之計，坐受吕雉之擒，信且以爲悔，而不自知其知己之感中心如結所致也。蓋自其德漂母而已然也。噫，孰知母之飯信，乃即信之禍胎也歟？藉令被禍而終不悔，不幾於全仁成義者歟？（戊午）

滹沱得渡説

漢高之定天下，其戰功多在河南，而光武之定天下，其戰功多在河北。方伯升被誅，秀以大司馬渡河而北，此倖脱虎口，一往不復之勢也。王郎驟起，薊北響應，河北有傾敗之勢，河南無可歸之理，欲作匹夫，安所得自全之地耶？且王郎百萬之衆，其鋒不可當，而大司馬所將不過一旅，雖豪傑歸心，安在無土不王？然渡河以來，非有百戰之威，踉蹌而走，追者在後，此存亡成敗一大機也。故幸而滹沱得渡，則任光、邳彤之精兵可收，不幸而不得渡河，則漁陽、上谷之師亦不足恃也。而河冰之合，適與王霸之詭詞不謀而應。説者曰：「假令驅馳河上，河水流澌，人心不益震駭耶？」不知天意所在，未有不自人心先得之者。觀于金之伐遼也，師至混同江上，無船，不可渡，策馬而令曰：「視我馬所向。」諸軍皆乘馬涉水而渡。夫以崛起之雄，江水猶假以道路，況神明之祚，義旗所指，神人胥協應者哉？蓋王霸之詭詞，河水若陰使之，河冰之適合，王霸直逆料之也。夫新莽之末，漢祚已絶十八年矣。方是時，赤眉、銅馬動以萬數，以聖公之懦庸，而欲復立鐘簴，繼卯金而王，此豈但河水流澌耶？而乃有沈幾先物、深署緯文之真主出焉。靈慶既啓，人謀咸贊，不待彊華奉符，白魚比瑞，而咸信天心之有屬矣。此正河冰適合之理也。又何疑焉？或以滹沱在代郡朔北之地，大司馬以正月渡河，方春寒甚，面皆破裂，以時言之，固宜有冰，霸與帝故神其説也。若然，則未畢數車而陷，又曷故與？（戊午）

佛氏戒殺説

或謂戒殺之説出於佛氏，在吾儒當以安天下，定國家爲善，沾沾於物類之壽夭，非聖賢本旨也。余曰果其安天下、定國家者，其爲戒殺也大矣，又何有于浮屠家言？如以常人論，善少惡多，何爲重之殺以長惡耶？好生惡殺，乃天地自然之理，君子勿以善小而弗爲。今大者既不克行，小者又以爲不足爲，是終其身無一善也。天下不善事以千百計，未有加於殺業者。殺業之不懲，極之兵興戰合，流血漂鹵，積屍蔽野，而殺運莫可底止。要之，殺運起於一念，一念由於貪罔。韓公一生闢佛，未嘗洞破佛家宗旨。惟以福田利益爲辭，固無以折服千古，其論梁武宗廟之祭不用牲牢，日食止菜菓，後爲侯景所逼，餓死臺城，國亦尋滅，説已近於陋矣。宋人至謂蕭老餓死，而佛不之救，尤可爲絶倒。彼梁武何曾窺見佛氏門庭，其所爲佛法，皆有爲功德。有爲功德，皆貪心所使，即彼法之所不受。縱無臺城之辱，亦大惑終身不解者矣。且祭祀，國之大典也。絀大典以伸小慈，以大君而行匹夫之善，誠不可爲訓。若并以此爲求福得禍，將必犂然肆其恣睢之欲，毅然逞其貪殺之威而後可乎？孟子曰：「見其生，不忍見其死。聞其聲，不忍食其肉。」禮曰：「君、大夫、士無故不殺牛、羊、犬、豕。」斯亦聖賢戒殺文也。持吾儒仁道至大，無善不該，又何必詹詹焉以一端立教哉？故惟真儒乃可闢佛也。

岱宗祀典考

自古受命帝王有事於岱宗者，何嘗不博稽祀典？然言人人殊，不可爲典要，故司馬遷云：「每世之隆，則封禪答焉，及衰而息。厥曠遠者千有餘載，近者數百載，其儀闕然湮滅。」自五帝以至秦，損益世殊，不可勝紀已。考之禮器「因名山升中於天」，白虎通謂「增泰山之高以報天，附梁甫之基以報地」也。袁宏有言，「東方者，萬物之所始；山嶽者，靈氣之所宅。故求之物本，必於其始；取其所通，必於其宅。崇其壇場謂之封，明其代興謂之禪。封禪者，王者開務之大基也。德不周徧，不得擅議斯事；功不弘濟，不得髣髴斯禮」。由是言之，自黄帝堯舜至三代，乃得一舉行，其事甚濶絶，後世禮家紛紛聚訟，適滋惑耳。秦時，諸儒之議曰：「古者封禪爲蒲車，惡傷山之土石草木；掃地而祭，席用葅稭。」其説迂誕不經，始皇由此絀儒生，而遂除車上道，其禮頗采太祝之祀雍上帝所用。漢武時，群儒采尚書、周官、王制之望祀射牛事，草封禪儀數年，皆牽拘於詩書古文而不能騁。乃盡罷諸儒不用，而東至梁父，封泰山如郊祠太乙之禮。梁天監八年，命諸儒草封禪儀。著作佐郎許懋建議曰：「舜柴岱宗，是爲巡狩，而鄭引孝經鉤命決云『封於泰山，考績柴燎；禪乎梁父，刻石紀號』，此緯書之曲說，非正經之通議也。如筦仲所說七十二君，燧人之前，世質民淳，安得泥金檢玉？結繩而治，安得鑴文告成？」故文中子曰：「封禪之費非古也。徒以夸天下其秦漢之侈心乎？」袁彦伯言「神道至一，其用不煩；天地易簡，其禮尚質。故藉用白茅，貴其誠素；器用陶匏，取其易簡」也。然則所謂鄗上之黍、北里之禾所以爲盛，江淮之間，一茅三脊所以爲藉，其説皆妄歟？唐太宗已平突厥，群臣請封泰山，命顔師古等集諸名儒博士議。不能決，而房玄齡、魏徵、楊師道博採衆議，當爲壇於泰山下，祀昊天上帝，配以太祖，皇地祇，配以高祖。已祀而歸，格于廟，盛以金匱，又爲壇以燔柴告至，望秩群神，由是遂著於禮云。夫昭姓考瑞，帝王之盛節也。然享薦之儀，不著於經，各隨時宜而爲之節文云爾。善乎兒寬之言曰：「惟天子建中和之極，兼綜條貫，金聲而玉振之，以順承天慶，垂萬世之基。」若夫俎豆圭璧之詳，獻酬之禮，則有司存，亦無庸博稽而求其典要矣。（甲子）

礪巖續文部卷之八

策

殿試策

臣對：臣聞君道一天道也，聖德一天德也。維天宰制於沖漠之表，莫測其鼓動變化之機，而四氣宣其和，五行順其序，萬物熙熙，各止於其所。惟其確然示人易者，恒運而不已，以潛驅而默化之也。聖王憲天理物，亦維設誠於内而制行之，持之以自强不息之心而已。是心運乎宥密，而功參乎造化。以端皇建，而會歸有極；以釐百工，而庶績咸熙。能使天下之人心，蒸然其不變；天下之風俗，翕乎其大同。下之奉上，鼓舞而不倦；上之化下，簡易而不煩。地平天成，而貢賦道里之畢通也；府修事和，而風會好尚之齊一也。聖王所以端拱於穆清之上，而政靡不修，教靡不被，任使靡不當，興革靡不宜。豈必物物而整齊之，事事而振舉之哉？求端於躬行，而起化於微渺，光被於四表，而不懈於省成。則惟茲自强不息之心與天同運者，有以操其要而御其機，不俟家喻户曉，而油然共喻於令甲之外。斯其鼓動變化有神焉者也。欽惟皇帝陛下剛健中正，文武聖神，集道法之大成，統君師而作則；綜典章之條貫，兼創守而單心。合萬國以奉尊親，至孝成孚，丕應爲順德；靖四方而大和會，皇建有極，胥協於同風。聖武布昭，九有頌聲靈赫濯，猶讓大美而不居，抑抑乎虚懷若谷；明良交泰，一堂傳喜起賡颺，彌思無逸以作所，孜孜焉辨色求衣。弘蠲租解網之仁，箕好風，畢好雨，物靡弗遂而敷天哀對，更涣大號以沛恩膏；重察吏安民之典，大臣法，小臣廉，衆共協恭而問俗省方，特命專官以飭風紀。凡茲廣運之彌綸，何異乾元之保合，雲行雨施，而品物咸亨哉？加以旋乾轉坤，雷厲風飛，授睿畧於廟堂，而决全勝於萬里，則天下之至神也。銷鋒灌燧而祭告成功，山川鬼神，罔不歆格，則無前之偉績也。釐定禮樂，表章經史，昭累朝之謨訓，垂萬世之典則，旁及宸翰奎章，亦皆冠絶今古，傳播所及，榮光燭天，則化成天下之大文也。以皇上之生知天亶若此，而益懋稽古典學之功；安行中道若此，而益凛記動記言之史；德高五帝，功邁三王若此，而兢兢焉率由舊章，覲光揚烈之弗替，下至講幄之敷陳，諸司之條奏，亦皆虚公採納，聽受無遺矣。乃者發德音，下明詔，以人心風俗之所尚，運道民生之所關，諮及於草野儒生，所謂智出天下而聽於至愚也。以臣之謭陋，不啻土壤細流，寧有尺寸之裨山海哉？雖然，敢不竭愚忱而揚休命。伏讀制策有曰：令甲屢頒而奉行不力，末作之纖靡未息，閭閻之嗜慾猶滋，豈閑情節性，坊表斯民之方，尚有未備歟？ 臣惟化民之道，有名有實。學校之設，射御之節，冠昏喪祭之禮，服食器用之制，此教化之文也。重孝弟力田之科，勸農桑，警遊惰，使民知務本；諭三老爲民師，舉孝廉，旌獨行，使民知尚德；奉高年，字孤弱，存問鰥寡廢疾，所以漸民於仁；推賢讓能，誅亂刑暴，所以摩民於義，此教化之實也。惟先王既其實，復既其文，慮民之意甚精，治民之具甚備，防民之術甚周，誘民之道甚篤。行之以勤，而被於物者洽；感之以漸，而入於人者深。凡民之生，不用力於南畝，則從事於禮樂；不周旋乎父兄之側，則拱揖於庠序之間。耳目聞見，無非仁義相接，禮讓相先，終身不見異物，又何知有淫心舍力，以干君上之令甲者哉？後世教民者，實則不至，而徒爲具文，至晚近而具文亦畧。使蚩蚩之衆，漸漬於失教，被服於成俗，未知其流安底也。

制策有曰：惇厚以立德，節儉以足用，厲俗之良規也。而民心日偷，澆漓益甚，何以使孝友篤於門内，奢淫絶於里閈？臣竊以爲上之化下，如風偃草，與民最親，莫如司牧，特移風易俗，使天下回心而嚮道，非俗吏所能爲耳。況今之長吏知厚身家，而不知敦俗尚，知愛富貴，而不知惜名節，逢迎爲巧，營求爲能，欲民之惇樸成風，讓畔讓路，不可得也。儼然民表，而穢德彰聞，彝倫攸斁，欲民之錐刀不争，貧富不耀，誶語德色不形，不可得也。夫百爾有位不能相勉於君子長者之行，彼匹夫編户之氓，情何自而閑？性何自而節乎？

制策所謂慎辨等威，納諸軌物，使貴賤少長無相凌競。此誠整齊而移易之道也。先王患賤之淩貴，而少之競長也，務明禮制，以定尊卑。雖有財而無爵，一切不得踰制。今世以奢爲榮，以儉爲恥，動皆越制而無節。故富者貪而不知止，貧者勉而慕效之。此表帥之不行，而廉恥之日毁也。今法之所重，獨貪吏耳。重禁貪黷，而輕懲奢僭，亦嚴其流而弛其源矣。

制策又緦緦焉計漕河之利害。夫漕之有渠，猶人之有咽喉也。苟河之不治，漕將安運，而民患何時寧息？但自古未有無患之河，亦從無一轍之治法。元賈魯以前不具論，即前代河臣潘季馴之治績，視今爲近矣。然考季馴前後歷二十載，凡三舉而後成，何若是其艱哉？蓋黄河來自萬里，集百川之漲流而畢注於一綫，更無岐道以殺其勢焉。勢悍而決，決而壅，所固然耳。季馴之兩舉未成者，以初治之渠淺隘而未能容漲。故隄岸雖成，旋即潰圮也。及二十載後而究歸底定者，以衝刷既久，河漸深通，而足以納漲也。顧季馴惟主以水刷沙之説耳。沙性輕浮，遇水即刷，今固可驗也。而今之爲河患者，浮沙往往挾淤土而至，淤土膠堅，其難刷也什伯於沙，而季馴之書更無以水刷淤之法。豈古今水土，性有變遷，誠如制策所云「前人之法具在，而昔則有明效，今不可踵行者」哉。然則昔之所急者隄，而今則隄濬並急矣。隄而不濬，則淤積流緩而漲潰四出。隄雖堅，其能禦乎？法當視其積淤之處，設障而濬之，務期次第深通，迅流不壅，庶隄岸無傾，運道無梗，而民免其魚之患乎？至於築堤以束其流，加護以防其溢，建減水壩以洩其暴漲，凡皆緩急隨宜，先後有序矣。然而雨暘不時，工作襍出，非胸握全算，酌劑無爽，其何以奏永賴之績？是在任屬得人，非可泥于成法故智也。臣伏覩皇上憂民無已之心，尤汲汲於德教未成、河患未寧二大端，故敢陳其管見若此。至於皇上之至誠惻怛，躬行恭儉爲天下倡，亦已至矣。惟在自强而不息，率作而省成，則所謂以天德行王道，而鼓舞變化於不自知矣。臣草茅新進，罔識忌諱，干冒宸嚴，不勝戰慄隕越之至。臣謹對。（壬戌）

礪巖續文部卷之九

表

擬進日講易經解義表

伏以至人首出，道有開而必先；聖學日新，義無微而不顯。惟景運當再中之日，斯遺經啓作覩之天。中謝原夫大易一書，精蘊悉具。彌綸乎天地，經緯乎古今。大之靡所不包，細且入於無間。不外象數而通性命之理，不踰庭户而盡事物之情。以極深研幾，則道無弗貫；以開物成務，而用無不周。遡隤確定位，而山澤、水火、雷風，一氣運行，互爲顯仁藏用。由變化成形，而父子、君臣、夫婦，群分類聚，統於易知簡能。蓋帝王御世之大經，與聖哲傳心之奥旨，于是乎備矣。孰得而違之？自三墳肇於前，八索興於後，夏有連山而首艮，商有歸藏而始坤，其書既荒忽而無稽，其序亦淆訛而失實。源流各别，統系群分。焦贛既授京房，遂尚災祥占察之術；王弼雖宗費直，多襍老莊虚渺之言。惟商瞿受學於孔門，未岐厥旨；梁丘遡源於田氏，罔墜斯傳。彼孔穎達正義之編，猶尊輔嗣；李鼎祚集解之作，偏取康成。他若衛元嵩之元包，乃至關子明之易傳，漸且流爲僭妄，終將晦其指歸。逮濂洛關閩之學興，而羲文周孔之道著，悉掃漢唐之蕪陋，昭垂河洛之薪傳。以明理，則程傳粹而精；聿臻夫閫奥；以玩占，則本義曲而盡，足補其闕遺。要當觀其會通，益見相爲表裏。惟俟文明之昌運，爰集道法之大成。已折衷夫異同，乃兼綜其條貫。茲蓋伏遇皇帝陛下繼離出震，旋乾轉坤，剛健中正以體天，篤實輝光以畜德。仰觀俯察，原萬物之始，要萬物之終；神明默成，通天下之志，成天下之務。善之長，嘉之會，義之和，事之幹，綜天德以純全；學以聚，問以辨，寬以居，仁以行，成聖功之精一。既雲行雨施之無外，猶朝乾夕惕以靡寧。舉凡卦體爻辭，以及象材象像，務俾多士覃精攟摭，仍得移時，悉意披宣。猶念四聖之大義微言，寧僅敷陳故事；矧經累月之集思廣益，無非啓沃嘉謨。爰命臣等編輯茲書，次第成帙，更删繁而舉要，咸考義而就班，用佐韋編三絶之勤，宛同金鑑千秋之録。允矣講帷盛事，洵哉稽古休光。伏念臣等學愧窮經，才慚都講。昧納約自牖之義，莫贊高深；虚晝日三接之殷，惟滕口説。恭承採攬，聊慮一得。愚忱殫力討論，懼乏寸長小補。祇憑海天之蠡管，敢效河嶽之涓塵？伏願健行不息，德合無疆。主善爲師，默契畫前之有易；學古有獲，潛通象表而忘言。審剛柔動静之幾，自協建中立極之旨；察陰陽消長之道，不爽用人行政之宜。將化裁悉裕於清衷，而簡編一皆爲陳迹矣。（癸亥）

礪巖續文部卷之十

頌

平海頌有序

聖朝戡亂，以義保治，維仁垂統，繼緒千萬，世期勿替，克敬克戒，誕受天休。爰用廓皇綱，恢帝圖，統壹區夏，奄有九有。今天子御極二十有二載，益普仁義之施，舉列祖之耿光大烈，覲揚而修明之。揆文奮武，聲教四訖，薄海内外，靡不獲其所。所在衢歌巷誦，咸知有父之尊，有母之親。以至僻在遐裔，逖聽風聲，喁喁焉重譯來王，梯航畢貢，奔走率俾，以後爲羞。曩者逆桂倡亂，震蕩南徼，以煩我王旅。罔不懷忠，憤誓死綏，義旗一麾，不旋踵而殄滅之無遺類。灌燧銷鋒，仍登兆人於衽席，熙如也。惟是蠢兹海寇，自明季來負固島窟，出没洪濤浩瀚中，往往乘間竊發，俶擾我東南。重臣大帥，積習苟且，束手無何，僉曰：「但宜嚴城守，飭戍防，搜間諜，毋俾侵掠爾已。必求痛盡根株，一勞永逸，恐形格勢禁，縱有車騎甲兵，奚所逞其威也？」天子曰：「嘻，允若兹，我海濱赤子，其曷有寧宇？上帝既以覆幬所暨畀予統理，祖宗既以無疆曆服付予纘承，脱狗肉食之謀，狃旦夕之安，而貽民社無窮之禍，謂負荷大業何？」乃特命提臣烺寄厥心膂，凡所爲攻取之機，制勝之畧，靡弗指授萬全。丁男不選一人，正供不增絲粟，而戰艦雲集，軍儲墉崇，靡弗指顧辦集。於是臣烺祗承聖皇綏靖至意，率諸將士，誓死一心，務滅此朝食。乘風鼓舵，直擣澎湖。軍聲燀赫，如雷如霆，如拉朽振槁。瞬息之間，檣傾檝摧，灰飛澌滅。閏六月乙巳，僞將鄭平英、林維榮首率衆歸欵。八月甲辰，何仕隆前迎王師。壬子，師進次臺灣。甫扼其吭，渠魁鄭克塽望風膽落，面縛銜璧，願内附爲臣。凡諸脅從，紛紛藉藉，棄巢離窟，莫不崩角稽首，求徙平陸而齒於編氓。臣烺乃露布上聞，具陳悔禍輸忱，罔逆我顏行狀，倘宥釋前愆而偕之大道，實惟聖帝如天好生之德。天子曰：「俞，貳可執也。服可舍也。」九月壬辰，詔下，中外驩聲連天地。蓋纍百載養癰沉痼，一朝而抉去之，越在海外，不隸職方，荒徼益增其式廓焉。帝用齋肅告祖廟，謁先陵，策勳行賞，授烺靖海將軍，爵列侯，餘加秩廕賚予有差。舉凡臣其人，籍其地，設官置守諸善後事宜，且有後命。臣愚恭際盛朝，濫厠中秘，未獲執殳行間，草檄盾上。竊幸將士協力，入阻裒旅，于疆于理，俾瀕海之區，亭不警桴，野安秉耒，相與咏歌太平，徧被嘉祉。是非睿謨宏遠，斷以果毅，安能師貞夙吉，雷厲風飛，若此之奏功顯爍，照竹帛而炳金石乎？義克之，仁覆之，神武不殺，大無外之規，振古及今，未有媲隆者也。其在雅詩所載，於商則殷武撻代，頌聲靈之赫濯，於周則江漢、常武，歸美天子之功，於漢則鐃歌，於唐則皇雅，皆以表膚功颺駿烈。小臣固陋，未足揚對天之閎休，紀無前之偉績。竊附漢唐諸臣表章盛美之意，庶傳之來禩。知聖武布昭，巍巍赫赫，有軼於商高、周宣萬萬者，謹再拜稽首而作頌曰：

於皇我清，奕世載德。混一九區，撫乂八極。爰逮我皇，乘乾正位。丕冒同天，厚載侔地。動塞四表，光被函夏。海隅日出，罔不嚮化。反側既平，中外奠安。蠢茲海島，有蘗其間。危檣巨舸，長鯨封豕。外我聲教，依沙阻水。一朝風利，狙隙來侵。飄忽颷舉，莫能掙擒。聖皇曰咨，是豈獲已？宴安鴆毒，貽憂曷底？維爾虎臣，休戚與偕。其撫朕師，勉副朕懷。以抗則誅，以順則撫。靖厥醜類，勿矜黷武。虎臣承命，殫心勠力。旅伍感奮，桓桓趯趯。廟謨授之，洞中機宜。運籌決勝，入險出奇。敵愾勢張，寇用慴伏。澎湖既擣，争先來服。順流破竹，莫適逋藏。釜魚穴蟻，披靡乞降。臺灣蕩蕩，有截其所。一民我民，尺土我土。露布上陳，請普皇仁。赦彼後至，許其自新。乃按版圖，設郡置邑。褒忠勸功，介賚優秩。干戈永戢，耕鑿恬熙。光天之下，怙冒無遺。凡茲丕績，一本宸斷。將士何功，受成廟算。維帝不有，歸天之祚。天眷何憑，祖考之祐。微臣載筆，敢颺頌聲。河清海晏，於萬斯齡。微臣載筆，用昭法守。治不忘亂，勤思可久。微臣載筆，請被管絃。祇台不距，舜日堯天。（癸亥）

典學頌

維皇建極，表正萬方。經文緯武，頒條振綱。宏謨丕顯，駿烈孔彰。普天黎獻，訓行近光。僉曰天縱神靈，卓絶今古。一人首出，萬物快覩。作君作師，道隆治普。方駕唐虞，超軼湯武。肆景命既集，維帝其申之；衣德紹聞，列祖其歆之。有典有則，垂裕後昆。萬有千禩，以莫不遵。乃匪曰予聖，夙夜思服；謂命不假易，惟朕躬是卜。益懋乃學，惟日不足。入室是歎，面墻滋恧。時舉經筵，典禮攸崇；日御講幄，居高懷沖。集思廣益，明目達聰。記言記動，用煬聖功。爰詔儒臣，供奉便殿。放黜奇衺，闡揚經傳。牙籤緗帙，星陳雲爛。微言大義，遜志靡倦。念弗慮胡獲，匪證曷明。尋行數墨，不過窮經。辨難往復，奥旨斯形。大哉王言，昭揭日星。或鄒魯心傳，或苞符秘理，或六經訏謨，或歷代信史，或諸子百家，用羽翼傳紀。或濂洛關閩，與箋疏表裏。靡弗析其疑，靡弗探其微。都俞吁咈，惟義所歸。思日孜孜，治忽之幾。旁搜遠紹，動與道依。設鐸懸鞀，早朝晏罷。功弗怠於成，業罔弛於暇。旁及六書，殫究神化。煌煌宸翰，光天之下。稽昔殷高，舊學甘盤。學於古訓，受諸傅巖。終始念典，成憲是監。克成令辟，厥修罔慚。矧我哲皇，健行不息。囊括諸儒，統會群籍。覃精研討，鈎深探賾。高深莫窺，况乃裨益。緝熙單心，用集大成。巍巍蕩蕩，盛德難名。八荒遵路，萬國來庭。臣拜稽首，敬颺頌聲。（癸亥）

礪巖續文部卷十一

賦

瀛臺賦

巍巍兮上京，奕奕兮皇城。沉沉兮鰲禁，渺渺兮蓬瀛。翼然臺臨其上，是用錫以嘉名。惟兹臺之洵美，豈揚搉之殫稱？昔世祖之締造，大一統而咸寧。爰定鼎乎幽都，建宸極而拱星。宅中圖大，居重馭輕。襟桑乾而連太行，枕居庸而拱紫荊。雖弘模之肇啓，動憲古而準經。襲陰陽之理，審向背之形。順燥濕之宜，協動息之情。五雲垂護，三殿觚稜。象取棟宇之壯，瑞應箕尾之精。前規可式，踵事莫增。凡以正位而凝命，答陽而嚮明。縱極閶闔之宏敞，匪去茅茨而徑庭。非有阿房、未央，千門萬户，咸鋪玉砌，競焕雕楹。非有離宫别館，星羅雲布，金釭銜璧，藻繡編櫺。未穿昆明，安動石鯨？休承仙露，焉立金莖？不侈不靡，自足具瞻而昭威靈；

匪崇匪飾，允宜訓後而示儀刑。若夫西苑勝概，綿連禁籞。繚繞逶迤，曲通輦路。鎮以萬歲之山，則多珍果與奇樹焉。環以太液之池，則萃文鱗與振鷺焉。玉蝀迤靡，金鰲蟠踞。島嶼峥嶸，烟波回互。積翠堆雲，奔會幽趣。於時際四海之清晏，乘萬幾之暇豫。方移蹕而遐觀，遂撫景而暫駐。視南臺之巋然，易今名而革故。氣象炳乎一新，規制仍夫曩度。邁夏室之稱璿，等漢文之惜露。爾其爲狀也，則岧嵽崔嵬，天蟜煒煌。欄布翼以軒翥，宇飛翬以高驤。尋雲端以直上，激日景之光芒。瞟眇神仙之栖棟，髣髴玉女之窺窗。盤螭詰屈而承楣，應龍蜿蜷以遶梁。迺有廣厦層軒，倐除飛閣。重門洞開，綺寮迴薄。上崎嶬而重注，下岪蔚以璀錯。中窅窱而晻曖，外紛綸以寥廓。潛虬出桷兮蜿蟺，奔虎倚榱兮拏攫。朱鳥峙衡兮翩躚，蒼兕承柎兮齗齶。雲雨霮䨴於櫋梠，虹霓迴帶於櫨欂。目顧盼而周章，意攀躋而駭愕。爾迺登眺苑中，流連景光。覺神遊於天表，似憑虚而相羊。下瞰滄池之泱漭，高接太清之蒼茫。漾蓬萊與方壺，吞碣石之波浪。璚華之島，新標寶埨；廣寒之殿，舊號洗粧。菰蒲菱芡，掩映芬芳。鵁鶄鸂鶒，唼喋翱翔。中流帶荇，夾岸垂楊。蕉園果園，陰森交映；圓殿水殿，屹峙相望。薰風動於左翼，月榭扇其微涼。湧翠鬟之秀出，激神岳於中央。花香浮於黼座，碧蔭交乎御牀。於焉周覽四隅，縈紆延曼，松檜栝柏，欝葱蒨蒨，陰森蔽虧，槎枒歷亂。兔園轉噴壑之泉，龍舟蕩漣漪之漩。星流霆擊，閲射平臺之館；象耕鳥耘，觀稼昭和之殿。靡不雲詭波譎，摧嗺成觀。乍愕眙而不禁，俄斯須而呈變。雖百常九成之宏麗，與柏梁凌雲之彩絢，未足方兹勝賞而溢其嘉讚也。今皇帝紹純熙，御六龍，開明堂，臨辟雍，宣文教，定武功。端拱穆清，則萬國朝宗；翠華莅止，則百辟景從。猶戒適已之逸豫，勤民隱於皇衷。臺榭以適涼燠，巡幸以達明聰。方將卑瞻洛，陋車攻，豈惟嗤甘泉，薄射熊哉？維時盛夏三伏，炎歊藴隆，銷金鑠石，思納涼風。乃徙兹焉避暑，就蔭暍之陰濃。亮宵旰之有箴，初不息乎聖躬。凡封章之省覽，悉批答於其中。於是樂不從懸，衛簡供張。金溝清泚，銅池摇颺。紅塵不動於馳道，白鳥來窺乎仙仗。薰自南來而解愠，爽從西起而入望。渌水芙蕖兮相映發，丹葩碧葉兮紛背向。蘭橈桂檝兮乘月而泝天宮，錦纜牙檣兮因風而探蓬閬。鷗凫迎棹而出没，魴鯉吹沫而下上。時臨流而垂餌，争就日而引吭。横汾之曲未終，素景之歌隨唱。乃屑瓊蘂，和瀣沆，斟流霞，調芍醬。方宴鎬以那居，慶皇情之宣暢；更霑被夫優渥，樂泰交之治象。授簡儒流，抽毫哲匠。緣情綺靡，體物瀏亮。競矢音而遂歌，務崇雅而制放。臣賦醉言歸，主稱德不爽。繄明良之一德，洵賡颺之遺響。至若麗矚既極，遐覽長圖。思無逸以作所，毋崇觀而峻廬；念稼穡之艱難，孰云閭井之晏如？彼勤動以終歲，敢盤游之是娱？爰命扈從，進講典謨。黜長楊，罷羽獵，芟上林，廢子虚。絶流蕩之忘返，思好樂之其居。道德以爲囿，仁義以爲阹。逍遥乎湯文之室，從容乎堯舜之閭。醴泉湧於靈沼，神芝秀於庭隅。來儀應乎舞序，擊壤徧乎康衢。方將奠丕基，鞏皇圖，享億萬載撫彊之祉，又奚獨斯臺之是愉乎？

且夫賦物象德，頌美有則，以被管絃，用播金石。賦辭信兮，匪垂之式；頌聲不傳，奚德之極？爰再拜稽首而作頌曰：

瞻彼瀛臺，值苑之西。鬱巃嵸兮日月盪摩，雲霞吐納。紛龐鴻兮我皇戾止，優游彌性。于胥樂兮陂池勿侈，宫觀勿牣。時追琢兮八荒晏寧，萬性愷豫。普湛恩兮詩宫書宅，禮梁樂棟。美奂輪兮俾爾單厚，既多受祉。基永固兮有衆熙熙，共登春臺。遵王路兮。（癸亥）

葵賦

有蘭臺公子，居濱濯錦之江，遊歷河陽之縣，周覽乎金谷之園，留題乎元都之觀。夙嗜名葩，購賞殆徧。紉佩盈襟，流香滿院。沁水之芳菲鬭妍，洛陽之黄紫争絢。忘憂樹背，則蠲忿爲徒；含笑開顔，斯合歡爲伴。於時盛夏五月，節屆天中。公子被細葛，御景風，來過蓬山氏之舍，而抵掌於一枝巢之東。爰騁懷而游目，紛匝徑之葵叢。錦繡成林，紅白參同，更無他卉，錯雜相從。迺訝而問焉，曰：「嘻，先生焉用兹總總而茸茸者乎？豈繄嘉卉之乏，而必是之爲供也。」蓬山氏囅然而笑，揖客而前曰：「公子曾未達余之中情乎？斯固余情之所寄也。在昔宣尼作操，寫哀怨於猗蘭；正則摛騷，比潔芳於幽蕙。靖節歸來而採籬菊，淮南招隱而攀巖桂。意有所托，物從其類。匪我思存，屏而弗貴。至如僕者，少懷微悃，晚迺筮仕，浮沉依隱，混迹朝市。桓宣武之枝條搖落，罔念移時；殷仲文之枯朽婆娑，僅存生意。縱連茹以彙征，仍憂讒而畏誹。遠俗艷之爭肥，抱信芳以自慰。解丁香之結，孰與同心；倚孤生之桐，憐其半死。維茲常卉，性特貞良。挺河渭之膏壤，吸昴井之精芒。大者稱一丈之紅，小則爲百菜之王。與天運之十日，相爲終始；伊字義之從癸，厥有取將。雖植根於墻陰，恒傾葉於太陽。炎威脅之而幹不屈，逸馬踐之而性不傷。夫苟中心之如結，詎必宛轉而回光？爾其亭亭孤直，有莞其特，若產堯庭，是爲屈軼。爾其翠萼丹華，黃素交加，文炳以蔚，色正而葩。爾其檀心金粉，抒衷吐蘊，爛熳向人，匪同鈎吻。是故鮑莊以衛足遜其智，曹植以向日擬其誠。蒲葵五萬，長倍價於安石；露葵數枝，娛清齋之右丞。較欄畔之天香，甘輸富貴；任陌頭之風絮，恥鬬輕盈。或以錦名，則安卑自處。蘂細瑣以偏稠，夸娃娟而逾姱。或花於秋，則葉如鷄距。篩瘦影而摇窗，爛金英之照墅。凡若斯類，美不勝誇。咸懷貞以體素，各散綺以成霞。寧等夫夭桃穠李，競逐繁奢，朝榮暮落，蕣菌興嗟，石醋幻封姨之魅，菖蒲譏蕩子之花也哉？公子乃拂衣起謝，逡巡避席而言曰：「嗟乎甚哉！予之鄙且罔也。葵藿有心，克一其向。君子取之，軒庭是賞。蒙亶不聰，與俗同尚。服艾盈要，不知其爽。請從茲始，勉崇貞亮。敢悅靡麗，以速官謗？」遂下堦向葵，踟躕惝惘。太息久之，懱然而往。（甲子）

秋夜讀書賦

若有人猗静者流，獨處廓猗芸閣幽。歷冬春猗背長夏，娱典墳猗恣淹留。假藜炗於太乙猗，心鉛摘而意槧抽。荃既不競於時好猗，日居今而與古謀。行隨帶草猗，屏跡一區之宅；坐穿木榻猗，横陳萬卷之樓。矧復炎消暍解，涼生庭樹。白帝分符，黄姑引駕。朱蘭向衰，碧蘅垂謝。玉露凌宵，金波耿夜。微飈扇而爽籟發，晴霞斂而銀河瀉。薄幃尚懸猗低颺，短檠未棄猗高架。羌廓落吕無徒猗，幸偃仰其豐暇。于焉枕經籍史，左圖右書；琅琅洛誦，鏗鏞奏竽。攷循蜚之皇駁猗，讎孔壁之魯魚。劘汗青於淼渤猗，縱藝海之畋漁。開卷猗有得，其樂也只且。桂影窺乎簾隟猗，皓魄臨乎座隅。晃縹緗猗照朓朒，耀丹墨猗映蟾蜍。若與書淫之皇甫猗，相爲昏旦；慰兹學癖之元凱猗，孑影勤渠。爾迺風起蘋末，凄凄切切。一葉井梧，迎飈先脱。已釋纖絺，旋屏輕箑。耳目于焉開滌，神明爲之蠲潔。鳦剪側吕辭歸，蟬抱影而唫咽。鴈欹斜吕嘹嚦，螢參差而明滅。蹇蕭瑟猗孤清，長鍵關而披閲。味道腴之孔甘，紛研慮而心悦。股廢錐而罷刺，韋成編而幾絶。更寥闃吕沉響，燈黯淡而生纈。意象直通夫溟涬猗，精靈潛淲夫寀沉。聞調刁之四起猗，受吹萬於竅穴。何前于而後喁猗，咸中予懷而合節。若夫步前，楹隱列星，霑灑下浙，瀝聲垂檐，溜瀉中庭，策策丁丁，珊珊玲玲，非琴非筑，金鏦玉錚，若助予之浸漬百氏，鼓吹六經。騰墨沼猗喧豗，蕩文瀾猗縱橫。俄而建之瓴，盆之傾，在谷猗滿谷，在坑猗滿坑。乍擁鐙而危坐，旋蹶起而傾聽。豈詞源之奔瀉猗，萬斛洶涌；抑學海之波濤猗，千頃泓渟。我燭既跋，我僕屢更。不知百籤之畢下，與半豹之已曾。試問奥篇而如響，敢矜秘閣之英稱？又或四壁寒蛩，更唱迭和，叢悲聚酸，在宇及户。沉沉而斷續猗，若盆甕之抽緒；妮妮㠯爾汝猗，如銜怨之來愬。之小蟲又何知，能警予㠯勤課？昔尚父之之國猗，曾見譏乎偃卧。果孝先之腹笥猗，綜群經㠯讀破。苟懷安其廢學猗，猶虞面墻而名墮。恍接鷄談於夜窗猗，尚沉魚鑰而待曙。方將窮鄴架，究麟臺，五車括，十乘該，二酉探歷，四部追陪。少焉，啓明欲上，晨鐘漸催。玉漏稀滴，金門向開。徐動東華之軟紅，遥聆丹轂之殷雷。稽古之桓榮猗不倦，問字之侯芭猗未來。蒼蒼涼涼猗，睇朝曦而欲上；蘧蘧栩栩猗，疑曉夢之初回。（甲子）

省方賦有序

皇上膺圖纘命，垂衣御寓，武功耆定，文德誕敷，聲教之所漸濡，靡遠弗屆。若日南，若漠北，若流沙，若穢貊，莫不梯山航海，重譯享王。絶域一家，遐邇禔福。爰用播諸金石，以洽神人，登歌九廟，薦功三陵。他若巫閭長白，則根本發祥地也。清涼恒岳，則股肱輔翼區也。歷邊徼而周甸服，講蒐苗而省耕歛。所以尊祖德、沛皇仁、重農業、飭武備者，至矣殫矣，蔑以加矣。

迺者歲維甲子，符啓上元，群臣有以登封請，或言巡狩便者，上皆未之許。集廷臣折衷之曰：「先王省方，觀民設教，國奢則約之以儉，國儉則示之以禮，勤求保乂，固不憚跋履爲煩。至羲皇封禪之制邈矣，無從遡稽。秦漢以降，又多夸張溢美，奚裨實績？惟有虞歲巡之典，成周時邁之頌，詩書所載，照灼古今，參諸聖代，允宜媲隆。」於是俯俞廷議，諏吉東幸，咨彼民依。先四日頒詔天下，凡各省洗兵之地，量賜蠲復，行幸所及，悉免丁徭，一切供億，概行厲禁，覃恩中外，赦過宥罪。於九月辛卯，大駕出都。凡兩閱月，歷山東、江南二省而還。健若天行，迅如電發。既周知閭閻之疾苦，洞悉吏治之得失，而萬幾庶政，省覽批答，鉅細無遺，且天章睿藻，輝煌川岳。蒼赤億萬，咸獲瞻仰聖顔，拜舞驩呼，填衢溢巷。自古巡幸之君未有若斯之盛者也。仰惟我皇上聖德神功軼三邁五，而抑抑乎遜美不矜，未遑昭姓考瑞，惟日孜孜勤恤民隱，敷求至治，即古稱廣運怙冒，曷以罄其形容哉？昔班固謂賦者雅頌之亞，或以抒下情而通諷諭，或以宣上德而盡忠孝。臣叨被殊恩，備員中秘，頌揚詠歌，職不敢闕，謹拜手稽首而作賦曰：

伊古昊天之右序，厥惟懿德之是求。念民依而罔釋，至聖皇其罕儔。首庶物而建極，覽星紀之再周。承列祖之鴻業，洽元會以儲休。張式闢之駿烈，紀蕩平之偉謀。奠萬方其寧一，格百神以懷柔。綜千聖之制作，既禮定而樂脩。亘古今而德絶，參覆載而功侔。時則三元統紀，五運應期，四岳晳晳，百僚師師，屬國貢獻，要荒撫綏。會冠裳與玉帛，頌太平之昌期。設鐘鼓以燕饗，歌天保而樂胥。猶且勤日昃，勵宵衣，監成憲，酌時宜。既登良而除眚，以子惠夫群黎。尚恐一物之失所，務博恩而廣施。按之王制，繹以周詩。歲巡肆覲，舜典載稽。觀民設教，易象昭垂。採詢謀之僉同，謝登封之曩規。爰布恩綸，下明詔。復一路之徭，減四省之漕。赦六服之愆，問百年之老。官僚禁旅，裹糧載槖。供億咸屏，里閭無擾。萬騎紛綸而震轔，百靈翕集而抉導。雨師迎駕以灑塵，風伯前驅而迅掃。雲收霧清，天空日晶。鸞旂綪茷，通帛霓旌。駐承華之飛龍，載鑾儀之重英。緹帷晝設，貂帟宵扃。肅隊伍而舍次，夾翼衛以如城。尚八方而樹色，相一人以遄征。歷畿輔，向東國。延頸嵩呼，雷殷阡陌。黃童白首，駢肩接跡。按轡徐駕，龍顏咫尺。周詢土風，顧問休戚。霽赫赫之天威，咸得游泳乎聖澤。於焉渡長河，望原嶺。造舟梁，靜蹕警。瞻虞氏耕田之山，入太公賜履之境。考庶政之舉廢，別群牧之讓慶。無煩合度與齊衡，較然同風而協應。凭眺飛泉，俯臨藻井。題激湍之宸翰，表趵突之絶勝。煙舒雲卷，虹流波映。仰榮光之燭天，數往蹟其奚並？遂涖奉高，臨泰麓。麗日昭，卿雲郁。虎士屯雲，騶伍歕玉。法駕逶迤，扈從肅穆。頓千軍於平路，茇百司於山足。息龍馭，却鳳轂。陟峻盤，上喬嶽。山靈掃磴以迓翠華，青帝儲恩而獻蒼穀。凌天門之嵯峨，延日觀之麗矚。俯齊州則九點一瞬，小天下而四海在目。契太乙之精靈，踵宣尼之芳躅。雲起五色，團蓋而隨人；山呼萬年，從空而應谷。握泰符而式協休徵，膺大寶而弗崇瑞籙。奚俟玉檢與金泥，始信景命之有僕。於是洽天神，假地祇，效五牲，薦三犧，肅柴燎，戒祝釐。鏗鎗鐘鼓，雪煜竹絲。奕奕萬舞，秩秩百儀。秉宸衷之淵穆，升馨香而降禧。屏七十二家之窅渺，而嗤秦皇、漢武之皆非。爾迺建亭勒石，卓犖煒煌。攬乾坤而普照，包日月以齊光。薄太清而突兀，冠雲峰以軒昂。西耀崑崙，東燭扶桑，北煥幽都，南照炎方。洵千禩之偉觀，被四表而無疆者也。乃睠西顧，踰阜越陵。河流迤邐，灌輸洄瀠。集東南之貢賦，通天府之輓征。金堤巀嶭，竹揵崢嶸。搴長茭之百丈，障迅流之奔騰。建楗石以永固，聯巨版而泄盈。昔苦湍悍之莫禦，致昏墊而靡寧。一旦臨流而瓠子罷歌，安瀾而桃浪弗驚。厥由知人之善任，屢率作而省成。終得紓旰食，慰皇情。猶念一簣僅虧，全功未即。上河既灑，下流旁溢。山、鹽、高、寶、興、泰州邑，瀦蓄沮洳，民困未釋。蠲除屢卹，夫窮黎鴻鴈猶鳴於中澤。賴此日之疏通，樂他年之稼穡。特命臣工，相度區域。發帑藏以鳩工，舉賢能以分職。濬海口而洩尾閭，導河流而歸窟宅。方輿鄭白之沃饒，罄拯懷襄之墊溺。然後下廣陵，達維揚，憑蕪城，眺曲江。弔迷樓其已廢，鑒鳳艒之弗臧。旋蹕蕃釐之觀，留題平山之堂。嗟廛閈之綺靡，嘉六一之文章。乃出瓜步，望京口。長江天塹，設險伊久。淠中流之烝楫，陟妙高之靈岫。迴天紀於淼茫，浮地軸而漩溜。江山一覽於中央，吳楚分疆於左右。欽王度之恢閎，固已平吞夫八九。合岷、峨萬派以朝宗，奚止江、漢兩流之奔湊？隘海門以設艅艎，一邊界而弛斥堠。慶炎海之不波，孰貢琛其敢後？若夫銀山鐵甕，丹徒朱方，三吳鎖鑰，重鎮置防。

念北顧於南渡，陋偏安之興亡。憑千尋之鐵鎖，孰與無形之金湯。遂經延陵，下姑蘇，稽三江，瞰五湖。吴宫游鹿，茂苑栖烏。惜繁華之俗尚，耗財賦以虛無。省西成之豐歉，計杼軸於供輸。期革薄而還淳，重宸慮之踟躕。逮夫迴軫曲阿，覽勝建業。龍蟠虎踞，形勢天設。自吴、晉以迄梁、陳，遞一隅而攘竊。彼江左之風流，尠經時之俊傑。懲衣冠之清談，憫陸沉之往轍。經聖人之定論，洵恃險之計拙。既掃六季之陳蹟，還思明室之餘烈。鏡古徵今，經分緯別。悼開創之艱難，芟群雄而渾合。躬視寢園，肅拜奠徹。宣綸綍以禁樵牧，攀松柏而戒剪伐。澤及故國之丘墟，尤頌聖仁之超越。載經鄒、魯，溯源洙、泗。仰止尼山，瞻言闕里。升堂懷絲竹之音，式墓挹楷模之柢。屈己循幸宅之儀，崇師修釋奠之禮。揭棹楔以示師表，留御蓋以錫名器。考異同於五經，期折衷於六藝。俎豆聿崇於素王，恩賚尤渥夫聖裔。允矣今古至聖之同符，自爾通冥漠於一氣。豈君師判而異量，寧政教分而殊軌？至於憑弔古帝之陵，遣祭姬公之祀。合禮樂之淵源，程典型而一揆。接道法之心傳，何規恢之巍偉？禮成事畢，鑾輿北旋。弓刀彗雪，旌旗拂天。申三驅之令，而或火弊於中田。萬騎千乘，曾不遷延。飛軨整轡，并日而還。時兩宫之起居，慰萬國之旬宣。幸曠典之修舉，樂王道之蕩平。於是乎照臨之内，上歌下舞，頌德咏仁，壤擊腹鼓。一瞻雲日之輝光，各安畎畝而樂環堵。遵訓飭以端風尚，抑浮奓而貴太素。敦孝弟與力田，爲比户之本務。遂令天下去華崇實，舍僞趨誠，滌瑕蕩穢，心志純清。貪競之源絶，廉静之心生。莫不游舒長之化日，沐膏澤以盈寧。萃郅隆之休號，基億祀於昇平。猗歟盛哉！迺繫之以頌曰：

大清凝命，誕啓東方。重光紊洽，神武孔彰。遠猶宏略，以闢封疆。世祖秉鉞，蕩掃欃槍。正位定鼎，焕乎文章。統壹華夏，覆被八荒。皇帝嗣統，緝熙敬止。式廓前模，丕承隆軌。遐陬絶島，負固肆志。廟謨天開，默運勇智。指授機宜，坐決萬里。削平猖狂，釁甲不事。求懿肆夏，舞干兩階。東西朔南，稽首歸來。貢獒獻雉，聲靈訖該。布德施惠，神人允諧。祈天永命，錫福孔皆。蔀屋艱難，猶惕聖懷。徧詢疾苦，巡行郡國。所其無逸，先知稼穡。東南萬户，咸登袵席。毋怠毋荒，有典有則。邁古鑠今，風同道一。於萬斯年，永固宗祐。（甲子）

瑞雪賦有序

康熙二十有三年，六寓清晏，四裔來賓，海外遐荒，並隸版籍。上方勤求上理，若將弗及。既從廷議，諏吉東巡，問民疾苦。所至童耋婦竪，夾道前迎，嵩呼萬歲，絡繹千里。聞懽聲之動地，已知至諴之格天。迺迴鑾未及浹旬，大雪連三晝夜，徧野盈尺，應期告祥。臣竊考洪範庶徵之文，周頌屢豐之什，燠寒協應，陰陽式調，禎符休驗，捷於桴鼓。今我聖朝湛恩汪濊，大化覃敷，地平天成，凝和集祉。由體元有道，而五位加虔；且被物無私，而九霄降澤。未數慶雲之見，奚啻甘露之濡？仰帝德之欽承，萃天休之丕介。宜書嘉瑞，敬摭蕪詞，爲作賦志慶曰：

維皇撫運而建極兮，炳鴻烈以遐宣。調兩儀而協序兮，廓四游以爲鄽。三辰昭其齊度兮，庶政飭而罔愆。駕六龍以時邁兮，布大澤於南躔。天道應則以呈瑞兮，歲功預兆夫有年。彼飛霙之飄瞥兮，本闔闢於坤乾。望巍闕以翔舞兮，下廣除之聯綿。耀糺縵於舜日兮，敷光被於堯天。輯圭璧於層穹兮，布瓊瑤於八埏。皎同九譯之貢雉兮，爛若南越之獻鷴。滲漉周於薄海兮，螟螣殄於中田。東作樂其平秩兮，南史慶而書編。不封條而弭害兮，羌遇象而能鮮。方歌閶風於西崑兮，旋詠同雲於南山。混八荒以一色兮，覆萬有而齊觀。當夫大吕協律，陰陽則序，冬曦斂暉，寒陰密沍。佳氣鬱其凌霄，芳甸清兮凝曙。乍紛糅以互加，俄氛氳而交赴。既韜霞而掩景，亦星燦而雲布。舞干羽而炎海不波，一車書則裸壤咸附。五神受命而洛邑載寧，千軍束甲而蔡州旋渡。維時四海銷兵，萬方豐豫，滕六獻祥，重瑛載路。方侔狀而揣稱，因撫景而遡古。馬卿則授簡於兔園，王恭則披氅於鶴步。子猷則命櫂於剡溪，陳思則流眄於洛渚。花明宋殿之衣，絮起謝庭之句。學美孫康之映書，行高東郭之穿履。郢中思宋玉之高歌，洛下賢袁安之獨卧。皆足以粉飾夫太平，而鋪張夫詞賦。爾迺仰瀛臺之若珪，睇華島以堆璐。簇仙仗於玉階，照上林之璚樹。天子方御九重之璇宮，息六飛之金輅，繫宸慮於萬方，殷民生之冒怙，誦來思之載塗，卹號寒於豐蔀，陋齊侯之脱狐白，隘衛君之開府庫。既蠲復於哀對，咸嵩呼以大酺。

猶興歌夫黄竹，若不遑於寧處。是以山靈協瑞，五緯獻禎。來牟占稔，黍穀潛萌。地涯委積，天宇肅清。六花競舞，一塵不生。縱心合則，隨物班形。玉葉紛披，珠綴繚縈。點金莖之縹緲，彌銀漢以翥騰。含庶彙以登潤，炯百卉而舒英。發華藹之皓白，錯珠璣以纍承。時離離以布濩，轉綏綏以輕盈。花擬宜春之苑，光摇不夜之城。合宵旦而瀲灩，聯臺殿以峥嶸。臨月宫以冒棟，緣天門而飛甍。覩兹雪之皛潔，儼君德之純明。咸矢精白於丹扆，願表素操於彤庭。仰一人之睿照，統萬國以咸寧；占九穀之並，穗紀六服之休徵。荷靈貺之自天，允克慰夫皇清。乃拜手稽首而作頌曰：

奕奕仙葩，璀璨六出。下協地靈，上應天澤。克承陰教，式表冬律。瑞合四區，豐徵三白。瓊林增華，瑶臺比色。厥惟聖神，默運洪鈞。四時式序，萬國回春。宜寒而栗，張弛適均。行慶施惠，斂福錫民。二儀合撰，百祥響臻。我皇睿智，不矜符瑞。六師于邁，肆夏求懿。省方問俗，安民察吏。嘉澤應期，恩膏下畀。百工群黎，曰惟帝賜。微臣作頌，拜獻九重。玉階晃耀，銀闕葱蘢。願奉貞白，滌兹丹衷。祇贊純潔，上並高穹。億萬斯年，戴神聖功。（甲子）

礪巖續文部卷十二

銘箴贊

敬一亭銘

胡然而戰戰也？孰知其安安？人亦有言，履垤多躓，莫躓於山。敬之敬之，敢憚其艱？淫潦稽天，不能以終日。懸溜一綫，何迺穿石？尚其克一，日新厥德。曷以敬之？曰存其心，不放而馳。如御六馬，而轡是持。曷以克一？曰主乎理，不撓以欲。如行三軍，而令則獨。匪敬匪一，何德之成？作聖作狂，幾希是爭。噫，斯危微精一之遺旨也，而特揭乎茲亭。（甲子）

三惜箴示兒

念此身，安長保？精氣神，爲三寶。須培養，莫摧殘。耗失易，返還難。狥貪戀，供馳逐。

正用時，反不足。勉學問，立功名。根不固，百無成。

右惜身

予奪柄，自天司。德脩者，福綏之。福爲苗，德惟種。蟊賊傷，不旋踵。寧用儉，毋取奢。欲何厭，分有涯。無寸功，補人世。飲勺水，吾猶媿。

右惜福

禹惜寸，侃惜分。古聖哲，胡勤勤？宜及時，進德業。電石炗，僅一睫。過速改，善即從。日有異，月不同。恃盛年，姑悠忽。俄向衰，嗟何及。

右惜陰（戊午）

朱子贊

前有仲尼，長夜始旦。後有仲晦，陰翳始散。仲尼不生，舉世無晴，窅不知明。仲晦不作，人盡張目，孰去其膜？嗚呼！六經炳然，惟删定之權；四子昭揭，繫集註之烈。是故孔兼群聖，爲集大成。若朱子之統諸儒也，亦賢人之玉振而金聲者與？（甲子）

禰正平撾鼓圖贊

有才匪難，居才實難。才不善晦，或適爲患。矯矯禰衡，落落畸士。裸衣三弄，傲瞞若鬼。瞞即忌才，猶貌有容。耻受惡名，假手烹龍。嗟今愛才邈矣，忌亦遜昔，孰負才如衡而可不自匿？（己未）

胡澹明像贊

昔武鄉之命子也，以澹泊明志，而君家康侯，亦擊節於茹菜之可爲百事。異哉！此翁乃得其遺意，不逐聲華，無慕榮利，天機洞然，而旁通乎衆藝。爲兹圖者，烟墨不言，已盡傳其翛灑出塵之致。噫，惟其有之，是以似之。（戊午）

覺禪小照贊

望其容，淵乎澹以沖，若汪波千頃而難窮。相其質，凝然温以栗，若嵯峩玉山之特立。有時携丹竈，負青囊，人指爲市隱之韓康。有時娱素琴，耽緑酒，人疑爲逃名之五柳。或曰不然，是爲覺禪，從歡喜地，遊自在天。（辛酉）

礪巖續文部卷十三

壽序

仲固翁六十壽序

西湖兩高峰之間，有隱君子仲固存先生，先賢季路之苗裔也。生平敦古處，矜然諾，所與交，歷久勿渝。人咸信服之，不啻先賢之見重於小邾射。少博物洽聞，縱横藝苑。歲乙酉，甫弱冠，輒謝去章縫，絶意榮進，顧獨汲汲於砥德礪行，利濟及物。嘗慨俗學迂疎，天下迄未收真儒之效，苟學爲有用，隨地可施行，隨事可補捄，吾力能及者及之，力所不能及，假手有力者，猶吾及也。寧事乘權，藉爲己功哉？以故講求實學，至垂老不倦。今康熙甲子孟冬，適會週甲之慶，先生之甥陳君沛菴寓書於余，請爲文以侑康爵。余惟文以紀事實，其事可述而志足以訓世，斯君子不廢焉。且先生之有沛菴，不啻牢之之有無忌，范甯之有王忱也。余與沛菴又莫逆交也。因沛菴得交於先生，知先生莫余若也，其敢以寡陋辭，且泛爲時俗頌禱之説乎？以余聞仲氏自南渡來爲衛公南泒，至明初，耆儒發祥公多隱德，結廬虎跑泉上，年七十餘，篤生宜賓大令磲菴公，即先生高祖也。顯於宣、英二宗間，治行經術，卓卓可紀，而澹於崇膴，早賦遂初。先生曾屬余識公遺牘，深歎其文筆遒古有典則，雖尋常訓答，而詞旨藹然和厚，一歸於道義。厥後儒素相承，以孝友恭謹世其家，而學古好脩，至先生彌篤焉。先生雅志當世之務，舉凡國計民生、兵刑賦役得失利病攸關，以及關塞險阨、河漕形勢、建置沿革事宜，靡不原原本本，殫究周晰，若燭照數計。坐而言，起而見諸行事，裕如也。當代鉅公爭折節虚左，用萬全之略，建永世之勛，聲施爛焉。然而不矜能，不賈譽，沖然常有以自下。見人纖微之善，殷殷嘉與，樂得而獎成之，暴其所長而諱其短。及與之辨是非，裁決行止有不合，慷慨爭之，不苟爲雷同，務協於義。或群焉所可，確然斷爲不可，或群焉不可，確然斷以爲可。逮事後驗成敗，曾不爽桴答，始翕然歎服之。至於肝膽向人，表裏洞達，近道之論，導窾之解，灑灑披襟，靡弗厭其意而去。或告以所求無鉅細，期遂願而後愜，卒未嘗沾沾見德色也。稍不遂，悄悄乎如有憂而莫釋，皇皇乎饑渴迫而需飲食也。或曰：「公爲人謀，可謂竭智盡忠矣。事之濟否有天焉，何至與爲休戚？」先生笑曰：「君言非不達也，人亦非不我諒也，顧余不自知其何心。」書曰「厥德脩罔覺」，其是之謂與？夫頌人者不以富貴壽考，而惟德之稱，古者謂之善頌禱，以富貴壽考之畢具乎其中也。彼亶厚多藏，埒於王侯，世俗之所謂富也，孰與先生之德不陶白而豐？横金拖紫，位躋九列，世俗之所謂貴也，孰與先生之德不台鼎而尊？昔睿聖武公，年九十五猶作抑，戒以自警度，非有熊經鳥伸、嘘吸吐納之術，而躬享大耋，令譽無窮，則有先生之德，又不導引而壽矣。且其六章言「無德不報」，而推及於「子孫繩繩」，先生教誨式穀，且施于孫子，其爲富貴壽考，又何涯乎？因藉手以復沛菴，請以是爲渭陽公康爵之獻。（甲子）

内閣學士王儼齋先生四十壽序代

康熙二十二年癸亥冬，皇上特簡右春坊右庶子王君儼齋爲内閣學士，兼禮部侍郎。越明年甲子秋八月上澣，又值君四十初度。一時公卿薦紳交口稱羡，以爲君方强仕之年，遂贊閣務之重，既頌聖天子知人之明，又服儼齋之宏才偉負，足以副之也。咸思進一觴，而以祝嘏之辭來請。余惟我國家武功大定，文治聿興，三蘖削平，海氛偃息，昌隆豫順之氣萃于泰交元會之時，而儼齋之晉秩懸弧適符其候。且余承乏中書，朝夕從君諮度，又於宗誼忝一日之長，是不可無言。惟我王氏自始興以來，世業休光，偉人輩出，近雲間之派，尤推鼎盛。國初農山先生以甲科起家，歷官侍御，文采勳猷，麟麟炳炳。未幾，輒請告歸養。方懸車庭課，而君早掇巍科，家聲丕振，偕兄㻋湖、薛澱聯鑣接武，頡頏於木天蘭署間。天下望其羽儀，不啻景星爛而卿雲翔也。君惟峻潔以持躬，謙和以接物，誠恪以勤職。乙卯京闈，得人之盛，咸謂惟公惟明，罔愧以人事君之義。又於講幄記注之餘，伏蒲上封事，闢邪教，衛正學，慨然以斯道斯文爲己任。舉臺諫所不能言、不敢言者，君獨昌言之不少諉謝。於是聖心嘉納，而朝論益推重之。揆君之意，欲以翊贊皇綱，匡扶聖教，挽頹俗之波靡，振微言于將絶。世道人心之機，藉此一疏以維繫之，所關甚鉅也。寧謇諤自矜乎哉？至于擅三長，操筆削，即休沐退食，猶坐擁萬卷，州次部居，兼綜條貫，以成前代之信史，至移日達旦無倦容。噫，抑可謂精且勤矣。今天子倚毗方殷，凡人才之消長，政治之得失，皆可以從容論列，以佐太平有道之化，兼得習聞主上憂閔元元，宵旰求治之至意。又將推向者他人所不能言、不敢言，而君獨昌言之者，隨時隨事而講求之，則乙夜之問，前席之對，雖極隆古之明良，吁咈無以過也。豈徒于文學侍從，卓乎克自表見已哉？昔歐陽子嘗謂君子之學，或施之事業，或見之文章，而每患其難兼。惟君幼承家訓，長習國典，其于黼黻皇猷、表章閎烈，闡先聖之正道，爲經國之大業者，固已見諸文章矣。玆復優游北門，出入東閣，凡用人立政之大，咸得參知于密勿，以需端揆之大用，則所謂施之事業者，正未有艾，而于昔人所歎爲偏詘者，君獨能兼收而兩得之矣。詎不偉歟？計余通籍之年，君生始三齡。余今以暮齒備位台衡，乃得與君同朝共事簪筆，周旋于政地，蓋榮幸實多焉。君也春秋方盛，幹濟通敏，入秉大政，計日可期。凡可以補庶政所未逮，而脩明潤色之者，行有賴于君。故即所以頌君者，而更爲

君朂度。且頷余言而爲之听然引滿乎？試以質諸尊人農山先生，當不以爲河漢也。（甲子）

總督福建等處太子少保兵部尚書兼都察院右副都御史憂菴姚公壽序

自古開創之代，天必生佐命之名世以定大業，而後能掃除八荒，渾一區寓。其在振興之朝，又必生奇偉傑出之才以奮揚威烈，而後能廓清餘孽，厝天下於磐石之安。蓋自三代以後，治莫盛於漢、唐，而稽諸史册所載，其始也則蕭、曹、房、杜爲之先，其繼也即有趙充國、張仁愿其人爲之後。莫爲之先，誰爲肇造草昧？莫爲之後，孰與鏟根株而靖牙糵乎？皇朝開基，誅前代二十餘年之劇寇，平數千里群雄分據之河山，臣妾億兆，梯航重譯，始事鴻猷，炳於天地，爛焉可紀而述矣。而嶺南、閩、越，地介山海間，曩代林大乾、許心素諸賊，視内地爲甌脱，倚暹羅、日本爲外家，船如重阜，帆若連雲，僞竊王號，隱若敵國。邊臣以苟且爲積習，朝士以招撫爲良圖。於是金門、厦門、澎湖、臺灣俱爲逋逃淵藪，而北及江淮，南至閩廣，並爲所蠶食之外府矣。故雖定鼎已久，而遺孽逋誅，蕭、曹、房、杜之業已成，而充國、仁願之功未建。斯曷故哉？地隔海洋，車騎無所逞其武，弓矢戈戟無所用其鋒也。憂菴先生，當代奇偉傑出之才也。自沖年掉鞅文壇，固已高元禮之門，置鄭莊之驛，執牛耳而主盟中夏矣。逮敭歷仕路，則公忠惠敏，用無不周。于時六月甫息，東南蠢動。先生慨然矢志滅賊，盡捐囊篋，豢養健兒，莫非股肱心膂，遂大破諸暨紫琅山諸賊，殲及四千餘衆。旋克仙霞嶺，復閩省，軍聲煇赫，東南底定。初授温處節鉞，繼擢閩藩。未朞年而特命總制，位極八郡之尊，功銘五等之列矣。乃海氛未靖，猶懷隱憂，海澄雖近岸，而四面孤懸，舸舶易集，金門、厦門，更極孤注，帆檣遠駕，即醜類濟師。蓋三穴未平，海壖必擾。先生迺奮其智勇，剿撫兼施，旄鉞一揮，鯨鯢瓦解。凡破賊寨一十有九，恢復海澄諸處盡爲絃歌桑柘之鄉，固宜晉秩大司馬，加宫保襲爵之榮也。顧在功名之士安享禄位爲心者，高則托興于松喬，下則怡情于臺榭，而先生矢志昇平，未遑高枕，謂臺灣爲癥瘕之疾，而澎湖實相表裏，誓必深入其阻，用集大勳。乃與少保施公殫心經畫，一切攻戰諸具，莫不豫備，籌餉于耕鑿樂輸之地，徵兵于反側思靖之民。于今歲六月，始命樓船長驅深入，將士奮厲，十以當千。未幾而澎湖島嶼盡爲我有，醜類潛消，烟火相望矣。方將乘勝賈勇，直搗臺灣。蓋自季夏興師，以涉仲秋，曾未逾時，而大績垂成，已在指顧間也。于是先生嶽降之辰，適逢週甲，薦紳士大夫相與言曰：「男子始生，莫不懸弧矢以志四方，誰其策不世之勳于數千里外，不負此弧矢哉？先生洵古今第一奇男子也。」欲致詞祝嘏，而謀于予。予曰：先生無以祝嘏爲也。先生之壽，蓋在旂常鐘鼎間。雖然，南山之詩不云乎，「樂只君子，邦家之基」，又曰「遐不黄耇，保艾爾後」；其在采菽之四章，亦曰「殿天子之邦」，而繫之以「萬福攸同」。請舉此以爲先生壽，是即充國、仁愿之宏烈，而爲國家拓萬年之丕基與？爲不拔于世世也，不亦偉哉！則今日之祝，始基之矣。（癸亥）

王相國夫人五十壽序

今天下當鴻龐悠久之運，皇建有極，彝倫攸敘，深宫之行侔乎天地，有以奉神靈之統，而理萬物之宜。爰逮在位臣工，莫不宜其有家，而關雎、麟趾、采蘋、采蘩諸什之美備焉。蓋油油乎仁壽之域也。我宛平師相王公撫辰凝績，百揆時敘，實迓天保、卷阿之祉，而董夫人又肅宣梱教，以内助之。於是當今上御極二十有二載，歲在癸亥仲冬下浣，爲夫人始滿慶辰，門下之士素受知於公者，競爲祝嘏之詞，以侑長春難老之觴，而金然揚觶以進曰：休哉！今日之慶，其即大易所稱地道之光哉！夫元老寅亮天工，至於陰陽和，風雨節，海寓乂安，民物康阜，而萬年有道之頌，上之天子。若此者，地道也。夫人亦如之，蘭玉在庭，袍笏在列，琬琰珪璋，輻輳並進，而雍雍祇祇，謙讓有加也。是故爵貴而益勤，禄豐而益儉，燕會繁而敬不弛於酺醢，子婦備而孝不忽於豆登，處宗鄙里閈之不薄於解推，待賢士大夫之不倦于贈問，咸以爲是相君之盛事，而夫人不居焉。若此者，亦地道也。厚載萬物，德合無疆，言壽者歸之。至於黄中通理，正位居體，元吉之象也。地道之光，孰大于是？此及門濟濟多士，頌聲所由作也。今夫夫人之善，近在閨閣，惟正位乎内焉耳。然而幽閑貞静之德於是乎傳，富貴壽考康寧之福於是乎徵，積善餘慶、源遠流長之理於是乎可以風當世。即椒寢起化、蠶繅肇禮、葛覃、樛木之澤所薰蒸漸漬，而兆卜年卜世之休，於是乎可以垂史册，式方來。然則壽之時義大矣。「至哉坤元，萬物資生」，其是之謂夫！（癸亥）

礪巖續文部卷十四

書啓

與史明府

明府以治行第一爲風教總持，慮此邦之文獻失傳，汲汲焉取舊志而增葺，脩已廢之宏模，垂不刊之鉅典，誠知爲治之本末，不徒刀筆筐篋是務也。某固聞而額手。昨得犬子廷潤家報，知明府筆削一準于春秋，無所詭隨遷就，而特以先子生平入方介傳，南望九頓，感涕不勝。夫邑之有乘，猶國之有史，用以稽疑而徵信，彰往而詔來，非細故也。惟其道足以定是非之公，義足以協倫常之極，智足以昭名實之辨，詞足以發幽隱之情，俾覽厥紀載，如即乎其人而覩乎其事，迺堪與信史相表裏。不經賢侯之論定，安冀後世之流傳？此某所以鉥腑鏤心而嗚咽陳謝也。痛念先子一生，方如矩，介如石，遭骨肉之變而不失其常，力聖賢之學而不求人譽，手箋日録，垂老不倦，言坊行表，動與道俱，而某等幼孤失學，紀誌闕遺，實爲終天負疚。今幸矣得邀明府嘉予先德，而弗棄其不肖孤矣。發潛德之幽光，用慰泉壤，而嬛嬛鮮民，亦藉以稍釋其莫逭之愆矣。昔黄叔度淡然不怍，無一自見於外，世亦莫之知，而後世至擬之顔子，徒以林宗表章故也。則先子之砥節勵行，得大君子而益彰，其爲信今傳後無疑也。爲後人者，感恩矢報，宜若何圖之？謹泐兹上頌，伏惟垂鑒。不宣。（癸亥）

答金赤蓮

道喪千載，聖遠言湮。尋墜緒之茫茫，親切而體味之者，尠矣。孰能立誠脩詞，闡發無遺藴乎？況能出入經史大家，自闢門徑，不爲卑格陋調所移乎？滔滔天下，誰可與語者？一二老斵輪有摇手相戒，作無口瓠耳。吾子不遠千里，不鄙迂疎，攜一編而就正焉。謙光可挹，虚而能受，可與語者，必若人矣。逮迴環讀之，益瞠目而歎，是真箇中人，亟須與語者，輒敢憑臆丹鉛，質之左右。極知狂瞽牽率，莫測其津涯所恃，高明恕其過刻耳。（壬戌）

與葉訒菴先生代

閣下經綸碩輔，制作宗工。萃妙選乎詞曹，爲天下人文領袖；敷嘉謨於講幄，樹朝端師保儀型。兼領秩宗，耑資端揆。將一氣操洪鈞之密運，而群倫歸大治之無私矣。蓋嘗聞之，於山則有泰華之高，於水則有江海之大且深。非特山水然也，人亦有之。其立品也，峻千尋之壁，其操觚也，湧萬斛之泉，其道德高乎古人，不躋其巔不止，而學問有源有委，莫測其津涯，是亦人中之泰華江海也。士之能自樹立以表見於後世者，非得如是之人，如是之文以傳之，其湮没而弗彰，何可勝道？此某等所以泣血哀鳴於大君子之前，請爲先君墓誌銘也。先君子脩德勵行，不求人知，人亦未有發之者。然而履常蹈變，持躬守官，咸足昭兹來許。某等學識荒陋，弗克紹聞，恐致荒墜厥緒，惟藉壙前片石，發潛德之幽光。顧世俗諛墓之文，都非傳信。事信矣，繫乎其文。文工矣，又繫乎其人。因人以尊其文，因文以傳其事，則非閣下斷乎莫可恃以傳也。垂諸家乘，不啻天球，編諸藝林，即屬惇史矣。故不揣冒昧，泣血哀鳴於大君子之前。倘荷俯俞，錫之榮袞，惟有銜戢終身，矢報奕世爾已。謹附呈行狀、家傳各一編，用備採擇，可勝惶悚，虔禱之至。（庚申）

與總憲徐公代

閣下總當代之紀綱，司千秋之衮鉞，賞不僭而罰不濫，予有勸而奪有懲，所謂質取古聖而無疑，垂諸册府而不泯者，固宜庶品傾風，萬流仰鏡，得大君子一言爲重，即蒸然勉奮於善而不怠也。抑聞諸閣下及門云，方今海内賢達，至不願萬户之封，而願得閣下片詞奬許以自表見。豈不以是非褒貶一準於春秋直道，歷千百世而共信乎？春秋美君子樂道人之善，往往大書特書而不一書焉。後之作史者，俾善人得其傳，爲功實大，而若人之被其光榮也，雖萬户之封不與易矣。碑誌之作，義實近乎史，而世之爲子孫者，惟欲表揚其親，所述多不實，又托之非其人，書之非公與是，詞雖諛而不工，故無以信今而傳後。品地高峻如閣下，能闡幽徵實如閣下，蓄道德而發爲詞章如閣下，固曠世而一遇者也。特患砥行立名之士無足當大君子之表揚耳。有則何患乎弗傳哉？痛念先君一生言思可道，行思可則，而潛德幽光無所託以發聞于世。今一旦溘焉見背，而鮮民闇劣無狀，恐替前脩，若非仰丐華衮以爲墓道光，將終無以聲施於後世。某等是用銜哀呼籲，而有神道碑之請也。昔蔡中郎言，平生惟爲郭有道碑可以無愧。在閣下人倫師表，發爲高文典册，固非中郎所可擬，而闡揚不爽尺寸，紀録無遺銖黍，則先君庶得與林宗並傳，豈非莫大之寵榮哉？即奕世孫曾，捫碑恭繹，追企前徽，泫然不覺其感涕之交集。況某等不類亦牽連得書者，其感恩矢報，更何涯乎？惟閣下俯憫存没，慨許而不辭焉。幸甚！（庚申）

與某公

夜來夢五雲冉冉被於賤軀，狂喜無量。覺而占之，豈有黼黻之加來自天際？夫無其理而有其徵，或者以爲不祥。諦思之，當是明公五色彩毫爲小集弁言已脱稿耳。序成而展披焉，不啻天半朱霞，離離蔚蔚，輝映几案間，雖有華衮，不加榮矣。所謂覺之所見者非真，而夢之所見者非妄矣。亟叩之記室，其果信而有徵否？便面乞書瓊字，得近咏數章，藏之懷袖，庶幾時披光霽，奉揚仁風，斯又好事貧兒之創獲也。（戊午）

與沈繹堂先生

客夏匆匆俶裝，伏承見招寵餞，不獲暫繫驪駒，心賡既醉之句矣。復蒙枉駕以將之，濡毫以贈之，折節皇皇，有加無已。在閣下高而善下，禮士務竭其誠，固中心樂之不倦，如當之者滋恧何？殷殷此誼，載與俱南，今歲且一週矣。仰止高山，常如一日。康强逢吉，若或覯之。昨接邸抄，知閣下以元良保傅兼常伯之寅，清姓名已覆於金甌，望實咸符乎華選。海内人士方競依末光，而瞻忭私衷，尤非名言可喻也。兹啓者，靳公祖盡瘁河防，寢食俱廢，錫圭之告只在指顧間，而忽遭大故，毁瘠不支，無不爲之嗟歎。公忠純孝，殆其兼之。居恒屈指當代名公卿，每以閣下爲人倫師表，良由至性所孚，誠服有素。今者苫次成行述一編，欲借光填諱。雖靳太翁齒德俱高，而閣下位尊望重，不敢以尋常行輩相埒，恐稱謂兩難。逡巡再四。愚意撝謙如閣下，當不以屈抑爲嫌，輒敢冒昧填註。今稱專擅之罪，實由於某，在仁孝者則慄慄乎不勝疚歉也。（己未）

礪巖續文部卷十五

題跋書後

題方菴梅咏

詩本不易，梅花詩著筆尤難。「近來行輩無和靖，見説梅花不要詩」，雖謿謔，未始非格論也。方菴咏梅多至四十，足見其胸中浩落，無復烟火囂塵，且不似吾輩終年壹鬱，咄咄書空者矣。若劉後村云「半山老子真摟攬，更替輸棋薛秀才」，則荆公直以梅詩爲博奕賭戲之物，吾猶嘆方菴矜慎目娛，止於四十咏而已也。（戊午）

題任城即事唱和詩

往余作任城寓公三載，兀首譚經，朋從絶迹。蓋經時不爲有韻之言，言固無自而唱也，唱亦莫予和也。故以獨樹名軒而爲之記，雖意固有託，實亦不勝廓落無徒之感也。今秋，雲六、棐伯、熊封諸子從濟署北來，出所録唱和詩示余，且曰：「此吾曹一時盍簪促席所成也。聚散不常，同調可念，題而識之其可乎？」余惟唱和之盛，莫如元白、皮陸，然往往聲情絶肖，如出一手。夫咸英韶濩，八音克諧，可謂合同而化矣。然而笙磬匏絃，非一器也，搏拊考擊，無襲響也。使若琴瑟之專一，誰其聽之？諸子角奇爭勝，工力悉敵，而能各出機杼，不必折楊皇荂，人同一笑，斯所以爲大雅之音。余既多諸子之倚韻也同而未始不獨，又自笑曩者之孑焉寡和，有獨而無同也。漫書紙尾而歸之。（癸亥）

兀喇紀遊題詞

設邊都尉有贈别之篇，入蜀少陵得紀行之什。洎夫星槎覽勝，桂海虞衡，莫不託景物之雄殊，用助靈奇之筆；藉江山之神異，爰攄窅渺之思。今古同然，詩文一致。維我静紫孫年兄胸羅萬象，才蓋八荒。博問辨晉國之黄熊，多識見吴門之白馬。花迎杏苑，行宣鳳藻以騰文；浪湧桃津，方潤龍綍而動色。爾迺奇懷天發，藻思雲蒸。偕詹事之行軒，躡巫閭之遊屐。杏松二堡，前事可思；大小二孤，新猷在望。河有疏通之號，山留長白之名。爲西周之鎬京，乃前漢之豐邑。天連縣圃，地接瀛洲。聿開雲漢之文，綽有波濤之氣。韻流金石，唾落珠璣。似陸海以遥深，方潘江而浩瀚。布諸當代，人鏤心于鳥跡之中；垂示來兹，家織句于魚罾之上。洵綺才之能事，實間世之奇文。擲地有聲，名山可壽已。（癸亥）

題畫册三則

甜易近俗，邪易入嫩，四病正復相因。張伯雨謂元鎮無畫史縱横習氣，米虎兒以王維畫不足學，學輒如刻畫，殆爲是耳。此册非名手不登，妍而祛甜，縱而兼法。其蒼莽疎古者數家，天骨尤勝，此殆内典所謂無師智也。董生雅善盤礴，解衣得珠，蓋入三昧矣。

元季高賢隱於六法，故士氣一派獨於爾時爲盛。擬懶瓚者多不得其寄託本意，一味荒率，去而萬里。珂公此幅以董、巨之雄渾寫雲林之枯澹，遂覺冰寒於水，正如坡老讀陶詩，翻見爲絢爛耳。非胸有清閟全神者，未易領此。

吴仲圭與盛子昭同巷而居，子昭盛名，梅道人寂寞無聞也。如子雲太玄經，久始論定。文度與董容臺同郡同時，便有瑜亮之目，不爲烜赫所揜。觀兹圖，名下洵無虚士耳。（己未）

跋董文敏公小楷普門品

余平生所見公正書夥矣，未有若兹經之精妙入神，圓匀完好，自始迄終，一筆不懈者。公深

於禪悦，當由加意結撰，匪顛然縱逸之比。固存精鑒，不啻翰墨陽秋。家藏古人名蹟莫非尤品，又以是册爲甲觀。（己未）

書洛神賦跋語

大令書洛神賦，俊逸流媚，與驚鴻游龍爲一家眷屬。余參以中令，又合瑶臺嬋娟爲一家眷屬。或出或入，神光乃在離合之間，正索解人不得。（己未）

讀近思録書後

朱、吕二先生取濂洛横渠之書，擇其尤要者，録成十四卷，而名之以近思，何哉？蓋博學、篤志、切問、近思，四者廢一不可言學，而知至知終，始終乎學之事者，莫切於思。洪範曰「思曰睿。睿作聖」，傳曰「睿者達也，窮理之謂也」。自窮理盡性以至於命，謂之聖」。周子曰「思者聖功之本，而吉凶之幾」也。顧豈放而馳，泛而騖之爲思哉？易言「思不出其位」，中庸言「慎思之」，聖賢教人，明示以思之，則如農之有畔焉，而非役志於高遠也審矣。故程子謂近思者，以類而推。其稱謝上蔡則曰：「顯道爲切問近思之學，能充而廣之者也。吾道有望矣。」嗟夫，學者果能約其放而馳，泛而騖者，一皆近取而得之，則是書所以爲學之旨，舉可以類推而充廣，而由四

子之説以上遡乎六經、孔孟之遺，庶不至窮大失居矣乎？是則先儒命是編之意也。（癸亥）

書王文成集後

自天泉證道，世多以龍谿、甘泉之學出自先生，因詆爲禪宗，未爲定論也。或且以擒寧藩，平思田爲之解者。愚竊謂聖神功化之盛，感應之速，當復何如？顧欲以一謀臣戰將所能辦者，遂爲儒者有用之學，以重先生哉！嘗考先生爲學次第，大約求端於立本，而特揭良知爲宗。由其用世既久，閱歷既深，體驗之餘，豁然有省，覺人心本然之明，自可推之酬酢萬變，説似詭而非詩也。顧其賦質高明，立論每爲賢智之過。自道其得力則可，中材而下，不可爲訓。若其尊大學古本，而詮致知格物，則與先儒判然矣。夫程朱之道昭如日星，學者尊聞行知，宜莫有過者。迺舍數百年來尊顯於學官之故業，循循乎博文約禮之師承，而假途於捷得，以誤後學，其不流爲禪寂幾何？彼龍谿、甘泉輩不務其閱歷體驗之所得，揭揭然執一偏之師説，又甚其辭而揚其波焉，弊且安底矣。不知者因重爲先生詬厲，先生固弗受也。泝源窮本，其曷以自解乎？（癸亥）

書董宗伯題畫册後

檇李李竹嬾先生爲人作畫，輒識數語於上。歲久漸多，則彙成一帙，梓入別集，名曰畫媵，以其隨畫而去，若姪娣從嫁然也。斯册皆董宗伯自題墨戲語割取裝成者，非一時信筆所書，故每則必别出新意。雖姬去媵存，不免得櫝還珠之誚，要亦少陵佳人詩所云「侍婢賣珠迴，日暮倚脩竹」，非尋常奉匜執櫛者可擬，無妨單行也。（壬戌）

書宸翰褒忠碑陰

死事，臣職也，天地之大義，無所逃焉。寧望褒乎？當范忠貞公被繫時，求死不獲，日夕手曆書以當屬國之節。嗚呼！節旄落而武歸，曆書存而公死，等義也。公允烈矣哉！天蓋遲公三年之死，以戒人之媮生而懷二心者。夫媮生也而未必生，視死如歸也而未必死。顧以未必死之身，而卒談笑嬰刃以遂其志，公洵與日月争光矣。聖天子軫念死事諸臣，優卹厥後，用昭大義於天下，而於公之從容慷慨，兼盡無憾，恩數有加焉。御製御書，碑版奕奕，疇不瞻仰欽歎而感激奮興焉者？要非公當日意計所及也。公就義而職已盡，心已安矣。嗚呼！君臣大義始炳然天壤間矣。（乙丑）

礪巖續文部卷十六

墓誌

誥授朝議大夫分守直隸口北道山西布政使司參議加二級拙菴李公墓誌銘

康熙二十年秋，朝議大夫布政司參議李公卒於天津里門。兩浙之士大夫受知於公，宦於都下者，涕泣相告曰：「悲夫，吾夫子逝矣！將安仰乎？」爲位而哭，相向失聲。余訝其過情也。迺言曰：「曩公之督學於我越也，時初頒令甲，易帖括爲論策，莫適爲成式。公詳申條教，俾理宗傳註，言準經史，絶去畦町，而神明於繩尺之中，諸吊詭曼衍者擯。多士始得稟承爲據依。他若經術時務，若者效於古，若者可施於今，若者利興之宜，若者病革之便，每指畫提命之，不啻家塾講習也。多士始知明體達用之學。則又申儆曰：『文運視乎士趍，士趍正，斯學術正，文章有本爾。諸生亦德藝並進，經明行脩其可也。藉其優於德，詘於藝，猶將俟其後也。反是而務華絶根，黜無貸！』於時多士翕然嚮風，敦本飭紀。其殿最試卷也，手自校勘，兀兀焉寢食忘，形神憊，曾不假從事者。請屬不得入，苞苴不得行。每案發，所優劣去取，莫不帖服，曰使吾儕自爲評次，不當爾耶？一時負奇困阨之士，志氣畢伸，咸感奮自勵。丙闈撤棘，相慶得人最盛，僉歸德於公，薦紳先生爲勒石誌頌。公見之，瞿然曰『噫！是吾分也。方惴惴焉負天子命是懼，何大書深刻之與有？』然終弗能禁也。嗚呼！吾夫子德澤被於兩淛人士，何如而能已於震悼耶？余聞而嗟歎者久。既而聞之，其仕於外，舉於鄉，知名於庠者，訃聞，罔不盡傷追思其德如前所云。迺知天下惟公無私而明不蔽，其感人之深而誠服之衆有如是爾。」越二年癸亥，公子先茂、先春、先榮等將以五月廿五之吉，葬公於石梯新阡，而偕公之壻户部主政張天覺以壙中片石來請銘。余非惇史，思不克傳信以慰賢嗣孝思。惟是夙聞公督學懿蹟甚悉，因按公先後服官勤政、立身行己大概，并次其世系爵里，而誌以銘之。公諱如桂，字月枝，號拙菴，其先晉陽人也。自高祖起鳳以軍功授遼東瀋陽衛指揮，卒於官，因家焉。起鳳生庠生開恭，開恭生有功，有功生誥贈朝議大夫天雲，即公父也。豁達奇偉，尚信義，又多隱德。配李氏誥贈宜人。公生而顓異，年十四，已冠童子科。爲諸生試，輒冠曹耦。爲學有根柢，淵涵浩瀁，莫窺其涯涘。每析疑義，訂異同，群奉爲標準。性仁孝，力敦行誼，動止必以禮贈。公初以歲祲移家入關，後復徙江淮間。播遷瑣尾，家乏儲資，而公拮据奉兩親，甘旨未嘗缺。相繼遭大故，毀瘠不支，復殫力營喪事。會寇氛，權殯於山左任城。逮鼎革大定，拔乙酉貢，授棗强廣文。學宫遭兵燹頹廢，公倡率脩復，掃除肅清，日與弟子員講道課業，以時習禮其間，不逾年而文教興。戊子秋，舉順天孝廉。時需才方亟，隨除陝西紫陽令。邑故山僻彈丸，數經寇掠，城郭廬舍蕩然，人烟寥闃，日嘯聚窮谷爲長吏憂。公亟謀作室招流亡，懷携貳，資失業，勸課農桑，立市貿易。居無何，安集漸庶，公務爲寬簡，庭無訶禁，疾苦不時聞。於是比户樂業，舉向之弄兵潢池者也。歲時競具酒黍獻於庭藹，若家人父子。秩滿，遷順天司李，民扶携遮道泣，馬不得前，慰諭累日，乃返。比爲節推，三輔豪猾輩竊謂公循良易狎耳。及發奸擿伏，凛若神明，彊禦悉屏跡。再遷刑曹主事。時大獄繁興，株連不勝數。公多所平反，民以不冤。洊歷諸司，並注上考。其督學浙江，蓋爲湖廣司郎中時所特簡也。試事竣，督撫交薦，晉階少參。公歎曰：「吾筮仕迄今，久羈職守，曾不遑謍馬鬣，今其可或緩。」亟詣任城，扶雙櫬，止津門，卜佳城于房山縣駝里村之石梯山，即今新阡也。既葬，徧植松柏榆柳，構丙舍數楹其間，顔曰鶴栖，浩乎有終焉之志。歲戊午，强起補直隸口北道。口北枕邊郡，旗庄棊置，兵民雜處，稱難治。公一以正己率屬，調劑咸宜。歷故明來，有養廉地若干頃，歲取租入千餘金。公曰：「臣子急公之誼，有輸家助邊者，奈何沿習爲欺隱乎？」亟編入正賦。城中故有米市，負販者輒供税。公疾夫勒索之病民也，立罷之，永爲厲禁。束薪勺水，必損俸以供。各屬皆化之，寖成寧一之治。顧貢媚鬬捷非所長，常自言一生介操，不愧不怍，安能逢迎趨走，結歡取憐哉？卒中微青被讒歸，公逌然曰：「進不求榮，退復何辱？返吾初服，素志遂矣。」日匡坐披圖史，丹鉛不輟。性嗜酒，每引滿屬客，縱論今古，徹夜忘疲，然竟以是得疾終。生平澹泊寧静，表裡洞達無城府，與人悃誠，樂易好施與，親串鈌婚葬費者，畢應其求。三子皆爲邑宰，訓之曰：「爾曹居官，無分繁簡難易，但常念『民之父母』四字，顧名思義，期無愧可焉。」諸子亦皆象賢，克守家法。公生於前萬曆丁巳十月十八日，卒於康熙辛酉七月廿五日，享年六十有五。配高氏，誥贈宜人，先公三十五年卒。繼娶齊氏，誥封宜人。子三人：長先茂，江西贛州府信豐縣知縣，高宜人出；次先春，陝西延安府吴堡縣知縣；次先榮，山東濟南府齊東縣知縣。女二，俱齊宜人出。孫男八，孫女六。銘曰：

敬厥位，殫厥施。去見思，没而悲。伊古之遺愛，鮮不違乎時。峩峩石梯，維德之基。矗矗鶴栖，清白之詒。邈兹高躅，誰其攀躋？代有象賢，式穀似之。（癸亥）

誥封光禄大夫工部營繕司員外郎前通政使司右參議魁吾靳公墓誌銘

康熙十九年四月甲申，封光禄大夫納言靳公年七十有四終於家。天子聞之，遣官諭祭，恩數特優，嘉其啓迪後人，殫勞績於國也。時東南水患未平，公長子輔以兵部尚書兼都察院右副都御史督河淮、濟間。上方日期底績，固知訃聞，哀毀必甚，奪之難，而重寄攸繫，匪異人任也。

特允部臣議，以河工竣日許陳情終制。於是不得已仍銜哀受事，曉征露處，傫然荒度於橇檋間。道傍觀者多感涕太息，謂聖朝本崇孝治，直不忍吾民昏墊，而權出於此耳，奈玆欒欒者之盡瘁何？越二年三月，又思所以妥先靈者不可緩，迺卜葬於保定府滿城縣抱陽山中。再拜稽首，致詞於余曰：「先君子實多隱德，而子孫弗克紹聞。令前脩荒墜，罪莫大焉。苟閔其無傳而大書特書，發潛德之幽光，則誌銘之作，義固埒於史矣。君生平質直不阿，敢請銘。」余賤且陋，愧未克副厥責，然誼勿敢辭也。謹按公世系爵里，余先已編次其家傳及公行狀，詳哉言之矣，請勿復述。述其可裨世教者，庶仁人孝子不没其親之志或稍慰歟？公諱應選，字魁吾，姓靳氏，奉天遼陽人。祖諱守臣，考諱國卿，並以公長子官贈光禄大夫。代有令德，以孝弟力田、信言篤行世其家。公有兄六人，或儒或吏或任俠，皆蚤世。惟茂才彦選偕公逮事二人，孝養備至。母張太夫人卒，喪盡哀，葬盡禮。懼父母之獨處神傷也，居則左右侍，行則前後從。間相與逆揣親志，所需定何物，思問遺者定何家，素喜招致者何媚黨，莫不中其隱，得其歡。凡植躬行己，處事酬物，務當於道，曰：「不爾，恐辱親也。」久之，父易簀，遺命云：「我聞惟孝，友於兄弟，二子幸承順，我無憾矣。雖然，同氣之親，河山不能間也，而牀笫能間之。古稱『不聽婦言』，疇不習聞也。顧多溺而忘之，慎旃哉！汝曹念是言，常若比翼，我目其瞑矣。」公即泣識之，卧起必偕，衣食以次，及愉怫不主乎己，勞逸惟時其兄。雖分形，依然一身而已。適兄過訪中表李氏，信宿留焉。

公敦趣之，不返，頗訝之。詰其家而不得，則密詢比鄰任叟，始知所娶劉有嫠母馬氏，依女就養，而伺公之間多觸忤，兄固不能堪而忍弗告也。公恚且悲曰：「我父垂誡諄諄猶在耳，方奉以終身事兄若父，其忍更傷兄心乎？」於是屏馬嫠而並出劉，亟往挽兄歸舍，俛伏謝辠不能起。兄亦悲踊曰：「我所以隱忍弗白，非藏怒也，正慮及斯舉耳。弟曷不我謀而砉然立斷乎？我悔不以實告，猶得慰沮於先矣。」於時閭里咸動色，咨嗟曰：「有是哉！寧舍伉儷，毋傷手足，曾無依回濡忍於其間耶？世有惑聽怙非，骨肉流爲仇敵者，聞夫子之風，其亦愧而思反已。」厥後公得好逑納喇夫人，克相公友愛，雍雍焉内外始終無間。夫人卒，傅夫人又能繼之，豈天固善成之乎？抑其刑于閫内者，常變均可則也。順治二年，既從龍入關，昆弟應並得仕。公以兄性過剛，恐徑行寡權變，以故己不就官，先勸兄駕而朝夕與俱焉。及從兄宰涇陽，守鳳翔，備兵榆林，果悉賴公左右力，所至有廉能聲。兄懸車後，公始任工部街道廳。稍遷大理寺寺正，陞通政使司右參議。會省官，改補工部營繕司員外郎。歷任十餘載，皆京職。晨而官，晡而歸，靖共之忱與天倫之樂固無日不交遂也。方以上考稱職，獲賜表裏，且年未杖鄉也，遽請歸老。冢宰、司空共挽留之，不得，遂致仕。閒居課子，一以義方。口授家訓數十條，命次第編録，大抵勵脩能，戒時習，而於綱常要旨三致意焉。公佐納言時已封通議大夫，追贈祖若父。及長君輔爲武英殿學士兼禮部侍郎，出撫安徽，議敘前纂脩實録功，加一級，食正一品俸，公復膺光禄封，綦榮膴矣，猶凛凛自守若寒素。或諷以太陋者。曰：「我單門至此，適遭時耳。德薄不堪，方盈滿是懼，可令子孫席寵怙侈哉？」客慢然曰：「善。夫平津閣一布被，獨樂園亦一布被，彼以爲矯，此以持儉，誠與僞不同乃爾乎！」長子撫皖時，公手書相屬於道，問何事可恤民報國，表率屬寮，禆利盡興，弊盡滌。既司督河，則曰何以捍患禦菑，費節而工固，無廑宵旰憂。且曰：「苐能公爾忘私，不渝其操，我飲水亦知甘也。設以不遑將父，必資於官以益禄養，是官非榮親也，辱滋甚，養非娱親也，慼莫大焉。」所以勗仲季二子者概視此。公既居林下，耆德益孚於閭井。康熙壬子，京兆舉鄉飲禮，詣門敦請爲賓筵光。公固辭不獲，扶杖赴焉。觀者咸歎爲更老羽儀云。居恒嚴氣正性，不易許可，而一遻善類，則謙光可挹，相對坦然無匿情。人有過，正容悟之，偘偘糾彈不避怨。其懇悃所孚，多不遠而復。尤好拯恤危困，不計親疎，力必殫少。故岐嶷里人張山者，邂逅間奇之，贈以縞帶。數年餘，山顛沛失所，蹩躠負薪於塗。公識之，揖與道故，詰其顛頷狀，則已陷爲臧獲矣。輒爲鬻産復其身。客關隴時，偶於軍伍中買侍婢王氏。及載歸，見道傍有顧望飲泣者，叩其故，即氏夫也。亟命携去。其夫訴償值爲艱，公曰：「幸完若匹耦，所償多矣。何取值爲？」鄰人曹五貧於樗蒱不自保。公聞其妻哭聲，詢知爲鬻子傷也。適伯仲二子退食過庭，公令捐俸代贖之。若此類好行其德，未易更僕數。然本非素封，公私僅粗給，而中心所安，大遠乎豪舉市恩者。他若施報往來，罔不協乎禮，適乎義。或要以詐力，則終莫能屈。傳稱剛毅近仁，又云巧言令色鮮仁，公剛方不撓，深疾夫外餙，所以動合夫仁也。仁者必有後，宜其繩繩濟美，食報靡涯哉。余嘗謂大倫惟五，而門内居其三，人能篤近以舉遠，不爽其厚薄之分，即無往不得其理，尊卑疏戚舉惟我賴可焉。古聖脩齊治平，人事浹而王道備，胥此本末次第之序也。世亦具聞門内之義，然或室家是私，而於父兄多慚德，不思人百其行，祗此一本爲權輿，而夫婦之倫猶後起，故繫曰有别，非無説也。彼號爲通經稽古者，智足以雕萬物，辨足以傾王公，文詞爾雅足以潤色鴻業，獨於兹汶汶焉闕而不講，可勝道哉。公天性純摯，不爲尋行數墨之學，而務明大閑。迹其平生所爲，皆足輔化厚俗。要惟於原始之地，莫解於心，故推而準之，一皆至誠惻怛所貫，非積之有本末，施之有次第歟？苟一念牽於私暱，以恩掩義，又安能善全親愛，畢生罔疚若斯也？若其歷職廉明，凡可行利濟而逮寬仁，則不以閑秩也而弛力。任細行，必矜終始一節，雖未殫其用，亦足觀公之大已。公元配納喇氏，贈一品夫人，生督河輔與兵部職方司郎中弼，一女適陳翼明。繼室傅氏，贈同元配，生平涼府通判襄，一女適胡德化。孫十三人：户部江南司主事治豫，登州府通判治雍，及治魯、治齊，輔出；鞏昌府同知治揚，候選知縣治荆，及治青、治岐、治兗、治邠，弼出；候選通判治梁，及治冀、治徐，襄出。孫女七人，曾孫六人。嗚呼！國有史，家有乘，後之君子可備考而徵其不誣也已。銘曰：

立愛立敬，人紀攸敘。世降道污，遺本弗務。展也君子，其德不爽。内行淳備，孚及鄉邦。

學匪爲儒，言中理要。事不循迹，動符古道。克施有政，隨位恪共。知足知止，恬退可風。惟日孳孳，勇義樂善。勇故不移，樂斯不倦。雍容更老，存順没寧。罔不盡然，追念典型。厥有象賢，保釐南服。股肱良哉，緊爾式穀。錫之祀典，用布几筵。移孝作忠，以奠山川。銘取傳信，勒石垂久。石久不磨，德久不朽。（辛酉）

誥贈一品太夫人靳母納喇太君墓誌銘

初，大司馬督河靳公爲武英殿學士兼禮部侍郎時，恭遇覃恩，誥贈母納喇太君爲太夫人。及撫安徽，議敘前任内纂脩世祖章皇帝實録功，加一級，再遇覃恩，加贈母一品太夫人。洊被寵榮，亦綦隆矣。人子罔極之報，庶無餘疚矣。乃揆厥孝思，若有大不釋然者，往往形諸愾歎，人莫知也。或曰躬膺華膴，而母不逮九鼎之奉，固莫可解於心者。或曰太夫人德豐而算嗇，用昌厥後，宜追念不忘也。康熙庚申夏，大司馬方荒度土功，忽聞父對光禄納言公之訃，則北望哀號，水漿不入。余適館濟署，時爲之周旋慰唁。久之，迺泣訴曰：「嬛嬛鮮民，負戾莫逭。惟是馬鬣未封，猶不免視息人世耳。即當瀝血陳情乞歸，爲先府君營葬，而不克奉先慈以祔，痛如之何？」言未既，一慟幾絶。頃之，强起嗚咽云：「不孝生遼左，九齡而失恃，仲弟方在襁褓。時際艱虞，倉皇窆於中野。先府君將謀封樹，旋從王師入關，竟不果。家於燕都，相繼歷仕路，奉職守，三十六年於兹矣。縱匍匐往故土，安所得别識而啓之、而遷之？此不孝居恒朝夕拊膺而隱負終天之痛也。禄養之不逮，德算之相違，世或間有，未有如不孝之慘割至斯極也。」予聞之，不禁愴然以悲，姑慰之曰：「古者墓而不墳，至周禮冢人始用爵等爲封樹之度，故欲知位秩之崇卑視其封，欲知受命之多寡視其樹。後世俗尚無等，力苟優爲，慮無不巋然封、鬱然樹者。曩固迫於偬猝，亦猶行古之道也。昔夫子自謂東西南北之人，故不可以弗識。若君家食舊德，服先疇，著藉於遼者久，歘起從龍，豈復意計所及？夫蒼梧之野且有未之從者，子大夫永世克孝，亦毋庸致憾於斯矣。」他日又咨於余曰：「聞諸前代有遭變非常，末由收瘞者，則爲設木主，具衣冠，窀穸焉。倘倣其意以祔，於禮合乎？」余曰：「嗟夫！通乎禮之窮者，出乎情之至也，詎必經傳有明文乎？記稱孔子少孤，不知父墓處，母死殯於五父之衢，有輓父之母誨孔子父墓處，乃得合葬於防。脱無輓母告，庸知聖人不有權宜其間。禮以義起乎？衣冠之祔安在不可？」曰：「誠若子言，當勒貞珉以志吾憾。顧不以辱薦紳先生而敢以請，吾子其許我乎？」余曰：「唯唯。禮失而求諸野，夫亦猶行古之道也。何敢以淺陋辭？」謹按行述，太夫人姓納喇氏，滿洲驍騎校碩塞公女，性純懿，動止有則。母輝發氏鍾愛之，曰：「吾女必耦貴爲賢婦，門楣當拂雲起也。」及笄，歸納言公。莊敬而温惠，克儉勤以相夫子。鷄鳴星爛，瞿瞿相儆，十三載如一日也。梱内外肅若朝典，躬率諸婢練衣操作，凡蘋蘩滫瀡、供具問遺，靡弗辦治。納言公既敦德誼，重然諾，而好施予，不孰何家計。太夫人亦未嘗斤斤纖嗇謀，第循性安行而動符内則，遠近目爲女丈夫。先是，納言公奉父遺命，與兄憲副美吾公同居，友愛最摯。初娶劉氏，以不能諫止其母馬氏之乖迕爲兄患，納言公怒而出之。博訪賢德，果得太夫人，善成手足之愛，事無鉅細，咸周詳誠恪以獲兄嫂歡。嘗自言：「我不逮事尊嫜，雖歲時伏臘，潔粢豐盛，猶未足殫婦職。惟善事其如尊嫜者，庶稍愜乎？」以故納言公性素方嚴，不易當可，而獨於太夫人相敬如賓，終其身無間言。年甫三十二，一日遘疾而逝。納言公追悼憮惘，以爲奉倩之惑特牽于燕昵耳，我豈以私喪過哀？蓋造物者既鍾其德而不永其年，誠爲人世無窮之憾也。至暮年，猶時以太夫人壺範詔子舍，且曰：「如我誼切友于，期勿替親命，亦盡人可勉，顧安得同心一體有若姑乎？」憲副公亦恒撫諸姪云：「我性剛毅，非遇大變，故不隕涕，而獨爲若母悲慟者三，有莫知其然者。」蓋太夫人德感之深，無或間於家庭之際，概可見云。太夫人生於前庚戌年，至辛巳歲，計先納言公三十九年卒。以納言公筮仕工部街道廳，順治辛卯覃恩誥贈安人。及丁酉陞通政使司右參議，覃恩加一級，晉贈淑人。後以長子官，累膺今贈。子三人，長曰輔，總督河道提督軍務兵部尚書兼都察院右副都御史，次曰弼，兵部職方司郎中，太夫人出，三曰襄，平涼府通判，繼室傅太夫人出。女二，長適陳益明，太夫人出，次適胡德化，傅太夫人出。孫男十三人：治豫，户部江南司主事，治雍，登州府通判，治魯、治齊，輔出；治揚，鞏昌府同知，治荆，候選知縣，治青、治岐、治兖、治邠，弼出，治梁，候選通判，治冀、治徐，襄出。曾孫六人。兹康熙二十一年三月設木主，具誥贈翬翟儀，祔納言公葬於保定府滿城縣抱陽山之原。余因之有感矣，從來由蹇而亨，由枯而菀，由隱約而顯榮，未有無所積而致之者，尋木本而溯水源，理固昭然可覩也。特數有脩短，時有常變，不盡如人意所期。要以不食報於當身，而終獲全昌於身後，謂天茫茫，良非定論矣。故賢者脩其在我，以一視之，而世恒以有幸有不幸，未免餘憾於缺陷焉。夫亦孝子無已之情所必至哉。然使太夫人德不過中人，雖與納言偕老同穴，亦未足爲彤管光也。又或諸子不必爲賢公卿，而孝行純篤，則方齠齔播遷之餘，倉猝失窆所，亦祇引無輓母之告以自解耳。誰能繾綣追思若是？今諸子既已勛名燀赫，而推本所生，歷膺光寵矣。乃竭其孝誠，又能通祔葬之義，以妥先靈於不墜。是太夫人懿德之食報，良有確乎不爽者，而孺慕無已之情，不更暢然罔憾也哉！　納言公齒爵行誼別詳誌乘，不備述。銘曰：

象服同兆，光遠彌耀。維德之報，允惟賢淑。自求多福，孰云不禄？於戲！　魂氣無不之，式安於兹。百世而後，永言孝思，視此銘詞。（辛酉）

胡母劉太君墓誌銘

康熙壬戌，余與荆門胡君作梅同舉南宫，蒙恩俱擢爲翰林院庶吉士，讀書中秘之餘，輒爲余道其王母之節，洎其母夫人之賢，冀託諸紀述，竝傳於後。余既爲作胡節婦傳，而賢母嗣徽則未之詳也。無何，母夫人卒於家。訃至京師，君方奔喪就道，涕泗哽咽，以墓中片石懇懇相屬。比復寓書固請者再。余以通家猶子誼弗獲辭，顧不敢居惇史，亦何敢爲諛詞失實。惟是得交於賢嗣，信其素佩服於母儀爲有本矣。謹按狀直書之曰：太君姓劉氏，楚之鍾祥人。父若愚翁諱上智，爲邑舊閥，以質行稱。太君生而端淑，不煩姆教，而動協内則。年十八，歸於文學胡振翼先生。先生少孤苦，母丘太孺人即節婦也。恩勤撫育，迄成立，有聲士林，慮難其耦，一見太君，輒喜慰曰：「是真吾家婦也。」太君遂甘共貧約，饘酏芼羹，手自調糝以奉姑，温凊抑搔，無間晨夕。知姑性端嚴不可犯，雖春秋高，猶日問家政，太君纖悉具白。偶不當意，或不懌，太君屏息却立，俟氣平乃敢進，曲盡愉婉，期色解而始安。嘗曰：「我即不能相夫子，盡孝養，奈何不時其愉怫耶？」訓子作梅等以義方，早就外傅，每脱簪珥供脯脩。雖處困踣，必拮据卒瘏以爲誦讀資。自作梅爲諸生，舉孝廉，成進士，惟諄諄勉進德業，詔以立身事君之道，期成父志而振家聲焉。家故尠腴產，又遭漢水潰淹，生計日詘。太君辛勤荼苦，蚤則辨色而起，率家人力作，分糜擘脯，手治麻枲，宵則篝燈補紉，無少休時。傷姑孀居，練服終身，不被紈綺。日侍姑膳，非餕餘未之或嘗也。蓋堅苦忍操作者三十年，皆恒情所不能堪者。以康熙二十二年九月卒，距所生前乙亥六月，計享年四十有九。子三人：長即作梅，次庠生作楫，次作相。女六人。孫男二人。嗚呼！

太君一生懿德娥行，事姑以孝爲賢婦，相夫以順爲賢妻，教子以義爲賢母，皆事之可書者也。而作梅猶以太君弗克永年，躬膺翟茀，若不勝梧棬之慕，負疚實甚者。余惟太君備兹壼範，可傳於後，而其子復以文行顯當世，登華選，所謂生榮死哀，足以示百世而慰九京矣。是不可以不銘，銘曰：

嗟，太君之德，而僅幾中壽。未享其躬，而以昌厥後。我銘斯藏，久而彌彰。嗚呼太君，亡而不亡！（甲子）

礪巖續文部卷十七

碑碣

移建禹王廟碑

堯舜，德之至者也，功則得人而成。湯武，功之大者也，德則因時而升降。若夫德侔二帝，而勳華並藉其功，功冠三王，而商周猶遜其德者，厥惟夏后氏哉！故昔賢歎禹明德之遠，又謂禹之功與天地並。蓋自有天地而爲世之大利大患無如水者。一自平成底績，何人不賴其憂勤，以釋木處之顛、土處之病，資舟楫灌溉之利，以迄於今乎？是宜通天下廟祀而崇奉之，以志不忘奠定所自始。況當南條、北條之水匯，九州貢賦所必經，其邀靈於神貺，何如而可無，以妥憑依，隆祈報與？任城南郊故有禹王廟，雜處諸神祠間，位置失宜，非所以明教。向未有釐正之者，廟又庳陋湫隘，不堪瞻仰，大非所以昭永賴之報。大司馬靳公奉命督河，來謁廟庭下，則愀然不樂，慨然謀諸僚屬曰：「昔孔子稱大禹卑宮室，又曰『巍巍乎有天下而不與』。然則區區一方之廟祀，於大聖何有？雖崇飾之不加益，即因陋就敝不爲損也。處之羲農之上不加尊，即列之非類，不因而卑也。然稽古祀典有『其舉之，莫可廢』，又曰『精意以饗，禋也』，而偪處之，而褻置之，其獲戾不滋甚於廢耶？盍遷諸寬閒爽塏而特祀焉？」僉曰：「然。非特事神之道宜爾也，亦以伸正教也。一舉而兼得，其毋庸再計。」於是相與庀材鳩工出廩稍，惟恐後。卜地於南旺分水口北岸，因前代正德間遺廟故址，撤其朽敗，而重搆正殿三楹，移像其中。又東西廡各三楹，軒陛門垣悉按規制，勿侈金碧，勿混囂塵。自某年月日肇建，迄某年月日告成，司馬公以下具述其始末，屬任城寓公周金然誌於石。金然按，南旺湖即古之大野也。向讀禹貢「大野既瀦，東原底平」，竊疑陵谷代遷，古蹟寖以湮沒，殆未可臆定。及考地志，謂大野在鉅野縣北，而鄆州中都西南有大野陂，乃曉然信其可據。蓋今之東平州即鄆州，乃古之東原，而所謂中都則今之汶上縣，爲南旺所隸屬。合古經志與今郡邑形勢度之，其爲禹功要區可知。夫上古建都皆在冀州方域內，而揚、兗、徐數州所貢悉由大野而達，是今日之南旺在大禹時已爲貢道之要會矣。況我國家居重馭輕，宅燕都而連六合，轉數百萬之儲胥以供億萬年無疆之國計，專恃此一綫運道而通信乎？四方攸同，維禹之績，前代於茲立廟，殆亦有見也。後人師疏鑿之故智，稟利導之良規，能忘永賴所自肇乎？雖古聖王德功並至，與天地同流，與日月爲臨照，誠不係乎區區一方之廟記，而積數十百

年傴處褻置之愆，沿習弗察，一朝釐正而鼎新之，則諸公經營妥侑之功，亦烏可以弗誌也。（辛酉）

重修報功祠碑代　辛酉

昔魯展禽有言，「夫祀，國之大節也，而節，政之所成也。聖王制祀，能禦大災則祀之，能扞大患則祀之，以其有功烈於民也」，故仁者講功與山川社稷同載祀典。然則追功而崇報，振古爲重矣。夫勞績施於當時，遺烈被於奕世，而闕焉不報，非政也。報之必將告虔焉，而所假以憑依者，乃苟且因循，日即於隳，是重之瀆而滋其慢也，曷以彰國典，成國政乎？濟寧城南天井閘之東，有祠曰報功，祀宋康惠而下治河諸名臣於其中。自前代來，春秋薦馨不絶，良以諸公之經營荒度，克殫厥職者，或善作，或善成，後先踵武而相濟也。縱其間時異勢殊，難易不一轍，其設施建豎、巨細偏全，亦未可一概，而功在民生，則均咸宜世世不祧於兹土者。是雖一方之秩祀，而國之鉅典與政之舉廢繫焉，庸可斁諸？余自歲丁巳奉督河之命來駐任城，遡會通之源流，觀吕梁之設險，徘徊於尉遲建牐之遺踪，則左汶、濟而右沂、泗，襟帶交流，畢會於此祠下，凡縈折千餘里而委輸乎東海。乃知任爲東郡之要衝，而此祠又扼任城形勝之要會焉。因歎昔人低徊相度，特營祠宇於斯者，良有深意，寧弟乞靈於焄蒿肹蠁之餘哉？逮仰瞻榱桷，巡覽檐楹，則皆傾圮不支，敗礫朽椽寖爲無知者籬爨間物。噫嘻，是匪直貽先賢之恫，爲後人之羞，將向之覘勝概而表雄圖，屹然特峙乎中流者，亦奚取乎爾也？豈凡事之承敝襲蠱等於秦越之視類如斯乎？於是周爰諮謀於僚吏之有事茲土者，莫不慨然同心協力，有倡斯應，相與選陶甓，採堅良，一革其故而鼎新之。堂室巍如，廂廡翼如，門垣堦序以次就理。凡兩閱歲而成。又相與謀厥可久，而請余誌其事。嗟夫！古語不云乎，「不習爲吏，視已成事」。況水土之責較民社而尤艱乎。非民社則易也。事有必至，理有固然，誠準乎人情風俗而審處其宜，休養生息，興其利，革其弊，庶乎不負厥職矣。治水土者，則必合天時地勢，握全算而施人力焉。施之得其當，即有大費大勞，一時難與慮始，而終享其利，愈久而愈見思。施之稍不得其當，見爲宜創矣，或以更張而滋擾。見爲宜守矣，或以仍貫而貽悞。一興作，一期會，而四氣之雨暘難料也，土性之堅疏異宜也，工役之勤惰信詐雜出而不齊也，非酌劑之悉協，求以奏績也實難。欲膺斯俎豆而無忝也，庸有冀與？昔禹之平水土也，洞見天下之脉絡，或開或塞，而後灑沈澹災，無所施而不當，以至於四海會同，告厥成功，迄今猶祖其智，師其法，尸祝之不衰也。偉哉！數公之與禹也，亦猶不祧之祖分而爲五宗也。孰不有故智成法卓然爲後事之師者，而顧忍令其几筵徒設，風雨不蔽乎？夫末世侈尚淫祀，往往溺於瞽説，邀神貺於無何有。崇餙廟貌，彌望輝煌，適供羽客緇流徜徉偃息已爾，於崇德報功、垂法來禩之義奚有當焉？然則吾儕今日之汲汲於是舉也，豈惟出於目前之欽奉已哉？庶幾後有同志時葺而新之，曉然於祀典民政之攸繫，端在此而不在彼也。因爲誌諸貞珉。

礪巖續文部卷十八

墓表

陝西整飭榆林西路靖邊兵備道按察司副使美吾靳公墓表

公諱彦選，字美吾，姓靳氏。其先本山東歷城人，明初有以總旗出戍遼陽，因家焉。有邊功，得晉一級，是爲副百户清。後陣亡，加贈三級，世襲正千户。久之，失官，譜亦散佚，莫可稽已。至公之高祖曰旺，旺生守名、守臣。守臣生國卿，國卿有七子，公行三，封光禄大夫通政公應選行七，二子乃最著者。公少爲黌雋，有聲藝林，後遇太宗文皇帝肇開科目，屢以茂才異等應舉。順治二年，從王師入關定鼎。三年，除陝西涇陽縣知縣，清剛而有惠愛，爲政務去其太甚者，無事乎赫赫之譽。至論斷疑獄，輒立得其情，莫敢匿。往往談笑無留牘。凡椽胥積習蠹害，爲之爬梳剗剔，次第拔塞，明而不苛，以故吏民並戴之。四年，驟陞鳳翔府知府。時西鄙征戍方殷，行齎居送，劇爲民苦。公嚴飭曰：「兵以衛民，非以困我父老爲也。即不免供億，寧傾輸吾俸錢，毋厲及閭里，有違禁私擾者，輒予杖。」于是主帥恚甚，露刃相向，一軍皆甲。公侃侃正色，指陳利害以詘之，曰：「吾戴吾頭來，奚恤乎？若當自爲計。」兵弁皆目懾意解，卒不敢犯秋毫。公每見大吏過舉或不便于民，輒面折不阿，多所匡正。旁觀且訝而危之，究以無私見憚，靡敢譙讓，然銜怨自此深已。逾年，又擢整飭榆林靖邊兵備道按察司副使。公守道守官不爲選輭取容，而幾于殆者數矣。既膺節鉞，益果敢彊毅，少屈而難犯。之官甫三月，竟以涇邑舊任一眚註誤而去。蓋上官睊睊者久，至是始吹索而得其隙也。去之日，囊無長物。秦民呼號載道，競奉錢幣投轅門，麾之弗去。迺勉治裝歸。又揮涕追送數驛而後去。公仁孝天植，與季弟通政公竭力事親最久，相友愛亦至篤，而弟又能以周詳婉曲佐兄所不逮。其歷任盤錯，雖危而不及于難，皆通政公左右力也。公祖守臣、考國卿並以通政公長子輔貴贈光禄大夫，祖妣李氏、妣張氏贈一品太夫人。公生于前萬曆丙申七月初一日，卒于康熙丙午二月初二日，享年七十有一。元配李氏，繼室蔡氏，俱無子。晚年始收撫螟蛉子廉，而秦民爲公立祠，歲時奉俎豆，至今以爲常。豈果如朱邑所云「子孫祀我，不如桐鄉之民」歟？抑古稱三不朽，子孫不與焉，其信然歟？封光禄大夫通政公長子輔今爲督河大司馬，每爲予言：「先伯父制行剛直，立身廉潔，且仁心愛物，至性過人，不謂天道無知，以至此極也。吾以猶子代之職，寧忍坏土之封荒涼中野？以今康熙某年月日爲遷葬於都城安定門外曹八里屯新阡。顧表識闕如，懼將卒於無傳也，故敢以屬子。」予雖非惇史，而濫厠中秘，又安敢以不文辭？輒爲之敘次而表於其墓曰：

嗚呼！公之爲廉吏也，能于赤子爲循良，而不能於上官爲柔媚，以安厥位；能使秦民尸祝之弗祧，而不能一傳清白於負薪之子。既世路之齟齬，又何天道之茫昧！意者一門以内，彼蒼本無岐視，季也克昌厥後，公也無子而有子矣。不然，鬱鬱新阡，既固且安，疇爲之彰顯而永世乎？

（癸亥）

礪巖續文部卷十九

祭文

祭右春坊右贊善兼翰林院檢討蔡夫子文

嗚呼！古稱在三之誼，師與君、親，事之如一。蓋自吾君、吾父而外，本之於性而合之於天，聯之以道義而莫可解者，惟師弟子爲然。歷乎窮達利害，而義不可奪也，歷乎聚散存亡，而道不可移也。故有服勤至死，心喪三年之制，與事君事親體異情同者焉。夫古今來不少行修名立之士，苟不有大賢人焉爲之師，以振拔而成就之，其淹没不彰者，曷可勝道？昔人所以甚重乎知己之遭也。騏驥驤首以睨九方，萍緑吐芒以須歐冶，是豈尋常投契所能方其感激哉？嗚呼！吾夫子以壁立萬仞之概，經綸黼黻之才，綜貫古今之學，弁冕甲第，領袖詞曹，固已群奉爲人倫師表矣。既受命典壬子京闈，即寘一切毀譽愛憎、榮辱得喪於度外，兢兢焉操冰心、懸水鏡，汲汲乎務爲國家得人。偕同事諸公盟心誓天曰：「今茲之役，所不獎拔單寒，而周旋要人子弟者，神明其殛之。」卒以是忤當途而遭齮齕。吾夫子曾不以莫容爲病，鐫級爲憾，惟日勉二三子以守道力學，無負物色苦心。洎復官還朝，再珥承明之筆。俄擢宮尹之寮，天下想望，以爲公且旦夕膺異數，卜金甌，而夫子又請假歸里，優游泉石間矣。及門人士或仕中外，或散處四方，既不獲日侍几杖，佩服緒言，方冀東山之復出，涑水之再入，庶吾道大行於時乎。而竟高卧不起，一旦溘焉騎箕，山頹梁壞，徒悲號震悼，思仰放而何從也。嗚呼痛哉！胡昊天之不弔，曾不憖遺吾典型也哉！吾夫子所受於天地，所得於聖賢者，良深且厚，而其足以風教乎吾黨，與衣被乎來禩者，固不恃生而存，不隨死而亡。獨其出處之際，隱見浮湛，位未足以展其藴，而國家竟不獲收一代大儒之效。蓋世之所以知夫子者，獨文章科名已爾。然聞風思慕，莫不歎吾道之不幸，而惜九京之不可作也。況小子輩受知于夫子，恩深義重若斯，而又忝附于知夫子之深者，又安禁其呼搶而摧裂也哉！痛念小子輩夙禀良規，未能建樹勳名，黽勉德業，若昌黎、眉山之不愧宣公、永叔，若游、蔡諸子纘墜緒而光師門，其負夫子也實甚。所可爲夫子慰者，諸公子皆象賢肯構，篤志好修，將夫子有待之志、未竟之業，行且復起而光大之。庶乎其洒然無憾于灝然太虚間乎！

（癸亥）

祭兵部職方司郎中靳太垣文

嗚呼！　造物之於群生也，富貴福澤偏不吝予，而惟明眼達識者迺曠世而一鍾祥。或偶以慧根種夫藜藿，而多以迷途陷彼膏粱。不然，則智巧深者德器淺，才能鋭者道術傷。吾未見全生之而全歸之如先生其人者，匪可復以此衡而彼量。公産自遼左，長於朔方。其俗健武而矜裘馬，惟公好問學而能文章。孫吴之書，罔不貫穿，翟聃之乘，罔不搜討，岐黄方伎之術，罔不研究而精詳，要皆領會其大意，不爲竪儒之數墨與尋行。自綺年即已宦達，歷鳳池金馬以翱翔。重以納言公爲之父，尚書公爲之兄，曾不殊夫空山枯寂之士，味道腴而安蔬食，特揭師儉以名堂。平居退然自下，吶吶然若不出諸口。及與之考論古今是非成敗之際，則雄辨俊偉若燭照計數，倒滄海而注天潢。望之弱不勝衣，即之落落穆穆，人不見其喜愠之色，而歷官中樞者數載，終莫敢以纖私而倖。嘗一當軍國大計，盤錯機宜，則洞決立斷，不啻發千鈞之弩，試百鍊之鋼。與之交，淡乎其若水，坦乎不設城府，渾渾乎不置黑白。抑知其胸懸水鏡，妍媸淑慝，莫可遁藏。苟當其意者，跡疎而情自洽。雖更變愈多，閱時愈久，而趣味彌長。不知公者，或訝其土木形骸，或疑其寬深不測。孰知公以鄴侯之仙骨而具家令之智囊？惟余與公周旋日久，賓主相將，每一笑而莫逆，披肝膽以煌煌，方期白首如一日，共遊於方之外，彷彿乎濠上之惠、莊。即今秋余返任城，公方負疴，謂暫相判袂，未幾康豫以徜徉，遲公於南池太白樓之上，憑弔往蹟，俯仰蒼茫。詎意斯願不遂，斯人則亡，斯別遂成永訣，能禁回首而涕淋浪？又見尚書公至性友愛，籲慟不輟，惟有抑悲制淚而慰解於其傍。今者公車至此，方得薦以生芻，酹之絮酒，而長號乎几筵之旁。雖達人大觀，去來洒然，當復何憾？而以我輩之茫昧，竊怪夫天既降生若人，而不豐其算，終不能不爲之怛化者，殊愧夫太上之情忘。（壬戌）

礪巖續文部卷二十

行狀

誥封光禄大夫工部營繕司員外郎前通政使司右參議魁吾靳公行狀

公諱應選，字魁吾，奉天遼陽人，其先世居山東之歷城。明初以總旗戍遼者曰清，有邊功，授副百户，因家焉。及陣亡，得加贈三級，世襲正千户。後一二世名失傳，以譜亡於兵燹也。其再傳者曰旺，旺生必忠，必忠生守名，及贈光禄大夫守臣。守臣生贈光禄大夫國卿，即公尊人也。前此力農敦本，以孝友恭謹世其家。至公父而培積滋厚，行誼尤過人，如竭力娱親，代從兄任徭役，撫友遺孤，賙卹三族之衆，歸路人遺金，拯人危不問親疎，一生不涉公府，守三畏三戒之訓，見諸家傳中，餘難更僕數。又得張太夫人相之，孝敬儉勤躬紡織。至饒裕，始延禮名儒教諸子爲賢士紳，如公其最著者。論者未嘗不推本所生，而遡靳氏之蕃昌實自此始也。公有兄六人，幼殤者二，先後夭折者三，獨與第三兄憲副公彥選承歡膝下最久，居則夾侍，行則前驅後從。凡孝養之道，惟力是視，親有所欲，必先意承志，語未吐，已愜其隱。以母喪時適際兵革艱虞，權就山中寄跡處營窀穸，後不獲成合葬禮，終身負疚。至砥行立名，處世酧物，一稟庭訓而交勉之。當父疾革，命之曰：「汝兄弟幸僅存，事我猶左右手，良善。繼自今尚敦睦無間，相依若形影，不啻時在我傍，我即死無憾。雖然，古也有志，莫聽婦人言，謹識之，毋忽！」公永言孝思，因與兄同卧起，偕食飲，斯須不離。一日兄過中表李哲之家，抵暮不返。平明，公往迎之。曰：「姑緩。」問其故。曰：「我悦親戚情話耳。」如是者經旬。公疑甚，回詰其家，莫之告也。訪諸鄰叟任錫菴，乃得其實。蓋公之初娶劉，有母馬氏嫠且貧，公憫其無依，收養之。孰意其多乖迕，乘公之間，反詆諆兄爲骨肉患。公恚甚，欲逐之，旋念其去且安歸，必復來，非久計，矧其女弗能匡救，罪均，迺并出劉氏，縱其母子所如。詣兄，泣謝請歸，友愛彌篤。復求淑媛納喇氏而定祥焉。里閈傳聞，僂然嗟嘆曰：「伉儷可易，手足不可得。有是哉，恒情濡忍弗斷者，無足爲賢者難也。」蓋公之無替親命爾也。順治初，從王師入關，移居京城安定門内香兒巷。隨兄宦遊西秦，歷涇陽令、鳳翔守，整飭榆林兵備諸任，靡不爲之左右。初邊塞方事征戍，過師絡繹，行齎居送，供億騷然。公固知兄廉且仁，不忍苦我父老，而剛方徑行，未免疎於權變也，又數面折上官，多拂忤，慮致顛蹶，故動必與俱，時進佩韋之戒。會當盤錯，輒爲引繩批根，深中肯綮，期無憾而後即安。

故自分符以迄秉鉞，所在有廉能聲，實公調護之力居多。逮順治己丑，兄既懸車，公初試爲工部街道廳。時都城内防疵癘夭札者比户相漸染，預屏之出境。公職司稽察，恐搜求擾民，胥役或因爲奸利，多不實。迺宣布德意，令民自舉報。民賴以安，卒莫敢隱匿，曰：「是誠保我赤子者也。其忍懷欺負之？」歲辛卯，恭遇世祖章皇帝親政，加上昭聖皇太后徽號，覃恩勅封承德郎，贈父如其官，母爲安人。次年，遷大理寺寺正，謂兄曰：「昔我先君子多隱德，每不遺餘力免人於難。今我幸與讞決，參天下之平，將多所平反，兄其謂我何？」兄擊節曰：「善夫爾之克廣先志也。」迺翻覆諸案牘，遇有矜疑，即梳櫛情隱，明啓胥占。其鍛鍊周内者，獄已具，亦力請堂官奏豁之，民以不冤。識者方之于定國，已卜其門閭宜益高大矣。越五年丁酉，擢通政使司右參議。是歲圜丘禮成，奉太宗文皇帝配祀，覃恩封通議大夫，追贈祖若父如其官，祖母及母爲淑人。方分司喉舌，出納惟允。會以裁缺謝事，偕兄憲副公優游宴衎者彌年。尋對品改補工部營繕司員外郎。故事，掾胥有供薪芻例，或以價充，公却之。對曰：「往例也，相沿久矣。」公正色曰：「例出於公乎？抑出於私乎？出於公，其弊也猶亟議革，况私乎！汝曹代耕之禄幾何，而堪踵此陋規也？且動以例爲名，展轉徵索，則一束之薪，其費民間捆載不知凡幾矣。况推此而無藝之誅，無名之費更何限哉！」時公三子已次第婚宦，而所居庳隘不容輿馬。長子輔方仕至樞部郎，積所俸入構堂三楹，而公之屬寮爲具料以供圬墁。公曰：「我一生磽介，常禄之外，不資絲粟於官。今豈爲區區玷晚節耶？不矜細行，古聖所戒也，寧返之。」未幾以年近週甲，慕知止知足之義，慨然曰：「昔王右軍垂老有辭世之意，日率子抱孫，分甘爲娱，自言植德無殊邈，猶欲教子孫以敦厚退讓，彷彿萬石之風。我盍效之以終餘年乎？」因浩然請歸老於家。大司空以下争挽留之，不得，遂以上考稱職移咨銓部具題，欽賜表裏致仕。日夕與兄携手聯步，扶杖擊壤而詠太平，極天倫之樂，依然竹馬嬉遊時。朂子若孫以進德脩業，作家訓數十條，率皆彜倫日用、躬行心得之理，而要其極，即賢聖莫能外，鑿鑿乎菽粟之味、布帛之文也。康熙己酉，長君官至武英殿學士兼禮部侍郎。值太和殿、乾清宫告成，覃恩封公資政大夫。越二年，世祖章皇帝實録告成，時長君已巡撫安徽，議敘前任内纂修功，加一級，食正一品俸。及丙辰歲建儲大典成，覃恩封公光禄大夫，公之祖若父追贈如公例。光前裕後，時論榮之。顧每兢兢爲盛滿之虞，如捧盈執玉。自奉殊簡約，食不兼珍，衣厭錦綺，惟歲時享祀必備物。他若親故問遺，賓客供具，又情文畢至，一無所悋也。與人交，不設城府，表裏洞達，雖欵曲而無緣飾，遇卑晚末契，亦不廢謙恭。見人有善，必多方獎成如弗克，惡則疾之若仇。彼讒説殄行亦憚其嚴，卒不敢近焉。爲所親直言規過，自敵以下莫能堪，而人多愧悔自失，感服其誠，曰：「即弗悛，如負翁懇摯何？」生平以利濟爲心，尤樂扶危困。苟受人纖微之德，即竭蹷赴急難不惜也。方髫時，偶遊列肆，見一組帶頗工，心悦之，實未携值。旁一人奇公儀表，爲購而贈焉。公怪其故，美其意，詢其姓名，知爲同里張山。其人也後十餘年，忽遭其負薪於塗，憊甚。執而慰問之。山方恍惚瞬眙，公曰：「若忘曩者邂逅贈帶乎？今逢故人，盍以實告？」山迺具言喪家陷身，不能自贖之故。公歸爲鬻産贖之。山夫婦踵門羅拜而去。當客秦日，從營伍中買侍婢王氏。初不知其家處。久之，載與北歸，忽見道左有顧望垂涕者，乃其夫也。公亟呼來前，命携歸，不責其償値。所居香兒巷中有鄰人曹五，以樗蒱蕩家，聞其妻晝夜哭甚哀，詢之，知已鬻其子矣。公惻然召之至，詰其得價幾何，可贖乎。對曰：「贖易耳，顧安所得二十餘金。」適長君自樞曹暮歸，次君亦自中舍歸，聞公嗟嘆其事，輒請爲代贖。公喜曰：「汝曹頗慕范氏麥舟事乎？何實獲我心也！」命如數予之，遂得保聚如初。蓋好行其德而非出于要譽，大率類此。設不知公者，或以詐力相加，即炙手薰天不能少屈，所謂不侮鰥寡，不畏强禦者也。康熙壬子春，順天府尹紀公振疆舉鄉飲酒禮，特詣公門，延爲大賓。公辭至再三，紀公請益虔，遂扶杖就席。時論以爲賓筵鉅典，惟公當之無愧云。配納喇氏以莊敬慈惠相夫子，而壽不滿其德，先公三十九年卒，初贈安人，再贈淑人。繼配傅氏，踵武前徽，撫前二子同己出，封淑人，先公十三年卒。兩配俱以長君官累贈夫人、一品夫人。納喇太君生子二：長即輔，總督河道提督軍務兵部尚書兼都察院右副都御史，次曰弼，兵部職方司郎中。傅太君生子一，曰襄，陝西平凉府通判。公居恒庭訓云：「我家世單寒，今適逢運會，一門咸食天禄。爾曹倖躋通顯，當思君恩難報，臣職難稱，惟公爾忘私，夙夜匪懈，庶幾家聲弗墜，無忝所生。若眷戀庭闈，直孺慕已耳。營私以奉養，是辱親已耳。幾見忠失而得爲孝者乎？」諸子亦多象賢，能紹聞勿替。而長君爲開府時，曾迎養於皖署，昨歲復迎養於任城河署，皆諄諄提命，始終不易其言。其在家，則寓書丁寧往復，亦無一語及私者。故長君益勵志潔操，盡瘁官守，爲東南釋昏墊憂，兼奉命總攝漕事。宸衷倚注方殷，適聞丁父艱，以河工漕務並關重大，不遽令回旗守制，許河工告竣日，題請終喪，仍特命撰文遣官諭祭。人謂公垂清白之傳，食種德之報，殆未艾云。公卒於康熙庚申四月二十五日，距所生前萬曆丁未正月初三日，得年七十有四。諸孫已十三人：治豫，户部江南司主事，治雍，登州府通判，治魯、治齊，俱輔出；治揚，鞏昌府同知，治荊，候選知縣，治青，國學生，治岐、治兗、治邠，俱弼出；治梁，候選通判，治冀、治徐，俱襄出。孫女七人，輔出者二，弼出者一，襄出者四。曾孫男六人。余素與公諸子善，又以師席訓公諸孫，得習見公矩範，習聞公生平，故有靳氏家傳之作，載公事特詳。大抵公以純明凝厚之資，立剛方正直之體，不屑屑爲章句學，而言必合理，動與道俱，揆之古賢哲，亦莫之過，蓋天之所啓，性之所優也。茲合諸子行述所載，而爲論次其大畧如此，以俟爲銘若碑者考而擇焉。（庚申）

礪巖續文部二集

十三卷

礪巖續文部二集總目

礪巖續文部二集卷之一

序一

擬御製明史序

朕惟史書之作，所以明夫治天下之道各有是非得失、興廢理亂之故，而可以鏡善敗，昭法戒也。尤深切著明者，莫如前朝之史，以其歲月未遥，事勢未遂懸絶，因革損益之際，一考鏡而知儆心耳。有明一代之治，非盡如古先聖王經紀禮義風俗之美、條教之善，足以章示後世。然觀其始之精勤磨濯，明於任使，恭儉而省薄，則知其所由興。觀其後之忘患縱欲，賢奸倒置，徭役繁興，變更百出，則知其所由亡。至於號令賞罰、職官州郡、朝會燕享之制，兵農食貨之紀，亦各施於一時，規爲厝注，皆有天下者之不可不稽也。而當時内外臣工能砥節首公，盡忠竭智，不以生死禍福動其心者，固不乏其人，足爲奕世立臣極。而庸懦奸慝苟得取容，竊要津而作威福，相率淪胥而不悔者，可不列爲世誡哉！朕萬幾餘暇，取前代得失之林以自乾惕，惜其書多散闕，靡所統紀。爰命史官開局分編，取次蒐輯，復網羅放失，詔直省郡邑藏書之家特弛挾書之律，悉以獻之史館，遂稍稍裒集纂校成書。於是歷二百八十年君臣行事之始終，所以治亂盛衰之蹟，與其典章制度之舉廢，燦然著在簡册，其殊功韙德，非常可紀之績，非復闇而不宣。然後以法則勸，而荒惑乖反、嵬瑣恣睢之形，亦不得而掩。然後以戒則懼，若乃發揮幽沬，補綴闕遺，黜正譌僞，克備一代之信史，以垂萬世之炯鑒，則又非遷、固諸家是非顛倒，採摭謬亂者可比論也。迺鳩工鋟梓，行之天下，傳之後世，咸得以考而知焉。

明史禮志序

禮也者，天地之序也。天子制之，則可以辨上下，定民志，揖讓廟堂之上，而化行四海九州之遠，故曰「禮者，君之大柄也」。周制太宰掌建邦之六典，而其書則專謂之禮，明乎禮之爲用廣而起教也微，先王制作之深心于是可見。後世所恃以爲治具者，皆謂之政，特其施于郊廟朝廷學校而有節文度數之詳者，則謂之禮。蓋先王以禮爲治天下之大綱，而後世以禮爲治天下之一事，治效隆污，實由乎此也。明太祖初定天下，徵耆儒宿學分講禮樂。洪武元年，命中書省、翰林院、太常寺會議祀典，群臣議定郊社宗廟儀以進。又命禮官及儒臣編集歷代帝王祭祀感應祥異可垂監戒者爲書，名曰存心録。二年，詔儒臣修禮書，書成，賜名大明集禮，凡五十卷，頒行之。四年，與群臣論禮樂曰：「教化必先禮義，政刑非所先也。」又諭廷臣曰：「古帝王辨貴賤，明等威，近代風俗侈靡，貴賤無等，元之失也。」中書省其以服舍禁條頒示中外，俾有所守。」又屢降勑，命議禮之臣李善長、傅瓛、宋濂、詹同、陶安、劉基、魏觀、崔亮、牛諒、陶凱、朱升、樂韶鳳、李原吉等編輯成書。詔郡縣舉高潔博雅之士，時則有徐一夔、梁寅、周子諒、胡行簡、劉宗弼、董彝、蔡琛、滕公琰輻輳京師，同事纂著。蓋在位三十餘年，所撰次書曰孝慈録，曰洪武禮制，曰禮儀定式，曰諸司職掌，曰稽古定制，曰國朝制作，曰大禮要議，曰皇朝禮制，曰大明禮制，曰洪武禮法，曰禮樂集要，曰禮制節文，曰太常集禮，曰禮書，後先告成，具在策府。若夫釐正祀典，凡所謂天皇太乙、六天五帝之類，一切革除，至于諸神封號，改從本稱。又詔定國卹，如父母之並爲斬衰，長子之降爲期年，三父八母、正宗外族、正服旁服之有殺也，倫制盡矣。永樂中，詔議巡狩監國之制，又頒行文公家禮于天下。英宗定經筵講讀之典，孝宗正陵廟嫡庶之分，燦乎明備焉。世宗入繼大統，日以更制爲務，如分祀天地南北郊，復朝日夕月于東西郊，罷二祖並配，以及祈穀、大雩、享先蠶、易先師木主，皆一時創建者也。隆、萬之世，議者咸請參酌成憲，稍復太祖之舊。啓、禎以還，國家多故，稽古禮文之事闕如矣。今以五禮之序條爲品式，而其隨時損益者，則依類編次，以備一代之制云。

明史兵志序

兵者，帝王所以建威銷萌，安民靖亂也。其制莫善於成周之伍兩卒旅。自井田廢而古法寖湮，凡其畜養之政，控御之術，訓練之方，歷代各殊。惟漢之南北軍，唐之府兵，于法猶爲近古，他若晉失之弱，六季五代失之棼，宋失之冗，皆不能無弊。求其折數代之中，得寓農於兵遺意，無如明初之衛所矣。蓋明祖起戎伍有天下，深悉師中利害，知兵不可長聚也，設軍衛以安之，藏天下之兵而不覺其繁。又不可無養也，開軍屯以食之，饟天下之兵而不冗其費。抑不可狃安而縱逸也，勤教閱以練之，京畿之外，簡選精銳歲就試京師。連天下之衆而不患其驕且惰，其呼吸相應，外統之各都司，內總之五軍都督府，而上下一衛衛宸極，爲天子親軍者不與焉。尤善者，有事則調發從征，事平則各還原伍，將無專兵，兵無私將，舉跋扈尾大之患無所復萌。而帝又善撫將卒，周恤與勸戒交行，宛若家人父子。三十年間，內安外攘，卒成無競之烈者以此。文皇英武絕倫，規恢前模，凜乎有居重馭輕，太阿獨持之勢，於以飈馳電掃，聲靈赫濯焉。比及宣宗，漸趨銷衅矣。間或耀武勒兵，龍旗所指，角崩稽首，其一時國勢可謂壯哉！乃說有謂太祖之强兵也，兵自食其力而民不勞，成祖之强兵也，抽衛所爲三大營而兵始坐食。然既徙都考卜，天子自將待邊，不得不厚集其勢，亦何可重訾歟？後此日就廢弛，名强實弱，尋有土木之難。於時樞臣權時之急，改立十團營，秣馬厲兵，雖能搘柱强敵，而國勢去高、成遠甚。及憲、孝、武、世四朝，營制數更，威愈不振，衛所之兵疲于番上，東南之卒困於轉輸。天子亦鋭意整飭之矣，而所任大帥非媮惰恇靡，即奸貪恣肆，欲振起而無從也。寖及神宗，積弛逾甚，制度與禁防交廢，營衛舊額半蠹於隱占脱更之弊，兵罷器鈍，伍空無人。以至邊事大壞，中原盜起，征調不前，募召難繼，軍實喪而國運隨之。嗚呼！何强弱之頓殊耶？其弊由將帥多世胄，而監督屬中璫，積習因循，機務玩褻，加以文武畸重，動皆掣肘，如一人之身手足偏廢久矣。一旦逢强禦，責以搤吭拊背，能乎？故幸而偷安無恙，一發而波頹魚爛矣，則皆漸失祖制之故。昔光武志在銷兵，而漢制就隳，開元改用彍騎，而唐軍不復，輕蔑先典，弊至於斯。使明代永遵高帝之法，以時修舉廢墜，何至不競乃爾哉！今取一代規制之詳，以及營衛江海之戍，旁及清軍教閲、賞賚舉材，與夫器用儲胥之典，而車船火器及馬政皆軍須也，並著於篇，資考證焉。

神功聖德詩序詩附見

臣聞上帝好生，秋肅與春温並用；哲王靖亂，仁育與義正兼施。故違天者必誅，返正者肆赦。初無歧於中外，匪偏任夫恩威。臣金然奉假五年，久違講幄。今春恭聞我皇上親征厄魯特噶爾丹，未獲侍從行間，草檄盾上。竊意奉天道，行天討，自當一勞永逸，暫費永寧。逮捷音播聞，知六師所向，不啻破竹摧枯，犂庭掃穴，定一隅之反側，奠八表於清寧，往返不逾七旬，蕩平猶如反掌，則又古昔帝王所僅見，尋常計慮所不圖，洵所謂其仁如天，其智如神，而以成一怒安民之大勇也。　謹按厄魯特素奉職貢，等爲外臣。　乃小醜噶爾丹與我屬國喀爾喀搆怨日深，肆虐無已。　天朝屢頒諭旨，彼終違棄誓言，煽惑我外藩，蕩摇我邊境，上干天罰，擢髮奚辭？　先是康熙庚午秋，我皇上睿謨淵謐，誘至烏瀾布通，規萬全於彀内，將一鼓而殲之。　徒以六龍未涖戎行，致令狡免潛謀倖脱。　猶然罔知懲戒，惟恃僻處窮荒，長惡不悛，大爲邊患。　于是宸衷内斷，決策親征，先命撫遠大將軍費揚古，會陝西將軍孫思克等從西路遮入，其盛京諸路各厲秣以須，三路分兵，中權自將。　迺以康熙三十五年二月癸丑昭告天地宗社。　師期既定，一切幾務悉屬皇太子代理。　維時廷臣交請留駕，孰知廟算預定機宜。　方我師之未出也，庀飭車徒，製造鎧甲，籌畫儲餉，簡料馬駝，殷勞悉厪，聖心佽助，不煩民力。　比禡牙誓衆，秉鉞啓行，天心協而兵氣奮，師律整而軍實充，人懷敵愾之忠，共矢從王之誼。　仲春丙辰穀旦，車駕爰發京師，陽和氣接，居庸時雨，師過獨石。　既出關彌月，又屢降温綸，甘苦悉同，調御盡善，聯飛輓以資宿飽，賚名驥以壯騰驤，嚴刁斗以警晨昏，列烽燧以明斥堠。　金戈鐵馬，照耀乎沙場；玉帳牙旗，森沉乎栅壁。定左右前後之營制，星羅棊置，截然不可犯干；握風雲龍豹之韜鈐，雷動飈馳，淵乎不可窺測。地靈默佑，則冰霜沍而庶草蕃蕪；神貺潛孚，則沙磧枯而靈源溢涌。　外藩君長馘輝天蔽日之軍容，列服臣民嗟溢谷彌山之陣勢，僉謂亘古未覩，曠世奇逢。而我皇上猶日御一餐，減天厨之法膳；時休駟力，却鹵簿之鑾輿。諸營未盡屯則不休帳殿，三軍未盡飲則不啜水漿。每未明求衣，或宵分按壘。圖維務究乎纖悉，方略密授其神機。飽歷險艱而將士慨慷，無異康莊騁轡；遠踰朔漠而前後歌舞，等于衽席過師。行次拖陵，方五月朔，已聞賊據克魯倫河，必能拒戰，正可撲擒矣。皇上迺躬率精鋭之師，直窮跧伏之所。威之以神武，俾知逆天者亡，必至巢卵盡覆；諭之以文告，俾知順天者存，猶或領要可保。俘偵細詰，探騎密覘，知醜類偷安，始猶戀水草而未去，及登高遥望，忽焉驚旄鉞之據臨。鬼膽懾于天威，奸謀破于神算。突梯首鼠，欲悔禍而已遲；狡獪妖狐，惧既降而不宥。自恨狃於烏瀾布通之逸，不謂今日萬乘從天而降也。情見勢詘，烏散狼奔。將蓐食而未遑，早望風而崩潰。氊廬委壑，輜重塞塗。惟冀竄身榛棘之中，延命鋒刃之下，舍克魯倫河而遁已數日矣。上復統軍親征，罙入其阻，歷克勒河朔，旋抵拖諾山。空幕有烏，燻穴無鼠。不復憑恃其險，皆怵處堂之危。荒忽轉遷，窮歸何所。睿照逆知其三窟，秘圖早定于夾攻。賊縱能越土喇河，我西師定躡其後。天羅四布，黠寇奚逃？是用迴鑾，指揮饋餉，務令輜車銜接，用濟三路軍需。而特遣内大臣馬思哈爲平北大將軍，將先鋒逼之，若罝兔從逵而追林，如捕鹿制角而先掎。彼昏不覺中我伏機，果逢西路大兵從昭木多邀擊，虓聲震天地，馘斬如丘山，流血漲川，遺械填路，牲畜供我軍饗，妻孥悉爲俘囚，狼狽凶渠，逋亡不給。良由皇上定策於始，收效於終，預遣西師爲遮道迎擊之地，親搗賊穴爲焚林竭獸之謀，扼其吭而絶其歸，跋其胡而疐其尾，規畫盡變，洞照無遺。以故頻年豨突鴟張，一朝草薙禽獮。誠哉天子之功，洵非師武臣力。祇見振旅，所過屬藩畢朝。婦孺駢肩，瞻雲日而恐後；拜跪塞路，擁旌旗以不前。何圖沙塞之氓，獲窺龍鳳之表。五色雲氣拂馬而隨人，萬歲山呼從天而至地。爰以六月癸巳，奏凱還京，滿漢臣民，鼓掌雷震，鬪士之氣賈勇有餘，巷歌之聲喧傳不絶。而皇上猶綢繆不已，勤思永圖，仍命飛將追逐渠魁重臣，招撫餘黨。噶爾丹貫盈惡極，衆叛親離，棄暗者各願投明，悔罪者争先内附。邊帥連章飛奏，至尊惻隱興懷。其負固也當誅，其歸命也可憫。華夷孰非赤子，内外宜一視同仁。窮蹙來奔，務俾樂業。時已秋杪，塞外早寒，深宫宴處之未遑，復向歸化邊城而駐驛，戢兵耀德，建威銷萌。彼畏聖武之布昭，先革其面；復仰皇仁之無外，終悔厥衷。尺組無煩，自繫中行之頸；焚巢不再，幾空老上之庭。婦媪亦知就福而辭殃，童豎皆求去逆而效順。既待之以不殺，又養之以安全。遺孽殘生，始悟倔强之何益；幽荒絶漠，方識天子之爲尊。紛紛藉藉連車，噢噢喁喁載道。或齒編氓於輦下，或備籍伍於邊陲。彼孑立元兇，遂似幕巢孤燕；即脅從殘魄，何殊瓦釜遊魚？覬網漏其何途，行冰摧而澌解。剋期膏我鈇鑕，指日肆諸藁街。戢矢櫜弓，銷鋒灌燧。一人有慶，萬國來王。迺以嘉平壬寅之吉，傾都迓駕還宫，榮光燭天，休氣四塞，拜舞惟恐其後，踴躍更倍於前。從此長享太平，北户晏而不閉；所賴日無私照，遐荒永以無虞。自非如天之仁，加以如神之智，曷能健行不息，一怒安民，以大勇建豐功，度越百王萬萬哉！臣金然昔曾與修國史，時恒瞻戀闕廷。敢云葵藿傾陽，竊擬燕雀賀厦。遠遡鬼方之克，尚俟三年；近稽淮蔡之平，亦須五月。欣逢制勝之神速，恭紀盛事於簡編。謹撰神功聖德詩一篇，齎赴起居，仰塵睿覽。夫陽舒陰慘，不言而四時成；武烈文謨，有作而萬物覩。寧俟形容始顯，雖有颺讚奚施？惟是臣職在詞章，分應紀述。顧維鄙淺，徒滋悚惶。其詩曰：

聖皇垂拱三紀餘，日華照耀曾泉初。奕奕勾陳明象緯，芒芒九服會車書。蠻荒並受黃龍約，絶徼争馳素雉輸。浄掃欃槍平反側，粵滇閩海齊芟鉏。王會圖編恢禹步，普天童叟樂菑畬。要荒亦屬堯天覆，一體綏柔荷高厚。誖鶩俄然生野心，難馴兕虎翔文囿。勅書三殿賜叮嚀，欲解罝罘縱原獸。湛濊仍施膏露恩，塗山緩戮長翟後。屬國諸邊悉外臣，侵凌敢逞蠻觸鬬。飄忽輕猋去復來，沙陀出没同猿狖。盈貫難稽黃鉞誅，昇平巨可留逋寇。廷臣僉議命驃姚，捷書徐待明光奏。聖人健斷決親征，翠罕朱旗出塞行。宸謨自按軒轅籙，熛火寧參二曜明。從官露布先磨盾，驍騎銜枚盡射聲。雲垂五色成黃屋，龍虎騰拏繞御營。神泉沸湧青芻茁，陰磧寒威儵變更。粟轉輓飛天半度，斯須雷電迅金鉦。直令斗柄旋回地，重鑿荒陬遣五丁。么麿乞活已膽落，誰持螳斧攖神兵？游魂失路乾坤窄，妖狸自取薰燒厄。月黑霜青莫遁逃，懸崖赴壑争投擲。樂禍徒然泣噬臍，窮奇罪大無從釋。寠藪潛藏牛角踪，元戎已越飛狐磧。共笑枯魚入釜遊，王師底事重搜索。棄甲遥齊鹿塞高，流殷已染狼河赤。瀚海纔供飲馬泉，祁連更勒芝泥策。七旬睿略告成功，漠北河西悉會同。戍已罷屯乘鄣尉，玉門楊柳徧春風。溢路壺簞謳萬壽，欣迎鑾御正還宫。旋聞欵關願臣僕，紛紛請命皆梟雄。嗟爾頑民能效順，天威寧忍悉加鋒。不憚六飛重出塞，便教解網沛恩洪。無論内地與近塞，或齊編户或從戎。接軫來歸攜婦竪，千里不絶喧呼嵩。逖聽風聲咸踵武，豁然嚮義醒昏蒙。巨憝尅期看授首，蟓蚳解散幕庭空。聖朝戡亂多良策，指揮玉斧闢鴻濛。貳者執之服即舍，震疊懷柔皆至公。黄帝阪泉難並烈，殷宗奮伐未爲雄。隆準漫誇三尺劍，虬髯徒詫五花驄。幾見甘泉消燧火，乘槎直與絳河通。吾皇勇智兼仁德，三五以來今始逢。微臣譾劣愧才薄，寸管何以頌蒼穹！

湖廣鄉試録序

文章關乎世運，自古已然。世當極治，則道德同而風俗一，學者漸磨陶冶，皆知折衷於聖人之意，不爲曲説所誘，而能文章者蔚起於其間。我皇上御極以來，上符精一之心傳，表章正學以訓天下，以故海内人士靡不審所去就，争自拂拭，翕然嚮風，文教丕振。今歲庚午，又當大比於鄉，而特命臣往典湖廣試事。伏念臣江介鄙儒，備員侍從，忝豫纂修，蒙恩擢置講筵，珥筆左右，洊膺寵命，掄材三楚，敢不夙夜祇懼，勉副聖天子作人至意？被命之五日，即陛辭上道。洊經暑雨，跋涉山川，凡四旬餘乃抵武昌。旋入棘院，爰集同考試官某等，皆精白乃心，殫力從事，務期崇雅黜浮，陳言務去。迺拔其尤者五十三人，又副卷貢成均者十人，循例録文二十首以獻。臣謹拜手稽首而颺言曰：在昔虞夏商周，樸昧漸遠，而六經之文作焉。其文巍煌典貴，昭若列星，於簡質之中，光焰四徹而不可掩。雖異人殊世，作者迭興，而究其所發明，先後同塗，如出一人之言。何者？理本無歧故也。春秋而後，王道衰熄，諸子各自鳴家，人人溺其師傳，雜而不貫。漢興，文、景繼之，爲治既久，而司馬遷、劉向、揚雄諸儒稍集遺書，講求先聖之意，而文章遂能近古。延及魏晉之季，漸趨淺薄。至六朝則惟以雕刻繪藻爲工，而無當於理，文體由之日壞矣。唐歷貞觀、開元之治幾百餘年，而韓愈起焉。宋歷五六宗，亦百餘年，而歐、曾之徒起焉。愈之文上宗孔孟，下紹漢儒，一洗異端詖遁之詞，而約之於理。歐、曾輩之文，學東西京而表裏於韓。蓋自春秋以至於今，更十數代，易數四甲子，盛衰治亂往復之迹循環無端，不可勝紀，而文章之稱特起者惟此三世，世亦不過數人。其外非無魁偉拔異之材矜其胸之所得以馳騁上下，而生不際極治之世，理學昌明之時，則意解龐雜，多背謬於理，不足以傳後世。然則文章之得失，豈不關乎氣運哉？三楚地廣勢雄，瀟湘洞庭、江漢七澤之流激蕩迴旋，寥山衡嶽、九嶷天岳諸峰層疊聳峙。其竹木之花實，水陸之珍異，怪巧瓌奇之所鍾，韓子所謂「蜿蜒扶輿，磅礴而鬱積」者。氣之所聚，物不能獨當也，意必有魁偉拔異之材生焉。而臣不患其材之少也，患其恃才能，以文學詞章馳騁上下，罔窺於聖人之意而已。今觀多士之文，或典雅而矜重，或澹遠而幽微，或其氣奔逸如雷霆風雨之驟至，或其神整暇如輕裘俊馬之閑都，筆或堅以瘦，詞或巉以削，思或曲以邃，法或變以奇，迹其馳騁上下、不可測識者，各依乎質之所近，而總其指歸，不合於聖人之理者少矣。臣因之獨有感焉。楚雖大，計其地居天下十之一耳，而我國家重熙累洽，風教天下止四十餘年，非若漢、唐、宋三世，更歷數君，陶養百年之久，而所云數人者又散見於四方，不萃於一處。今以禹貢一州之地，一歲之舉，而能文章者已莫不卓卓自殊，駸駸乎克逮於古。由一州推天下，則士之破去崖岸，縱橫翰墨而可名於世者，更不知何如衆也。況乃歲月之益遠，教化之益深，凡誦讀之家，益得肆力於古書，而究窮乎聖人之意，出其文，用以鼓吹休明，導揚盛治，將必與詩書之文並垂，而區區比肩於漢、唐、宋諸儒之制作，又無論已。易曰「見龍在田，天下文明」，又曰「聖人作而萬物覩」。譬之於風，鼓動萬物，各遂其生長之性，發其英華之美而不自知。多士之文章，絶倫超群，互相光照，豈其學質固然耶？抑亦上之漸磨陶冶，以轉其氣運，成其風俗者甚神且速，而多士適際其會也。維時蒞兹土者某官臣某某等例得備書。臣謹序。

楚闈全墨序

科舉之文，其爲業雖易習，而其爲道甚精。夫惟習之易也，是故爲之者未必能識其所以然，亦往往倖而得售，其於道則懵焉未之有得也。懵焉未得其道，雖倖而得售，而要未可謂能習其業者也。蓋文章之際，難言之矣。時之所尚，勢之所趨，往往成爲風氣，而其盛衰升降之故，輒視乎鄉舉之文。彼士人平居所爲揣摹而講究之者，莫不期於得舉，而舉者之文多爲人所誦法，是故其盛衰升降往往以試於鄉者爲風會之轉移。今聖天子典學右文，表章六經之學，海内人士莫不蒸蒸嚮風。時之所尚，勢之所趨者，可謂盛矣。歲庚午，當天下大比之期，廷臣分道出典試事，而湘漢之間則余與銓曹曾喟莪先生實奉命以行。夫以文章當極盛之時，士之薰蒸漬漸者既久，雖荒陬海澨、僻遠之鄉，不少奮淬磨礪、克自竪立者，而況湘漢之間，孕靈毓秀，素爲文章淵藪，其中卓犖俊偉、大雅不群之彦，後先輩出。此余兩人之所爲躬膺寵命，而自慶爲榮遇者也。惟念比來海内操觚家懲向者卑靡軟熟、油滑爛套之習，而矯之以空疎散野、題外卮詞，破裂八比程格以爲新奇悦目，而實則兩者均病，所謂矯之過則同歸於枉也。用是惄焉憂之。於鎖院中往復較勘，披沙揀金，凡得士若干人，莫不炳炳烺烺，文采爛然，而皆澤於古。雖其體裁各别，標新競異，莫不一軌於正，庶幾乎能得於其道者乎？聞之採珠者必之於海，而求玉者必之於山。夫湘漢之間，是亦珠玉之山海也。然而海之大，採珠者或不一得焉，山之深，求玉者或不一得焉。以余之譾劣，恭逢特簡，而夙昔於文章之道，備嘗甘苦，稍稍識其大端，幸而得進退多士，拔尤抉隱，如入群玉之府，羅萬斛之珠，而山海之光華氣澤得以盡出其奇於人間。此余之所爲區區報非常之遇者也。於是取多士之墨，梓之以問世，而復爲之説曰：國家之於爾多士，所以三年而一試之者，非徒取其文之工而已也。欲以其平生之所學者，舉而試之於天下也。士之習爲科舉之文，非徒以求舉而已也。夫其所學者，聖人之道，所推衍發明者，聖人之緒言，將欲舉而試之於天下，亦不徒習其業而已也。今多士之文既已能得其道矣，而仕進之途於是乎始，則所以轉移風會者，當更有進。其務思所以無負平生之學，以無負聖天子作人之意，匪第文詞之弗畔於道而已，是則余之所孜孜望於爾多士者也。全墨既成，因書之於簡端。

康熙庚午科湖廣墨卷序

夫士有求於上，上亦有求於士，古人所謂兩相求者，非止求之於文章而已。上之求士，欲得公卿大夫庶司百執事之用。士之求上，亦必自度其身之足爲公卿大夫與庶司百執之用。然士之足爲公卿大夫庶司百執事者，未必皆能文章，而能文章者，又未必皆裕於公卿大夫與庶司百執事。若是乎文章之不足以定士哉！間嘗歷觀漢、唐、宋之士如枚、馬、班、楊、韓、柳、曾、王、三蘇諸人，其文章垂不朽矣，大都無功績可著聞。至霍光之於漢，郭、李之於唐，趙溥之於宋，功績赫赫，照耀天壤矣，初不以文章見，人亦不以文章許之。至若六朝之文，雕繪浮靡，弊壞已極，而忠賢節概之士出乎其代者亦不少。則信乎文章之不足以定士，而與事業分而爲二矣。然觀虞、夏、商、周之臣，其始不以文章進，而率能歌咏至德，導揚盛治，詩書之文彌樸彌旨，與若人之事業章章至今。歐陽脩、司馬光本以文章稱海內，而事業亦傳於後世，安在文章之不足以定士而與事業分而爲二哉？惟楚界在南荒，東周以前車書不通，盟會不與，以故學士大夫罕有聞者。自王孫圉屈晉使，詞令遂與上國争長，而屈子之騷、宋玉之賦，獨開數百代文章之祖。厥後趙蔡爲宰相，屢建奇勳，雷應春授御史大夫，觸忤權貴，周敦頤以理學開程、朱，兼有治聲，鄭獬以翰墨試狀元，敢言正直，若此類指不勝屈也。我皇上振興絶學，聿隆文治，凡舉於鄉而貢於禮部，欲得學有經法、通知古今者，樹奇立節，任國家大事，薄海内外，聲教所訖，罔不丕變。三楚向號多才，而比來文體卑弱，士氣不競，毋乃捃摭蹈襲之溺，而不能從事於真學問耶？學也者，明體而達用者也。身心性命、仁義道德之精所以植其内，天地事物、禮樂政教之賾所以擴其外。内者其體，外者其用。其體不立，其用不行。體立用行，聖賢爲學之指歸。載籍具備，學者博而習之，約而反之，不泥其迹，不拘其故，運轉變化，適應於心。詩曰「左之右之，君子有之」，韓愈曰「究窮乎經傳史記百家之説，沉潛乎訓義，反覆乎句讀，礱磨乎事業，而奮發乎文章」，此之謂也。今鎖闈以試士者，其文也，於事業概未有所驗。然就其文，觀其詮解理義，證據古今，湛深曉暢，郁郁彬彬，庶幾有根有柢，體用兼該，而不等於空虛之學。因其文章，想其事業，仿諸古人，未必其不如也。孔子有言曰「以貌取人，失之子羽」，又於宰予曰，「聽其言而觀其行」。孔子大聖人，日與其徒聚處，若彼二子之生平猶未能以遽定。況余不敏，學識寡昧，而欲憑風簷寸晷之文，卜未試之事業。後日試之而效，試之而不效，皆未可知，抑亦憂且懼之甚者。然區區所能自竭之心，則止於如此，而所期於後者，請更竢之。

行書體要序

文章至今日而極盛矣。家挾一説，人手一編，競出其精華果鋭之氣，振藻敷腴以自鳴於天下，不可謂非文之極盛也。然而奇者以排奡爲英多，平者以膚熟爲醇正，野者以凌躐撏撦爲高古，以繁蕪汗漫爲豐蔚，波靡雲頹，識者病之。思有以挽其敝，正其趨，則體要之説，實惟今日中流之一柱也。夫體者何也？典重而旨趣悉完之謂體。要者何也？簡約而切中事理之謂要。反是則詭誕爾已，非體也，浮誇爾已，非要也。非體非要，其與土飯塵羹，勦襲活套，弊正等耳。曷貴乎是？故理取其真，非周情孔思弗尚也，學取其通，非董醇賈茂弗尚也，氣取其疏以達，非韓潮蘇海弗尚也，而皆一準於體要。如大匠之作室，離婁督繩而公輸削墨，良工之治玉，圓者中規而方者中矩，倫曠之調鐘，大者不㨰而小者不窕。非必拘拘焉束縛而跼蹐，若彭祖之窺井也。試觀制義之盛，無踰先正大家，莫不讀書養氣，本乎心得而爲言，何嘗屑屑規摹所謂體與要哉？然而和墨濡毫，動合繩斧，披真抉奥，思入毫芒，豐不溢一言，約不遺參黍，質而不俚，贍而不穢，縱而不肆，曲而有直體，使讀之者亹亹忘倦，則其取心注手，無法可尋，而神於法者深矣。余持是説以論文者有年，而未有當也。適卯之役，司文衡者聯袂而起，而北闈所得名彦爲最多。以余局外旁觀，無所阿好，又於此道庶幾爲識途老馬，多攜其行卷相質，請論定而授梓焉。余受而讀之，而深幸余説之多合也。乃掇其尤者若干首以應其請，而復舉是説以昌明之。蓋嘗聞先民語曰：性情者，文之根本也。經術者，文之囿也。歷代史乘、昔人事辭，文之雨露膏澤也。諸子百家，文之旁流支潤也。嗚呼！此體要所從出也。柳州又有言「未嘗敢以輕心掉之，未嘗敢以昏氣出之。抑之欲其奥，揚之欲其明。疏之欲其通，廉之欲其節。激而發之欲其清，固而守之欲其重」。合兹數者，而體要之義全矣。夫聚天下之才智而爲文章，聚天下才智之文而審其當否，非此二言，其又奚從？是則文章之盛，其必以是編爲權輿可知也。讀是編者，取吾説而思之，用其精華果鋭之氣以自鳴於天下可矣。

楚闈行書體要序

往余有丁卯京闈行書體要之選，而序其命集之意曰：體者何？典重而旨趣悉完也。要者何？簡約而切中事理也。以故集中所登，大率匠心結撰而一軌於法之篇，頗爲海内識者稱許。今秋出典楚試，務求其匠心結撰，一軌於法者。迨闈牘出，而海内又翕然稱許。始信文章固有定論，雖時趨競異，弗能奪也。先是撤棘後，集諸子於黄鶴樓，偏徵其平居窗稿，擫載而北，蚤夜評閲焉。兀首肩輿，褰帷把卷，解鞍使院，剪燈映雪，皆是物也。比抵都復命，則已丹鉛過半。因取而編次，卒業以授之梓，仍以體要名集，猶前志也。憶余向者之論，理取其真，學取其通，詞取其醇，氣取其疏以達，而皆準諸體、要二言，則是匠心結撰固難，而一軌於法爲尤難。若其無法可尋而神明於法，則又難之難矣。楚風故雄肆横溢，不少驚才絶藻、飈發雲蒸之概，自余以法繩之，而有體有要者尚焉，則是編也，庶於風會轉移有裨萬一乎？若夫樹幟文壇，黨同伐異，展轉齮齕，衆喙争鳴，余不佞，匪惟不敢，抑亦不暇。蓋文章一道，與吾人立身行己無異，是非邪正，雅俗妍媸，自有定論。彼人自爲説，喋喋徒勞，文章寧任受哉！是役也，與同年友許宫坊時菴共相商證，莫逆於心，而及門諸彦又往復參訂，寧嚴無濫，故所録文不盈二百首，而皆不謬於體要之義云。

朱太史岵思遺稿序

朱太史岵思先生以己亥第一人領館選，入讀中秘書。分校丑闈，得士稱最盛。未幾請假旋里，僅中壽而卒，館閣諸公至今悼惜之。閱三十年，余既以後塵官禁近，倦歸養痾林廬，而先生二子猗園、誦芬致書於余曰：「先君子一生苦志所著制義百篇，雖經鏤板行世，而歲久漫漶，每辱海内大人先生徵索，愧無以應。今將重付剞劂，念先君夙叨道誼，狎主敦槃，欲藉玄晏片言附千秋以不朽，舍先生其誰屬哉？」余欷歔悲歎者久之，而爲之言曰：「嗟乎！士之負才不遇者無論，遇矣而不綿其筭，俾華國文章等諸電光石火，德業藴負未盡表見於世，如適千里之駕，未中道而摧輈折軸，不知天意竟何居乎？先生自舞象遊黌序，歷試冠軍，中壬午副車。試牘闈卷，久傳誦士林，而困於場屋。逮順治辛卯，始舉於鄉。又八載而冠南宫，快其遇者未嘗不恨其晚也。昔梁武謂袁昂：「我用卿爲白頭尚書，良用爲愧。」對曰：「臣生四十七年矣。四十以前，臣之自有。七年以後，陛下所養。七歲尚書，未爲晚達。」帝歎曰：「士固不妄有名。」後乞歸。起爲司空，八旬乃卒。岵思才望同昂，而位與年不逮昂，豈天既生才，而所成就又有幸不幸哉？使天假之耄年以潤色鴻業，羽儀廊廟，其表見當何如耶？岵思於制舉一道深湛好思，用力之專且勤，莫與倫比。嘗見其紙窗竹屋中，流塵凝几，篝燈丙夜，吚唔不輟。又憶與余就院試畢，方握手游列肆中，忽得意高吟，市人咸愕眙，相與胡盧掩口，而琅琅自若。宜其研鍊融液，祖震澤而禰松陵，爲玄燈薪傳也。先生豐頤盎背，粹然藹然，與人交，洞見肺腑，喜氣可摶掬。内行尤醇，備篤於孝友，偕難弟拂鐘塤篪應和，人方之機雲軾轍。歲壬辰，長公公車北上，次公送之以詩，有云「宫袍此去應先著，獨向西風理嫁衣」。及長公第而次公不及見矣。嗚呼！若拂鐘之才而竟不一遇，齎志先没，視先生之未究其用，更可悲也已。余與兩昆俱忘年交，因序先生文而述往事以志感，且以復兩嗣君。尚念前人未竟之志，光大行有待也。

王令貽制義序

三代而下，鄉舉里選之法不行，而漢制郡國守相舉賢良文學、孝廉茂才、異倫之士。其後榮路不一，竊名僞服者日多。於是自唐以來，一以科目爲取士之凖。歷宋元明以至於國朝，間更其所試之文，而不變其法。或者以文行不相爲本末而憂之，余竊以爲非也。凡天下爲文者，莫不視其人之生平以爲之本，有觀其文可以知其行者，有信其行可以知其文者。其文秉經酌雅，有典有則，不謬於聖賢立言之旨，其人可知也。其人沉默好思，洽聞多識，不汩于浮誇詩誕之習，其文亦可知也。與吾遠者，先得之於其文，與吾近者，先得之於其人。嘗以爲文章之事，必斂飭不自放者能之，而譁嚚者不與焉。雖有聰明過人之姿，其誦讀未嘗不博，其見聞未嘗不廣，其講求究切未嘗不正，已之所學者日益富，人之推已者日益衆，而其心必有歉然未足者。故學愈進而心愈虛，則其氣不能不歛而體不能不飭，其威儀必應乎規矩，其言語必中乎繩度，根茂而實遂，源遠而流長，古之有本之學，和順積中而英華發外者如此。故曰信其行可以知其文也。譁囂者不然，守其偏見一得之愚，儼然樹的于斯世，黨同而伐異，然已而非人，怨怒勃興，齮齕儕輩。嗚呼！其行之不知，而暇論其文之工拙乎哉？余與王子令貽生同郡爲最近，其爲人温柔敦厚，不同流俗氣矜之習。其發之於文者，唾前人之所已言而出以新意，傲睨排宕，傑傑然有摩霄插漢之勢，而脉理之疏暢，結構之完善，一無背乎古人之法，所稱和順積中而英華發外者耶？宋潛溪序君家子與之文曰：「根柢于諸經，涵濡乎百氏，體製嚴而幅尺弘，音節諧而理趣遠。」論者咸謂類其爲人。噫，何其似爲我令貽言之也！藉令鄉舉里選可行於今，賢良文學之舉不廢，如令貽之道弸藝襮，本末一貫者，固當首膺斯薦，而余亦得從鄉黨之後，据實而公譽之。況已連取高第，文章焯然于天下，而不爲之表章其生平也哉？則請告於人曰：信其行知其文者，余之於令貽也。若夫遠於令貽者，讀其文可以知其行矣。

趙騄期稿序

歲丁卯京兆之試，凡獲雋者若而人，而趙子騄期年最少，文最工，於是士林争欲覩趙子全稿爲快。乃爲出其邸舍所作若干篇，梓以問世，而屬余論次之。余既卒業而慨然以歎曰：自有科目以來，其人不可勝數，然而一科之中，其可傳者不數人焉。此數人者，其可傳之文不數首焉。嗚呼！豈不難哉！今夫科目之文，在昔大人先生之傳於世者，其書甚夥也。且其所以講求而論著之者，其説具在也。然而流風餘思，或幾於熄焉無復存者，何也？蓋科目之貴久矣。時俗舉子有所謂速化之術，名爲揣摩風氣，亡何而果掇科第以去，當其赫然驟起，不難獵取一時之譽，曾不踰時而已蕩爲飄風，化爲冷灰矣，無惑乎業之者之多而傳之者之少也。趙子年甫踰冠，而能卓然自信，獨爲可傳之業，斯已奇矣。今試讀其文，絶去町畦，自闢閫奥，標舉大畧而意已盡，而其意仍復悠然其不盡，宛轉闗生，瀠洄往復，及至篇終語止而混茫相接，莫得其端。嗚呼！此豈世俗所謂科第之文而已哉！蓋文章之衰久矣。余嘗博考在昔大人先生之文與其所論著，而知文章之旨趣非有他也，置身於埃壒之表，遊神於冥漠之間，領會於章句傳註之外，而自得其可傳者焉。文如是止矣。世儒於此懵焉不得其指歸，而徒揣摩速化之術，襲取科名，以爲文章之道已盡乎此。豈不悲哉！余自得趙子之文於翁鐵菴先生太學課藝中，輒斂容欽歎。今覩其全編，迴環雒誦，不能釋手。竊不意在昔大人先生之流風餘思，猶於趙子見之，此余之所以歎也。趙子之尊人給諫先生方以讜言亮節顯名天下，而趙子綺年傑起，承其家學，從此而翔步南宫，優游東觀，國家有大著作必出趙子之手無疑也。異日者，遡風氣之轉移，考文章之源流，屈指某科之人孰可傳，與某科之文孰可傳者，必趙子也夫！必趙子也夫！

謝玉臨稿序

國家以制科取天下之士，區其等第而定其甲乙，一以制義爲準，而士之欲得志於世者，非制義無由進。是故制義者，夫人而能爲之也。夫人而能爲之，此制義之所以可傳者少也。昔之人所以爲制義者，不徒於制義求工而已也。六經三史，莫不舉其辭而明其義，即至歷代史乘，以及諸子百家之書，無不有以洞悉其原委，而獵取其精華。以故其落筆爲文章，經經緯史，卓然可傳於世。蓋其爲之也難，即其知之也亦難。往往聲華寂寞，而晼晚僅得一遇，要其可傳於世者，其得失惟寸心知之，而非外焉者之所得與也。後人務爲速化之術，目不覩古人之書，傭賃剽竊，習爲腐爛之辭以逢迎當世。世喜其雷同近己，因爲之交口讚誦，其謬種遂流傳而不可止，此制義之所以可傳者少也。余自爲諸生，讀書著文，深以雷同爲戒。論者遂謂文章一道，當以摧陷廓靖相屬，是則予區區之志，而未敢當者也。去年秋，典試楚中，一以曩日所嚮往昔人之旨進退多士，而謝子玉臨實與其選。既撤棘，攜其文數百篇來謁。夥頤沉沉，目不給賞，謝子之文可謂富矣。余掇其尤者入之楚闈行卷，將梓之以行於世，而謝子已先自鐫其文若干篇，大抵皆試於督學使者，以及郡縣有司觀風季課之作。蓋謝子自童子時，及爲學官弟子，舉凡應試之文，無一居人後者，而未嘗爲速化之術以逢迎當世。余嘉謝子之志，蓋求爲其可傳於世者也。於是乎書。

路廷彦詩經稿

經學之不明于天下久矣，而詩尤甚。古者天子採風，輶軒四出，而十五國之土俗人心，莫不見之於詩。凡室家行旅、聚散悲愉、感懷贈送之詞，信口即目，都成絶唱。洎乎後世，而忠臣孝子之託諷，勞人思婦之苦心，上不以詩采，下不以詩獻，若潦水歸壑，泯焉莫紀。又況明堂之勞答，清廟之樂章，或喬皇而典則，或肅括而閎深，出自誼辟賢臣，非猶尋常裁製，宜乎三代而後，嗣響寥寥也。夫説詩者能以意逆志已難，其人今乃以文代詩，束之以八股體格。欲追摹其所爲咏歎淫佚者，即已乖于體，溢于格，而世之苟且獵一第者，不過借楊柳雨雪之句爲功名利禄之媒，又焉有深體乎四始六義、比事屬辭之渺旨，而爲之審其離合乎？即有明三百年間，以詩義傳者亦指不多屈。晚近士習日卑，惟四子書義是務，尚苦不遑，至于經義，益闕焉不講。苟掇拾前人之唾餘，稍爲點竄更易，遂足充數弋獲矣。嗟乎！經學至此，尚可言哉！吾友路廷彦綺歲窮經，統觀乎風雅之原，深得乎性情之趣，凡帖括中一切束縛之障、弔詭之習，不一犯其筆端，而期與詩人若滅若没之精氣脗合無間。昨歲南宫之役，與余同出于陽羡莫夫子之門，復昕夕追隨丹地，每縱論毛鄭之學，輒相視莫逆，因出所著詩藝若干首屬于余，將授以問世。蓋欲爲荒經者下一針砭也。余取而讀之，彬彬乎質有其文，比興不褋而正變合宜，一歸于温厚和平正諦，洵足羽儀葩經矣。以是爲代詩之文，庸詎無當？世有留意經學者，盍于是編取則可焉。

張菊偶先生遺書序

君子之學，務盡乎己，而不求表暴於人。其孜孜從事者，惟修德業、飭行誼而已，非必有所著述以顯聞於世也。然以其心得發爲文辭，往往語約而該，理醇而暢，蔚乎其華，焕乎其章，如日星麗天，光輝宣著，而莫可掩其道勝焉耳。後世之士慕名而狥迹，窮年殫力于文字間，謂古聖賢之所藉以不朽者，惟此而已。是以德不植而詞夸，道不充而文富，浮靡日熾而敦篤誼衰，正學榛蕪，大率由此。有宋濂洛諸儒倡絶學於前，而紫陽朱子集大成於後，由是聖道復明，學者始知實行之爲尊，而不徒辭章之是尚。然習俗溺人，士之卓然振拔，嚮往登進以自厠於古聖賢之列者，蓋亦鮮矣。應陽張菊偶先生幼以孝聞於鄉。既長，不慕榮利，惟究心先儒之學。生平講求慎獨，隨處體認，期不愧屋漏而後已。所謂卓然振拔，自厠於古聖賢之列者，殆其人歟。其所著述，大抵皆明道蓄德之言，乃盡失於火。令嗣禮山進士梓其遺筆，以發明先生之潛德。雖韜光匿采，永世無聞，先生固將安焉。然古之君子未有道備於躬而名滅於後世者，則斯篇之存，天正所以彰先生，而俾有所托以不朽乎？禮山與余爲同年友，能紹其家學，顯聞於時，又能表章遺訓以傳世行遠，無墜厥緒，是非賢者不能也。蘇長公謂有其實而辭其名者必有後，若先生可謂有後矣。

黔游集序

余同年金子會公，古所稱閎覽博物君子也。恬澹寡營，開卷尺許外，不復知户外有何事，時俗攘攘有何途，頗著文章自娱而已。歲丁卯，特膺簡命典黔試，擔囊就道，經歷數千里。其間高山大川、名都巨鎮，與夫幽崖絶谷、荒陬僻徼之區，足跡所經，興會所寄，一發於詩，于是彙而録之，命之曰黔遊集，志所事也。既還報，出以示余，而屬爲之序。余惟古者列國大夫出使於外，其有登高能賦者，號曰卿才。然考之傳記所載，不過援引古辭，斷章取義而已。求夫文采表著，篇什可傳者，抑何不少概見也。蓋古之使人所銜命者，大抵會盟聘問，有關社稷之圖，慮重憂深，惟恐隕越，又其行役不踰時，出疆不過千里，故每懷靡及而不遑有所著述也。今天下承平一統，聲教四訖，雖夜郎、牂牁殊方萬里之地，莫不漸化從風，人文輩出，而會公以文學侍從之臣，當較藝掄材之任，其才優於事，不問可知。况於道塗閱歷，曠日往來之際乎？宜其覽勝探奇，俯仰憑弔，而發其遥情逸致於長吟短詠之間，遠過於古之登高能賦者也。夫子録十五國之詩，獨楚無風，而其後屈原、宋玉之徒，雄文麗詞，凌轢百代，楚才之盛，蓋自古志之矣。會公生長於楚，而才藻横溢，含風躡雅，方之于古，其屈、宋之儔乎？然屈、宋以憂愁憤懣之意著爲文詞，君子讀之，未嘗不悲其遇之窮也。今會公際休明，承使命，而於馳驅之暇，發其和平之音，以鳴國家至治之盛，其遭逢之幸豈易得哉！今試讀其黔中、鎮遠諸什，撫時紀事，隱寓古初採風陳詩遺意，則是編也，且將貢之法宫，領在樂官，以時存肄，於以考俗尚而知政治，匪特區區用以自娱之具，徒足供詞人欣賞已也。既受而卒讀，因書於篇首。

滇行日記序

滇行日記二卷，侍讀李漁村先生典試滇南時，道中所筆記也。先是五月上浣，先生奉使爲西南萬里之行。迨至六月下浣，而余亦銜命採風三楚。匆卒戒塗，計余及武昌，則先生已達華陽矣。使事既畢，先後還邸門。余方追惟百舍之所經，茫然如烟雲好音之過耳目。既而受先生所爲日記而讀之，則又不覺曠然而心怡，色然而神馳，若窮荒徼而探幽奇，不復知其身之繫於京師也。因自念六七月中，火雲赤日，溽暑淋雨，交蒸互爍，馬煩車殆，當其日暮投驛，而神與境固有不相屬者矣。又何暇汲汲訂其山川風土之蹟哉？而先生自丙申出都，訖於己未始抵滇池，凡八十有四日。蓋靡日不書，而其所書又皆採逸遺，覈故實，民風物態，地險時變，碑碣之文字，亭壁之篇章，參錯薈萃，疏通而證明之。余用是益悵然自失，而歎先生神明之完固，筆墨之飛騰爲不可及也。夫荊湘以南，即爲上古三苗之地，過此益險阻昧没，雖禹嘗導黑水，實棄之荒服外，周詩載十五國風，猶不及於楚，而况其遠者歟？自漢以後，嶲、昆明稍通中土，然班、范之書所載甚畧。厥後袁滋、樊綽輩屢至其地，各有編録，而滇記始詳。今則隸版圖者數百年矣。先生跋履者三月，而蠻煙瘴雨、深箐怪花、硐户碉房、波瀾雲片之奇觀可以指掌而畫，豈不快歟！嘗考傳記，槃木之詩三章，獻於漢世，驃國之樂二十二曲，奏於唐年。厥後高泰運入朝于宋，得經籍六十九家以歸，則尤文學風雅之所由出也。先生載馳王事，僅一恣覽眺於會城，惜未獲周五嶽十瞼而窮搜博採，顧已詳核淹贍，足備藝林津逮若此。是其才思通敏爲何如哉！昔長卿使西南，而牂牁盛覽請其賦心，用修居永昌，而麗江木公與其詩派。先生一過，而滇士文明之化，其必有光於曩册也夫。

黃山志續集序

陳徵士有言：名山大川，旋轉生滅，多賴風輪。風輪何在？文人才士之筆是也。蓋山川眉目非得解人品題，不能相發，故山志藝文一集，搜採恒患不盡，不盡則山靈之品題知己恐致失傳，而眉目不出也。我友汪君栗亭既訂黃山志成，又博采近代名流賦咏，梓爲續集。會余山遊歸道，經潛口訪栗亭園居，而屬余爲之序。余謂黃山如一部大易，包藴無窮，自王輔嗣以來，闡發者何限，大率仁者見仁，智者見智，横説竪論，顯證微參，終莫能罄其奥義。有能罄之，即後來可廢，然斷乎無是理也。若兹山之瑰詭聳拔，奇幻百出，即同遊之人而彼此異趣，一人之遊而先後殊觀，故寫狀之肖，歎讚之工，代各有人，人各擅美。縱續且不已，亦安能爲獲麟之筆耶？且陵谷海桑，星移物换，沉碑於水，後世猶或在山巔。況其爲木石，爲谿洞，爲梵宇琳宫，興廢存没，尤非可以恒理測，未知後之視今，又當如何改觀哉。兹編所收，多别具手眼，不濫不漏，期於表章名勝，重開生面耳。至若徐凝詩句，反貽廬阜之慚，則不必飛流濺沫而蕩滌殆盡，栗亭其山史之董狐乎！

詩删序

亹齋陳先生之删詩也，曰孔子删書，斷自唐虞。余之詩删，亦始自堯戰栗、舜卿雲，而終於有明，凛凛乎仲尼之心傳，罔敢或墜也。然則首列三百篇，何居？曰以尊經也，亦以守孔氏之心傳也。我夫子删詩，括風雅頌之詩而三百，蔽三百之詩於一言，而貞淫雜陳，正變並録，此必有不可删之精意存焉。善乎真西山氏之言曰：「三百篇正言義理者無幾，而諷咏之間，悠然得其性情之正，即所謂義理也。」義理，人心所同然，即删詩者精意所寄，故必以四始爲權輿也。漢魏六朝以迄三唐，燦乎備矣。删其拙以爲古者，删其板以爲正者，删其詭以爲奇、尖以爲新者，期適合乎古人之精意，不悖乎三百篇之義理爾已。唐後有宋金元明，猶三百篇後有漢魏六朝也。一代有一代之風氣，一時有一時之習尚，一人有一人之體製，與運會俱新，而無一成之格。雖歷千百年，而元音之在天地者，未嘗歇絶也。既博採而廣稽焉，又精鑒而慎擇焉，删其蕪雜，存其菁華，拔什一於千百之中，蓋戛戛乎難之矣。必使讀者與作者之神明自相印合，不覺其爲宋金元明之詩與漢魏六朝三唐之詩，而總可上接三百篇之淵源脈絡，删者之心較諸作者之心，不倍苦乎？删者之爲功於作者，不又有倍焉者乎？雲間舊史氏周子既得而卒讀，竊歎邵子删後無詩之説未爲篤論也。後人至謂唐後無詩，陋矣。彼誠未知詩之不可不删也。不删而精意不出，宜其紛紛瞽説也。斯編出，可以家毛、鄭而人申、轅矣。

尤謹庸詩序

有唐一代詩人無慮數百家，惟蘇許公瓌及其子小許公頲相繼以詩名，又同官禁近，朝廷榮之。厥後則詩人竇叔向子五人皆工詞章，爲聯珠集，然扶風位望遠不逮蘇氏，所傳亦止寥寥數首。豈其散亡實多歟？抑著述無多可傳者，自不能長存天壤歟？或者富貴福澤，天不靳予世家鉅宗，而獨才華濟美，造物者故有所甚悋歟？不然一代三百餘年，何僅見於神龍、開元間也。尤太史悔菴先生鴻篇綺製，既不脛而馳海内，才子一歎初發於世祖，旋受知今皇，擢授館職，不啻昌容之修史，多識臺閣故事。未幾而嗣君謹庸復以沉博絶麗之才，早入中秘，膺史職，承明著作之庭，籍籍以能詩稱。噫，何其盛也！視五郎之詩若湧泉，擅三絶之一，夫何恧焉。今夫芝草醴泉，無所本而生者，存乎其性也。渥洼之驥，丹山之雛，遷乎其地而弗能産者，繫乎其類也。悔菴先生鍾全吴之秀，得江山之助，所爲詩多陶冶性靈，籠牢萬態，巋然自闢堂廡。自謹庸少時庭課經史之外，輒爲析風雅正變，溯漢魏六朝三唐以窮其旨趣，究其流别。故謹庸之詩，神完而節壯，調逸而氣清，高不失之亢激，卑不流於嘽緩，非復單門小乘，未由師承者可敢望。人第見尤氏後先輝映，似天有所私於其一門，而孰知趨庭之際，耳擩目染，淵源漸漬，非偶然之故也哉。余自壬戌與謹庸同第南宫，迄今同館者九載，稔知其家學源流，故爲推本言之，猶之窺江漢者必陟岷嶓，溯黄河所自來，必踰流沙崑崙之墟也。昔王大令幼年學書，右軍從後掣其筆不得，歎曰：「此子後當復有大名。」我安知天下後世稱尤氏子之詩，不猶書家之羲、獻乎？當不第云蘇瓌有子矣。

祓園詩集序

吴興沈君鳳于自其少時已掉鞅詞壇。歲在癸卯，余方棄諸生，困甚，而沈君以是秋舉於鄉。後十年，余遊北雍，登壬子賢書。一時同籍者，吴興居其六，多與沈君善，因得縱觀其詩若詞，爲之欣賞歎異者久之。又十年壬戌，君始與余爲同年進士。余謬厠中秘，而沈君於格當爲令，歸而需次於家，以其暇爲詩歌，其道乃益進。今年春，沈君以謁選復來京師，出其所著被園詩集屬余爲之序。蓋自壬戌至今，又閲七年，距沈君之舉於鄉二十有七年矣。君以英才邃學成名于少時，其後乃數奇寡合，至二十餘年始得一第、除一官，度其平居抑鬱牢愁之思有不能已於言者。今讀其詩，一何温柔婉麗，得風雅之正聲，而悲時憤俗之篇未嘗少有吐露也。韓子有言，「仁義之人，其言藹如」，蓋本孔子有德必有言之説而引伸其旨，可謂深切著明矣。而其居窮守約，顧自謂有感激怨懟奇怪之詞以求知於上，至慕二鳥之光榮而寄意於賦，無乃與藹如之語相刺謬歟？余以是知古之君子豐於才而嗇於遇，雖深識聞道者，猶難免于不平之鳴，況其下焉者乎？然則沈君之賢加於人一等矣。吾聞賢者之居官也，其於脂韋洟涊、希世取容之事固不屑爲，所患者負村傲物，犖然恣睢，不能與氓庶周旋親愛耳。君以風雅和平之意推之政事，必將優游漸漬，化民成俗，而爲盛朝循吏冠。其卓然樹立，聲施不朽者，寧特以詩也哉！爰書于卷首，以爲異日之左券云。

史千里述懷詩序

弇州以險韻爲詩戒，恐遷就牽率，有傷格調耳。余謂此語正坐才盡，徒爲薄劣藉口而已。

若夫無所不可之謂才，果其負才大者，蓋險極而智勇乃生。囊沙濰水，鑿石劍閣，皆以險成名。若夫握毛錐，弄柔翰，何所危苦而拘忌乃爾。要亦才有大小，非可强而能也。邵青之火牛且遭矢反奔，貽笑敗衂，宜瑯琊深用爲戒乎？千里史先生示余述懷諸作，用韻險絶，而用意亦稱是。始而八，繼而倍，演而至於六十四，如羲文之易卦，相盪相推，又如齊王之食雞跖，至數十而後足，抑何才之富且長也。余迴環吟諷，出奇無窮，時而峯巒峭㠊，時而澒洞杳冥，時而神斧鬼工，時而鵝籠書生，男女迭出。噫，異矣！客有稱其神似劍南者。余曰不然，千里負其才，不可一世，生平絶去依傍，單行獨詣，其刻畫至處，石破天驚，沙飛水立，亦放翁似千里耳。若以時下吠聲逐影，心摹手追，斤斤求合劍南者擬之，則陋矣，非無所不可之才矣。

吴雪園詩序

名德之後，貴讀書種子弗絶，此凡俗語耳。世間間氣所萃，定衍箕裘，墜緒茫茫，仍有起而紹之者。吴子雪園爲給諫坦公嗣君，當門户紛張之日，給諫公獨謇謇諤諤，不流不倚，至百折不回，迄今猶有稱述之者。雪園追念前徽，確苦自勵，間發爲詩歌，率皆涵泳性真，匠心獨運，以沉博絶麗之才，不屑爲時俗浮靡之習，其義藴抑何深遠也。鄉之達賢多克振後啓之秀，賜書傳笏，聲光奕然。要之，含風躡雅，矯矯自好，能以文筆彪炳嗣其家聲，雪園加于人一等矣。獨是給諫公適丁版蕩，志業十不展一。雪園壯年盛氣，幸際昇平，以彼其才方當驤首皇塗，羽儀廊廟，前人未竟之志業待以全伸，寧僅鬱伊侘傺，碎胡琴而缺唾壺，善鳴其不平云爾哉！

慕巖詩集序

慕巖詩集十五卷，澴川夏廣文無易所著也。其詩淡雅閑静，不肯追逐世好，以雕績纂組爲工，而其逸情遠趣，横流溢出，如餘霞在天，緒風薄岸，一葦容與，緑水澹澹，棹謳發而山瀑應也。昔人論作詩二弊，一則波瀾富而句律疏，一則煅煉精而性情遠。夫所謂句律云者，猶第從體製求之，而功力日加，晚節漸細。若夫性情之自得，則蟠於靈府，發于天倪，浹洽於書卷文字之間，而感觸于山川草木、酬酢興會之所寄，有不可以外求而獵取者。是故詩不本於性情，則煅煉愈精而詩愈下，蠟言梔貌，經宿而已成腐敗矣。荆楚故才藪，前明成、弘間，茶陵相公以風雅哲匠主持文運，清詞逸翰，衣被海内。閲數十年，三袁兄弟連翩傑出于公安，一掃李、王之雲霧，吐屬瀟灑，頤解心開。竟陵出而創爲杳冥孤峭之音，短咏微吟，超然象外，郢中變調畧盡于此，要未有不以性靈爲宗者。然公安詞旨輕俊，其失也流而爲俚，竟陵意思慘淡，其失也流而爲寒。狂花爛熳，凍羽譙翛，皆不足步茶陵之後塵也。無易生於數君子之後，含英咀華以就其性情之所近，實爲文正後勁，擬西涯樂府一卷，頡頏上下，不啻如雙鵠摩空，而其他詩亦多稱是，駸駸乎軼袁、鍾而上之矣。楚士之高超，孰有過於夏廣文者乎？憶余二十年前晤司空程端伯先生於維揚，勝情豪上，波瀾老成，使人挹之而意消。又見先生爲家櫟園畫册，煙雲變滅，與大癡翁並擅千古。余爲題識甚多。蘧廬一宿，碩果淪亡，聞笛山陽，愴然夢想。玆與無易把臂燕臺，詢知爲先生快壻，其詩文學植，源流指授，固非世之白腹野戰，哆口性靈者所能幾也。讀無易之詩而歎先生流風之不泯，寧獨虎賁之思也歟？

澄鮮閣唱酬詩序

唱和之盛，自題襟、斷金而後，厥惟松陵一集最富。觀襲美自序，謂風雨晦冥，蓬蒿翳薈，苟其詞之來，食則輟之而自飫，寢則聞之而必驚，一歲之中，積至六百八十五首。噫嘻，何其爭勝忘疲乃爾也！今考其遊覽諸詩，則太湖洞庭、漁具樵人之作且什有其二焉。意者高賢吟事，亦藉湖山相發乎？余今夏屏居石公山，逃暑養疾，隔絶人世。顧獨與覲侯、存古、北山諸君往還賡酬，不覺沉疴頓釋，視皮、陸之寢食俱廢，雖不足比蹤，要亦得湖山之助，稍策其懶慢耳。覲侯居林屋，去石公數里，而詩筒日絡繹於道，不啻羽書盾檄。存古、北山則連墻比巷，虎視鷹揚。余迺以偏師坐困，間奉櫜鞬，輒交綏而退矣。未幾暑退涼生，覲侯録入夏來唱和諸作，裒爲一帙，請序于余，將所謂道義志氣，莫不見于是乎。松陵詩云「兩鶴思競閑，雙松各爭瘦」，似爲吾曹寫照也。又曰「相逢得何事，兩籠酬唱箋」，則共負吟癖，昔人固有先之者，山靈其勿笑此冷淡生活矣。

陳明府學詩集序

昔孔門以政事、文學並列四科，史公以循吏、儒林分列二傳，豈不以兼才實難，優於此者顧或絀於彼歟？然而武城絃歌，乃在文學之選，則其理何嘗不相通也。漢宣帝聞刺史王襄欲宣風化於益州，令邑人王褒作中和、樂職之詩，俾童子肄習而歌之，迺召見褒，賜帛以示寵異，故稱吏治者，首推神爵、甘露。寧必武健嚴酷，始能勝任，而言道德者溺其職乎？後世若潘安仁之治懷縣，韋左司之治蘇州，元次山之治舂陵，白樂天、蘇子瞻之治杭州，皆經濟與文章並傳，則是二者有相資而無兩妨也。九皐陳明府孕泉山閩海之奇，幼從尊人亹齋先生宦游四方，教以學古修詞。未弱冠即通五經諸史，領袖詞壇。今來令吾邑，甫逾壯也。邑故多逋賦，紛訟獄，强猾奸宄不逞之徒，每伺長吏之短長而脅制之，姑息不可，峻法繩不可，號最難治。明府敷政優優，不震不竦，不拂民從欲，亦不違道干譽。逮三載考績，而稅辦民和，姦黠斂手，治行遂甲於吾郡。一日公餘，出所著學詩一帙見眎，則又含風咀雅，奄有漢魏三唐格韻，而生氣盈把，秀色可餐，不覺作而歎曰：仁人之言藹如，吾乃今而益信矣。夫言爲心聲，文詞之於言，又其精者。孟子論知言，而以詖淫邪遁之詞爲生心害政，若是乎言固政之根柢哉。記曰「入其國，其教可知也。其爲人也温柔敦厚而不愚，則深於詩者也」。世未有深於詩教者，而犖然恣睢於民上，亦未有浚民膏以逞，而其詩顧可被管絃而聲金石，庸詎非學道愛人，理有相通之明驗歟？明府詩骨本之天授，又漸摩於庭訓者深。合覽齋先生湖海諸集讀之，固知家學淵源，後先輝映，而强教悦安爲循良冠。又向於尊人當湖署中耳擩目染，以故兩邑之治若一轍焉。賢哉潁川氏！抑何文章經濟世擅兼優乃爾哉！欽歎不已，爲書於卷首而付之梓。

家青士效靖節歸去來辭十首序

古人之作，有可效者，有不可效者，有不效而神合，極效而神反離者。如楚騷漢賦，摛藻掞天，可效也。焦易揚玄，奇奥自喜，則不可效也。至于語即目前，意遊象表，文彌澹而旨彌永，或不效而神合，極效而神反離者矣。淵明孤迥沖潔，不與流俗偶視。八十日彭澤，不啻籓羝圉馬。寧躬耕乞食，不甘形役迷途，遂亟賦歸去來以見志。顧其亮節貞心，藴而不顯，使義熙、永初間能早知而大用之，諒不必寄傲南窗，致八表同昏，平陸成江之歎。此其寓思深遠，尚可以極效而神合乎？效且未易，況追和其辭，廣之至于十乎？吾家青士之言曰：「唯唯，否否。天下有殊途而同歸者。遊倦而歸，與仕倦而歸，一也。彼沉溺宦海者，我不敢知。豈無鹿門妻子，燕閼詞賦，飾竿牘，競交游，公卿延譽，蹴躪紅塵中，倀倀惘惘，老而忘歸者？其爲形役迷途，一也。我以不效效之，安計其合乎？否乎？敝廬在魏塘之濱，三徑之松菊存焉。東皋可登，西疇在望。賦清流之詩，酌盈樽之酒。雖不敢謂晚節師範其萬一，以視浮沉俛仰，庶幾昨非而今是也。」余乃頷其言，取其十首者讀之，則無韻不合，無篇不合，而又無意象不合。然則何嫌乎其效哉。余本無宦情，少乖適俗，誠所謂性剛才拙，與物多忤者。小草一出，亦既嘗鼎一臠，味概可知，亦欲以桑榆之末景自托於靖節，拂衣南下，結茆林屋而終老焉。相望百里間爲往來，二老共擁蘆花之被，對披槲葉之簑，鷺約鷗盟，有如白水。歸去來兮，惟我與爾有是夫。君其毋笑爲東家之效可也。

石鼓文鈔序

許子實夫嗜古而好奇，於古文篆籒之學窮源竟委，能洞曉其所以然。於是手摹太學石鼓文而參較註釋，成書一編，屬余爲之序。余觀石鼓之作，其世代固無所考。自韓退之作歌，定爲宣王之鼓，而後世多宗其説，獨歐陽子以爲可疑者三四。自是辨石鼓者言人人殊，迄無定論。然歐陽子謂退之好古不妄，或當時别有書爲其考據，而後世失之。余姑取其説以爲信，至於字畫，亦非史籒不能作也。然則斷爲宣王之物者庶幾近之，而諸家異同之見，亦可以有所折衷矣。余獨觀許子之書而重有感焉。昔者夫子嘗自言曰「信而好古」，韓子亦曰：「思古人而不得見，學古道則欲兼通其辭，通其辭者，本志乎古道者也。」此鼓初在陳倉野中，唐鄭餘慶取置鳳翔孔子廟而亡其一。宋向傳師求得之於民間。大觀中，移置汴梁。靖康之變，金人輦至燕，置王宣撫家，後移大興府學。元時虞集爲大都教授，得之泥草中，始移置國學大成門内。鼓之散棄於野，而卒入於辟雍，迄于今不泯滅者，由好古之君子皆能寶貴之故也。歐陽子曰：「詩、書所傳而外，三代文章真跡在者，惟此而已。」蓋明示後人，宜知所愛惜而加之意也。韓子之世，鼓尚在陳倉，剝蝕風雨中，未有所舍，故其歌有云「聖恩若許留太學，諸生講解得切磋。觀經鴻都尚填咽，坐見舉國來奔波」。夫鳳翔距長安不遠，然終唐之世，卒無有輦致之者，徒令好古之儒壓懷虛願，寄意於空言而已。今石鼓在太學已三百餘年，學士大夫翱翔辟雍者何可勝數，而摩挲文字，留意講解其間者，蓋千百中無一二人焉。是鼓之置於學與棄於野等耳。所謂舉國來奔波者，果安在哉？許子是書之作，其志趣誠過人遠矣。吾慮夫知而好之者之難其人也。雖然，亦以俟夫後之君子而已。鼓文在宋治平中可見者四百六十有五字，今之存字僅三百三十有四耳。由是而言，其歷年愈遠，則其漫滅愈多。後之君子蒐採遺文，慨古今之不相及，必將流連歎息而深幸是書之可稽，則許子之用心庶乎託是以傳，而觀其書者亦可想見其爲人也已。

南樓詩集序

詩之作雖本乎人情，而人情之變，不可以論詩也。吾夫子删詩，録國風、雅、頌三百餘篇，自朝廟登歌以至於里巷謳吟、婦女怨思之什，莫不紀載。豈非以人情之變萬有不齊，而其發於音聲，比於律吕者亦不可拘以一格歟？然約略其旨，則第取思無邪之一言，而著於經解以詔來學者，亦唯曰「温柔敦厚，詩教也」，則詩之所尚從可知已。夫和平唱歎之音，憂憤激烈之作，義各有歸，不能偏廢。然鄭、衛、曹、檜之淫哀，家父、寺人之怨刺，其不可與關雎、鵲巢、鹿鳴、魚麗、生民、清廟諸什同被管絃，以鳴一時之盛也審矣。漢魏以降，作者代興，體格變遷，去古遞遠。至唐以詩取士，而文人學士往往窮精殫力，務造其極而止，一時作者之盛，蓋前古所未有也。然自大曆、貞元而後，能詩之家接踵疊起，雕鎪鑱劃，日異月新，而音響漸以噍殺，無復淳古澹泊、藴藉含蓄之致。雖其善於言情，或有出於古人之所未及，顧求所謂温柔敦厚之意，蓋亦僅有存焉者已。今世爲詩者不究其源流，審其正變，欲矯有明七子之流弊，而惟幽奇險怪、隤唐汗漫之爲工，自漢魏盛唐名家傑出之作一切廢置，其所奉爲典刑者惟元、白、温、李、蘇、陸諸家，而不知其矯枉之過，卒亦同歸於枉。嗚呼！執是説以論詩，吾不知其於風雅一道果有當乎？抑惟狥一時之習尚，而好古深識之士未必盡出於此乎？余同年進士玉汝朱君，少有詩名。既登第，待次於家，益肆力於詩，大抵法老而致深，聲諧而采壯，古風嶔崎歷落，得漢魏遺音而出入陶、謝，近體則居然大曆以前詩家能事也。夫詩至今日亦難言矣。群言踳駁，賢豪且不免受其轉移，而玉汝獨能踔絶于波靡之中，以追蹤古人，振興風雅，豈非介然不惑，卓乎克自樹立者歟？今君之來謁選於銓部也，携其南樓詩集請序於余，且曰：吾將除邑宰，從事於簿書，恐自兹以後，或不暇以爲也。余曰：不然。昔宓子鳴琴而理單父，言游絃歌以化武城，蓋聲詩之道，通乎人情。古之君子由是道以感人者，其治效最速，而非俗吏操切之治所能幾。今君以風雅之才推之政事，其於理人成化之方，必有操之至要而入之至深者。由是以其清宴優游歌咏而使斯民共沐夫温柔敦厚之教，安在武城、單父之治不再見於今日哉？則謂君詩即君之治譜可也。

陳曦馭集序

前輩陸文裕公有言，文章與事功難相兼，而聲名與貧困常相值。大抵安于貧困以養夫聲名，固君子之素心，詳於文章而略於事功，豈君子之得已哉？積學勵行存乎我，而功業所就視乎所處之地與時而已。内翰陳君曦馭家故儒素，而雅負才名。既與余同舉京兆，又同雋南宫，且同爲冷官于朝，因得時時究論詩文流别于寂寥枯澹之中，輒相視莫逆，浮白共賞。雖室無儋石之儲，晏如也。稍得俸入，即梓其近著，積成若干卷而問序于余。余曰：子長不云乎，虞卿非窮愁不能著書。藉令君筮仕得熱官，期有所表見於世，將惟立功是務，而立言不朽或不暇，以爲所謂聲名者亦在彼而不在此矣。又安能作此冷淡生活既富且工乃爾哉？雖然，繼自今安知君位不益高，名不益顯，事功燀赫而長辭貧困，于文章一途竿頭更進，如駃驥駕輕，車就熟路，在他人所難兼，君獨兼優而無難？則文裕所言猶未爲定論也。余請重爲玄晏可乎？

胡圓表遊黃山記序

黃山融結奥衍，脉絡深厚，凡爲峯三十有六，皆偉怪險絶之觀，而總無一類者，造化之奇秘不意盡泄於此。故余序黃山志云：「兹山苞孕靈境，任人領取，不盡如一部大易，仁者見仁，智者見智，自王輔嗣以來，何人不有會心，亦初無定解，良由瑰詭萬狀，形容莫能罄也。」今觀圓表斯編，則形容幾罄矣，山靈真面目已畢呈于紙上矣。迴環把讀，數百里之登眺可不越几席而得之，若與林巒洞壑頡頏於霄漢風埃之表。始歎文人筆墨能吐納烟雲，歛舒氣候，不惟傳山之面目，且并其性情而傳之，不覺瞠目興歎。憶自康熙壬申，請假南旋。越二載甲戌，始遂黃山之遊，曾有紀遊詩數十首，亦只如少陵所云「佳處領其要」爾。忽忽五載，時留連胸臆間。及得斯集，如逢故人。又自歎曩者草草遊歷，發揮十不及一二，不若我友雅善盤礴，而筆又能悉達之，爲之退避三舍。

楊即孚印譜序

印章一道，雕蟲小技耳。然而才不博則體不具，采不精斯法不純。商彝周鼎之欵識，岐陽之石鼓，之罘、瑯邪之碑版，以及秦漢以來符璽封檢、金書琳篆，與夫窮崖絶壑、瑰奇詭異之蹟，斑斑駁駁，古色照人，一一能心識其所以然，博觀而精取之，斯可以語于斯道矣。近代專家于六書義藴或茫然不能通曉，大小二篆猶渾焉罔别，動爲識者譏笑，顧易言小技乎哉？楊子即孚爲藝林武庫，出其緒餘游戲篆刻，雖一點一畫，靡弗會其神理，中乎程度。常與余辨論文義，指陳象形，抉髓破的，纖微莫遯，若天下無窮理趣畢寓于半圭數字間，即擅場名輩舉當俛首屈伏。噫，何其神也！兹册所登，九鼎一臠耳。然試澄懷諦觀，輒歎其矜慎不苟，復躊躇滿志，令人神思開滌，欲坐卧其中，十日不能去，倘所謂移情尤物耶？世人苟欲臻窔奥乎？請姑游其藩。

童鹿游印史敘

往余從友人齋見秦漢印譜一册，驚問摹刻誰氏，爲古人乎？今人乎？曰：「今之古人也，童姓，鹿游其字。」余固心儀之。無何，儼然造焉。相與訂石鼓、岣嶁諸碑銘，以及南濠之金薤琳瑯，明誠之金石録諸書，遂相悦以解，莫逆於心。昨從津門來，復挾一册見遺。諦觀之，則自龍門、扶風迄方山、敬所，凡編緝史書家姓氏，次第鐫勒成帙，名曰印史。異哉！古未之有也。印也進乎史矣。昔欒城謂域中有三大權，而史官與天與君埒。漢時郡國計吏，先上計於太史，迺以其副上於丞相、御史大夫，所以尊顯之者若是。鹿游兹譜，倘亦慨後世之輕厥職，尸厥位，名淹没而不彰，特示追崇之意，寓瓣香於方寸許間乎？故其點畫不苟，簡嚴有法，居然操筆削大權，垂不朽於天地，匪第爲雕蟲小技云爾者。余忝史官後，難免枝官之目，良懼無當於今，猶思尚友乎古，則又廣之曰：「子用意良苦，而惜其未備。等而上之，若周之佚也，魯之克也，齊之南氏，晉之董狐，楚之猗相也，尤古史之良也。盍補刻焉爲印史之鼻祖？」鹿游輾然曰：「命之矣。雖然，子亦勉之，千百年後，當有鐫及子姓氏者未可知，則史也進乎印矣。」

礪巖續文部二集卷之二

序二

總督三省李公崇祀名宦祠序

樂宗之禮，所以崇德而報功也。古君子策名登朝，身都通顯，訏謨碩畫，武緯文經，既已銘諸鍾鼎，勒諸旂常矣。迺其德澤在人，亦非止一時誦美已也。即奕世猶謳思尸祝之，且爲俎豆學宫以昭崇報。史傳所謂生有榮號，没見奉祀，歷百禩而不祧，典綦重矣。唐李、郭，宋韓、范諸公由此其選也。在本朝則三省總督鐵嶺李公足當之。公故勳閥名胄，以清慎勤恪受知世祖章皇帝。於時定鼎方新，庶務待理，畿輔固爲赤緊要衝，山左則流移乍復，中州則灌莽重開，治法征謀，宜有統紀。公保釐撫循，爲之安流亡，請蠲振，辨河渠，疏通禁洋，嚴釐採辦，險阨之區，修城隍以固之，負嵎之族，推誠信以徠之，不草薙禽獮而禁邪消萌無遺力焉。于是獎庠序之英，表節孝之懿，士庶蒸蒸嚮風，而除莠懲墨，又不啻鷹鸇之逐也。設施章章，殆不勝紀。卒之，民熙於野，吏修於職，即因之逸者，行且自歸，其興化勵俗之道，幾幾乎過化存神矣。且夫神臯奧區，雄疆重地，合五十一州三百八十五縣之廣，於以揆文奮武，走檄飛書，非易事也。燥濕剛柔，箕畢風雨之好，未易協也。以偏才御之，峻法繩而多事擾，則術勝而緒益紛。如公之聲施赫赫，左宜右有，豐功偉烈，久而彌光，謂非積有本而施有要哉！昔陶公都督八州，威行江漢，孔公節度五管，治洽神民，韓公宣撫河朔，名高鎖鑰。彼皆近古賢士大夫也，而或經營於邊徼，或坐鎮於隆平，使易地處此，則守紀綱，綜紛劇，運綏靖於無形，猶將遜此兼優爲獨難也。然則瞽宗片席與先聖賢俎豆同不朽于天地，爲以勞定國，功德及民者報，其容已乎。公之移督楚中也，在總制三省之後，而崇祀學官，則楚已先之。是公德澤所被，如水之在地中，無所往而不在也。又豈僅蜀都祀文翁，桐鄉祀朱邑，區區焜燿郡邑而已哉！

王薛澱歸養序

薛澱於戊辰冬月入都補官，不滿歲請告而去，蓋思其尊人侍御公之切，歸而展其愛日之忱也。余與薛澱生同里，舉進士爲同年，又同官史職。余馬齒加長，薛澱視余猶兄，而余視薛澱猶弟也。於其行可無一言爲贈？蓋余嘗讀詩，至小雅而於君臣父子之際惻然有感焉。考之儀禮燕禮、鄉飲酒，皆工歌鹿鳴、四牡、皇華，笙入，奏南陔、白華、華黍。南陔之序云「孝子相戒以養也」，白華則云「孝子之潔白也」。至於四牡則君所以勞使臣，而探其情以代之言也。其曰「豈不懷歸？王事靡盬，不遑將父」，又反復咏歌以道其不敢自言之隱如此其至也。夫國家之禮樂，或用之於朝廷，或用之於鄉里，俾大夫士庶咸得與乎其間而觀感興起者也。而其所歌之詩，必本其君之所以慰其臣孝思者如此，而復歌其臣所以自致其孝思者如此，則生其時者，其明發有懷而修子職，以效之於親者宜何如哉？其夙夜匪懈而盡臣節，以報之於君者又宜何如哉？故傳曰「思歸者，私恩也。靡盬者，公義也」。無私恩，非孝子也。無公義，非忠臣也。蓋詩人於君臣父子之際，可謂質而摯，詳而婉矣。及觀陟岵、鴇羽、北山之詩，則其詞旨之悲愴，音節之悽凉，有颯然不復如前之所云者，其毋乃責其忠而鬱其孝思也歟？古之仕者各於其國，其居官不違於其家，無山川雲樹之阻，無風雨寒暑之氣候不齊，無東西南北數千里之遥，無三年五年定省之曠，故其傷離望遠，纏綿惻怛之情，惟形之使命往來、行役征戍之頃，而其立於朝右者，固未聞有欲養其親而不獲致者也。三代以還，四海一國，蓋吴、秦、燕、越之人有交相仕於其地矣。否則遠州絶徼之人進而仕於京師矣。其官之所居非即其鄉土也。故嘗違於家而阻於勢，彼此悵望，暌隔歲年，此其孝養之思無由自遂，而又不能自言以達於君上者，固凡爲臣者皆然，不獨使命往來、行役征戍而已也。然而君子不以私害公，不以家事辭王事，則雖孝養之思可見體於君上，猶且有所遲回而不敢言，況於例所不得者哉。唐宋之世，雖不得如周時之仕於其國，猶可擇其地之便於養者而自請之。至於今日，繫官有定所，賜假有定期，養親有定制，非其期而限於制，則不敢以言。今薛瀫爲史官清華之選，既足榮親，而又遭逢吾聖君至仁大孝，化被群生，難兄瑁湖學士方黼黻休明，難弟儼齋總憲雖未還朝，而以爲人後。故薛瀫可循例上請，得遂其將父之懽，而愜其循陔之願，竭其潔白之懷，無陟岵、鴇羽、北山之悲怨，不至悵望暌隔，無由遂其孝養之思，可不謂之至樂哉？方侍御公年甫服政，浩然乞養以歸，逍遥於峯泖間者三十年於兹矣，當代士大夫目爲天下全人。今薛瀫之歸也，拜先生於堂上，希韝上壽，舉八十之觴，是父是子，後先踵武，天倫樂事，莫或過之。至於潤色皇猷，經綸化理，則伯季二難固有欲謝其責而不得者。忠孝萃於一門，豈非聖朝盛事？余幸得備員橐筆，咏其事而被之管絃，其或有當於小雅之義也夫。

保和殿大學士太子太傅兼吏部尚書王公壽序代

國家運會昌隆，必經累世培積，漸摩歲月之深與天地絪緼之氣相爲蒸變，斯太和長在宇宙間，爲重熙累洽，稱盛治焉。當其始，主治者首出庶物，旋乾轉坤，厥後聖子神孫，繼繼承承，久而弗替。又篤生元勳碩輔，一德勵勷，以世濟其美，使天下後世推本於盛治所由成，莫不遡其徽猷，考其世系，想見其施設厝注，以爲神人，不獨咨嗟歎慕於丕顯丕承之主已也。且夫帝王之興，其發祥也甚長，則其傳世也必遠，其植基也孔固，則其流澤也無涯。於是乎休明之運，積厚而流光，歷久而彌熾，斯固由聖神文武廣運之德哉！然非有翊賛昌期，潤色鴻規者挺生而代出焉，以寅清弼亮之功開于前，振于後，終鮮克濟也。蓋余讀三代以來世家，言其爲父子踵武以功名顯，炳炳麟麟，光竹帛而垂天壤者間有之，此天所以眷佑人國，使之久安長治。故其世臣大家，豐功駿烈，綿綿不絶，豈偶然哉？今皇帝御極之三十年，深仁厚澤，彌綸周浹天下，熙熙皡皡，舉凡秉靈之屬，含氣之區，靡不欣欣然各得其所，號爲重熙累洽之治。實惟相國宛平王公從容旃厦之間，經綸密勿，所以啓沃而輔相之者爲多。公昔受知先皇爲侍從臣，文學經濟繫海内望者且數十年。今天子知公深，特加倚眷，歇歷正卿，晉爲元輔，儼然唐虞喜起之風。公承聖主惠養元元、側席求治至意，凡所以固元氣，厚民生，立綱陳紀，一切興道致治之具犁然備舉。天下沐浴謳歌聖天子之澤，而亦莫不翕然稱曰：「相國王公實左右之也。」先是，公尊人文貞公以大儒爲秩宗，掌邦典，事世祖章皇帝，多崇論宏議，偉然負公輔之望。當是時，草昧初開，朝廷方稽古禮文，顯庸創制，一切典章制度、號令文章多出文貞公手，其事載在國史，誠所謂懸之日月而不刊者。至年彌高，德彌卲，引年求退，屢請不獲，爰有「清勤端練，勉副倚毗」之旨，而公於斯時，父子同官，並蒙優眷，天下皆以爲榮。今益光大其業，佐天子理陰陽，宣教化，爲社稷臣，依然文貞公清勤端練家範。自三代以來，世臣大家，父子踵武以功名顯，炳炳麟麟，光竹帛而垂天壤者，以較之公父子，間未之或過也。斯以見天之眷佑我國家者甚至，以故翊贊輔相之臣出於一門如此之盛，洵非偶然者。余與文貞公爲同年友，復同官於朝，時親其規範，聆其議論風旨，自愧多不逮。又習見公之鴻才博學，起家翰苑，有川渟岳峙、鳳翥鸞翔之概。余固已卜其異日宰天下之度，深爲文貞公喜，即爲我國家賀也。余才能薄劣，猥受聖天子寵命，備員中書堂，得與公追隨綸扉之下，晨夕講求，左提右挈，於公有厚賴焉。蓋余交於公父子間，而知我國家運會之昌隆，億萬年無疆之曆，即於王氏一門見之，可謂極盛矣。今年七月綺節爲公嶽降之辰，凡縉紳士大夫相率奉觴上壽，而以余游於公父子間兩世甚深也，因以祝鳌之辭見屬。余惟公澤在生民，以佐成國家久安長治之休，是公之所以壽世者無涯，功名藏於策府，德行施于後世，即公之所以自壽者無涯。況自古佐命之臣往往耆碩魁艾，至於耄耋期頤，内以佐天子，式是百辟，外以鎮撫百姓，輯寧萬邦。此其得於天者甚厚，而關於國家之運會者甚大。如周書所稱「天壽平格」，保乂配天，多歷年所是已。今以鄉黨之私，詹詹焉從而私之祝之，不已陋乎？雖然，時雨之布濩，物莫不願其久也，日月之升恒，物莫不願常仰其輝也。是故頌禱之情，爲鄉黨之私之所不能已，亦普天黎獻之情所不能已也。於是畿輔士大夫皆曰然，遂書之。

文華殿大學士兼兵部尚書梁公壽序代

二五醇龐之氣，絪緼磅礴于兩間，發而爲休徵瑞應，其在上爲和風，爲甘雨，爲景星卿雲，在下爲醴泉，爲芝草，爲祥麐威鳳。人之鍾是氣也，爲豈弟君子，足以扶世導俗，爲休休有容之元臣，足爲邦家養和平之福。是惟運會昌隆，僅乃覯之，不偶然也。而若人之篤生也，往往福禄壽考交集於乃躬。人疑其得天獨厚，似天有私於若人者。抑知其稟醇龐之氣，培積彌深，如所謂豈弟休休者，孰非其厚德載福之徵哉？譬之載物，福禄壽考，其所載之物也，德則其舟車也。物勝於載，則輕重之權操之自物。載勝於物，斯我操其權而裕如矣。此其理，某於師相梁公信之。某少時侍先君文貞公側，每聞公與先君子往復緒論，皆爲國家斟酌元氣，保合太和，講求所以厚風俗，育賢才，正人心者，以爲興道政治之本。雖其始俱爲文學侍從臣，而不徒文章是務，朝夕以道德相切劘，非僅同年相善已也。未幾，公位望益高，自任益以重，洊歷司馬、宗伯、司寇、司農四正卿，所設施措置悉有本末。其時兵不殘，刑不黷，公私饒裕，興起禮讓，大都承累洽之運，寓惇大於明作之中，務躋世於仁壽。適與吾皇上如天至仁，一德孚契。用是晉公揆席，咨詢大計，薄海内外，陰受其福匪一日矣。公猶殷勤吐握，凡一材一藝，莫不弘獎而樂就之，集思廣益，若將弗及。某以通家子追隨綸扉，得日奉教于公，相勉以輔宣化理，贊成忠厚之治者，依然夙昔習聞於先君子之側也。寧非厚幸哉？今嘉平既望，值公稀齡餘慶，幾輔薦紳素依廣厦，以某知公尤深而請爲嘏詞，以侑萬年觴。某嘗讀尚書，周公告公奭有云「天壽平格，保乂有殷」。夫殷之大臣德能格天，而天壽之殷所以多歷年所，四方孚若卜筮也。然則碩德壽考實天心純佑與景運相維繫，如公之豈弟休休，凝和集祉，其爲休徵瑞應也大矣！而何福禄壽考之不萃於躬哉？我興朝四紀以來，深仁厚澤，旁皇周浹於中外。公自壯室登朝，迄今四十餘年，壽考維祺，方未有艾。意者天地醇龐之氣鍾於盛世者，綿延悠久，公之所禀適與時合而然歟？抑單厚多益，戩穀罄宜，莫非其德所自致歟？顧以某之涼德同受聖天子知遇，謬參密勿，思日孜孜是則是傚，庶幾和衷協恭之義，如商之伊、扈諸臣用乂厥辟，以助成億萬載無疆之休。公或不鄙而听然許之，請從維桑後加進一觴。

封都御史澤州陳太公八十壽序代

皇上御極二十有六載，海寓乂安，斂福敷錫。在位臣工既幸前此累奉恩詔，推封所生，迄今史書屢豐，家躋仁壽，方剛者出入風議，耇老則優游祿養，扶杖而詠太平。于是封都御史澤州陳太公將於新秋中澣稱八十觴。長君大司農說巖以爲國恩家慶，不可無紀述也，而偏索㙐詞，遺歸以侑觴。一時諸名公卿賦詩屬文，交錯于道，頌禱之盛，蔑以加矣。奚所復贅焉？顧余與長君同舉進士，固猶子行也。庸獨無一言以壽先生？夷考澤之陳氏，夙爲鼎族高門，縣薄甲第相望，簪纓奕世不絶。至長君早登禁近，歷職清要，凡其鼓吹休明，經畫國計，悉稟太公之教，卓乎爲天子重臣。方殷殷倚毗，晝日三接，黽筮協從，直日暮問事，群季復聯翩繼起，不啻雲蒸霞蔚，若此者宜足以慶先生，而余以爲此流俗之共情，未得爲善頌善禱，何則？先生之自求多福，殆難以勾股數計也。先生幼負奇饒幹畧，讀書不屑章句，縱觀古今經史，領會大意，務適于用。值明季寇盜爲虐，所至城郭失守，四方轉徙流離，雖有智勇不能勝一旦之變。先生居枕要衝，寇氛日偪，衆咸驚悸不知所出。先生慷慨言曰：「寇未至而他適，家不我有也。寇來而不及備，身不我有也。與其親戚鳥散，各不相顧，毋寧作固守善全計。」衆曰：「何以守之？」則又申約曰：「自古有變而圖之無其具，有具而治之無其人，有人而守之無其志，鮮克自全者。蓋天下之患在五品不敦，彝倫攸斁，故寇攘内訌，至于陵夷毁頓，土崩瓦解而莫支。然則城堡者，設險之具，誠不可緩。我無以家計爲，然非衆志成城，何所恃以保聚乎？」僉應曰：「諾。」乃傾囊破産，繕築土堡，礧石械器皆具，率數千人習防禦之法。又伐木運甓，築城百堵以扞外衛内。寇數往來窺伺，無間可乘，終莫能犯也。嗣有大帥某乘國家肇造，竊據大同以叛，先生義風壯略，名聞賊中，乃以禮爲羅，冀助其焰。先生毅然焚裂其書幣，譙讓其反覆。及賊使反命，大怒，悉兵圍之，晝夜亟攻。先生不震不竦，登陴力禦，屢却之。會王師救至，迺解。城中千餘家獲免于難，先生之功也。此數千人者，講明大義，知敵愾從王，不挫于危難之際，又先生之功也。宜乎元愷濟美，振振繩繩，自長君以下，或仕于朝，或舉于鄉，孫曾輩非宦遊則繞膝，鳩車竹馬，雜沓于庭。先生頷而樂之，爲人世希有盛事，而孰知種德獲報，如取左券。其不惜傾家，全活數千人，尤其最鉅且著者，得全全昌，寧有所奢取于天乎？而先生猶欿然抑然，袍笏滿床不爲榮，累階晉秩不加喜，居恒庭訓家鄄，惟夙夜靖共，勤思報稱，匡治平而奏熙皡，俾家給人足，衢歌巷舞，垂諸竹帛，播諸管絃，用答聖天子寵遇，庶乎邦之光，即家之祜焉。然則所謂自求多福者，可僅以流俗之共情相夸羨乎？而繼此之萬年景福，彌熾彌昌，又寧有量乎？余小子以孔李之誼，習聞先生嘉言懿行，蓋不勝述。述其大者如此，既以是塞長君祝嘏之請，而先生生平奇偉志節亦可考見云。

升菴陳翁七衮壽序

古者德高之謂貴，學充之謂富，善積之謂禄，詒謀垂裕之謂福，匪是弗榮也。外至之榮，不稱家慶。後世之論不然，親以望其子者，勉決科、致通顯爲庭闈光寵，而人子娱其親無過高爵厚禄，以封以養已爾。蓋舉世相慕尚，以爲家慶莫踰焉。噫，家慶果盡是乎哉？吾夫子之教孝也，曰立身行道，揚名於後世，以顯父母。夫顯親揚名，乃在立身行道，然則汩汩時榮，植躬無具，至泯焉無可表見，安得爲榮親也？要亦其親之期待實然。故嘗竊慨今之世去古日遠，先王造士育材之法盡廢，家傳户習，靡然相率爲無用之學，一旦臨大事，定大計，捍大患，安所得蘊負宏深，卓然奇偉傑出之才以勝任而愉快？而天下事率因循隳窳，不可復理。斯固馭材之失其道哉。亦由庭訓家謨素無本也。以余聞升菴陳先生，東南偉人也。生名德之後，承太翁績溪公家範，篤學勵行，克紹前修，士林推爲僑肸。以親老不願仕進，竭甘旨以奉晨昏，撫幼弟子年，友愛備至，賙卹孀妹，洽比姻黨，具有古人風。生平重氣誼，好施予，所扶植安全不勝計。其大者如置義田，而舉族賴以贍給，營建義學，講習倫常，而里閈翕然化之。蓋其至性過人，樂善不倦，而經畫區處悉以法，且本末輕重，次第合宜，實有得於明體達用之學者。教令嗣省齋以義方，無以俗尚浮榮汩其志，故其學通古今，嫻經術，旁及天文地理、兵農名法、星曆家言，罔不究晰源流，兼綜條貫。或謀及民生國計，指陳利病得失，鑿鑿乎不啻五穀之可療饑，藥石之能伐病也。良由所得於家學淵源，無非内行淳備，利濟及物之事，故其所以成先緒，顯令名，而娱親志者，夫豈時俗規規譾譾，獵取世資以爲家慶云爾哉？傳曰「世濟其美」，書云「佑啓後人」，凡先生之所以善承績溪公者，固所以啓省齋之善承先生也。往者三孽蠢動，寇偪安徽。省齋方客大司馬中丞靳公幕，相與訪方略，練軍實，徵發調遣，不震不竦，而措疆圉於磐石。時秦、楚、閩、粤師旅繁興，司馬謀所以裁費佐軍需者，亟草疏上之。天子大悦，行其言而節省累鉅萬，初無傷於國體。迨司馬擢督河，適丁河道蠱敝已極，黄、淮交潰，民嗟其魚。省齋復左右之，荒度輓救，竭智畢力以圖，卒次第底績，而濱河數州郡億萬生靈咸登衽席焉。若此者，豈猶經生故業，可以循行數墨，奮筆騁詞以畢其能，副其責乎？以省齋之才，使之用於世，策名旂常鐘鼎間，裕如也。顧以自效於知己，建無前之偉績而不居，其蘊負宏深奚若乎？昨歲大駕南巡，親閲河堤，褒美勞績，司馬冲然讓善，既以省齋名上達聖聰矣。今仲秋下澣，先生稀齡慶辰，交知親串咸思所以壽先生者，而以嘏詞見屬。余謂先生未嘗以通顯勗其子，省齋未嘗以爵禄榮其親，顧教誨式穀有什百于斯者。彼萬户安集之衆，胥陰受先生之賜而不知，家慶莫大於是矣，寧必以彼易此哉？余與省齋交好莫逆，而馬齒稍長，猥蒙兄事，則余於先生固猶子行也，何敢泛爲祝嘏之詞？若其言之不文，非所計也。省齋倘以善頌禱許我乎。

安平令陳子萬壽序代

皇上御極二十有七載，海內乂安，庶績咸熙，猶時念民疾苦，澄清吏治。凡職在司牧，罔不殫心堡釐，期副聖天子德意。一時循良之盛，遠邁元康、神爵間，而畿輔爲赤縣首治，行卓卓可紀者，實惟我安平陳侯稱最云。安平，古博陵地，今隸真定府，翊衛神京，比于馮翊、扶風，稱壯邑，有悲歌慷慨餘習。其交衝處多徵發期會之煩，非得良有司拊循教化，未易安擾也。陳侯下車，歲閱五稔，政成而人和，聲績茂著。會覽揆之辰，邑之薦紳士庶裒其治狀，走數百里請于余曰：「自侯之涖我邑也，風采日新，節操日勵。惠政廉蹟，家有頌，戶有歌。一切繁苛皆已蠲滌，繭絲與束濕可無患也。城隍樓櫓之屬，皆已修治，初不知興作徭役紛然其擾也。令行禁止，寇盜皆已衰息，外戶其可無閉也。每偕博士弟子講德校藝，廣厲學宮，雍雍乎城闕無譏也。數百年掌故利病因革，重搜輯而釐定之，鑿鑿乎邑乘之不刊也。若此類難更僕數，大氐善調劑之法，適張弛之宜，于整齊之中寓休養之意，而其尤著數大端，都人士恒嘖嘖稱歎之。異時修清譽者，非不戒浚膏也，而投贈往來，情或難却，況重之以珍異乎？侯束置梁間，他日一笑返之，羊續之魚不足懸矣。異時尚武健者，非不風稜矯矯也，遇勢要烜赫，炙手可熱，雖百鍊能無繞指乎？侯不畏强禦，毅然以法繩之，洛陽之彊項不足爲侯難矣。異時優讞決者，非不自矜明且允也，至詭隨上官，承奉風旨，爰牘能無游移乎？侯則寧忤上而伸法，無俾鬻獄者屬饜，淫慝者肆志，于是公道丕昭，南山之判莫或能搖矣。其堅强不屈類若此。老子曰『慈故能勇』，此之謂歟？夫父母之於子，愛之深，故爲之去害也果，而就利也斷。然則豈弟君子，民之父母，惟勇者足當之。公也方宅百揆，上體聖天子怙冒元元，下當爲維桑志慶，盍採輿人之頌，爲之臚陳梗概，使吾儕藉以稱躋堂觥乎？」余應之曰：若知之乎？侯非能爲父母也，能無忝爲孫子爾已。昔侯之先王父少保公初令光山，歷唐山、秀水，咸推治行第一。徵拜御史，躋銓貳，直聲亮節凜然爲朝野倚重。及西臺秉憲，正北司肆燄之秋，風規嶽嶽，數犯顔抗詔，百折不回。尊人贈檢討公，讀書砥行，偕方密之、侯朝宗、冒辟疆輩敦氣誼，植名節，有東漢李郭風，而以淄澠過辨，幾坐黨魁，至今士林目爲偉人。今侯之堅强而果斷，勇以成其慈，得於家學淵源者素也。率乃祖考攸行，昭乃辟之有乂，君牙所以追配前人也，故曰「非能爲父母，能無忝爲孫子爾已」。抑侯諸昆皆才子，互相切劘，以濟其美。若伯氏其年檢討之沉博絶麗，海内咸宗之。文學政事萃于一門，奚啻潁川之二難？而侯爲父執侯朝宗館甥。朝宗上下今古，發皇文章，極理勢之變，盡事物之情。侯耳擩目染又久矣，匡濟弘猷，取之門内裕如矣，繩祖武，振家聲有以也。余不文，即娓娓臚陳，無足爲侯重。以侯之聲績章章可重如是，縱嫺於文，亦豈復有加于侯之自爲重者？雖然，以余言重侯則不可，而習聞侯之祖德，其所以父母我民者根柢於是，庶幾乎知言。且奔走闔邑之薦紳士庶，懽然而樂爲侯臚陳也，則固可重也。雅詩以樂只爲民父母，而一則曰「邦家之光」，一則曰「萬壽無疆」，蓋其光于邦，迺其光于家也。以德致福，自然之應也。試以此代詎詞爲侯獻，度且覼然喜其有當，而躋堂之觥，稱且無算焉。

陳省齋五十壽序

今時俗之禮以攬揆爲重，自五十以往，每届及旬則謂之大壽。親朋萃止，犧牲玉帛交錯于庭，讌會獻酬以爲慶賀。又請達官顯人爲文，以稱道其盛。稽古蓋未有斯禮，不知始自何時。夫古來大耋何限，而壽文不傳，即能文家亦何限，而爲人稱壽之文不傳。蓋人以壽稱，必他無可稱，文以壽名，必他無所以爲文者。則所謂萬有千歲，長不朽於天地間，固有在也已。今歲丙寅五月，爲陳省齋五十慶辰。余與省齋爲膠漆友，爲文以壽之，誼應爾也。顧省齋甫及艾，後此遐算且不勝祝，胡斷斷焉稱慶爲？竊以爲省齋自有不朽於天地間者，當不僅以世俗之壽壽之也。蓋省齋一代偉人也。負奇倜儻，胸如萬斛之舟，海涵而山積，加以湛深經術，綜貫古今，視當世瑣瑣章句之學，博取圭組軒裳不屑也。獨蒿目時艱，以弘濟胥匡爲志。居恒晨夕講求，務期明體適用。一遇煩難重鉅，盡人却顧遲疑，省齋劃然斷決於中，奮然仔肩于己，動輒應機，往輒破的，不啻燭照數計，取左券然者。曩歲甲寅，三孽蠢動，大司馬靳公方撫安徽，地當東南要衝，處楚、閩之襟腋。時寇氛洊偪，軍需旁午，籌畫孔殷，司馬悉以事宜諮省齋而行。省齋不震不竦，聚米借箸而陳之，以爲禦寇之策，首務訓兵，訓兵之要，必先足餉，足餉之圖，尤先省費。既爲設方略，練軍實，城隍樓櫓，咸鞏於金湯，賊勢不摧而自沮矣。又議裁無益之費，以濟有急之需，司馬善其謀，爲請於朝，通行天下，節省至累百萬，是用饋饟不絶，士飽馬騰。論者以爲蕭相之給關中，寇公之撫河內，古今碩畫，寧有殊哉？既而大亂削平，河流潰決爲患，聖天子又廑昏墊憂，謂兵形象水，司馬才優禦亂，必智足安流，是以有督河之命。時河道適丁極敝，才智皆爲束手。司馬皇皇荒度，胼胝拮据，亦惟省齋左右是資。疏瀹決排，次第挽捄。卒之績用告成，河流一循故道。昨歲甲子秋，翠華南巡，駐蹕淮泗，覩安瀾之順駛，溯貢道之畢通，温綸獎勞，詢及籌幕何人。司馬篤以人事主之誼，特以省齋上聞，誠讓善也，且不蔽賢也。夫人固有乘得爲之勢，居卿相之尊，而設施不顯，躬富貴而名磨滅，何可勝道？顧以布衣韋帶之士，名動宸聰，可不謂顯焉。省齋初不以名聞爲喜，而惟以兩河安堵，萬户寧居，數千里之內，鷄犬桑麻烟火相望，謂庶足酬知己而償夙抱也。其意量過人爲何如耶？乃知士人竊竊焉守章句，不通經濟，終其身無所建明，雖壽至累百歲，亦猶深山之散木，擁腫婆娑，虚淹歲月爾已。以視省齋，其爲世重輕何如也。眉山謂張益州「慷慨有大略，以度量雄天下。天下有大事，公可屬」。省齋非其人歟？

余習與省齋談論，大氐所聞皆裨國計民生。凡所坐畫，即可起行，匪徒託空言者。今兹皇攬之辰，不獲躋堂介觴，獨其所以壽省齋者，不欲爲時俗祝嘏之詞，而以其萬有千歲長不朽于天地間者，爲省齋進一斝。省齋其笑而引滿，酡顏而捧腹乎？

漢陽孫太公暨吳太君六袠雙壽序 代

曩歲壬戌，南宫造士，余不敏，奉命忝司鑑衡，得孫子鶴齋卷，即欣賞不已，謂必湛深經術，篤學勵行士也。榜後來謁，則猶恂恂年少，循循然端以飭，意其所禀於庭訓者最深。因與之語，得諗聞其尊人思文太公暨慈闈吳太君之孝友儉勤諸種德事甚悉。余固知芝本醴源，培毓定非無自，而天人感召，不啻桴鼓之荅也。今歲戊辰穀月既望，爲太公週甲慶辰，而吳太君之設帨亦即於菊月之望。於是鶴齋遣使致詞，請所以祝其二親者甚虔且摯。余通家世好，誼不獲辭，因藉手以復於鶴齋曰：人之有得於天也，富貴榮昌、令名壽考已爾。數者或爲人力之所倖邀，而至於壽考，必不可倖致。惟躬備孝德，克儉克勤，乃獲享無涯之筭，古所稱楚老萊、漢萬石君、晉王休徵，其最著已。《詩》曰：「孝子不匱，永錫爾類。」考之傳記，莫不皆然。周公敘述三宗以下歷年之永在，先知稼穡之艱難，而因及於懷保惠鮮，以是知儉勤植德乃綏履之原，而逸豫薄德非所以載福。然則壽考雖定於天，而實致之自人，亦視乎其所以積之爾已。以余聞，太公故望族，幼而事親，有孝名。長得吳太君爲佐，助温清定省，先意承志，竭甘膬之奉以邀親歡。疾則親嘗湯藥，衣不解帶，日夕焚香籲天，祈以身代。其居喪也，毀幾滅性，杖而後能起。又克繼先人未竟之志，擇吉壤，卜佳城，爲祖雲川公遷葬，以妥兩世之靈。是宜宗鄙之以純孝稱矣。撫兩兄之孤姪，事仲嫂於孀居，凡所以鞠育而存卹之者，靡弗備至。迄今藐諸孤悉已婚娶成立，咸得樂其室家，裕厥生計者，微太公與太君篤於天顯不至此。方太公之沖齡也，若發𩑶豎，經史過目成誦，聲稱藉藉士林。無何，歲甲申，寇盜充斥，戎馬生郊，遂慨然無復求榮意。顧環視一門内，食指紛如，進不得謀禄仕，退何所以爲資生計者？迺傾囊倒篋，從尊人祐吉公治計然、陶朱之策，往來金陵、邗水間，能薄衣食，忍嗜慾，「與時逐而不責于人」。太夫人則正位乎内，不憚辛勤，凡蘋蘩滫瀡，必躬必親，茹荼集蓼，泊如也。屈指肇家迄于素封數十年内，内外交贊，相敬如賓。宗祊之祀，歲時伏臘之獻，未嘗不濟濟夔夔，有愴然孺慕之容也。姻婭宗族昏喪賙恤必殫其力，有急難未嘗不纓冠奮救，若水火之迫于身也。邑多火灾，又旱魃爲虐，未嘗不多方拯賑，金粟之不繼，至解衣推食，脱簪珥以濟之，全活數千百人，卒無嗛嗛德色於鄉閭也。其他好行其德，樂施予，急危困，殆難更僕數。居恒惟以讀書爲善勉其子若孫，每誦古人格言曰：「爲善雖未獲福，然理無不可爲之善。爲惡未必得禍，然理無可爲之惡。謹志之，慎勿替也。」以故少長詵詵，以勸以勗，咸能敦厚退遜，以積學篤行聞于時，而長君鶴齋方奮跡宦途，羽儀廊廟，所謂立身揚名以顯父母自今伊始矣。然則兩尊人之種德于身，獲報于天，如取左券，揆以永年之理，不既兼備無遺矣乎？夫世俗之所謂長生久視者，惟是呼吸吐納、熊經鳥伸之術，如所稱安期、羡門導引辟穀之方而已。而君子之論則惟躬備孝德，克儉克勤，不辟穀而仙，不導引而壽，以是爲得天獨厚焉。鶴齋其以余言陳之堂下，爲兩尊人康爵之獻。

誥封淑人張母何太夫人壽序代

國家之興，必有世臣大家與之相維繫。當其初起也，雲蒸龍變，黼黻太平之績爛焉。至數傳而後，奕世之遠猶能紹述流風，厥猶翼翼長享福澤于無窮，抑微獨其父兄子弟前輝後映已也。彼其庭闈之内，亦必有淑德懿範，開先裕後，以維繫乎其間。是天之所以篤祐國家者，必輔之以世臣大家。所以篤祐世臣大家者，必輔之以淑德懿範。而此淑德懿範者，天獨無所以篤祐之乎？其必有非常之福，無疆之慶，厚集于乃躬可知也。我國家初定東南，網羅英俊，則封資政大夫京口張公裒然爲舉首，遂登上第。當是時，天下文章蕪穢已甚，張公文函蓋一世，實開風會之先。既敭歷中外，人稱爲人文水鑑，方之毛玠之清忠。未幾而伯子太史公、仲子今司寇公與其諸季相繼掇高科，躋清顯，而天下之學者皆以張氏之文爲宗。夫張氏父子兄弟間功名之盛如此，文章之盛又如此，則我朝之世臣大家必首推張氏，而資政公之賴有德配，司寇兄弟之賴有賢母，所關於世臣大家開先裕後之理，夫豈偶然哉！以余聞，誥封淑人張母何太夫人之賢，自其佐助資政公孝慈恭儉，聞於里鄰，相夫子爲碩儒，爲名臣，爲當世人宗。既而篤生喆嗣，聯翩蔚起，則教之誦法聖賢，砥礪名節，莫不勉爲碩儒，爲名臣，爲當世人宗也。逮夫孫枝綿衍，駒齒而龍文者羅於膝前，所以勗之爲碩儒名臣，爲當世人宗者，猶夫昔之所以教諸子也。然則謂女子之行不出於閨門，無足稱述者，特狃于易之「無攸遂，在中饋」之義，而不知古者王教修明，海内清和咸理，舉凡治絺綌，采卷耳，閨中瑣末之務猶歌咏而稱道之，而幽閑貞静之德已足章明王化，爲感被國俗之本。矧夫世臣大家，天所篤祐之以維持昌運，而輔之以淑德懿範，爲開先裕後地者，寧僅區區順巽之吉云爾哉？今天子御極二十有六年，太夫人春秋七十有二矣。大司寇素存先生念去家三千里，無以承歡晨夕，爲迎養於京邸，出告入面，備奉事之誠。維時同朝朋舊起居八座者屨且滿户外。適季公惕存已授大行人，而文孫天門亦肇舉於鄉，與其叔韋存孝廉連鑣北上。于是司寇公門下士相與謀所以慶太夫人者，而屬余蕪詞申祝，并以志一時盛美。余曰：詩有之，「王事靡鹽，不遑將母」。彼固馳驅鞅掌，缺於温凊，上之人至爲詩以勞苦之。以狄梁公勳業之盛，桃李盡出其門，而瞻望太行，不殊詩人之歌陟屺。是則司寇公之事太夫人，不可謂非天倫之僅事矣。然吾聞太夫人之自奉也殊儉，雖有褕褘藻火之衣，弗服也，雖有鼎俎之味、膏沃之羞，弗旨也。每旦辨色而起，不以富貴佚樂弛家政。至晡時，司寇自公退食，必問今日所平反幾何，釋淹滯幾何，能體聖天子好生釐定欽恤之例幾何。即稱旨，爲色燕加一匕箸。夜漏且數下，猶刀尺軋軋達户外也。歲時伏臘蘋蘩沼沚之供，不懈而益虔也。傳曰「君子能勞，後世有繼」，太夫人有焉。顧習勞則易以衰，而太夫人之宣髮而渥丹自若也，耳聰而視細自若也，行不恃粥，而步不恃杖自若也，不惟忘其鄉土之思，而亦油然不知年數之邁。環顧一門之内，麟趾鳳毛，塤唱篪和，怡怡如也。蘭茁其芽，飴不勝含，森森如也。巍科高第，繼繼繩繩，自九列以下，清華之選以及公車之彦，駢肩接武不絶，濟濟如也。自國家之制作，以及風雅之宗工，文章之壇坫，傳誦于虎觀，流播于鷄林，煌煌奕奕如也。太夫人既一一親覩其盛，覩其盛而方未有艾也。所謂非常之福，無疆之慶，實於太夫人一身集之，而天之所以篤祐太夫人者，又寧可量乎？故余之所以祝太夫人者，推本于世臣大家必有淑德懿範以開先裕後，與邦家運數相維繫，而匪第爲門内之人瑞已。于是門下士僉曰：有是哉，先生之善頌禱也。請以是言爲清河世譜，爲太夫人歲進一觴焉，積而至于無算可乎？

史母吴太君五十壽序代

編脩史君胄司官翰林者八年，母夫人吴太君始舉五十之觴。某月某日，其設帨辰也。史子以先尊人爲余門下士，迺升堂虔肅再拜，請余一言以爲太君壽。余應之曰：余何以壽而親哉？每見時俗競爲諛詞導諛以娱其親，余弗能也。何以壽而親哉？無已，姑以子之世職言之。子，史官也。習於史學有素，非無所原本而然者。子之府君起家名進士爲太史氏，充日講起居注官，文章翰墨雅稱天子意，寵遇優渥，詞林咸稱羨之。夫人故名家閫範，以明詩習禮聞。下直之餘，相莊於簾閣間，度必商榷典故，揚扢風徽，于蘭臺石室之掌，蓋亦嘗與聞而佽助之，寧止奉盤匜，潔酒漿而已哉。既而賦黄鵠之章，時移事變，榮悴殊觀。當爾時，子年猶未弱冠也。雖英敏過人，未幾儼然掇高第，振家聲，登著作之庭，紬延閣之書，若家居而按其故物，無不周知而研悉者，誰之教歟？古之爲史者多世其官，若漢司馬氏、晉華氏、南齊賈氏、隋唐之姚、劉、歸、沈諸氏，皆父子並著，而要莫盛於漢之班氏。孟堅二十而孤，終成父志，作漢書八十餘萬言，以班姬大家推之，意孟堅之母宜有通才博識，佐叔皮所未逮，以傳之於固，而史顧缺焉失傳，余每疑之。今觀子之於先尊人，不愧孟堅之於叔皮，而知太夫人之能諳史事以垂陰教決然無疑也。子既能世其職，紹前人未竟之志，其執筆而有所紀述也，自當世詩禮之族，閭巷之間，閨門之所守，朝廷之所旌舉，當大書特書，靡有漏遺，搜採幽仄，靡不備悉。乃以母宗女師時冠帔于北堂之上，其徽音懿範，用以風世表俗，有無俟外求而得之者。子居恒亟稱太夫人克勤克儉，苦節自甘，絶旨臇勿進，却紈綺勿御，垂十有四載，類出于人情所難堪，雖膺疊誥重綸，終弗渝也。彼太史氏之所采，有不以此爲模楷者乎？是太夫人固不苐以言教子也，直以身教之矣。抑又聞古之爲史者，每精于譜牒之學，如所撰姓氏英賢、衣冠系録之類，雖無當於史家筆削之義，而數百年來故家舊姓、門望品流禮法之相沿，風俗之遞變，于以考異同而鏡善敗，亦史臣之學識所由廣也。君家自高曾祖春坊侍書以來，世爲史官，而太夫人自父祖以上，臺閣省寺代不乏人，高門懸薄，甲第相望。平居燕閒殫陳而飫聽之，所見三世，所聞四世，所傳聞五六世，耳擩目染，無非紀載得失之林。宜子於史學獨優，而亦孰非太夫人之教歟？若夫椎剥肥牽，備音聲采色之美以爲樂，則非太夫人之志也。至於子之官壽者，又孰大於此？余故就子之世職言之，而太夫人之宜爲序方千里發軔，太夫人之壽算如旭日甫升，他日者位愈高，職愈重，而太夫人鬒猶斑也，則又必然之事。而祝嘏之常詞，非子之所持以爲壽者也。史子忻然避席再拜曰：善哉，夫子之言！余小子愳弗克敬承。雖然，是可書之以貽吾母而侑一觴也已。

靳夫人白太君六袠榮壽序

天之欲興人國，必有大臣應運而出，捍患禦災，爲邦家倚毗，爲生民利賴，而此大臣者，識能開物成務，力能任鉅肩宏，則其家必有淑德懿行之女士爲之配，以襄其内治，俾無内顧於庭闈之事，得以專志殫慮，展布其才猷而悉效之於國。然則淑德懿行之女士所盡者不過閨幃婦道之常，而陰相贊助乃有關於國計民生之大。蓋國家氣運昌隆，以故哲人挺生而徽音嗣出，豈偶然哉？且夫大臣之效於國者，既況瘁不遑，而得之於其家者，每處其逸。彼淑德懿行之女士既以其逸者貽之夫子，則所以勞其身者必無不至，而天所以報之者必且寵之以富貴，綏之以福履，昌之以子孫，畀之以壽考。人見其福無不具也，而不知德實足以居之。蓋天佑人國，即臣僚之家，閨幃婦道之常，而氣運之昌隆，於此覘焉。其理固然，有不爽者。大司馬紫垣靳公本襄平世胄，敭歷中外，卓然爲當代名臣。既已平成永賴，炳炳麟麟，功烈可謂極盛，要其德配白夫人贊佐之力實多焉。夫人生而貞静慈惠，夙嫺内則。于歸司馬數十年，相敬如一日。自司馬起家館閣，秉鉞擁旄，功名至赫顯矣，而夫人縫紉滫髓之事，靡不躬自爲之，常引古人「君子能勞，後世有繼」之語以訓諸子舍。司馬之服，必親製以衣也。司馬之食，必親調以進也。司馬之起居，必時其憂喜以相解慰也。當太翁銀臺公之在堂也，服勤奉養，先意承志，必竭其誠，得其歡，俾司馬無王事鞅掌，不遑將父之嗟。歲時伏臘宗祊之祀，蘋蘩沼沚之供，未嘗不夔夔齋敬，有愴然孺慕之誠。處妯娌之間，雍雍怡怡，靡有間言。親黨多待以舉火，問遺不少倦，而無幾微德色自矜。居恒綜理家政，肅若朝典，而不見其疾言厲色。故其一門之内，長幼上下莫不賢之，以爲誠宜其遐福者。先是，司馬原配楊夫人生一子，即今兵部郎及渾源州刺史也。夫人自幼顧復鞠育，逾於己生，即二子亦以爲真我母，忘其非夫人出也。客至，則咄嗟具饌酒醴甚旨，肴核甚旅，而自奉又甚約。雖有褕褘象服，弗御也。雖有鼎烹之味，膏沃之羞，弗饜也。夫人之淑德懿行若此，固宜屢膺綸綍之封。且諸郎皆才俊，或靖共爾位，或力學能文，内外孫亦次第環列，飴不勝含，天之報夫人者可謂厚矣。蓋觀於夫人之德以致福，自關於氣運之昌隆，故國家有司馬，與司馬有夫人，理固相因也。而或者不知，第以爲彤管之美談，一家之吉慶，不已陋乎？今王正上元爲夫人六袠帨辰，士大夫相率奉觴上壽，而以祝嘏之詞見屬。余聞司馬年與夫人齊，而懸弧之辰猶在嘉平上澣。故余所以祝司馬者，俟及期而詳頌焉，而先以所聞夫人之賢爲今日稱觴之頌。度天所以篤厚夫人之壽，必且無算，以佐司馬之内治而成司馬之豐功偉烈，益無窮期。然則余輩繼此且有無疆之祝，祝之特自今日始也。

送襄陽郡司馬朱柯亭之任序

襄陽故冠蓋里，古來勝流達士之所總萃也。仕於其地者，代不乏名賢，最著者爲晉羊、杜二公。史稱叔子開設庠序，綏懷遠近，甚得江漢之心，荆州人爲祐諱名，屋室皆以門爲稱。後於其游憩之山建碑立廟，歲時饗祀不絶，望其碑者莫不流涕，因名墮淚碑，從事鄒湛所謂令聞令望，必與兹山俱傳也。元凱自鎮北境，修立泮宫，政化被於江漢，激水浸田萬餘頃，開楊口，起夏水，連巴陵千餘里，内瀉長江之險，外通零、桂之漕，衆庶賴之，號曰「杜父」。二公德業雖殊，聲施赫赫一如昨日，豈不以深仁厚澤，淪浹此邦，而流風餘韻，迄今猶可想見歟？後之仕於其地者，慨慕其遺風，倘亦有德業聞望與羊、杜之名並傳於久遠者歟？余内弟朱君柯亭以名家子補任襄郡司馬，瀕之官，從容請曰：我將官於楚，子官於朝，相去四千餘里，未卜聚首何期，能無一言見贈乎？余應之曰：凡筮仕之初，親厚者必贈以言。君固習爲吏者，余又何以贈子乎？無已，亦願子以羊、杜自期而已。抑更有進焉者，晉當平吴之際，方事兵革，而二公以恩信相繼策勳，於公家之事知無不爲，卒致遠至邇安，氓庶利賴，傳頌不衰。今國家車書混一，三孽削平，十五載於兹矣。以古準今，難易相去又較然矣。宣布聖天子休養元元德意，佐循良郡伯涵濡而長育之，直可行所無事耳。且子曾令曹邑，擢兖郡司馬，治行藉藉，兖父老至今有甘棠之思。以其治兖者治襄，安在古今人不相及哉？今郡守黄君恕涵，余座主相國文僖公賢嗣也。與余通家世好，子下車見之，爲我告曰：耆舊冠蓋，代異時移久矣。峴山風景猶有存焉者乎？毋使羊公、杜父專美於前，即以所期於君者兼期我世講可也。

送龔節孫赴錦州别駕任序

蘭陵龔氏，英英門户，照耀江左，世以直聲理學顯。又兩代苦節，坊表里閭，人謂其後必有興者。節孫起而砥行立名，克紹家學，宜其掇巍科，致通顯矣。乃潦倒名場，六試京兆不遇，始終夷然不改其度。嗟乎！抑何數奇乃爾也。近得憐才者代爲輸粟，筮仕錦郡别駕，亦稍慰蹉跎矣。而知節孫者咸弔而不賀，意始進不由科目，區區關外冷官，未足酬其藴負耳。嗟乎！是豈眞知節孫者哉？夫自古名臣傑士聲施不朽者何限，詎必盡由科目？由科目者詎必盡有所表見？亦顧其人自命謂何耳。且余聞錦郡枕山襟海，爲豐沛咽喉，爲邊關鎖鑰，内屏幾甸，外控要荒。其山東有紫荆、白雲，西有黄花、紅草，南有牛心、馬鞍，北有龍嘴、馬耳，其餘群山拱輔者以百數，佳氣之所鬱盤。其水則大凌、小凌、三臺、五臺諸河，經緯包絡，分趨入海。其俗愿樸而伉爽，敦本而不逐末。國家發祥締造，實始基焉。蓋留都股肱郡也。今龔君之倅兹土也，覽其山川之壯，安其風俗之醇，與民無事，從容吟嘯，有以自娱，視中土之偪仄糾紛，動以機智相遁，大有逕庭。矧賢者所至，更有高致妙用，未可意測者乎？節孫顧謂余曰：「我郡佐耳，事權不屬。錦又最閒冷，衙參之外，五車萬卷，恣所穿穴。將典衣傾橐，悉購秘册，捆載之官，以畢平生讀書志願焉。惟期不負所學，異日之遷擢與否，克試之大用與否，非所計也。」嗟乎！志趣若是，寧復以異途小就介然於懷耶？余嘉其自命宏遠，不斤斤焉科目之爲見，膴仕之爲期，從此表見於世，振起家聲，方未可量，宜賀不宜弔。弔之者，陋也。因爲之序以壯其行。

礪巖續文部二集卷之三

文

擬誥封朝鮮國王妃文

刑壼内以御家邦，理不殊乎中外。首人倫而崇伉儷，義無間於後先。惟内治克修懿範，足型東國；斯朝章特賁恩施，用逮中闈。爾朝鮮國王繼室某氏，樂浪世閥，洌水名媛。諧琴瑟之更張，流徽静好；嗣蘋蘩之奉職，相祀寅恭。賢比高涼，既受爵而無忝；貴同仲子，爰從夫而並榮。兹特封爾爲朝鮮國王妃。荷恩寵於天家，益懋代終之德；贊忠貞於藩服，永昭載錫之光。欽哉！無怠朕命。

擬諭祭太子太保和碩額駙品級謚勤僖耿昭忠文

朕惟國家篤念親臣，推恩戚里，禮遇無殊於存殁，情文每致其優隆，所以答前勞，彰異數也。爾耿昭忠素著恪勤，洊膺恩寵，躋三師之榮級，踐一品之崇班。宿衛周廬，克秉靖共之節；趨承禁闥，恒存畏慎之心。既輸力以多年，方程功於積日。訃辭遽告，軫恤良深。特詔所司致兹奠醊。於戲！弘敷渥澤，咸知世賞之延；載錫嘉筵，用表國恩之厚。爾靈不泯，尚克歆承。

擬御製耿昭忠賜謚勤僖碑文

國家優遇親臣，無間存殁，至於貞珉之勒，垂之奕世而弗衰者也。是用考其終始，錫以嘉名；褒厥勤勞，覃及幽壤。爾耿昭忠席寵天家，分榮戚里。參宿衛之選，出入周廬；秉愛戴之忱，頻繁省闥。寅恭謹畏，克保其家聲；夙夜靖共，勤思夫職守。趨承侍從，洊歷星霜。階累晉乎三師，班特崇乎庶寀。宣力未竟，奄逝俄聞，懇欵餘忠，朕深軫悼。夫鞠躬盡瘁，臣子之常經也。憫勞勸忠，朝家之異數也。爰勅所司，式循彝憲，稽諸謚法，易名勤僖。於戲！典崇報功，恩宜篤舊，親賢並懋，朕非爾私。碑諸阡首，其光寵命於世世。

擬諭祭左都督管浙江定海總兵官加贈太子少保黄大來祭文

邦家建威於節鉞，在折衝禦侮之有人。臣子殫力乎疆場，惟鞠恭盡瘁以許國。正金城之是倚，俄玉帳之已虚。念此遺忠，宜隆祀典。嘉乃丕績，式賁綸章。爾黄大來勇毅著聞，韜鈐精練，夙嫺於戰陣，洊歷乎戎行。屬海邦甫息夫鯨波，方資彈壓；畀浙省專司之龍節，益振威名。既坐鎮以累年，恒宣勞如一日。已幸兵民咸輯，永賴干城；何期山水空存，惟遊魂魄？特頒諭祭，以慰幽靈。於戲！軍中仗元老之猷，拊髀徒思頗、牧；閫外重師貞之寄，紆籌遽失蕭、曹。忠勤弗替於生前，恩禮加優於身後。靈其不泯，庶克來歆。

擬御製左都督管浙江定海總兵官加贈太子少保黄大來碑文

國家於宣勞疆圉之臣，必加以寵優，始終勿替，生前既膺封爵，身後更錫嘉名，勒諸貞珉，垂於奕世，所以表壯猷，懋丕績也。爾黄大來夙裕韜鈐，洊經行陣，克揚我武，以奏膚功。俾節鎮乎巖邦，膺總戎之重寄。輯兵民而寧帖，等衽席之奠安。迺盡瘁有年，沉痾莫起。追維勤事，良切軫懷。夫殫力效忠，固藎臣之大分，憫勞加卹，實聖世之恒經。爰稽謚文，易名壯勇①，式彰恩

---

① 壯勇，底本原缺，據清通志卷五十三謚略五補入。

禮，用答勳庸。於戲！思折衝禦侮之才，隆眷無殊存没；昭崇德報功之典，榮光覃及幽遐。中命用休，永言無斁。

擬諭祭和碩和順公主文

國家義重本支，榮分邦媛；典禮恩均存没，寵畀綸音。爾公主誕秀金枝，流芳瑶册。秉姿婉嫕，令德本由於性成；著範柔嘉，禔躬夙嫺夫内則。溘焉長逝，深切軫傷。式頒奠醊之儀，以篤懿親之眷。於戲！永懷淑質，用追卹乎泉臺；載考彝章，爰薦馨於俎豆。靈其昭格，尚克欽承。

擬諭祭鎮守福州等處將軍伯佟國瑶文

國家思保障之勳，不忘追恤臣子。勵靖共之節，宜被褒榮。惟敉寧著績於生前，斯恩禮隆施於身後。爾佟國瑶席寵天家，分榮國戚。列爵洊崇乎蕃衛，式表傳忠；疏封並建夫賢親，祇承舊德。既猷爲之敏練，亦操履之廉貞。器勝盤錯而出之以沉幾，才裕勛勤而居之以鎮静。歷膺重寄，懋奏膚功。爰秉鉞乎福州，遂息烽於閩省。兵民帖然萃處，具徵和輯有方。疆圉悉已奠安，益顯撫綏足賴。洵殫心於經畫，能仰答乎眷知。方期永鎮海邦，詎意遽歸泉壤。朕懷軫悼，國典加優。易名特錫夫嘉稱，賜卹弘昭於肇祀。於戲！鞠躬盡瘁，良臣弗替其常經；憫勞勸忠，中朝豈靳兹異數？靈如不昧，尚克來歆。

擬二次祭文

惟爾忠誠自靖，副閫外之倚毗；籌略未終，失師中之貞吉。載頒諭祭，用慰幽魂。嗚呼！勞績丕彰，家聲歷久而罔替；寵施下逮，朝章申錫而彌光。惟此薦陳，庶其享格。

礪巖續文部二集卷之四

頌

辛魯頌序别見

聖皇首出，睿哲文思。綱紀四方，作君作師。天縱神靈，萬物快覩。方駕黄、姚，超軼湯、武。功崇業廣，玉振金聲。巍乎如天，蕩蕩難名。鴻號顯鑠，湛施渙涌。治洽時雍，化幾風動。猶殷咨儆，不自暇逸。省方巡嶽，載馳轍跡。存老問舊，蠲丁賜租。庶徵協應，萬彙昭蘇。迺駐清蹕，周爰諮訪。景行聿從，高山是仰。杏壇肅肅，洙水泱泱。將陳俎豆，庶見羹牆。翠華式臨，載塗瑞靄。趨蹌儼恪，無小無大。吉蠲用享，四璉六瑚。文隆釋奠，禮盛崇儒。明禋昭格，考鐘伐鼓。喤喤鈞奏，洋洋萬舞。爰御講堂，弘宣奥義。周覽遺蹤，車服禮器。蘢葱蓊鬱，松檜丸丸。錫以嘉讚，亦被榮觀。既普皇澤，施及孫子。更弘德造，覃彼三氏。特灑宸翰，焜燿天章。元音韶、濩，大雅琳瑯。昭揭儒宗，師表萬古。書邁銀鈎，裁憑玉斧。以聖契聖，淵源合符。川皆印月，斗必占樞。以聖闡聖，後先輝照。模範同歸，精一遠紹。千聖絶學，統萃我皇。百王心法，如告一堂。斯文在兹，終古勿替。日月經天，江河行地。崇道以實，匪徒具文。漢牢祀魯，高何足云。體道以身，奚取觀美？大會諸生，章務末耳。表章無斁，觀文化成。涵濡沕潏，漸曁黎烝。勳塞四表，光被函夏。海隅日出，罔不嚮化。泰占景運，咸五登三。與神聖伍，與天地參。請被管絃，自今伊始。於萬斯年，德音不已。

聖神廣運頌有序

天佑我國家，篤生聖神，爲億兆生民主。四維之化，八極之表，含育鈞陶，兼覆並載。太和浹於區寓，榮睨彌於川陸。雖窮荒絶徼，咸沐生成之造，蒙雨露之恩。莫不皡皡熙熙，謳吟帝德。若戴高履厚，曾不遺乎細微；就日瞻雲，初不隔乎幽遠。蓋自生民以來，未有功德若斯之隆者也。然猶惟時惟幾，兢兢業業，每慮一夫之不獲，處偏方而向隅，宵旰殷憂，不遑寧息。今兹歲在辛未，我皇上御極之三十年。深仁旣洽，元化用周。聲教所訖，固已無遠弗屆。先是，屬國喀爾喀者，蒙古舊部，擁衆數十萬，歷年以來，遣使貢獻相望於道。然而荒裔僻遠，未嘗身來朝見。聖朝函蓋包容，不絶其使。會其部被兵革，累年戰争不休。皇上垂至仁，頒詔命，特遣大臣諭其和解。已而復渝盟好，往復搆兵，至於迫窮失業，依庇來歸。皇上以好生爲心，憫其困乏，拯其焚溺，所以生全安養之者，周詳備至。乃率其衆稽顙叩關，願奉守屏之職，爲來庭之臣。於是總統六師，親巡邊境，受其國主稽首朝謁，行慶施惠，罰罪賞功，飢者食之，寒者衣之，分爵授封，使得比於外藩，列之屬籍。乃懽忻鼓舞，踴躍激切，誓告皇天后土，世世子孫永爲天朝屏翰。皇上又念其久處荒服，罔知法度紀綱，諭以順逆禍福。莫不俯首聽命，不啻振聵發蒙。自曩古之所不臣，累代之所未賓，皇帝扇之以仁風，被之以膏雨，俾咸安其生，各遂其性。一旦畏威懷德，重譯來朝，蓋振古存亡繼絶之義，於是爲烈矣。方當告成功，敷顯號，以焜耀前烈，光昭史册。皇帝固守冲挹，未允群請。臣下愚忱，猶莫之慰。竊惟自古神聖之君，殊功絶德，巍巍煌煌，必有紀載之臣從而書之，形容歌頌，垂之後世，流傳盛美，稱道弗絶。臣愚，備員史職，濫厠講筵，誠知乾坤之容，日月之光，不可圖繪，加以固陋之才，凡近之筆，烏足揚休嘉，紀偉績？顧生際昌期，目睹盛事，又安能默默遂已，謹再拜稽首而獻頌曰：

皇矣上帝，監觀四方。眷求同德，俾典萬邦。於爍皇清，大澤洋洋。東漸西被，咸樂耕桑。陶冶生靈，昭蘇品彙。乾旋坤轉，文經武緯。穆穆我皇，夙興夜寐。惟德動天，靡遠不暨。手握天樞，躬秉地軸。九有八荒，盡爲臣僕。車書同軌，仁覆義育。海隅日出，莫不率服。其或不恭，國有常刑。義麾所指，罔敢不庭。洗蕩瑕垢，埽除欃槍。天臨日照，雷動風行。其或慕義，梯山航海。來獻其琛，來欸我壘。許爾自新，貰爾罪悔。救爾阽危，予爾樂愷。爰有荒裔，居於北陲。自爲部族，蠢蠢荒迷。慕德讋威，遣使獻賚。已歷數世，朝不以時。屢聞搆兵，諸部未謐。帝乃遣使，諭令和協。好鬭樂禍，終致顛蹶。其尚釋憾，勿侵勿奪。彼惛不知，安疆寧宇。暫時尋盟，轉復相侮。通國騷然，蕪田荒土。軍氣既銷，生計亦窶。覺悟始萌，想望恬熙。聚族而誓，於焉來歸。顛連失所，聖人是依。來享來王，曷敢暫違？邊臣以告，我皇垂仁。爰恤其災，爰解其屯。王者無外，豈遺斯人？撫綏奠定，我皇是勤。痌瘝一體，鞠育無分。感激輸誠，求爲外臣。來享來王，曷敢逡巡？安輯機宜，車駕躬親。旌旗拂天，羽旄埽電。千乘雷動，萬騎雲卷。諸藩畢會，拜趨行殿。或賜之金，或錫之宴。恐懼欣忭，無怠無譁。以子以孫，謹事皇家。聞風趨附，震動咨嗟。我願若此，不棄荒遐。皇帝曰嘻，危邦扶之。孰爲螟蟊？爲爾除之。爾饑不充，既飽餔之。爾枯不潤，既涵濡之。分之采物，各建其旗。或易其號，或定其儀。始者困踣，今則嘻嘻。相顧驚躍，我來何遲。皇帝曰嘻，爾爲屬藩。與國無彊，毋斁朕恩。克謹天戒，厥度常存。罔或違道，即於淫昏。維爾有善，福延於後。維爾作慝，法不爾宥。往敬之哉，毋取顛覆。告而朕志，俾謹而守。始者惛然，今則知敬。夙夜惟虔，奉天子命。吾儕小人，脱於陷穽。孰非國恩，尚或不順？伏地致辭，豈敢二三。赫赫明明，徧覆包含。枯朽更生，化工實慙。億萬斯年，與天地參。於維我皇，恢弘遠略。光被二儀，充塞六幕。息衆以寧，綏窮使樂。聖神文武，疆宇式廓。外輯窮徼，内撫函夏。陽春煦嫗，風雲咤叱。平地成天，存神過化。自啓宇宙，誰則方駕。越商踰周，超黄邁唐。懋勤勿替，端拱垂裳。文德既修，武備不忘。請撰樂章，奏於朝堂。

礪巖續文部二集卷之五

賦

允猶翕河賦并序

皇上御極二十有七年，四海乂安，兆民樂業。東漸西被，聲教訖乎九圍；武緯文經，典章垂夫奕禩。青雲浮洛，祥徵翠嬀之川；榮光塞河，瑞應黄圖之籙。來朝宗於萬國，銘如帶於千秋。大澤覃敷，湛恩汪濊。迺者洪流既已奠定，善後猶廑疇咨。輓運千艘，動關軍國大計；委輸一線，端資疏瀹良籌。集廷議之紛紜，仰勞宸斷；重土功之荒度，俯允躬親。爰用諏吉南巡，遂以首春夙駕。所過無供億之擾，率土望翠華之臨。瞻近日以方中，歸市弗止；欣時雨之既降，扶杖往觀。進主伯亞旅以言情，舉士農工賈而胥慶。填衢溢巷，喧傳帝德無私；忭舞懽迎，快覩天顔有喜。由三輔而經千乘，歷兩浙而返三吴。健若天行，迅如雷發。周咨閭閻之疾苦，昭宣吏治之激揚。誰爲請貸祈蠲，特施弘赦；豈由繪圖寫狀，立沛殊恩？是宜地效其靈，因茲人呈厥瑞。重農屢勸，温綸藹春雨之郊；大賚頻頒，戍卒挾陽和之纊。猶慮民風之奓忲，每殷天語之丁寧。爾迺駐蹕中河，觀瀾高堰。潤澤逾乎九里，澄清勗彼群工。更宜先事而隄防，務法前規而修治。授之方略，春流穩泛桃花；俾乃專司，繡甸平添麥浪。三呼載道，千峰留嵩祝之聲；五老呈圖，半夜散銀潢之彩。此實時巡之盛典，曠代之弘規也。微臣幸際昌時，備員史職。欲紀河清之頌，願陳裒對之章。寡陋爲虞，賡颺莫罄。謹拜手稽首而作賦曰：

屠維荒落，獻歲發春，值青帝之司辰。回斗杓於端月，調玉燭於元正。左个則三陽協氣，東郊則庶彙芸生。天子乃進三公，咨九卿，究吏治，稽民情。考閭閻之休戚，權政務之重輕。念東南之財賦，輸寶粒於神京；緬黄淮之峻流，實轉漕之所經。洒沉之績既遠，開塞之智奚憑？衆發言於局外，不執咎而盈庭。辨疏障之當否，宜按地而審形。俞僉同之上請，用荒度而躬親。諏首旬之吉期，御雕玉而南巡。爰布恩綸，下明詔。史臣載筆而記事，虎旅橐糧而峙藁。扉屨咸屏，井邑無擾。斥供億於侯牧，慮繹騷於父老。鈎陳夾衛以肅穆，飌伯先驅而迅埽。萬騎殷轔，百靈扶導。前朱雀而上招摇，侍羽林而翼嫖姚。天晶霧輕，日煖霞蒸。草霏霏而承翠蓋，雲淡淡而拂霓旌。緹帷綪茷，三屬重英。出鳳城而言邁，遵芳甸以遄征。整車徒而次舍，張貂帟以如城。歷三輔之黄圖，踐二東之青社。過平原而釃酒，面歷山而駐馬。挹璿原之波潏，倚泉亭而心寫。署擘窠之偉觀，運銀鉤於腕下。寄深旨於作霖，即瀏覽而通造化。憑嵯峨之雉堞，閱海邦之曠野。溟島則萬家蜃蛤，沂兖則千里桑柘。羌賜履之雄風，詎營丘之雜霸。企宗魯之禮樂，又敦信而抑詐。沛德音於俄頃，命正賦其蠲罷。天語布，群心娱。黄童白叟，接畛充衢。提筐擁轊，夾馬扶藜。魯民進頌，齊人獻謳。騰祉氣於日出，播和風於海隅。岱嶽具敖，徂徠鼉梟。蜿蜒連屬，千嶺嵩呼。我皇乃御六飛，揚鳳旗。耳沿堤之頌聲，踰汶、泗而抵淮、淝。曠澤國之漾渺，瀉河流而灌輸。帖稽天之巨浸，拯萬族於爲魚。既成效之足恃，有勞績之可圖。築金堤而捍淫潦，疏水門而導黄淤。搴百尺之長茭，建泄盈之丕基。聯巨版以巀嶪，洵鐵城之不如。順時令以蓄洩，又何患於沮洳？輟瓠子而弗歌，籞桃浪而無虞。快澄瀾之東注，庶旰食其永紓。遂下廣陵，渡邗水，顧蕪城之壯傑，覿蜀岡之迤邐。弔迷樓其已廢，慨蕃釐之遺址。聽竹西之歌吹，戒肆酆之綺靡。出瓜步而騁望，馭風檣於楊子。渺長江之天塹，界南紀之山川。吞漢流之九派，遡嶓冢之遥源。捲浪而鮫宫震盪，鼓濤而地軸迴旋。翳雙龍之夾檝，凌皎鏡而洄沿。爰呼京口之醑，酌中泠之泉。登鐵甕之城，眺北固之山。昔浙西之疆理，畫南徐而界焉。總標名爲吴會，維繡壤之參連。延陵季札之區，惠井闔閭之地。縱龍舸而經過，矚姑蘇之秀麗。吴宫有游鹿之臺，茂苑有棲烏之樹。虹橋虎丘，雞陂鶴市。十里五里，笙歌鼎沸。村落無野人之象，草木得陽春之氣。風則素習乎浮，俗則群矜於侈。遵往歲之寶訓，既敦素之可嗣。軫宸慮之綢繆，更殷懃而飭誨。循滬瀆而左顧，溯錢江而汔濟。宋家之宫寢何在，越絶之川原信美。鎮吴山而帶浙河，邑南國之都會。偃六橋於湖上，展嫩荷於水裔。非省風之所關，固瑣屑而不足計。維禹績之所紀，輯侯瑞於會稽。開秘圖於石匱，呈如月之碧珪，受禎符於帝命，得隨刊之寶書。謁故陵而展拜，奠三醴而薦犧。羨平成之偉績，揭嘉號於崇祠。升秦望而觀海，遂回舟於剡溪。計巡幸之爲期，曾未淹於匝月。何美政之咸備，書事言而盈册。誦煌煌之睿訓，盡焚香而感泣。江左粳稻之鄉，東吴財賦之窟。居天下之大半，竭籌車而悉索。悵豐歉之不齊，致鞭笞之屢及。積連年之逋負，歎支詘之無策。忽皇恩之浩蕩，並捐除而已責。家餘三斛之資，門無簿吏之迹。清畎泠風，杏花菖葉。穀我士女，介我黍稷。恐餘糧之導侈，勅謹惜夫物力。春社雞豚，高年肉帛。食以時而用以禮，慎蓋藏而嚴節嗇。期革薄而還醇，勿波靡於積習。擢廉能之長吏，畀拊循之重責。宥守令之小眚，俾恤民而勤職。凡盡力以首公，皆軫勞而晉秩。彼愚氓之無知，或自罹於罪辟。今湯網之弘開，罄棘林而蕩滌。僉樂育於春風，似庶草之甲拆。翼盛朝之文運，首儲蓄於人材。懼士林之髦彦，偶沉汩於蒿萊。況吴越之菁英，騰文光於壁奎。繫四方之趨向，爲風氣之所開。擴上庠之取數，冀無失乎龍媒。咏菁莪，歌芹藻。圜橋門而觀聽，求嚴師而問道。儒冠照耀於吴會，子矜舄奕於江表。雲霄之路可接，暴棄之人絶少。他若敂關之估舶，持樴之役夫，執殳之禁旅，荷戟之公徒，或被湛恩而錫賚，或俾迅發於津途。蔑使一夫之不獲，奚啻五日之賜酺？用是謳吟滿郭，忭舞載塗。迎馬首而就日，結絢綵以充閭。雖屢禁而不絕，光煜煜於通衢。覩雲旓而喜溢，窺黼帳而争趨。握鉛者獻頌，負耒者挈壺。忘草野之卑賤，希攀留於玉輿。天子慮百姓之煩費，但慰之而未俞。至如熊軾諸侯，龍驤上將，分茅剖符，勞來休養。能輯兵以安民，信治世之攸尚。賜駝羹與醽酒，群拜手於仙仗。省方禮畢，整轡遄歸。覽勝浮玉之岑，倚檻妙高之臺。集水犀於中流，肅鈎拒之規模。赤羽若日，練甲如荼。樓船焜燿，旌幟紛敷。役海童爲水手，命淵客而首塗。晃金支與翠旗，接嫣渚之禎圖。轉帆石頭，觀風建業。龍蟠虎踞，形勢天設。陋典午之清談，惜六朝之攘竊。想開創之艱難，企明祖之餘烈。視寢園而親奠獻，勞守視而禁樵伐。澤及故國之丘墟，尤頌聖仁之超越。放舩於燕子磯前，弔古於雞籠山側。損間架之舊征，免蘆洲之稅額。信恬波而捩舵，矗危檣於直北。載經淮浦，重憩楚州。喜高堰之完固，欣洪澤之伏流。期懷襄之永弭，攄善後之皇猷。絡堤塘與港磋，森碁置而星稠。彼鹽潮之焦稼，亦滋潤於下游。化渚田爲膏腴，行漿乞而酒酬。正河宗之獻斗，溢榮光而上浮。貢東海之蒼烏，樣星槎於遠洲。然後道魚臺，涉通濟。揚錦浪而送雲帆，望長安而返旌旆。彼中途之頌禱，暨窮閻之簞食，自江國而達都門，沿接蓋數千餘里。於是乎照臨之下，莩甲之微沐恩波之汪濊，咸欣欣而自私。幸曠典之時舉，毋五載以迂期。相與志慶曰：「樂哉乎斯世！信遊栗陸而遇軒羲。」被雲日之輝光，安畎畝之恒業。含哺鼓腹而歌呼，耕田鑿井而飲食。抑浮爹而還太素，謹嗜好而遵訓飭。舍僞趨誠，敦本崇實。廉耻之道興，貪競之源絶。闢外户而不閉，封比户而無擇。上華封之善頌，樂舒長之化日。百爾承流，四子講德。惟曰至於萬年，宜子孫於千億。小臣簪筆而載颺，鏤盛美其何極。

文華殿賦

皇路赫以光昌兮，統九有以御八埏。攬神臯於天府兮，宰北極而象乾。仰閶闔之嵯峨兮，據名勝於幽燕。犖帝圖於磐石兮，表宫闕之巍然。準規酌矩，型後則先。儉不固陋，奢不靡繁。非猶夫雕牆峻宇，彌阜越阡，五步之樓，十步之閣，星列而雲連。非猶夫建章千門，長楊五柞，俯香塵以播風，仰層巘而捫天。凡以奠不基，崇大體，答陽向明，班朝涖官，縱極棟宇之宏壯，而仍與茅茨土階媲美並傳，奚事編藻繡爲彩緻，銜金釭爲列錢哉？若夫文華之作，顯號景爍，象取其宏敞，制仍夫素樸。配武英以崎巇，傍太和而璀錯。既勤垣墉，稍加丹雘，顧盼煒煌，俯仰寥廓。神顯巖巖兮岑峙，仙的矯矯兮聳擢。倐除邐倚以延蔓，飛闥窗寮以迴薄。實惟神聖之燕翼，按成模而景度。念儲君之應祉，實上天之降祥。跨周稱發，越漢名莊。臨肅城而通甲觀，闢承華而啓畫堂。承乾象而爲大本，毓離明而居少陽。蒼瑯開兮震城，青殿接兮文昌。陋置酒之宣猷，薄延賓之博望。將咨命夫后夔兮，用輔導夫元良。羽籥傳乎秋實，詩書出於尚方。龍樓仰雞戟，穆穆皇皇；鸞旌象輅，顒顒卬卬。向青宫而迎鹵簿，奉緑輦而載珪璋。將於兹焉講肄，前星之曜芒。一席師夫六友，萬國戴夫重光。爾乃方響若金聲，比德斯玉潤。時齒胄而入虎闈，亦拜傅而開鶴禁。研六經兮湛思，統百氏兮沉浸。於是德音孔昭，騰茂蜚英。咸尊上嗣，共紀重明。一人有慶，萬邦惟貞。又何必園綺之隨金輅，與浮丘之侍玉星？於時聖皇方崇四術，訓三善。數問以政，作法於儉。嘉馳道之惟謹，安寢門之視膳。示夏后之卑宫，戒金華之彩絢。緊禮樂以爲宅兮，惟典謨以爲居。逍遥乎湯武之室，從容乎堯舜之閭。行見醴泉湧於靈沼，紫芝秀於庭隅。垂億萬載無疆之祉，又奚止今日落成之是愉乎？迺作頌曰：

岌岌桂殿兮銀牓騰輝，恢恢弘制兮瑞應尾箕。遠邁東閣兮不數西池，選端置傅兮授《易》陳《詩》。歸塘横筆兮平圃振詞，光生幼海兮曜映少微。三靈蕃祉兮五位順時，長此那居兮萬世不基。

礪巖續文部二集卷之六

墓誌銘　墓表

皇清勅封徵仕郎翰林院庶吉士吾徵路先生墓誌銘

康熙甲子秋九月，覃恩中外臣僚各以其官推封所生。曲周文學路公吾徵以子元升方爲庶常，得勅封翰林院庶吉士。冬十一月，庶常授檢討，於是公且就養京邸矣。明年己丑春二月，竟卒於里第。檢討匍匐治喪營窀穸，而以公年譜行狀寓書請誌銘，且曰：「先府君行至高，特未爲世用，故不大顯於時。雖然，古有未用世而傳於後者，若徐孺子、郭有道輩，至今稱道弗絶，則惟立言之君子跡其行事，原其志而表章之也。表章先子者，非子而誰？」余蓋嘗盱衡海内士大夫家，輒合前後數代以知其人而論其世。若曲周之路氏，自其先數世皆有隱德，至大中丞名節顯天下，而封公之賢爲之子。今檢討又起而振之，亦足稱世家矣。陳拾遺所謂家世以清白崇德，庸必盡以用世顯哉！而余與檢討同籍同官，世相交好，知之稔而紀之實，莫余若也。今日之銘，其又焉辭？當啓、禎間，中丞起家進士，令涇陽，多廉績。擢爲御史，疏言時事十大弊，又先後刻首輔冢宰，直聲震一時。按吳按閩，墨吏悉望風解綬，真欲動摇山岳矣。會寇亂，銜命巡撫鳳陽。時江、淮騷動，中丞防禦正力。公甫垂髫，遂贊畫幕府，儼若老成人。適擒得僞將三人，縛之竿，令兵民叢射之。公三發三中，洞心穿脇，一軍皆鼓掌，讙聲動天地。當是時，士民觀者如堵，咸籍籍路公子神勇不絶口。無何，京師寇陷，中丞亦丁母憂去。道梗不得歸，寄家蘇州之洞庭山中。公獨從中丞間關海隅，經歷楚粤，備嘗荼苦。忽中道相失，有楚帥王某方擁重兵，留公軍中，欲字以女，日置酒高會，奏伎娱之。徐爲欵曲道意，公不爲動。迺脅以兵威，公正色推案起，叱曰："人生至此，瑣尾流離，自有家室不遑恤，而乃以此相縻耶？丈夫死則死耳，安能爲貪生好色者？頭可斷，志不可奪也。何强迫爲？"楚帥恚且慙，日懾氣喪，卒莫敢加害也。公因乘間微服去，留書謝之。已而得遇中丞廣州旅次，蓋相失三載而終復相聚，人曰："孝感也。"公時中丞積憂憤已成疾，疾甚，逾益憤，湯藥噤不入口。公衣不解帶幾四月，日夕焚香籲天，蘄以身代，而跪奉藥匕以進。中丞亦感泣，稍稍嘗之，然竟不起。公一慟嘔血數升，屢瀕於絶。又念漂泊孤踪，親離僕散，獨黽勉枝梧，拮据棺殮，而旅櫬於陳村僧舍。後十年，兵戈偃息，始得扶還洞庭，而與母王夫人合葬焉。斯時廣州方亂，遭賊劫，迫鋒刃者數矣。往往冒雨徒跣，跋涉蠻嶺瘴溪間，幸免於難。蓋公之遭時坎壈，出於萬死一生者有若此。嗚呼！以彼其才，踔厲駿發，使得行其志如中丞開府時，所就曷可量哉！迺其施於家，被於宗黨，及於交游親串閒者，曲周父老至今猶能言之。方公伯兄奔中丞喪至粤，相持慟哭，哀感行路。既相依北歸，伯兄以兵燹蕩盡，留滯洞庭，不能旋里。公歲一南行省視。久而患痰疾，須扶掖以行，家人難之。泣曰：「歲月不我待也。」竟力疾行迎以歸，復爲置宅井臼器用具，設割腴田三百畝以贍。仲兄早没，遺孤元度十二歲，元石六歲，拊教之，皆成名彦。有舅王國翰從中丞楚中病故，倥偬中爲殯殮成禮。久之，又爲返櫬於其家。卜景揚者負百金未償，疾革，自以爲歉，亟取券面焚之。卜没後，更周卹其妻子。又有李某貸五十金未償而没，則往弔而焚券於柩前。客蘇時與顧寧人友善，偶假其金，人莫知之者。及聞寧人逝，即竭篋寄償其家。既得寧人遺書，以嗣子託，遂留之下帷，厚遇之。踰二載，裝遣之歸。合數事以觀，抑亦可謂篤行君子矣。檢討又言：「先府君早慧，十三入黌序，制舉文一稟先正大家法。性不妄交，惟與舅氏皃盟、觀仲、隨叔三申公相得驩甚，文章道義，切劘無虚日。師事孫鍾元先生，爲躬行心得之學。里居置祖冢田二百餘畝，修家譜訓族。族貧乏者輒縮日用給之。先王父建義塾於縣東郭，歲久且圮，至是增葺，延師以教里黨子弟，後先成名者甚衆。嘗曰：『人生無論出處，當思惠澤及物。』以是雖處約而親故多待以舉火。無貴賤少長，悉以坦易謙和相接。横逆之加，笑而不較。好奬成後進，樂道人善。不孝官翰林，手書訓誡，視兒時愈益謹。每謂爲學勿務高遠，能於尋常日用檢束身心，即是作聖基址。晚年尤精易理，詩格專主少陵，工撫琴畫蘭，所著有宜軒詩一卷、草堂雜著數卷、琴譜一卷，藏於家。」嗚呼！士不讀書學道，敦本行，慎交友，砥礪名節，即位高，惡能聲施後世？史稱原、嘗、春、陵之屬，皆賢公子，大率養士佳兵，走馬説劍，而内行鮮稱焉。君晚節固居然深醇儒者，而能堅忍於血氣未定之日，全忠孝於危難之間，是誠可傳也夫！公諱澤農，一字安卿。先世潞之長子人，明初諱真者徙居曲周，遂名其鄉曰路家莊。高祖來桐、曾祖雲梯，俱用中丞貴贈都御史。中丞諱振飛，天啓甲子舉人，乙丑進士，仕至都察院右僉都御史總督漕運提督軍務巡撫鳳陽等處兼理海防。以殲寇功，吴人爲建祠洞庭山，崇祀曲周鄉賢。配王夫人，生子三，長隱君澤溥，次文學澤淳，公其季也。享年五十有七。配申太君，勑封太孺人。子三人：長元升，戊午舉人，壬戌進士，翰林院檢討，娶彭氏，勑封孺人；次元綽，郡庠生，早卒；次元舒，邑庠生。孫男一。今以某年月日葬於曲周城南路家莊之原，銘曰：

路氏始遷，自晉長子。六世而昌，封都御史。中丞之後，公子振振。皇矣季公，休有令聞。貴不敵德，厥嗣蕃碩。金馬石渠，貤封舄奕。曲周之陽，鬱鬱蒼蒼。名德之後，久而不亡。

皇清誥授光禄大夫太子太傅吏部尚書文華殿大學士加一級文恪宋公墓誌銘代

康熙二十六年六月，太子太傅吏部尚書文華殿大學士宋公卒於位。初公寢疾，天子存問再三。及覽公遺疏，軫悼甚至，特遣内閣臣攜茶酒賜奠几筵，且令詢其孤駿業等述公臨圽時所言以奏，爲惋惻者久之。勅所司議卹，恩禮有加，賜謚文恪。以其年秋八月，喪歸吴閶，某年月日葬公於沙河北原。孤駿業等以公戊子鄉薦先少宰兄門下，誼最篤，而余與公同朝久，知公最深，請大司寇徐公編次行狀，乞誌銘於余。余惟公之歷官行事焯焯大者，可以範今垂後，而君臣相與之際，綢繆眷注，言從道行，恍然見古明良喜起之盛，蓋一以至誠感孚。至其生平文學氣誼，處躬接物之道，悉與古人合，遂不辭其請而覼縷書之。公諱德宜，字右之，别字蓼天，世爲蘇之長洲人。自五世祖諱泰爲黄陂教諭，高祖諱純仁爲南京刑部郎，曾祖諱道明爲國子生，始以經術政事有聞於時。祖諱琦，嗣父諱學周，實公世父也。本生父巡按山東監察御史贈嘉議大夫大理寺卿諱學朱，皆以公貴累贈資政大夫吏部尚書文華殿大學士。祖妣朱氏，嗣妣丁氏，本生妣王氏，皆贈夫人。方大理公按齊魯，濟南城破，仗節死之。公年十七，匍匐號泣，走京師白其父死事狀，卒得贈卹，薦紳士以此多公。公爲人天性孝友，篤於舊故，寬博厚重，不爲近名。始居禁林，同列多驟貴出己右者，公恬然不以動意。循序以進，獲受上知，寵遇優渥，諸臣無與爲比，而公亦膺之若固有。居恒木訥，造次不能達其辭。及其決大事，建大議，激發於忠愛，侃侃如也。居官最廉謹，所至聲績著聞。以順治五年中江南鄉試。十二年，舉進士，改翰林院庶吉士。丁本生母憂歸，服闋補官。故事，庶吉士假滿當補教習，世祖章皇帝特授公編修。今上御極之三年，稍遷國子監司業。六年，轉翰林院侍讀。八年，陞國子監祭酒，未幾授翰林院侍讀學士。上初開講幄，簡儒臣八人充日講起居注官，公與焉。尋充經筵講官。明年，擢内閣學士兼禮部侍郎。十三年，除户部侍郎，仍兼翰林院學士。詞臣佐户部，得兼學士，自公始。明年，轉吏部右侍郎。又明年，改左侍郎。十六年，拜都察院左都御史，尋爲刑部尚書，調兵部尚書。二十一年，晉吏部尚書。二十三年，遂以文華殿大學士入閣辦事。又二年，晉太子太傅。屬海内乂安，天子神聖文武，蒸蒸焉從欲以治，宰臣調陰陽，奉行德意不暇，無可自表見。然公參贊密勿，裨益良多，其嘉謀嘉猷外廷不及知者，上獨心契而深納之。故眷公特厚，而公亦自以出入侍從，蒙主上異等之知。十數年間，遂由卿貳擢居輔弼。是以孜孜矻矻，至於以死勤職而不敢懈也。蓋自公爲祭酒時，今天子親政，諏吉臨太學，釋奠於先師，御彝倫堂，賜公東向坐。宗藩宿衛、百工庶尹、生徒耆老圜橋觀者數千人，聽公講周易乾卦辭，端亮春容，既整且暇，咸歎羡推服而去。上於是器之，欲大用公也。其在内閣爲學士，每奏事，風度凝重，上恒目之。即上有所問公，公必質對。嘗扈車駕幸口外，駐蹕赤城，上從容問及江南逋賦之由。公對曰：「江南水區，田多荒不治，有賦無租，有司責民，供不能應，非盡由官吏乾没。」因陳蘇松賦税獨重，民力困敝辭甚悉。上用公言，詔免康熙十二年蘇、松等六郡錢粮之半，高陽李文勤公謂公曰：「君一言力也。」公乘間奏對，必切於民生國計類如此。滇、黔、蜀叛，秦、楚、東西粤軍需迫，議者以江南正供餉之。公時佐大司農，念江鄉連歲祲，鞭笞窮民以應遠地，庚癸呼非計，力持不可。乃議就近輸粟以濟，而江南得以不困。後蜀初定，黔軍資糗粮於陝西，劍閣棧道間顛蹶相枕籍，秦民苦之。時公本兵柄，應星變詔上言：「今大軍趨黔，日暮望秦、蜀之餉。然徵秦則以道里險遠而諉之蜀，徵蜀則以近地不足而取之秦。彼此觀望，無異越人視秦人之肥瘠也。莫若并川陝總督爲一人，則痛癢相關，隨地調發，秦民得以少休。」上大悦，即如公議，秦人免困踣者無算，公之德也。掌中樞者三年，禀天子方略，運籌決勝。三蘖以次削平，所俘賊中婦女並著籍旗下，公言脅從者不與倡亂同罪，且婦人何知。上是公言，聽民取贖，所釋歸甚衆。凡有所便於民，必因事論列，中外或不盡知，施於不報之地，而公亦未有德色。其有所建白，皆中窾要，得大體，非軍國經久計不妄言，言則上多採納之。爲都御史，首條四事以奏：一弛海禁，請令沿海居民得藉佃漁爲生計；一停捐納，請限出粟授官者年月以惜名器，澄官方；一釐鹽法，請顯擢廉御史爲勸汰筆帖式以省事；一禁通販，請嚴察姦民射利以硝黄資賊營者。上皆可其奏，次第舉行。又率同院糾諸大帥遷延玩寇，騷擾厨傳，縱軍士掠子女財物，指良善爲叛逆諸不法事，上負皇上委任之重，下貽蒼生荼毒之憂。上是之，命集諸王大臣議，申飭嚴禁。大帥皆凛凛畏法矣。山左總戎柯永蓁横肆，公疏糾之。上命逮及京訊治，中外震懾。孝昭皇后上賓，上心哀悼。公言宜爲天下自愛，節情秉禮。又言載籍浩繁，宜擇有關政治，裨益身心者討論講習，略方名象數之煩，引唐劉洎、宋程頤之言以進。上皆從其言。公居一官，必盡力勤事，明敏審覈，不欲以雍容養高。在成均則立教條，去積弊，懲猾吏金某，六館生樂其教之寛而憚其嚴。在主計則鉤稽文卷，握算無虚日，發墨吏之魄，苞苴不行。在司寇則以獄多濫滯，多所平反。在銓衡則以選法未歸畫一，重釐定之，老吏斂手不敢爲姦。所執持甚力，利害榮辱一不以動其心。同列意見相左，輒爲剖晰開導，或至累日，感悟而後止。其或勢不可挽，則公自爲一議。上每喜公所陳，報可。同列皆服公。蓋公介然自守，沉毅善斷，不爲苟同，要歸於和衷濟國事而已。尤以文學始終受主知，與修通鑑全書，充世祖章皇帝實録纂修官，又充太祖高皇帝實録、三朝聖訓、平定三逆方略、政治典訓、大清會典、大清一統志等書總裁官，明史監修官，又命評隲古文淵鑒，一充會試同考官，再主會試，五充文武殿試讀卷官。凡貤封者五，加級者六，受黑狐紫貂衣裘、文鏐彩幣、天駟上尊、玉粒珍果之賜不一。嗚呼！觀史册所載，聖主賢臣泰交之隆恒有之，至如上之於公，始終無間，其可不謂之極盛也歟！公服官三十年，不一問及生産，未仕時薄田數頃，無所增益。城西有宅一區，門巷蕭然，里人忘其在樞要也。生平無疾言遽色，門以内肅然。太夫人在時，自食粗糲，以甘毳爲養親。歿後，逢忌日輒素服避賓客涕泣。在都聞弟喪，兼程還，經理身後事，育孤女踰已出。宗族貧者輒賙之。窮交相造請，接待有恩意，縞紵問遺久而不衰。故人孫暘、吴兆騫徙遼左，捐金贖之還。兆騫客死，爲經營其歸櫬。因先少宰兄戊子科典江南試得公，公所以事余兄者無不至。比公貴矣，而執弟子禮逾謹。余兄故，而公以其念余兄者推而及其後人。余與公同朝三十年，公以余兄故恂恂自下，未嘗與余講鈞禮。蓋公以古道自處，而於師友尤務從其厚云。

始公未遇時，爲吴中名士，倡文社，聞聲至者徧海内。與兄宓、弟德宏兩孝廉擅東南譽，一時有三宋之目。及爲達官，而汲引後進不倦，闈中所得士多知名人。詔舉博學鴻詞，以汪琬、陳維崧薦，俱授翰林，兩人尤最稱能文者。公享年六十有二。娶王氏，封恭人，贈夫人。子四：駿業，翰林院待詔；敬業，國子生，前卒；大業，翰林院庶吉士；建業，國子生。女十。公既好德樂善，令嗣多賢，克世其家門楣，亦皆世閥，有王謝風。居官處家，毫髮無憾，亦可謂賢也已。

銘曰：宋以國氏，源遠支分。玉昌均弘，有煒令聞。廣平弼唐，庠祁華宋。公紹其休，追與伯仲。肇登翰苑，簪筆揮毫。公於是時，瑞錦秋濤。繼掌成均，楷模指授。公於是時，太山北斗。愼持邦計，莫敢私嘗。公於是時，皎日秋霜。表率臺僚，如矢斯直。公於是時，神羊屈軼。象刑弼教，明允簡孚。公於是時，麟趾騶虞。握龍豹韜，秉司馬法。公於是時，留侯諸葛。激揚銓敘，登明選公。公於是時，衡平鑑空。密勿論思，枋政決務。公於是時，丙魏房杜。天不憖遺，老成典型。大猷未究，棟折榱崩。帝軫元臣，終始無替。生榮死哀，崇褒顯謚。東吴之原，幽宅孔安。勒銘斯石，永世弗刊。

皇清贈文林郎鄉飲大賓文學恬野朱先生墓表

余同年友崑山朱君而錡，葬其父恬野先生於邑東鳴字圩之原，屬余書其墓上之石。蘇與松壤地相錯，自余爲諸生時，固已稔先生之世，而先生文學行誼，焯焯可書，出其緒餘以訓迪鄉之子弟者，流傳而景行之已久，其何敢辭？先生諱埰臣，字子通，恬野其别號也。其先自大梁徙崑邑東之中洛徑。曾祖諱熙洽，萬曆甲戌進士，歷官亞中大夫貴州按察司副使。初令潛江，有惠政，潛人至今廟祀之。祖諱萊，太學生，贈中順大夫工部員外郎。考諱日燦，萬曆壬子孝廉，歷官福建布政司右參政管延平府事，崇祀鄉賢。妣周，贈恭人；譚，封恭人。生三子，先生爲季，譚恭人出也。當明季時，大江以南以文章節義相推尚，參政公湛深經術，與張公受先采、王公輞水志長稱莫逆交。先生甫幼齡，就外傅，耳擩目染已異於俗學。年十五，爲文傑傑然有生氣，西江章公世純見而譽之不容口。會稽倪公元珙視學江南，秉知人鑒，極賞先生文，補博士弟子。先生益自勵，執經於受先張公之門，輞水王公又以其女妻之，於是先生之學有根柢原委，非膚受謏聞之徒所能跂及已。先生讀書見古人孝義篤行，心獨慕效，欲追而與之齊。參政公爲冬曹郎，惟譚恭人從，忽以事繫詔獄。先生時里居，念兩兄屬有他故不得往，則星馳北上。倉卒乘漁舟渡江，中流風大作，簸危浪間。至金山下旋渦處，幾覆矣。若或相之，得免。途多暴客，常有豪士翼之以行。及抵京，一見譚恭人，涕泣倉皇，隨謁參政於請室，嗚咽侍立，不去左右。晨夕職櫜饘，修定省禮，雖獄吏亦義之而不譙也。黄公石齋道周亦在繫中，與參政最厚，見先生而愛之，以道學節義相期，先生事以師禮焉。後歲餘，獄解。先生奉兩尊人南旋。燕、齊間久旱，多疫癘，宄大盜乘間竊發，白晝塵起。先生竭力偵護，中夜徬徨不能寐，比至家，心力殫矣。參政起冬曹郎，督西内工，繼筦節慎庫。先生爲劄記出内數萬金，詳核無錙黍爽。迄參政去，郎署終不名一錢云。參政奉閩檄歸，匿菰蘆中不出，滄桑之感，黍離之悲，沉痛迫切，邑邑不自得，酒後輒慟。先生每强爲怡色慰解之，然亦默飲泣，絶意於人世之榮矣。先生性孝友，參政、恭人相繼殁，喪葬備禮，哀慕如嬰孺。事兄姊皆盡敬。族人喪不能舉者舉之，貧者贍之，其賙䘏收族蓋天性也。先世皆廉吏，家故貧，先生緩急賑貸爲任俠，悉破其産，壁立。晚乃以經義傳學徒，舌耕自給，而任卹之義不衰。先生從宿儒故老遊，其爲學穿穴經史，部居州次，支分縷析，熟悉前朝掌故、刑政風俗、阨塞形勢，歷歷如指諸掌。每爲子弟學徒分别言鉤黨清濁及中官盛衰，聞者皆扼腕嘆息若親見其事。其授經有次第程度，詮釋明辨，俾學者知從入之路。及其抉剔肯綮，窮極溟涬，雖精思累年無以易其解也。李天敘少孤力學，先生才而女焉。課之經，後果魁南國。

門下士多成名者。自教兩子，少則皆有聲黌舍間。歲壬戌，伯子成進士，先生以書勉之，大略謂取科第不足喜，惟敦素風，勵廉隅，乃不墜先人志業也。伯子釋褐歸，會先生暨王孺人皆七十，捧觴上壽，先生愀然曰：「老人少遭困苦，從先大夫征車戎馬間，不自意獲此稀齡，見汝成立，構一椽於墓田丙舍以終餘年足矣。」康熙二十四年春三月，遘疾。閱兩月，竟不起。病時猶娓娓説古今忠孝大節，及有明一代治亂興亡之故不休。嗚呼！其可感也已。江左衣冠之族甲天下，顧或一再傳多零落不克振，何也？譬大山焉，無蜿蟺扶輿清淑之氣以聯絡其間，勢且不能遠。故隆替絶續之交，能不泯其緒，繼承而佑啓之，雖終老巖壑，其保世亢宗，固倍於通顯者。況其學行又足爲國人矜式乎！先生年七十三。配王氏，明孝廉志長女。子二人：長而錡，壬戌進士，先生歾後服闋謁選，得臨淄令；次而鎬，邑諸生。女一，適教諭李天敘，即先生所授經者也。孫男二人，孫女二人，曾孫男女三人。余既應臨淄君請，乃爲論其師友淵源之漸，與其平生之行義，而推其道以及人者，而表之如此。

皇清誥封光禄大夫驃騎將軍副總兵官都督同知張公墓誌銘

公諱贍，字伯量，姓張氏，世爲徐州人，系出漢留侯。其上世皆莫可譜，至公大父贈光禄大夫敬川公，始以經術聞於州。敬川子贈光禄大夫曙三公生三子，公其長也。曙三公自爲諸生，多才略，尚節概。及爲歸德府别駕，河南、北皆稱其治行。公是時亦已獲雋武闈，授歸德城守營參戎。父子並仕一方，理民治軍，秩然以整，闔郡皆賴之。未幾，流寇起秦隴，擾中原，别駕公督餉往睢陽。會睢陽守將舉兵叛，别駕公不屈死之。公聞痛哭，誓不共戴天，親提兵與賊大戰，盡殪之，威名震於中州。公少負奇氣，不屑屑章句儒生學，惟講求時務與用兵機略，睥睨顧盻，欲發憤立功名。已而持節專城，殲叛賊以伸國討，報家讐，其大節已卓然矣。既而皇清定鼎燕京，豫王引兵南下，擢公副總兵官，賜貂蟒鞍馬。從征揚州，下金陵、京口以及吴、淞、兩浙。公屢奏膚功，而號令嚴整，三軍咸畏服之。每城下，無敢剽掠，士女皆安堵。公之入吴中也，舟行至錫山，泊湖岸。湖故多寇，出没不常。至是寇大至，公左右僅數十人，咸驚懼莫知所爲。公從容引弓射其前隊，應弦而殪，連射之，斃者數人，寇遂震讋引去。蓋公之智勇具備如此。順治三年，管督標左營。時浙人逃匿山澤者，率嘯聚爲亂，事覺伏誅，蔓延不可勝數。或互相告訐，無辜者往往被羅織。公案驗得實，盡釋之，所全活甚衆。浙閩總制張公存仁知公才優，請於朝，欲用爲漳南監司。廷議以八閩未靖，公宿將，不可以文吏奪公任，迺以公爲中軍副將，鎮守浙閩諸郡。居無何，山東寇梁敏、楊立吾等屯榆園，勢甚張。存仁方奉命總制直隸、山東、河南三省，欲得公與俱，具疏上請，許之。於是公率兵征榆園賊。榆園山徑崎嶇，草木蓊翳，賊依以自固，官軍莫能制。公既至，陰使人縱火焚其林，復令勇士持巨斧伐之殆盡。賊失所據，多穿地道潛行以遁。

公使人決黄河水灌之，賊計窮，不踰時渠魁授首，其黨悉詣軍門降。總制馬光輝上其功，請以公爲天津總兵。九卿大臣以公屢策奇勳，而中州爲重鎮，乃推公爲開歸提督總兵。公每念其母劉太夫人春秋高，向以戮力行間，未親甘旨之奉，至是遂力請歸養矣。公仁心爲質，惡言佳兵，嘗言：「王者之師期於靖亂安民爾。」故所至寓德於威，普被仁人之福。至其樂善好施，雖家居不倦，徐人蒙其德者，莫不尸而祝之，即往來行道之人，莫不交口誦公之義也。蓋自數年來，淮、徐間仍歲饑饉，公頻出米數千石賑徐人，更出其餘蓄減值以鬻。嘗運麥三千餘石輸淮安，分賑各邑，民多賴以生全。徐又濱河，河水泛溢，防河使者築石隄障之，工費不給，公捐貲相助，隄成，由此城郭無水患。又以澤宫爲風化所係，徐學故在州治旁，後圮，移濱河。河溢輒徙，廟貌荒落。公於其故址築爽塏，鳩工庀材，躬親督率，閲數月而輪奐一新，爲費不下數千金。復於里中設義塾，延名師教諸貧家子弟之不能學者，廩餼資用悉取給於公，一時人士斌斌嚮文學矣。徐地斥鹵，賦輕丁重，民不堪，往往逃散他邑。公言於上官，特疏汰除，其或積逋不能償者，輒代爲償之。民乃得還定安集，户口寖蕃焉。公之姻黨每待以舉火，而尤篤於本支，凡貧不能自給者，嫁娶喪葬舉身任之。蓋公之居鄉好行其德如此。州東北二十里有津曰荆山口，湖流巨浸，風濤危險，其地又爲南北衢道，操舟者因以爲姦利，行旅怨苦之。公建石梁其上，蜿蜒四五里，爲費不啻鉅萬，往來經過者便之，必手額曰：「此張公之賜也。」由是好義之名聞天下。嗚呼！公之功在河南北，在山東，澤在三吴浙閩，而出其緒餘，猶能大庇桑梓，恩施宗族里黨，公誠偉然一代人傑矣哉！公春秋七十有七，官至總督直隸河南山東等處部院中軍副總兵官都督同知，誥授驃騎將軍，尋以子道祥貴封光禄大夫，以子道瑞貴兼封榮禄大夫。元配朱氏，繼室孔氏，俱累封一品夫人。子六人：長道祥，以恩蔭起家中書，官至湖廣按察司使，先公卒於任；次道瑞，登武科進士，選授侍衛，現任福山遊擊；三道源，工部營繕司主事，督理太平倉；四道溥，五道源，六道淵。女六人，孫五人，孫女十三人，曾孫一人，曾孫女二人。今擇於某月日葬公於某原，而諸子來乞余銘。銘曰：

徐之山逶迤兮，徐之水蒼莽以長。徐之土風兮勁以武，中有異人兮爲國之良。千夫辟易兮罔逆顏，行逮退處於鄉兮施澤洋洋。徐人念公兮俎豆不忘，後嗣沄沄兮既熾而昌。我銘幽宫兮勒青琅，千萬年兮固其藏。

皇清欽授贊理河務僉事道銜省齋陳君墓表

國家奠安海寓，登億兆於袵席，所計畫靡不周，而於平治水土爲尤重。東南故九州上腴，經費居天下半，輓運神京，惟安瀾是賴，故平治黄、淮爲尤重。顧自簡任督河大臣，人且數易，而民生昏墊，運道阻梗日甚，豈其人盡不賢哉？蓋兹事艱鉅，非區區尋常智能所克勝任。必得異人焉，負蓋世才略，胸握全算，創建非常，而不震不竦，用底於成，固非可概責之庸庸輩也。天佑盛朝，景運方啓，聖天子知人善任，特簡靳大司馬文襄公輔總督河道。司馬夙負人倫鑒識，悉以其事諮度於幕府省齋陳君，謀斷相資，勿疑勿貳，故極天下煩重難舉之任，要其成而觀之，直賁育之舉匏尊耳。抑知其經營況瘁，卒以身殉，而後國計民生永賴焉。嗟乎！是豈尋常智能所克勝任？所謂異人者，非君疇足當之？初黄、淮兩河潰決，瀰漫數百里，淮揚州縣半皆澤國，瀕河居民幾盡爲魚。北之由運達黄，南又由黄達運之道歲久積沙成陸。司馬既受事屬君，往還荒度，風餐露宿，一一周覽無遺，始洞悉其蠱壞之由與修復之法，歸報曰：「我得之矣。疏則先治下流，塞則先治上流。上流不治，下流安得不崩潰乎？前此清水潭旋湮旋決，良由高家堰各決口未塞，衆流奔滙莫支也。請一一障之，而於湖中淺處築堤，不復從事築潭之險，費倍而罔功。」司馬信其説甚堅，力排群吏疑阻，卒塞清水潭。先是大司空原估堵費六十萬金，至是乃什省其八。司馬疏聞，天子優異之。君又建改徙運口之策，以爲北運河南注爲黄河，東流漲漫，而運口受壅，法當鑿引河二十里，東運水使高挾湍悍之勢東注於黄，而更移南運河牐於淮内以禦黄水，祇受清淮則黄水永無倒灌之患，運道可不再浚矣。蓋淮水力全而勢壯，則流駛而沙不及停。苟力分而勢弱，則水緩而沙易淤，必然之理也。又曰：「天下儲胥萬艘，取道二百里之大河，保無風濤漂没患且不測乎？況坐守違期，而募夫挽溜之費度亦難免。請更於黄河北岸别鑿中河三百餘里以避其險,斯一往安流,兼旱潦蓄洩有備,乃萬世之利也。」司馬大喜,如其言次第入告。天子以爲然，用其策，而兩河大治，轉漕如履平地，商賈行旅莫不便之，河濱禾稼亦從此大穰。先是歲甲子，上方南巡，見河菑不復衍溢，民居村落與岸柳參差掩映，宸衷慰悦，御製閲河隄詩賜河臣。問佐理何人，因稔知君名，納諸御佩囊中。至歲戊辰，而中河已成，司馬復具君胼胝盡瘁狀疏上，特授贊理河務僉事道銜。布衣蒙恩，異人亦異數也。君故勇於建功，河既治，而涸出淤土無算，欲盡加墾闢，行屯種之法，永爲治河善後諸費，可歲省水衡錢若干萬，行之漸有成效，竟爲言者紛紜中阻。然君至此亦心力殫耗，鼎雖舉而力已垂絶矣。尋於康熙二十七年八月卒於燕邸，享年僅五十有二。聞者知與不知，莫不咨嗟痛悼，惜其受主知晚，而未竟其用也。蓋君之竭忠於司馬，猶司馬之竭忠於王事，苟利國家，生死以之，毅然仔肩，無少瞻顧。然君之神於籌畫，與司馬之神於聽受，皆所謂天授，非人力也。嘗作測水法，驗水行之高下緩急，不爽銖黍，謂如星辰之躔度次舍，遲速皆可指掌決。又用土方法，以水縱横一丈高一尺爲一方，計河之淺深廣狹可行水幾方，俾容受宣洩，游衍自如，不爲堤害。一切置牐通漕，土工傭值，悉準諸此。嘗曰：「坐而言，可起而行，斯爲儒者真學問。興水利，勸農功，斯爲吏治真經濟。」故其垂埑，而惓惓餘憾惟屯種之法不果行，委天地自然之大利於蒿萊灌莽之間，可勝浩歎？庸俗拘牽積習，因循隳窳，將來河事必復壞。惜乎討求有年，不及斟酌成書以遺後世，爲長逝者私恨無窮也。嗚呼！使天假之年，其所施設以垂不朽，寧可量乎？君幼治經生言，下筆滔莽如古大家。久之，歎曰：「兀兀事此胡爲者？縱立售，安必事權之我屬，志業之果遂乎？」乃謝去。從舅氏仲固存先生究論古今成敗，民生休戚，及地利兵法、象緯農桑諸書，曰：「吾將藉當世之有權位者行吾志焉。」既遇司馬，相得甚歡，即同舅氏從事安徽撫幕。時捍禦寇氛，韜鈐畢備。又爲條奏節省郵費歲百餘萬，迄今著爲令。上以是雅重司馬公，命議敘加秩。未幾，旋有督河之命，而君益以任煩重，而才逾展矣。君諱潢，字天一，有得於省身克己之學，自號省齋。篤於孝友，交遊敦古誼，善氣迎人，而襟度豁如。親知待以舉火者數百人，身後家無餘貲。生平行事卓卓可紀者甚夥，茲不備載。載其大者，無如佐司馬治河爲最重且難。余與君素友善，每見君輒以異人目之。君亦兄事余，不以恒人見待，蓋十餘年如一日。今歲某月，令嗣良樞銜其太公升蒼先生命而請於余曰：「知先子者莫先生若，茲卜葬於百子山之新阡，敢請表墓。」余愴然久之，爲揮涕泚筆而表於墓之原，其世系里居已詳司馬所譔墓志，不復敘次。

路孝子墓誌銘

孝子姓路氏，名元升，字廷彥，別號邃菴。康熙戊午科舉人，壬戌科進士，選翰林院庶吉士，授檢討。檢討乃文學侍從臣，世所羡爲清華者也。卒而銘其墓不以官，而曰孝子者，爵以德貴，舉其重爲稱也。昔夫子爲魯司寇，攝行相事，位不卑矣，後人未有稱爲孔司寇者。然則行在孝經，是亦聖人之徒也。孝子廣平曲周人，封庶常吾徵公名澤農長子。甫能言，命字輒識，授詩輒成誦。弱不好弄，趨息輒依二人。逮就外傅，讀至孟母斷機，輒瞿然問曰：「孟子果大賢乎！盍早自力學，順厥親心也。」塾師大驚異之。十五補博士弟子員，觀史傳中忠孝節義事輒低徊往復，輯爲一編，名讀史鑑。嘗語同學生曰：「吾輩讀聖賢書，須行聖賢事，全體大用縱未易至，孝弟立身之本，則無不可爲者。苟本實稍撥，即枝葉暢茂，能掇巍科膴仕奚貴焉？」封公僑居於郡，築南城草堂，孝子因結廬讀書其傍，温清定省無間，雖瑣末，咸視聽於無形聲。或吚唔徹丙夜，親以過瘁戒，輒微吟默誦，不令聞知。封公常患股毒，孝子痛逾身受，日夕撫泣焚禱。封公夢神告曰：「若災星未退，爲若子誠孝所格，已邀默佑矣。」覺而痛漸差，未幾果愈。逮孝子成進士，選庶常，恭遇康熙甲子九月覃恩，封尊人如其官，母申封太孺人。是冬，孝子授翰林院檢討，計釋褐來三載，無時不以違離膝下怏怏悒悒，家郵相屬於道。數請乞假歸省，封公不之許，遂謀迎養京邸。期春暮啓行，而封公仲春疾作，一夕逝矣。訃聞，擗踊哀號，水漿不入，幾絶者數四。亟匍匐奔喪，撫棺一慟，聲淚俱盡，瞪目蹙頞，不知身在何所。家人至前，亦不辨形神，日益慘顇，猶哭踊無節。人或乘間解之，孝子嗚咽曰：「養子以送終也。我生不及進湯藥，歿不能親含殮，罪也罔極。所不即從先君夜臺者，未見父柩耳。既哭拜先靈，願畢矣，他何恤哉。」苫次喀喀皆血也。太孺人至，輒藏去唾壺，强作温語。母察其柴然骨立，神色有異，摩其面泣曰：「兒縱不忍而父，顧何以處未亡人？」孝子迺勉爲輟哀，枝梧健狀以慰母憂，去則如故。所親爲廣其意曰：「丈夫讀書明理，乃甘蹈愚孝耶？」對曰：「非不知此，奈哀至無如何耳。」病篤，猶强起作朝暮奠。數月後，一哭嘔血不止，昏眩中戒家人勿使老母知，握其弟元舒手曰：「吾祖父遺志未就，爾必求達人爲師友，不失孝弟家聲，富貴非所期也。」妻封孺人彭氏抱其三月遺孤泣問之，曰：「付之度外而已。」及卒猶視，太孺人呼搶指遺孤曰：「天乎！天乎！忍令此呱呱者竟不識父顔乎？」亟命良工圖其像。拊其屍大哭曰：「兒目不瞑，爲而父未入土耶？爲老人無依耶？幸有若弟在，毋貽泉路憂。」乃瞑。於虖！古之孝者惟曰泣血三年，未嘗見齒，皇皇充充，慨然廓然耳。至以滅性不勝喪爲非禮，孝子寧不聞焉？倘律以聖賢中道，不已過乎？雖然，摯性所發，不自知其所以然，禮不能爲之限也。論者謂封公曩遭兵燹，從父中丞公振飛間關楚粤，百罹備逢，病則子身左右之，歿則拮据旅櫬，日迫鋒刃，屢瀕於死，而卒免乎死。今孝子際昇平，既成名上玉堂，榮親一命，庶幾稍慰，乃哭親之不生而早殞其生。常變乖反，至性則一，則謂之世孝也亦宜。孝子年僅二十有八，清眉廣額，雅度超邁，而謙厚老成，口不設雌黄，罕見其喜愠之色。詩格清逸，有王、孟風。遺孤烒女一。孝子弟元舒亦弱冠能文，爲兄行狀，流涕請於余曰：「惟伯氏與先生猶兄弟也。客歲請爲先君墓誌，先生慨然爲發潛德之幽光。今伯氏又死於孝，將卜葬於曲周城南漳水之上，先君墓傍，從伯氏志也。并乞片言銘其墓。」於虖！余與孝子同籍同門，同爲史官，苟世有孝子，其人雖祀遠地邈，猶將録其人，傳其軼事，庶幾春秋美君子樂道人善之意。又況習見習知，情逾骨肉者哉！銘莫如余宜也，其敢以固陋辭？銘曰：

於虖！天下豈有無父之人，至於生死而途則分。悼喪其親以喪其身，實未之前聞。其身早世矣，而至性與天壤俱存。於虖！百世而下，凡過漳濱，其以撮土封路孝子之墳。

礪巖續文部二集卷之七

傳

李參政傳

李君諱月桂，字含馨，瀋陽人也。其先系出隴西，至明之中葉遷瀋陽，遂爲瀋陽人。君生三歲而孤，其大父撫之以至成人，嘗以語人曰：「吾後當有興者，其在斯兒乎？」年二十一，貢於禮部，起家知忻州，是爲順治初年也。當是時，山西兵起，屢創而不散，忻尤爲用兵之衢。忻有三大村：曰部落，曰郝索，曰解原，户口凡數千。先是，三村皆大亂，亂稍定，有二校入村中掠婦女，村人執而殺之，主帥以爲討，兵發有日矣。君知主其謀者監司也，往謁之曰：「聞將屠三村，有諸？」監司曰：「然。」君曰：「兵戈方息，人心猶徬徨瞻顧，今以小釁殺無辜之人，恐三晉自此多事也。況二校以淫掠而死，曲不在民。」監司無以答，徐曰：「此主兵之意也。余何能爲？」君乃入軍中，以利害告其主帥，事乃解。他日君巡行郊外，老幼擁馬首拜而呼曰：「使君活我。」久之，守平陽府。平陽大郡，吏玆土者相率貪暴以爲常。君屏絶餽遺，而懲姦邪，制豪猾，清吏胥之宿蠹，風采赫然。先是，平陽屢經兵火，民不得耕作，逋賦至七十餘萬。君奏記上官，請上疏蠲除。同官者皆以爲難，君曰：「吾不忍民之死於敲朴也。豈可預料其事之難濟而遂止乎？」再三言其利害，上官亦心動，遂以民困入告，得旨報可。守平陽五年，遷河東運使。君凡三視鹺政，最先河東，次兩淮，次兩浙，皆能相商人之輕重緩急而次第布之，不爲一切而已。陞關西道。先是，秦中數有警，郡縣多宿重兵。事既定，有詔諸營俱撤回京師，夫役贏車皆取給於民，絡繹不休，又横索金錢，秦人不堪命。君每親往部署，有不馴者，輒屬其主帥嚴治之，軍士稍稍斂戢。楚、蜀之交，用兵累年，不得休息。詔四省會勦，君被檄督餉，而秦中之米運至興安、白水間，以達楚之房、竹。是役也，秦人尤苦之。蓋人負米不能過三斗，而日食米一升，從漢中至興安千餘里，道路崎嶇，月餘方可達，比至，則米已盡矣。君曰：「以米運米，必不能達之勢也。」乃設一短運之法，力省而費用寡，秦人皆便之。陞廣西按察使，讞獄決疑，多所平反。尋以他事詿誤左遷兩淮運使，一如其治河東。人有惡君者劾奏之，遂罷去。已而昭雪，復補兩浙運使，一如其治兩淮。居有頃，遷江西督糧參政。先是，江西所在兵起。大兵恢復，俘其子女不可勝數。君偕同官捐金贖取，好義者多從而效之。又江西旱澇頻仍，流離載道，君發廪賑卹，多所全活。參政職司漕運，漕運頹敝已久，軍民交困。君按籍稽覈，躬親督率，漕政之弊爲之一清。自滇南起亂，江西介閩、楚之間，被兵最久，民死亡無算。君以丁缺田荒移之制府，請悉蠲逋賦。制府上疏，爲户部所格不行。久之，奉覃恩，逋賦悉免。君常曰：「天下無不可感之民，顧立身行己何如耳。」以故其政蹟多可書。今不具載，載其大者。

史氏曰：余讀李氏家傳，至君之事，皆君所自記。嗚呼！吏治之衰也甚矣。自兵興以來，天下之子女玉帛盡於兵燹，水旱何可勝數。其有存者，又晝於筐篋刀筆之間，豈非有司者之罪歟？若君之隨事補救，可謂能舉其職者矣。余是以論著之，以爲爲人牧者告。

李節婦傳

節婦姓李氏，其大父曰成粱，明所封寧遠伯者也。成粱世將家，父子皆持節鉞，爲鎮遼瀋之間。瀋陽之俗，凡同姓不同宗者，俱相爲婚姻，以故節婦適李氏子曰廷鰲。廷鰲早死，無子。節婦年方十九，自以公侯家女，不肯墮其家世，誓守死，勿他適，家人不能奪之。當是時，疆場事起，兵家雜沓，少壯無妻者俱配以嫠婦。令下，無敢違者，以故關以東婦人喪其夫鮮有能守節自完，而節婦毁容斷髮，以死自誓。主兵者皆爲感動，卒釋之。得以遂志没身，斯已賢矣。節婦依其從子月桂以終。月桂事之惟謹，曰：「此吾家女宗也。」康熙十有二年，建坊旌表，而節婦之名著於天下。初，寧遠伯成梁在明萬曆間以功名顯，諸子先後爲大鎮，李氏聲名至赫顯矣。晚節末路，時移事易，遂頹敗零落，不能如其曩時，而節婦以一女子巋然傑起，撑立綱常，争光日月。人皆謂李氏有女，其家世尚不替也。

史氏曰：余聞李節婦之事，慨然太息惜不能得其詳而書之。嗚呼！節義之難，其由來也久矣。聊爲粗識梗概，而使後世有所考焉。

礪巖續文部二集卷之八

策問

庚午科湖廣策問五道

問：六經爲載道之書，舉凡學術源流統於是乎折衷。我皇上天縱聖神，兼綜條貫，加以遜志典學，表章六經，微言大義，炳然天壤間矣。他若傳註箋疏，是非得失之故，亦可得而辨論歟？如一易也，孔潁達之正義、李鼎祚之集解、陸德明之釋文，旨趣各出矣。而先天、後天圖位，或以爲始自伏羲，或以爲成於文王，迄未有確證。書有伏生，大、小夏侯之學，自孔安國古文出，三家之言遂廢。然古文、今文，果孰爲憑？詩有四家，毛萇獨存，而鄭箋與朱註迥别。向謂小序作於子夏，其文近古，昔人何以辨其爲誣，欲置之不録耶？禮記傳於大、小戴，或議其詞繁語複，不類諸經，大都後人傅會。至謂周禮非周公之舊，儀禮爲未成之書，是耶？非耶？春秋三傳，意旨多殊，而夏時周時，改月不改月，聚訟安所定歟？夫析疑訂誤，群言雜出，統之有宗，固窮經者事也。盍詳悉論定於昌明正學之時？

問：周官小宰以聽官府之六計，弊群吏之治，曰善，曰能，曰敬，曰正，曰法，曰辨，於吏事幾盡矣，而統以廉者何居？由唐虞至唐宋，三載考績，法或代殊，而究其指歸，惟廉是勸。豈非以吏誠廉，則必無殘民以逞，推厥治行，即罔非利民者歟？我皇上知人則哲，澄清吏治，尤加意獎廉，往往擢以不次。内外臣工罔不一心精白，以承休德，而守令尤與民日親。欲民之樂生，在守令之良。求守令之良，其必以廉爲本歟？抑貴有設施措注，張弛經權以濟之，而不惟潔清是尚歟？夫事不師古，無所承式。自昔以良牧著聞者，武昌有何遠，崇陽有張詠，襄陽有羊祐、申徽，蘄州有韓思彦、王禹偁，荆州有楊震、胡質，衡州有衛颯、鄭文暹，道州有元結、陽城，若者皆廉吏也。於善、能、敬、正、法、辨，六者果孰居乎？其治行猶可述，而知可取而法乎？諸生學古入官，景行曩喆，姑在楚言楚可也，其各抒通識以斷。

問：富國足民，莫先財用，而積貯者，天下之大命也。自古善理財者，務權其補救節宣，因時利導之術。楚固澤國，民多力本務農，是宜家給人足，不虞空匱矣。邇來户口未盡裕，食貨未盡充，求其三年九年之蓄蓋寡，其故何耶？幸逢聖天子休養元元，如天徧覆，重農積穀之令無歲不行，而已飢已溺之心無時或釋。往者楚中小祲，即屢詔蠲租，湛恩汪濊，群生莫不沾濡矣。善後之圖，有備無患，其惟常平義社倉乎？若何而切實，有裨列郡州邑，罔狥虚名也？楚中稔歲，又患穀賤，錢刀金帛不足於供，其何以爲流通之術耶？李悝言歲有上中下三熟，大熟則上糴，中熟則糴二，下熟糴一，使人適足而止。此官爲平糴以救穀賤也。耿壽昌言宜糴三輔、弘農、河東等郡穀以供京師，可省關中漕卒過半，則通變於轉漕，而公私兼利矣。今猶可倣其意而行之乎？多士留心經濟，尚詳著於篇。

問：世道之淳漓成於有漸，人心之邪正積於無形，從來士習民風，國家慎且重之。今聖皇建極於上，一道同風，從欲以治，猶日討國人而申儆之，矧承流宣化者乎？夫禮樂詩書，所以造士，三物六行，所以齊民，欲天下回心而嚮道，意惟講求於此乎？詩曰「視民不恌，君子是則是傚」，言士行端而盡人取法也。又曰「群黎百姓，徧爲爾德」，言民皆質實無僞，如助君爲德也。欲臻斯隆軌，何道之從歟？古之立教者，有禮義以率其趨，有廉恥以作其氣，有孝弟忠信以全其樸，有司徒董正以導之，移郊移遂以懲之，使之化於正而不入於邪，返於醇而不流於漓焉。舉其法而修明之，大要安在？楚産多良士，民純秀，喜儒尚質，天性固然，去古寖遠，間有不盡然者。豈漸漬於失教，被服於成俗，以至斯歟？昔胡瑗教授湖州，士子悉爲名儒，文翁治蜀，以禮讓範民而民化，大指必有可聞者，其條具以對。

問：司寇掌禁以詰姦，用以弭盗而安民也。故凡野廬司寤之屬，法至周詳，俾奸宄無由竊發。三楚東抵豫章，西控巴蜀，南連西粤之墟，北接大河之界，提封式廓，形勢險遠。間與諸蠻雜處，其俗輕悍剽疾，撫馭稍疎，盗賊輒乘間而起。自古涖兹土者，或移檄而江夏劇寇解散，或鎮武昌而數千里水陸肅清，流亡歸業，或鎮武岡而五溪亂蠻望風倒戈，或周知荆土善惡，而草竊莫敢復逞。彼皆何如人也？夫何術而臻此歟？盛朝聲靈赫濯，有截其所，文治綦隆，不弛武備，全省有提督之官，要害有鎮守之設，至於申保甲，飭兵汛，嚴捕緝，定有司考成之格條詳法，具蔑以加矣。將不惟其法而惟其人乎？抑必有無形之弭寓於其中，而不純任條法乎？夫弭盗於有警之時，與弭之於未形者，有本末緩急之殊否乎？今欲使荆郢數千里之地萑苻晏然，惟爾多士，務去陳言，獨攄碩畫毋隱。

礪巖續文部二集卷之九

史論　說

二月廣陵王荆有罪自殺國除

荆之狂悖，屢矣。有司之法，論無可原，即欲不自殺不可得也。帝之於荆，始秘其誘東海之事，繼宥其迎星者之謀，至是相士告變，猶且加恩。刑官論定，爲之嘆息，其於弟也，可謂仁人之用心矣。雖然，荆於此年三十耳，當中元之末，猶未二十也。血氣未定，經歷方初，使帝覽其飛書，聞其私議，明加創艾，俾有憚心，不亦小懲大誡哉。顧令偃息河南，遥之江左，若無罪然。致滋其戾，帝亦不可謂非失教也。

以丁鴻爲侍中

立身以孝友爲先，官人以德行爲重。丁鴻讓國，雖出於兄弟私情，非伯夷、季札之比，然友愛真誠，以視見利忘親者，不啻霄壤，況其復擅經學也哉。帝以鮑駿之薦，遂召爲侍中，蓋亦得官人之道矣。若夫伯夷尊父，季札敬兄，皆本天理之正，鮑駿謂之亂世權行，斯又論古之失與？

春正月東平王蒼來朝

善者，人性所同具。惟棄而不爲，則嗜欲紛乘，神志勞瘁，將有不勝其苦者。苟能爲善，斯邪去而心逸，行修而身安。處家之樂，誠莫踰此，故東平有爲善最樂之對。迹蒼在當日辭將軍之號，遠輔政之權，秉禮謹度，是真能爲善者。帝之感其言也，抑蒼實有以感帝也。手詔殷殷，寵殊群辟；侯印纍纍，慶溢一門。此不獨覩帝好善之誠，亦以徵蒼爲善之報矣。

夏四月修汴渠堤夏四月汴渠成

自平帝時河、汴決壞，至今六十餘年矣。河潰而南，汴浸而東，汴與河合，水勢彌廣，隄而止之，是可再緩乎？一綫金隄，屹然千里，雖衛汴，實禦河也。由是河復東北之道以入海，汴安東南之流以入泗，兖、豫之間庶幾安土，績不亦偉哉！然發卒數十萬，費以百億計，一年之久始獲告成，土功之難如是夫。

楚王英有罪廢徙丹陽

人有浮誕之好，而後邪詭之説始得中之。觀楚王英自奉縑帛贖罪之日，僻行乖方，蓋久矣其溺惑矣。以是友方士而不耻，作圖書而不怪，雖欲謂非逆謀不可得也。帝以親親不忍，廢徙以代刑誅。然英自作其孽，勢不能全，黨與相連，群蒙其禍。甚矣方士之妖妄也。甚矣好尚之不可不謹也。

遣衛尉陳震使吴及吴主權盟

自關羽威震華夏，而曹操欲遷都以避其鋭。孫權聽吕蒙計，蹙羽殺之，丕遂稱帝。是成丕之篡而敗漢業者，權也。先主爲羽復仇，而權使陸遜破之夷陵，歸未一年而没。是阨先主而令之憤鬱以終者，亦權也。以義言之，漢不宜與權和，且權數與漢和而數背之，又安可信？不知權未稱帝則和不可久，權既稱帝，則與魏爲敵國，而心實畏魏，安得不自結於蜀，以爲犄角之援哉？亮知至是而吴、蜀之盟始堅，可以討魏而無忌，故遣使賀之，而有中分天下之約也。其後出陳倉，出祁山，頓師於武功、子午之間，國内虚矣，而吴晏然不動，非同盟之效歟？搆兵之失，蜀悔之，吴亦悔之。捐小忿而就大計，武之善經也。

秋九月吴遷都建業使上大將軍陸遜輔太子登守武昌

鍾山龍盤，石頭虎踞，諸葛亮之言也。楚威王以其地有王氣，埋金壓之，而秦始皇亦云東南有天子氣。其兆乃見於五百年之前，宜吴主之徙而居也。沿及六朝，偏安江左，黄旗紫蓋，南北中分，殆天運使然歟？抑亦由於地險也。武昌舊都，使儲君居守，委賢才以輔之，得所付託矣。遜起書生，而權試之軍旅間，才略智計亞於瑜、肅，君臣相遇，豈不異哉！至其却劉廙之細辨，崇先聖之正教，尚禮緩刑，居然儒者也。登死而輔和，不溺其職。乃權晚年昏耄，致令魯王譖，適庶分争，遜以憤恚終，惜哉！

九年夏五月亮敗魏司馬懿于鹵城殺其將張郃

自先主伐操，夏侯授首，杜襲、郭淮遂推張郃爲軍主，操假郃節而任之。郃固名將，又宿將也。街亭之役，絶漢汲道，馬謖敗誅。後亮圍陳倉，攻郝昭不下。魏帝使郃擊亮，而郃度亮已走，勇略智謀，當塗氏君臣所倚也。郃死而懿之膽喪矣。鹵城之敗，緣懿不用郃言，而郃反當其禍，悲夫！漢之討魏，勝負亮略相當，而懿乃畏亮如虎，蓋奸雄詭黠之智與堂堂王者之師不可同日而語也。賈詡昧於大勢，固不如懿之甘心巾幗歟？

秋八月魏令其宗室王侯朝明年正月

魏之禁切諸侯王也，以東阿見愛武帝，而文帝疑其奪嫡。即位之後，幾欲殺之。禍及二丁，讒由謁者，手足之誼漠然不動其心，遂使有土之君思爲布衣而不得。諸王同錮，過惡日聞，寄地空名，等於安置，監國防輔，有甚於拘幽者。周道親親，故卜年七百，今皆反是，其能久乎？植雖疎狂，而忠愛不替，圈牢之歎，視中山聞樂悲逾甚矣。田氏取齊，趙、魏分晉，當權者之鑒也，於公族何尤？而明帝不悟，僅許一朝，謂篤行葦蓼蕭之誼，何其少恩哉！思王之表，曹冏之書，比之劉向，其忠一也。

十二年夏四月丞相亮進軍渭南魏大將軍司馬懿引兵拒守亮始分兵屯田

亮作木牛流馬運米斜谷，此去年事也。至是進軍渭南，而懿引兵拒之。亮乃分兵屯田爲久駐之基。綱目書之，曰始明亮之不復爲歸計也。渭濱沃野，兵民錯雜而耕，襏襫之夫、介胄之士不啻如家人婦子之相慰勞也者。詩云「不留不處，三事就緒」。茲則留者留，處者處，而三事之就緒如故，非王者之師，安能若是哉？請戰託之上表，杖節遠從中制，情見勢屈，計日而漳河可涉也，其奈天之不祚漢何！

秋八月丞相武鄉侯諸葛亮卒于軍長史楊儀引軍還前軍師魏延作亂儀擊斬之

亮年僅五十四，未宜死也。軍國事煩，不遑暇食，形神兼役，嘔血卒軍，亮蓋欲不如是而不能也。楊顒諫其過勞，司馬懿料其不久，亮之明寧不計及此乎？顧事勢何如而敢自逸？若云委任群職，責成庶寮，疏節闊目，亦無大害，此可就平世言之耳。且鞠躬盡瘁之謂何？故寧死而後已也。魏延狠愎自用，不維大義，亮身未寒，遽爲亂首，即無叛逆之志，罪固不勝誅矣。初，延與儀水火，而亮深惜其才，使詐使貪，未暇防其後患。迨作退軍節度，而俾之斷後，二人之釁，毋乃丞相開之。或曰使部前軍，則延或不爲亂，而不知其專忮性成，或示武於敵，或泄怒於儀，或樹權於國，皆禍之滋大者也，亮已料之審矣。

桓公奪伯氏駢邑與管仲，而伯氏没齒無怨言。説者以亮死而李平、廖立爲之泣，有同符者，而不知其相去之遠也。仲之服伯氏以功，而亮之服平、立以心。愛才而又不能廢法，誅其罪而又不忍不念其長。遲回顧惜，惻然藹然之意，有慚負於衾影而感深於骨髓者矣。平懷詐，立怨望，類非君子，然懲艾復進，可與共功名。非亮不能用平、立，而平、立亦不能爲他人用，宜其悲切之不自禁也。夫人才實難，貴御之得其宜耳。馬謖、楊儀、魏延、李平、廖立，雖身名俱敗，豈碌碌自好者所能及哉！

以吴懿爲車騎將軍督漢中蔣琬爲尚書令總統國事

世之論者皆以後主爲顓愚，觀其任人之際，未可譏也。懿雖太后兄，而實老成舊將，使督漢中，親賢蓋兼之矣。至如琬者，亮病篤時屬之李福，而後主果以代亮，任賢勿貳，行其身後之言，庶幾賢主矣。昔者，管仲不薦隰朋，而桓公亦未信其言，蕭何特舉曹參，而惠帝卒如其請。以今準古，寧有愧焉？不然者，楊儀之才略功勳而不令統國事，則皆篤於信亮之故也。琬懲亮數出秦川，迄無成效，多作舟船，欲乘漢、沔東下。又以涼州胡塞之要，進退有資，使姜維爲刺史。託志忠雅，共贊王業，亮誠知人也哉。

十三年冬十月魏張掖涌石負圖

前此龍見摩陂井中，改元青龍矣。不二年而張掖有涌石負圖之異，何符瑞之迭見也。《綱目》於明帝之事詳矣。大營宫室書，作洛陽宫書，立崇華殿書，鑄銅人、起土山書，星孛地震、宫殿數災亦無不書，勞民傷財，災異迭見，參錯紀之，可爲炯戒。若夫龍見石涌，則董仲舒所云「又出怪異以警懼之」者已。有文曰「大討曹」，而頒之以爲瑞，何哉？司馬篡位，其兆已成，寧獨張臶知之也？

十四年冬十月魏令公卿舉才德兼備之士

魏之公卿，才者或有之，未聞才德兼備者也。明帝即位之初，華歆、王朗以耆碩居台司之任，負天下重望，而其實庸陋卑鄙，無大臣謇諤之節。諸葛誕、夏侯太初進，而浮誕之風熾。孫資、劉放進，而讒佞之俗成。衛臻、盧毓、高柔、蔣濟之徒，皆碌碌保位，僅能其職而已。陳群勤吏事，辛毗好直諫，稍稱皦皦，而與司馬懿同列，依違比附，安在爲有德者也？而令諸臣舉才德兼備之士，不亦謬乎？史稱懿舉王昶，則諸臣所舉闒冗無足紀可知。且昶誠有德，奈何爲懷奸篡國之人所推轂哉？獨怪陳矯、賈逵惓惓爲大魏之忠臣，而不聞援引善類以布之朝列也。

魏以薛聰爲直閤將軍

自古直諫之臣，必不以爵禄爲念。觀聰之苦辭名位而不肯受，此其所以能不畏彊禦也。聰誠有古人直諒之風矣。魏主能受盡言而寄之心膂，委之重任，君臣相得，豈非千古盛事乎！考魏主平生好賢親善，文章爛然，則其能受盡言，固自有道而非出於勉强者矣。

齊主殺其尚書令王晏

甚哉！晏之愚也。當高宗起事，晏欣然奉之，其於高宗固有功矣，其負世祖不已甚乎！夫反覆而事人者，人必以其前事疑之。況以晏之輕淺無謀慮，而禍安得不及乎？華林之詔雖不無深文，在晏之禍敗，固所不能免也。觀其不聽思遠之言，貪爵慕位，戀戀須臾，而至於覆宗滅祀。甚哉！晏之愚也。

魏主還洛陽

古之帝王，皆有功德於萬世，後之人主誠能以古帝王爲重，其廟祀之典不可廢也。況親至其處，訪其遺蹟，能無追慕之心乎？魏主即位以來，善政不可殫述，而行幸所至，賑孤窮，養老賜爵屢矣。其自虞夏迄周祀事，尤殷殷焉，可謂知所重者矣。

魏中尉李彪免僕射李沖卒

彪與沖在太和中俱有功名，俱爲魏主所親信。兩人始相愛也，後復交惡，蓋皆不能無過焉。彪自托身羈旅，附沖以取聲譽，既得志，輒復輕之，固爲有罪矣。沖以此積怨蓄怒，而奏其罪狀，至欲以死當之，又何其隘也。迨彪既收，沖之憾已釋，而沖之命亦隕。司馬遷曰「怨毒之於人甚矣哉」，信矣。彪後借史事復起，然頗薄其官，其貪於榮利，一至於此。然兹兩人其他議論，亦有可取者，是以魏主皆禮重之也。

魏以彭城王勰爲宗師

勰好學篤行，史稱其卓爾之操，發自天然，不群之美，幼而獨出。蓋有河間、東平之遺風，而尤執謙退之節，可謂賢矣。高祖詔令專主宗制，糾舉非違，使宗室子孫有所師法，可謂得其人矣。勰之賢而有功，高祖任之，始終勿疑，而不能免於世宗之世，此史所以嘆周成漢昭之難遇也。

六月制選臺閣名臣爲諸州刺史以下唐

天災流行，何代蔑有？任得其人，則先事預防，臨時補救，民猶有瘳也。況刺史之職，於民甚親，擇之可不慎乎？帝因旱災命選名臣爲刺史，後復詔選諸司長官爲諸州刺史，帝之任刺史可謂重矣。崔沔以侍郎出，在郡能舉其職，誠克副慎選至意，而張説特以私憾出之，説之相業不及姚、宋多矣。

十三年十一月至宋州

帝之初政，猶爲精明。觀其至宋州，不以供帳之薄罪刺史，且皆賢之，各加優擢，而於耀卿之言，置之座隅，帝之虚懷樂善若此。此所以有開元之治也。東封之舉，成於張説，人或以是爲説病。今觀帝至宋州數語，可爲人主巡幸之法，則於説也何尤？

十五年春正月吐蕃入寇王君㚟追擊至青海西破之

綱目惡窮兵，故深入者皆譏之。王君㚟勇而無謀，張説料之審矣。惜乎帝之不能用其言也。西海之役，僥倖破敵，不過一時之快。然而帝狃於一勝，荒志由是起矣。既重邊功，則必重邊將，而後此無窮之禍，皆青海之一戰成之。此易之所以戒履霜，而詩之所以美薄伐也。

夏五月作十王宅百孫院

十王之宅，以居皇子；百孫之院，以居皇孫。唐之子孫可謂盛矣。然而古者豫教之方無所不具，使之日接正人，聞正言，行正事，此麟趾、螽斯之所以歌於二南也。後世猜嫌之患起，而太子官屬一入授書之外，惟歲時通名。雖以防姦，而於豫教之方抑已略矣。

十八年夏四月以裴光庭兼吏部尚書

國家之用人，惟視其賢與否而已。賢者不妨爲不次之擢，不賢者不妨爲終身之淹，蓋所以獎勵人才而使之知所奮也。用循資格，自光庭始。於是庸愚皆以次進，而才俊之士率多失志。他日制選，人有才行者委吏部臨時擢用。然有司猶踵行光庭故事不肯廢，蓋以其便於己也。故綱目於光庭之卒也不書爵，其惡之者深矣。

王神童字説

王廷尉子重先生出其第五郎鴻勳請字於余。余異其周旋拱揖，儼若成人，問其年，僅七齡耳。叩其識字幾何，已萬許矣。偶指壁間敦字，詢之當作幾音讀，輒舉團、堆、彫、準等十數音義以對。座客驚詫，皆以爲神童。余曰：嗣君若發顥竪，李鄴侯不是過也。他日策勳固宜，命斯名也亦宜。雖然，竊聞之，聰明睿知守以愚，功被天下守以讓，聖有明訓矣。史臣頌堯曰放勳，而繼之以允恭克讓，讓非居勛之善物乎？虞廷拜稽相讓，大禹不矜不伐，實傳心于此。厥後趙衰之三讓，欒郤之論功，魏絳之辭賞，皆曰「臣何力之有」，用能佐君取威定伯，主盟中夏焉。武侯受顧命之重，經略中原，惟曰「先帝知臣謹慎」。曹彬下江南還，惟曰「勾當公事回」。古人不矜功者類如此。今觀嗣君如千里霜蹄，瞬息可俟，不患其碌碌無短長之效，特慮自有其功，不以功下人耳。易曰德盛禮恭，致恭以存其位，此則某所望於異日之嗣君也。請字曰克讓，先生其不以爲河漢否？

礪巖續文部二集卷之十

疏

募建歸涇橋疏

有不朽之盛事於此，有其願，無其力，弗克勝也。有其力，無其願，猶無力也。得弘願者一力肩任之，或同志者爭趨樂助之，轉瞬而底于成，則一方之人被其利濟者多矣。矧四方之人翕然歸美其盛德乎？一時之人目擊而稱祝之者多矣。矧累百世之人傳述追遡，而咨嗟樂道之乎？是知人非有財之難，有財而能用者實難，亦非用財之難，能用財於必不可不用者實難。蓋有財者不兼有濟物之仁，有濟物之仁不兼有知務之智也。歸涇橋在我吴胥門外，跨水陸之要津，東則胥關所必由，西則靈巖、鄧尉、堯峰諸山。道俗行旅靡不取道於此，舟車商賈往來輻輳，胥于是乎經行，而歲久傾頹，惴惴焉不能以朝夕，行者患之。謀所以鼎新之者，不容須臾緩也。

適柯公觸暑見過，具言兹橋既當孔道，而包山下院實枕其旁，因請疏於余以爲善信前導。余惟世間高門縣薄，甲第名園，蟬聯相望，工作屢興，土木日廣，所靡金錢較兹橋不啻什百，而利賴緩急則大有徑庭焉。且幸而落成之，有及其身而止者矣。又幸而一再傳，後且不知轉屬誰氏，忘其爲何人經營者矣。孰與石梁之履道坦坦，利益弘多，鐫名紀德，千百年不變。凡過而指之誦之者僉曰：孰使我安驅而無窘步乎？孰使我利涉而無阻礙乎？厥由某氏所獨建也。或某氏所倡率，某某氏樂輸而襄成也。豈非不朽之盛事哉！此所謂有濟物之仁，而又有知務之智者也。要非能用財不及此。柯公曰：善夫！公之能以筆舌布施也。遂書其語以爲疏。

募建石公山寺樓疏

具區七十二峰，西峰爲甲。西山争奇競秀，石公又爲甲。他若林屋之幽，則窅窅冥冥，不可久處。縹緲之峻，則心目已快，如疲頓何？若夫島嶼縈迴，突兀波上，幽不荒忽，峻能引人，微石公誰與歸乎？袁中郎以之自稱，姚現聞形諸夢寐也，宜也。其石則若人立者，若獅象蹲者，若龍虎鬬者，若覆夏屋者，若嚴陵釣臺者，嵌空玲瓏，不可勝數。其名蹟則曰雲梯，曰風弄，曰歸雲洞，曰落照臺，曰夕光洞，曰聯雲障，曰蟠龍洞，壁如削鐵，巖如錯鏽，舉綿亘連屬，令人目不給賞焉。所未愜人意者，山椒一菴，僅堪小憩，而草署數椽，菴僧焚脩足自了而已。苟二三勝侶興酣盤薄，期作信宿留，輒苦駐足無所，祇覺粥鼓鐘魚，喧卑偪仄，蓮趺金像，苟免露處，殊未足副兹名勝。此德建上人所以慨發弘誓，瓢笠孤行，徧謁宰官善信，謀建寺樓三楹也。其言曰：「兹樓若成，道俗胥賴，山水爲之生色，紛詭遐曠之觀于焉畢收。雖一柱一椽，一磚一甓，譬之燕壘蜡宫，敢辭口血銜掇哉？」余憫其言而壯之。夫以靈境佳栖，日引泉接果，藝蔬樵爨，儘可枯坐團蒲，安兹簡陋，而上人不憚辛勤，重繭行脚，爲高人韻士遊息計，爲天龍梵釋莊嚴净土計，其志固有足嘉者。我知施財者響應，趨事者雲集，積壤成丘，集毳成裘，行見飛閣流丹，層梯拱翠，風檣煙艇出没檐楹之間，皓月鮮霞納牖排闥而入，仙靈依爲窟宅，諸天諸佛依爲都宫，誠人世希有福田也。因僭導數行以請之。

包山寺募長生米疏

包山古寺者，柯公駐錫之選佛場也。寺維大化城，在洞天爲第九。師乃真知識，稱開士之無雙。大衆雲集以焚脩，妙義風翻而解悟。具區千頃，揚性海之波瀾；浮梅萬株，雨天花而馥郁。洵人天之勝果，爲道俗所皈誠。迺者香積烟疎，靈山會冷。時逢儉歲，既指囷之不逢；地號西山，豈採薇之可飽？特要同志，共結長生，各捐斗石之儲，便種丘山之德。庶幾無縫塔下，休捧祇園鉢盂；行見折脚鐺邊，免問廬陵米價。罔俾古德亦羡飽於侏儒，寧獨泉明偏銜恩于冥報？敢云倡導，僭作糠粃。

募建汴城文昌閣疏

世傳文昌應化事蹟奇詭，多與聖賢不類。觀其自稱一十七世爲士大夫身，未嘗虐民酷吏云云，似屬渺茫無據。然事之有無固未足深考，究其立言指歸，期於扶進人倫，敦尚名節，爲子言依於孝，爲臣言依於忠，庸詎不可羽翼經傳？故吾儒恒樂得而稱道之。大梁人士如李君鎮、張君應宿兩家昆季尤崇奉惟謹，因見南薰門外蕭曹祠旁有地一區，閒曠寬平，矢願營建文昌閣三楹。晨夕瓣香告虔，而陶甓粗具，庀材鳩工，不無望於同志者協圖贊襄，各捐燃膏之資，用成飛翬之壯，庶刻期辦集，輪奂在指顧間。且落成之後，凡有事斯舉者，相與勉植名節倫紀，聿修庭訓家簪，無非種德行善，里閭鄉國漸且觀感而化，其有功於帝君垂訓，豈淺尠哉？若謂司禄判桂，籍以此邀福白榆，則聖賢所弗道，非諸君崇奉初旨也。余故樂聞之，僭書數語以爲前導。

礪巖續文部二集卷之十一

題跋

方翊霄石鼓賦題詞

瓊山才子，仙掌真人。裔出富文，家傳正學。孝穆綺才第一，成明妙譽無雙。玉軸充霄，不數杜家武庫；牙籤壓架，遠過曹氏書倉。一目過而十行，三篋遺而盡記。陶冶萬象，籠蓋群英。摇毫則三峽騰飛，吟嘯而五嶽起舞。雄文扛鼎，早登著作之堂；健筆凌雲，直入風騷之室。博士弟子，恒推冠軍；論秀書升，肇登天府。用觀光乎上國，爰翔步乎成均。試入橋門，賦題石鼓。緣情發義，託物興詞。似咏石鏡于成都，龍鳳迴旋腕下；猶覩銅盤于盩厔，蛟螭夭矯行間。蔚矣其文，麗而有則。方斯清俊，則庾氏子山；擬厥雕華，亦劉家孝綽。欻使岐陽記獵，重添擲地金聲。恠來史籀摛毫，新發摩天銀管。實研練三都能事，洵鼓吹一代驚才。陸海潘江，遜是屬詞典要；班香宋艷，謝玆懷古情深。進賢者應表爲國華，好事者必私爲帳秘。即此吉光片羽，奚啻桂林一枝。定知市上懸金，盡尊吕覽；寧等璞中韞玉，空獻荆王者哉？

朱贊皇七律集唐題詞

原夫搆臺淩雲，衡劑盡千章名幹；鑄鼎象物，貢輸皆九牧良金。狐集腋以成裘，帖平針線之跡；蜂釀花而作蜜，駢聯羅綴之房。劇費經營，大難結撰。乃有梁溪才子，沛國騷人，秘思抽園客之繅，妙製奪天孫之杼。拈來儷句，無非碎金；組就完篇，都成純錦。全唐數萬首，搴翡翠于蘭苕；七律三十章，貫驪珠以綺綴。何來新婦？適配參軍。恰值傾城，足當名士。單辭片語，豈異苔而同岑；取義斷章，遂連枝而並蒂。似秦、虢相携雲幕，若愷、崇共鬬瑚珊。更于屬詞比事之中，開闔畢備；不外取青妃白之法，轉合自如。籠鵝雖幻非奇，刻楮多年奚巧？工疑鬼斧，莫辨是圭是璋；身即古人，不知爲周爲蝶。洵藝林之僅事，實鏤管之新裁。聊綴蕪詞，難名巨手。

懷淑集題詞

悼亡集唐詩五十律，王學士瑁湖先生爲吴興夫人撰也。夫人天上星妃，閨中昭略。瑶柯迴月，争誇王謝閈閎；玉樹臨風，競詡郝鍾規範。來作嬪於君子，榮耀中闈；自主饋於家人，虔供内政。縱處鸞龍之胄，靡忝蘭茝之儀。雅聞髫鬌之年，便協珩璜之節。況復才思精敏，雅習詩書。少長服勞，兼工縑素。倡訓鴻案，堪爲女史良箴；贈答鸞儔，足備風人妙選。曾擬春椒之頌，還成秋菊之銘。邃閣晨妝，畫從張敞；清閨雅課，倡自秦嘉。每遇芳辰，共陶嘉節。何圖麟儀忽暗，蟾彩長虧。傷綺榭之茫茫，仙娥去月；惻高樓之黯黯，寶婺辭星。不勝喪淑之悲，難禁殞妣之淚。先生方謂永諧静好，長結清歡，豈期樂往哀來，聚難散易。歎幽蘭之頓謝，芳草先萎；痛美玉之長埋，榮珪已缺。畫屏人去，空留孔雀之圖；寶鏡塵昏，莫辨彩鸞之影。宛轉之山萬里，不斷來愁；葳蕤之鎖千條，難通去夢。既乏文成之術，更無帝女之靈。檢點空箱，惆悵金泥。簇蜨摩挲，殘盝淒涼。玉篆盤龍，畫佛未足紓悲；屢興歌詠，寫心莫能盡致。廣擷英華，魂夢往來援毫；託賦神光，離合觸緒成吟。何由使意盡言，言盡意；正不知文生情，情生文。爰集四唐之麗音，如織五花之錦；用播六珈之淑德，若編千翠之裘。綺調星羅，哀心雨布。鏤金錯采，紛然五色。相宣合璧聯珠，一片天衣無縫。臨風朗誦，定知渺渺而來；對月長謳，想見珊珊而至矣。僕本恨人，曾爲鰥客。曩懷箕帚，每傷元稹之營齋；屢念糟糠，亦和子荆之除服。撫瑶編而三復，重感安仁；諷瓊字以百迴，再傷奉倩。僭爲弁語，媿乏八叉之才；叨作蕪詞，聊代七哀之賦。

研隱集題詞

竊聞崇徽蕙穆，曾傳黄鵠之歌；秀色苕敷，尠播素絺之調。是以鼓箜篌而墮淚，白首神傷；賦鷫鷞以明心，紅顔命薄。古來孰儷，今世誰倫？爰有蘭室霏香，藍田布彩。兼綺才於内則，貞苦節乎中闈。幼即含章，能銘秋菊；長而藴粹，解頌春椒。弟兄則孝綽、孝標，才名不讓姊妹。乃若昭若蕙，闈學相符。皓腕盈盈，善織回文之錦；雲鬟顯顯，長棲舒翼之樓。擬謝太傅之家規，恒揚麗則；儼蔡中郎之壼範，早悟色絲。容表端莊，結褵則雕龍之沈炯；儀標令淑，舉案爲刺鳳之張衡。粉奩亞書帙以横陳，登樓清嘯；脂盝間筆床而臚列，閉户微吟。方期鸞軫同歡，鹿門偕老；豈意幽魂泣露，傲骨驚霜。團扇涼捐，不作秋悲之歎；鏡臺塵掩，俄聞晝哭之聲。吹緑爲烟，著作劉娘女訓；浥紅成淚，續成陳母孝經。人稱瓊閣之才媛，集名研隱；世重璇閨之寶婺，技鄙針神。堅矢柏舟，翔燕每憐其節；勤操荻畫，丸熊不憚其煩。余采隱包山，拾取金庭瑶草；尋幽林屋，搴來笠澤蓴絲。餐爽氣於西山，欣聞煒管；傳懿型於東閣，喜對香奩。流覽簡編，斟酌楊、陶之列；叨塵弁冕，糠粃班、左之前。

題程端伯畫卷

青溪非畫史，偶自寫天真。樹爲屈鐵勢，山貌古心人。皴法通行草，粗服亂頭好。一峰如可作，把臂還一笑。此余己酉夏爲櫟園老人題青溪畫册語，時實未識先生也。至秋，逆先生於邗江，頎然玉立，爲之神竦。晤對移時，則天真爛熳，使人意消，私竊自喜前此見畫如見其人矣。閲二十一年，先生館甥夏廣文見過燕邸，云先生於丙辰歲已歸道山，嗣君簡可見爲國子博士，因出此卷屬跋。欽歎把玩，不忍釋手，追憶前題，又竊自許庶幾不愧知言也。俯仰今昔，憮然久之。

題申敬立畫册

徐青藤嘗自評次，謂詩一字二文三畫四。余以爲不然，出公腕下未有落第二者，不應强加軒輊。申君兹册，繪事詩旨書法無一不臻最上乘，想見其人神姿高徹，胸無點塵，直當令青藤老人退避三舍。惜余未見其文，特以意擬，當亦稱是耳。昔湯義仍見四聲猿，欲生拔文長之舌。今見兹册，幾欲生斷敬立之腕矣。若能爲余立盡生綃側理數幅，方肯帖然俛首。廷彦其能緩頰以解之否？不爾，恐未免效據舷狡獪也。

題張少宰曼園小像

望其容，淵乎其若沖。挹其度，藹如入春風之座。方其端委廟堂，則澄流品而肅官方。時而寄情泉石，則侶鸞鶴而友松柏。蓋既非山澤姿，亦無大人相。其斯爲鎮安朝野謝太傅之雅量與？

題郝中美小像

温而肅，静以閒。古心古調，流水高山。想像於有意無意之表，仿佛乎時似恒似之間。可望而知者，巖下電光之爛爛。不可得而傳者，九天仙骨之珊珊。

題邑侯陳九皋小像

昔君家太丘長風化宣流，綏以德而撫以仁，恣其所安，久而敬且親。何期百世而下，復見使君之字海民。自公多暇，携琴調鶴，吟柳幕而嘯花茵。傳經之二難侍側，行見高名並著，亦號三君。是宜百城圖畫依然，潁川之羔鴈成群也。

題徐敬齋小照

其氣春容以和，其神肅穆而嵬峩。我知其人，寧静而英多。家有賜書傳笏，而謙沖若白屋之寒士。胸有隋珠蜀錦，而枯澹若了悟之禪那。人疑其老于縫掖，正恐不免銀魚而玉珂。

又題鏡容

程朱心傳，厥惟一敬。朱以窮理，程以定性。惟德之輿，乃學之正。懿哉我友，敬齋自命。凝然玉照，拱立明鏡。肅然冰心，先儒印證。顧名思義，罔俾怠勝。勿貳勿三，何難作聖！

題鍾馗像

貌胡獰？氣胡毅？相傳道，前生是，開元間，一進士。失狀頭，不得意。頭觸堦，棄塵世。嗟今人，尤可異。輕科名，薄文字。負長才，奈短氣。争似君，堪敬畏。生啖鬼，同兒戲。

跋蔣晉侯書位思堂記

中庸言慎思，子夏言近思，揔不外位。思之義如職之有守，農之有畔，所謂兩山對峙不相侵越也。若夫憧憧往來，朋從爾思，皆逐於意必之私，越乎素位之矩，而當止之所在反曠焉不脩，故曰「臨義而思利，則義必不果。臨戰而思生，則戰必不力」。思各止其所，而天下之理得矣。雖然，非知至知終，中有主而不亂，其能然乎？余昔嘗得交於中憲蔣公，有以識其爲人，虚而明，一而通，安而不懈，應物而無心，詢有得於聖功之本者。觀其以位思名堂，而自敘其生平得力若此。公之小阮岐巖比部復爲永諸貞珉，不忘先世手澤。嗚呼！後之君子考其家學淵源，與其服官行事，必有能論定而紀述之者，寧獨以書法秀偉爲足重哉？

跋趙文敏釋古篆銘册

古人思垂世久遠，多託於金石以傳，貴其不朽於天地也。迺岐陽十鼓，文皆殘泐不可讀，則石亦未足恃，故彝敦必用銅。後人得古器銘諦審之，猶髣髴可識。甚矣昔人之爲計深遠也。茲册所載京姜鬲，古製斑斕，銘篆並極奇奥，非承旨不能一一辨釋。書法亦純和圓美，無復隤恣餘習，良爲秘玩甲觀。葛陂博物好古，精鑒絶倫，所藏弆舊蹟夥頤沉沉，獨於此册摩抄不去手。以趙楷釋周篆，既幸雙劍之合，而葛陂又爲之延津，誠無負古人無窮之計哉。

跋董文敏書無名公傳册

文敏於八法源流靡不淹貫，而早歲入門，尤得力於蘭亭、聖教，遂爲生平行書粉本。此無名公傳蒼秀森嚴，時出逸思，直與懷仁抗衡，而顧盻伸縮又無非稧帖神髓，洵瓌寶也。芝田先生其善藏之，毋輕示據舷狡獪者。康熙戊辰夏五，諦玩於燕邸一枝巢，因識。

跋朱憲副恩綸卷

往余讀潘方伯爲封中憲大夫朱公壽序，稱伯嗣海曙公筮令淄川，勤于撫字，而藹然有父母之載；敏于聽斷，而凛然有神明之稱；篤于教化，而章縫蒸蒸向風。淄人德之，謀俎豆公，比于朱邑之桐鄉，而齊魯之間以爲宓單父、魯中牟復出也。諸監司争推轂公爲治行第一。厥後晉秋曹郎，恤刑七閩，出守武林，擢兩浙憲副，參晉藩，所至廉聲惠政一如其治淄云。余生也晚，仰止前型，已非一日。今歲陽月，兖司馬鶴聞内表兄出示兹軸，正先生宰淄日初膺制典。觀其褒嘉備至，則方伯所稱信而有徵矣。抑又聞此勅失于兵燹者有年，近忽有得而歸諸鶴聞者。適會鶴聞方爲曹令，時恩綸賁門，兩軸遂如延津之合。因緣遘會，又何奇也。我固知鶴聞治曹，亦一如曾王父之治淄，而後此勳名繩武，行于是焉卜之也。敬識而歸之。

跋朱憲副硃卷

今有家傳千金之璧，能守而勿失，寶之于世世，可爲孝乎？曰可謂善守矣，孝則我不知也。或遺負郭田數頃，後人菑而穫焉，歲且得畝一鍾，可爲孝乎？曰可謂肯播矣，孝則我不知也。夫前賢勳業著于當時，聲華垂于後世，後之人克紹箕裘，家聲不墜，斯之爲孝耳。又念當年闈牘，實惟拜獻之先資，特達之珪璋也。幸得時時展觀，而想見風簷揮灑，與主司之評點激賞，宛然鍼芥水乳，豈非無價家珍也哉？嗟乎！吾鄉高門縣薄，甲第連雲，而牙籤縹軸化爲冷風，蕩爲飄瓦者何限。獨吾友兖司馬柯亭能于劫灰爇燼之餘，寶其曾大父憲副公禮闈三場硃卷，裝潢什襲，不啻聯珠拱璧。前徽猶在，觸手如新，使後世子孫誦清芬而揚駿烈，繼起而光大之。寧惟食德服疇，用高曾之規矩爲可念也哉？然則柯亭之孝加于人一等矣。

跋顧端文公闈墨藁册

顧端文公立朝風節爲海内人宗，迄今赫赫如昨。文孫粱汾舍人能寶其手澤，至闈墨稿本亦裝潢而藏弆焉。嗚呼！後之展是册者，忠孝之心亦可油然而生矣。

跋馬中丞開卷圖

昔人謂開卷有益，詎必破萬卷，下百籤，始能益我乎？蓋讀一書，必務明茲書大義，明大義則不徒目爲空言，而期收其實益也。今人幼誦詩書，父師諄諄訓授，冀藉是取科名耳。一登仕版，靡所不爲，回首生平，所學何事？蓋大義不明，縱能穿穴故紙，下筆萬言，直謂之未嘗讀書可也。余未獲與中丞馬公定交，聞其爲孝廉即通經術，鏡古今善敗如指諸掌。自筮仕以訖開府，所至咸有廉聲惠績。公餘輒手一編，考前代得失之林，酌劑於政事，歸於宜民而止。是真學古入官，克明大義者。余固心儀其人久矣。適年友錢納言出開卷圖屬題，蓋公之小像也。因具述曩時受知於公始末，益不勝神往焉。又以慨後世學者徒事口耳，盜虛聲而尠實用，天下究未收真儒之效。安得盡如中丞以驗開卷之益乎？

跋錢中丞遺牘卷

問先世之培積，視其所詒謀而已。問後人之象賢，則以其善守而知之。詩曰「君子有穀，詒孫子」，是前人所得爲者也。前人所不得爲，能無待繼起之善守哉？連城之璧，照乘之珠，天下之至寶也。得而傳諸後人，凛凛焉緘鐍以勿墜，亦守之至善者也。然或紹聞衣德，概乎未有聞焉。遡厥家風，其能令人油然以感，肅然以起敬乎？南贛中丞浩川錢公顯於有明全盛時，清風偉績，炳炳麟麟，志乘載之詳矣。顧其居恒竟體，皆和厚之氣，志乘不能悉傳其神也。一覩其書翰手蹟，儼若登春風之座，親炙先生言笑者。藉非後人克守家法，而能寶及手澤，二百餘年後，猶令見者油然感，肅然起敬哉？先生文孫納言再亭、光禄葭湄與余同朝相友善，稔知二難競爽，發聞於時，得之家學淵源爲多。至歷官風節，俱卓卓可紀，固已無慚名德後矣。逮出眎茲三牘，則先生起家大令時與僚友往復者，盎然和厚之氣溢于毫楮外。雖卞急如余，且不覺感而思化，敬而思效，所謂聞柳下惠之風而薄敦鄙寬，不信然耶？嗚呼！海内故家望族，縹囊玉軸所藏庋何限，而自兵燹來，蕩然付劫灰者多矣。獨錢氏孫曾猶能什襲前人遺墨，不啻連珠拱璧，永爲家珍，且請當代賢士大夫題識盈卷，其爲紹聞衣德何如？謂非象賢可乎？迹其寶惜深心，亦將使繼此以往繩武勿替，相與勉爲古道，永食舊德，用慰公詒謀之遠耳。彼薦芰之誠，追昌歜之嗜，以爲孝思不匱者，不亦淺哉。

礪巖續文部二集卷十二

雜銘

衣

服儒素以自娛，佩道德以榮軀。

冠

三加禮，今雖廢。涼與煖，從時制。不以苴履是何義？毁裂恐貽元首愧。

袍

敝緼不耻，迺古賢士。裋褐不完，亦古君子。慎乃儉德，亦莫我敢鄙。

帶

敬直内以束心，義方外以束身。繩檢若不及，庶目擊而道存。

履

步趨必謹，失足是惴。毋曰日暮途遠，姑倒行而暴施。

帶環

象圓而通，體盈而沖。樞得其中，以應無窮。

觿

解弢釋縛，取象雷雨之作。

繡枕

文繡其軀，觀美有餘，撑腸拄腹惟生芻。

席

此偃息之地，易以惰，亦易以肆。君子退藏於密，罔狎昵乎牀笫。

衾

行不愧影，寢不愧衾。毋曰不顯，鬼神其式臨。

被

以蔽四體，恣爾屈伸。以蔽九州，難其平均。

帳

高懸一幄，低垂四角。隱入華胥，心泰以舒。惟夢覺之于徐。

裀

擁萬卷之百城，於茲乎坐焉。遊四壁之名山，於茲乎卧焉。

簞

作人無長物，恐爲隸事所奪。

隱囊

談空廢務，倦須楮拄。名之曰休塵，字之曰息輔。

帨

克勤洗滌，以時拂拭。

扇

名便面，抱智骨。善揚仁風，不因人熱。卷而懷之待時發。

蓋

雨即於暵，暍即於涼。暑濕來侵，猶謹防情炎惑溺，恃何具以自匿？

筆

受管城封，押中書字。工鸞鳳翥，作龍蛇勢。徒溺文詞，亦喪厥志。

紙

褚先生，東南美。字赫蹏，名側理。純白不汙，或辱於塵穢之塗。直方以大，不免於屈折之態。

墨

守其黑，介於石。備位客卿，交修玄默。

硯

體乾之剛，協坤之静，法春秋之大居正。

槧

陳髹几，侑圖史，長伴寂寥之揚子。

界尺

以玉飾，貴象其德；以程材，先定其式。

筆牀

載寢載興管城子，老不中書還戀此。

瓶

咸虛謙受，滿盈則否。則而象之，以守余口。

杯

引滿勸酬，樂以忘憂。無然沉湎，以及於亂。

壺

百觚千榼，酌焉不竭。千鍾百罌，注焉不傾。瓶之罄矣，亦莫之或承。

豆

夕膳朝饔，自食其功，庶享之無愧容。

筯

注于目，應于手，以適于口。味道腴，咀義根，視茲專一志不分。

食器

珍錯在前，思致此者何緣？藜羹在御，尚安之而弗去。

几

所居正業習於此，忘食忘憂老於此，槁木死灰嗒焉爾。

杖

升高則慄，履坦斯忽，是以有顛蹶。載扶載持，安不忘危，毋曰予未衰。

椅

危坐如尸，毋傾以欹。君子素位，尚思兼山之義。

屏

古制邦君迺得樹，今概用之遂若故。豈負扆之元公與？抑塞門之仲父與？

牀

寐則孔甘，寤則孔安。庶無異患之干，而猶兢兢於晏息間。

椸

或陳朝祭之法服，或懸燕私之單複。不以黼黻而加榮，不以布素而見辱。

榻

並坐得朋，勿横爾肱。燕居獨處，勿箕以踞。

浴盤

人咸知潔其身，而莫知潔其德。形之汙猶可滌也，名之汙不可拭也。

爐

古法物，不入時。懷中冷煖惟自知，莫陳五都辱鼎彝。

琴

與爲廉折，亮以清寧。爲春温，和且平。彼大音之希聲，孰使里耳皆移情？

瑟

朱絃而疏越，潛魚躍聽，馬仰秣操。向齊門，無乃褻。

劍

弢匣之光，閟獄之氣。善藏其用，毋輕一試。

錐

挫其鋭，無不利，處之囊中若解蜕。

刀

未能操之莫使割，及鋒而用莫使缺。

鏡

以古爲鑑，善敗乃見。緝熙光明，學業乃成。

麈尾

通義送難，坐消日旰。卒至神州陸沉，非清談致患耶？

投壺

賓主均賢，禮讓相先，唯聞枉矢之鏗然。

囊

懼滿盈，終必傾。任羞澀，胡汲汲？

書櫃

時燥濕，防蠹朽。虛故能受，密乃有守。藏之名山，永世克壽。

篋

慎乃慢藏，不敢怠遑。智者取諸此，以固周身之防。

燈

薪傳不盡，暗室畢照。無俾風撓，以保其耀。

帚

方丈室，塵繞之。方寸地，私擾之。雖隨埽隨生，猶賢乎廢埽也。

鎖鑰

扃鐍之毖，蓋藏之利，以時啓閉，夫豈不終日之計？

弓

張弛屈伸，隨時之宜。君子志正，體直而與世推移。

矢

不揉自直，往輒破的，一發不審悔莫及。

彈

彈之始，始於古。孝子治遊蕩志遂不羈，林間鳥雀無安棲。

簾

就不遽入，和不遽出，蔽其外以安其内。

釜

乾坤既闢，需維飲食，觀所養以爲德。六府孔修，兆民允殖。

鐺

蚓竅蠅鳴，蠏眼颼颼松風聲。以供七椀之玉川，亦滌萬錢之何曾。

茶竈

安土敦仁，利物和義。水火之交，其乃有濟。

竈

燃蠟之厨不足慕也，不可以久而祇取禍也。生塵之甑不足慮也，不可以娱而永終譽也。

簾鈎

惠風徐徐，明月入閭。隨時卷舒，以當户樞。

碁枰

後則失時先乃躁，貪戰喪師迷失道。局有萬殊，輕敵多輸。

權衡

王道平平，無欹以傾。隨物重輕，低昂無遁形。

尺

尋丈之差，始於毫氂，故君子慎微。

斗斛

小大有定準，出納乃平允。子孫謹之，勿替引之。

釣竿

嗅餌吞鈎，皇皇有求。禍機罔覺，失魚之樂。誘之入釜鬵，亦傷仁者心。

桔槔

一仰一俯，用力寡而施澤普，抱甕搰搰胡自苦。

轆轤

綆懸於軸，無往不復，達者于兹識倚伏。

耒耜

及時駿發，以勤耕垡。勿貳勿休，迺亦有秋。

户

出思入思，由義循理。毋騖遠而忽邇，利善之間不容咫。

檻

舟則有岸，農則有畔。跬步毋亂，屐齒不斷。

門

静也闔，動也闢。通晝夜，順作息。與時卷舒，繫於轉樞。

牖

胡然而墻面？曰不學之蔽。胡然而洞達？曰惟無私翳。蔽去翳消，日月光昭。

軒

庇其宇，忘寒暑。安得廣厦，大庇天下。

柱

問國之柱曰紀綱，問家之柱曰倫常，問身之柱曰天良。三者一傾，棟折榱崩。

欄

毋越思於所止，毋忘危於所倚。

堦

躋於遄征，危於冥行。揖讓降升，坦如砥平。

堂

以見賓，尚其嚴以敬。以臨下，尚其肅以正。君子攸躋，不愆爾儀。

樓

高棟層軒已華美矣。重樓複閣更崔巋矣。彼茅茨甕牖，傍檐栖止者，夫非盡人之子與？

井

掘井九仞，終必及泉。豈勵志求道，而中道棄捐？

車

何以載福？惟德之厚。何以僨轅？惟馳以驟。鑒覆轍之相尋，能不戰戰而儆心。

舟

水能載，亦能覆。操之已熟，風波勿逐，自求多福。

轡

馬不剛，轡不柔。如組如舞，控縱自由。凛乎馭朽，永無銜橛之憂。

鞭

駑馬不前迫其力，孰是人斯而不自鞭策。

鞍

乘之安，去之難。形民之力而念馬力之艱。

硯銘

方硯銘

寧方正不容，毋邪曲害公。則而象之，以勗乃躬。

又

體正方，星斗藏。從歇翁，老石公。

大玉堂硯銘

匠琢山骨開光精，老龍躍出雲氣生，馬肝却避鳳咮驚。惟此石交耐久朋，長伴北窗箋羲經。

紫端硯銘

紫潭出雲，猪肝一片。潤湧波濤，光發雷電。

蟾蜍硯銘

玉蟾薄蝕，色黝而澤。如錐淬毫，似蠟融墨。

結鄰硯銘

字結鄰，名居默。厚其質，晦厥德。

天池硯銘

封即墨，藏東壁。一滴水，蛟龍宅。

七星硯銘

北斗之精，東井之英。比德玉潤，方響金聲。

人面硯銘

以鈍爲體，胡温文而有理。以鋭爲用，胡藏精於不動。

玉蘭硯銘

知其白，守其黑。飲墜露，飛靈液。

小玉堂硯銘

礪廉隅，直以方。近文章，其道光。

風字硯銘

運斤成式，君子之德。

鳳池硯銘

蒼龍池，鳳來儀。

墨勛硯銘

粵帝鴻氏，傳萬石君。徵入玉堂，策翰墨勛。

礪巖續文部二集卷十三

記

禹王臺御書功存河洛題額記代

康熙三十三年甲戌秋七月，皇上遣内閣中書穆東格、翰林院筆帖式米貴齎捧御書「功存河洛」四大字爲河南開封府禹王廟題額。維時臣某職叨豫藩，佐撫臣某肇建御書樓三楹于廟前。爰命良工虔鈎恭勒，施于棹楔之首，諏吉高懸。爾日風清日霽，榮光萬丈，起而燭天。臣俯伏不能迫視，惟與觀聽臣民拜抃于鳳翥鸞翔，龍跳虎卧之下。從兹持籌餘暇，時恒瞻仰其間。越三載丙子，即蒙恩擢撫此邦。恪遵大禹政在養民之訓，政務簡而刑務清，期於府修事和，毋負簡任。頻歲以來，竊幸時和年豐，大河安瀾無患。孰非邀神禹之靈，賴聖天子勤求保乂，袵席蒼生至意以無虞隕越乎？今年夏，麥秋大稔，偕諸僚屬登禹王臺，觀民間刈穫櫛比如雲，相與忻然而樂，以爲神貺之厚，視昔又倍焉。載瞻御書樓翼翼然鳥革翬飛，金碧輝映，僉曰：「前此公有御書扁額頌，蓋兼嵩岳淮瀆遊梁並紀焉。惟兹樓爲特建，不可無專記也。盍補成之？」則應之曰：「唯唯。微君等請，因願有一言也。謹按：古今來聖神首出若堯舜，德之至者也，功則得人而成。若湯武，功之大者也，德則因時而升降。若夫德侔二帝，而勳、華並藉其功；功冠三王，而商、周猶遜其德者，厥惟夏后氏哉。故昔賢嘆禹明德之遠，又謂禹功與天地並。蓋自錫圭告成，何人不賴其憂勤以釋木處之顛，土處之病？何地不資舟楫灌溉之利，以迄于今乎？惟其功之至，斯成其德之至也。我皇上默符精一之心傳，皇皇宵旰，既親閲河堤，黄、淮以次底績，不惜捐帑修治下河，而民安稼穡，俗用康阜。今者四方攸同，東西朔南無思不服，猶孜孜焉勤而不德，未遑暇逸，真與帝德王功並絶千古。豈非先聖後聖相望同揆哉！固宜惟帝念功，親灑宸翰，與衡嶽、岣嶁共垂不朽于天壤也。夫文命敷于四海者，禹也。有天下而不與者，禹也。言念其魚，胥薄海而崇奉之，未足云昭報。區區一方之廟祀，于大聖何有乎？顧禹廟幾徧天下，惟我大梁獨蒙眷及。豈非以豫省居天下之中，陰陽風雨之所會，瞻言河洛，禹功尚存，特賜奎章，隆兹祀典，俾河山增其氣象，草木被其光華。寧非亘古榮觀，爲報功僅事哉？即謂中州一額爲天下禹廟樞紐可也。」僉曰：「然。」遂誌其語于石。

增修上方寺記代

形家之説，吾儒所弗道。然《書》稱周公卜洛，達觀于新邑營，蓋徧相其形勝，審其風氣于所經營之位也。《詩》稱公劉遷邠，陟降巘原，相陰陽而觀流泉。衛文公徙楚丘，亦望楚景山，揆日作室而卜，終允臧焉。豈必如後世青烏海角諸術家言，務爲穿鑿傅會哉。良以形勢實盛衰所繫，不容忽視，故古聖賢往往慎之。余撫豫半載，事關利民，罔不極意興舉，其有廢墜，亦以次修復，期仰副聖天子鄭重保釐至意。暇日按視會城，東北隅則琉璃一塔巋然獨存，高標插雲，五色璀璨，洵大梁一鉅觀也。而周覽四旁，多敗棟頽垣，纍纍于荒烟蔓草間，金像摧殘，風雨不蔽，爲喟焉太息者久之。訪厥遺構，顔曰上方寺。按舊志載五代天福中，初建于明德坊，名等覺禪院。宋乾德間，詔遷于此，後易名上方。元末兵燬。明洪武十六年，修復之。歷天順、成化、嘉靖，經三度繕修，勅改祐國寺。明季河水淤没，惟塔露沙面。本朝徐方伯化成等又重建焉。距今未三十年耳，而傾圮又若此。此雖于政務無關乎，第念有宋遷寺於兹奚取？有明三葺而改名奚取？近徐方伯諸君重建之又奚取？豈不以斯塔屹峙艮方，爲汴城表鎮，寺中梵宇不猶衆星之拱北辰，七十二峰之衛岱宗乎？塔廢而會城失表鎮，寺圮而孤塔無憑依，不至摧剥爲堆阜不止。是寺與塔勢同唇齒，宜前人之代有興復也。乃亟捐俸資，經營創始。又得監司某某等佐之。庀材鳩工，公私無擾，五閲月而告竣。計殿之鼎建者三：曰大悲，曰地藏，曰韋馱；補葺者六：曰天王，曰接引，曰大雄，曰東伽藍，曰西六祖，而鐘鼓二樓取次落成焉。繚以周垣，庖湢廊廡畢具，令僧衆焚掃其中。凡皆爲擁護一塔地，爲省會表鎮計，不敢忽視形勢耳。若夫世俗沾沾布施，祈福田利益，更爲吾儒所弗道。余不敏，忝司撫俗導民之責，惟日討國人而申儆之，俾知天道之不假易，善惡慶殃各以類至爾已。即形家者言亦必徵信于詩、書，敢狥區區捕風瞽説哉？既訖工，爲記其增修之意如此。

林泉春曉圖記

家季竹岡，規言而矩步。凡日用動止，具有繩尺。生平以中庸律己，不尚畸行。遇蕩檢踰閑輩，輒羞與爲友。顧獨於畫法出入前代名家而不拘成格，往往別出機杼，超然畦町之外。間亦倣古，取其神而不襲其貌，能不受古人束縛。故其爲人與其畫，人多並重之。此林泉春曉圖廣三丈，高丈餘，本一大屏障，爲遜齋主人作。遜齋素稱好事，最所珍賞，改作一大卷，出入携以自隨。凡寫二松一柏，放筆爲合抱瑰材，卓地撑天，紛披四布。其中紫芝、翠竹、紅蕚、茶梅、水仙蘭蕙之屬，繽紛經緯。其間又有數道飛瀑泆流，縱横隱現，或於懸崖，或於蹲石，或於邃壑，幽巖恍若，淙淙琤琤，迫人視聽，令人疲於翫賞，狂叫欲絶。噫！此右丞韋侯以來未經形諸絹素者，自竹岡創爲之，猶山之有岱、華，水之有河海，天下奇偉之觀盡是矣。余戲謂竹岡曰：君爲人謹嚴，而作畫縱恣，抑何絶不相類乃爾？固知舉世規規讕讕，摹宋摹元，竊其形似者，皆胡廣之中庸也，不覩鵬運，不覺榆枋之卑也，不觀向若，不知河伯之隘也。竹岡又爲余作斷山亭子、包山觀奕二大幀，無不匠心獨妙，得未曾有，與玆圖爲三絶。後有追溯奇蹟者，可考而知云。

新編雙南記

二卷

小引

「積善有餘慶，積不善有餘殃」，疇不知誦之？桴鼓之答，豆瓜之因，疇不能言之？辭慶召殃，夫豈人情哉！其如習爲常談，信之不篤何也？水火自然不蹈，信出篤耳。經虎傷者，談虎色變，不以常談視之也。程伯子自言：「吾學雖有所受，天理二字，却是自家體貼出來。」今孌嫗村童，悉能言天理、天理，此與體貼出來者，有異乎？無異乎？越雪山人一生閱歷情僞險阻，視重耳有倍焉。由後而觀，福善禍淫之理，曾無纖毫爽者。既息機摧幢，霜降水涸，不復爲腐儒之講道學，又不爲婆舌之説因果，編成新樂府，付之碧簫紅牙隊閒，令觀者如清夜聞鐘，如冷水澆背，非復常談睨之。幾見紅氍毹側，亦如法堂前艸深一丈哉！雖然，君子與小人，殃慶共而善惡分。惟君子被殃爲不幸，小人被殃爲恒，前之姬生，後之禹莊是也。君子集慶爲恒，小人集慶爲幸，後之姬生，前之禹莊是也。其前爲未定之天，其後則天之已定也。君子訓世則兼言殃慶，自脩則專别善惡，蓋正誼明道，本無所爲而爲。是編持爲訓世設耳，自好脩者睨之，將毋曰了不異人意乎？

康熙壬申冬日，書於濟河舟中

序

昔王渼陂作杜甫遊春，馬東田作中山狼，徐文長作漁陽三弄，三子者，皆心有怨毒，鬱結而莫申，故借填詞發不平之鳴，所謂奪他人酒杯，澆自己磈壘，亦才人狡獪之常態也。若越雪山人，始于困阨，終于榮貴，志已得矣，冤已消矣，而復屑屑焉筆之墨之，歌之舞之，不已甚乎？解之者曰：「凡山人爲此者，非以自快，蓋警世也。」吾觀二十一史，大抵恩怨之事，十居八九，而記載者不遺焉。故齊襄復九世之讐，春秋大之，句踐洗會稽之恥，越絶韙之，至于伍胥鞭平王之尸，范雎到魏齊之首，疑乎倒行逆施，矯枉過正，而太史公立爲列傳，摹寫情狀，悲壯淋漓，使千載之下，讀者慷慨感激而不能已。方其危機交急，雖操刀必割，烈丈夫不憚爲之，而山人未嘗出此，祇以福善禍淫，時乃天道，故假手于造物，得以推盪險阻，開拓功名。今痛定之後，現身説法，留此一宗公案，寄托于琵琶綽板間，雖游戲三昧，要有深意存焉。蓋言之者無罪，聞之者足以戒也。若其音律之協，賓白之工，上掩東籬，下方海若，則周郎之顧，爲江東擅場久矣，予又何以贊之？

康熙癸酉二月花朝，西堂老人題于萬峰山舍

題詞

越雪詞人，凌雲賦手。揚芬振藻，翱翔金馬之廬；含英咀華，照耀石渠之閣。有真才子之譽，著行秘書之稱。間以休沐餘閒，偶展宣和遺事。憤獍梟之肆虐，傷蘭芷之被鋤。問天如醒，修德者懼。未幾狺音懾息，毒燄銷沉。已而市耀臍燈，户傳飲器。撥雲見日，已明公冶之寃；赤地飛霜，遂暴鄒陽之案。神龍失水，終奮天池；威鳳在筊，還巢阿閣。因嘆福善禍淫之理，不啻挹水於源；惠迪從逆之徵，譬諸召聲於鐸。雖因果報應，儒家罕播其文；然修吉悖凶，往聖屢伸厥旨。爰稽始末，用協宫商。藉曲白以傳神，借優伶而説法。以鏡善敗，庶警愚蒙。試看排場，生旦争如净丑；若觀至竟，鴟鴞枉噬鸞凰。隊散歌停，人人慰願；街傳巷説，處處騰歡。僉實獲於我心，信好還之天道。非同玉茗，僅譜柔情；直擬金篦，足開瞶眼。何止百一諷勸，豈徒十九寓言！

康熙三十一年歲次壬申長至月，默存學人敬題

新編雙南記總目

新編雙南記卷上

第一齣 楔引

〔西江月〕〔净扮周倉盔甲持關刀上〕人去烏鳶江上，燕歸王謝堂中。平陂往復轉環同，看取憑空簸弄。墨吏錢神澌滅，佳人才子萍逢。禍淫福善顯神功，造化何曾懵懂。

俺乃三界伏魔大帝關公部將周倉，奉帝君勑旨，着俺巡察人間善惡，務要報應昭彰。向有秀士姬銑，被富豪莊羅黨。覇占祖居詒燕堂，重賄貪官禹明，毒謀陷命，萬死一生。誰知天道好還，果然禍福響應。今日搬演這段傳奇，正要提醒：人世機謀盡是逆風縱火，徒自燒身。令人骨戰心驚，不比尋常劇本，看官須記者。

姬雙南報人不下人，莊農都自滅還自滅。
嗚琴閣嬌才遇俊郎，詒燕堂餘慶恢先業。

第二齣 遇相

〔正宫引子〕〔齊天樂〕〔生巾服上〕毫端千斛飛泉涌，萬卷五車成誦。狂比寬饒，直同長孺，餘子任從嘲弄。百城坐擁，歎桑梓徒存，堂構成空。風雨漂摇，鴟鴞毁室痛姬公。

〔滿江紅〕星號長庚，嘆自古、無仙不謫。揮銀管，臣之壯也，當今無敵。使酒慣輕程、李輩，負才肯與嚴、徐匹。問蟾宫、之下桂團香，何時摘。燠閣改，涼亭拆。松籟遠，梧烟隔。正鵲嗟巢踞，燕傷主易。嘔噦甘嘗勾踐膽，叮嚀敢負曾參簀。怕烏飛、兔走促年侵，難爲力。小生姓姬，名銑，表字雙南，家世江南道秀州人也。識窮宇宙，學貫天人。笑絳灌無文，恨隨陸無武。留題酒舍，八叉還覺其遲；翻調歌筵，七步尚憎其鈍。眼光出牛背上，憑你騷壇詞伯，任我譏評；生趣墮馬腹中，那怕綺語艷辭，積成罪孽。詩評書品，畫旨棋經，才能無事不精；度曲鼓琴，彎弧走馬，技藝何般不曉。當杯論起，天之上，地之下，豈有人哉？看劍憤生，前無古，後無今，惟容吾耳。未冠便拾芹香，五試尚遲鄉薦。徒爾推尊文苑，依然潦倒名場。奴顔婢膝求得的功名，視同糞土；人面獸心弄來的財物，疾若仇讎。冰雪爲懷，松筠爲操。筆耕而食，心織而衣。咳，只可惜先君種德積學，先慈集蓼茹荼，食報無期，禄養不遂。所幸賢妻許氏，甘守清貧，稗子作霖，苦心呫嗶。小生雖則俯仰無怍，落拓不羈，只爲謬占時名，交游道廣，詩文翰墨，接踵徵求，不免役役終年，疲于酬應。已曾分付管門賈五，客到婉辭。〔外扮蒼頭上〕賈五、賈五，應門辛苦。只見斯文，不見阿堵。外邊各處差來下書的人，要領甚麽神道碑的，上梁文的，墓誌銘的，修學記的，家傳壽序的。〔生〕知道了。都教他三日内來領回書。〔外〕理會得。〔虚下〕〔生〕筆墨之事，打甚麽緊，竟像欠的積逋重負，坐逼守催，豈不可笑？〔外又上〕又有幾隊人來索扁額的，對聯的，擘窠堂字的，飛白行書的，題箋畫扇，册頁手卷的。〔生〕都曉得了。只説我畧畧空閒，一一打發還他便了。〔外〕嗄。〔下〕〔生歎介〕傭書賣文，何日是了。今日身子困倦，懶去了理，且往門外閒步一回。〔作出門四望行介〕呀，出得門來，你看好天氣也！

〔錦纏道〕望花叢，杏林邊偏宜日烘。堪比曲江穠，又何須揚鞭駿馬生風。我姬雙南目空一世，一肚皮不合時宜。莽前程鳩翻笑鵬，小科場雞自喧蟲。縱饒洗面淚淙淙，哭不盡行屍坐塚。我視金帛爲塵沙，看不得齷齪小兒，腰纏幾貫錢鈔，便向人前摇擺。視功名如草芥，奈不過寒酸賤品，慱得一朝金紫，即向鄉里施爲。總是齊人眼孔同，除管晏無他稱誦。不由不卿輩傲而翁。〔下〕

〔付末扮術士持招牌上〕脱耳芒鞋折角巾，懸牌暫作走方人。帝君面赤周倉黑，只有區區可變身。自家關聖帝君位下大將關平，改换頭面，假充術士模樣，前往指點秀士姬銑，須索走一遭。

〔普天樂〕絳霄高，朱垠迥。電毋扈，雲師送。我蕉巾帶横葛拖笻，不枉他斟蒲酒，薦豆陳觥。〔望介〕前面就是他家了，不免趲行上去。看花箋粉紅，驗春聯，便知集句精工。〔欲下介〕

〔生上〕酒渴思吞海，詩狂欲問天。〔作見介〕〔付末〕姬先生請了。〔生作驚介〕好奇怪，素未識面，怎知賤姓？〔付末大笑介〕却不道丈夫會應有知己，天下誰人不識君。〔生〕不敢。請問先生還是風鑑，還是星平？〔付末〕二者俱可，悉憑賜教。〔生〕邂逅相逢，未便細聆星理，且煩先生相一相罷。〔付末〕使得。學生不但相面，兼會相心。〔生〕一發妙極。〔付末〕看來尊品，定是名門舊族，絶學高才，不消説了。慷慨的襟期，崚嶒的骨格，不消説了。弱冠蜚聲黌序，中年驤首天衢，後來望重朝端，名滿天下，不消説了。只是一節，心中有箇傲世絶俗，憤憤不平的塊壘，却是害身亡家，招災惹禍的種子，須要驅除凈盡方好。

〔中吕過曲〕〔古輪臺〕相仙丰，睛光四射兩顴豐。不枉了妙譽人寰重，但腰圍直聳，髮怒長鬉，硬鐵生塡膝踵。自古道：有容德乃大。公却容不得人。獨不見丙相車茵，婁君面孔。幾曾教人殘唾嗤喉中。〔生摇頭介〕〔付末〕願公速改前非，前程遠大，倘不信忠言，早晚之間，定有禍到。〔生〕嗄！〔付末〕聽儂勸諷。但學和光可免刑沖。石還削暈，木還斲癭，馬還加鞚。厚福在庸庸，非虛哄，莫待焦頭方憶徙薪忠。〔生〕罷了。先生别的見教，無不仰遵。這眼高骨傲，禀賦使然，却斷斷不能改。

〔前腔〕〔换頭〕卑庸，不待嘈雜的言終，難道做箝口佯喑。聞腥鼻齆，看怪睛盲，便土木形骸何用？我天生强出頭的性子，那曉得做啞裝聾，隨波逐浪？養成不耐俗的襟懷，怎能勾見風轉柁，順水撑舡？看台鼎蜉蝣，棘槐蟣蠓，叩頭羞作可憐蟲，又夫生當斯世，幸而得志於時，爲王家建功立業，做箇直言骨鯁之臣。即使伏處衡茅，須守定豪傑的心胸，聖賢的學問，那管他時俗之愛憎，逢迎之利鈍呢？何煩悾悾。只恐訓小兒，應觸屏風。只當勸阮孚䰂屐，嵇康罷鍛，劉伶拋甕。豈保轉圜從承磨礱，奈朽墻雕朽怎加功？

請了。欲柔賤性從台教，鐵樹開花水向西。〔拂衣下介〕〔付末〕阿呀，怎麽執迷不悟如此！看來數已前定，點撥不轉的了。也罷，且到臨期，再來救護便了。

〔餘文〕錚錚勁節言難動，使人憂，又還令人重，也虧他獨障狂瀾一世雄。

冰心鐵骨任摧殘，費盡神通點化難。

若使鍊鋼能繞指，美髯先已媚曹瞞。

第三齣 宴隟

〔正宫引子〕〔七娘子前〕〔生上〕尋常不欠糟丘債，但相招有還莫賴。小生偶爾閒行，遇着一個相士，被他絮絮叨叨，説了許多短處。雖則言言藥石，字字刀圭，但是我率意直行，不能變剛爲柔，只索由他便了。阿呀，今日契友趙泰巖見招，天已薄暮，不免就此前赴。〔行介〕正是高讀晉人詩，有酒斟酌之。臣死且不避，卮酒安足辭？此間已是。〔末巾服上〕

〔七娘子後〕紫蠣紅蚶，糟鯉沙蟹，堆盤海錯良朋待。

小生趙嶽，表字泰巖，忝中宣和三年進士，與姬雙南同學契厚。今日約他小敘，爲甚還不見來？〔相見介〕姬兄，怎麽來得恁遲？〔生〕不要説起，方纔迤逞行來，因見天色尚早，閒步郊原，適逢一個相士，鬼渾了一會。〔末〕那相士技術如何？〔生〕到也奇怪。他道不惟相面，兼會相心，那些稱謏的話，不必述了。説小弟有害身亡家，招災惹禍的短處，叮嚀囑付，痛改前非。〔末〕人非聖賢，誰能無失。只要自己留心，凡事斟酌便了。〔生〕趙兄，賤性一激即發，按抑不下。大凡言發於心而衝於口，吐之則逆人，茹之則逆己，與其逆己，毋寧逆人，教我如何斟酌呢？也罷，閒話休提，請問今日坐中，還有何客？〔末〕今日偶爾閒暇，特屈談心，不料貴鄰莊農都着人致意，定要前來闖席。〔生起立介〕此人若來，小弟便告辭了。〔末〕却是爲何？〔生〕此人面目可憎，語言無味，不知那個試官受他重賄，偷得一個孝廉名色，做箇貪贓佐貳，問罪回家。自恃富豪，獨覇鄉里，寒家有祖宅詒燕堂，被他謀占多年，恣行拆毀。先君遺命，定要恢復，小弟有心無力，上負前人。前日偶在家中計議，不隄防耳屬於垣，他聞得了，明欺寒士赤貧，立遣狼僕，坐促回贖。趙兄，你道只厮可恨也不可恨？〔末〕原來如此。這却不妨，交易是交易，飲酒是飲酒。〔外扮老蒼頭急上〕莊爺到。〔付净盛服，净扮僕人隨上〕黄金白鏹藏多少，清名怎比貪臟好。廢宦擡來人起立，大都債户與田保。〔進見介〕生欲避不能，勉强半揖，坐〔介〕〔付净笑向末介〕主人好客，可許我莊農都闖席麽？〔末〕説那里話，只是荒齋草敘，簡慢得緊，禮數無拘，請坐了罷。〔外斟酒，末送酒。就坐介〕

〔朱奴剔銀燈〕〔朱奴兒〕〔合〕簫吹處墻頭杏開，魚泳處江畔潮來。請看羲轡催年刻不捱，不行樂我生其憊。〔剔銀燈〕開懷，把拳猜謎猜，試新令重翻老快。

〔前腔〕〔生背唱〕傳杯處袁同錯諧，糺酒處嬰和田乖。不是我袍敝難同狐貉偕，本非是竹林一派。〔合前〕

〔末〕取大盃來，送與莊爺起令。〔付净推讓介〕〔末〕少不得都要行令，如今先候大教。〔付净窘澁沉吟，又推辭介〕〔生微笑介〕〔付净〕小弟才學荒疎，不能行令，須讓與聰明才子，出口成章的。〔生大笑介〕免不得是三才四喜、五福六壽的舊套，何故這等煩難？〔付净怒介〕阿呀，姬雙南，你不要太欺負人！你不過是才子罷了。我且問你，才子值幾箇錢來？看你〔四邊静〕烏珠踢出驢頭外，方巾側將帶。放在市心中，幾釐一觔賣？你動不動在人前説我偷來的科名，我到要請教你，你何不也偷了一箇？我與你三場共耐，七篇共賽。難道至公堂，看破你

尷尬？〔生大笑介〕真箇是井蛙不足窺天，夜郎不知漢大。我與你貧富雖别，良賤不同，休得放肆。看你

〔前腔〕前呼後唱張高蓋，揚揚把人駭。忘了着青衣，提壺更擎菜。你本僕隸賤人，濫附衣冠之列。家擁厚貲，不顧父母之養，把你老子莊圓舍活活氣死，治家則帷薄不謹，居官則穢跡彰聞，真是五倫滅絶的禽獸！人妖物怪，齊諧不載。勸你縮頸上爲龜，毒螯莫爲蠆。

〔末勸介〕阿呀，怎麽認真鬥口起來？

〔前腔〕張筵設席嘉賓待，相知復相愛。不比讌鴻門，舞刀學樊噲。這般不成歡，主人心上何安？到是小弟得罪了，各陪箇禮罷。〔揖生、付净介〕讐無蒂芥，勿懷罣礙。杯酒釋兵權，讓我薄東再。

〔付净作氣極介〕主人面上不好看，我與你别處計較。〔生〕不在我心上，我可是怕人計較的麽？〔付净〕看仔細，欲將板櫈欺官轎，如買乾魚去放生。〔先下〕〔生〕莊奴如此無狀，小弟告别了。〔末〕相邀過敘，反生了一會閒氣，酒也不曾奉得一杯，話也不曾説得一句，請到書房小坐，洗盞更酌何如？〔生〕這到使得，總之蠢牛不在面前，飲到天明亦可。

〔末〕莫對花神笑作嗔，〔生〕誰容此物見花神。

〔末〕擎杯且對良朋飲，〔生〕請客而今要擇人。

第四齣 哭祠

〔南宮引子〕〔女臨江〕〔女冠子頭〕〔旦上〕金鐶脱耳釵離鬓，勤忘晷，儉無春。〔臨江仙尾〕〔小生上〕三餘書史勉宵晨，堆牀傳舊笏，塗墍紹前聞。

〔昭君怨〕〔旦〕纑與於陵同緝，錦與扶風同織。相對歎蹉跎，患才多。〔小生〕羡殺世南作相，笑殺護兒作匠。欲慰析薪人，但論文。〔旦〕妾身許氏，長適姬門。相公是箇飽學大儒，名噪鄉國。雖則家無擔石，生平意度豁如。只是性剛忤物，直己違時，恐有意外之禍，因此時常委曲相勸。争奈他堅執不移，如何是好？喜得兒子作霖，聰明向學，可繼書香。〔向小生介〕孩兒，古人云：三更火，五更雞。有限光陰，不可抛擲。你父親今晚又不知那里赴席去了，你且在燈下讀書，我做些針指伴你。

〔太師引〕蘭佩紉蘭燈燼，靠繅絲充數七簋飱。兒嗄，取卿相縱無憑準，免丁役也仗斯文。但使青箱讀盡，巴一日蟾宫桂穩。窮酸忍挺穿脊筋，再休得光分鄰女爇因人。

〔小生〕呀，母親，天已夜分，爲何爹爹還不回來？〔生作醉態上〕敢爲劉四罵，其奈杜陵囊。〔進見介〕〔旦〕相公回來了麽？〔生〕你們在此做甚麽？〔旦〕妾身做些針指，陪伴孩兒讀書。〔生〕咳，如今的世界，還讀什麽書？還讀什麽書？〔向小生介〕孩兒，你與我點起清香一炷，隨我到祠堂裏面去。〔旦〕却是爲何？〔生瞋目介〕管我則甚？〔小生忙應點香，生醉態繞場，向祠堂哭介〕阿呀，我祖宗有靈，啓佑後人，奈子孫不肖，年過三十，一事無成，以致受人欺侮，上負遺命，好不痛心也。

〔前腔〕想嚴親留遺訓，種三槐堂新構新。回贖舊宅，也不是甚麽難事。現擺着渾沖沈濬，放王家燕傍他人。還要靦然面目，虚生人世怎麽？莫把商嘲賈哂，還償得數百金豪紳本。阿呀，賊奴，賊奴！我和你勢不兩立的了！胸懷奮髮衝上巾，比高車駟馬志還殷。

〔還舊處坐，悶倒介〕〔旦向小生介〕想必又爲間壁這所舊宅了。今日不知在誰家會席，角口激怒，所以如此。〔轉向生介〕相公想是有些醉了，收拾進去，明日計議罷。〔生張目直視介〕我何曾醉來，忿恨在心，不得不發。〔旦〕相公，勸你百事且須忍耐，自古道否極泰來，目下雖則窮困，難道再没箇出頭日子？

〔仙吕過曲〕〔解三酲〕報殺役秦須耐晉，遷岐邑狄自朝邠。就是回贖房子，也不必與他角口。憑着楚弓楚得公平論，怕他不還郈宅大于門。至如措處艱難，也不消煩惱。常言道：有志者，事竟成。縱没箇饒鍾義貸仁人粟，或者是掘窖天藏孝子銀。休悲憤，怎一心憂道，又一念憂貧。

〔生〕這些説話，難道我不曉得？只可恨那奴才探聽得我心事，反着狼僕過來，催促回贖，分明欺我囊空如洗，斷贖不成，先發制人，方占得安穩。今日又在席上問我才子值幾箇錢，你道可恨也不可恨！

〔前腔〕占商於明欺韓信，贖汶陽激殺蘇秦。〔向小生介〕你公公昔日爲家難避地，將詒燕堂出典，不及半價，後來清理，反受莊羅黨奴才許多惡氣，所以臨終遺命，教我勉力恢復，以慰先靈。咬牙切齒彌留訓，呼弱息喚童孫。如今恢復不成，反遭凌辱。自今以後，我也説不得了。若不是抽刀刧地齊壇上，拚箇抱石投軀滬水濱。你須牢牢記着，這是你爹爹一椿未了事。望你家風振，要嘗羹煮膽，卧枕抽薪。〔浩歎先下〕

〔小生〕母親，爹爹這般光景，旦晚定要弄出事來，如何是好？〔旦〕便是呢。我和你只得慢慢解勸他便了。

〔旦〕世路崎嶇奈若何，〔小生〕瞿塘三峽轉船過。

〔旦〕母爲侃侃灌夫罵，〔小生〕須學由由柳下和。

第五齣 朋構

〔仙吕入雙調過曲〕〔雙勸酒〕〔付净上〕堂堂孝廉，學庸忘覽。巍巍判銜，贓私遭劾。僥倖煞遇赦逃斬，噬鄉鄰虎視眈眈。

自家莊羅黨，表字農都。區區爲甚姓莊？賜姓出自點王。公公楷檯掃地，婆婆抹竈攤床，爹爹更精世業，夾皮木套無雙。生我犁牛之子，驀然佐判黄堂。且喜主人凌替，出身漸漸相忘。論俺的地位，真箇强爺勝祖，論俺的罪孽，不怕男盗女娼。自小識得幾箇詩云子曰，念了幾句天地玄黄。拼得白金五百，賤諱掛在照墻。只圖當門抵户，不想告考進場。誰知非望之福，瘦狗趕着肥羊。雖不得雁塔題名，鹿鳴宴也曾闖席；雖未邀鸞書封誥，虎皮椅也坐一張。任上的地皮，鬆鬆的掘歸幾尺；臺中的參本，薄薄的寫上千行。只道問成斬絞，輕也流竄邊疆，幸留得喫飯家伙，回來做土地當方。離任時受用些磚頭瓦塊，放還後經幾番告狀倒臟。避駡避拳，藉口微服過宋；免追免解，也當衣錦還鄉。料想去思碑没我片石，名宦祠難受瓣香。索性萬年遺臭，不要百世流芳。民膏民血載回家，金數千，銀數萬，加二加三放私償。猛如虎，狠如狼，盤算的都要倍利倍息，准折的怕不送地送莊。懼他的只有閻羅老子，壓我的除非上帝玉皇。那知釘頭遇鐵，使我怒塞胸膛。我昔年買姬姓住宅，也是交易之常。雖是七銅八鐵，强如霹手奪將。他自恃了撇脚的威勢，放出那板櫈的迂腔。動不動便想恢復，竟要我改覇爲王。我欺他手中乏鈔，就逼他立刻上椿。那知變羞成怒，反把言語抵搪。出胎的履歷，把我和盤托出；被窩中私事，教我仔細思量。咳，駡成一篇千真萬確的小傳，還毒似牽枝帶葉的彈章。如今急切裏怎得箇妙計，弄他家破人亡。〔小丑扮書童上〕書童、書童，剔透玲瓏。學偷女色，先試男風。老爺，褚相公到門。〔付净〕來得恰好，道有請。〔小丑應下〕

〔前腔〕〔丑巾履上〕花花面兒，三髯簇頷。木屑會吹，松香慣糝。包得穩親提親勘，算得定收鋪收監。

自家褚愛泉，來訪莊老先。〔相見介〕〔付浄〕褚兄，爲何連日少會？〔丑〕這幾日爲舍親一樁訟事絆身，不得時常趨侍。〔付浄〕令親有何訟事？〔丑〕不要説起，舍親受了一箇少年書生的氣，央我做硬證，告了他一狀。雖然費些錢鈔，官司委實燥脾。〔付浄〕妙嗄，學生也受了一箇人的氣，思想擺佈他，正要請教。〔丑〕這又奇了，老先生這樣勢力，誰敢來太歲頭上動土？〔付浄〕又有箇不知死活的，偏要來撩撥，所以要求箇妙策。〔丑〕老先生奇謀六出，何故問道于盲？〔付浄〕常言道：醫不自治。〔丑〕既如此，請問是何等樣人？要到那一箇衙門去懲治他？〔付浄〕不是别人，就是西鄰姬雙南這厮。〔丑摇頭介〕若然是他，就難動手了。他是箇有名的飽學才子，四方聲氣頗通，交遊極廣，怎生擺佈得他倒？〔付浄〕便是，這怎麽處？〔丑躊躇介〕這事須得老先生自己尋箇題目，出頭告官，聘箇心粗膽大，舌劍唇鎗的硬證，一口咬住，不怕不招承。老先生向來與州尊交際最厚，再拚得送他重重的折禮，怕不用情處他。〔付浄拍手笑介〕妙極，妙極！一不做，二不休，定要想箇法兒。

〔中宫過曲〕〔剔銀燈〕偷羊事尼山壻斬，囚堯案娥皇夫砍。把好肉替咱剜瘡靨。一池魚便被城門爁。仇殲，如防冥謫，施餤口虔呼普唵。

只是方纔説做硬証的，須是心粗膽大，舌劍唇鎗那様人，急切没處尋，怎麽處？〔想介〕就借重吾兄如何？〔丑摇頭介〕這箇冤家招不得在身上。那人可是肯相忘的？〔付净〕若得慨許，情願百金爲壽。〔丑〕言重，言重，向沐解推，銘心鏤骨，既蒙委託，敢不效勞？〔前腔〕臀邊屁還須急揞，坑中糞還須輕蘸。在别處尚將官司攬，况恩東敢辭挑擔。仇殲，如防冥謫，受禮物忙修謝槭。

〔丑〕告别了罷。〔付净〕説那裏話，書房小飯，請進一談。

〔丑〕莫須有鑿槽嵌笋，〔付净〕想當然畫影圖形。

〔丑〕閻羅王憑錢差遣，〔付净〕包龍圖依證詳行。

第六齣 疑殺

〔仙吕引子〕〔番卜算〕〔小旦上〕深院閉孤幃，漏静人聲杳。剪燈獨坐想風流，恨事知多少。

奴家賀氏，名唤飛烟，廣陵娼家女也。風姿絶世，才調無雙。針指神于夜來，賦咏工如道藴。琴棋書畫，絲竹管絃，件件精能，般般嫻熟。只恨父母貪圖厚聘，不肯相女配夫，受了莊農都身價千金，便嫁爲第五房侍妾。相隨二載，生趣都無。雖名爲孝廉，實則龐然蠢物。雖官居别駕，作爲玷盡冠紳。坐擁巨萬贓資，養家一文不捨。奴家幸有衣飾粧奩，猶可變賣資給。只恐日久費盡，亦難自存。惟有學作楚宫細腰，九死靡悔。〔付浄潛上竊聽介〕〔小旦左右顧不見介〕向聞西鄰姬秀才，乃當代風流才子，人得其一縑半紙，不啻聯珠拱璧。嗨，天那，你如何這般没眼，錯配姻緣！如此俊才，休説鳳友鸞交，怎能勾邂逅一見。今日唤小厮到處購覓，纔得他一幅詩箋，不免把來細玩一回，以當良晤。〔作展箋念介〕胎仙却在雞群立，孤鳳難爲比翼飛。賈午墻高花影落，巫臺夢斷曉雲歸，姬銑和非烟韵并書。阿呀，這是步非烟寄趙象詩韵，和得恁藴藉熨貼，書法如鐵畫銀鉤，龍蛇飛動，果然名下無虚士也。〔付浄在背後伸舌摇頭驚疑介〕

〔勝葫蘆〕〔小旦〕可正是夢裏仙郎紙上瞧，乍開展意先消，小可的才人難得到，一珠一字，珍藏勝瓊瑶。

記得步氏原韵云：畫簷雙燕須同宿，蘭浦孤鴛肯獨飛？常恨桃源諸女伴，等閒花裏送郎歸。未免意思淺露，須讓他後來居上。只是奇得緊，恰好被我賀飛烟購得，豈非巧合乎？〔付浄下，又潛上介〕

〔西河柳〕〔小旦〕倚韵工，含意好，古今麗詞若此風格少。只嫌宋玉墻如賈午高。虚疑狐跡捎，能窺若箇標。指望行雲夢到陽臺曉。恐怕桃源，路迷難遇了。悵鄰近似楚天遥，姬生、姬生，你怎知我欲拜清光難寄趙。〔睡介〕

〔付浄腰斧潛至燈下看詩收介〕阿呀，原來這花娘與姬銑情詩往來，勾搭上了。我正要尋題目謀害他，如今有此詩箋，真贓實證，豈非天敗乎？〔拔斧拍案喊介〕〔小旦驚起介〕〔付浄坐，大怒介〕騷花娘，做得好事！〔小旦〕做甚麽事來？〔付浄〕我親聽得你才子長，才子短，怨天尤人的，千思萬想他，還説做甚麽事。〔小旦〕好笑，古今才子，何人不嘆慕的。難道與他有甚往來麽？〔付浄〕没有往來，爲甚詩箋上寫着姬銑和非烟韵？你一定也有詩送他。〔小旦〕啐，步非烟乃古時能詩女郎，姬生和他的絶句，與我何干？奴家本姓，乃慶賀之賀，不是倡和之和。名唤飛烟，乃飛鳥之飛，不是是非之非。你文理縱然不通，難道字都不識了？〔付浄〕嗄，他詩上説賈午墻高花影落，姬家蒼頭賈五，一定是箇牽頭，我家那垛高粉墻邊有犁花一枝，分明是即景，還要巧辯哩！〔小旦〕嗨，一發不通了。賈午乃晉賈充之女，步非烟與趙象書引用在内，有賈午墻高之句，故姬生和詩及之。午之非五，有甚難辨？〔付浄〕罷了，我且問你，你婦人家，怎麽收得男子字蹟？又像挑逗情詩，是何緣故？〔小旦〕哈哈，姬雙南翰墨，偏傳海内，江南士大夫家以其手蹟之有無分人品之雅俗。奴家特購得此箋，聊以破俗，管他何等詩句，得來便要珍藏。除非是蠢牛，不知貴重耳。〔付浄〕嗄，你一心想着才子，一口駡我蠢牛，我今晚且結果了你，方便你的情魂背地纏他便了。〔付浄持斧遶場趕跌，撲倒殺小旦介〕

〔中吕過曲〕〔紅繡鞋〕儘憑他逞妖嬈，妖嬈；掉文搬古撒嬌，撒嬌。偷漢子，露根苗。長板斧，不容饒。粉骷髏向何處粧喬，粧喬。

〔雜扮衆妾驚上介〕阿呀，我們只聽得鬧了一夜，怎麽就把賀五姐殺死了？怪哉，怪哉！有何罪過？〔付净〕你們看看思想才子的樣兒。〔衆〕那裏甚麽才子？活見鬼了！且擡了他進去，再作道理。〔扛下介〕〔付净〕殺便殺得好，正費商量哩。如今這把箇因奸致死的名色陷害姬銑，拼得破費些銀錢便了。

禍福本無門，殺人又陷人。

瞞天憑謊狀，蔽日仗多金。

第七齣 夥證

〔南宫引子〕〔哭相思〕〔丑上〕擒月拿雲無洞閃，慣設騙奸而諂。把六出奇謀全功占，封謝禮要濃釅。

前日莊農都與我商量謀害姬雙南，要我做箇硬證，許我謝儀百兩。哈哈，我叫褚愛泉，泉者，錢也，那箇不愛的，豈有不應允之理？只是老莊慣會拔短梯，怕他事後許而不與，枉結了冤讐，空損了陰騭。必須先斷他短梯後路方好。今日且到他家，問他還是甚麽題目，隨事相機而行便了。此間已是，不免徑入。〔付浄忙上〕爲甚這時候還不到？〔作陡遇介〕〔付浄〕我差三起人來請兄，爲何來得恁遲？〔丑〕今早過敝友家説話，因此相左了。〔付浄〕我對你説，好題目有了。〔附耳細述，用手做勢介〕〔丑伸舌摇頭，附耳密語介〕詩箋何在？〔付浄出箋。丑看畢還介〕是了，是了。漢家自有制度，只是一件，賤性有些上場怯，恐怕聽審時口軟，須生箇法，壯一壯膽纔好。〔付浄〕怎麽壯法？臨審時多用幾盃狀元紅、琥珀光便了。〔丑〕素不勝盃酌。〔付浄〕這怎麽處？〔丑〕晚生有箇法，叫做昧心壯。〔付浄〕甚麽叫做昧心壯？〔丑〕大凡世上除是禽獸，没有良心，但是人類，良心斷難泯滅。晚生又忝列宫墻，慣遞公呈，講公論。姬生又是同庠名士，未免動狐兔之悲，若到理屈詞窮，良心發現，一口軟便僨事了。如今要用一物迷蔽着此心。〔付浄〕用着何物？〔丑〕老先生試猜一猜。〔東甌令〕〔付浄〕莫不是護心丸，蚺蛇膽？〔丑〕不是。〔付浄〕莫不是鎮宅靈符定瘧痁？〔丑〕也不是。〔付浄〕敢則是牛皮靴統鞔羞臉，無影響憑裝點？〔丑〕又不是。〔付浄〕再不然，雙雙脛骨鐵皮鉗，推訊任威嚴？

〔丑〕一發不是了。〔付浄〕畢竟用着何物？〔丑笑介〕前日老先生許酬百金，總是不敢當的。如今再添上四百兩，做箇空名色，借他降伏良心。〔付浄〕爲甚叫做空名色？〔丑〕此銀若封貯典鋪，用一票分開，各執一半，言定事妥合符，方纔取出，這樣便膽壯，良心便不發現，越説越高興了。〔付净〕嗄，取出來便怎麽？〔丑〕這不過是自哄自家的法，有箇指望，暫時昧心，到取出時，一定要奉璧的。〔付净〕這也不難，我如今便兑五百金，送至典鋪，取一總票，分半紙與兄便了。只要處得暢快，須是

〔五更轉〕礪舌鎗，磨唇劍，把良心公道掩。包贏硬證今番驗，五百酬金，一分無欠。端的是勦勞大，厚利收高名占。冤讐這遭這遭難逃閃，猷樣迂腔，須填坑塹。

〔丑〕還有一件極要緊事，這秀州知州禹明，是箇奇貪異酷的官。他信任四箇書辦，人稱爲四天王。一箇徐錫，一箇顧奇，一箇何平，一箇沈雲。那四箇與舍親高立人最厚，前日聞得高舍親曾借老先生銀一千兩，原有往來，如今須託他轉致此四人，務要于中着力。高立人是縣書陞上房的，各上司衙門線索最靈，將來各處好靠着他。事成之後，拼得將一千兩的原契白還了他，所謂成大事不惜小費也。〔付净縐眉介〕費也不小呢！此外再費不起了。〔丑大笑介〕這只是下邊用力，若是州尊處，還要大大一副重禮，方爲萬全之策。

〔繡衣郎〕世間官那是真廉，銀估硃單金估籤。對行發店，利錢須是財翁占。譬倉中幾户租虧，譬箱中一分財欠。這名爲水來土掩，這名爲水來土掩。

〔付净〕多蒙妙計，極感厚情。只是還要細商，狀詞先求賜教。〔丑〕自然，立刻送來。

〔付净〕計定月中擒兔，〔丑〕先須餵飽乳虎。

〔付净〕若還斬草除根，〔丑〕莫惜揮金似土。

第八齣 蠹謀

〔南宫引子〕〔女冠子〕〔净紗帽便服，小旦扮門子隨上〕運來甲郡黄堂坐，儘喜色，上眉窩。奈各鄉鉅富無干箇，未盈百萬人休賀。

貪黷全憑酷濟之，五刑具備炙民脂。輦金白晝公然受，那怕蒼天暮夜知。下官權知秀州軍事禹明，表字子良，裏平人也。虎狼成性，蛇蝎爲心。豪奢甚於愷、崇，陰險深於杞、檜。膾人肝而作脯，食品異樣新奇；吮民血以如飴，斟酌何時飽滿。百姓呼稱屠伯，一路哭聲震天。俺這裏不見不聞，那管他怨天怨地。只是俺已無室無兒，止生一女，名唤姬姜，今年一十三歲。生得儀容端麗，伶俐聰明，真可蔽月羞花，善能吟風咏月。前日有淛西都統制馬維熊差官來，替他令郎求親。俺雖已應允，尚未行聘，不曾對女兒説知。可笑他每日在署中鳴琴閣上觀書，觀來觀去，觀得書腐了，常勸俺做清官，積陰德。俺對他説：「你女兒家，怎知俺做爹的難處。請問各上臺的禮節，可少得的麽？要圖陞遷，保無參罰，大大的費用，可少得的麽？家常受用的錦貂輕煖，珍羞百味，可少得的麽？鐵楞花梨、紫檀烏木的細巧家伙，可少得的麽？就是將來嫁你的粧奩資飾，至少須得數萬金，少不得多出在地方上。若非嚴刑逼炙，誰肯無端饋送？」他見俺說了一番，非其本意，怏怏不悅，也只索由他。今日退堂，不免喚四箇心腹書吏進來，與他商議做事。〔向小旦介〕傳何平、徐錫、顧奇、沈雲進來。〔小旦應，擊雲板，唤介〕〔凈〕

〔秋夜月〕活累煞，㺚地抽豐大，爲富不仁思陽貨。寧熬咒罵難熬餓，雖是望梅暫止渴，定要人兒採菓。

〔付凈、末、丑、小丑扮吏典上〕士民頭痛日，書吏運通時。〔進見介〕太爺有何分付？〔凈〕你們是曉事的，爲甚這幾日不見有生發處？〔付凈〕要生發何難？如各年錢糧火耗，舊規止得加一，吏典查蘆課規例，有多至加七八者，若量增幾分，便有幾萬銀子了。〔凈〕說得有理。明日分付各縣，一定要加三，只說是插征的部費便了。〔付末〕合州鹽商木客，布行典鋪，老爺加些禮貌，可以要得常例的。〔凈〕也好，也好。〔丑〕各鄉城的田房稅銀，門攤鋪鈔，義田加價，額數雖少，可以挑剔出數倍來。〔凈〕使得，使得。〔小丑〕這幾項雖好，總不如在詞訟裏留心。秀州百姓，十分健訟，只爭勝負，不惜錢財。老爺不拘欽件憲件，本衙門狀詞，無論事之真假，理之曲直，總之送禮的便贏，不送禮的便輸。立定主意，上司批駁，斷不游移；鄉紳情面，毫無假借。有不知事的，或夾或拶，或打或監，與他箇手段，怕不走上路來？若是肯出萬數銀子，就是替他報仇，結果人性命，也顧不得。〔凈大笑介〕妙極，妙極。〔衆〕說便這等說，太爺只不可亂用人過手。

〔奈子花〕〔合〕託鄉紳最要騰那，似偷兒夜受狗拖。空拔短梯，惹得膀胱虚火，未撑船便思拿柁。方可不比那開店業現錢稱貨。

〔净〕何消另用别人，就是你幾箇人，用心在外打合。只要項項清楚，不許欺瞞我老爺。

〔節節高〕我是公明宋大哥，待嘍囉。梁山泊上方成夥，早知燈爲火。偷有窩，定要相調和，直弄到布行典當家都破。泖東浦北人無卧。還有一節，若要借了官名撞金鐘，生生的狗命交還我。

〔衆〕吏典們與上房高立人一夥做事，一心幫助太爺，再不敢誤事的。

〔前腔〕有名的高徐沈顧何，會兜羅。晨興夜寐無些惰，包得差牌妥。求獻多，再不偷關過，只要現行現主無低貨。囂篩不許粞糠和。但怕各憲三司要拿訛，天坍靠得長人麽？

〔净〕這也不必過慮，我老爺自有安頓法。〔四人分左右附耳低言。丑出呈詞介〕〔净看點頭笑介〕就行，就行。你們快去了理進來。

〔净〕伯夷誣曰盗，柳下指爲姦。

〔衆〕不用案中看，只須戥上添。

第九齣　醉繫

〔生上〕花撲玉缸春酒香，一杯到口解愁腸。人生有酒眼前醉，幾見貴人頭不蒼。我姬雙南生平最不耐煩的是箇愁悶，這幾日不知爲甚緣故，愁得箇不耐煩。連這些應訓的詩文翰墨，堆積如山，没心緒打發。自覺神思恍惚，夢魂顛倒，真令人莫解。我想魏武詩云：何以解憂，惟有杜康。不免到朋友家索箇大醉，看他怎麽。〔行介〕

〔北新水令〕非烟非雨暗東臯，捫春蘿幾乘山轎。我淵明詩孏和，摩詰筆慵抽。且盡香醪，趁櫻紅筍香好。〔下〕

〔南步步嬌〕〔小丑、老旦扮公差上〕〔小丑〕廣緺新靴杭綾襖，新運官符妙，俺們兩箇是秀州堂上管班，官名張鑌，乃太爺心腹差役，慣趕起數上莊的。方纔午堂退後，忽然傳進，發下火籤一枝，飛拿生員姬銑。硃批在上，説：如無其人，去役代死，限明日午堂繳銷。這件又是有竅的了。〔老旦〕他既是生員，料想這酸丁有甚家當，何用這般虎勢？火籤飛拿，難道須彌塵積高。弄他幾兩修金，也做圈套？〔小丑〕夥計，你還不知道麽？是莊羅黨告他的，承行的四位囑付：快拿到了人，原告肯謝銀一百兩，不必要被告差錢。太爺發籤時，又面諭我：此人身子修長，面目清秀，是箇有名的，拿别箇搪塞不得。看來是一面官司了。只是今日已晚，我聞得他再不在家裏喫晚飯的，不要到他門上去，走漏消息。只在左右伺候，待他回來，騙他到官便了。

〔老旦〕倘或今夜偏不出去喫酒，怎處？〔小旦〕一些也不難。等到更深，没有動静，和你叩門進去，萬無走失了。〔老旦〕有理，有理。正是培樹好尋苗，拿鼠貓休叫。

〔北折桂令〕〔外提燈送生醉上〕宴南皮漏鼓忘譙，題徧了曼女纖羅，舞客輕綃。忍辜負襲面盆蘭，凝眉檻柳，妨帽庭蕉。我今日因愁悶出門，遇着幾箇好友各出所有，留我小飲。直飲到玉山頽東歪西倒，銀海眩地轉天摇。如今胸中塊壘，被幾盃酒破除盡了。不免回去，飽睡一覺。身自飄飄，興自顯顯。一任他殺王敦印也羞懸，罵曹瞞鼓也忘敲。〔欲下介〕

〔南江兒水〕〔小丑、老旦唱上〕還賭拿鹺賈，供嫖捉布標，欠零星聊待廩糧找。〔見生各做手勢介〕

〔小丑上前介〕姬相公那裏來？〔生挣目直視介〕你們是甚麽人？那裏認得我來？〔老旦〕相公的大名，那一箇不認得的。〔生閉目微笑介〕説得不差，説得不差。〔欲下。小丑攔住介〕且住！我們兩箇是本州太爺差來，請相公前去説話的。〔生冷笑介〕怎麽説嗄？你們太爺要請我去説話麽？〔摇頭介〕豈有此理？要請我説話，怎麽不是日裏來呢？混話，混話！〔老旦〕我們原是上午奉差的，因相公不在家，太爺又要緊會，所以直等到此時。膝骨立酸脚生泡，恨不得高擎招紙沿門叫，小衖私街尋到。相公若不去，必累我們受責。恭候光臨，幸恕柬房帖少。

〔小丑、老旦扶生急行介〕〔生〕何須這等着急？〔外〕走慢些，我們相公酒醉了。〔生〕好笑。這時候請我做甚麽？

〔北雁兒落帶德勝令〕莫不是創譙樓將扁額標？莫不是竪德政要碑文繳？莫不是寶燈前倩請啓修？莫不是素月下把時文考？慢着，我一時酒湧上來了，體困軟于糟，吻燥渴如痟。怎得箇香噴噴雲肩靠？那處有燄騰騰茶竈燒？〔立住介〕〔小丑〕相求再走幾步。前面就是州前了。〔生惱介〕嗳，胡鬧。〔行介〕休嘲，權當箇李太白赴明皇召，長也麽宵。休猜做賈長沙被文帝邀，賈長沙被文帝邀。

〔作到。生立嘔介〕〔老旦扶生。小丑傳梆進介〕〔外〕好奇怪！夜静更深，立刻請去做甚？我且在外邊等信。〔下〕

〔南僥僥令〕〔净上〕通番朝發鋪，假命夜收牢。自做投詞尋原告，那顧得受寃人到處號。

〔作陞座介〕〔小丑跪禀介〕姬生員拿到了。〔净〕快解進來。〔小丑出，同老旦扶生報門進介〕犯人進。〔生怒喝介〕咗！可惡。誰是犯人？

〔北收江南〕便搜徧漢章秦律呵，幾曾見推敲沖道算違條。敢怪我前身竊過歲星桃，你們不要錯認了。勸森森法曹，把尊瞳細瞧。須知我一生貧賤把人驕。〔進見庭參介〕

〔净喝介〕那箇與你施禮！你可曉得事發了麽？〔生〕生員閉户讀書，頗知自好，有甚事發？〔净〕好箇閉户讀書的。你黑夜踰墻，强姦殺命，難道不是事發麽？〔生〕嗳，這些全無踪影的話，從何而來？〔净拍案怒介〕哇！現有告人，現有實據，還要口强。

〔南園林好〕你跳東墻挾干將利刀，行威逼便强姦姣好。若要免嚴刑苛栲，誰殺死夜潛逃？誰殺死夜潛逃？

〔生〕住了！太宗師一州之主，民間寃抑，全仗申雪，况人命重情，如何無端屈陷平人起來？

〔北沽美酒帶得勝令〕按河東孝婦饒，按河東孝婦饒，上嫠亭亭長梟。怎生弓影杯蛇，憑仇口嘷。怪無端禍遭，又不是范家滂告密逢牢。你便刖卞和懷璧非盜，詐陳平刺船無鈔，謗曾參賤名誰肖，疑羊祜鴆人毒藥。這詞怎招？這苦怎熬？呀，莫不是吏和官一齊醉倒。

〔净〕看他滿口胡柴，一派酒話，既是醉漢，便用刑審也定不得罪，帶去收司。〔小丑帶生下〕

〔清江引〕舞僛僛側弁儘號呶，供吐全無着。如何定審單，莫可詳文稿。且罰他醉入圜墻睡一覺。

才郎屈在禁中過，百喙其如酷法何？
莫認今宵酒醒處，曉風殘月隔墻多。

第十齣　驚變

〔小生急上〕阿呀，不好了！

〔不是路〕朽柱繩楮，鴉叫堂前鶚集枝。〔向内介〕母親快來。堪驚死，斯文將喪至於斯。〔旦應急上〕鬧堦墀，好似轟豗城下追師至，諒不是號叫門東索飯癡。〔看小生介〕爲甚這等慌張？〔小生拭淚介〕阿呀，母親嗄，不好了！糊塗世，李斯復有坑儒事，我爹先試，我爹先試。

爹爹昨晚不曾回家，孩兒正放心不下，不想賈五方纔回來，説爹爹昨夜不知爲甚緣故，被州尊拿去，監禁在司了。

〔前腔〕收鋪收司，活剥生吞定獄詞。〔旦驚介〕有這等事？須詳視，市中有虎理無之。吾想此信未必是真。〔小生〕阿呀，母親，怎麽不真？爹爹昨日在朋友家飲酒，二鼓回來，路逢差人，口稱奉太爺之命，請相公説話。不由分辨，扶着就走。走到衙門前，即刻帶到後堂。爹爹説不多幾句話，即發出監禁。方纔賈五説親見了回來的。孩兒就打發他再去探信了。〔大哭介〕上堂時，璧亡那顧張儀舌，便蟲出誰憐杜密屍。〔旦揮淚介〕我兒，你快捲些衣服，典幾兩銀子，先到禁中與爹爹使用。就打聽幾時審問，隨後到你爹爹平日相好的朋友家，求他們搭救便了。黌宫士，有多少同生同死雞林誓，應還可恃，應還可恃。

〔小生〕孩兒就去。阿呀，母親，你看賈五回來了。〔外急上〕娘娘、官人，方纔我到司門前見相公，説是莊羅黨這老賊告的。聞得他小老婆死了，要陷相公强姦殺死。先與官吏一齊講通，所以不曾質審，就收司了。看來是一面官司，只恐還要吃虧，如何是好？

〔皂角兒〕狠官司惟錢所之，貪酷吏以官爲市。眼見得升天足夾傷兩灣，攀蟾手桚傷十指。

〔旦哭介〕〔小生拭淚介〕母親且不必愁煩，我爹爹讀書談道，實無此醜行，無此毒手，倘受賄誣陷，將無作有，鄰里可以出得公呈，同學可以遞得辨揭，就是縉紳先生，平日素重爹爹才品，斷没有坐視不救的。免悲狐，唇接齒。救臧洪，憐杜伯，銜刀而俟。憤應裂眥，怒應拔髭。抹不殺斯民三代，公非公是。

〔旦〕我兒説得有理。你且打點出門，我即着賈五通知各宅親戚，前來幫助便了。

〔尾聲〕震天威翻地勢，止寸楮合家可治，悔只悔孔鯉趨庭誤學詩。

〔旦〕觸忤錢奴罪也該，〔小生〕誰教去貝剩單才。

〔旦〕而今天道行時正，〔小生〕六月安能有雪來。

第十一齣 偪賄

〔付净上〕縛虎容易縱虎難，打蛇不殺怕蛇蟠。〔丑隨上〕騎虎勢成不兩立，斬蛇七寸莫鬆寬。〔付净〕褚兄，此人既已收司，不怕飛上天去了。〔丑〕老先生還不知道麽？方纔遇着高立人，説裏邊催心願甚急，即日就要嚴審了。〔付净〕甚麽心願？已經送過千金，還要怎麽？

那裏有許多銀子？〔丑〕噯，老先生真箇不知利害的。他們承行的四天王説：此案是殺人陷人，非彼即此，昨日先將被告收司，不過消繳這一千兩頭。此人在司裏放刁，説許多大話，設使聽審起來，大費講究。若非算計萬全，老先生性命就難保了。〔付浄〕阿呀，兄前日許我的昧心壯，怎麽不使出來？〔丑大笑介〕怎麽這樣不明白？先要把官府昧心軟了，方用得我的昧心壯着。晚生只做得硬證，做不得軟官。

〔越調引子〕〔金蕉葉〕常言道捉姦要捉雙，審官司可欺以方。若還問夜静更長，你不住在莊家，那知他持刀越墻。

這句就難登答了。〔付浄〕方纔説把官府昧心軟了，他便怎麽問法？〔丑〕他心照了時，便問我：你知道賀氏被殺的情由麽？晚生便從頭至尾，一直説去，咬定是他殺的。官府也不來搶白我，只管夾椮他，要他屈招了。

〔五韻美〕膽兒裏壯，口兒裏强，他只恐我喉嚨走腔。便做恬笑和光，全不來挨搪。單要聽咱數短論長，姬生呵，任蘇君舌辯能抵掌。錦片供詞，都撇在東流大洋。

〔末扮公差上〕使心用心，反累己身。天怨人怒，殺人陷人。自家州堂快手姜鳳便是。方纔太爺發出一票，拿廢宦莊羅黨牧監。只得火速走一遭，此間是他門首，不免直入。〔付浄〕這位公差，來尋那一箇？〔末〕就尋莊爺。〔付浄〕有何見教？〔末〕太爺請去福堂中養静養靜。〔出票看介〕〔付净〕阿呀！我犯着何罪，拿我收監？〔末〕在下不過照票行事，悉聽自去聲説便了。〔丑起招付净附耳，轉身向末介〕小弟斗膽，權保半日。即刻計議奉覆，决不敢相累。差使錢一百兩，足紋足兑，包管弔銷監票便了。〔末〕太爺坐等回話，豈敢遲延賣法？斷斷不能從命。〔付净起招丑附耳，做手勢。丑點頭向末介〕既如此，小弟奉陪，待莊老先生進去取出差錢來，再作計議。〔末〕就要出來的呢。〔付净〕這箇自然。〔下〕〔丑〕請問太爺發票時，可有甚分付？〔末〕怎麽没有。

〔蠻牌嵌寶蟾〕〔蠻牌令〕説道這人故殺陷情郎，是緊要犯人行。務要牢牢拘禁着，密密備隄防。不許你延挨賣放，教冤魂殘魄誰償。〔鬭寶蟾〕因此上飛拿急捕，容情不得，莫怪倉皇。

〔丑〕原來如此。〔付净捧包上〕足紋一百兩在此，聊表薄敬。前路緊急，只求暫時擔戴。〔末〕這等我轉一轉就來，莊爺不要出去了。〔丑〕這箇在小弟身上。〔末下〕〔丑〕如何，如何？我説費商量得緊麽。〔付净〕目下計將安出？〔丑〕棋經云：若要殺人，先須自活。如今先要自家脱罪，方講害人。況時光有限，監票既出，誰敢隔宿回話？不容你慢慢的摇太平櫓了。〔小丑上〕自家高立人，包管大小衙門詞訟，線索通神，今日要與莊農都説要緊話，只得徑入。〔見付净、丑介〕〔丑〕來得正好，來得正好。莊老先生是原告，州尊忽出一票拿去收監。怎麽處？怎麽處？〔小丑〕小弟正爲此而來，莊老先生甚麽樣身家，如此大事，竟看得兒戲，只道前日的一千頭，便完局了麽？

〔梅花酒〕幾曾有豚蹄盂酒，便作篝車想。你這彌天大案要把平人枉，尊白鏹，藐黄堂。拼得身家爲孤注樣，空教四天王盻穿眼眶，也教你進圜扉探頭望，進圜扉探頭望。

〔付净〕高老爹，高伯伯，説得我春夢纔醒。你怎生救我一救，憑你説來，都依罷了。〔小丑〕若依我説，先用着十箇大酒罎。〔付净〕要他何用？〔小丑〕每罎裝上二千金，立刻擡到張三官酒店内，交與四位承行。那一紙監票，我自去取來繳銷。若怕出銀子，我只得不管了。〔付净哭介〕苦嗄，苦嗄！我這二萬兩銀子，不知在任上打了幾千板子，夾桚了多少無辜，纔得做塊，如今雙手送出去，可憐那，可憐那！〔丑〕事到其間，也没奈何。只要事妥，連前日高舍親所借一千兩原契，都要白還的了。〔付净〕罷了，悉依見教。但要替我出氣，定把姬銑問成死罪，方不枉了破家。〔小丑〕這箇在我，老先生速速料理去。

〔付净〕十罎交與四天王，〔丑〕免得鄉紳坐福堂。

〔小丑〕擡入内衙心願足，〔合〕管教李樹代桃僵。

第十二齣 酷訊

〔付末扮快手上〕〔西江月〕皂快行中奪覇，青紅班裏稱王。自從部議革巡方，不怕迎風打訪。運到靴皆嵌錦，窮時鑊欠燒糠。城隍廟裏許頭香，莫遇清廉官長。俺乃州堂上快手班頭。謝天謝地，接着箇好太爺極會生發，許我們兜攬詞狀，包准包差，包送禮，包斷贏。兩年來大大有些肥水，好不快活！〔净扮皂隸上〕〔西江月〕鎮撫司前夾棍，同文獄底榔頭。鐃伊杖下苦哀求，休想眉頭一皺。　弔起懸車犢子，縛來獻菓獼猴。長條舊索一齊收，鐵漢也須軟口。俺乃州堂上皂隸班頭。謝天謝地，接着箇好太爺，極會作成，憑我們用刑，要輕要重，要挪輾，要擺佈，不怕他不大大講使用，好不快活！〔付末〕夥計，今日午堂，那幾件起數？〔净〕第一件就是姬銑一起。〔付末〕這是一碗酸湯了。〔净〕你不知道，到是一碗肥肉。方纔我到他對頭莊家，講班門使用，許我八十兩足數。只要姬銑跌倒時，下箇辣手，還要分外謝我們。〔小丑〕妙嗄，妙嗄！〔内傳梆打鼓，坐堂吆呼，唤姬銑一起走動〕〔净、付末應下〕〔老旦扮原差扶生上〕

〔仙吕入雙調過曲〕〔六么令〕〔老旦〕爰書未成，上饗嗚呼，斷送殘生，誰教你頭皮偏不怕尖釘。空啼血，籲天庭，料天怎救書生命，料天怎救書生命。

〔老旦報門介〕犯人進。〔内吆呼〕進來。〔老旦扶生急下〕〔小生外上〕〔小生〕

〔江兒水〕欲擊吉鼢鼓，難提太史縈，覺維蛇兆比維熊勝。我姬作霖探望爹爹消息，争奈禁子受了囑託，不許我主僕二人進去，好不可恨也！〔外〕送鋪監未適獄官興，遞囚糧誰保牢頭肯，不是怕染牢瘟成病。官人，方纔聽見人說，午堂就要審問，我們不免到州前伺候去罷。翹首枯枒，未卜鴉聲鵲影。

來此已是衙門前了。〔作探望介〕呀，裏面正在那裏審問，不知是那樁事情。〔向門内問介〕門上大哥，借問一聲，裏面審的，是那一起？〔内應〕是姬銑一起。〔小生〕阿呀，正是審問我爹爹。天嗄！料不是公廉官府，昭雪奇冤，怎麽處？〔内拍案大喝介〕從實供招，免受刑法！〔小生〕阿呀，聲息不好。

〔五供養〕挨肩探偵，狠類閻君，吆喝轟霆。〔内喝介〕你現有親筆情詩在桌上，還不招承，快夾起來！〔吆呼介〕〔外〕一發怕人。嬌皮加白木，弱體受黄荆。高聲大叫，叫不應天尊神聖。〔小生〕料想這珊珊骨，怎熬刑，比那曾參齧指肉還疼。

〔内〕帶去收司。〔老旦駝生急上〕〔小生攔住哭介〕阿呀，爹爹嗄，怎麽這般光景？教孩兒好不痛殺也！〔生掙目視小生低唱〕

〔玉交枝〕低喉徐應，鬼門關誰人喚醒？〔老旦欲下，小生挽住介〕阿呀，爹爹，這事如何屈陷得上？〔生〕正是呢。那里有偷香韓壽風流興？又誰知殺死公閭墻内娉婷？〔小生〕爹爹嗄，如今怎麽處？〔生〕我這條性命，必死于賊奴之手。你自回去侍奉母親，勸他不必悲念，只當沙場枯骨京觀鯨。譬如深閨春夢遊無定，〔小生〕爹爹，怎說這話？〔生〕總是前晚在祠堂内分付你的話，切不可忘了！報過澆兒須認清，復枋頭兒須記明。

（老旦欲下，小生拖住。老旦推小生倒地，急駝生下）（小生扒起急趕哭跌介）好苦嗄！

（川撥棹）何憑證，不見天，深入井。（外）官人，官人，你在此痛哭，甚是無益。方纔不聽見畫供，此事想尚未定案，不如歸去商量箇搭救之策爲妥。訴昔日嘯侶吟朋，訴昔日嘯侶吟朋，豈人心銅成鐵成。氣沖來劍也會鳴，淚流來猿也怕聽。

（小生）生兒空自讀春秋，還矢何年告復仇。

（外）撥霧難逢懸日鏡，戴盆空睜望天眸。

第十三齣　閨夢

（南宮引子）（步蟾宫）（小旦上）春深晝静湘簾下，對棐几紗窗清灑，（老旦上）愛香閨蘭質信修姱，掌上明珠無價。

（憶秦娥）（小旦）鳴琴閣，悠揚琴韻和鳴鶴。和鳴鶴，薰風庭院，槐陰垂幕。（老旦）粧臺着粉施朱薄，璇閨繙史披圖數。披圖數，日長人倦，蘭芽嬌弱。（小旦）奴家禹氏，名唤姬姜。生在刺史之家，長於保母之手。幽閒成性，書史是娱。每日在這秀州署中鳴琴閣上，學弄柔翰，徧觀緗帙，真箇是琉璃硯匣。鎮日隨身，翡翠筆床，無時離手。今已午牌時分，爹爹未回内衙。保母，你與我研朱和墨，待我評閱丹鉛。（老旦）嗄，曉得。（作磨墨介）

〔一江風〕〔小旦翻書唱〕做嬌娃，雖繫羅裙衩，須做箇謝女班姬亞。趁韶年，翻遍青箱，閱盡牙籤架。〔老旦〕小姐，你吟詩試八叉，吟詩試八叉。兼能判五花，甚仙郎占得這家人卦。

〔小旦〕咳，保母嗄，我爹爹暮年無子，單傳箇弱女慰情。我晨昏定省，常勸爹爹積些陰德，做箇清官。無奈諫即生嗔，絮叨不已。試聽前堂敲朴喧天，哀號震地，大約半是造孽，不知我日後如何哩。大凡是

〔前腔〕舊根芽，須待滋培發，方做得門楣大。種前因，今世現宰官身，便好說慈悲法。又何須咆哮喬坐衙，咆哮喬坐衙。鞭叱鬧喧譁，古語云：當權若不行方便，如入寶山空手回。怎只顧逞威風把善果生抹殺。

〔老旦〕小姐，你也不必愁煩，待老身去取甌好茶來，與小姐解渴。〔下〕〔小旦〕說了一會，不覺困倦起來，不免就書案上假寐片時。〔睡介〕〔雜扮魁星跳舞上，向小旦書空高念介〕貪狼堙壁水，貫索掩文昌。黑暗牢修獄，難通寶婺光。〔跳舞下〕〔小旦驚醒介〕好奇怪嗄！〔老旦捧茶上〕小姐爲何這等大驚小怪？〔小旦〕我方纔略打箇盹，夢見一魁星，跳舞來前，高念四句詩，想是爹爹斷枉甚麽秀才事情了。〔老旦〕怎見得？〔小旦〕魁星是天上文星，他說：貪狼湮壁水，貫索掩文昌。東壁乃圖書之府，文昌乃禄命之司，被貪狼貫索，堙且掩之。又說：黑暗牢修獄，難通寶婺光。一定有兇惡如牢修者，把文人告密，冤沉獄底。只是寶婺爲貞女星，

安得有女人代他昭雪之理？我如今且到爹爹書房，看有甚麽文卷，或者探問出些踪影。惟有苦口勸諫，也不枉神明夢中相告。〔同老旦行介〕此間已是，且看案上堆些甚麽事件？〔作檢介〕這是催糧的憲檄，這是申詳的公文，這是一宗案卷，爲强姦殺命事，犯生姬銑。〔看卷介〕嗄，這案有些蹺蹊了。又有詩箋附卷。〔念前詩胎仙云云〕若據此詩箋，如何定得命案？〔净上〕處心積慮做貪官，那怕寃魂毒箭攢。一路家家齊禱祝，早陞一日萬民歡。〔入門見小旦介〕我兒，你在此做甚麽？〔小旦避席介〕方纔孩兒偶然困倦，假寐片時，夢見魁星跳舞到前，念道：「貪狼堙壁水，貫索掩文昌。黑暗牢修獄，難通寶婺光。」特來報與爹爹知道。〔净〕我兒，目擊之事，猶恐未真，夢中之言，何足掛念？你聽我道來：

〔香柳娘〕正春闈晝暇，正春闈晝暇，睡魔偷罅，泡形幻影都虚假。那裏有斗河魁跳梁，斗河魁跳梁，鬼語混胡呶，似圖澄掌中化？無過是這心猿意馬，這心猿意馬，自己的靈苗慧芽，休得嗟呀。

〔小旦〕阿呀，方纔孩兒看案上姬銑所犯，定不是真。他訴詞辯得十分明白，休得聽信一面之詞，陷其殺人。況觀此詩箋，定是才人翰墨散落人間者。若是他殺命潛逃，爲何留下此箋，自取破敗？常言道：人命關天。豈可輕入平人罪案？孩兒夢兆，必非無因，還請爹爹三思。〔净〕這事我還要細審，自然不是草草結案的，你只消放心便了。〔小旦〕如此，便是爹爹的陰騭了。

〔尾聲〕〔合唱〕舉世人憐才寡，誰知道偏屬女兒家，從今後，明慎平反定莫差。

〔浄〕肺石常時置訟庭，〔小旦〕書生冤抑感神靈。

〔老旦〕從今夜夜鳴琴閣，〔合〕惟看文昌貫索星。

第十四齣 凌主

〔仙呂引子〕〔劍器令〕〔末扮老儒巾服上〕教書百家村，在門下傳經也肯。奈世情中山太狠，不勞題鳳通文。

在三之節重君師，兩項相兼奈失時。自是仲尼輸子貢，及肩墻已禁人窺。自家姓莊，名峕立，表字正夫。詩書世冑，閥閱家門。爭奈數奇，青衫終老。向年見世僕莊羅黨是箇伶俐童兒，也許他受業門下，以主僕之分，兼師弟之情，定知報德酬恩，不忘原本。豈料他幸叨乙榜，驟得美官，婪贓數萬，滿載而歸，不值得前來看我。我去拜他，也不接見，又不回拜，是反欲奴隸我也。心上放他不過，不免再造其門。若然好好接待，也就罷了。倘然無理，大大發作他一場，方出我胸中惡氣。〔行唱〕

〔仙呂入雙調過曲〕〔玉交枝〕塡胸悲懣，倒三綱天卑地尊。縱不敢把奴才强要尊官認，喚門生已該屈節三分。且住，一箇人心術既壞，忘了本源，我去發作他，倘然他不遜起來，怎麽處？咳，也説不得了。

逢蒙竟爲射羿人，齊桓未必朝周穩，整家風親征一巡，厲師威鼓鳴便聞。

迤逦行來，此間已是。裏面有人麽？〔丑扮院子上〕侯門深似海，不許外人敲。是那一箇？〔見介〕相公是那裏？尊姓是甚麽？〔末〕你去通報，説正夫老相公要會，就曉得了。〔丑〕少不得説箇上姓。〔末〕我姓莊。〔丑〕是老爺一家麽？〔末〕不是一家，却不是兩家。〔丑〕説得恁蹊蹺，是便是，不是便不是，怎麽不是一家，又不是兩家？〔末〕總是不必説明，竟説前日投過帖子的便了。

〔前腔〕言謙語遜，看書儀稱呼有根。〔丑〕家老爺拜客去了，失迎相公，怎麽處？〔末〕若果然不在，也罷，我停一會再來。幾曾見老人倒等圯橋信，罰先生立雪朱門。〔欲行介〕〔小丑扮書僮上〕管門的在那裏？老爺即刻要去拜客，爲甚不送門簿進來？〔末立住怒介〕嗄，你老爺現在裏頭，怎麽説不在？孺悲瑟聲使我聞，陳相背楚教人恨。你既做箇管門人，也須知些世務，不問那人是你老爺的甚麽相與，竟胡亂回去。縱皇王草鞋有親，豈鄉官便無五倫？

〔丑〕不須發怒，各人家有箇規矩。

〔前腔〕富人家訓，諭司閽從不見貧。如你這一種人，日裏邊來千去萬，教我們通報不得許多。若要我老爺郊迎路接時通贐，須是擁仙幡雙鹿扶輪。你説管門人不知世務，我看你一把年紀了，世務也不甚明白。我且問你：既投過帖子，我家老爺可曾來回拜？濃茶半杯可到唇，紅單一寸誰傳進？一箇人不睬你，也就罷了，你只管來尋他怎麽？絶交書君應看昏，責躬詩君須細温。

〔末大怒背介〕是了，我道這班二料客作，怎敢怠慢我。原來是這畜奴暗地囑付，故敢大膽把我凌辱。阿呀，畜生奴才嗄，秀州若大若小的人，那箇不曉得我是你的主人，我是你恩師，輒敢如此無禮。

〔前腔〕亂常蔑分，悔三隅舉之太勤。〔丑〕且閉了這張臭嘴，難道我家老爺，到是你的家人？〔末冷笑介〕不敢欺。只是祖功宗德把文孫廕，賣身文花押痕新。〔丑〕難道我家老爺，拜從你這樣先生？〔末冷笑介〕不敢欺。虧我千文百家提命殷，怎得箇之乎者也稍稍順。羅黨畜奴，你好忘恩負義，我也看得你見，你受用了一生，燥脾了一世不曾？甚精銅鑄成富民，甚精金鑄成貴人？

〔雜扮衆家人唱上〕

〔商調過曲〕〔黄鶯兒〕狼僕動相群，扮嘍囉像小軍。老爺分付，門上人那里去了？放這些光棍，在此嚷鬧。害老爺棋枰失道牙籌紊。〔末〕那箇是光棍？我是光棍，莊羅黨就是光棍家小厮了。誰教你堂堂太君，娟娟孺人，磕頭禮拜這精光棍。〔衆〕放你娘的狗屁！〔各磨拳擦掌介〕看你這老頭兒，也經不得我們的毒手，殺生不如放生罷。速逃奔，如遲處死，屍付竈王焚。

〔末〕你們這班鼻伶仃奴才，這等可惡麽。〔衆將末亂推亂跌，揪住遶場一轉，拏地作打勢，齊下〕〔末扒起大喊介〕地方救人嗄！〔作四顧介〕這班狗才，不知都往那裏去了？咳，着甚來由，反受這場凌辱。羅黨賊奴，你如此相待，我便罷了不成？

〔前腔〕怒氣上衝巾，負師恩叛主恩。上有王章，下有官法，難道容你如此横行麽？怎教他藍從青出忘其本。分明是赧王拜秦，李斯背荀，悔殺我下堂自屈西賓分。報應輪，恨不得當年榎楚，敲爛畜奴臀。

家主頻將光棍呼，果然勢敗主爲奴。
一朝日出冰山倒，冠履看他倒置無。

第十五齣 劈籤

〔點絳唇〕〔净扮周倉盔甲上〕社鼓神鴉，朱旛高掛空祠下。遣霧驅霞，赤兔胭脂馬。

單刀赴會去江東，面黑將軍伴面紅。遥望渾如張翼德，錯疑三弟侍關公。俺因伏魔大帝關聖帝君上朝金闕，着俺周倉權管殿庭，看有甚樣人來問禱，俺好相機降籤。〔小旦扮冤魂牽呈哭上，跪伏介〕〔净〕呀，這是什麽冤魂？待俺看他呈狀。〔看呈，挣眼怒介〕嗄，原來如此！賀飛烟，你且出去，俺這裏自有報應。〔小旦應下〕〔净〕咳，可恨莊羅黨這廝，手刃侍妾，要陷害姬銑。已經重賄貪官，嚴刑牢禁，猶未稱懷，思想斬草除根，還要前來問卜。阿呀，奸賊，奸賊，你那裏知道，姬銑是天上文星，偶謫人世，你縱揮金如土，怎生傷得他的命來。也罷，待他進殿，俺自有處。

〔北寄生草〕他朋拏欺酸子，鑲唆信法家，侮神明也把金山耍。俺不是六丁神胡變卑交卦，小洞賓浪判乩仙話，善彌陀能使妖魔怕。你待要終籤求得百般宜，怎當俺先天雷雨力兒大。〔暫下〕

〔付净、丑同上〕勢强能枉法，財大定通神。〔付净〕諸兄，前日這一番，已出了些氣了。只是勢不兩立，放鬆不得，如今要斬草除根。〔附丑耳介〕必須如此如此，這般這般，方絶得後患。但未知天從人願否，我們且同到關帝廟中拜問一籤，看事之成否，何如？〔丑〕卜以決疑，不疑何卜？尊意既要問籤，就奉陪走一遭。〔行介〕此間已是廟門首了。我們進去拜禱者。〔進廟上香拜介〕〔付净取籤筒同丑跪禱祝介〕信官莊羅黨，要做一件除害的事，成則求賜上上，不成則賜下下。〔内放烟火，净執刀舞上，劈碎籤筒，舞刀下〕〔付净、丑驚倒扒起介〕阿呀，好奇怪！正在求籤，神厨左側，忽然滚出一團火來，把籤筒劈得四分五裂，撒籤滿地，好不怕人！〔同向神厨探望，内復放烟火〕〔付净、丑奔下〕〔净持刀追上〕本待把兩箇奸賊一刀兩段，奈未奉帝旨，且饒他這一遭。

〔前腔〕他一箇豪富心腸狠，一箇奸謀毒惡加，漫天怨氣人無那。便決西江流不盡他屠刀辣，罄南山寫不盡他機心詐，奠鰲山撑不住他多金壓。恨不得借青龍偃月斬雙頭，與蔡陽文醜一齊掛。

〔付末扮關平急上〕伏魔天有眼，枉死鬼無城。俺乃伏魔大帝位下上將關平，奉帝君勑令，報與周倉知道。周將軍何在？帝君有令：姬銑在獄中，大難將至，着急往解救。〔浄〕得令。〔付末〕文操丹桂籍，威奪冥王權。〔下〕〔浄〕果然又有大難，既奉勑令，星飛走一遭。咳，姬生，姬生，

〔前腔〕你驟想齊田復，輕揮禰鼓撾，便少年未伏淮陰跨。難道就兩隻鍋活煮狂生鲊，百根杵亂肆韋馱打，一溜烟立付魚鱗剮。俺這裏陰扶文運拯仙才，與梓潼相比魁星亞。〔舞刀下〕

第十六齣 神護

〔商調過曲〕〔山坡羊〕〔生囚服上〕屈埋埋鹿爲馬的文案，怪奇奇李代桃的災患，假惛惛迷黑白的貪官，狠刺刺傾巢卵的豪奴宦。我姬雙南豪傑自許，滿望致身青雲，做些致君澤民的事業，遂了顯親揚名的志願。豈料時命迍邅，覊囚獄底，黑窣地有天無曉日。把一箇筋駑肉緩的嵇中散，枉陷做慣跳東墻行女傍干。强姦殺命，乃無賴兇徒行徑，豈自好儒生所爲？我詩文翰墨，無數散在人間，怎便把片紙爲證據？争奈買足貪官，鍛鍊周内，不容分辯。罷了，罷了。我平日結交的是毛頴先生，變不得聊城一矢。璀璨的是江郎五色，算不得黄金半毫。惟有安之若命，休想箇出頭了。軀孱，我背冤黄那箇看？途艱，我便叫天閽何處攀？

〔内起更介〕〔生〕説了一會，不覺已是起更時候了，不如去收拾睡罷。且住，愁悶縈懷，便睡也那裏睡得去。我想此身上承祖父之箕裘，下屬妻孥之倚賴，不能勾烈烈轟轟，光前裕後，還經得陷身縲絏，辱身喪名，總是平日剛腸疾惡，輕肆直言，致此奇殃，悔之何及。

〔皂羅袍〕生來掌上珠般擎慣，下堂堦損足，也算傷殘。竟做了遭刖强鉏四肢癱，説甚麽榮宗耀祖光門閈。我前日路遇的相士，他原説我早晚之間，定有禍及。我只道妄談禍福，全不信他，豈知果有今日。不能事吴學蠡，復齊倣單，却要學獻圖擊吕，揮椎報韓。竟做了剛强不屈的粗踈漢。

〔雜扮二禁子提燈上〕腰馱殺人劍，口喫黑心符。姬相公這時還不睡麽？〔生〕心上有事，怎睡得着？〔雜〕我有句好話對你説：你的對頭太大，如何當得他起？他們上下講通，要我們結果你性命。三日前瞞着你，已遞過病呈了。只要乘你睡着，便好下手。我們商量，你是箇好漢子，又是箇受寃人，不好生巴巴下手，寧可聽你自盡，不知你意下如何？〔生驚嘆介〕禁長哥嗄，我也時常暗想，古有以萬户買齊王之首，千金購項羽之頭者，這賊奴必定要下此一着。就是你們肯救我，免不得到官三推六問，又要百計毒害，總是一死，何苦累你們白白丢了一注大財。我已不想活了。〔雜〕相公真正高明。〔生〕咳，死于獄，與死于刑，等死了，何用苟延旦夕。

〔解醒甘州〕〔解三醒〕士師法因錢偏袒，司寇律爲勢增删。一定是前生寃對，今世尋着我了。倘精靈不逐風吹散，來世裏債償還。罷了，不如早早自盡，免遭刑戮。與其棘囊不免屍蟲覆，倒不如白綀先催死肉寒。〔頓足介〕天嗄。〔八聲甘州〕須拚，七尺軀直恁留難。

嗳，我好差矣。人生在世，不過如附贅懸疣，死不過如決疢潰癰，貪生怕死，豈大丈夫所爲？事已至此，何須留戀。

〔玉抱肚〕仙遊何憚，甚風光還貪世間？我老妻向極賢能，稚子頗稱英敏，我雖死猶生，没甚放心不下。從古言死歸生寄，便懸崖撒手何難？古來多少豪雄，生不逢時，死于非命者何限？龍逢、比干之忠焉而死，伯奇、申生之孝焉而死，豈但我區區一人？有多少邙山纍纍叫天閽，叫到姬生天也頑。

只是一件，先君遺命，無能仰遵，〔拭淚介〕有何面目見先人于地下？

〔掉角望鄉〕〔掉角兒〕報燕雲思之赧顔，復斟鄩念之流汗。今後呵，王根宅他人造園，樊重第也别家築澗。嗳，也顧不得許多了。只願把槨無高，棺無厚。任狐狸餐，蠅蚋嘬，此身朽爛。〔望吾鄉〕待兒孫們把不共載仇翻案，我一靈呵，把快入郢鞭尸盼。

平生未了事，留與後人補，罷了，罷了。

〔尾聲〕雉經忽對高梁嘆，絶命詞藏於衣襻，恨不住的揺蕩春魂一寸旛。

〔作登高欲懸梁介〕〔内放烟火，浄扮周倉急上，抓住推跌在地。衆驚倒介〕〔浄〕姬生，姬生，你日後前程遠大，日近天顔。目今災星漸退，不須捨命，好好保重者。〔作舞刀向衆欲斬介〕〔雜扮獄神統鬼卒持椎棍繞場欲擊衆下〕〔生漸甦叫衆介〕禁長哥，禁長哥。〔衆徐起驚跌漸定介〕阿呀，好利害！嚇得俺屁滚尿流，魂飛魄散。怕人，怕人！相公，你有神明呵護，我們命裏無財，逆不得天意了。〔生〕我方纔昏昏沉沉，不知爲甚忽然倒在地下？〔衆〕你不見麽？先是一個黑臉將軍把你推倒，要把關刀砍我們。纔得罷休，又有許多神鬼，大鬧一場，要把椎棍打我們。幸得我們不曾動手害你，倘然觸犯着你，一定斷送了狗命。俺這裏獄神老爺最靈，關帝祠中，也時常顯聖，那黑臉的定是周將軍了。看來相公日後必然大貴的。〔生〕日後縱有好處，遠水那救得近火。

〔仙吕入雙調過曲〕〔好姐姐〕賤軀甘填狴犴，止死見先人羞赧。冥路鬼關攀轅奪命還，只怕神言謾，便顯聖玉泉疑虚誕，那得箇河水澄清瓦片翻。

〔衆〕相公不消慮得。前日相公喫虧之後，外面公論紛紛，都説太爺狗私偏陷，聞得合州紳衿，并里鄰甲長，不是公書，便是公呈，都要投遞。相公静候幾日，定有好音。

〔前腔〕勸君加餐善飯，不比那死溝瀆誰哀誰輓。物論沸然長官心豈安？神功挽，有屈有伸功須晚，怕甚麽鐵鑄銅傾案不刊。

夜已深了，相公且安歇罷。〔生〕多謝了。

〔生〕天乎命也復何尤，〔衆〕暫戴儒冠作楚囚。

〔生〕世上題詩多似我，〔合〕高岑王孟盡無頭。

第十七齣 號女

〔付末扮老兒持拐杖作揚州聲哭上〕阿呀，好苦嗄！

〔南吕過曲〕〔香柳娘〕恨嚼兒齒生，恨嚼兒齒生，暮年景苦，骷髏應在荒郊露。老夫廣陵賀奉溪。夫婦二人，單生一女飛烟兒。只爲那年荒歉，無計度活，没奈何忍着疼，把女兒嫁與莊農都爲妾。說不盡他家的慳吝，聲名的醜陋，我女兒喫盡苦楚，賠去的粧奩衣飾，盡行變賣，不在話下了。昨日忽聞一信，屈陷我女兒與鄰家秀才通姦，活活殺死，不知是真是假。媽媽一聞此信，哭地號天，催我到秀州來探問。天嗄！嫩生生柳條，嫩生生柳條，爲甚的四德不從夫，一時活抛父？不免到他門上問箇消息。望娃娃未殂，望娃娃未殂，東野音虚，耿蘭信錯。

迤邐行來，這裏是他家了。有人麽？〔内〕是那箇？〔付末〕我是賀奉溪，特來探問小女的。〔内〕怎麽這時候纔來？令愛已到閻家赴席去了。〔付末呆想介〕甚麽閻家去赴席？阿呀！這等死信是真的了。

〔前腔〕〔哭唱〕甚閻家席開，甚閻家席開，有人肯赴，分明是芳名録上勾魂簿。〔向内介〕大叔，我女兒是甚麽病症身死的？〔内〕被間壁姬秀才强姦殺死的。〔付末〕阿呀，一定是擺佈死的了。縱强鄰禍遭，縱强鄰禍遭，爲甚被害不差奴，嗚冤不控府？〔向内介〕如今盛殮在那裏？〔内〕已到火德星君位下投胎去了。〔付末〕阿呀！難道不相聞一聲？大家好去告理。到替兇手毀屍滅跡了。付咸陽炬枯，付咸陽炬枯，還不如蘇小游魂，西陵有墓。

〔大哭介〕莊農都，莊農都，快快還我女兒的命來！〔丑扮管門人上〕

〔前腔〕嘆司空見多，嘆司空見多，富豪家數，屍骸亂疊醃猪鋪。阿呀，你好不達時務。這箇所在，可是你嚷鬧的？我老實對你說了罷，令愛已燒化多時了。我們也不知其細，說是與姬秀才情詩往來，死得不明白的。論嬌娘死該，論嬌娘死該，又不怕半枕月來孤，爲甚隴邊將蜀慕。勸你忍了這口氣罷。我家老爺是殺人不轉眼的黑煞，前日一箇老儒說道是他的先生，還說是他的主人哩！發作了幾句，趕出一大隊人來，一頓亂打，不知性命如何，何況你垂死的人。莫翁呼壻呼，莫翁呼壻呼，我老爺呵，斷戚除親，專會弒君刑傳。

〔付末〕承大叔相勸，只是我單生這女兒，死于非命，難道罷了不成？

〔前腔〕痛盈盈淑姿，痛盈盈淑姿，又不曾偷油減醋，只不過削瓜偶犯曹瞞怒。〔丑〕你有本事翻冤，回家去慢慢計議罷。〔付末〕這也說得有理。悔媒婆害人，悔媒婆害人，就是强盜善心無，那賊婆還得所。阿呀，莊農都天殺的，害得老人家好苦！勸人家美姝，勸人家美姝，寧使步擔肩挑，須嫁一夫一婦。

〔大哭下〕〔丑〕好，好，被我一陣好話，打發去了。正是雙手劈開生死路，一身跳出是非

門。〔下〕

第十八齣　帥聘

〔北天净沙〕〔净紅鬍披掛雜戎服隨上〕貔貅十萬雄驍，油幢坐擁旌旄，秘畧陰符未曉。中軍作好，二矛河上逍遥。

〔西江月〕養寇誇爲墨守，開邊藉口輸攻。財窮師老少成功，徒費行齎居送。戍壘忘修烽堠，守城懶緝垣墉。健兒已變白頭翁，軍器化爲骨董。自家浙西路都統制馬維熊是也。生相狰獰，設心兇暴。雖出身行伍，已建大纛高牙，不知保固封疆，那曉掃除寇盗。搶奪的子女玉帛，扣尅的糧餉芻茭，鉅萬累千，日增月積，真箇食窮陸海，可稱富埒王侯。向因兩浙地方海寇出没，朝廷命我征勦，養癰十年，蕩平無日，只圖自己晏安歡樂，那管民間罷織廢耕。只是俺年已向衰，止生一子，奈他童心好弄，懶學如仇，看來菽麥不分，只好承襲恩廕罷了。前日修書到秀州，求禹知州令愛爲媳，已經回報依允，只是未曾行聘。今日是黄道吉日，待點閲軍務完時，就將聘禮交與各營將領，齎送前去。〔内掌號開門陞帳介〕〔小生戎裝持令箭上〕鈍刀銀箔帖，缺斧錫皮包。〔進見介〕前營將領參見。〔净〕器械都修整的麼？〔小生〕是，修整的。〔丑戎裝持令箭上〕搶糧常宿飽，焚舍每餘薪。〔進見介〕後營將領參見。〔净〕糧草都儲備的麼？〔丑〕是，儲備的。〔末戎裝持令箭上〕軍聲鵝鴨亂，師律虎狼殘。〔進見介〕中營將領參見？〔净〕兵馬都强壯的麼？〔末〕是，强壯的。

〔北小桃紅〕〔净〕呀，議征議勦話嘵嘵，蹈襲孫吴套。紙上陳言失竅要，士飽飯，馬騰槽，看來便是兵家奥。也有時畫墁城堡，也有時捏稱捷報，便好罔上冒封褒。

衆將官，本統制要差你們前往秀州，爲小衙内行聘禮，就此啓行。〔衆〕領鈞旨。〔净〕中營將領聽令：你將發出的黄金一百錠，元寶一百雙，好好收着。〔末〕得令。〔净〕前營將領聽令：你將發出的真珠一千顆，伽南香一百斤，好好收着。〔小生〕得令。〔净〕後營將領聽令：你將發出的廣緞二千端，杭羅二千匹，好好收着。〔丑〕得令。〔净〕其餘零星禮儀，可撥軍校一百名，分收均帶，都到秀州禹老爺署内交收，悉照禮單點進。若有錯誤，定行軍法從事。〔衆〕得令。

〔净〕武將文寮結親家，〔末〕一般體面要豪奢。

〔小生〕不須更問粧奩盛，〔丑〕扛轎珊瑚幾丈椏。

新編雙南記卷下

第十九齣　諫父

〔中呂引子〕〔青玉案〕〔小旦、老旦愁容上〕〔老旦〕日高懶下堂前步，意恍惚知何故。〔小旦〕只爲宵來驚夢怖，一寸柔腸，縈紆縷縷，輪轉千千度。

保母，你今日爲何面帶憂容？〔老旦〕小姐，你今日爲何也愁眉不展？〔小旦〕我昨晚夢兆不祥，故此悶悶。〔老旦〕夜來所夢何兆？〔小旦〕夢見爹爹携了我手，送上寶馬香車，忽然失足，皆墮千仞深潭。正驚恐無措，望見上邊有緋衣郎君，持長綆千尋，教我快些縋上。我只得抱住此綆，縋到上邊，求這郎君一發替我縋上爹爹。他説：「爾父罪大孽重，救他不得。」我痛哭驚醒，通身冷汗。此夢大是不祥，故此鬱鬱不樂。〔老旦〕嗄，原來如此！這也奇怪，小姐此夢，正應着老身所聞。〔小旦〕保母所聞何事？〔老旦〕老身呵，

〔前腔〕〔换頭〕幾多觸着關心處，百歲姻親怕輕許。玉葉愁爲金穴誤，更欲言還忍，杞人嫠婦，

國殞天崩懼。

昨日聽見老爺將小姐許與馬統制爲媳。人説馬家小衙内已十五歲，一字不識，甚是頑皮。老爺竟不思擇壻，貪其厚聘，豈不悞了小姐終身？〔小旦〕一來父母之命，二來前定之緣。但等爹爹來通知我時，再作計議。〔老旦〕又聽得閬州士民爲姬銑一案，説是有品望的秀才，老爺受了重賄，無端陷獄，將置之死地，都要罷市鼓噪起來。若如此，便大玷官箴，禍事立到，老身和小姐都靠着誰？故此鬱鬱不樂。〔小旦〕嗄，有這等事！我原説此案有些蹺蹊，果然是冤枉的。

〔漁家傲〕他既是博帶褒衣君子儒，爲甚縱跖犬欺堯，蠅點壁污。把鄒陽下獄遷囹圄，羈纍圜土。一命如雞，心馳如鹿，再加捶楚何求不得乎？

〔净上〕你們在這裏説些甚麽？孩兒，我有句話持來通知與你。自古男有家，女有室，你年漸長成，自應許配。今有潮西路統制馬公，爲長子求婚，我已許下，昨日行過聘了。聘禮不下幾萬餘金，將來少不得都是你帶去受用的。〔小旦〕禀告爹爹：孩兒終身所託，不争在目前。人家生子如龍虎，今日貧賤，安知異日不富貴乎？若生子如豚犬，今日富貴，安知異日不貧賤乎？劉景升諸兒，雖有漢沔九郡，亦付之一擲。少康承敗亡之餘，不過一成一旅，終能復禹之績。還望爹爹以孩兒爲重，以金帛爲輕。

〔掉角兒〕念孩兒慈親早殂，剩癡雛，非爹胡怙。止遺這種蕃釐瓊花半株，不比那聚隋淵珍珠百顆。他日得賴嚴君，託名儒，重意氣，錢刀何慕？再休論銅山蓬户，眼底榮枯。獨不見古賢人相從挽鹿，結伴携鋤。

〔净〕孩兒，你直恁迂濶。我家巍巍閥閲，須要門當户對，成箇規模。況宦家之子，豈無象賢？寒素之兒，豈無不肖？姻緣前定，既有成言，翻悔不得的了。〔小旦〕孩兒還有句話禀上爹爹：前日桌上有姬銑一案，孩兒原料他是寃枉的，近日聞得外邊人説，是有名才子，品望素著，一旦陷及非辜，物論沸騰，竟要罷市鼓噪，不如乘衆人未發之先，從公發落，以慰人心。失今不圖，萬一衆怒難犯，變生不測，便悔之晚矣。〔净〕官場事體，豈女兒所知？不要聽他們閒話。

〔東甌令〕須文致，定爰書，五聽之詞貴簡孚。中詳到憲猶三覆，直須滅狡辨都供吐。使得臯陶聽去也有餘辜，那街談巷議，怎便見寃誣？

〔小旦〕爹爹爲何執迷不悟如此？此事真假，可立辨的，只要當權執法放出良心公道來，有甚難定案？

〔梧桐樹〕强梁點惡徒，與那謹飭儒冠履。兩種人行，黑白何難覩？便是南山文案經不得奸胥舞，若是金蔽公心就把是非誤。不然，爲甚的烱烱雙眸，無異迷塵霧。但聞沙中偶語詾詾怒。

〔净〕噯，你只管絮絮叨叨，管外邊的事做甚麽？難道我積年老吏，還要女兒教導做官？總是我就事論事，相機而行，應寬則寬，應猛則猛，應重則重，應輕則輕，那些道路之口，何足介慮？清平世界，豈有不依王法的亂民乎？到得我審明，便見分曉了。

〔尾聲〕堂堂刺史全州主，那怕冤聲載道呼，孩兒，你只在閒静閨中做箇無口瓠。

〔净〕嬌娃莫學牝雞晨，〔小旦〕寸草心惟欲報春。

〔净〕但看門闌多喜色，〔小旦〕還愁肺石有冤民。

第二十齣 公憤

〔小生上〕滚滚春申浦水流，争如枕畔淚盈眸。恨無一物堪爲獻，難釋姬昌羑里囚。小生姬作霖，前日到獄，探望父親，但見箋經著書，盈箱堆案。四方徵求文字，翰墨淋漓，依然日不暇給。如此胸襟曠達，百折不磨！只是母親日夜憂愁，染成一病，神思恍惚，飲食少進。小生連日侍奉湯藥，不得常往獄中，幸賴上天垂庇，母親稍稍痊安。近日承合州縉紳主持公道，六學同袍和里中長者，憤憤不平，都願合詞申雪。叵耐奸奴財勢滔天，臟官貪賄枉法，未必救得父親，如何是好？〔内〕吾兒在那裏？〔小生〕呀，母親出來了。〔旦病裝上〕

〔雙調引子〕〔玉井蓮〕骨軟心痌，數日未餐早膳。

〔相見介〕兒嗄，你爹爹陷身非所，度日如年，怎得箇出頭日子？〔小生拭淚介〕母親且請寬懷，自然昭雪有日。〔旦〕阿呀，兒嗄，聞得即日覆審了，且不説别的，只是極刑鍜鍊，你爹爹那裏再當得起？

〔中吕過曲〕〔粉孩兒〕生生的蕙蘭鋤，松桂剪。怎免得土囊盛首，棘宇穿竄？自古來不少廉明官府，理枉申冤，俠烈英雄，鋤强扶弱，你爹爹怎有這箇際遇？一定斧聲燭影審語填，那能箇水清時鯉不呼鱣。若靠着你我的力量呵，舌生蓮難辨青黄，淚穿珠怎賄胥椽？

〔雜扮院子上〕自家趙進士家院子，來到姬家説信。

〔正宫過曲〕〔福馬郎〕擁蓋乘輿官和弁，齊將公揭撰。詳各憲，此間已是了。〔進門介〕裏面有人麽？〔小生出接介〕〔雜〕在下奉家老爺之命，特來報知：宅上的事情，就要覆審了，家老爺偏約各位老爺，齊集賓館，與太爺折辨，不怕他不從。小相公，你可到州前伺候去。車挂轄，僕摩肩。大街鼓鼘鼘，〔小生揖謝介〕多謝，多謝！有勞，有勞！〔雜〕拼肥喏謝昌言。

〔雜下〕〔小生入向旦介〕告母親知道：趙泰巖老伯約各位縉紳先生齊集賓館，爲爹爹辨冤，特着人來報知，教孩兒也去伺候。〔旦〕咳，感謝不盡了。

〔中吕過曲〕〔紅芍藥〕車和笠判壤殊天，弁和冠異陌岐阡。有多少出厚饋難尋半通啓，怎便遞公函競鈐尊篆。〔小生〕此番舉動，不知有濟于事否？〔旦〕兒嗄，濟與不濟，那裏定得？即此一點拯救念頭，就該銘刻五内了。車薪縱難杯水濺，勝洪爐火逼油燃。似這等布公言賓館紛爭，也强似送賻儀牢洞陳奠。

〔老旦、末、小旦、丑儒巾襴衫上〕

〔耍孩兒〕引類呼朋邀戚眷，挨擠文宣殿。公討檄立選千篇。此間已是姬兄門首，不免竟入。〔進門介〕姬世兄那里？〔小生出接介〕〔末〕尊公下獄，真正亘古奇冤。〔小旦〕我輩兔死狐悲，物傷其類。〔丑〕一向呼天無路，隱忍至今。〔合〕今早我輩約齊了六學朋友，先到文廟痛哭一場。然後鬨到州堂上，好好與他講理。他若把尊公釋放，萬事全休，敢説半箇不字，便把衣巾脱下交付與他。上司豈無耳目？教他狗官也做不成。區區鬧告考，曾逼宗師薦。遞息呈，慣把尊官勸。誰不看斯文面？

〔小生揖謝介〕列位先生盛情，愚父子鏤心刻骨。只是家下事情，怎好拖累列位？語言應對之間，還求斟酌。〔衆〕嗳，斟酌些甚麽？我們怕他則甚？貪官兇到底，學覇老成精。〔下〕〔小生入介〕〔旦〕又是何人語言嘈雜？〔小生〕是六學朋友，約齊大衆，同到州堂，爲爹爹辨冤。若不釋放，都脱下衣巾交與他。〔旦〕一發難得。

〔會河陽〕轉袂成帷，汗流湧川，好似遺才求考栅欄前。難得他們隴爲蜀悲，虞將虢憐，少甚麽天下溺手忘援？好便好，只是語言唐突，恐怕激出事來。門生怕拗不轉家兄面，空拳怕拿不住黄堂線。

〔付净、外、付末、老旦、小旦、丑扮鄰甲上〕

〔縷縷金〕街停火，市除烟，爲賢豪被難不開廛。〔付净〕無耻狼紳，欺壓良士，人心豈能貼服？〔外〕列位，你道姬相公可是摸壁扒墻，强姦殺命的人麽？〔付末〕正是呢。聞得今日又要覆審，各宅鄉紳，六學相公，俱到州前去了。我們也去走一遭。〔老旦〕公呈已經寫下，我們先到他家去説聲。〔小旦〕説得有理。此間已是。〔進門介〕〔丑〕裏面有人麽？〔小生出接介〕〔衆〕令尊相公，可是今日覆審麽？我們寫着一紙公呈，前往州堂投遞。〔小生揖謝介〕〔衆〕他若準了我們的呈紙，立刻釋放了姬相公，就罷了。倘若不依，我們鼓噪起來，一齊趕到莊家，民抄罄盡，先打死了硬證褚愛泉，方見我們的手段。〔小生作驚介〕這怎麽使得？〔衆〕做出事來，我們自去承當。官人，你不要管這閒帳。試看田横島，從亡誰免？顧頭和名士一齊懸，史官好同傳，史官好同傳。

〔小生入向旦介〕母親，地方鄰甲糾合了許多人，也去遞公呈了。〔旦〕咳，好，好！不枉了你爹爹平日做人，直心公道，待人接物，一片至誠。

〔越恁好〕子車鍼息，子車鍼息，人賦黄鳥篇。非親非故，如可贖百身捐。腸惟一寸恩怎鐫？慮只慮環稀草鮮。斯民信直道於今見，蒸民好彝秉從來善。

兒嗄，一城上上下下，是親非親，是友非友，都爲你爹爹到州前去了。你該速速前去，作揖致謝，就好照望覆審。〔小生〕孩兒就此前去。

〔紅繡鞋〕冒湯赴火心虔，心虔；一平一險交全，交全。張獨手，奮空拳，祈拯困，懇扶顛。愧因人成事叢愆，叢愆。

〔急下〕〔旦目送哭介〕天嗄，未知禍福如何。

〔尾聲〕禹明治行多乖舛，但枉法豈容人諫，只怕還向孽鏡臺前去訴冤。

第二十齣 噪釋

〔仙呂過曲〕〔西河柳〕〔净冠帶，小旦扮門子隨上〕財爻旺，罪贖椿椿放。買賣公平，招牌摽上。

俺這秀州正堂，賦繁訟劇，匆忙不過。近因女兒行聘，打發回盤事宜，連日案如山積，今日不免升堂理事，把姬銑事情，覆審定案，好再索老莊的添禮。〔向小旦介〕分付開門。〔小旦傳呼，小生、老旦扮皂隸上。作開門陞座介〕〔内亂嚷介〕〔净〕外面爲甚喧嚷？〔小生〕今日不知何故，門外人山人海，語言嘈雜，喧鬧得緊。〔净〕巡風的那裏？〔付净、丑扮巡風皂隸上，叩頭介〕巡風皂隸叩頭。〔净〕你們用心巡緝，若放一箇閒人進了二門，重責三十板。〔付净、丑應下〕〔净〕帶姬銑一起聽審。〔皂隸傳呼介〕〔内亂嚷介〕〔外扮農民急上〕稟太爺，合州各位鄉紳齊集賓館，有什麽公事，一定要請太爺面會。〔净〕奴才，大驚小怪些甚麽？你就説太爺公事匆忙，另日答拜領教。〔外〕造幾句話，小的難道不曾説麽？争奈他們呵，

〔仙吕入雙調過曲〕〔風入松〕乘輿擁蓋坐前堂，要把天理人心細講。看來光景，就爲姬銑一件事。一班洛蜀真朋黨，語姬銑高聲明朗。見小的不肯傳稟，一齊高聲辱罵道：瘟官府把鄉紳抵撞，要怎生呼金闕籲天閶。

〔净躊躇介〕也罷。你去多多拜上，賓館少坐，即刻奉迎便了。〔外應介〕〔净冷笑介〕好不扯淡！

〔前腔〕渾如孝子救爹娘，苦賺修金幾兩。他們常來講分上，連我凑口饅頭，也要搶喫了。阻撓國法欺官長，把持盡衙門詞狀。不要管，我且審結了這樁事，出去會他們罷了。便臧武仲要君以防，我棖雖慾豈難剛。

快帶姬銑一起上來。〔皂役傳唤介〕〔内亂嚷介〕〔净〕又是甚麽嚷？〔付净扮巡風急上〕阿呀，太爺嗄，天翻地覆了！六學生員，成群結隊，手拽公呈，擠進門來，小的們兩箇人，那裏攔阻得許多，怎麽好？他們呵，

〔前腔〕哭辭宣廟拜文昌，都道斯文將喪。口口稱寃，聲聲叫屈。想是也爲姬銑事情，糾聚了社兄社弟詞壇長，聽立論慨當以慷。〔净〕你們打他下去便了。難道怕他告你毆辱斯文麽？〔付净〕小的們怎麽敢打？這班秀才可是惹得的？真學覇藍袍大王，打栗爆滿頭傷。

〔净〕也罷，分付收了他們的呈詞，説我太爺一定從公審斷便了。〔付净應下〕〔内鼓噪介〕

〔丑扮吏典急上〕阿呀，不好了！太爺退了堂罷，百姓們都反了。

〔前腔〕揭竿爲矢木爲鎗，豈止磨拳擦掌。外面人衆似螞蟻一般，都道太爺受賄，枉陷平人。若不把姬生釋放，他們就反亂了。要把周興入甕遺規倣，學水滸法場竟搶。〔净〕放他們的臭屁。〔丑〕阿呀，太爺不要差了念頭，光景不大好看呢！竟説道扛官轎請出公堂，不燒庫便燒倉。

〔净〕我自有處，你去外廂伺候。〔丑做鬼臉下〕〔内大嚷，外急上〕禀上太爺，各位鄉紳在賓館内，坐等一會，不見太爺出來，大鬧發作。〔内亂嚷，付净急上〕太爺嗄，那些生員，一發猖獗了不得，收了呈詞，還只管胡纏渾鬧。若白白要他們各散，斷斷不能。〔内大嚷，小丑秃頭披衣急跌倒扒起亂抖介〕太爺，百姓一刻多一刻了！一面各門罷市，一面要趕到莊鄉紳家去民抄。方纔尋着干證諸愛泉，把他亂打重傷，多應就死，這怎麽了得？太爺要放出主意來便好。

〔前腔〕〔合〕治標應急有良方，用不着大帽寬袍模樣。〔净着急介〕依你們便怎樣？〔衆〕立刻釋放姬生員，就散火了。釋兵除把姬生放，諒此舉頗乖人望。〔净〕是便是，日後怎樣做官？〔衆〕阿呀，太爺嗄！常言道：急則治其標。弄出事來，連官也做不成了。只怕計典内早先露章，非摘印便追贓。〔净〕如今没奈何了，快寫白牌一面，説姬銑暫準釋放，另日提審。〔衆頓足介〕釋放便釋放罷了，還要甚麽提審？〔急寫牌下〕〔外、付净、丑急上〕好了，好了！太爺恭喜，如今都到

監門去伺候了。〔净頓足介〕噯，世界一發不好了，還做甚麼官？俺只道

〔前腔〕審牌一掛手先香，怎白虎退財星撞。〔衆〕此事太爺原欠斟酌了些。〔净〕甚麼斟酌？難道教我太爺嗑風？若是純乎天理毫無枉，連奶奶也跟和尚。罷，罷。門子且把寬中氣一陳煮湯，快些加枳殼擣檳榔。

〔净〕旺相財爻變絶交，〔衆〕奈他公憤忒譁囂。

〔净〕若非胡亂收科諢，〔衆〕雨點磚頭打出郊。

第二十二齣　辭家

〔旦上〕嫁夫都願嫁才人，嫁得才人易殺身。雁既被烹樗又伐，可知擇壻最勞神。妾身許氏，自適姬門一十五載，相公雖是寒儒，才高學富，名重儒林，自道會際風雲，終須有日。豈料禍生不測，寃陷獄中，因此早夜憂懸，未知何日解網。看來此案呵，

〔九迴腸〕〔解三醒〕突如焚毁巢堪駭，賄添油蠹役添柴。恰似魚游釜底難望廚人貸，只不過鍊深文幾刻延捱。怎能勾報仇吕母甘爲賊，只好抱石曹娥同葬骸。奇鬬煞，那州官前日嚴刑酷炙了一番，如今又掛牌覆審，〔拭淚介〕一定又是婪賄羅織了。〔三學士〕悔只悔揮鋤不把遺金愛，賄刑官買路無財。一任他三章文致蕭何律，那得一物祈禳西伯災。幸得合州鄉宦士民，箇箇憤憤不平。今日相約到州，與

問官折辨去了，未知是禍是福。若得從公發落，便謝天不盡了。〔急三鎗〕雖則是螳擘臂，湯澆石。還望箇良知露，良能發，免勾牌。

〔小生扶生急上〕

〔不是路〕〔合〕掃霧除霾，衆手扶天天眼開。〔小生〕母親在那里？爹爹回來了。〔旦〕相公在那裏？〔相見大哭介〕端然在，疑魂疑夢倦睛開。自驚猜，〔生〕身墜不測之淵，險些不與你們相會了。沉舟側畔帆離峽，病葉前頭木放荄。〔旦向小生介〕今日怎生覆審？怎便釋放歸家？〔小生〕母親，何曾覆審來。州場上蜂擁了無數紳衿百姓，嘈雜喧譁，問官無言抵對，知道硬證褚愛泉被亂拳打死，勢頭利害，只得掛牌釋放了。貪人敗，日頭不出西天界，免詳免解，免詳免解。

〔旦〕原來如此。可見公道在人，我家闔門頂祝，世世勿忘纔好。〔生〕我平日不肯讓人，不能容人，致此奇禍，幾乎喪身，如今當思變計矣。

〔仙呂入雙調過曲〕〔園林好〕殺盆成無非爲才，飢孤竹多應爲隘。娘子，你與我將就收拾些行李，我明日要出門去的了。〔旦、小生〕要到那裏去？〔生〕總是出門罷了，那裏定得。視故里虎山狼砦，求脱去怕歸來，求脱去怕歸來。

〔旦〕男兒志在四方，爲妻子的豈可勸你懷安敗名？只是纔脱網羅，神魂未定，且自消停罷。

〔江兒水〕驚變顔如土，憂危骨似柴，乍傷軀易受尖風壞。常言道：家貧不是貧，路貧愁殺人。若要出門，須帶些資斧，一時也難措辦。炊桂難將新詩代，插標誰把奇文買，徒欠一身京債。倒不如耦饁相依，無肉還能茹菜。

〔小生〕爹爹一時憤激，自然巴不得插翅奮飛。只是母親憂悶成疾，孩兒年少不經，何人撑持門户？

〔前腔〕洴洸娘身苦，咿唔兒性呆，勉枝梧惟靠椿枝在。〔跪介〕望爹爹且息了這箇念頭，慢慢尋箇機會。胯下須如淮陰耐，弱翎好剪豐毛待，否極終須還泰。要整行鞭，且等幾年之外。〔起介〕

〔生冷笑介〕到此時候，怎瞻前顧後得來。你們且去想，人生在世，不要説致身青雲，榮宗耀祖，直到拘囚刑僇，辱身玷名，還要寬衣博帶，出入里門，有何顔面呢？

〔玉交枝〕了無黏帶，甚扳援此都可懷。楚王羞見江東敗，到烏江便撒手懸崖。今日背井離鄉，抛妻棄子，原非得已，那里還顧得許多。五官豈須丘首埋。一身判作梟盧賽。趁衝冠鬓還未衰，趁懸河口還未喎。

〔旦、小生相向拭淚介〕阿呀，看來光景，一定是要出去的了，怎麽好？〔合唱〕

〔前腔〕行期何快，硬心兒抛妻撇孩。雖不比府場淚對囚人洒，望行旌目斷天涯。〔轉向生介〕雖則如此，還須斟酌，萬萬不可造次。居家尚饒群友排，離家更没親人帶，爲驚弓酒須少飾，鑒前車話休放騃。

〔生〕你們不必過慮，我前在獄中夜坐，禁子們説莊家上下講通，用了一大宗銀子，要在禁中半夜裏算計我性命。我想起來，身在網羅，不能奮飛，落得做箇好漢，不要他們動手，自願捐軀。〔旦、小生〕這樣還了得！〔生〕已經懸梁自盡，矇矇眬眬見一黑臉將軍把我解放在地，説我前程遠大，好自保重，即日就釋放了。隨有獄神鬼卒趕來呵護，將禁子們嚇得半死半活。〔旦、小生〕原來有這等事。〔生〕我從今已往，實爲再生之身，倘彼時無神明救解，你我已成永訣，又牽絆着誰來？

〔川撥棹〕停悲態，便生離也數該。今日釋放之言已驗，則前程之言一定不虚，也須出門，方有機會。熱烏紗挂在繁臺，熱烏紗挂在繁臺，那得訪姬生送來敝齋。自今以後，你們自幹你們的事，我自幹我的事，不要顧我了。譬刑曹斷不開，譬前宵已自裁。

〔前腔〕〔换頭〕〔旦、小生拭淚唱〕你奮雄心雖不保，我繫離心越可哀。今後呵，送綿衣没箇人來，换單衣没箇人偕。寒和煖君須自揣，算高秋雁過淮，報平安書早裁。

〔生〕不必悲傷，徒亂人意。

〔尾聲〕桑弧蓬矢生時派，戀棧豆徒作駑駘，〔旦、小生〕只望着駟馬高車踏此階。

〔生〕醉後題橋敢自謙，沈舟破釜壯懷添。

〔旦〕平安但乞關公佑，〔小生〕虔禱常抽上上籤。

第二十三齣 廉兒

〔外冠帶，小旦扮童子，雜扮院子同上〕

〔商調引子〕〔遶池遊〕〔外〕瀛洲禁省，學士官雖冷，輔商盤望儲調鼎。鑑湖暫請，巡遊鄰境，怕春牛喘勞礙耕。

下官複姓夏侯，名嶠，表字峻極，原籍幽州，愛浙西山水之勝，僑居諸暨。舉進士甲科，累官左補闕直史館，晉翰林院侍讀學士。昨歲予假歸里，今當假滿，收拾行裝，進京補授。雅慕雲間爲人文之藪，不辭枉道訪求。今日天朗氣清，不免改換衣裝，前往街坊散步。〔更衣向雜介〕你們看好下處，不必跟隨。〔向小旦介〕只消你一人同往便了。〔行唱〕

〔鶯啼春色中〕〔鶯啼序〕鶴汀鱸渚遊紀美，看陸瑁湖清。沿城郭一帶通波，畫舫時出歌聲。你看天氣晴和，游人雜沓，入佘山采茶携屐，游泖塔擷蓴歸艇。聞得此地關聖帝君靈籤最驗，我也前去拜求一籤，有何不可？〔絳都春〕某之禱久，潔齋三日，默通神聖。〔下〕

〔末巾服長嘆上〕

〔黃鶯學畫眉〕〔黃鶯兒〕無耻鄭康成，負扶風帳下情，反不及范雎須賈綈袍贈。着甚來由，生在有天無日的世界，平白地受了莊羅黨凌辱，沒處申冤，到州中告理。豈知那箇贓胚，斷不準行，叱咤逐出。似這等無錢罪增，有錢罪輕，怕封翁告狀也是孩兒勝。嗨，賊奴，賊奴！陽世便敵你不過，難道陰府也是你的世界不成？此間關聖帝君，一向出奇顯應，不免先到廟中，哭訴一番。〔畫眉序〕錢神難惑關公聽，儘由我白遞冤呈。〔下〕

〔外同小旦上〕秋日生虛寢，寒雲護薄帷。此間已是關聖殿了。你看廟貌巍峩，神威赫奕，不覺令人起敬。〔作近座瞻禮求籤介〕〔末唱上〕

〔前腔〕屑麵少犧牲，爇清香出至誠，〔外起立，付末急進叩拜介〕阿呀，神聖，神聖，須念我無衣無食的孤單影。弟子莊耑立，無端受辱，奔控無門，求神靈鑒察。師遭弟憎，僕將主凌，問因依有莊府門神證。若不是神靈扶弱鋤强，速彰報應，這口怨氣，怎得申洩？望天懲惡除奸也，正名分伸明地義天經。

〔外近前介〕足下尊姓大名，受了何人凌辱，恁般發極？〔末〕先生不要説起，是箇叛僕，是箇惡徒！〔外〕足下説忙了，盛价是盛价，貴門生是貴門生，怎麽又是叛僕，又是惡徒？敢是兩人結黨的麽？〔末〕有箇緣故，先生聽稟，學生姓莊，名耑立。

〔簇袍鶯〕〔簇御林〕儒冠誤，無一成，向衰年，窮苦增。寒家有箇世僕，叫做莊羅黨。學生見他童稚聰明，教他向學。雖則是油腔爛套時文徑，也虧我逐句改掄篇訂。指望他日後成人，不忘報效。豈料他得中孝廉，除授別駕之職，近日滿載而歸，竟忘恩負義！〔皂羅袍〕不要説向儂肄業，經儂喚名。就是儂曾執役，儂翻受經，主人情尚不到如斯冷。不要説他來看我，學生兩次親去拜他，好端端坐在家裏，不出接見。學生一時憤激不過，發作了幾句，趕出一群狼僕，把學生衣冠盡裂，痛飽老拳，特來州裏告他。州尊曾因他殺人陷命，得了二萬餘金，一心爲他，不肯准行，無門控訴，只得到此哭告神明。〔黄鶯兒〕拂青萍，借關刀一劈，血染惡人腥。

〔外〕原來如此，怪不得兄發極。只是如今的世情，日新月異，你自太認真了。〔前腔〕山寒誓，海變盟，概如斯，漫不平。那人立心行事如此，不久自有天報，你性急他怎麽？有遲無錯天公性，但抉目胥門等。常言道：試將冷眼觀螃蟹，看你横行到幾時。便是寸椽尺土，奴才自撑。難道破承開講，也驢腸自生，連我劍花吼起秋霜勁。奉勸尊駕，不如回到家中，静坐等候。若是他富貴到頭，你這口氣就無申洩之日了。不信理難明，崑崙柱倒，天向不周崩。

〔末〕重蒙相勸，敢不聽從。只得忍耐幾時，再作道理。就此告别，多謝指教了。〔下〕

〔外〕世上有這等不平之事。〔内喊哭介〕〔外四望介〕呀，那邊又是一人喊哭而來。我且站在一邊，看他説些甚麽。〔暫下〕〔付末背冤單神馬拜哭上〕

〔猫兒墜玉枝〕〔猫兒墜〕躪香蹂玉，紅粉碎青萍。料不過滅燭荆臺未絶纓，爲甚把西施沉殺不心疼？我的女兒被莊羅黨殺得好苦嗄！過往神靈，速彰報應嗄！〔玉交枝〕諒天公眼異人間暝，救煢煢絶户單丁，救煢煢絶户單丁。

〔前腔〕〔外唱上〕夜叉鬼母，虎踞五茸城。只聽得灌耳雷轟諸葛名，似滿城淚爲一家傾。〔見付末介〕聽他口聲，也是被莊羅黨虐害的，天下有這等惡人！〔向付末介〕老人家你有何冤苦，在此哭拜？話吚嚶至喉嚨哽，比師生憤添幾層。

〔付末〕相公嗄，老漢的苦楚，説來無不酸鼻。

〔仙吕入雙調過曲〕〔江兒水〕誤受專房聘，嬌枝伴老藤，老漢叫做賀奉溪，夫妻兩口，一把年紀，並無子嗣，單生一女，憑媒嫁與莊農都爲妾。做了女吴出涕駃齊景。好苦嗄！説不盡他家無食無衣，百般凌虐，也便罷了。不知因何觸怒，活刺刺把我女兒殺死，反嫁禍鄰家姬秀才，陷他强姦殺命，重賄州官禹明，嚴刑收禁。犯了衆怒，一齊鼓噪起來，只得撒手放還，把我女兒被殺真情，付之不問，便毁屍滅跡了。手刃佯推遭獍獍，敝帷破薦棺偷釘，閃入森羅之徑。〔外〕有這等事！殺人陷人，你怎麽不去告他？〔付末大哭介〕可憐老漢勢力不敵，到那里去告得。九族俱誅，幾曾見豪家償命。

〔外〕説來一發天翻地覆了。

〔前腔〕斬罪因財脱，繯刑爲富停，若是嫁皇王豈有椒房剩。難道再無廉明官府，與窮民理枉申冤？只争來早與來遲，便關節潛移庭堅柄，冥王不受金銀錠，瓜種須遭果應。笑比黄河，廉訪寧無包拯。

〔付末〕多謝相公，敢問相公上姓？〔外〕我是過往客人，不必問我。〔付末〕不是嗄。眼前的人見他有財有勢，箇箇趨奉他，難得相公説這幾句公平的話，不像秀州的人嗄！

〔川撥棹〕時風佞，屁呵香糞蘸精。獨明公佼佼錚錚，數公言撥雲見青。老漢也没有甚報答，祝誦相公前程遠大，子孫冒盛便了。只望你拜三公列九卿，大憝除元惡懲。

〔哭别拜下〕〔外〕今日出外閒游，本尋樂處，那知反增滿腹塊壘，好没來由也。

〔前腔〕〔换頭〕我的慈心難煉硬，我的雙珠不浪傾。只可恨甚簾官薦此門生？甚主考中此門生？到西天不容上昇。我若得此地爲官，一定把那惡人處他箇死。若得我佩蒼符按吳部行，一定照妖犀牛渚澄。

啐，怎麽我也動起氣來？作速回寓，收拾起程罷。且住，昨日聞得此地才子，有箇姓姬的，不知就是老頭兒所説的姬秀才麽？若是才子受此奇冤，一發該替他申雪了。

〔尾聲〕乘風且買歸湖艇，怎得勾特簡江南巡撫陞，救此無告顛連闔郡氓。

四民獨寡與鰥孤，瘦肉何堪又剥膚。

未得飛章上封事，地方蟊賊暫逋誅。

第二十四齣 旅嘆

〔越調引子〕〔霜蕉葉〕〔生巾服上〕〔霜天曉角〕移狂改狷，性學時流輭。〔金蕉葉〕一事難忘忿狷，問汶陽那家舊田。十事懸空九不諧，慧心巧思也癡呆。世間三項人難老，名妓將軍好秀才。小生姬雙南，意外飛殃，幾至冤沉獄底，幸得合州公憤，忽脱羈囚。即日便理征衫，來到京師地面，前程如漆，未知利鈍如何。〔内鑼鼓，生側耳介〕今日是元宵佳節，外面爆竹連天，笙歌刮耳，家家慶賞，户户歡娱，偏我一人，長吁短嘆，好不悽慘人也。

〔正宫過曲〕〔小桃紅〕星橋火樹帝城懸，照不到愁人面也。想家鄉時，爐圍三黨把柑傳，今晚旅館寒燈，客愁萬種，追憶昔年那些星占風鑑，一箇箇説我定當翔步清華，身依日月，至今不見應驗。侍從向甘泉。生生被伏羲瞞，柳莊欺，嚴遵哄，詹尹騙也。莽前程無底無邊，就是那日難中黑臉將軍救我，也説日後有好處。目下蹉跎逾壯，須富貴何時。不信着漢亭侯，亦出此不根言。

思想先人何等期望於我，今日尚没箇耀祖榮宗的日子，真是有忝所生。

〔越調過曲〕〔下山虎〕遺書傳硯，屬望心專。我便濩落甘貧賤，只是貽羞祖先。庭訓家謩，言之靦覥。我平生結社訂盟，每以匡濟相勉，今日何以對我友朋？堂皇空煩鮑叔憐，一匡何處展？只學得管夷吾半世前。憑今弔古，曾以忠孝自許，今日豈不負吾書卷？奇字玄亭闡，六書了然，偏是那兩字關頭識不全。

左思右想，好不自怨自艾也。

〔山麻稭〕再思之，腸添怨，一任他漢嫂嘲羹，曹妾看駢。咳，且住，人世遭逢遲速，或有定數，若説我姬雙南不過如此結局，連我也不自信。天，天，若如斯便結姬生卷，何異那别姬項羽，遲封李廣，短命顔淵？

我且不要隳頽了志氣，减去了威風，挺着脊筋且自掙去，或者守出機會來，也未見得。

〔五般宜〕着的是袴無腰，衫露肩，住的是天爲帳，地爲氈。守的是貧而樂，窮益堅。耐熬煎到筋穿骨穿，只是刻下資斧欠缺，怎生過日？一定要想箇道理，方可支吾。萬事識機知變，移坤轉乾。只這屋租驢錢，土炕煤烟，四端兒難自贍。

〔躊躇介〕嗄，有了。我這些詩文書法，一向傳播海内，如今賣文傭書，亦可稍稍自給。

〔五韵美〕懸壁聯，揚風扇，屏風卷軸訓贈篇。蘸霜毫揮徧長安扁，清幽臺殿。容得我譔碑題篆，待把剡溪牋塗端石硯。任馬磨牛醫，忽褒忽貶。

閒話半晌，不覺已是夜分。〔内鑼鼓，生聽介〕這時候那些迎燈的還鬧，真箇是苦樂不均。我且開門出去，試看一回，聊解悶懷，有何不可？〔開門行介〕〔雜扮各色看燈人上〕列位，今年燈事盛得緊嗄！

〔亭前送别〕〔亭前柳〕月射走橋天，花影上衫偏。摸釘教壻拾，闖謎妒姨先。〔江頭送别〕賞燈歸去重開宴，闖金吾興會騰騫。〔下〕

〔生〕你看肩摩轂擊，多少士女踏燈，好不高興也！〔内鑼鼓，雜扮龍燈迎上遶場一轉下〕

〔生〕倒也適興。

〔江神子〕梁王苑熒熒影撲韉，侯嬴里響棖棖急風兜釧。看燭龍繚繞蜿蜒，我無燈獨映盈庭霰，藜光不照空院。

且收拾睡罷。

〔尾聲〕悠然一枕邯鄲倦，但夢到江南路遠，莫被喔喔雞聲驚覺轉。

絲管啁啾沸六街，蟠龍結鳳燭雙排。
不從詒燕堂前照，是處看來總不佳。

第二十五齣 館情

〔南呂引子〕〔上林春〕〔外冠帶上〕再上鰲峰草麻制，看紅藥仍翻堦砌。雖然是本分風光，宦路也遨神庇。

烹魚剥笋愜幽尋，民事俱關經世心。緇素莫將檀越喚，廉囊不帶櫟陽金。下官夏侯嶠，爲候缺補官，治裝到京。不料恰好出缺，數日便到了衙門。回想前日偶游秀州，曾在關帝座前許下一願，如今思想在夷門山上帝君殿前，上箇扁額，勒箇碑記，須得一篇妙文，書丹題篆，不是箇大手筆善書家，如何得箇雙絶。因追憶在秀州時，聞有箇名士姬雙南，文筆書法，妙絶一時，我一向企慕其才，深悵識韓無日。昨聞得他亦已到京，因此特地往拜，料想他今日必來答拜的。〔向雜介〕長班分付門上，秀州姬相公來時，疾忙通報。〔下〕〔生巾服，丑扮童子隨上〕

〔中呂過曲〕〔泣顏回〕增我席門輝，長者多停車騎。知他何故，軒裳願把交締。小生自到京師，從未曳裾侯門，不料都門大老都曉得微名，先來賜顧。昨日偶爾他出，有箇學士夏侯老先生也特來拜我，我不曾會得他。卑躬折節，感先施，枉屈諸侯禮。常言道：禮尚往來。他既有下賢之誠，我無不答拜之禮。童子隨我出門去。〔行介〕只恐戴斜冠騶卒相輕，衣藍縷騎奴相詈。

已到門首了，童子通報去。〔丑〕門上有人麽？〔雜扮門公上〕侯門平似砥，日日許人敲。是那箇？〔丑〕秀州姬相公答拜，有帖兒在此。〔雜〕曉得，老爺有請。

〔前腔〕〔換頭〕〔外上〕欽賢館闢碩人陪，忘長還須忘貴。〔雜通報介〕〔外〕道有請。〔出接相見介〕姬兄，看你龍章鳳質，明堂清廟奇器。向慕高才，實勞夢想。昨日修誠奉謁，未得面謀。松間童子，道先生采藥深雲裏。〔生〕不敢。雅願登龍，無因至前，反蒙題鳳，有失倒屣，實切負罪，特來請荆。〔外〕豈敢。仰椽筆才媿班揚，羨銀鈎名齊蘇米。

小生向極尊禮關聖帝君，所求必應。今欲譔寫碑文，恭題扁額，在夷門山大殿之上，不識可以借光大才否？〔生〕原來爲此。只是晚生呵，

〔千秋歲〕誦前賢有道碑文愧，摹古帖慚非鍾樣王體。〔拭淚介〕阿呀，帝君，帝君，我姬銑那有箇勒你碑文，上你扁額的日子。頌德歌功，頌德歌功，只不過獻佛借花而已。〔外作驚介〕台兄，爲甚一時掉下淚來？〔生拭淚介〕晚生偶爾觸着心事，不覺悲傷。〔外〕有何心事呢？〔生〕方才尊教説帝君感應，若説帝君眷佑晚生，真箇重修廟宇，再造金身，也不能少報萬一。無金鑄香龕美，無梁豎芝楣麗。爭奈老大無成，流落不偶，怎不傷感？憶起潸然涕，不覺見鞍思馬，止渴思梅。

〔外〕帝君怎生靈感，得道其詳否？〔生〕説也話長，老先生不嫌絮煩，待一一細數。敝地有箇富豪莊羅黨，强占了祖遺一所敝廬。晚生茶前酒後，未免得罪他兩句。他蓄恨在心，希圖斬草除根，永無恢復之事。驀地把伊侍妾殺死，移陷晚生，告稱强姦殺命，重賄州官二萬餘金，拿拏獄中，嚴刑酷訊。雖然羅織未成，怯怯書生，怎當得起。又買足禁卒，要他半夜三更，結果微命。愚意夜靜更深，呼天無路，入地無門，索性做箇好漢，要尋箇自盡。〔外〕這怎麽使得？〔生〕老先生嗄，這也事出無奈。那時剛剛懸上梁去，恍惚見一箇黑臉將軍把晚生放下，嚇得獄卒都呆了。還傳帝君聖諭，分付幾句話哩。〔外〕分付什麽來？〔生〕無非是後來還有好處，不可輕生的話頭。〔外〕此事後來怎生結案？〔生〕問官又婪厚賄，還要用刑酷炙。不想動了合州紳衿百姓的公憤，聚集衙門，諠譁鼓噪，無計可施，只得把晚生立時釋放。〔外〕怪道小弟赴補時，取道貴鄉，聞得有箇姬秀才，遭了冤陷，正疑尊姓相同，原來果然就是麽。

〔生〕老先生既經習聞，不必細陳了。晚生一脱羅網，即便輕裝出門，想得寸進，方歸故里。目今到此，毫無機會，有負帝君救援之力。思之痛心，言之酸鼻。〔外〕不妨。

〔前腔〕五噫歌莫作羈人調，何慮少前路知已。目下只消留京應試，功名便可唾手而得。槐市圜橋，槐市圜橋，這便是大鵬圖飛之地。〔生〕好便好，只是囊篋蕭然，入貲之費，從何措辦？〔外〕也不必着急。銀現有傾筐界，金現在拋囊兑。都在小弟身上便了。願給貲郎費，助你長卿使蜀，蘇子游齊。

〔生起謝介〕若得如此，倘有寸進，不忘大德。〔外〕台兄，到尊寓檢點行李，便來敝邸居住。一則小弟朝夕可以領教，一則書齋蕭寂，便于用功。〔生〕重承，重承。

〔越恁好〕友踈親絶，友踈親絶，孤另另客路迷。怎麟郊鳳穴，容野鹿伴山麋。〔外〕台兄負才未遇，小弟糠粃先揚，虚左授餐，乃分内事。〔生〕顫巍巍兩扉，顫巍巍兩扉，少甚麼冷清清，叩司閽十問九回，齊整整府衙。小鷦鷯枝上兒，何意借栖。只是荷蒙資助，又復攪擾，心實不安。〔外〕説那里話。只恐多所簡慢，家常飯愧不周，休怒穆生醴，恕調酥婢拙，擎盞僮罪。

〔紅繡鞋〕〔生〕今後呵，芳園雙手同携，同携；禁林雙馬分騎，分騎。〔外〕衣可解，食能推，操箠願，執鞭宜。〔生〕比三千七十，心歸，心歸。

〔尾聲〕〔外〕再圖應制精時藝，〔生〕雖三鼓尚須作氣，〔外〕好驗我以芥投針相法奇。

〔外〕期爾張鍪戰冠軍，雞林鋟板重鴻文。

〔生〕欲知生我與成我，陰世關公陽世君。

第二十六齣 捷音

〔南呂引子〕〔掛真兒〕〔旦上〕風起寒門聲凛凛，昏黄後半枕單衾。〔小生上〕喜鵲爲憑，燈花作讖，吉氣潛消災祲。

〔相見介〕〔旦〕兒嗄，自從你父親北上，不覺年餘。前日有信回來，説幸蒙夏侯老先生資助，得與秋闈，但未知放榜如何，教人好不懸望。〔小生〕母親，兩日外邊紛紛報捷，爲何京闈還未説起？〔旦〕汴梁到此頗遠，自然多隔幾天。常言道：苦盡甘回，否極泰來。我家處境已十分狼狽，你爹爹此番或者有些光景，也未可知。你且隨我到祠堂祝告祖宗一番，求他陰空默佑。〔小生〕母親請行，孩兒隨後。〔行介〕

〔大聖樂〕〔旦〕自旗亭别到而今，淚穿腮幾没枕。〔小生〕請母親拈香。〔旦拈香同小生拜介〕向先姑先舅哀哀禀，少陳奠把柏醪斟。祖宗呵，但願得萬言欣賞江都策，不枉了三次鄰遷老母心。〔拭淚介〕倘然名落孫山，〔合〕蝸廬長賃，怎做箇文公返晉，眼見得覇業銷沉。

〔旦〕兒嗄，祝告已畢，且和你進去，把釜中虀粥，少充早膳。〔行唱〕

〔前腔〕坐機房搗杵敲砧，冷煤挑殘酒窨。〔各坐介〕我和你到這箇田地，若不是你爹爹一第，再没箇出頭日子了。好似商家望利農求稔，甓磨鏡鐵磨針。〔小生〕母親，若不是經年董傅窺園懶，怎報得七世齊襄結怨深。若是階無寸進，甚解得胸填塊壘，氣噎喉喑。

〔雜扮報録人上〕

〔不是路〕報騎騣騣，破闥排門似盜臨。一路問來，此間已是姬家了。刊條審，盤龍塘口厙公陰。〔打進介〕〔旦、小生驚問介〕列位是那裏？〔雜〕遞佳音，高魁名姓藏衣袵，〔旦、小生〕敢未必是吾家。〔雜〕不比錯認顔標魯郡尋。〔出刊條扯小生介〕快寫賞單，快寫賞單。我們呵，重扉闖，人酬白鏹家償錦，祝爹一品，祝爹一品。

〔小生寫賞單，雜争嚷介〕〔小生〕不要嫌輕，明春聯捷，加厚便了。〔雜應揮下〕〔旦、小生〕思量前日呵，

〔皂角兒〕漩渦枯魚從釜熂，罻羅張鳳從筊禁。縱浮鯈江長海深，鼓纖翼含桑啄葚。從今後報宫花，陪司隸，扈甘泉，登景運。水晶鹽飲，喜而不寢，此樂怎尋。宴瓊林，上叨天眷，下邀先蔭。

〔旦〕咳，不道也有今日。

〔尾聲〕久窮方降天之任，信晏樂毒于砒鴆，怎得箇身上華裾頭上簪。

〔旦〕百屈於今始一伸，喜心倒極淚沾巾。

〔小生〕曲江明歲開瓊宴，枯木生花正及春。

第二十七齣 演陣

〔越調過曲〕〔水底魚兒〕〔净戎服引衆上〕大纛高牙，人稱統制爺。營兵一出，屠民似切瓜，屠民似切瓜。

日落轅門彭角鳴，秋風嫋嫋動高旌。美人帳下常歌舞，戰士軍前半死生。俺馬維熊擁兵十萬，坐鎮淛西，真箇如帝之尊，敵國之富，但知朝歡暮樂，只要保身全家。近因粤州儂智高餘黨，遁入海中，併聯海寇，十分强盛，俺正在憂惶。喜的俺好友吴大哥，現做海中水師參軍，替我兩下講明，免得上涯騷擾。只待乘風破浪，捲甲而來，俺這裏罷守城池，聽其長驅直入，裏應外合，納欵投城，博得箇封伯封侯，豈非萬全良策。只是俺禹親家現知秀州軍事，恐怕他不知就裏，安坐危城，萬一城破之日，玉石俱焚，俺媳婦都要被擄，那嫁貲粧奩，一頓搶散，豈不可惜？因此密信報知，教他把秀州城頭外面團團塗黑，用白灰畫作磚紋，以爲記號，約定海兵到日，不用入城，竟自傳檄而定。我禹親家一同歸順，定然封箇大大官爵，也見我親家的關切厚情。

〔前腔〕〔小丑扮探子持箭書上〕水曲山丫，聊城一矢加。慌忙通報，前來統制衙，前來統制衙。

門上通報，探子有事要見。〔雜〕禀元帥爺：探子要見。〔净〕着他進來。〔小丑進介〕探子叩頭。〔净〕探得有何軍情？〔小丑〕早上鹽官城下，不知何處射來飛箭一枝，上繫帛書一封，星馳呈上。〔净〕取上來。〔取書看介〕知道了。再去巡邏，若有動静，疾忙通報。〔小丑應下〕

〔净〕原來我吴大哥直恁精細，惟恐我晏安怠忽，軍務廢弛，先教俺練熟陣勢，待海兵上岸，得了城池，便請到演武場，看擺陣勢，越顯得俺的方畧韜鈐，便一定大用我了。傳令開門陞帳。

〔雜應傳令。内照常鼓樂陞帳，將校戎裝弓刀齊上介〕

〔鬬黑麻〕〔合〕後帳吹篪，前營撥笳。似千聲蜩沸，萬聲怒蛙。蘆兒俏，鼓兒撾，油幕蓮花，吴鈎劍花，連珠炮花，威風忒煞誇。擺列齊齊，擺列齊齊，怎敢近咱？

〔净〕衆將官，傳令擺箇梅花陣。〔衆〕得令。〔擺陣介〕

〔慱頭錢〕〔净〕呀，你看五花葉，團做一朵陣雲壓。只道是金天開艷葩，紅緑萼難入畫。〔合〕嗚悲角，喧吹笳。馬蹄騰踏鬧踏踏，千人看盡驚詫。

〔净〕好箇梅花陣！衆將官，傳令再擺箇長蛇陣。〔衆應擺陣介〕

〔前腔〕〔净〕呀，你看一條串，合成繚繞一圍匝。更莫把常山首尾誇，纖鱗樣明鐵甲。〔合前〕

〔净〕好箇長蛇陣！衆將官，傳令再擺箇五花八門陣。〔衆應擺陣介〕

〔憶花兒〕〔憶多嬌〕〔净〕呀，你看横五花，縱五花，門門按定八宫卦。閃鑠旌旗連環馬，〔梨花兒〕〔合〕

參錯排連似虎牙。嗏，長鎗大劍誰當那？

〔净〕好箇五花八門陣！衆將官，傳令再擺箇十面埋伏陣。〔衆應擺陣介〕

〔前腔〕〔净〕呀，你看白鼻騧，黑喙騧，一般步伐上齊法。十面營盤無此罅。

〔净〕陣已擺完，天色向晚，傳令回營。〔衆應介〕

〔尾聲〕〔净〕兵行詭道如人詐，但演習虛文陳話，〔合〕堪笑兵家當箇死板法。

斬將搴旗計太迂，潛通罷戰是良圖。
軍容陣勢徒觀美，精鋭誰知部曲無。

第二十八齣 糾叛

〔老旦、付末扮内侍上〕雲門樂奏教坊歌，王會圖披版宇多。儂志高平元昊欵，半天遥見聖容和。〔老旦〕咱家大宋朝左班殿道是也。〔付末〕咱家右西頭供奉官是也。今日皇爺陞殿，咱二人須索在此伺候。

〔商調引子〕〔三臺令〕〔末冠帶搢笏上〕乍持監察威權，首獻糾繩讜言。去惡若鷹鸇，滿朝中争看鐵面。

御筆親除清要官，直須風采動朝端。天家御史非凡格，烏府先生鐵作肝。下官趙岳，進京謁選。昨蒙聖恩，授爲監察御史。特奉丹綸，矢逆耳犯顔之操；晉持白簡，表明目張膽之風。主持者公是公非，敷陳者大利大害。目下政事雖無缺失，只是東南大有隱憂，今日入朝，不免據實詳奏。〔内静鞭細樂〕〔二内侍〕皇爺陞殿了，奏事官出班。〔末鞠恭進〕〔老旦〕揚塵。〔末揚塵介〕〔付末〕舞蹈。〔末舞蹈介〕〔二内侍〕有何章奏？就此披宣。〔末跪介〕監察御史臣趙岳謹奏：爲鎮臣通叛事。臣竊惟統制一官，乃出鎮之元戎，得專征于閫外，奠封疆而安堵，遏寇虐以無虞，豈容包藏禍心。潛圖不軌。如浙西都統制馬維熊者，平日扣尅軍餉，搶掠平民，縱横卒之姦淫，居養寇爲奇貨，師老財匱，兵惰將驕，奢侈過于王公，威福凶于家國，其罪惡貫盈，已擢髮難數。近又潛通海寇，暗號投誠，約待順風揚帆，聽其長驅入境。維熊即爲内應，將一路城池，悉行投獻。臣恐東南萬姓，指日盡遭糜爛矣。仰祈陛下迅發霆威，剪除亂本，并究同謀黨與，悉肆藁街。封疆幸甚，民命幸甚！〔老旦〕皇爺有旨：朕一聞趙岳所奏馬維熊通叛奸謀，大爲駭異，但不知有何確據，同謀黨與何人，着再明白指陳，務期和盤托出，不避嫌怨，乃見忠誠。

〔梧葉兒〕〔老旦、付末〕聽陳奏，罪滔天，不由不怒膺填。誰爲逆黨，何從露顯。明白披宣，把跋扈真情洞見。

〔末〕臣家住秀州，現知秀州軍事禹明，乃馬維熊兒女親家，密約海兵，通同謀叛。先將秀州城外面，週圍塗黑，用白灰畫作磚紋，做箇獻城記號。待海兵到來，傳檄而定，以保全禹氏一門。現今秀州城頭，週圍如界畫圖畫，萬目共覩，此爲同謀，此爲確據。〔付末〕皇爺有旨：據奏通叛奸謀，既有獻城證據，着樞密院差官二員，帶領緹騎二百名，密拿馬維熊一門，凌遲處死，禹明梟斬示衆，家口逮解來京，發教坊司收管，有不堪祇候者，酌量官賣。謝恩。〔末〕萬歲萬歲萬萬歲。〔老旦〕奏事官退班。〔末起介〕〔二內侍〕趙老先請了。〔末〕二位老黃門請了。〔老旦、付末〕老先不避仇怨，弭患于未形，可敬，可敬。〔末〕不敢。

〔吴小四〕忝臺員，獻直言，爲封疆須保全。誰顧大仇三世怨，笑他乘風鼓柁船，歸順侯封號先。

〔梧蓼弄金風〕〔梧葉兒〕〔老旦、付末〕你忠肝露，直心堅，消弭禍機先。〔水紅花〕〔末〕計日燃臍郿塢，逆黨盡頭懸，雷霆威奮賴皇天也囉。〔柳搖金〕〔合〕從今後清除戎莽，偃息烽烟，偃息烽烟。跋浪鯨鯢没由通線。

〔尾聲〕〔末〕小臣靖亂區區願，轉圜從無煩征繕，〔合〕不枉了誠恐誠惶頓首言。

〔老旦〕一章緘拜皂囊中，〔付、末〕鵰鶚威稜擊半空。

〔末〕刎頸交成駢首戮，〔合〕泉途再結親家翁。

第二十九齣 妓羞

〔仙吕入雙調過曲〕〔字字雙〕〔丑圓翅紗帽插花上〕我做官兒像驛丞，祇應，單單管着俏娉婷，惟命。背駝的樂户縮頭迎，恭敬；纏頭分送到官廳，高興。

自家教坊司一箇司樂官是也。妓女們是俺的治下，樂户們是俺的子民，選貌聽聲是俺的政事，歌臺舞榭是俺的衙門。官銜是提督平康北里，職掌是協理侍宴迎春。出巡去按部在秦樓楚館，留守着供奉些綺席華裀。只有一件不好看相，纏頭項下條編銀子，要徵比他完足十分，没奈何也怪我不得，只有這項還好養廉救貧。閒話少說，今日御賜新科進士瓊林宴，好不整齊熱鬧，爲甚這時候官妓還不來聽點？可惡，可惡！〔諸妓舞衣上〕玉筍班前歌白雪，瓊林宴上舞霓裳。妓女們叩頭。〔叩介〕〔丑〕報名來。〔老旦〕奴家陳月娘。〔旦〕奴家高鶯鶯。〔小旦〕奴家禹姬姜。〔小丑〕奴家褚阿秀。〔丑〕你們爲甚來得恁遲？等得我老爺不耐煩，該打，該打。〔衆〕妓女們清早起身，要上衙門，只等這禹姬姜妹子，摸摸索索再不得動身，只消梳一箇頭，就半日了。〔丑〕你是那里來的，似這般裝模做樣？〔小旦〕奴家生長深閨，一時落難，早夜求死不得，但求老爺方便，世世生生，銜環結草。〔丑〕你甚麽人家出來的，說這樣新鮮話呢？

〔園林沉醉〕〔園林好〕〔小旦〕我父親呵，軍州長襄平禹明，〔丑〕呀，原來是千金小姐。〔小旦〕公公呵，都統制東南重兵。〔丑〕呀，原來又是大將的媳婦。〔小旦〕聯締絲羅纔定，〔沉醉東風〕誰知道從天降，迅雷霆不分秦晉，一般屠命。空剩下我怯生瘦生，女孩半丁，生推下平康火坑。〔泣介〕

〔丑〕這等說，你是正法犯官的家口，籍没入官，發在俺教坊司的了？〔小旦〕正是。〔丑〕你到此幾年了？

〔五供養犯〕〔小旦〕星霜未更，去年秋初，鎖入雙扃。〔丑〕嗄，纔來得七八箇月。你可曾有人梳櫳麽？〔小旦〕不曾。若還思點污，身死也羞呈。〔丑〕你既已落劫，也是没奈何的事。且問你：你今既入教坊，可學得甚麽技藝？〔小旦〕任你箏琵篴笙，怎能勾陶情遣興？鎮日常愁病，淚珠零。〔丑〕若如此說，你到底怎樣當差？〔小旦〕惟求速死而已。〔月上海棠〕不願偷生，只圖乾净。

〔丑躊躇介〕既如此說，你今日去好生祗候，過後我自有箇道理。〔衆〕好了。恩官替你算計，自然得出頭了。我們且到宴上完了公事，再求恩官罷。〔仝下〕〔丑〕此女到有些志氣，俺那教坊中，始終用不着他的了。到怕他尋死路，没要緊擔這干紀做甚麽？況且原有舊例，不堪用的，酌量官賣。過了今日，俺便分付媒婆，有願納官價的，聽憑賣去也罷。作成我老爺也沾些肥水，豈不兩便？正是好放手時須放手，得饒人處且饒人。〔下〕

第三十齣 團話

〔黄鍾引子〕〔西地錦〕〔生冠帶，末扮院子隨上〕中秘書繙清書，起居簪筆螭頭。茹荼經飽甘嘗口，爲文送出窮愁。

雞翅豹尾掖門陳，乾德豳風進講頻。回念牛衣相對苦，空房不娶茂陵人。下官姬銑，孟浪入都，蒙夏侯老先生謬愛，物色塵埃，多方資助。去秋得與鹿鳴，今春又叨瓊宴，仰荷聖明，擢入館閣，職掌起居，日侍經筵，晉階學士，兼太子左諭德，纂修國史，次第告成。回想當年，好一場大夢也！幾番待要告假還鄉，完我生平未了心事，急切未敢陳請。已曾着人迎接家眷，爲甚還不見到來？

〔畫眉序〕自作汴京遊，回首家園路程修。喜書爲兒寄，帽待妻修。評課藝慧定成篇，刈葵藿勞應傷手。指頭暗數歸期也，三春過了又逾秋九。〔暫下〕

〔外、付浄扮院子，老旦、小旦扮使女，丑、小丑扮車夫，隨旦車，小生馬上〕

〔前腔〕〔合〕上皇州，千騎東方擁前後。喜將過滎澤，漸到梁州。憶軀幹誰短誰長，揣顔面誰肥誰瘦。輿人催馬前驅也，先看帝城烟柳。

〔外〕禀上夫人：此間已是老爺邸第了。〔旦住車。小生下馬。外進門介〕老爺在那裏？

〔生上〕和羹沾聖酒，看柳動鄉心。〔外〕夫人、公子到了。〔生〕快請。〔外出稟。旦、小生進見介〕〔旦〕相公請上，妾身有一拜。〔生〕夫人請上，下官也有一拜。〔仝拜介〕離家日久，累夫人撐持門户，教誨孩兒，曷勝倚賴。〔旦〕寒門賤質，得相公奮翮天衢，獲膺封誥，與有榮施。〔小生〕爹爹請坐，容孩兒拜究。〔生〕不消罷。〔小生拜介〕孩兒久離膝前，喜爹爹起居萬福。〔生〕夫人，你我今日夫貴妻榮，一家完聚，是真是夢？令人喜極生疑，悲感交集。

〔滴溜子〕相逢處，相逢處，又喜又愁。今宵會，今宵會，是真是繆。〔旦、小生〕謝天，待儂已勾，生平虛想頭。今朝都有，一部傳奇，團圞到頭。

〔旦〕先賢道：人有德于我，我不敢忘，人有怨于我，我不敢不忘。夏侯老先生邂逅提携，此恩此德，合家銘心鏤骨。從前種種怨氣，願貴人忘之。〔生〕夫人見教極是，只是祖宅必須回贖，大仇聽候天報便了。

〔滴滴金〕荆州籍屬劉家舊，豈可吐葉華堂忘肯構。我縱不渡盟津好與商家鬭，自有人順天心能伐紂。就是夏侯老先生也曾到秀州，訪聞得莊奴惡蹟。目今正要會推江南巡撫使，若得點用這位老先生，定然借重他做渠魁了。欵單盈袖，露章糾，須推豪惡首。救民取殘，便是天報已讐。

還有一件事，也説與夫人知道。前日瓊林宴上，教坊樂部中有一小官妓，看着我吞聲飲泣。下官差長班細訪他是甚麽人家女子，説是秀州禹知州爲通海正法，親女發在教坊司當差。我想禹明貪酷萬狀，天怨人怒，只生此女，又墮烟花地獄，恰好祗應着下官，豈非現世花報乎？〔旦〕妾聞先賢有云：敵惠敵怨，不在後嗣。禹明造孽，殃及女兒，非此女自作之孽。我家不妨以德報怨，措價回贖，所關陰騭不小也。相公，你

〔鮑老催〕量恢度優，此中何止千百游，封秦莫計亡璧羞。須把雍齒侯，有庫封，勃鞮宥。學箇射鈎仲父全齊授，延孫蔭子無如厚。容乃大，仁斯壽。

〔生〕夫人，忘仇罷了，還要贖他何用？〔旦〕一來培了福田，二來此女若是德容兼美，就做偏房，幫助妾身，有何不可？〔生〕阿呀，我與夫人受苦之時，只有兩口兒，一旦顯榮，便要娶妾，夫人即不嫌，下官能無愧于心乎？〔旦〕相公，你還非知我者。妾平生做人，可有纖毫妒忌的麽？〔生〕既如此。下官便捐玉堂清俸，差院子去贖他出來，再作計議。〔外上〕後堂筵席已完，請老爺、夫人上席。

〔雙聲子〕〔合〕神來佑，神來佑，袍覆體蓮移漏。時來輳，時來輳，薇拱命奎移宿。報怨休，報怨休，鴻造訓，鴻造訓。須香薰妄極，廟塑關侯。

〔尾聲〕一封書達東江口，煩寄與茸城諸友，不枉了結侶成群向贓吏求。

〔生〕未占鰲頭不信才，〔旦〕鰲頭占後始崔巍。

〔小生〕方知名士真朝士，〔合〕始信單才勝貝財。

第三十一齣 贖姬

〔商調引子〕〔風馬兒〕〔小旦上〕玳瑁梁摧乳燕空，差池羽入雕籠。〔老旦上〕護嬌娃綺閣常相共，罡風忽起，吹墮火坑中。

〔減字木蘭花〕〔小旦〕巢傾卵覆，一路一家更代哭。弱息何辜，籍作烟花隊裏奴。〔老旦〕孤嫠暮齒，同陷深深眢井底。清淚汍汍，洗面千遭用不完。〔同悲介〕小姐，我和你幾時方脱此苦海也？〔小旦〕咳，保母嗄，我爹爹自作之孽，死而無悔。只是連我女兒出乖露醜，累你老人家殃及池魚，都是前生冤譴，今世何門控告？

〔集賢賓〕思量自小香閣中，幾曾肯輕出簾櫳。誰知道紈扇難遮羞面孔，强粧喬誰適爲容？天高地迥，待訴苦毫無門縫。〔合〕真噩夢，倒不如早填下紫臺青塚。

〔外扮院子，丑扮老嫗上〕〔丑〕妙舞清歌爲活計，追歡賣笑作生涯。自家教坊司樂部班頭是也。禹姬姜那里？〔見介〕好，好。造化了你，你怎麽認得姬翰林？如今差這位院公，兑了二百兩銀子，來領贖你。你和保母，便隨他去罷。官司上下，都已講明的了。開籠便放雪衣女，須念觀音般若經。〔小旦、老旦、外、丑上〕

〔鳳凰閣〕〔生上〕金蓮燭擁，暫謝宫嬪呵凍。新霜賜被直南宫，禮絶外庭人重。〔旦上〕香輪徐動，想月下瑤臺便逢。

〔相見介〕相公，早上院子去贖教坊禹姬姜，爲甚此時還不來回話？〔生〕不論贖成與不成，少不得便回來的。〔外領小旦、老旦車上〕稟上老爺夫人：小人已把禹姬姜贖出，現領到門首了。〔旦〕就引他進來。〔小旦出車入見介〕老爺夫人在上，婢子禹姬姜叩頭。〔叩介〕〔老旦〕保母叩頭。〔叩介〕〔旦〕起來。禹姬姜，你本是宦家之女，只因你父親造孽深重，禍延及你，籍入教坊，非你之罪。我老爺不念舊惡，廣積陰功，特捐清俸二百金，贖你出來，免得永沉地獄。我看你儀容端淑，意欲留你房中伏侍老爺，做箇側室，你意下如何？〔小旦跪介〕容小婢稟明，方敢從命。〔旦〕有話起來講。〔小旦起介〕當日在秀州衙内呵，

〔金絡索〕〔金梧桐〕鳴琴小閣中，日把詩書誦。〔生〕原來也曾讀書。〔小旦〕曾向嚴親援書史相規諷，争如聽不聽。〔東甌令〕只當耳邊風。〔生〕好嗄，倒也算得箇諍子。〔小旦〕就是老爺呵，冤陷何須實棘叢，無過詩箋一幅題孤鳳。〔生〕呀，不但知道我無妄之災，連詩句都記得。〔針線箱〕〔小旦〕我幾度危言未信從，〔解三醒〕果爾群争鬨。〔懶畫眉〕没奈何盟書城下强和同。〔寄生子〕霧冥濛猛然間放出晴虹，老爺呵，逃斤斧成梁棟。

〔生〕你獨處深閨，怎知我冤案這般詳細？

〔前腔〕黄堂疊卷宗，怎得深閨俸。我無奈金多壓得冤沉重，幽幽囹圄中並没箇信音通。繡

户何緣解惜儂，〔小旦〕爲因那日小婢偶然假寐，忽夢魁星跳舞來前，口念四句。〔生〕怎麽四句？〔小旦〕他道：貪狼堙壁水，貫素掩文昌。黑暗牢修獄，難通寶婺光。陡然驚覺，就道有些古怪了。〔生〕得了些夢，怎曉得便應在我身上？你只合空房小膽虚驚恐。那曉得我咏檜詩遭首蟄龍，終凶訟。〔小旦〕小婢驚覺起來，忙去父親書案上檢看，尋着一宗文卷，爲强姦殺命事，犯生是老爺名字，内有詩箋一幅，算做姦殺證據。小婢不勝疑駭，待父親到來，便細細告訴前夢，必爲此案枉陷文星。小婢斗膽，也自任做婺星了。〔生〕奇哉閨夢兆非熊。定前因今日相逢，追往事神魂悚。

〔琥珀猫兒墜〕〔旦〕香閨年少，性格恁玲瓏。克蓋前愆爲蔡仲，令人聞語越惺忪。喁喁，五夜添香，借他陪奉。

〔向小旦介〕你名唤姬姜，就是前生注定，伏侍姬老爺的了。況且夢寐相關，益見天緣早定，我就與你收拾一間卧房，今晚就請老爺到你房内安歇便了。〔小旦〕夫人，還有話稟。

〔前腔〕自憐嬌養，弱質怕當熊。荳蔻含苞風未動，爲雲爲雨送。情慵，請待他年，小心承寵。

〔旦〕你芳年二八，已及瓜期，不須推遜，就此下箇禮罷。〔牽小旦衣拜生介〕〔生牽小旦衣又拜旦介〕

〔簇御林〕〔生〕你兼才貌，備德容，我危時，卿夢中。明書習禮教人重，背地眼波斯烱。勝椒風，今夜呵文昌寶婺，躔度恰同宮。

〔尾聲〕〔旦〕女中辭角偏佳種，〔小旦〕猶幸得未被烟花褪守宮，〔生〕只愧殺你虐魄婪魂瞎乃翁。

〔生〕追論往事若前生，〔旦〕燭短香殘好定情。

〔小旦〕今夕不知是何夕，〔老旦〕小星準備傍文星。

第三十二齣　櫜欵

〔中呂過曲〕〔縷縷金〕〔付末扮老人持拐杖唱上〕腰彎曲，背酸麻。日頭臨夜出，進官衙。老漢賀奉溪一把年紀，單養得一箇女兒，被莊農都天殺的活活殺死，無處申冤。那知禍不單行，昨日一班如狼似虎的公差，趕到家來，把老漢拿了就走。問其緣故，説是新任都老爺的訪犯。我想都老爺拿我這箇垂死的老兒做甚，只得聽天由命罷了。敢是閻羅殿，差來迎駕。我單身無媳少灰扒，捫心也不怕，捫心也不怕。〔暫下〕

〔前腔〕〔末破巾服唱上〕工句讀，眼昏花。都都平丈我，古書差。我莊耑立垂髫之年，受盡惡氣，悶坐館中，日子已經難過。那知新任撫院，密拿奸惡，狠狠幾箇公差，平白地擒我到官，不曉得來歷，難道有我這樣訪犯不成？奇怪也不奇怪？咳，事已如此，且自由他，少不得分箇皂白。匍匐謀肥館，教書無暇。若把經文別字發官查，一千也該打，一千也該打。〔暫下〕

〔前腔〕〔老旦扮管家唱上〕欺白屋，陷黄沙。三年前訟事，禍生茅。自家翰林學士姬府管數人是也。我老爺前年被莊家陷害，尚未理枉申冤。不想莊農都罪惡貫盈，已被都老爺密訪，拿解收禁，被害裡頭，已有我家一欵，須索候審去也。我口呼君實，只隨司馬。當官從未見爺爺，公堂怎生話，公堂怎生話。〔暫下〕

〔净〕我們是客商。〔小丑〕我們是鋪户。〔兩旦〕我們是寡婦。〔付净〕我們是田夫。〔丑〕我們是經紀。〔仝唱上〕

〔前腔〕呼東舍，呼西家。說起莊鄉宦，咬齷牙。〔净〕我們都是秀州市舶司百姓，向受莊農都盤算紮詐，恃勢抄屠，没處申雪，隱忍至今，幸得皇天有眼，都老爺密訪拿禁。列位嗄，大家準備投詞，前往告理去。奪轉男和女，田莊行舍。恨不自充劊子把刀拿，親將勢豪剮，親將勢豪剮。〔打夥諢下〕

〔净〕金怪銅精奴宦，〔小丑〕噉人量過朱粲。

〔付净丑〕一朝頭挂藁竿，〔兩旦〕籍没贜私百萬。

第三十三齣 殲憝

〔内鼓樂照常開門。外冠帶，衆役隨上〕

〔北粉蝶兒〕秋肅春生，體乾行秋肅春生，要把那偏江南刁風挽正。下官夏侯嶠荷蒙聖恩，特簡江南巡撫使。生平自許，惟以釐奸剔弊，去惡鋤强爲己任。今蒞茲土，若不使豪右屏息，屬員畏懷，豈不上負朝廷，下虚民望？憶得前歲進京時，逗遛秀州，訪有廢紳莊羅黨，是箇元惡大憝，已曾差人拿下，須索陞堂親審，非是殲凶渠有法無情，兩觀誅三危竄，都合着秉彝恒性。〔作陞坐介〕分付帶莊羅黨一起解審。〔中軍傳呼，雜扮押差帶付净、末、付末、老旦仝上〕犯人進。〔雜應〕〔内亂嚷介〕〔外〕甚麽人喧嚷？〔中軍〕秀州合屬百姓，都是莊羅黨被害。〔外〕呀，滿耳寃聲，惟恐老龍圖臉皮不硬。

中軍，傳諭那些被害，若有呈狀，一概收下，不許嚷亂，本院與你們申雪便了。〔中軍虚下。内作嘈雜聲，中軍捧呈狀上〕禀上大老爺：投告呈狀，共計一百二十九紙。〔外冷笑介〕帶莊羅黨過來。你雖出身奴隸，也曾忝列縉紳，怎生蠹國殃民，無惡不作呢？〔付净〕阿呀，爺爺，寃枉嗄。〔外〕掌嘴。〔雜應打介〕〔外〕從實供招上來。

〔中吕過曲〕〔泣顔回〕〔付净〕喫素念金經，手寫全篇感應。敝車羸馬，門如禪室還静。莊羅黨是極守法度的，不知爲甚生前不結得人緣，見愛者少，見怪者多。鑠金謗騰，把惡人、牌扁輕輕贈。求爺爺超豁鑒廢紳何勢能豪，況窮宦何財能横。

〔石榴花〕〔外〕你只道塗談巷説戾公評，却不道雙耳鼎邊鐺。你奪人田房，占人子女，把持官府，殺害平人的勾當，罄竹難書。且問你，莊岦立是你甚麽人？把任恁般毒打。分明是逢蒙殺羿子密擒彭，全不想滴潼報李，立雪隨程。賀奉溪的女兒，怎麽樣死的？活劈殺悄乖乖，活劈殺悄乖乖，同衾共枕恩情冷，比王魁嚴武一樣的短倖。你覇占了姬鄉宦的祖宅，又因酒後微嫌，把手刃的侍妾，污衊他强奸殺死。險些兒苦哀哀，險些兒苦哀哀，把無賴歪名頂，試問你有影也無形。

〔付凈〕莊羅黨家居日久，從不曾與莊耑立會面，怎説打他？

〔泣顔回〕〔换頭〕遍搜蘭譜廣招朋，未識正夫名姓。〔外〕掌嘴。〔雜應打介〕〔外〕不要説是你的家主，一箇受業恩師，難道家居日久，有不面會之理麽？〔付凈〕賀奉溪女兒因想慕才子，害相思病死了，與莊羅黨何干？咸池煞重，自犯相思癆症。姬宧的祖宅是得價明賣的，他只管恃才使氣，屢加辱駡，又把詩箋勾引小妾，以致害了憶思癆病而死，原是真情。莊羅黨怎敢陷害他？矜才逞能，遞花箋，勾引楊花性。爺爺，好苦嗄！遭毒駡屢屢欺凌，越短墻常常投贈。

〔外〕胡説！姬宧正人君子，肯做這樣事麽？他的翰墨，那一家没有收藏，家家可以告得姦情了。覆審的時節，合州公憤鼓噪，難道都是你小老婆的漢子麽？只可恨貪酷州官，没有幾箇頭顱再正典刑嗄。

〔鬬鵪鶉〕你氣昂昂毆主凌師，氣昂昂毆主凌師，疼刺刺刳胎剖子。怎能勾赤淋淋生者心甘，赤淋淋生者心甘，骨碌碌亡人睛瞑。現有一百二十九張詞狀，都是無端誣賴你的麽？看着那鬼哭神嚎，滿城的攔道遞公呈。可知道一厘厘欠債還錢，一厘厘欠債還錢，一條條殺人償命。還不招承，快椤起來。〔雜椤介〕〔外〕唤莊耑立等上來。〔末、付末、老旦上〕

〔撲燈蛾〕〔合〕脆鬆鬆骨從鐵樹磨，碎紛紛肌從火牢剩。明晃晃臍燃董卓燈，生熱熱肉分侯景也。〔末〕莊羅黨背師毆主，是萬目共見，千人共憤的嗄！〔付末〕莊羅黨把小的女兒活活殺死，千真萬確的嗄！〔老旦〕莊羅黨强占家主祖宅，思量斬草除根，把家主陷做强奸殺命，賄囑禹知州，極刑拏獄，驚動合州縉紳、六學生員、四鄉里老，公憤鼓噪，闔城罷市，遠近都傳播的嗄！〔合〕求憲天大老爺，剪除凶惡，爲萬民除害。屈埋埋無從訴苦，黑魆魆瞞天横行。急煎煎除仇雪恨，似古時南邦北國望湯征。

〔外〕莊羅黨，你如今還要分辨麽？放了梣，快夾起來。〔雜應夾介〕

〔上小樓〕〔外〕星星的剉也該，節節的割也應。〔付净〕爺爺嗄，都是一片虚詞，誣陷莊羅黨，外邊許多狀詞，都是他們一手寫就，僱出來的人。〔外〕掌嘴。〔雜應打介〕〔外〕實對你説，本院三年前曾到秀州，你這種種惡蹟，一一皆耳聞目見。只當在廳下親看，竈邊親目，床頭親聽。用不着籤提原告，牌提應審，票提干證。發去收監，先把家産籍没，候拿到逃犯高立人等，一併定招，題請處决。飛章奏請，這是我下車來第一新政。

〔疊字令〕〔付净哭唱〕明明山魈照日，閃閃水妖遇鏡，急得我屁滚來肉寸疼。〔叩頭介〕赦舊開新，還求憲天爺爺放出一條生路。哀哀望吞舟縱鯨，寬寬的放虎開鈴。〔外〕不能勾，你可曾放别人生路麽？三綱拏没，五倫勾盡，一拳握定。又誰知東天仍有日頭生。

〔雜駝付净下〕〔外〕被害人等暫且釋放寧家。〔末付、末、老旦、叩謝介〕〔外〕分付掩門。

〔尾聲〕九衢恬三市静，拯民災除民病，只可惜貪酷官先服上刑。

饑狼直恁闊胸脯，噬嚙家家骨肉枯。

不是埋輪親察訪，誰爲拔薙盡根株。

第三十四齣 餞敘

〔黄鍾引子〕〔點絳唇前〕〔末冠帶且扮役人隨上〕驄馬行行，格臺鵲喜、烏來後。且招朋舊，醉折青門柳。

下官鑒察御史趙岳是也。柱裏升班，殿中執法，曉趨天闕，晚出蘭臺，難逢休沐之期，鮮值銜盃之暇。昨聞好友姬學士予假南歸，特備小酌送行。今日撥冗早回，掃徑以待，分付門上，姬老爺到來，疾忙通報。

〔丑應傳介〕〔内應介〕〔生冠帶、老旦扮役隨上〕

〔點絳唇後〕日下花磚，人歸三島、馳中廐。綉衣良友，早設盈樽酒。

下官翰林學士姬銑是也。登白玉堂，入紅蘭省。晨趨紫禁，夕侍金門。敷陳奥義微言，晉接細旃廣廈。黽勉盡職，已及三年。祗因未復祖居，恐違先訓，特疏請假，命下即行。今日好友趙侍御見招，不免前赴，來此已是門首了。〔老旦〕門上有人麽？姬老爺到。〔丑〕禀老爺，姬老爺到門了。〔末〕快請。〔丑傳請介〕〔生入揖坐介〕泰岩兄，怎麽又來叨擾？〔末〕聞兄即日錦旋，特設一樽送別，只是簡慢得緊。〔看坐送酒介〕〔末〕台兄何故汲汲思歸？〔出隊子〕〔生〕小弟呵，家鄉回首，一日腸迴定九週。雖然宦況未全休，争奈心傷明發候。幾度遲徊，方定去留。

先人敝廬向被莊奴覇占，前番恢復不成，反遭陷害。幸蒙兄長約同諸老，合詞公憤。得脱大難，又喜嶽嶽昌言，糾發叛帥，連禹明正辟，頗快人心。只是舊居一日未贖，則先訓一日背違，只得乞假歸里，清算回贖，以完心事。〔末〕台兄，你昔年未遂孝思，反陷不測，年來喜膺聖眷，一歲三遷，祇緣心事未完，不得已而請假。供職勤勞，既已仰酬高厚；復還先業，又得忠孝兩全，真大丈夫也。〔生〕豈敢。還有一件奇事，兄長曾聞之乎？〔末〕甚麽奇事？〔生〕前歲在瓊林宴上，見有二八官妓，向弟淚垂，弟差人細訪，即禹知州親女，籍入教坊，豈非現世孽報乎？

〔畫眉序〕甚來由，禍及香閨露乖醜。怎黄堂嬌女，籍入青樓。他看着我珠淚潸流，誰想道伊父即窮奇貪守。教坊樂部并州遘，算做五馬行春的遺愛長留。

〔末〕這也奇得緊。就是現前果報了。怎麽又恰好承值台兄，真正冤家路窄。

〔畫眉上海棠〕〔畫眉序〕你負才優，盡道文章大魁首。奈盲官聾吏枉法貪賕，禁不住你萬里圖飛。免不得自家一刀絶脰。〔月上海棠〕更有奇關紐，侍宴瓊林，害得女兒淚痕沾袖。

〔生〕還有奇之又奇者。小弟不念舊惡，已爲捐俸贖身，現居側室，朝夕伏侍，只因念他是積惡餘殃，孽非已作，

〔降黄龍〕墮落烟花，賣笑追歡，日伴着箏笛箜篌。〔末〕此女多少年紀，未曾遭點污之刼麽？〔生〕何曾破瓜，二八芳年，皓齒明眸。〔末〕性格可好麽？〔生〕温柔，習詩明禮，也曾諫獰翁贓叟。更愁煩，金夫錯嫁，馬郎非偶。

〔末〕這等説，此女不惟儀容美麗，抑且大有識見，真是才子佳人，天生會合的了。

〔前腔〕〔换頭〕殊尤，淑質美姝，洞見機先，禍福關頭。〔生〕就是小弟冤獄，他也曾屢勸伊父，從公發落，不可偏陷。〔末〕台兄，這箇小弟就不敢信了。古云：外言不入于閫。況且六房案卷，閨中怎得其詳。如山案牘，曲直公私，深閨誰剖？〔生〕有箇緣故。此女夢見魁星，向他念道：貪狼堙壁水，貫索掩文昌。黑暗牢修獄，難通寶婺光。驚覺起來，到伊父桌上，檢得此案，見了附卷詩箋，便知是箇冤獄。直到贖他出來，方道其詳。瓊林之淚，爲此而下也。〔末〕有這等愈出愈奇的事？夢中明告，本來文星婺宿。到今日，貪狼射落，只剩牢修。由今思之，兄昔年偶然題箋，不料扯入冤案，至今日又因此配合良緣，此詩可謂二十八字媒矣。〔生〕正是呢。阿呀，知己談心，不覺話長，就此告别罷。〔末〕正所謂盤無兼味，清談而已。待台駕榮發之日，還要國門祖餞。〔生〕再不敢當。

〔尾聲〕西窓剪燭閒窮究，不覺道深更静漏，〔末〕台兄此去把你曉月殘星的新詩寄友。

〔生〕醉擁驪駒分手難，深杯軟語到更闌。
〔末〕待君假滿還朝日，重把新醅續舊歡。

第三十五齣 願完

〔内鼓角，襍扮軍校持二藁竿各掛人頭，荷刀鳴鑼上〕閒人閃開！閒人閃開！俺們奉巡撫使夏侯老爺之命，把叛犯禹明，惡人莊羅黨兩頭顱，號令在秀州市舶司滬瀆壘，取地方收管。你看擠擠擁擁，争來觀看，好不熱鬧也。行過市舶司，便到滬瀆壘。〔下〕〔外扮院子上〕〔西江月〕不愛雕墻峻宇，不貪敞閣虚亭。東廂贖轉數間楹，止勾幾株花影。堂上仍顏舊額，樓頭寧改新名。主人大喜醉顔頳，還比瓊林更勝。自家姬學士府中一箇院子是也。我老爺日侍經筵，十分寵眷，不知爲甚緣故，連章乞假，言旋故鄉。若論常情俗套，定要問舍求田，廣收投靠。獨我老爺一事不行，偏要收拾幾間小小舊房，名唤詒燕堂，同夫人、公子住下。原來這幾間房子是先太老爺的舊宅，向被莊家强占，打了無數没頭官司，近來籍没入官。我老爺納價取贖，有甚富麗？有甚寬轉？反要住在裏頭。這幾日衣錦榮歸，又因公子新授開封府祥符縣令，官府往來，親朋慶賀，忙亂得了不得。早上分付選擇黄道吉日，到祖墳上焚黄行禮，便奉先太老爺神主，迎入文廟鄉賢祠内。已令陰陽生選日去了。又教今日將遺像懸在前堂，將關

帝聖像懸在後堂，各要擺設香燭祭禮，須索打點伺候。呀，道言未了，老爺早到。〔生冠帶上〕

〔仙吕過曲〕〔甘州歌〕愁心凈掃，喜卦中屯蹇，盡變亨爻。早上分付選擇吉日，曾把周堂送去麽？〔外〕早已送去，就來回覆了。〔生〕先像可曾懸在前堂，關帝聖像可曾懸在後堂，祭禮各已完備麽？〔外〕懸掛停妥，完備多時了。〔生〕請夫人、公子上堂。〔外傳請旦、小生冠帶上〕軒裳褕翟，苦戲一臺完了。〔相見介〕〔生〕夫人，我初年只嘗黄蘗末，晚境方含甘蔗梢。和你同到詒燕堂去。〔仝行唱〕芝深迴，桂柱高，千思百想有今朝。承之易，作者勞，塗茨丹雘勉兒曹。

〔作見像一同瞻禮介〕〔生〕我那先大夫嗄，

〔前腔〕孩兒不肖，致燕辭荒壘，鵲讓完巢。孩兒爲勉遵先命，幾致喪身。急于攘魏，險做姜維狄道。今日上邀陰庇，汶陽已歸，不負父親遺命了。高甍更將銅瓦整，巨桷重尋文木雕。〔作撫心悲介〕只是龐眉杳，鶴髮遥，怎得持觴戲綵樂陶陶。三牲進，五鼎調，秋菘春韭只虚邀。

〔解三酲〕〔旦〕唤童子曲欄泥掃，教老僕廢圃花澆。相公，不是你卧薪嘗膽遵先教，怎愽得這風騷？今日有志竟成，少康復夏先業饒，勾踐平吴覇業高。〔拭淚介〕只是回思往事，好不心傷。〔合〕心如搗，似探驪取領，入陣偷刀。

〔前腔〕〔小生〕進邃宇重安家廟，上小閣快抵登朝。爹爹欲成先志，歷盡艱辛，真是永言孝思，孝思維則。一椽一桷念先公造，余小子敢輕抛？孩兒不才，未登清要，今除祥符縣令，應拜見雙親。〔拜介〕

〔生〕縣令爲親民之官，最要稱職，況京縣煩劇，積案如山，速宜治裝上任。〔旦〕妾已代他了理上任事宜，只待跟隨公公神主，迎入鄉賢祠後，便打發他起身。〔生〕下官前日分付孩兒的，我做我的事，你做你的事便了。

〔合〕把前聞紹，效臺鸞接翼，池鳳生毛。

〔小旦、老旦仝上〕〔旦〕相公今日衣錦還鄉，合家榮貴，好不僥倖也。〔生〕正是呢。你看

〔鵝鴨滿渡船〕桂環橋，篁迷沼，短彴長廊幽致饒。臣年猶未髦，臣年猶未髦，便賜來甲第聳層霄，忍忘此間堂奥。披丹錦，着朱袍，堂上彩雲生靄，堂前玉樹抽翹。

我們齊到後堂，拜謝關聖帝君。既荷前庥，又祈後芘。〔生、旦、小旦、小生、老旦同拜介〕

〔赤馬兒〕寶鼎香燒，沉檀烟裊。但願吾家賢孫子，奕世神佑同邀，後福無疆。前修永保，輝煌廊廟。大家盡忠全孝，大家盡忠全孝。

〔浄扮周倉持刀立雲端大笑介〕哈哈哈，善惡必報，遲速有時。天道昭彰，無往不復。今日詒燕堂公案已定，俺回奏帝君去也。〔衆同仰視驚拜介〕奇哉，奇哉！雲端顯聖，了了分明。我家幸邀神明呵護，恢復祖業，後世子孫，益加修德，保世滋大可也。〔浄大笑下介〕

〔尾聲〕〔合〕梨園新譜金元調，搬演出掀髯長笑，付與普天下有志氣男兒讀一遭。

天上文星小謫時，困龍偏被蝮蛇欺。

請看詒燕堂遺事，莫倚金多肆虐爲。

又

先人遺訓日難忘，不比求田問舍忙。
於越江山恢復後，五湖一舸便徜徉。

又

淫詞艷曲沸笙歌，靡靡頹風可奈何。
越雪山人無木鐸，新編樂府勸懲多。

附録

二卷

附録目次

凡題下帶*號者，標題皆爲整理者所擬。

卷一　集外詩文

夫物之不齊　千萬

情自不齊，物固難以概類也。夫人何必不齊物，物何必不受齊于人，而自有不齊者，倍蓰、什伯、千萬，將如情何？且維人與物生天地間，由神農以來，棼如也。自人之等，推而極之，上至于君公，下逮於氓庶，至不齊矣。上詘君公之貴，以下齊于氓庶之賤，而貴賤同，而上下同，識者必曰：非人情，不可訓。嗟乎！人故有情，物亦宜然。彼其殺于天，產于地，材于人，長短互存，輕重雜置，多寡同設，大小各出者，物也。天有時，地有氣，人有工，短不得間長，輕不得更重，寡不得效多，小不得加大者，情也。物也者，大共之名，以至齊命質者也。物之情也者，大別之理，以至不齊成物者也。故精粗，其情也，齊粗于精者而不情，即齊精于精者而猶然不情，無他，無以謝夫至精者也；美惡，其情也，齊惡于美者而不情，即齊美于美者而猶然不情，無他，無以處夫至美者也。形具而情生，萬物一情也，乃即一物而前後之情參差。同形而異情，萬物不一情也，乃即一情而高下之物頓殊。今夫類之始，一而已，兩于倍，五於蓰，錯綜于什伯，究極於千萬，殆極不齊之□矣。試與子適五都之市，爲日中之游，或鬻者紛羅而行道不顧，或觀者太息而主人無言，或時地偶異而徵貴徵賤，或術業少懸而取奇取贏。自齊之者論，苟倍蓰而已□矣，寧意什伯之出其後，又寧意千萬之出其後也。自不齊者論，或倍蓰而已殊矣，不什伯而情烏能已，不千萬而情又烏能已也。蓋泉布之流，與食貨之志若此類難更僕數。吾意有識之士必將第其良楛，平情以還造物之權，别其工拙，類情以示用物之智，是闗石和鈞之遺意也，胥師市司之所由設也，不齊之所以爲齊也。舍曰結繩而天下治，剖斗折衡而民不争，推之將必使尊而殿陛俛首以就編氓，卑而野人抗容以主軍國。齊物者固並耕之權輿也，如夫物之離離者何哉！

林祖藻編明清科考墨卷集卷二十

題惲南田墨竹設色花卉册

楝樹寒雲色，首陳春藕香。脆添生菜美，陰益食單涼。野鶴清晨出，山精白日藏。石林蟠水府，百里獨蒼蒼。周金然

清陸時化撰吴越所見書畫録卷六

題吴漁山鳳阿山房圖册二首

左徒舊宅有餘芳，勁節疎枝故故長。丹穴由來雛亦好，倦從塵世覓高岡。

據梧蔽竹思悠悠，便擬尋盟早乞休。料得傾枝俟鸞鷟，不妨開徑遲羊求。

清陸心源撰穰梨館過眼録卷三十八

題俞培三山夢遊圖調寄沁園春

聞道先生，夢到三山，莫定遊蹤。儘華胥國裏，幕天席地，微塵聚處，蟻穴槐宫。雲海茫茫，煙嵐浩浩，神馬尻輿瞬息通。俄驚喜，見乘飆馭氣，仙侣相逢。○丹臺飄渺誰從，有栩栩蘧蘧化蝶翁。更滑稽厭次，歸來栗里，清平才子，嘻笑髯公。何意諸君，千秋遥集，共占西堂作閬風。真佳話也，無分今古，志趣都同。

清尤侗撰西堂餘集小影圖贊

重刻安雅堂集序

東萊宋觀察荔裳先生，詩文膾炙海内，余髫年已習聞其名。至康熙己酉，始識先生，一見遂託末契，定忘年交，相與遊覽金、焦，登燕子磯，歷秦淮、鍾阜諸勝，棲遲盤薄，所至輒共題詠。每寫一景、拈一詩，各據一几，含毫伸紙，余屬草甫竟，先生已脱稿矣。頃之易以相印。雖謬賞鄙作，相視莫逆，未嘗不歎服先生之敏且工，不自覺其瞠乎後也。歲辛亥既先後入都，仍數共晨夕，尊酒論文，致足樂也。壬子春，先生旋補蜀臬，分手殷依，則詩以送之云：「馭應回九折，棧定歷千盤。回首長安近，休嗟蜀道難。」至秋，余舉於京兆，留滯燕山者二載，方歎知己之不易逢，賢豪之不恒聚，停雲落月，耿耿余懷。會先生以覲事赴闕，驚喜過望，雖獲握手留連，非復曩者笑談酬倡、歡焉道故情悰矣。私衷正隱慮之。未幾傳聞成都失守，傷亂思家，日益危篤，遽歸道山。憶彌留訣别，猶喃喃荷荷相期千載事，怛化摧心，可勝道哉！嗟乎！以先生之才之學之懷抱，而志業未遂，漂摇户牖，著述散佚猶多，皆後死者之憂也。兹幸嗣君思勃，克念箕裘，以舊刻安雅堂集殘缺漫漶之餘補輯重梓。以余知先生最深，而屬爲玄晏。噫！象賢肯構，莫大乎是矣。追維聯屐登臨，同舟游泳，風雨殘燈，恍若夢寐。而宿草興悲，何忍執筆序其遺稿？而誼有不容辭者，聊志我兩人交期始末若此。至其詩若文，向推一代作者，有目共覩，寧煩更益一詞哉！康熙己卯仲春，雲間周金然斷山拜題。

清宋琬撰安雅堂集卷首

修大聖寺後樓記

余鄉居時，嘗遊沔東之大聖寺。寺建於元至正間，寺僧曰志德，爲元孤峰提點，一日忽棄去，避跡海濱而建斯寺。設前殿兩廡以供佛像，東西房居僧，其後樓則已之所憩也，歿而塑遺像於上焉。子孫之依於旁者千餘指，富者或比於素封，今四百餘年，未嘗發一科第，豈海濱孱弱自古而然耶？抑將以有待也。後余列官於朝，又數奉使於三晉、荆襄，不復至其處。昔歲假節歸里，姪達可來道契闊外，話故鄉風景，首言大聖寺。叩其故，則曰：女夫永言，顧氏也，去寺不里許，其族人公鼎，方將構祠於寺側，奉其祖之木主，爲歲時宴樂之所，而敦講族誼，且爲義塾焉。梁木石物具矣，未及成而卒。余固已深惜之，歎其盛心也。今冬，達可又郵札於余，謂公鼎之子星肅，永言之子葭士，體先人之志，率族人新寺之後樓，以爲糾睦之倡，叔幸爲記之。予不禁慨然曰：天下之聖廟賢祠，日久傾頹，其當新而不及新者何限？與夫凡有功德於民，當祠而不及祠者，又何限？余皆不及表彰之，而特記一寺樓，豈真崇信竺氏以倖福祥也哉！亦以顧氏先人之意，子孫之心，與其祖宗之所靈爽式憑也。況今吴下風俗，惟宫室園囿，是崇是侈，至於家祠，百無一二。不知古者自庶士至於公卿皆得有廟，王制也。《禮》云「將營宫室，宗廟爲先」，顧氏之心亦猶是歟！且吾聞風俗恒百年而一變，文運亦百年而一興，今顧氏自冠星昆弟，蜚聲釁序，積有名以光顯其祖，而讀書者彬彬乎盛矣，自公鼎父子之不忘其先，而族人亦駸駸乎厚矣。將見自兹以往，體斯心也，推斯志也，其發於功名事業者，皆余所謂有待而然者也。不然，而不忘者深顯揚之心，顯揚者大不忘之志，其不相謀而相濟者，豈偶然哉！至其族人如君奇、振聲輩，或鳩工庀材，或董事趨功，皆有事於樓者也，例應得書，若守是而朝夕焚修者，僧净修也，亦宜書，乃爲之記，以勒諸石。蓋以斯樓之係於寺者小，而係於顧氏子孫之心者大也。

清陳方瀛修川沙廳志卷十四雜記志

與宋荔裳先生

某既作南華經傳釋，自謂參漆園之獨解矣。已而寢食焉，坐卧焉，似不容更竪一義，更綴一辭，益信嵇、吕所云詎復須注爲確論也。因信手枯其駢語，倣士衡連珠之式，演爲百首，以莊還莊，自呼自應，如睟盤眎兒，隨手所得，莫不厭心，又如紅螺和尚釣灘，時有紅蝦釣出。隨其所獲，都成游戲，猶詩家律陶律杜之遺意云耳。

清周亮工輯結鄰集卷十二

題江允凝黄山圖册

畫家士氣一派，元季特盛，蓋名賢高士皆隱於六法中，寄託深遠，非謂盡於氣韻，無事經營丘壑也。李伯時作山莊圖，使觀者如見所夢，如悟前世，必非枯木竹石及潑墨煙雲所可了事。允冰兹册，雖專寫黄山各景，其胸中丘壑，千變萬化，乃天地間合下應有此一副爐錘，不必求肖面目。世人不讀萬卷書，行萬里路，故見不及，寫不出耳。江子曠懷高寄不減元大家，畫理直追唐宋閫奥，宜其見重當代也。雲間周金然

清端方撰壬寅銷夏録

題惲南田山水古木册

建陽、崇安之間，有大山横出，峯巒特秀。予嘗結茅其顛小平處，每當晴晝，白雲坌入牕牖間，輒咫尺不可辨。嘗題小詩云：閑雲無四時，散漫此山谷。幸乏霖雨姿，何妨媚幽獨。越雪周金然

清陸時化撰吴越所見書畫録卷六

送陸揆哉督學蜀中

吾聞峩嵋秀削天下奇，拔地千仞青蓮枝。儵伏儵起斷還續，雲端掩映交參差。紛詭奇縱敞神界，令人耳目奔悦神明憊。一從鴻濛初闢大文舒，豈是蠶叢魚鳧弄狡獪。其間自古多文豪，相如後有雄與褒。域内論才分一斛，山川鍾奇數西蜀。平原文藻世少雙，特操玉尺照錦江。直須攬盡天半峩嵋秀，并刀翦裁濯錦就。中原麟鳳應期生，憑君頓取八紘掩無漏。只今送君翩翩出國門，羡君龍節隼旟翻。壯君銜命馳驅數千里，遲君采風還朝報至尊。

釀酒歌

匏叟渴如文園令，平居托酒以爲命。百斛難了麯糵事，將築糟丘日樂聖。無功之譜焦革經，盡傳其方猶未能。醽醁翠濤久不敗，蘭生玉瀣恐虚稱。吾聞黄柑釀酒最清冽，色香味三者一一都佳絶。坡老曾賦洞庭春，後無解事空傳説。又聞徂徠有古松，花葉爲釀醇且醲。飲之便無偓佺侣，斯語近誕未敢從。况余未能物外遊，但爲一醉千日謀，以消抑塞磊塊之窮愁。崑崙之觴既希遘，换骨之醪亦何有。不如五湖盡變上尊酒，蒲萄緑漲云重酎。此是造酒無上丹，任爾長鯨吸不乾。

憶包山十首存二

乘興扶筇出，門開見石公。月波隨步闊，霜葉照顔紅。煙景三山外，石公三山相對。桐陰小閣中。偶然吟眺愜，取次落冥鴻。

山銜叨管領，七十二峯誇。余有七十二峯主人小印。水曲魚蝦國，蘋汀雁鶩家。打頭松落子，糝面桂飄花。濟勝雖無具，探幽信杖賒。

春郊

一片風花逼禁煙，郊原極目總堪憐。半生避世牆東地，三月懷人渭北天。管別柔條新客舍，喚愁細草接江邊。即看欲盡春如駛，莫負新豐斗十千。

汴梁懷古

艮嶽排空托降靈，胡然化石散疎星。舊傳有神降，其詩曰「艮嶽排空霄」，故名。煉丹竈冷仙何許，流碧池荒草自青。廢苑纍纍堆阜矗，故宫莽莽棘圍扃。今爲貢院。豈知四海爲家日，萬歲山臨萬壽亭。康熙三十一年建。

小憩崇效禪林贈雪塢上人

名藍容我解征驂，相對清齋彌勒龕。落葉聲中傳逸韻，雪公有落葉詩。生花筆底現優曇。遊人未枉山王駕，通義先參支許談。豈是攢眉蓮社侶，虎谿圖裏定須三。

清姜兆翀輯國朝松江詩鈔卷十六

春秋詞命序

初，王文恪公有春秋詞命之輯，書成而箋釋未備。非淹貫經傳者，驟讀之，未悉其事之始末，又安能領其言之旨趣哉？先君子故篤嗜左傳，嘗自謂與元凱同癖，而於茲書尤拳拳不釋手。每與同里王先生日從事於詮解，合杜、林二家註損益而排纂之，敘事明，音義具，雖單詞隻字，亦原原本本、井井歷歷，令讀者瞭然如指諸掌，嘗一臠而諳鼎味，睹片羽而識吉光，津梁後學，裨益不淺。余小子生八歲，即授是編命之曰：誦詩取專對四方，出辭貴遠鄙倍，脩詞居業非學者事乎？周衰，列國紛爭，聘問盟會無虛日，無事則以代玉帛，有事則以代兵戎，洵非文詞不爲功也。此註之成，凡三易寒暑，爾其無忘我志之勤。余小子謹受而卒業焉。既長而往復尋繹，逾覺茲註之爲功於素臣，且為功於文恪是書之輯也。彼王弼之註易，郭象之註莊，謂宜單行則可，謂發明本文則不可，蓋左氏遣詞命意之妙至此，而始末畢陳者，旨趣盡顯。因竊歎前人用心良苦，後人享其成而不廣其傳，可乎？爰付剞劂，以公同好。王先生名徹，字叔明，與先君子爲莫逆交，是編參訂，其首功云。男金然敬識。

明王鏊轉清周明王與春秋詞命卷首

卷二 傳記資料

廣菴公傳

公諱金然，字廣菴，一字大瓠，魯臺公子也。魯臺公端重不苟。初無子，諸弟争嗣者破其家，魯臺公置不校。後連舉三丈夫子，公其季也，人傳爲厚德之報云。公生而英邁，少工詩文。未弱冠，遊庠，庠名寰。會蜚語遭誣褫去，後事得白。以詩卷獻宋觀察荔裳先生，備極賞譽，乃援之入都。時有姓金名然者，方坐監應試，卒于旅邸，公爲經紀其喪。其家感激，因得借名北籍，中康熙壬子科舉人，壬戌科會魁，特授翰林院編修兼修撰。一時制誥皆出公手，裔皇典麗，廷論推極筆。奉旨纂修三朝國史、大清一統志告成，陞司經局洗馬，克盡啓輔，屢被温綸。己卯，典試山右，勞勩疾作，告歸養疴，輯生平詩稿若干卷。公于所學無所不精，尤工八法行草體，旁及繪事，偶一渲染，輒臻逸品。居家以孝友著，歷官禁近，風節皎然，朝野翕然稱之。初，公之入都也，兄釜山公送以詩云：「衰宗不乏能文者，高才每困鹽車下。吾弟真稱千里駒，髮方覆額工騷雅。獻策無媒年復年，牛衣隕涕滬川邊。飄零不復棲梁燕，憔悴惟應種墓田。那知弦括空中伏，虞氏高樓速我獄。何嘗告密效牢修，竟爾幽囚同杜篤。擊頸鋃鐺讀道書，覆盆三載泣枯魚。奇冤幸賴于公洗，禮數還爲越石紆。東萊宋公雙眼白，欲上龍門皆點額。獨爾相逢意氣深，酌以葡萄卧熊席。便令驂乘入長安，此去寧愁老鶡冠。手操五色珊瑚管，身近金莖承露盤。即今日啓平津閤，漢庭詞賦良不薄。嗽時定有玉山禾，飛處當爲珠樹鶴。丈夫困極終大伸，范雎九四西相秦。鄉里小兒面如土，能禁斯人長貧賤？」後所言皆驗。著有礪巖集、商南集行世。汪堯峰嘗稱公詩文卓犖精致，爲瀛台翹楚云。

清周國賓纂灣周世譜卷四列傳下

周金然傳

周金然，字礪巖，號廣菴，又號越雪。康熙壬戌進士，入翰林，官至洗馬。負奇才，俯視一切。與修國史、一統志，共事者凡有考核，則告以某義某辭出某史某傳悉了然。典試湖廣、山右，稱得人。奉旨校輯古文戴禮，稱善。攖疾告歸，以平日所書字幅進呈，聖祖御製五言詩十二韻以示褒嘉。著有飲醇堂文集等書，而其所長者尤在書法。

清李文耀修上海縣志卷十文苑

周金然傳

周金然字礪巖，上海人。康熙二十一年進士，入翰林，歷官洗馬。學問該博，兼工書法。嘗與修國史、一統志。共事者凡有考核，則告以某義某辭出某史某傳，了了若夙誦者。典試湖廣、山右，稱得人。奉旨校輯古文戴記，稱善。嬰疾告歸，以平日所書字幅進呈，聖祖仁皇帝御製五言詩十二韻以示褒嘉。著有飲醇堂文集上海志

清宋如林修松江府志卷五七古今人傳九

周金然傳

周金然，榜姓金，名然，字礪巖，號廣居，別號九峰山人，上海人。晚居洞庭之石公山，自號七十二峰主人。康熙二十一年進士，官洗馬。一作中允。工書法，告歸後以平日所書字幅進呈，聖祖御製五言詩十二韻以示褒嘉。松江府志

清李放纂録皇清書史卷二十一

憂菴集一則

上海周翰林，博學能文，余初入京師，偶見余文一篇，愛之，遂相與往來。後數年，余主其家踰半年，見其讀書不釋手，語言亦不涉塵俗，心竊賢之，而惜其吝于財，爲不能盡脱時習也。嘗與余言山林之樂，欲棄官隱居洞庭之西山，余曰：「君誠往，余亦當覓草舍數間于君之左右，爲君附庸耳。」一日薄暮，至余室中，時天曙，見其所揮掌扇上有字一行云「日講官起居注司經局洗馬」，蓋其官銜也。余曰：「君不能請告矣。」曰：「何也？」曰：「扇上且不能忘一官，安能棄官入山耶？」相與一笑。踰年，竟請假歸，爲詩數十首，極稱隱居之樂，厭塵囂之苦，辭旨皆可愛玩，且徧求屬和于士大夫，自言飄然長往不復至矣，士大夫頗驚訝其事，雖余亦自悔其失言也。踰四五年，忽入京補官，余往謁，告余曰：「至尊親征沙漠良苦，余小臣敢安田園自適耶？」居數年，遷官至講讀學士。典試山西回，病不能興，告歸，旋卒。夫事非出于誠，必不能久，于兹可見矣。

清戴名世撰憂菴集

灣周世譜志餘三則

廣菴公未第時，嘗夢鳳凰四五戲舞庭中，忽變爲彩雲五色，異香撲鼻，因驚寤，占者以爲此翰苑之祥。

廣菴公爲人誣陷時，逃至北倉，潛身仁壽堂中，足不出樓。釜山公恐其憂悶也，覘之，則手挾一編，咿唔自得，無異平常，因嘆公襟懷如許，此豈池中物也。

廣菴公嘗云，未有愛人而不自愛者，此人心也，未有害人而不自害者，此天理也。又云人到氣盡力竭，即賁育亦只得放下，未盡放下者，豪傑一路人，未起而銷鎔者，聖賢一路人。

清周國賓纂《灣周世譜志餘》

灣周世譜御製三則

聖祖仁皇帝御製躍龍泉詩御筆賜日講官起居注司經局洗馬兼翰林院修撰臣周金然

去似登天上，來如看鏡前。影摇宸翰發，波净列星懸。既濟仍懷友，流謙欲進賢。彈冠舉實貴，覆被渥恩偏。温室言雖阻，文場契獨全。玉珂光共奕，朱紱氣蟬聯。興逸潘仁賦，名高謝眺篇。青雲仰不逮，白雪和難傳。苒苒何爲此，甘心老歲年。

御製對聯親書欽賜日講官起居注司經局洗馬兼翰林院修撰臣周金然

侍從青宫恪慎無慚于職守　勤襄王事夙夜克矢乎寅恭

日講官起居注司經局洗馬兼翰林院修撰加一級周金然暨妻諸氏誥命

奉天承運，皇帝制曰：錫類推恩，朝廷之大典；分猷亮采，臣子之常經。爾日講官起居注司經局洗馬兼翰林院修撰加一級周金然，夙具幹才，深通翰墨，初居詞苑，奉職罔愆，繼陟崇階，小心彌著，允稱文學，復輸藎誠。兹以爾遵例急公，特授爾階奉政大夫，錫之誥命。於戲！宏敷章服之榮，用勵靖共之誼。欽兹寵命，懋乃嘉猷。制曰：恪恭奉職，良臣既殫厥心；貞順宜家，淑女爰從其貴。爾日講官起居注司經局洗馬兼翰林院修撰加一級周金然妻諸氏，含章協德，令儀夙著于閨闈；黽勉同心，内治相成于夙夜。兹以爾夫遵例急公，封爾爲宜人。於戲！龍章載焕，用褒敬戒之勤；翟茀欽承，永作泉原之賁。

康熙三十九年十一月初八日

圖書在版編目(CIP)數據

周金然集/(清)周金然撰;金菊園整理.—上海:復旦大學出版社,2016.7
(浦東歷代要籍選刊/李天綱主編)
ISBN 978-7-309-11096-8

Ⅰ.周… Ⅱ.①周…②金… Ⅲ.①古典詩歌-詩集-中國-清代
②古典散文-散文集-中國-清代 Ⅳ.I214.92

中國版本圖書館 CIP 數據核字(2014)第 269010 號

責任編輯 張旭輝

(浦東歷代要籍選刊)
周 金 然 集
(清)周金然 撰
金菊園 整理

復旦大學出版社有限公司出版發行
上海市國權路 579 號 郵編:200433
網址:fupnet@fudanpress.com
http://www.fudanpress.com
門市零售:86-21-65642857
團體訂購:86-21-65118853
外埠郵購:86-21-65109143

浙江新華數碼印務有限公司印刷

開本 890×1240 1/32 印張 41.75 字數 742 千
2016 年 7 月第 1 版第 1 次印刷

ISBN 978-7-309-11096-8
I·876 定價:178.00 圓

ISBN 978-7-309-11096-8

定價：178.00圓